ANDREAS BULL-HANSEN

Die Nordland-Saga 5

*Buch*

Siréd, die gezeichnete Frau, wird von den Schergen des Gottes Tarkin entführt, denn es wurde prophezeit, dass sie einst dessen nächste Inkarnation gebären wird. Da verlässt Ulv sein Volk, um seine Geliebte Siréd aus Tarkins Königreich Kanath wieder zu befreien. Der gefahrvolle Weg nach Süden führt ihn durch eine Welt, die von den Armeen des kanathischen Kriegsherrn Vendhur völlig verwüstet wurde. Alle Länder nördlich von Kanath winden sich unter seiner unbarmherzigen Faust und werden gezwungen, Tarkin als einzigen Gott zu verehren. Nur hoch im Norden haben sich zwei kleine Stämme ihre Freiheit bewahrt. Und während sie sich unter dem Krieger Seon zusammenschließen und für eine fast aussichtslose Schlacht mit der Kriegsflotte der Kanather rüsten, schlägt sich Ulv weiter nach Süden durch ins Herzland der Eroberer …

*Autor*

Andreas Bull-Hansen, geboren 1972, zog schon als Jugendlicher mit dem norwegischen Gewichtheber-Team um die Welt. Er studierte Wirtschaftswissenschaften, doch seine ganze Leidenschaft gilt dem Schreiben. Die Nordland-Saga machte ihn zu einem der populärsten Autoren Norwegens, und in kurzer Zeit hat er auch eine große deutschsprachige Fangemeinde gewonnen.

*Bereits erschienen:*

Die Nordland-Saga: 1. Die Tränen des Drachen. Roman (24991), 2. Brans Reise. Roman (24992), 3. Das verheißene Land. Roman (24993), 4. Der Zug der Sklaven. Roman (24268), 5. Wo die Götter sterben. Roman (24278)

Weitere Bänder sind in Vorbereitung.

Andreas Bull-Hansen

# Wo die Götter sterben

Die Nordland-Saga 5

Roman

Aus dem Norwegischen
von Günther Frauenlob
und Maike Dörries

BLANVALET

Die norwegische Originalausgabe erschien unter dem Titel
»Der gudene dør. Horngudes Tale. Bok V«
bei Eide Forlag A/S, Bergen.

*Umwelthinweis:*
Alle bedruckten Materialien dieses Taschenbuches
sind chlorfrei und umweltschonend.

Der Blanvalet Verlag ist ein Unternehmen
der Verlagsgruppe Random House.

1. Auflage
Deutsche Erstveröffentlichung 12/2004

Umschlaggestaltung: Design Team München
Umschlagillustration: Agt. Luserke/Fedorov
Satz: deutsch-türkischer fotosatz, Berlin
Druck: GGP Media GmbH, Pößneck
Titelnummer: 24278
Redaktion: Alexander Groß
V. B. · Herstellung: H. Nawrot
Printed in Germany
ISBN 3-442-24278-9
www.blanvalet-verlag.de

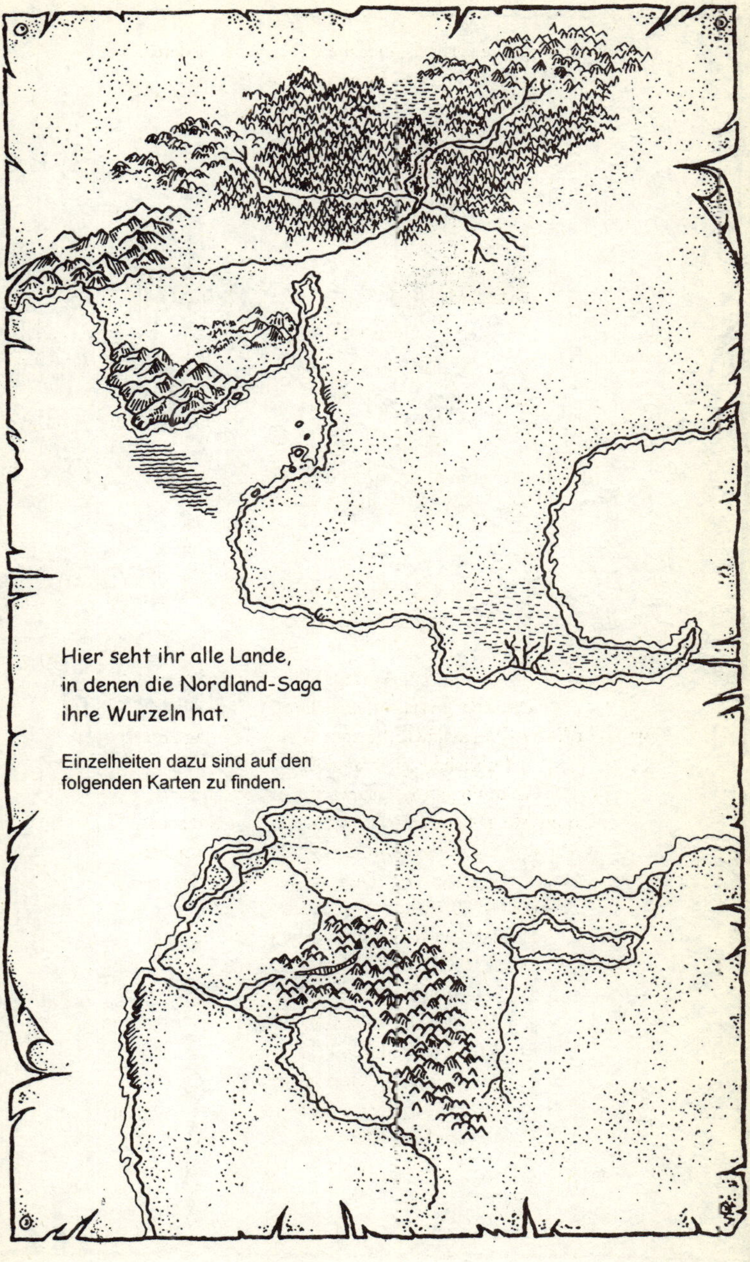

Hier seht ihr alle Lande,
in denen die Nordland-Saga
ihre Wurzeln hat.

Einzelheiten dazu sind auf den
folgenden Karten zu finden.

Krimsbane
Ulverham
Fluss, der die
Ebene kreuzt
Krugant
Ber-Mar
Westwald
Kels
Kajmen
Felsenburg
Krett
Die Schwarzen
Berge
Lanzengebirge
West-Tuur
Ost-Tu
Blutsund
Aard
Sturmrand
Faton
N
W
O
S
Arborg
Tirga
Cogga
Oart
Ar
Vandar
Torman
Old-Myre
Kin-Mar
Mansar

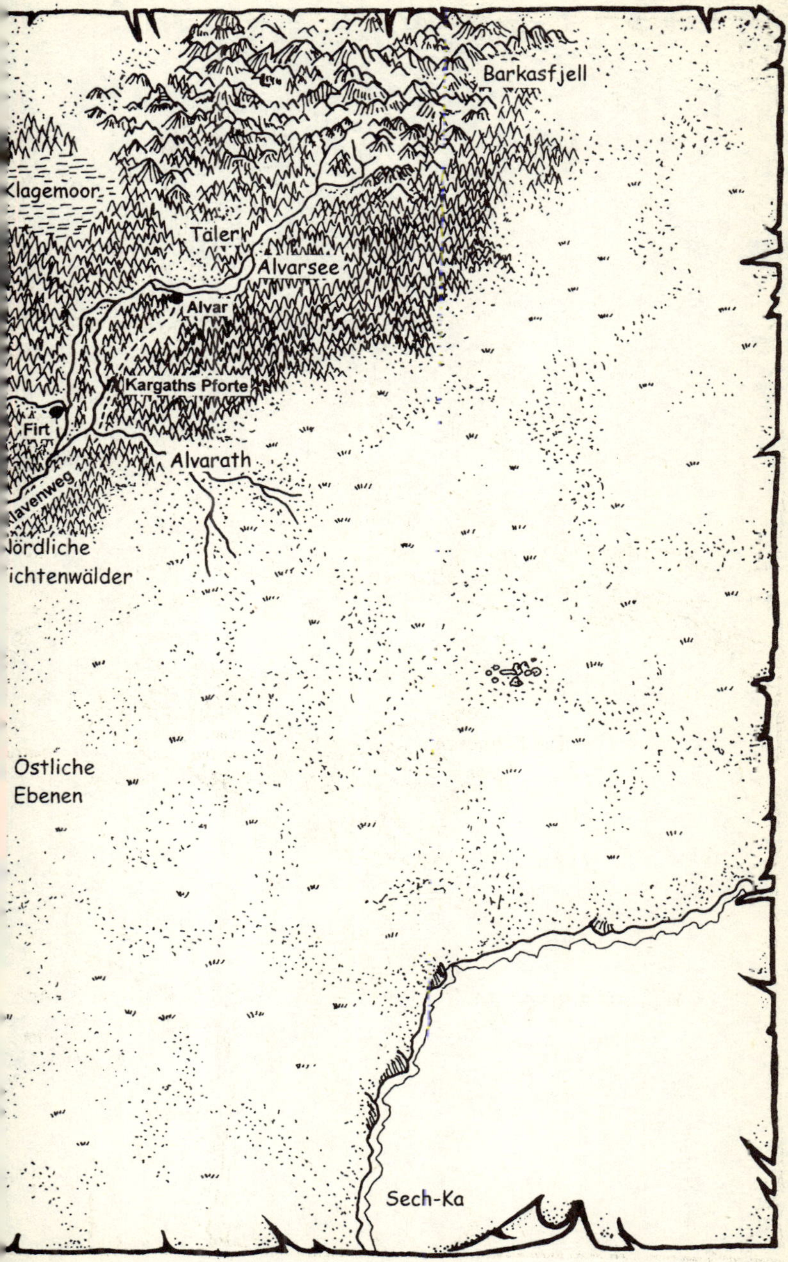
Barkasfjell
Klagemoor
Täler
Alvarsee
Alvar
Kargaths Pforte
Firt
Alvarath
Klavenweg
Nördliche
Fichtenwälder
Östliche
Ebenen
Sech-Ka

# Prolog

Tarkinar Ethem, die Gezeichnete, war gefunden worden. Sie war zu Seinem Tempel gebracht worden. Die Priester sangen die Lieder, deren Worte auf den uralten Bronzetafeln standen, und ließen sich unter der brennenden Wüstensonne zur Ader. Die Frau, die Seinen Sohn zur Welt bringen sollte, entblößte ihren Rücken und zeigte die gekreuzten Lanzen. Sie war die Richtige. Sie war es, auf die das Land seit zweihundert Jahren wartete.

Die Botschaft verbreitete sich in den Siedlungen Kanaths.

Von einer neuen Zeit wurde gesungen.

Eine neue Hoffnung keimte heran.

In Taz-Ka befahl man den Sklaven, Wasser aus der Bucht heraufzutragen. Die Großbauern wandten ihre breiten Gesichter zur Sonne und deuteten auf die Sanddünen, wo früher einmal Maispflanzen im Wind geraschelt hatten. Sklaven gossen das Wasser auf den Sand und sahen es in der Hitze verdampfen. Dann packten sie die leeren Tonnen wieder auf ihre Ochsenkarren und schaukelten hinunter zum Fjord, während die Großbauern ihre Arme vor der Brust verschränkten und ihre Sklaven gegen Sonne und Sand ankämpfen ließen. So groß war ihr Glaube an den zwölften Tarkin.

Die Hurer riefen ihre Söhne aus Hurs Zwilling auf Tazma zurück und baten sie, Brunnen und Kanäle für den kommenden Regen zu graben. An die Langmut der Mütter wurde appelliert, man forderte sie auf, ihren Säuglingen die Milch der Kamele zu trinken zu geben, und die Alten, die in dunklen

Ecken auf den Tod gewartet hatten, krochen in die Sonne und richteten ihre Blicke nach Osten.

Aus Pethar hieß es, die Ernte würde gut werden, und das Wasser im Fluss Othas schien bereits schneller zu strömen.

Die Seeleute auf der Kazmarer See sammelten sich in den Häfen, wo die Gerüchte kursierten, dass die weiße Frau die Mutter des zwölften Tarkins werden sollte.

Die Kaane riefen ihre Krieger zu sich und berichteten ihnen von den Siegen im Norden.

Es war eine gute Zeit für das Volk von Kanath.

In der Botschaft hieß es auch, dass ein Unwürdiger sie gefunden hätte. Talma aus Pethar, der Sohn eines Kaans und Späher im Heer von Vendhur, hatte sie im Norden von Krugant Sklavenhändlern abgekauft. Sein eigener Vater hatte dies den Priestern erzählt. Es heißt, der alte Vater, selbst einst Kaan unter Tarkins Ehre, sei vor Scham gestorben, als die Tauben eines Nachts aus dem Arak-Gebirge herabgeflogen kamen und die Nachricht brachten, welche Verfehlung Talma begangen hatte. Er hatte versucht, mit ihr zu fliehen, doch einer der Heiler in seinem Gefolge hatte ihn getötet und Tarkinar Ethem gerettet. Mit einer solchen Schande konnte kein Vater leben. Die Diener fanden ihn mit dem Brief in der einen und dem Dolch in der anderen Hand. Seine Kehle war durchgeschnitten. Pethars Priester richteten sich an das Volk und teilten ihm mit, dass sich der alte Kaan das Leben genommen hatte.

Doch das alles waren nur Worte über die Vergangenheit. Das Volk von Kanath hatte seinen Blick längst nach Osten, in Richtung des Glücks gerichtet, das vom Tempel Tarkins im Gebirge Arak ausging. An Wintersonnenwende sollte sich Tarkin mit der Frau vermählen, ehe er beim Morgengrauen verstarb. Doch dann hätte sie bereits Tarkins Geist empfangen. Er würde in seinem Sohn weiterleben. Die Gezeichnete wurde auf die bevorstehenden Geschehnisse vorbereitet, denn nach der Geburt würde sie dem Glück Tarkins geopfert werden. Ihr Blut würde dem Land das Leben geben. Die Priester würden sie in die Spalte Arak werfen, wie sie es mit all ihren Vorgängerinnen getan hatten, und ihr toter Körper würde sich mit den Bergen und Feldern vereinen und ihr Blut in den Flüssen strömen. Das Volk von Kanath würde sie nie vergessen. Es hieß, sie stünde im höchsten Saal des Tempels und blicke über die Schlucht. Sie zählte die Tage und wartete auf die Nacht der Wintersonnenwende, in der Tarkin zu ihr kommen würde. Sie lauschte dem Gesang der Priester und las im Wind, der über das Land Kanath wehte.

Und die Gerüchte bargen Wahrheit. Denn Tarkinar Ethem stand oft im höchsten Saal des Tempels und ließ ihren Blick über die Bergketten schweifen oder entlang der Schlucht nach Süden. Sie war eine junge Frau mit blauen Augen. Ihre Haare waren so hell wie das Licht der Sonnenstrahlen auf den Sanddünen. Sie war eine Frau der Steppe, doch die groben Kleider, die sie einst getragen hatte, waren durch weiße Gewänder und weiße Schals ersetzt worden, die aus der Baumwolle gesponnen waren, die auf den Feldern im Osten und Norden des Sees Gahma wuchs. Die Priesterinnen hatten ihre Haare gewaschen und gekämmt, und jetzt fielen sie in weichen Locken über ihren schmalen Rücken. Sie hatten sie in Honigwasser gebadet und ihren Hals mit dem Öl der Lotusblume gesalbt. Aus Tarkinar Ethem war eine Frau geworden, die der Gunst Tarkins würdig war, und wenn sie dort im Saal stand und über den weiten Platz vor der Pyramide blickte, ähnelte sie kaum noch der ungezähmten Frau der Wildnis, die der Heiler und seine drei Krieger zum Tempel gebracht hatten. Sie schrie den Priestern nicht mehr ihre Flüche entgegen und versuchte nicht mehr zu fliehen. Sie aß das Essen, das man ihr brachte. Sie schlief hinter seidenen Schleiern und trank den Wein, den sie ihr einschenkten. Den Rest der Zeit stand sie an der Öffnung der Südwand und blickte in Richtung der Berge und der Wüste, oder sie las die Inschriften der Bronzetafeln, die die Priester ihr zeigten. Sie lernte die Geschichte Kanaths, die Zeit der alten Götter. Gottheiten, die alle außer den Priestern Kanaths vergessen hatten. Die Berichte über Krims Kriegszug wurden ihr vorgelegt, und sie las die Verse, die einmal am Hof der krimschen Söhne gesungen worden waren. Sie führte ihre Finger über die kantigen Zeichen und deutete die Gedanken alter Männer. Und die Priester ließen sie gewähren. Sie wollten, dass sie ihr Schicksal verstand.

Es überraschte sie nicht, dass Tarkinar Ethem die Sprache Kanaths so rasch lernte, obgleich sie einem anderen Volk auf der anderen Seite der zwei Meere entstammte. Tarkins Geist wollte es so. Die Priesterinnen hatten sie gelehrt, die Zeichen auf den Bronzeplatten zu deuten, und während die Nächte und Tage vergingen, saß Siréd am Tisch und las. Sie durfte die Gesetze Kanaths lernen. Von Kriegen und Heerzügen lesen. Und Siréd, die jetzt eine Schriftgelehrte war, sprach zu den Priesterinnen in deren Sprache und bat diese, ihr Fleisch zum Essen und Felle zum Schlafen zu bringen. So war sie es von ihrem Leben im Norden gewohnt. Doch die Priesterinnen verwehrten ihr diesen Wunsch, denn so etwas war einer Frau, die Tarkin versprochen war, nicht würdig.

So stand Tarkinar Ethem allein an der Stelle, an der sich der Saal zum Land und zu den Bergen öffnete, und spürte den warmen Südwind; er blies durch die drei Speerlängen breite Öffnung der Wand, streichelte ihren Körper und huschte weiter zwischen die Säulen des Saales. Die Fackeln flackerten, erloschen aber nicht. Der Saal war einen guten Steinwurf lang und breit wie ein Lagerplatz. In der Mitte des Saales hatte sie ihre Schlafstätte; dort standen auch der Tisch, auf dem sie die Bronzetafeln las, und das Becken, in dem die Priesterinnen sie wuschen und ihr von Tarkin erzählten. Denn noch hatte sie

Ihn nicht gesehen. Nur die Priester hatten Zutritt zu dem innersten Raum, in dem Er ruhte.

Tarkinar Ethem schien nicht zuzuhören, wenn die Priesterinnen von Tarkin sprachen. Oft schwieg sie tagelang, und wenn sie nicht las, stand sie am liebsten dort, wo sie den Wind spüren konnte. Und die Priesterinnen ließen sie gewähren. So stand Tarkinar Ethem für sich an der Öffnung und ließ ihren Blick der Schlucht nach Süden folgen. Sie lag wie ein tiefer Schatten zwischen den Bergflanken, ein schwarzer, zackiger, sich nach Süden windender Abgrund, der das Arak-Gebirge teilte. Im Westen der Schlucht konnte sie am Fuß der Berge den Karrenweg erkennen, über den auch sie selbst, geführt von den Heilern, zum Tempel gekommen war. Das lag kaum zwei Monate zurück, kam ihr aber wie eine Ewigkeit vor. Sie waren auf den gepflasterten Platz vor der Pyramide geritten, und sie hatte voller Furcht zu den elf steinernen Riesen aufgeblickt. Die Statuen standen entlang der Straße, die zum Tor führte. Über dem Tor erhob sich eine Steinmauer aus der erhabenen Pyramide, und diese steil emporragende Wand stützte den Saal, in dem sie sich nun befand. Wenn sie auf den Platz hinabblickte, konnte sie sehen, wie der Schweiß auf den glatt geschorenen Schädeln der Tempelwachen glänzte. Die Sonne stand senkrecht über dem Tempel. Die Statuen warfen keine Schatten und die Tempelwachen suchten abwechselnd unter einem ledernen Halbdach Schutz. Sie waren nackt, doch bewaffnet mit Speeren und länglichen Schilden.

Tarkinar Ethem stand an der Öffnung, bis die Sonne einen goldenen Rand auf die Berge im Westen legte. Jeden Tag tat sie das, und jeden Abend traten die Priesterinnen aus dem Halbdunkel hinter den Säulen und baten sie, ins Bad zu kommen. Dann warf sie einen letzten Blick auf die Berge, ehe sie der Sonne den Rücken zudrehte und in den Schatten trat.

Auch an diesem Abend fragten die Priesterinnen sie, ob sie das Haus ihres Vaters vermisste. Doch auch heute gab Tarkinar Ethem keine Antwort. Sie entblößte ihren Rücken, auf dem sich die gekreuzten Lanzen Tarkins zwischen den rötlichen Muttermalen abzeichneten, stieg ins Badewasser und saß reglos da, während die Priesterinnen ihre Haare kämmten.

Ein weiterer Tag war vergangen. Der Gesang der Priester hallte durch Säle und Säulengänge. Sie sangen von Tarkinar Ethem, Tarkins Mutter, Tarkins Frau.

# Das Lager der Kanathener

Der Sturm wütete nun schon fünf Tage. Die Eichen an der Küste beugten sich unter den Windstößen und der Wind riss dicke Äste von den alten Riesen. Wellen peitschten gegen die Felsen. Die Mahlströme, die das Meer nur wenige Pfeilschüsse vor der Küste aufwühlten, waren zu gigantischen Strudeln herangewachsen, die den grauen Himmel anbrüllten. Der Wind kam aus Süden, vom Sturmrand, jenem blutroten Fahrwasser, von dem die mansarischen Seeleute voller Furcht sprachen. Dort draußen, hieß es, tobe das Meer noch immer wie vor der Geburt des Menschen, als die Götter noch auf Erden wandelten und Land und Meer unter dem Zorn der Namenlosen erbebten. Und nun begehrte das Meer mit all seiner Macht auf, die See wurde von den Fäusten der Götter aufgewirbelt und gegen die Felsküste geschleudert.

Aber das Land hielt stand. Es kannte den Zorn des Meeres und wusste, dass er nur selten lange währte. Hier, am äußeren Rand des Eichenwaldes, der die Schwarzen Berge säumte, schob sich eine Landspitze mit hoch emporragenden Klippen wie ein Horn ins Meer. Wären die Fahrwasser vor der Küste den Arern, Tuurern und Mansarern bekannt gewesen, hätten die Seeleute sicher längst ein Seezeichen auf der äußeren Felsspitze errichtet, denn die See vor der Küste war voller Untiefen. Aber hier segelte niemand.

Es war der Abend des fünften Tages. Der Himmel über der Landzunge war von schwarzen Wolken verdunkelt. Der Sturm jagte um die Klippen, durch Schluchten und Spalten, in denen der Tang wie zerzaustes Haar von den Felsen hing. Er schien die Möwen von den Felsvorsprüngen reißen zu wollen, auf denen sie brüteten, und die Klippen umstoßen zu wollen, um mehr Platz für das Meer zu schaffen. Der Wind drückte aus den Schluchten hinauf bis zur höchsten Klippe, wo sich eine Gestalt an das graue Gestein klammerte. Der Wind griff unter den zerrissenen Umhang des Mannes und riss ihn um, als er sich aufzurichten versuchte. Er fiel nach hinten und konnte sich gerade noch rechtzeitig an der Kante des Absatzes festhalten. Sein Gesicht lag unter langen Haaren und einem buschigen Bart verborgen. Er zog sich schnell wieder auf den Absatz und richtete sich erneut auf der Spitze des Felsens auf. Dann stand er mit breiten Beinen da und lehnte den Oberkörper gegen den Wind. Er schaute aufs Meer hinaus und fletschte die Zähne, als wäre er die Klippe hinaufgeklettert, um den Sturm herauszufordern. Sein Gesicht war mit Lehm und getrocknetem Blut verschmiert. Der zerrissene Umhang, der um seine Schultern flatterte, war ausgeblichen von Wind und Wetter. Das Lederwams wurde von einer Sehnenschnur zusammengehalten, und die Lodenhose hing unter den Knien in Fetzen herunter. Er hatte Lederstücke mit Riemen aus Tierfellen um die Füße und Waden gewickelt, und über seiner Schulter hing ein Bogen. Mit hängenden Armen wanderte sein Blick übers Meer. Der Wind trieb ihm Tränen in die blauen Augen. Er legte eine Hand auf den Griff der zweischneidigen Streitaxt an seinem Gürtel. Links hinter der Hüfte hatte er einen Hasen an den Hinterläufen an seinen Gürtel gebunden.

Der Mann stand noch immer dort, als der Abend in die Nacht überging. Er rührte sich kaum; nur seine Augen suchten das Meer ab. Als er früher am Abend aus dem Wald getreten war, hatte er im Süden ein Licht gesehen. Er war daraufhin zu den Klippen gelaufen, hatte sich die Schluchten hinaufgekämpft und an den steilen Felswänden über den geifernden Wellen entlanggehangelt, bis er endlich die Spitze der Klippe erreichte. Doch da war das Licht nicht mehr zu sehen gewesen.

Der Sturm tobte unermüdlich weiter, während die Nacht sich dem Morgen entgegenneigte. Der Mann starrte in die Dunkelheit, er verdrängte seine Furcht vor den Windgeistern und wischte sich die Tränen von den Wangen. Hin und wieder hob er den Kopf und schnupperte in den Wind, konnte aber nichts anderes riechen als den salzigen Atem des Meeres. Seit seinem Abschied von Ber-Mar begleitete ihn der Geruch von Tang und Salzwasser, denn er war an der Küste entlanggewandert und hatte sich nur zum Jagen in die Wälder begeben. Jetzt hatte er das Ende der Welt erreicht, die er kannte, und so hatte er das Licht auf dem Wasser als ein Zeichen der Götter verstanden. Seon hatte gesagt, er müsse zwei Länder durchwandern und zwei Meere überqueren. Das erste Land lag hinter ihm. Auch wenn er sein Volk weit im Norden zurückgelassen hatte, so lebten sie doch in seiner Erinnerung weiter. Er sprach jeden Abend in Gedanken mit ihnen und hörte ihre Stimmen in seinem Kopf, wenn er am Feuer saß und in die Flammen schaute. Dielan bat ihn, Bran zu finden. Brage zeigte ihm das Siegel des Meisterschmieds und sagte, dass sie auf sein Wohl trinken wollten, wenn er ins Tal zurückkehrte. Er war Brans Sohn, der Verschollene, der den Stimmen der Geister gefolgt war und so ins Tal seines Volkes zurückgefunden hatte. Er war Adharkach, doch den sterblichen Menschen war er unter anderem Namen bekannt. Für die Barkas war er Ulvmanna gewesen, der Wolfsmann, für die Sklavenhändler der Nordländer, der Wilde aus dem Barkasfjell. Aber für seine Freunde und seinen Stamm war er Ulv Branssohn. Er war zu ihnen zurückgekehrt und hatte ihnen Unfrieden gebracht, wie es prophezeit worden war. Und danach hatte er sie ein weiteres Mal verlassen.

»Siréd.« Er wischte sich die Tränen aus den Augen, ehe er den Blick wieder nach Süden wandte. Vielleicht wollten die Windgeister ihn mit dem Lichtpunkt aufs Meer locken, um ihn dort in die Tiefe zu ziehen. Aber seit er dort oben stand, hatte er nichts anderes als Wellen gesehen, die sich hoben und senkten wie große, schwarze Felsen.

»Neun Vollmonde.« Ulv streckte den Arm in den Wind. »Neun Vollmonde ist es her, Siréd.«

Da traf ihn ein Windstoß vom Meer. Ulv machte einen Schritt nach hinten und fiel auf die Knie. Er legte sich flach auf den Bauch und wartete eine Weile, ehe er sich wieder aufrichtete. Er schnupperte in den Wind, drehte der See den Rücken zu und kroch auf allen vieren von der Klippe herunter. Sein Gepäck lag wenige Speerlängen unter der Felsspitze im Schutz zwischen zwei Steinen. Er hängte sich das Deckenbündel über den Rücken und schob sich in eine schmale Felsspalte, die abwärts führte. Als er endlich die Felsen am Eingang der Spalte erreichte, hielt er inne und schaute über den Eichenwald und die Bucht, die im Osten an die Landzunge anschlossen. Bis zum Wald war es noch ein weiter Weg.

Er erreichte den Waldrand im Morgengrauen. Nach einem letzten Blick über die Schulter rückte er den Umhang zurecht und duckte sich unter den Ästen. Im Schutz der Bäume warf er sein Gepäck ab, setzte sich und lehnte sich mit dem Rücken gegen einen Eichenstamm. Er löste den schlaffen Wasserschlauch, der über seiner Schulter hing, zog den Holzzapfen mit den Zähnen heraus und trank gierig von dem lauwarmen Wasser. Beim Trinken schaute er zwischen den Stämmen in südlicher Richtung an der Felsenzunge vorbei auf die Wellen. Über dem Meer breitete sich graues Morgenlicht aus. Im Südwesten brach die Wolkendecke auf. Der Wind hatte ein wenig nachgelassen. Ulv wischte sich ein paar Wassertropfen aus dem Bart und schloss die Augen. Gleich darauf legte er den

Wasserschlauch beiseite, stand auf und begann, trockene Zweige zu sammeln.

Er machte ein Feuer zwischen den Eichenstämmen. Mit gewohnten Handgriffen schlug er den Feuerstein gegen die Axt, und als aus den Funken Flammen wuchsen, lehnte er sich an den Stamm und machte sich daran, dem Hasen mit demselben Feuerstein das Fell abzuziehen. Sein Messer hatte er vor einem Mond verloren. Er hatte damit auf einen Otter gezielt, aber das Tier war abgetaucht und das Messer im Wasser versunken. Viele Tage des Hungers hatten ihn zu dieser unbedachten Tat getrieben, und seitdem schienen die Geister ihn für seine kopflose Handlung strafen zu wollen. Warum sonst musste er den Hasen mit einem Feuerstein häuten? Er brach den Hasen mit der Axt auf und spießte das Herz auf einen Stock, den er schräg über das Feuer stellte. Als er dem Hasen endlich das Fell über die Ohren gezogen hatte, suchte er einen kräftigen Stab, den er fest in das hintere Ende des Tieres rammte. Während der Hase über den Flammen briet, aß er das kleine Herz.

Ulv wartete geduldig, bis der Hase durchgebraten war. Dann packte er das Tier mit beiden Händen und biss hinein. Als er die Knochen fein säuberlich abgenagt hatte, zerbrach er sie und saugte das Mark heraus.

Als er zum Meer blickte, sah er, dass die Wellen kleiner geworden waren. Es rauschte nach wie vor in den Baumkronen über ihm, aber für dieses Mal hatte der Sturm sich ausgetobt. Ulv schloss die Augen, legte die Axt über die Oberschenkel und wickelte sich in den Umhang.

Während Ulv schlief, brannte das Feuer herunter. Er kippte auf die Seite, stemmte sich hoch und fand eine Wurzel, auf die er seinen Kopf legen konnte. Das lange Haar fiel über sein Gesicht und verbarg die blassen Narben auf Stirn und Wange. Obgleich sein Körper von einem Lederwams und einem Umhang verhüllt war, konnte man sehen, was für ein kräftiger Mann er war. Aber seine Wangen waren eingefallen und aus seinen geschlossenen Augen liefen Tränen. Der halb offene Mund flüsterte stumme Worte. Zwischendurch zuckten seine Augen, wie von bösen Träumen gejagt. Drei Monde waren vergangen, seit er sich von seinem Onkel verabschiedet und die Stadt der Schmiede verlassen hatte. Drei Monde war er an der Küste entlanggewandert. Sobald er Rauch sah, hatte er sich landeinwärts gewendet und war im Schutz der Bäume weitergewandert. Von den Bermarern wusste er, dass die Kanathener entlang der Küste Festungen errichtet hatten. Ulv war keinem lebenden Menschen mehr begegnet, seit er die Stadt der Schmiede hinter sich gelassen hatte, und die Einsamkeit machte ihm zu schaffen. Anfangs hatte ihn das gewundert, weil er dieses Gefühl nicht gekannt hatte, als er noch im Barkasfjell lebte. Aber damals waren das Felsenvolk und das Tal auch nicht mehr als eine vage Erinnerung gewesen, und die Lieder der Barkas hatten erzählt, dass er schon immer in ihrem Gebirge gelebt hätte. Er war der Wolfsmann, und er wanderte allein. Er brauchte niemanden.

Das Feuer erlosch. Ulv drehte sich auf den Rücken und biss die Zähne zusammen. Tagsüber versuchte er, an andere Dinge zu denken. Er suchte die Landschaft nach dem kürzesten Weg in den Süden ab. Er deutete den Flug der Vögel und sog die Gerüche des Waldes ein. Er jagte und las den Lauf der Sonne. Während er an der Küste entlangwanderte, wurde es Frühling. Und die ganze Zeit war Siréd in seinen Gedanken. Ihretwegen lief er Tag und Nacht ohne Unterbrechung. Die Erinnerung an sie zog ihn nach Süden. Siréd war die Frau, die die Götter ihm gesandt hatten, ihr Haar hatte die Farbe der Sonne, sie war die Frau, die er in seinen Träumen gesehen hatte. Sie war an seiner Seite gegangen, an den Wagen der Sklavenhändler gekettet, hatte ihn gestützt, als die Peitsche seinen Rücken zerfetzt hatte, und ihm Mut gemacht. Denn sie war

Siréd, die Frau aus der Ebene, die einzige Überlebende des Cogachklans. Sie war mit Tarkins Zeichen auf dem Rücken geboren worden und damit für IHN bestimmt, sagten die Kanathener. Sie sagten, das sei ihr vorherbestimmtes Schicksal. Aber Ulv wollte ihnen allen trotzen. Er würde sich gegen den Lanzenkrieger im Süden erheben und mit Stahl und Feuer gegen ihn kämpfen. Denn Siréd war Ulvs Frau. Er hatte in Ketten gelegen, als die Späher mit ihr davonritten, doch er hatte hinter ihr her gerufen und ihr versprochen, sie zu finden und zu befreien.

Ulv wälzte sich im Schlaf hin und her. Böse Träume quälten ihn, so wie jede Nacht, seit er sein Volk verlassen hatte. Jede Nacht wurde er von Tarkins Lanze durchbohrt, und jede Nacht kletterte er unter einem sternenlosen Himmel durch die Berge. Er hörte ihre Stimme. Sie rief nach ihm.

Ulv schlief, während die Sonne über die Himmelskuppel wanderte. Sein Kopf lag auf der Wurzel, und der Wind wehte zwischen die Bäume und blies das Haar aus seinem Gesicht. Der Sturm war abgeflaut, und die Baumkronen der Eichen raschelten leise in der schwachen Brise. Der Waldboden war von trockenen Zweigen übersät, die während des Sturms abgebrochen waren. In den vier Jahrzehnten, die er im Barkasfjell gelebt hatte, hatten die Geister ihn jeden Winter aufs Neue auf die Probe gestellt und ihn für sein Überleben kämpfen lassen. Und Ulv hatte überlebt. Voller Verwunderung war er die Berghänge hinaufgeklettert und hatte die Frühlingssonne am Horizont im Süden aufgehen sehen, und voller Verwunderung hatte er die Barkasjäger altern und sterben sehen, während er den Körper und das Gesicht eines jungen Mannes behielt. Das war sein großes Mysterium, aber mit den Jahren hatte er sich damit beruhigt, dass dies der Wille der Geister sein musste.

Ulv drehte den Kopf zur Seite und rümpfte im Schlaf die Nase. Seine Nasenlöcher weiteten sich und nahmen einen Geruch wahr, den sie seit drei Monden nicht mehr gerochen hatten. Menschen, und dieser Geruch kam vom Meer.

Ulv wachte auf, erhob sich, die Axt in der Hand und hob witternd den Kopf. Dann sprang er mit einem Satz über die Feuerstelle und suchte Schutz hinter einem Stamm.

Östlich der Landzunge entdeckte er das Schiff. Das Rahsegel war gehisst, aber der Querbaum war gebrochen, und auch über das Segel zog sich ein langer Riss. An der Reling waren nur noch die Reste weißer Farbe zu erkennen, und die Ruder, die aus der Schiffsseite ragten, schoben das Schiff auf die Bucht im Osten der Landzunge zu. Ulv zog sich weiter vom Waldrand zurück. An der Reling standen Männer in Tuniken und sahen an Land. Auf dem Achterdeck stand ein Steuermann am Ruder. Am Bugsteven waren zwei Seeleute auf die Reling gestiegen. Sie zeigten in die Bucht und riefen dem Rest der Mannschaft etwas zu. Das Schiff drehte den Bug zum Ufer.

Ulv lief zu seinem Lagerplatz zurück. Er hängte den Wasserschlauch über die Schulter und band das übrige Gepäck auf den Rücken. Den Bogen nahm er in die Hand. Das Schiff war in etwa so lang wie die Schiffe, die er aus Ber-Mar kannte, aber dieses hier war breiter und lag höher im Wasser. Die Kanathener teerten ihre Schiffe, woraus Ulv schloss, dass diese Seeleute einem anderen Volk angehören mussten. Er versuchte sich in Erinnerung zu rufen, was Dielan ihm über die Völker im Süden erzählt hatte, konnte sich aber nicht entsinnen, je von solchen Schiffen gehört zu haben.

Er riss Moosplacken von den umliegenden Steinen und deckte die Feuerstelle zu. Die Hasenknochen warf er in den Wald, ehe er sich in nördlicher Richtung in Bewegung setzte. Er musste so schnell wie möglich fort. Wenn die fremden Männer ihn erwischten, würden sie seinen Hals in einen Eisenbügel zwingen und ihn in Ketten legen. Und das würde er kein zweites Mal überleben.

Mit einer Hand an den Pfeilen im Köcher und der anderen

an der Streitaxt, rannte Ulv zwischen die Eichen. Als er sich nach dem Schiff umschaute, stolperte er über eine Wurzel. Er versuchte sich abzufangen, landete aber in dornigem Gestrüpp und schrammte sich den Handrücken auf. Als er die Pfeile aufsammelte, die aus dem Köcher gefallen waren, hörte er, wie sich Ruderschläge dem Ufer näherten. Eine Kette klirrte und etwas Schweres klatschte ins Wasser. Er ließ die Pfeile liegen und rannte weiter.

Einen guten Steinwurf in nördlicher Richtung wurde das dornige Unterholz so dicht, dass er gezwungen war, stehen zu bleiben. Er sah sich nach einem Durchschlupf um, und dabei schoss ihm durch den Kopf, dass die Seeleute möglicherweise vom Sturm hierher verschlagen worden waren. Ulv atmete langsam ein und aus und versuchte, seine Angst, die ihm beinahe den Brustkorb sprengte, unter Kontrolle zu bekommen. Das Schiff war vielleicht von weit her aus dem Osten gekommen, es mussten keine Sklavenhändler an Bord sein. Vielleicht suchten die Seeleute nur Schutz vor der aufgewühlten See. Oder sie kamen hierher, um frisches Wasser zu suchen. Ulv wischte sich den Schweiß von der Stirn und schob die Axt hinter die Hüfte. Seit Seon ihm von den zwei Meeren erzählt hatte, die ihn von Siréd trennten, hatte er die Tatsache verdrängt, dass er dort, wo das Land endete, an Bord eines Schiffes kommen musste.

Er wandte das Gesicht zu den Baumkronen und schloss die Augen. Auch das war ein Zeichen, dachte er. Die Götter hatten einen Sturm zusammengebraut und die fremden Seeleute vor seine Füße geblasen. Sie würden ihn nach Süden bringen. Wenn sie friedlich gesinnt waren, würden sie ihn einladen, sich zu ihnen ans Feuer zu setzen. Wären sie allerdings feindlich gesinnt … Ulv legte die Hand auf den Griff seiner Axt. Wären sie feindlich gesinnt, würde er es auch schaffen. Er hängte den Bogen über die Schulter und ging zurück zu der Stelle, an der ihm die Pfeile aus dem Köcher gefallen waren. Er kniete sich auf die Erde und sammelte sie ein, hielt die Nase in den Wind und folgte dem Geruch der Menschen.

Das Schiff lag bereits vor Anker, als Ulv zwischen den Bäumen am Ufer entlangschlich. Es war ein prächtiges Langschiff mit schwungvoll gebogenen Bug- und Achtersteven und einem breiten Deck. Der Mast ragte hoch in den Himmel. Ulv wusste nur wenig über die Seefahrt und noch weniger über die Versorgungsrouten der Kanathener, aber er sah, wie die Seeleute Tonnen aus dem Decksraum heraufschafften, und roch die fremdartigen Düfte von Ölen, Salben und getrockneten Früchten aus fernen Ländern. Die Männer hoben die Deckel von den Fässern, und ein stämmiger, rotbärtiger Mann machte die Runde und schnupperte an dem Inhalt. Er ließ Korn von einer großen Kelle rieseln, zog feuchte Leinenbeutel aus den Fässern und schüttelte den Kopf. Ein Teil der Fässer wurde an die Reling getragen, wo die Seeleute den Inhalt ins Wasser kippten. Ulv stand hinter einer knorrigen Fichte verborgen und konnte nicht fassen, dass sie ihre kostbaren Lebensmittel wegwarfen. Einige Seeleute waren damit beschäftigt, den gebrochenen Querbaum herunterzuholen, während die übrige Mannschaft Wasserbottiche aus dem Decksraum nach oben schaffte. Der Rotbärtige stapfte über das Deck und erhob die Faust gegen das Meer. Die Bucht lag hinter einer bewaldeten Landzunge, wo das Schiff vor den Wellen geschützt war.

Ulv blinzelte zum wolkenlosen Himmel. Die Seeleute würden wohl oder übel an Land gehen müssen, da sie bis auf weiteres nicht damit rechnen konnten, Regenwasser sammeln zu können.

Ulv drehte sich um und witterte in den Wald. Es roch nach Moor, und ein paar Steinwürfe in nördlicher Richtung hatte er einen Bach gehört. Solche Gerüche würde er immer erkennen; sie sicherten ihm das Überleben, wenn der Schweiß auf seiner Haut in der Hitze der Sonne verdampfte.

Ein paar Seeleute seilten ein Beiboot von der Reling ab. Drei Männer kletterten eine Strickleiter hinunter und hielten das Beiboot vor der Schiffsseite fest, als der Rotbart mühsam hinterherkletterte. Als er es endlich ins Beiboot geschafft hatte, setzte er sich auf die mittlere Ruderbank und verschränkte die Arme vor der Brust. Die Männer stießen sich mit den Rudern von der Schiffswand ab und drehten das Boot zum Land.

Ulv zog sich in den Wald zurück. Er suchte sich einen geschützten Platz hinter einem Wacholderbusch und nahm den Bogen von der Schulter. Zwei Meere, dachte er. Zwei Meere musste er überqueren, ehe er das Land erreichen würde, in das die Späher Siréd gebracht hatten. Er hängte den Bogen wieder über die Schulter. Dielan hatte gesagt, dass es Zeiten gebe, in denen ein Mann kämpfen müsse, aber ebenso gebe es Zeiten, in denen er in Frieden leben sollte. Und hier, dachte Ulv, war er auf den guten Willen der Fremden angewiesen.

Ulv lief durch den Wald, bis er wenige Speerlängen von der Wasserkante entfernt eine glatt geschliffene Klippe sah. Die Männer auf dem Schiff entdeckten ihn im selben Moment, als er zwischen den Bäumen hervortrat, und riefen den Männern in dem Beiboot etwas zu, worauf der rotbärtige Seemann hinter dem Dollbord in Deckung ging. Die anderen stachen die Ruder ins Wasser und ruderten unter lautem Geschrei zurück zum Schiff. Das Beiboot bog um den Bug und verschwand hinter dem Schiff.

Die Männer stellten sich in ihren Tuniken an der Reling auf. Als Ulv unzählige Pfeilspitzen im Licht der Sonne aufblitzen sah, sprang er hinter eine Fichte. Im nächsten Augenblick zischten schon die Pfeile an ihm vorbei in den Wald, prallten gegen Baumstämme und fielen zu Boden. Er verfluchte seine eigene Dummheit. Die Begegnung mit den Alvarern, damals, als er aus den Tälern gekommen war, hätte ihn lehren sollen, alle Fremden zuerst einmal als Feinde zu betrachten.

Erneut prasselte es Pfeile um ihn herum. Ansonsten war alles still. Die Männer an Bord warteten auf einen Schrei oder das Geräusch eines zu Boden gehenden Körpers. Aber Ulv stand sicher hinter dem Stamm. Nun legte er einen Pfeil an die Bogensehne. Er sah zu dem Schiff. Sein Vater hatte allein ein Langschiff gesegelt. Aber sein Vater war ein erfahrener Seemann; er war an der Seite der Tirganer in den Rachekrieg gesegelt und hatte später das ganze Felsenvolk durch den Sturmrand geführt. Ulv zielte auf die Männer hinter der ausgeblichenen Reling. Die Fremden waren in der Überzahl, und er konnte sie unmöglich alle töten.

»Vendhur-am?« Das Beiboot kam hinter dem Schiffsheck zum Vorschein. »Tarkinar krech?«

Ulv senkte den Bogen und stellte sich wieder hinter den Stamm. Wollte der Fremde ihn mit Zauberworten verhexen? Die Barkas hatten gesagt, das Seevolk beherrsche so etwas.

»Du Vendhurmann? Vendhur-am?«, rief der Seemann. »Tarkinar Krieger, ein Krieger aus Tarkins Heer?«

Ulv umfasste den Bogen fester. Der Seemann sprach mit einem merkwürdigen Tonfall. Die Worte ertranken fast in den kehligen Lauten. Diese Sprache hatte er noch nie gehört, weder im Barkasfjell noch in Krugant oder Ber-Mar. Vielleicht kamen die Fremden von der anderen Seite des Meeres. Dann standen sie wahrscheinlich auf Tarkins Seite und würden ihn töten, wenn er sagte, wer er war.

»Ich bin der Schiffer von diesem Schiff.« Der Seemann schlug mit der Hand gegen die Schiffswand. »Die Mannschaft folgt meinem Befehl. Gib dich zu erkennen, Fremder!«

Pfeile klirrten, als die Mannschaft ihre Bögen anlegte.

»Ich bin allein!« Ulv hob den Bogen über den Kopf. »Ich bin in friedlicher Absicht hier!«

»Bist du ein Jäger?« Der Schiffer wagte sich noch ein Stück weiter mit dem Beiboot hinter dem Heck hervor.

»Ja!« Ulv verstand nicht, was er damit meinte, aber schließlich war er ein Jäger, und das verriet noch nichts darüber, ob er für oder gegen Vendhurs Heer kämpfte.

»Bist du Ödländer? Wo ist dein Lager?«

Ulv sah zum Schiff. Der Schiffer hatte das Beiboot jetzt ganz aus dem Schutz des Schiffshecks herausgefahren. Die Seeleute schützten ihre Augen vor der Sonne und sahen ans Ufer.

»Im Osten!« Eine andere Antwort fiel Ulv nicht ein, aber er durfte die Fremden auf keinen Fall nach Norden und damit nach Ber-Mar führen. Es war jetzt ungefähr einen Mond her, dass er das letzte Mal den Rauch eines Kanathenerlagers gesehen hatte. Sollte es also hier in der Nähe ein Lager geben, müsste es irgendwo im Osten liegen.

Der Schiffer beriet sich mit seiner Mannschaft. Kurz darauf erhoben sich die Männer aus der Deckung hinter der Reling. Ulv nahm den Pfeil von der Sehne. Er war auf die Fremden angewiesen. Ihr Schiff würde ihn über das Meer bringen.

»Tritt vor«, rief der Schiffer. »Ich grüße dich in Frieden, Jäger, Vendhur-targ! Wir sind Seeleute aus Mansar! Zeig uns den Weg zum Lager, und wir werden dich belohnen!«

Ulv blickte zu dem Schiff. Die Männer hinter der Reling hielten die Bögen noch immer gespannt.

»Sag ihnen, dass sie ihre Bögen runternehmen sollen!« Ulv machte einen Schritt auf die glatten Felsen an der Wasserkante zu, ehe er sich hinter einen Busch duckte.

Der Schiffer rief der Mannschaft ein paar Worte zu, worauf die ihre Bögen auf die Decksplanken legten.

»Zeig dich, Jäger!« Der Schiffer winkte mit den Armen über dem Kopf. »Tritt vor und zeige uns Tarkins Zeichen!«

Ulv schob den Pfeil in den Köcher und kreuzte die Arme vor der Brust. »Tarkins gekreuzte Lanzen! Ich komme in Frieden!«

Der Schiffer zeigte an Land und die Männer begannen zu rudern. Ulv ließ sie nicht aus den Augen, während das Beiboot immer näher kam. Sie ruderten mit langen Schlägen, während die Dünung das Beiboot in Richtung der glatt gespülten Felsen lenkte. Die Männer waren mager, und ihre Bärte und Haare waren verfilzt von Dreck und Salzwasser. Ulv konnte schon jetzt den beißenden Gestank riechen. Als das Beiboot gegen die Felsen schlug, sprangen die Männer ins Wasser und zogen es hinter sich her an Land. Der Schiffer blieb auf der mittleren Ruderbank sitzen. Der dicke Mann trug eine Lederweste über dem rotbraunen Wams, und sein Gesicht war von Sommersprossen übersät. Er erhob sich, stieg über die Bordwand und schritt die glatten Felsen hinauf. Die drei Seeleute scharten sich um ihn. Er zeigte auf Ulv und sagte etwas in seiner eigenen Sprache. Ulvs Hand legte sich fester um den Axtgriff. Die Fremden starrten ihn mit großen Augen über den bärtigen, eingefallenen Wangen an.

»Jäger«, sagte der Schiffer. »Sprichst du Kanathenisch oder Mansarisch? Vendhurs Sprache, Jäger! Sprichst du eine dieser Sprachen?«

Ulv schüttelte den Kopf.

»Bist du ein Ödländer? Lebst du in diesen Wäldern?«

»Ja«, sagte Ulv. Er hatte noch nie etwas von Ödländern gehört, aber im Norden hieß es, dass alle Völker im Süden sich Vendhurs Macht gebeugt hätten. Und wenn die Ödländer in den Wäldern lebten, würde das Gleiche wohl auch für sie gelten.

»Gut.« Der Schiffer stemmte die Fäuste in die Seiten. »Welchem Kaan dienst du?«

Ulv wagte es nicht, den Blick von den Seeleuten abzuwenden. Er wusste, dass die Kaane für die Krieger aus Vendhurs Heer so etwas wie Häuptlinge waren. Aber er kannte nicht einen einzigen Namen.

»Na? Welcher Kaan?« Der Schiffer schüttelte den Kopf und musterte ihn skeptisch. »Du musst doch wissen, welchem Kaan du dienst? Oder bist du vielleicht ein elender Herumstreifer? Muss ich meine Mannschaft auffordern, erneut ihre Bögen gegen dich zu erheben?«

»Kosh.« Ulv nickte, als wollte er sich damit selbst überzeugen. Kosh war der Sklavenhändler, der ihn von Alvar nach Süden gebracht hatte, doch das lag immer noch nördlich der Ebenen und Wälder, und damit jenseits der Grenze, an der für die Südländer die bekannte Welt endete. Die Seeleute konnten unmöglich von dem Sklavenhändler gehört haben. »Kosh«, wiederholte Ulv. »Er ist mein Kaan.«

»Kosh? Ist er neu hier im Norden?« Der Schiffer kratzte sich im Nacken. »Na ja, mir soll es egal sein. Die Hälfte unserer Waren wurde bezahlt, als wir von Torman ablegten, und sobald ein Mann vom Rang eines Kaans sein Namenszeichen in unser Logbuch setzt, bekomme ich bei der Rückkehr auch den anderen Teil des Goldes ausbezahlt.«

Ulv machte einen Schritt auf die Seeleute zu und blieb eine Speerlänge vor dem Schiffer stehen. Die Männer waren kleiner als er, und der Sturm schien ihre ohnehin schon mageren Körper noch mehr ausgemergelt zu haben. Ihre Lippen waren aufgesprungen und ihre Augäpfel gelb wie in der Sonne ausgebleichte Knochen. Die Hände eines der Männer zitterten. Ulv wusste diese Vorzeichen zu deuten. Die Seeleute waren ausgehungert und brauchten dringend frisches Wasser.

»Nehmt mich mit.« Ulv ließ den Axtgriff los und zeigte aufs Meer. »Nach Süden. In das Land auf der anderen Seite.«

»Meine Mannschaft ist vollständig.« Der Schiffer schnäuzte sich in die Hand und wischte sie an seinem Wams ab. »Aber wir nehmen dich an Bord, wenn du uns zeigst, wo dein Lager ist. Ich bin sicher, dass dein Kaan dich reich belohnen wird, wenn wir seinen Leuten Waren bringen, die sie brauchen.«

Ulv sah zu dem Schiff. Der gebrochene Querbaum lag auf dem Deck und die Seeleute auf dem Schiff waren dabei, das Segel zusammenzulegen. Das war sicher nicht das beste

Schiff, um nach Süden zu segeln, aber es war das einzige, das er gesehen hatte, seit er Ber-Mar verlassen hatte.

»Ich werde euch das Lager zeigen«, sagte Ulv und blickte zum Himmel. Die Götter malten verwischte weiße Schleier in das Blau. Die Wolken trieben langsam nach Westen, und der Wind würde bald drehen. Wenn es im Osten tatsächlich ein Lager gab, würde er den Geruch der Feuer wittern, bevor die Seeleute irgendetwas bemerkten. So könnte er sie in dem Glauben lassen, er wisse, wo das nächste Lager war, und dass er einer von Vendhurs Jägern war.

»Das ist gut.« Der Schiffer drehte sich um, steckte zwei Finger in den Mund und pfiff den Männern auf dem Schiff zu. Dann rief er wieder einen Befehl in seiner eigenen Sprache. Gleich darauf wurde ein weiteres Beiboot zu Wasser gelassen und noch mehr Seeleute kamen ans Ufer.

Ulv blieb stehen, als der Schiffer den Männern ein Zeichen gab, ihm zum Waldrand zu folgen.

»Wasser«, sagte er, als er die Wasserschläuche über den Schultern der Männer sah. »Ich weiß, wo Wasser ist.«

Der Schiffer sagte etwas zu seinen Männern und zeigte auf ihn. Ulv verstand, was er meinte, und duckte sich unter den Ästen am Waldrand hindurch. Die Seeleute folgten ihm, und Ulv folgte seinen eigenen Spuren zurück nach Norden. Er wollte sie zu der Stelle bringen, wo er vor kurzem das Bachwasser gewittert hatte. So konnte er ihr Vertrauen gewinnen. Und auf dieses Vertrauen war er angewiesen. Es war so, wie Seon gesagt hatte: Das Meer südlich der Schwarzen Berge war feindliches Fahrwasser. Und wenn er nach Süden wollte, würde er mit dem Feind segeln müssen.

Kurze Zeit später war Ulv zurück in der Bucht. Er war dem Geruch des Wassers gefolgt und hatte die Seeleute zu einem Bach geführt, der etwas weiter im Osten durch den Eichenwald floss. Die sonnenverbrannten Männer hatten ihn misstrauisch beäugt und miteinander geflüstert, und Ulv hatte die Hand die ganze Zeit über nicht vom Axtgriff genommen. Ein Jahr war vergangen, seit er den Barkasfjell verlassen hatte, und damals hatte er gelernt, jedem Fremden zu misstrauen. Ihm war es egal, ob sie Mansarer, Vandarer oder Tuurer waren; für ihn waren sie alle Feinde. Ulv hatte die Seeleute im Wald zurückgelassen, nachdem er ihnen den Bach gezeigt hatte, und war wachsam zurück zur Bucht geschlichen. Doch es lauerte ihm niemand hinter einem Baum auf, um ihn niederzustechen, und als er auf die glatten Felsen am Strand hinaustrat, streckte der Schiffer ihm die offene Waffenhand entgegen. Ulv ergriff sie. So zeigten die Barkas ihre friedlichen Absichten.

Kurz darauf ruderte Ulv mit dem Schiffer zum Schiff. Als Ulv über die Reling kletterte, drehten sich die Seeleute an Deck zu ihm um und griffen nach den Krummdolchen an ihren Gürteln. Doch der Schiffer sprach mit ihnen und zeigte nach Osten. Dann klopfte er Ulv auf die Schulter und stieg durch die Luke in den Decksraum hinunter.

Ulv blieb mit dem Rücken zur Reling stehen und betrachtete die Mannschaft. Es befanden sich gut drei mal zehn Männer auf dem Schiff, die ihn misstrauisch musterten. Die Leinenwämser hingen lose an ihren mageren Körpern. Die meisten der Männer waren rothaarig und hatten Sommersprossen. Sie trugen Lederschnüre um den Hals, an denen glatte Steine oder Bronzeschmuck hingen. Einige hatten Bronzeringe an den Ohren. Männer jeden Alters waren vertreten; auf dem erhöhten Bugdeck hockte ein kahlköpfiger Greis, und neben dem zerrissenen Segel kniete ein junger Bursche mit geflochtenem Haar. Einige wenige Männer waren damit beschäftigt, das Segel zusammenzulegen, andere hackten die Holzsplitter von dem zerbrochenen Querbaum.

Als das andere Beiboot vom Strand zurückkam, trat Ulv in den Bug des Schiffes. Er stieg auf die Reling und lehnte sich mit der Schulter gegen den Bugsteven. Hier stand er höher als der Rest der Mannschaft und hatte einen guten Überblick über alles, was sich an Bord tat. Die Seeleute hievten die Wasserschläuche an Bord und entleerten sie in die Fässer, die am Mast festgebunden waren. Dann ruderten sie zurück an den Strand und verschwanden erneut zwischen den Bäumen, um mehr Wasser zu holen.

Als der Tag sich gen Abend neigte, stand Ulv noch immer im Bug. Erst als die Sonne vor der Landzunge im Meer versank, setzte er sich auf den Boden und wickelte sich in seinen Umhang. Er schob sein Gepäckbündel hinter den Rücken und nahm einen Schluck aus dem Wasserschlauch. Die Seeleute hatten in der Zwischenzeit den Querbaum mit einem Balken verbunden, den sie durch die Decksluke am Achterende des Schiffes hochgehievt hatten. Der Schiffer hatte überwacht, dass die Seile ordentlich stramm gewickelt wurden. Das Segel hing aufgerollt am Querbaum, der wieder an die Mastspitze gezogen worden war. Dort schaukelte er hin und her, und wenn die Wellen das Schiff anhoben, ruckte es in den Schoten, die hinter dem Steuerruder vertäut waren. Die Wassertonnen waren unter Deck verstaut, und während der Schiffer in die Abendsonne blinzelte und Zeichen auf Pergamente malte, schnarchte seine Mannschaft unter Decken und Fellen. Die meisten schliefen an Deck, und nur zwei Mann hielten am Ruder Wache. Ulv sah das Weiße in ihren Augen. Die Männer spähten zum Waldrand und lauschten dem Heulen der Waldteufel, deren lang gezogene Rufe die Stille durchschnitten wie das Lachen eines Irren. Ulv ließ sich nicht mehr von ihnen erschrecken. Dielan hatte ihm von den roten Waldteufeln erzählt, die hier lebten. Nachts begannen sie zu heulen, so verständigten sie sich, wie die Erdriesen im Westwald. Aber er hatte noch keine einzige Spur von ihnen gesehen.

Ulv schloss die Augen und lehnte den Kopf gegen die Reling. Es gab Zeiten, da hatte er geglaubt, Geister hätten ihn nach Süden gelockt. Er hatte sich die Namen von Menschen vorgesagt, die er gekannt hatte, Worte, die in seiner Erinnerung lebten, so lang er denken konnte, und hatte sie für Geisterworte gehalten, Worte, die ihm Stärke gaben. Aber es waren keine Geisterworte gewesen. Als er in das Tal kam, begriff er, dass die vier Jahrzehnte ihn hatten vergessen lassen. Plötzlich erinnerte er sich wieder an den Stamm, den er verloren hatte, an den einohrigen Mann, der sein Vater war, und seine Mutter, die Frau aus Tirga. Er erinnerte sich wieder an die Zeit, bevor das Heulen der Wölfe ihn in den Nebel gelockt hatte. Er war nicht länger der Wolfsmann, der den Geist der Wölfe in sich trug, der große Jäger, von dem die Barkas an ihren Feuern sangen. Er war Ulv, der Sohn von Bran und Tir. Seine Mutter hatte ihm den Namen Adharkach gegeben, und durch ihre Adern floss das Blut des mächtigsten Geschlechtes von Ar. All dies hatte Dielan ihm erzählt. Und Ulv zweifelte nicht an den Worten des alten Mannes. Denn Dielan war der Bruder seines Vaters. Er war Di-lann, eins der tröstenden Geisterworte, die Ulv an den kalten Wintertagen vor sich hin gemurmelt hatte, wenn der Winter um die schneebedeckten Klippen des Barkasfjell pfiff.

Ulv schlief wenig in dieser Nacht. Er döste, lauschte aber mit halbem Ohr dem Schnarchen der Männer, den Würfeln, die die Wachen warfen, und den Wellen, die gegen die Bordwand schlugen. Das Heulen im Wald hielt ihn nicht länger wach, er hatte sich im Laufe der Wanderung daran gewöhnt. Aber sobald die Wachen am Ruder sich bewegten, schlug er die Augen auf und griff nach seiner Axt. In der Schlacht um Ber-Mar waren viele von Vendhurs Kriegern durch seine Hand gefallen, und wenn die Seeleute wüssten, wer er war, würden sie ihn am Querbaum aufhängen und dem Kaan der nächsten Festung seinen Kopf bringen.

In der Morgendämmerung kletterte der Schiffer aus der

Luke und kratzte sich am nackten Bauch. Ulv erkannte ein Muster aus Narben auf seiner Brust, ehe der Schiffer das Wams über den Kopf zog und seinen Oberkörper bedeckte. Der kräftige Seemann stapfte über das Deck und versetzte den Wachen, die mit dem Rücken an der Reling eingeschlafen waren, einen Tritt. Nach und nach kam die Mannschaft auf die Beine und war bald damit beschäftigt, Taue aufzurollen und Tonnen, Felle und Feuerholz von Deck zu schaffen, das sie aus dem Wald mitgebracht hatten. Ulv ließ die Männer nicht aus den Augen, während sie das Schiff seeklar machten. Aus der Decksluke im Achterschiff quoll Rauch, und wenig später stieg ihm der Duft von gekochtem Getreide und Fisch in die Nase.

Jeder Mann bekam eine Schale mit Fischgrütze. Der Junge mit dem geflochtenen Haar kam zu Ulv und leerte eine Kelle mit Grütze in Ulvs Hände. Ulv schlürfte den Brei in sich hinein und kaute auf dem halbgaren Trockenfisch herum. Dann erhob er sich und schaute die Schiffswand hinunter. Aus den Löchern an der Bordwand schoben sich Ruder. Der Anker wurde eingeholt und an der Reling festgezurrt. Das Schiff drehte sich und glitt auf die Landzunge zu. Er warf einen Blick zum Waldrand. Die Baumkronen rauschten im Ostwind. Die Schatten zwischen den Stämmen hatten ihn verborgen. Dort war er sicher gewesen. Jetzt gab es kein Zurück mehr. Er war ein Jäger Vendhurs und sollte das Schiff zum nächsten Kanathenerlager im Osten führen. Er konnte nur hoffen, dass es dort tatsächlich ein Lager gab.

Das Schiff bewegte sich im Rhythmus der Dünung nach Osten. Ulv hielt sich an der Bugreling fest und ließ seinen Blick über das Meer schweifen. Das Meer, das ihn mit Donnerstimmen und geifernden Wellen in Angst und Schrecken versetzt hatte, wirkte nun wie eine endlose, friedliche Ebene. Aber diese Ebene war nicht für Menschen geeignet – nur Götter konnten über die rollende Dünung gehen. Und nur Drachen aus Holz und Eisen wie dieses Schiff konnten sie befahren. Trotzdem fürchtete er die Wellen nicht länger, und als er die Reling verließ und über das Deck ging, spürte er, wie die blaue Ebene unter dem Schiff atmete und lebte. Das Meer war wie ein Geschöpf mit eigenem Willen und eigener Seele, es rollte über ein Bett aus Tang und Sand. Ulv wusste, dass er nicht zum ersten Mal an Bord eines Schiffes war: Dielan hatte ihm von der Fahrt des Felsenvolkes über das Meer erzählt. Vielleicht wagte er es deshalb, sich über die Reling zu lehnen und in die Wellen hinunterzuschauen, die an der Bordwand entlangleckten. Die Worte des Alten klangen in seinen Ohren: Bran hatte sein Volk durch den Sturmrand geführt, und auf der anderen Seite hatten sie ein neues Meer und eine neue Welt gefunden. Ulv beschattete seine Augen vor der Sonne und blickte über das Meer nach Süden. Dort draußen tobten die Stürme, von denen Dielan mit so viel Ehrfurcht erzählt hatte. Und dort war auch Kin-Land, die schwimmende Meeresstadt, wo seine Mutter ihn geboren hatte. »Das Meer ist in dir«, hatte Dielan gesagt. Der Alte hatte nach Südwesten gezeigt und gesagt, der Meeresgott Manannan sei der Mächtigste aller Götter, weil er das größte Reich und die stärksten Krieger regierte. Dort draußen gab es Seeungeheuer, die so lang wie die Flugbahn eines Pfeils waren. Dort kämpften brünstige Zahnwale mit Speeren, die aus ihren Kiefern wuchsen. Und dort lebten die Kinländer, die Fischmenschen. Manannans Volk.

Der Ostwind schien sich zu halten, und so befahl der Schiffer seiner Mannschaft Doppelschichten an den Rudern. Die Männer fluchten und rackerten sich auf den Ruderbänken ab, während Ulv an Deck blieb und dem Ächzen der Riemen und dem monotonen Taktruf des Steuermanns lauschte. Der magere Seemann beugte sich über das Steuerruder vorm Achtersteven, während der Schiffer sich die meiste Zeit auf dem erhöhten Bugdeck aufhielt. Wahrscheinlich hielt er nach Untiefen und Strömungen Ausschau. Oder nach Buchten, in denen sich ein kanathenisches Lager verbergen könnte. Ulv stand backbord an der Reling, den Blick auf die Küste gerichtet. Die Dünung brach sich weiß schäumend an den verstreuten Schären, zwischen deren Felsen sich kräftige Eichen und verdrehte Fichten drängten. Das Schiff folgte dem Küstenstreifen in einem Abstand von zwei Pfeilschüssen, aber der Schiffer war sich seiner Sache nicht sicher. Immer wieder rief er dem Steuermann zu, weiter aufs Meer hinauszufahren, weil das Fahrwasser zu flach und trübe war.

Als die Sonne den höchsten Punkt erreicht hatte, hatte Ulv landeinwärts noch immer keine Spur von Rauch entdeckt. Der Schiffer wollte wissen, wie weit es noch wäre, und Ulv zeigte vage nach Osten. Bald würden sie das Lager sehen, sagte er. Bald würden die Krieger sie willkommen heißen. Darauf grinste der Schiffer breit, legte eine Hand auf Ulvs Schulter und führte ihn über das Deck zur Steuerbordseite. Er zeigte nach Süden und erzählte von ihrer Überfahrt aus Torman, von den Nächten, die er über die Karten gebeugt durchwacht hatte, um einen Weg um den Sturmrand herum zu finden. Sie waren geradewegs nach Norden gefahren, die schwarze Nebelwand immer auf der Backbordseite. Der Schiffer hatte gehofft, die Stürme umfahren zu können, aber die Götter hatten es anders gewollt. Die Wellen waren über das Deck gespült, und der Wind hatte geheult wie Klageweiber. Irgendwann hatte der Schiffer das Ruder festgebunden und mit seiner Mannschaft Schutz unter Deck gesucht. Sie hatten zu Tarkin gebetet, dass das Meer sie verschonen möge, und Tarkin hatte sie erhört, denn der Sturm hatte nachgelassen und die Strömung hatte sie an die Küste geführt, an der die Lager des Nordheeres auf Nachschub warteten.

Der Schiffer erzählte von den vielen Jahren, die er auf See

verbracht hatte. Er hatte östlich von Taraman in dem Krieg um Die Neun Städte gekämpft. Dort hatte er es unter seinem Kaan zu Reichtum und Ehre gebracht und sich für das Gold, das er bei den Schlachten erbeutet hatte, ein Handelsschiff gekauft. Seitdem rostete sein Schwert vor sich hin. Er hatte eine Frau in Torman und ein Sklavin auf Cogga; beide Frauen zusammen hatten ihm fünf Söhne und vier Töchter geboren. Der Schiffer wollte seinen Namen nicht verraten, da die beiden Frauen nichts voneinander wussten. Und er wollte nicht riskieren, dass Männer wie Ulv, Jäger, die weit herumkamen und vielen Kaanen dienten, im Rausch Gerüchte verbreiteten. Darauf sagte Ulv nichts, verstand er doch kaum, wovon der Schiffer eigentlich redete. Er wandte sich nach Norden und hielt die Nase in den Wind. Noch konnte er keinen Rauch riechen.

Es wurde Abend. Ulv stellte sich in den Bug und lauschte, aber der Wind trug keinen Ruf nach Westen, und kein Hornsignal, als die Sonne im Meer versank. Der Schiffer suchte ungeduldig das Ufer ab, wo die Klippen, je weiter sie sich nach Osten kamen, immer höher wurden. Der Ostwind war stärker geworden und die Wellen um die Schären hatten weiße Gischtkronen. Die Männer fingen an zu klagen, weil das Rudern immer schwerer wurde. Der Schiffer und der Steuermann standen zu zweit am Ruder. Ulv sah, wie sie die Köpfe zusammensteckten und zu ihm herüberschielten.

Als die Dunkelheit sich über das Meer senkte, kam der Schiffer zu ihm und fragte ihn, ob er sich noch auskannte. Ulv nickte und wiederholte die gleichen Lügen wie zuvor. Bald würden sie das Lager sehen. Bei Morgengrauen oder etwas später. Er hätte noch nie diesen Weg die Küste entlang genommen, erklärte er. Er kenne nur den Landweg, daher könnte er nicht genau sagen, wie lange das Schiff brauchen würde, um das Lager zu erreichen.

Ulv schlief an die Reling gelehnt. Er träumte von endlosen Wäldern, von Wanderungen unter schneebedeckten Fichten und Nächten, in denen die Wölfe das Nordlicht anheulten. Er wanderte durch die Täler auf dem Weg ins Gebirge. Dort sah er die Feuer der Barkas in der Dunkelheit glimmen und hörte, wie sie ihre Ahnen anriefen, die in den Schatten und der Dunkelheit lebten. Die Barkas tanzten in ihren Winterlagern um die Feuer herum und feierten die längste Nacht des Jahres. Ab jetzt würden die Tage wieder länger werden, und der Mond würde sie dem Frühling entgegenführen. Er kletterte von dem Felsen herunter, auf dem er gestanden und dem Gesang des Klans gelauscht hatte, und schlich zwischen den Fichten durch den hüfthohen Schnee. Er witterte das Blut eines frisch geschlachteten Hirsches und den Schweiß der tanzenden Frauen, er roch Abfälle und gebratenes Fleisch. Hinter einem umgestürzten Baum ging er in Deckung und blickte zu dem Lager. Die Männer hatten ein großes Feuer entzündet, um das sie sich mit über den Kopf erhobenen Speeren versammelt hatten. Sie waren nackt, zeigten ihre Narben und rasselten mit den Bärenklauen, die sie an Ketten um den Hals trugen. Sie schrien gegen die Berge an und trotzten dem Winter. Er würde sie nicht töten. Nicht in diesem Jahr. Vielleicht nächstes Jahr, wenn der Wald ihrem Leben noch einen weiteren Sommer und einen weiteren Herbst abgerungen hatte. Aber nicht in diesem Winter. Die Hirsche waren fett und die Bergziegen kamen aus den Bergen herunter. Die Frauen waren fruchtbar. Noch lebten sie. Ulv lauschte dem Gesang der Frauen, er sah die Männer über die Flammen springen und hörte das Knistern der Holzscheite im Feuer. Schließlich drehte er sich um und folgte seinen eigenen Spuren hinauf in die Berge.

Die grobe Stimme des Schiffers riss Ulv aus seinen Träumen. Er blinzelte und sah die Speerspitze, die auf ihn gerichtet war. Am anderen Ende des Speeres stand der Schiffer, breitbeinig und mit zusammengekniffenen Augen. Seine Mannschaft hatte sich mit Krummdolchen bewaffnet und um ihn geschart.

Ulv griff nach seiner Axt, aber da drückte der Schiffer den Speer fester gegen seine Brust. Die Spitze ritzte seine Haut auf. Ulv griff nach dem Speerschaft, rollte sich auf die Seite und war mit einem Satz auf den Beinen. Er erhob die Axt gegen den Schiffer, aber die Seeleute stürzten sich auf ihn und pressten ihre Dolche an seinen Hals. Ulv blieb stehen, während die Männer versuchten, ihn auf die Knie zu zwingen. Da hob der Schiffer die Hand, und die Seeleute ließen von ihm ab. Der dicke, rotbärtige Mann hob den Speer vom Boden auf und zeigte auf die Küste.

»Das Lager«, sagte er. »Wo ist es? Ich sehe nichts als Klippen. Und das Fahrwasser ist voller Untiefen. Willst du uns auf Grund laufen lassen, terhath?«

»Terhath?« Ulv senkte die Axt. Er wusste nicht, was das Wort bedeutete.

Einer der Seeleute beugte sich zum Schiffer hinüber und flüsterte ihm etwas ins Ohr.

Der Schiffer nickte. »Für einen Jäger aus Vendhurs Heer verstehst du die kanathenische Sprache sehr schlecht. Ich glaube, du bist ein Herumstreifer, terhath, Fremder. Einer, der uns auf Grund laufen lassen will, um das Schiff um seine Waren zu erleichtern. Ist es so, terhath?«

Der Schiffer richtete den Speer auf ihn. Ulv wich bis an die Reling zurück, aber der Schiffer folgte ihm und setzte ihm die Spitze auf den Bauch.

»Ist es so?« Der Schiffer presste die Kiefer aufeinander und legte die Stirn in Falten. »Bist du ein Landstreicher? Muss ich meinen Männern befehlen, dir die Augen auszustechen und dich über Bord zu werfen?«

»Nein.« Ulv schüttelte den Kopf. »Ich bin kein Landstreicher. Ich weiß, wo das Lager ist.«

Der Schiffer sah an Land, ehe er mit dem Speer ausholte und

Ulv mit dem Schaft in den Nacken schlug. Ulv wollte sich auf ihn stürzen, aber die Seeleute hielten ihn fest. Sie schrien, machten wilde Gebärden und stachen mit ihren Dolchen nach seinen Augen. Ulv wand sich unter ihren Griffen, aber sie waren zu viele für ihn allein. Er kniff die Augen zu. Die kalten Messerklingen hinterließen brennende Spuren in seinem Gesicht.

Da ertönte der Ruf aus dem Ausguck. Der Mann, der vorn auf der Reling stand und sich am Bugsteven festhielt, zeigte an die Küste und schrie wie ein Besessener. Die Mannschaft ließ von Ulv ab und stürzte in den Bug. Die Männer lehnten sich über die Reling, schlugen sich gegenseitig auf die Schultern und lachten ausgelassen. Der Schiffer bahnte sich einen Weg zwischen ihnen hindurch.

Ulv strich sich über die Stirn. Er blutete nicht, aber die Dolche hatten die Haut über seinen Wangen und der Stirn angeritzt. Er hielt noch immer die Axt in der Hand; es war den Männern nicht gelungen, sie ihm abzunehmen. Er stützte sich auf die Reling und sah an Land. Die Klippen bildeten eine Mauer zum Meer. Die Eichen zwischen den Felsen wuchsen dicht, und ihre laubschweren Äste hingen über das Wasser und schwankten im Wind. Dahinter war ein Schatten zu erkennen, ein Sund, der sich in die Felsen hineinfraß. Und über dem Sund trieb Rauch in östlicher Richtung über die Baumkronen. Der Wind hatte im Laufe der Nacht gedreht. Sie waren in der Nähe eines Lagers. Ulv wusste nicht, ob es Kanathener waren, die das Feuer entzündet hatten. Aber die Mannschaft glaubte es. Der Schiffer stapfte in die Mitte des Decks, wickelte eine Flagge auf, die zusammengerollt am Fuß des Mastes gelegen hatte, und hisste sie über dem Querbaum. Ulv legte die Hand über die Augen. Auf dem weißen Stoff prangten Tarkins gekreuzte Lanzen.

Das Schiff behielt den östlichen Kurs bei. Die Mannschaft blieb im Bug versammelt, und als der Sund sich neben ihnen öffnete und der Steuermann das Schiff zum Land lenkte, befahl der Schiffer seinen Männern, unter Deck zu gehen. Das Rahsegel wurde unter dem Querbaum aufgerollt und die Ruder wurden ausgefahren. Das Schiff nahm Kurs auf den Sund.

Ulv stand immer noch an der Reling und hängte sich sein Bündel über den Rücken. Er befestigte den Pfeilköcher am Gürtel und nahm den Bogen in die Hand. Das Schiff glitt zwischen tangüberwucherten Felsen hindurch, an denen sich die Wellen weiß brachen. Einen Steinwurf vor dem Bug verengte der Sund sich zu einer Klamm. Der Schiffer lief zum Bugsteven, hielt sich an der Reling fest und starrte ins Wasser. Er rief dem Steuermann Befehle zu und zeigte abwechselnd nach steuerbord oder backbord. So lenkte er das Schiff durch die Untiefen. Ulv blickte an den Felsen hoch, die das Schiff um Längen überragten. Seevögel flogen von Steinvorsprüngen auf und stießen schrille Schreie aus. Die Wellen schlugen gegen die Felswände. Das hohle Dröhnen hallte über den Sund, in dem die See weiß schäumte. Er umklammerte die Reling. Das Schiff glitt in die Öffnung zwischen den Felswänden. Der Schiffer brüllte der Mannschaft zu, die Ruder einzuholen, als die Wellen das Schiff in die Klamm schoben. Sie fuhren so dicht an den Felswänden vorbei, dass Ulv nur den Arm hätte ausstrecken müssen, um über die muschelbewachsenen Steine streichen zu können. Der Schiffer lief hin und her, rief Befehle und drehte die Handflächen zum Himmel wie in einem Gebet zu den Göttern, die keiner außer ihm selbst kannte. Ulv zog sich in die Mitte des Decks zurück. Der Steuermann stand über das Ruder gebeugt da, die Finger wie weiße Klauen um die Ruderpinne gekrallt. Backbord schrammte die Reling am Fels entlang, aber der Steuermann richtete das Schiff schnell so aus, dass es parallel zur Felswand fuhr. Die Klamm machte einen weiten Bogen nach Westen, bevor sie sich endlich öffnete. Der Schiffer stieß einen Freudenschrei aus, als das Schiff die Klamm verließ und in eine ruhige Bucht glitt.

Sie waren in einem Hafen gelandet, der von Klippen und Wald umgeben war. Als das Schiff sich aufs Ufer zubewegte, trat Ulv zurück an die Reling. Vor dem Strand lagen drei Schiffe. Ulv erkannte die lang gestreckten, spitzen Buge wieder. Das waren Kanathenerschiffe, Kriegsschiffe wie er sie in Ber-Mar gesehen hatte. Das Hochwasser war zurückgegangen und die Boote lehnten an dicken Pflöcken. Hinter dem Strand standen mehrere Reihen Zelte, und in der Mitte des großen Platzes standen eine Hand voll Blockhütten und offene Laubdächer. Ulv zog sich von der Reling in den Schutz des Mastes zurück, weil es an Land nur so von Menschen wimmelte. Einige hatten die gleiche blasse Hautfarbe wie er, aber die meisten waren schwarz. Rund um das Lager flatterten Fahnen an Pfählen, die alle das schwarze Kreuz trugen, Tarkins gekreuzte Lanzen. Die Krieger verehrten ihren Gott und Herrscher. Am Waldrand stand ein Wachturm, und in diesem Moment setzte die Wache das Horn an die Lippen und blies über das Lager. Ulv hängte seinen Bogen über die Schulter. Es bestand kein Zweifel, dass dies ein kanathenisches Lager war. Sein Herz schlug so schnell wie das Herz eines verwundeten Hirsches.

Das Schiff hielt auf den östlichen Teil des Strandes zu. Krieger in geschwärzten Brünnen strömten mit erhobenen Lanzen ans Ufer. Sie stellten sich in einer Reihe vor den Langschiffen auf, während ein Mann mit schwarzem Umhang und schulterlangem, glattem Haar vortrat und das Schiff zu sich winkte. Von den Kanathenern, die Ber-Mar belagert hatten, wusste Ulv, dass der schwarze Krieger ein Kaan war. In Vendhurs Heer trugen nur Kaane und Späher langes Haar, als Zeichen ihrer Autorität und Kraft. Der Kaan verschränkte die Arme vor der Brust, genau wie die Späher, die ihm Siréd weggenommen hatten. Dann grüßte der Kaan den Schiffer mit Tarkins Zeichen, und der Schiffer neigte den Kopf und tat es ihm nach. Der Steuermann legte das Steuer um. Der Kaan ging am Ufer entlang und zeigte zu einem Pfahl, der wenige Speerlängen vom Ufer entfernt in den Sand gerammt war. Der Steuermann löste den Anker und ließ ihn vom Achtersteven ins Wasser fallen, woraufhin sich der Bug zum Ufer drehte und das Schiff im flachen Wasser liegen blieb.

Ulv blieb am Mast stehen, als der Schiffer seine Mannschaft an Deck rief. Die Seeleute ließen Strickleitern von der Reling herunter, und der Schiffer warf ein Tau vom Bug, mit dem das Schiff an dem Pfahl vertäut wurde. Zuletzt befestigte der Steuermann das Ankertau.

Die Mannschaft verharrte hinter der Reling, als der Schiffer von Deck stieg und dem Kaan die Hand drückte. Ulv versuchte mitzubekommen, was die beiden Männer sagten, aber die kanathenische Sprache war ihm fremd. Trotzdem erkannte er einzelne Worte wieder. Die Männer sprachen über Ber-Mar und Vendhur. Der Kaan zeigte kopfschüttelnd nach Norden. Ulv stellte sich hinter die Seeleute. Es war eine Weile her, dass er das letzte Mal kanathenische Krieger gesehen hatte. Seit der Schlacht in Ber-Mar war er den gerüsteten Männern nicht mehr so nahe gekommen. Krieger wie die, die jetzt am Strand standen, waren unter seiner Axt gefallen. Sie hatten vor Todesangst gewinselt und geschrien, als das Heer der drei Völker ihre Häuser in Brand gesteckt und die Stadt angegriffen hatte. Nachdem alle Kaane erschlagen waren, hatten die dunkelhäutigen Krieger sich rasch ergeben. Aber es mussten noch viele von ihnen sterben, ehe die Bermarer ihre Speere und Knüppel ruhen ließen.

Der Kaan schlug sich auf die Brust und zeigte zum Lager. Der Schiffer blinzelte in die Sonne und strich sich über den roten Bart. Dann drehte er sich um und rief seiner Mannschaft etwas zu. Die Männer liefen zu den Luken und begannen Tonnen und Lederbündel an Deck zu tragen.

Ulv blieb allein an der Reling zurück. Er beobachtete die Seeleute, die ihre Wämser auszogen und mit Tonnen und Leinensäcke auf den Schultern die Strickleitern hinunterkletterten. Sie luden sich Netze voll gelber Früchte, Bündel mit Trockenfisch und Getreidesäcke auf den Rücken und stellten die Lebensmittel bei den Kriegern am Strand ab. Der Schiffer und der Kaan hatten sich zurückgezogen. Jetzt kamen die Kinder aus dem Lager angelaufen. Ulv zog die Kapuze seines Umhangs vor sein Gesicht, als die schwarzen Frauen den Strand betraten. Er befürchtete, dass Überlebende von der Schlacht in Ber-Mar den Weg an der felsigen Küste entlang gefunden und hier Schutz gesucht haben könnten. Er schob die zweischneidige Axt unter den Umhang, um zu vermeiden, dass womöglich ein kanathenischer Krieger, der in Ber-Mar in seiner Nähe gekämpft hatte, die tirganische Waffe wieder erkannte.

Nachdem die Seeleute die letzte Tonne am Strand abgeladen hatten, versammelten sie sich wieder an Deck. Die mageren Männer wickelten ihre Lendenkleider ab und zogen Bottiche mit Meerwasser an Deck. Sie gossen sich das Wasser über den Kopf und schrubbten sich laut singend und lachend gegenseitig mit groben Leinenlappen den Rücken. Ulv schaute zu dem Lager. Die Frauen riefen ihre Kinder und gingen mit ihnen zu den Zelten. Nur ein paar verkrüppelte Krieger blieben am Strand zurück. Sie wechselten noch ein paar Worte, ehe sie zu den kanathenischen Langschiffen humpelten.

Ulv ging in den vorderen Teil des Bugs, kletterte auf die Reling und legte den Arm um den Hals des Bugstevens. Von hier aus hatte er einen besseren Blick auf das Lager. Der Siedlungsplatz maß ein paar Pfeilschüsse im Durchmesser, war aber trotzdem nicht groß genug für alle Krieger. Die Zeltreihen, die er gesehen hatte, als sie in die Bucht hineingeglitten waren, zogen sich über den Rand des Platzes bis in den Wald. Einige Zelte waren aus Segeltuch, das über gerade Stöcke gespannt war, andere waren aus Sackleinen und Fellen zusammengeflickt. Zwischen den Zeltreihen liefen dunkelhäutige Kinder und Frauen in bunten Kleidern und Tüchern hin und her. Einige trugen Körbe mit Fisch und Reisigbündel, andere saßen vor den Zelten und flickten Umhänge und schwarze Kleidungsstücke. Ulv zählte auf beiden Seiten der Laubhütten und Blockhäuser in der Mitte des Platzes zehn Zeltreihen. Dorthin hatten die Krieger die Waren getragen; jetzt waren sie dabei, die Fässer unter ein ausladendes Segeltuchdach zu rollen. Der Schiffer und der Kaan standen mit vor der Brust verschränkten Armen da und sahen den Kriegern zu. Die übrigen Bewohner des Lagers hielten respektvoll Abstand, ohne die Waren, die im Schatten verstaut wurden, auch nur einen Moment aus den Augen zu lassen. Die meisten Männer waren wie Krieger gekleidet – sie trugen Lederbrünnen, hohe Stiefel und eine Lanze über der Schulter. Aber es gab auch welche, die keine Waffe trugen, grau gekleidete Gestalten, die etwas abseits von den anderen zwischen den Zelten standen. Sie steckten die Köpfe zusammen und zeigten auf das Schiff, ehe sie sich wieder ihrer Arbeit zuwandten. Sie trugen zerlumpte Leinenwämse, und nur die wenigsten von ihnen hatten Stiefel. Selbst vom Schiff aus konnte Ulv die kreuzförmigen Narben auf ihren Wangen erkennen. Die Zeit, die er hinter den Wagen der Sklavenhändler gekettet war, hatte ihn einiges über die Gewohnheiten der Südvölker gelehrt. Das waren Sklaven, durch Tarkins Zeichen zu lebenslanger Knechtschaft verdammt.

Der Westwind wurde stärker, und Ulv nahm den scharfen Geruch von Exkrementen und Urin wahr. Es stank nach fauligem Fisch, und der Rauch und die Asche vieler Herdfeuer lagen über dem Wald und dem Strand. Pferde hatte er noch keine gesehen – wahrscheinlich waren die Kanathener über den Seeweg gekommen und brauchten keine Reittiere, solange sie Schiffe hatten.

Ulv sprang von der Reling. Alle Kanathener dienten Vendhur, dem obersten Heerführer Tarkins. Auch die Kaane in diesem Lager beugten sich seinen Befehlen. Und wer weiß, möglicherweise brachte der Schiffer aus Mansar mehr als nur die Nahrungsmittel aus dem Süden, eine Botschaft aus Kanath zum Beispiel, den Befehl, dass die Krieger aufbrechen und sich irgendwo anders einem Heer anschließen sollten. Ulv wusste nur wenig über diese Dinge, doch ein wenig hatte Seon ihm erklärt. Die Stärke der Kanathener lag in der Fähigkeit Vendhurs, seine Befehle über große Distanzen zu senden. Mal folgten die Pergamente einem Schiff, mal wurden sie von Reitern überbracht, die eine Hand voll Pferde zu Schanden ritten. Tauben mit Vendhurs Botschaften überflogen feindliche Gebiete. Aber inzwischen, dachte Ulv und ließ den Blick über die zahllosen Zelte schweifen, inzwischen gab es kaum noch Feinde. Die Krieger konnten sich ausruhen, und die Invaliden am Strand konnten sich an ihre Feuer setzen und ihren Kindern von dem Krieg erzählen, der sie zu Krüppeln gemacht hatte.

Er verließ das Bugdeck. Die Männer waren gewaschen, hatten die dreckigen Wämser aber wieder übergezogen und ihre Geldbeutel an die Gürtel gebunden. Ein Weinschlauch wanderte von Hand zu Hand. Die Männer tranken gierig. Einer packte sich in den Schritt und rollte mit der Hüfte. Ulv verzog sich nach achtern und setzte sich mit dem Bogen auf den Knien vor die Reling.

Die Männer gingen von Bord und tranken auf dem Weg zum Lager weiter. Ulv war nicht unglücklich darüber, allein auf dem Schiff zurückzubleiben. Er zog die Knie an die Brust und strich sich über die Narbe am linken Bein. In Krugant hatte ein Kanathener ihm eine Lanze in den Oberschenkel gerammt. Das Wundfieber hatte ihn damals fast das Leben gekostet. Aber die Lanzenspitze hatte den Knochen nicht beschädigt, und als das Fieber nachließ, konnte er aufstehen und weiterwandern. Er war von Land zu Land geflohen und hatte miterlebt, wie eine Stadt und eine Siedlung nach der anderen sich Vendhurs Herrschaft beugte. Und nun befand er sich wieder in den Händen der schwarzen Männer. Er musste auf der Hut sein. Es wäre das Sicherste für ihn, auf dem Schiff zu bleiben, bis die Männer wieder in See stachen. Dann würde er mit ihnen über das Meer in das andere Land fahren. Zwei Länder und zwei Meere, hatte Seon gesagt. Ihm blieben noch neun Monde, um sie zu überqueren. Nach Ablauf der neun Monde würde Siréd zu Tarkin gebracht werden.

Bei Anbruch des Abends saß Ulv noch immer an Deck. Als die Sonne im Meer versank, verstummten die Stimmen und das Kindergeschrei aus dem Lager. Vom Wachturm tönte das Geräusch eines Hornes herüber. Die Wachen wurden abgelöst und eine Hand voll Krieger verteilte sich im Lager. Einer ging in den Wald, ein paar andere kletterten auf die Felsen, die die Bucht vom Meer trennten. Sie hoben sich als dunkle Schatten vom Nachthimmel ab.

Ulv rückte den Umhang über seinen Schultern zurecht. Seine Hände glitten über den Bogen und den Axtgriff, und seine Finger zählten die Pfeile im Köcher, ehe er ein weiteres Mal mit der Hand über die Axt strich. Ulv dachte nicht weiter darüber nach, diese Bewegungen waren zu einer Art Ritual geworden, das ihm ein Gefühl von Sicherheit gab. Aber an diesem Abend war er unruhig, er sah zu dem Lager und horchte auf die Geräusche, die von dort herüberschallten. Vom Waldrand waren Gelächter und Flötenspiel zu hören. Raue Männerstimmen mischten sich mit dem Klang heller Frauenstimmen. Die verkrüppelten Krieger hatten sich schon vor einiger Zeit in ihre Zelte zurückgezogen, und die grau gekleideten Sklaven waren nirgends mehr zu sehen. Ulv hob den Kopf und hielt die Nase in den Wind. Es roch nach Meer, und der Wind war warm. Ein Vorbote des Sommers.

Er saß reglos da und lauschte den Stimmen aus dem Lager. Als die Nacht sich schwarz über die Zelte senkte, hatte der

Westwind sich gelegt. Ulv saß mit geschlossenen Augen an der Reling und lauschte den Wellen, die gegen die Felsen schwappten. Das war ein sicherer Klang, als ob das Meer ein großer, schläfriger Riese wäre. Die Wellen waren der Atem des Meeres, und wenn er im gleichen Takt wie der Riese atmete, schlief er normalerweise schnell ein. Aber an diesem Abend hielt ihn der Lärm aus dem Lager wach.

Der Mond stand hoch zwischen den Sternen, als Ulv am Strand Schritte hörte. Er richtete sich vorsichtig auf. Zwei Gestalten schwankten auf das Schiff zu. In der einen erkannte er den fülligen Schiffer wieder. Er hielt eine Frau im Arm. Der Schiffer blieb stehen, flüsterte ihr etwas ins Ohr und zeigte auf das Schiff. Die Frau sah sich um, aber der Schiffer zog sie einfach hinter sich her.

Ulv blieb an seinem Platz stehen, als der Schiffer die Frau die Strickleiter hinaufschob. Als die Frau Ulv entdeckte, griff sie nach dem Arm des Schiffers. Ulv machte einen Schritt nach hinten. Die Frau redete in einer fremden Sprache auf den Schiffer ein, und der kräftige Mann wischte sich über den Mund und spuckte auf das Deck.

»Vendhur-targ? Vendhurs Jäger, bist du das?« Der Schiffer stützte sich auf die Frau.

Ulv zog den Umhang über die Axt. Es war dunkel, aber er konnte erkennen, wie der Schiffer sich vorbeugte und versuchte, den Blick auf ihn gerichtet zu halten. Die Frau war in Lumpen gekleidet, und ihr kurz geschorenes dunkles Haar hatte die gleiche Farbe wie ihr schwarzes Gesicht. Sie zog den Schiffer zu sich und flüsterte ihm etwas ins Ohr. Der Schiffer nickte.

»Sie will nicht, dass du hier bist«, sagte er. »Und Recht hat sie. Das hier ist mein Schiff.« Er stampfte mit dem Fuß auf und zeigte auf das Lager. »Sieh zu, dass du an Land kommst, Vendhur-targ. Die Mannschaft ist am Waldrand. Die tazkanischen Sklavenfrauen …« Er schob die Hand hinter den Gürtel und grinste. »Für dich ist sicher auch noch eine übrig.«

Ulv nahm den Bogen von der Schulter. Er verstand nicht, was der Schiffer ihm sagen wollte. »Ich bleibe hier«, erwiderte er leise.

»Bei Krims Söhnen!« Der Schiffer schob die Frau beiseite und torkelte auf ihn zu. »Du tust, was ich sage, Jäger! An Land mit dir, bevor ich dich kastriere!« Der Schiffer fingerte fluchend an seinem Gürtel herum. Als er den Dolch schließlich zu fassen bekam, drohte er Ulv mit der krummen Schneide und nickte zum Strand. »Das ist mein Schiff«, wiederholte er. »Und ich will hier jetzt meine Ruhe haben, verstanden?«

Ulv machte einen großen Bogen um ihn und die Frau. Der Schiffer stach mit dem Dolch in die Luft, als wollte er der Frau beweisen, dass er Ulv überlegen war. Ulv hängte den Bogen über die Schulter, kletterte die Strickleiter hinunter und entfernte sich zögernd von dem Schiff. Die Decksluke knarrte. Der Schiffer und die Frau gingen unter Deck.

Am Ende des Strandes blieb Ulv stehen und warf einen Blick zwischen die Zelte. Sie waren größer, als sie vom Schiff aus gewirkt hatten. Jedes einzelne maß drei Speerlängen und war breit genug für mehrere Menschen. In einigen Zelten brannte Licht. Ulv erkannte die Umrisse von zwei Menschen auf dem Zelttuch.

Er trat zwischen die Zelte und ging parallel zum Strand nach Westen. Von dort konnte er die ganze Bucht und die Felsen überblicken. Er hörte das Rauschen des Windes in den Baumkronen und roch den Tang, der im niedrigen Wasser wuchs. Als er alleine gewandert war, hatte er sein Lager aufgeschlagen, wo es ihm passte, aber hier gab es nirgendwo einen ruhigen Platz. Die Wachen auf dem Wachturm waren von der Dunkelheit verborgen, aber Ulv konnte sie riechen, und er hatte das Gefühl, dass sie ein Auge auf ihn hatten. Vielleicht konnten sie spüren, was er dachte. Vielleicht hatte der

Schiffer dem Kaan von dem Jäger erzählt, der ihn zu dem Lager geführt hatte, und der Kaan hatte geantwortet, dass er diesen Jäger nicht kannte. Ulv ging hinter einem Zelt in die Hocke. Seine abgehackten, schnellen Atemzüge durchbrachen die Stille. Sie erzählten von Furcht, und wer ihn hörte, wusste, dass er Angst hatte. Er strich sich über die schweißnasse Stirn und blickte zu den Zelten. Niemand würde es merken, wenn er sich in den Wald davonstahl. Sein Bündel war noch auf dem Schiff, aber es war ratsamer, sein Leben zu retten, als in einem Kanathenerlager als Feind entlarvt zu werden. Andererseits konnte er nicht einfach fliehen. Er war auf das Schiff angewiesen. Es sollte ihn über das Meer bringen und zu Siréd führen.

Ulv ging bis zur Mitte des Strandes. Hier gaben die Zeltreihen den großen Platz frei, auf dem die Laubhütten und Blockhäuser wild durcheinander standen. Ulv vermutete, dass die Zelte erst später dazugekommen waren, und dass es die Hütten bereits gegeben hatte, bevor die Kanathener den Weg durch die Klamm entdeckt hatten und mit ihren Schiffen in die Bucht gekommen waren. Vielleicht war das hier ein Fischerdorf gewesen, vielleicht hatte hier ein Jägerklan gelebt. Wie dem auch sei, sie waren jetzt fort, und die Kanathener hatten ihre Hütten übernommen. Ulv schritt durch das trockene Gras und sog den Geruch der Gebäude ein. Es roch nach Fleisch und Fisch, nach Fellen und Wein. Direkt vor ihm waren ein paar dicke Pfähle in die Erde geschlagen worden und die Erde dazwischen roch nach Blut. Ulv vermutete, dass dort die geschlachteten Tiere aufgehängt wurden. Aber vielleicht banden sie auch die Sklaven an diese Pfähle, um sie auszupeitschen.

Ulv entfernte sich von den Pfählen. Er wollte weg von dem Blutgeruch und den Erinnerungen, die dadurch wachgerufen wurden, und folgte einem Trampelpfad zwischen zwei Holzstapeln. In der Dunkelheit waren die Hütten unmöglich voneinander zu unterscheiden, aber am Ende des Platzes, direkt am Waldrand, sah er den Wachturm, der das ganze Lager überragte. Und dort, zwischen den Stämmen hinter dem Wachturm, hörte er die Mannschaft vom Schiff. Auch wenn er nicht verstand, was sie sagten, erkannte er ihre eigenartige Sprache wieder. Er hatte noch nie einen Mansarer sprechen hören, bevor er auf den Schiffer und seine Mannschaft gestoßen war. Aber er hatte auf dem Schiff ihren Gesprächen gelauscht und erkannte jetzt den weichen Klang der Sprache und die merkwürdigen Kehllaute. Die Sprache der Kanathnener war anders, irgendwie härter.

Er trat zwischen die Blockhäuser. Zwischen den Segeltuchdächern und Holzstapeln würde er vielleicht einen Platz zum Ausruhen finden. Er schlich an einer Wand aus Blätterzweigen vorbei. Auf der anderen Seite schnarchte jemand. Vorsichtig schlich er durch das Gras zum Ende des Platzes. Ulv konnte nicht sagen, wieso er ausgerechnet diesen Weg wählte, denn eigentlich schreckte ihn das Gegröle aus dem Wald ab. Zwischen den Stämmen brannte ein knisterndes Feuer. Der Lichtschein beleuchtete den dunklen Raum unter dem Wachturm.

Als er näher kam, hörte er, dass außer der Mannschaft noch andere Leute dort waren. Er hörte eine Frau lachen, eine andere stöhnte und wimmerte. Aber in dem Stöhnen lag kein Schmerz. Ulv blieb einen Steinwurf vom Waldrand entfernt stehen und verschmolz mit dem Schatten einer Blockhütte. Der Turm war nur noch wenige Speerlängen entfernt, aber die Wachen standen reglos da wie schwarze Statuen und schauten über das Lager.

Er blieb eine Weile im sicheren Schatten stehen und lauschte den Stimmen im Wald. Die Seeleute lachten und unterhielten sich mit lauten Stimmen. Zwischendurch sagte eine Frau etwas, und dann war wieder das halb erstickte Stöhnen zu hören. Mit einem Mal begriff er, was dort vor sich ging. Er hockte sich mit dem Rücken gegen die Hüttenwand und witterte in Richtung Wald. Ein merkwürdiges Gefühl übermannte ihn, strömte in seinen Bauch und erfüllte ihn ganz. Sein Atem ging schneller. Er erhob sich und schwankte von der Blockhütte weg.

Da bemerkte er einen Mann am Waldrand. Der magere Seemann hatte sein Wams abgelegt und trug nur noch einen Lendenschurz um die Hüfte. Er hielt einen Weinschlauch in der Hand.

Als der Mann Ulv sah, sagte er etwas und winkte ihn zu sich. Hinter ihm tauchte eine Frau zwischen den Bäumen auf. Sie hatte sich einen Umhang umgelegt.

Als Ulv sich umdrehte, um zum Strand zurückzugehen, kam der Seemann hinter ihm her gelaufen und hielt ihn am Arm fest. Ulv griff nach seiner Axt, doch die Wachen auf dem Turm riefen sie zur Ordnung. Der Seemann ließ Ulvs Arm nicht los. Er redete in seiner eigenen Sprache auf ihn ein, ließ aber hier und da ein Wort aus der Handelssprache einfließen, bis Ulv allmählich begriff, was der Mann von ihm wollte. »Wein«, sagte der Seemann. »Taz-Kas Sklaven gut. Für dich, komm!«

Ulv folgte ihm zwischen die Bäume. Die Frau war bereits zu den anderen zurückgekehrt. Der Seemann klopfte sich auf die Brust. »Ich Tezmer«, sagte er. Da erkannte Ulv ihn wieder; er war einer der Seeleute, die einen Bronzering im Ohr trugen. Jetzt hatte er eine Muschel auf den Ring gezogen und sein Haar im Nacken zusammengebunden. Er zeigte zu den Fackeln, die zwischen den Bäumen flackerten. »Tezmer dich mitnehmen zu Taz-Kas Sklaven«, rief er und setzte den Weinschlauch an den Mund.

Ulv blieb vor einem Haufen trockener Zweige stehen. Der Seemann stolperte darüber und fiel der Länge nach hin. Wieder riefen die Wachen auf dem Turm etwas zu ihnen hinunter, aber der Seemann rappelte sich auf und stützte sich an einem

Stamm ab. Den Weinschlauch ließ er im Gras liegen, schob den Lendenschurz beiseite und ließ Wasser. Danach winkte er Ulv zu sich und schwankte dem Licht entgegen.

Sie kamen auf eine Lichtung. Die mansarischen Seeleute hatten Felle auf dem Waldboden ausgebreitet und Fackeln an die Stämme gebunden. In der Mitte des Platzes brannte ein Feuer. Die abgemagerten Männer hatten ihre Hemden und Wämser abgelegt. Die Narben auf ihren Oberkörpern glänzten im Schein der Flammen. Der alte, glatzköpfige Greis starrte vor sich hin, und der Junge mit dem Zopf lag betrunken zwischen den Decken. Er war nicht der Einzige, der zu viel Wein getrunken hatte: Die Hälfte der Seeleute lag wie leblos zwischen den Stämmen. Außer den Mansarern waren noch vier schwarze Sklavinnen dort, jede von ihnen trug Tarkins Brandzeichen auf der Wange. Sie waren kräftig gebaut und hatten runde Gesichter, und ihr krauses Haar war grau von Staub und Erde. Zwei von ihnen lagen mit irgendwelchen Männern unter den Decken, die anderen beiden saßen am Feuer und sammelten die Bronzemünzen auf, die die Seeleute ihnen zuwarfen.

Ulv blieb am Rand der Lichtung stehen. Die Seeleute, die noch nüchtern genug waren, blickten zu ihm herüber. Lachend zeigten sie auf die Sklavinnen am Feuer. Einer der halb nackten Männer wankte zu den Frauen und trat ihnen ins Kreuz, worauf sie unwillig aufstanden. Der Seemann zeigte auf Ulv, der instinktiv an den Griff seiner Axt fasste und einen Schritt von der Lichtung weg machte. Die Frauen kamen zu ihm, legten ihre schmalen, schwarzen Hände auf seine Arme und nickten zum Feuer.

Der Seemann hob eine Münze vom Boden auf und warf sie Ulv vor die Füße, worauf eine der Frauen sich schnell bückte und sie aufsammelte. Ulv schüttelte die beiden Frauen ab, aber er floh nicht. Er setzte sich ans Feuer, um zu zeigen, dass er den Männern vertraute. Denn er war auf ihr Vertrauen angewiesen. Wenn sie ihn als Feind sahen, würde ein Ruf genügen, um ihn an die Wachen auf dem Turm auszuliefern.

Der Mansarer reichte ihm einen Weinschlauch, schob den Daumen in den Mund und legte den Kopf in den Nacken, dann rieb er sich den Bauch und grinste Ulv an. Ulv wischte die Holztülle ab. Als er den Schlauch zum Mund führte, kamen die Sklavinnen und setzten sich neben ihn. Er spürte ihre Hände an seiner Taille. Sie tasteten seinen Gürtel ab und flüsterten miteinander. Wahrscheinlich suchten sie nach einem Geldbeutel, aber so etwas besaß er nicht. Ulv schob ihre Hände beiseite und zog den Umhang über die Axt. Er wischte sich den Schweiß aus der Stirn und ließ den Blick über die Männer am Feuer schweifen. Einige hatte sich aufgesetzt; einer der betrunkenen Männer wischte sich den Speichel von den Lippen und glotzte ihn an. Ulv biss auf die Holztülle und trank noch mehr von dem bitteren Getränk. Als er den Schlauch auf seine Knie sinken ließ, drehte Tezmer sich zu ihm um. Er grinste Ulv an und wandte sich dann wieder den anderen zu. Die Männer wechselten ein paar Worte, lachten und schlugen sich auf die narbigen Brustkörbe.

»Ich sagen, du tüchtig, targ.« Tezmer lächelte. »Ich sagen, du guter Jäger. Du hast Schiff hierher geführt. Wir in deiner Schuld.« Er zeigte auf die Frauen. »Sklavinnen aus Ber-Mar. Haben keinen Herrn. Wohnen im Lager und tun, worum Krieger sie bitten. Nimm sie, Jäger. Heute Nacht gehören sie dir.«

Ulv reichte ihm den Weinschlauch und schüttelte den Kopf. Das Gebräu drehte ihm den Magen um, aber er schluckte die Übelkeit herunter und griff sich an die Stirn. Der Seemann sagte wieder etwas zu den anderen. Sie klatschten in die Hände und lachten schallend. Ulv strich sich über die Augen und den Hals. Ihm brach der Schweiß aus. Das musste am Wein liegen. Er nahm den Bogen von der Schulter und legte ihn neben sich. Eine der Sklavinnen legte seinen

Arm um ihre Schulter und lag plötzlich mit dem Kopf auf seinem Schoß.

»Nein«, sagte Ulv. »Siréd …«

Die Sklavin nahm seine Hand und legte sie auf ihre Wange. Ulv biss die Zähne zusammen. Die Männer um das Feuer lachten ihm zu, hoben die Weinschläuche und tranken. Tezmer suchte unter den Fellen nach seinem Geldbeutel und warf der Sklavin eine Bronzemünze zu. Ulv hielt sie am Arm fest. Er wollte nicht, dass sie ihn so berührte.

Die Frau legte ihre Wange auf seinen Schenkel. »Mansara«, flüsterte sie. »Mansara krech …«

»Nein!« Ulv packte sie an den Schultern und stieß sie weg. »Ich bin kein Mansarer! Ich bin aus dem Norden. Aus den Bergen. Lass mich in Ruhe!«

Er hatte den Satz noch nicht zu Ende gesprochen, als einer der Männer auf der anderen Seite des Feuers sich kopfschüttelnd vorbeugte. »Norden? Du Mann aus Norden?«

Ulv erkannte den Mann wieder. Er hatte eine Narbe an der Stirn, und seine Nase war einmal gebrochen gewesen und schief wieder zusammengewachsen. Das breite Kinn war von einem rotblonden Bart eingerahmt und seine Hände waren riesig und zerfurcht wie Wurzelknollen. Er war der Steuermann. Die anderen Männer setzten sich auf. Einige griffen nach Messern und Holzscheiten. Ulv stand auf. Die Sklavinnen rutschten von ihm weg.

»Aus den Bergen?« Der Steuermann war auf die Beine gekommen und schwankte auf ihn zu. »Du Mann aus den Bergen? Du gesagt, du Vendhur-targ, Jäger für Kanaths Krieger!«

Ulv schaute zur Seite. Die Seeleute rückten näher.

»Ja!«, rief er. »Ich bin ein Jäger Vendhurs! Ich bin einer von euch!«

Der Steuermann spuckte ins Feuer. »Du lügst, Nordländer! Ich glaube, du bist einer vom Bergvolk, einer der Räuber, die Ber-Mar eingenommen haben!«

Ulv hakte die Axt vom Gürtel und machte einen Satz weg von den Männern. Er stellte sich mit dem Rücken vor einen Baumstamm und hob die schwere Waffe. Die Seeleute wechselten Blicke, legten die Köpfe in den Nacken und spuckten in seine Richtung. Ulf nahm die Axt in die andere Hand. Der Steuermann hatte seinen Bogen entdeckt, der noch am Feuer lag. Ulv tastete nach dem Pfeilköcher an seinem Gürtel. Die meisten Pfeile waren herausgerutscht, als er dort gesessen und etwas getrunken hatte. Sie lagen auf der Decke vor dem Feuer. Der Steuermann beugte sich vor und hob den Bogen und einen Pfeil auf. Er fummelte mit dem Pfeil herum und versuchte, ihn an die Sehne zu legen.

»Ich bin kein Feind!« Ulv machte einen Schritt auf die Seeleute zu und ließ die Axt sinken. »Glaubt mir! Ich habe die Frau angelogen, weil ich in Ruhe gelassen werden will!«

»Kein Mann sagt Nein zu einer Frau!« Der Steuermann spannte den Bogen und zielte auf ihn. »Und jetzt sag, wer du bist, Fremder!«

Ulv stürzte auf ihn zu. Er hob die Axt, als der Steuermann den Pfeil auf ihn abschoss, warf sich zur Seite und hörte einen Aufschrei, als der Pfeil einen der Seeleute hinter ihm traf. Die Betrunkenen schlugen nach ihm, aber Ulv schwang die Axt in einem weiten Bogen um sich und schlug sie mit der flachen Blattseite zu Boden. Der Steuermann legte einen zweiten Pfeil an den Bogen, aber er kam nicht mehr dazu, die Sehne zu spannen. Ulv schlug ihm den Ellbogen an die Stirn und trat ihm die Beine unter dem Körper weg. Als der Steuermann fiel, stieß Ulv ihn zum Feuer. Der Steuermann landete direkt neben der Feuerstelle, drehte sich blitzschnell auf die Knie und griff nach einem Dolch, der zwischen den Fellen lag. Ulv warf sich auf ihn und drückte sein Gesicht in die Glut, ehe er ihn losließ und mit einem Sprung über das Feuer entkam. Er drehte sich um und hielt den Männern die Schneide der Axt entgegen.

»Ich bin kein Feind!« Er riss die Augen auf und drohte ihnen mit der Axt. »Kein Feind!«

Die Seeleute blickten zu dem Steuermann, der auf den Decken am Feuer lag und sich vor Schmerzen wand. Dann sahen sie zu dem nackten Mann, der mit einem Pfeil in der Brust zwischen den Bäumen lag, und schließlich richteten sich ihre Blicke auf Ulv, der die Axt sinken ließ und den Kopf schüttelte.

»Kein Feind«, murmelte er. »Kein Feind.« Er entfernte sich rückwärts von der Feuerstelle, tastete sich Schritt für Schritt voran, bis er in den Schatten der Bäume tauchen konnte. Als er sich umdrehte, sah er ein rundes Gesicht zwischen den Eichen. Es gehörte zu einer der Sklavinnen, die er weggestoßen hatte.

»Ber-Mar«, flüsterte sie. »Du warst in Ber-Mar.«

Der Hieb traf ihn an der Schläfe. Ulv schlug um sich, als er fiel. Er spürte kaltes Gras an der Wange. Dann hüllte die Dunkelheit ihn ein.

Die Seeleute trugen Ulv zur Blockhütte des Kaans. Er war bewusstlos, als sie ihm eine Schlinge um den Hals legten und ihn an Händen und Füßen fesselten. Die zwei kanathenischen Krieger, die vor der Hütte des Kaans Wache standen, richteten ihre Speere auf die betrunkenen Männer und forderten sie auf zu sagen, wer der Gefangene war und was für einen Grund sie hätten, den Kaan mitten in der Nacht zu stören. Die Seeleute fürchteten die schwarzen Krieger, denn sie hatten als Kinder Geschichten von dem dunkelhäutigen Volk auf der anderen Seite des Meeres gehört. Sie wussten von Tarkins Macht und wagten es kaum, den Kriegern in die Augen zu sehen. Aber da entblößten die vier Sklavinnen ihre Brüste und krochen, als Zeichen ihrer Unterwürfigkeit, auf allen vieren zu den Kriegern. Sie beugten den Nacken und blickten zu Boden, während sie in ihrer eigenen Sprache mit den kanathenischen Kriegern sprachen. Die Seeleute hätten einen Mörder gefangen, berichteten sie. Einen Verbrecher aus dem Norden, der kanathenische Männer getötet und Tarkin verhöhnt hätte. Die vier Frauen hatten Herren in Ber-Mar gedient und den Mörder als einen brutalen Krieger erlebt. Sie hatten sich versteckt, als die Angreifer die Häuser der kanathenischen Familien in Brand gesteckt hatten, und beobachtet, wie der Mörder und seine Männer die kanathenischen Krieger am Strand zusammengetrieben und wie Vieh abgeschlachtet hatten.

Als die Wachen das hörten, forderten sie die Frauen auf, sich anzuziehen und zu ihren Zelten zu gehen. Die Seeleute rollten Ulv auf den Rücken und beleuchteten sein Gesicht mit einer Fackel, so dass die Wachen die helle Haut und das dunkle Haar sehen konnten, die typisch waren für einen Nordländer. Die Wachen klopften dreimal an die Tür, und kurz darauf trat der Kaan aus der Hütte. Das lange Haar hing strähnig um sein Gesicht und sein nackter Oberkörper glänzte im Lichtschein der Fackeln.

Der Kaan befahl den Wachen, den Gefangenen vorzuführen, worauf sie Ulv an den Armen packten und ihn vor die Füße des Kaans schleppten. Der langhaarige Mann hockte sich neben Ulv und legte ihm die Hand unters Kinn. Er drehte seinen Kopf hin und her, wischte ihm das Blut von der Stirn und rollte ihn mit dem Fuß auf den Bauch. Die Seeleute brachten ihm Ulvs Axt, und der Kaan sah sich das Schmiedezeichen auf dem zweischneidigen Axtblatt an. Den arischen Zeichen nach zu urteilen stammte die Axt aus Tirga. Als er Ulv zurück auf den Rücken drehte, rutschte die Kette aus dem Halsausschnitt. Der Kaan befühlte die sieben Reißzähne, ließ die Kette aber hängen. Dann erhob er sich und zeigte mit einem Nicken zu den Pfählen unten am Strand.

Der Schmerz weckte ihn. Ulv blinzelte in die Sonne und sah verschwommen die Menschen, die sich um ihn versammelt hatten. Fremd klingende Worte drangen durch den Nebel und bohrten sich in seine Ohren. Er war an Händen und Füßen gefesselt und zwischen zwei Pfähle am Strand gespannt wie ein Tier zur Schlachtung. Ulv zerrte an den Stricken, aber die Pfähle waren dick wie Baumstämme und tief in die Erde gerammt. Als die Menschen sahen, dass er sich bewegte, kamen sie näher. Aber die Krieger hatten sich in einem Kreis um ihn herum aufgestellt und stießen sie mit ihren Speeren zurück. Ulv drehte den Kopf zur Seite und sah sich Auge in Auge mit dem Schiffer und dem Kaan. Die Seeleute hatten sich an den kanathenischen Kriegern vorbeigedrängt und spuckten und warfen Steine nach ihm. Ulv kniff die Augen zu und beugte den Nacken. Sie hatten ihm seine Waffen abgenommen. Nur die Haifischzahnkette von seinem Vater hing noch um seinen Hals, ansonsten war er nackt.

Der Kaan stellte sich vor ihn und sprach zu seinen Kriegern. Er streckte die Arme über den Kopf, zog ein langes Messer hinter seinem Gürtel hervor und drehte sich zu Ulv um. Ulv zerrte an den Stricken, als der Kaan ihm die Schneide an den Hals legte. Die Menschenmenge jubelte, und die Frauen schrien ihm Schimpfworte entgegen. Ulv schloss die Augen und presste die Zähne aufeinander. Die Messerschneide brannte auf der Haut.

Da nahm der Kaan das Messer weg. Ulv atmete auf, aber nur kurz, weil er im nächsten Augenblick die Spitze auf seinem Bauch spürte. Es war nicht das erste Mal, dass er gefoltert wurde. Einmal war er fast zu Tode gepeitscht worden. Siréd hatte ihn ins Leben zurückgeholt, aber diesmal war Siréd nicht bei ihm. Als der Kaan die Haut an seinem Bauch anritzte, kamen die Erinnerungen an die schreckliche Zeit zurück. Der Schmerz floss wie ein Feuerstrom durch seinen Körper. Er hatte den drei Reitern hinterhergeschrien und versucht, hinter ihnen her zu laufen, aber der Eisenring hatte ihn gehindert und seinen Hals blutig gescheuert. Er hatte an dem Strick gehangen, als die Ochsenpeitsche ihm die Haut vom Rücken riss. Aber das Einzige, was er gefühlt hatte, war der Wunsch, loszukommen und gegen die Männer zu kämpfen, die ihn bestraften. Ulv warf sich an den Stricken nach vorn, riss die Augen auf und brüllte den Kaan an. Er schrie keine verständlichen Worte, weil kein Wort den Zorn hätte ausdrücken können, der in ihm brannte. Als der Kaan das Messer von seinem Bauch wegnahm, spuckte ihm Ulv vor die Stiefel, und als der Kaan ihm in die Augen sah, erwiderte er seinen Blick. Der Kaan machte einen Schritt nach vorn und rammte Ulv die Faust in die Rippen. Ulv schnappte nach Luft, und der Kaan schlug ihm gegen das Kinn. Die Menschenmenge stemmte sich gegen die Speere der Krieger, und als der Kaan beiseite trat, hagelte es Steine. Ulv hustete und sah Blut über seinen Brustkorb laufen. Er verfluchte seine eigene Dummheit. Seon, Dielan und die anderen hatten ihn gewarnt. Die schwarzen Männer würden ihn umbringen, hatten sie gesagt. Aber er hatte nicht auf sie gehört. Er hatte versprochen, ihr zu folgen, und ihr geschworen, sie vor Tarkin zu retten. Das war sein Schicksal. Und nun bedeutete es seinen Tod.

Der Kaan zog einen Lederhandschuh über die eine Hand. Ulv biss die Zähne aufeinander, als der Schlag ihn am Mund traf. Seine Lippe platzte auf. Er drehte den Kopf zur Seite, und der nächste Schlag traf ihn unterm Auge. Der Kaan atmete schwer, griff in Ulvs langes Haar und schlug ihm auf den Kehlkopf. Ulv zerrte an den Stricken und schrie vor Wut und Angst. Da trat der Kaan einen Schritt zurück und rief ein paar Krieger zu sich. Sie legten ihre Helme ab. Ulv zog den Kopf ein und bereitete sich auf den nächsten Schlag vor. Die Krieger hatten schmale Gesichter und glatte Haare. Sie blickten ihn mit ihren braunen Augen unter dem kurz geschorenen Stirnhaar an. Sie sahen wie die Männer aus, die er in Ber-Mar getötet hatte. Jetzt würden sie Rache nehmen für ihre toten Brüder.

Die Krieger traten dicht an ihn heran, einer vor ihm und einer hinter ihn. Und dann schlugen sie ihm abwechselnd in den Bauch und auf den Rücken. Ulv rang zwischen den Schlägen nach Luft, doch mit jedem Atemzug traf ihn ein neuer Faustschlag.

Als der Kaan ihnen befahl aufzuhören, hing Ulv willenlos an den Stricken. Weit entfernt hörte er die Stimme des Schiffers, die sich mit dem Geschrei der Kanathener mischte. Der Kaan erhob die Stimme, um die Menschenmenge zu übertönen, und Ulv hob den Kopf, spuckte Blut und leckte sich über die aufgeplatzten Lippen. Der Schiffer und der Kaan standen direkt vor ihm, beachteten ihn aber nicht weiter. Der Schiffer raufte sich die Haare und breitete die Arme aus, während der Kaan sich über den dünnen Bart strich. Die Seeleute hatten sich wieder unter die übrigen Zuschauer gemischt. Der Steuermann legte die Hände vor sein verbranntes Gesicht und jammerte laut. Der Kaan drehte sich um, spuckte Ulv vor die Füße und rief seinen Kriegern einen Befehl zu.

Ulv zitterte, als die Krieger erneut auf ihn zukamen. Sie zogen Messer unter ihren Gürteln hervor und bauten sich vor ihm auf. Der Schiffer schimpfte laut und trat gegen die Pfähle, aber die dunkelhäutigen Krieger fuhren höhnisch grinsend mit den Messern über Ulvs blutüberströmten Körper. Ulv wandte das Gesicht zum Himmel, denn Siréd hatte gesagt, dass in den endlosen Weiten der Himmelsebenen die Ahnen lebten. Vielleicht sahen sie ihn jetzt und gaben ihm Kraft für seinen bevorstehenden Tod.

Plötzlich lockerten sich die Stricke. Die Krieger banden ihm die Arme auf den Rücken und lösten die Taue, mit denen seine Füße an die Pfähle gebunden waren. Der Schiffer stieß die Männer beiseite und schob Ulv vor sich her. Sofort wich die Menschenmenge zurück und gab ihnen den Weg zum Strand frei. Sie gingen an der Mannschaft vorbei, die dem Schiffer laut Vorwürfe machte, aber der dicke Mann beachtete sie nicht. Er schubste Ulv vor sich her, vorbei an den kanathenischen Langschiffen bis zu seinem Handelsschiff, und zog Ulv hinter sich her durchs Wasser bis zur Strickleiter. Dann knotete er die Taue zusammen, die um Ulvs Knöchel hingen, löste aber den Strick an seinen Handgelenken.

Ulv zog sich mit den Armen die Leiter hoch. Als er über die Reling rollte, war sein erster Gedanke, das Tau an seinen Füßen loszuknoten und zu fliehen, aber der Schiffer war schneller und stellte sich mit gezogenem Messer über ihn.

»Hör gut zu«, sagte der Mansarer. »Ich weiß, dass du kein Vendhur-targ bist. Du bist kein Jäger aus Vendhurs Heer und du hast einen meiner Männer getötet. Ich habe den Kaan um Ersatz gebeten, aber er will mir keinen seiner Krieger überlassen.«

Ulv robbte weg und machte sich daran, die Fesseln an seinen Knöcheln zu lösen. Der Schiffer schüttelte den Kopf und stellte den Fuß auf Ulvs Schenkel. »Du kannst von hier nicht fliehen, Fremder. Kanath-am, die schwarzhäutigen Krieger, bewachen das Schiff. Denn du bist der Ersatz, den der Kaan mir gegeben hat. Der Mann, der heute Nacht starb, war ein Trunkenbold, ein untauglicher Seemann. Ich werde ihn nicht vermissen. Aber sei dir darüber im Klaren, dass die Mannschaft nichts unversucht lassen wird, ihn zu rächen.« Der Schiffer schob das Messer in die Scheide und zeigte zu der Luke neben dem Mast. »Sieh zu, dass du unter Deck kommst, und bleib dort. Wir machen uns heute Nacht auf den Weg nach Süden.«

Ulv humpelte hinter dem Schiffer her zum Mast. Als der Mansarer die Decksluke öffnete, wischte Ulv sich das Blut aus den Mundwinkeln und warf einen kurzen Blick zurück zum Lager. Der Schiffer hatte Recht. Er hatte die Gelegenheit verpasst zu fliehen. Ulv kletterte die Leiter hinunter, und der Schiffer schloss die Luke über seinem Kopf. Eine Kette klirrte, als der Riegel vorgeschoben wurde.

Ulv sank vor einem Balken zu Boden. Er fasste sich an den Mund und betastete die geschwollenen Lippen. Sein Kiefer schmerzte, als er den Mund öffnete. Die Schneidezähne saßen noch fest, aber das Zahnfleisch blutete. Er strich sich mit den Händen über den Brustkorb und den Bauch. Die Schnitte von den Messern waren nicht tief – das Blut der geröteten Schrammen auf seinem Bauch war bereits getrocknet. Er stützte sich am Balken ab und kam auf die Beine. Sein Rücken und Magen waren nach den Schlägen empfindlich.

Er lief auf unsicheren Beinen zwischen den Balken entlang. Es war dunkel im Bauch des Schiffes, denn nur durch die Ruderlöcher, die sich ungefähr eine Armlänge über den Ruderbänken vom Bug bis in den hinteren Teil des Schiffes verteilten, drang ein wenig Tageslicht herein. Unter der Decke hingen Säcke und Felle. Auf den Holzbrettern über dem Schiffskiel lagen Weinschläuche, Taurollen und Decken. Es roch nach Teer und Schweiß. Ulv suchte sich eine Decke und wickelte sich darin ein. Er hatte Hunger und Durst, wagte es aber nicht, an die Proviantvorräte der Männer zu gehen. Nach den Ereignissen auf der Lichtung waren sie so voller Rachegelüste, dass sie nur einen kleinen Vorwand bräuchten, um sich auf ihn zu stürzen.

Ulv strich sich das Haar aus der Stirn und setzte sich auf eine der Ruderbänke. Vor seinen Füßen war eine Feuerschale am Boden verankert, und direkt über der Feuerschale fiel ein Sonnenstrahl durch die Ritze zwischen zwei Brettern. Er befand sich im Heck des Schiffes; der Abstand zwischen den Bordwänden war hier sehr eng. Im hinteren Winkel, wo die Bordwände aufeinander stießen, waren Sandsäcke gestapelt. Ulv verstand wenig von der Seefahrt, aber er erinnerte sich an den alten Tirganer in Krugant, der ihn mit auf sein Langschiff genommen hatte. Damals hatte das Schiff ihm Angst gemacht, weil es ihm wie ein Drache aus einem Albtraum vorgekommen war. Er hatte zugleich mit ängstlicher Vorsicht und Erstaunen in den Bauch des Drachen geschaut. Die Taurollen, die unter der Decke hingen, waren ihm wie die Eingeweide des Drachen vorgekommen, und die Sandrinne, die sich vom Bug bis zum Heck durch die Mitte des Rumpfes zog, war eine gigantische Wirbelsäule. Auf diesem mansarischen Schiff gab es keine Sandrinne, stattdessen waren in der Mitte des Rumpfes Steinquader an die Balken gebunden. Als seine Augen sich schließlich an die Dunkelheit gewöhnt hatten, konnte er bis vorne in den Bug schauen. Er sah Speerspitzen und Bootshaken schimmern. Die Waffen waren mit zahlreichen Schilden und Ringpanzern an der Bordwand festgezurrt. Ulv schüttelte den Kopf und ließ den Blick suchend zwischen Balken und Fellen hin und her gleiten, bis er ein paar eisenbeschlagene Kisten und Schwerter entdeckte. Vielleicht waren die Mansarer ja nicht nur Händler, sondern auch Seeräuber. Mit solchen Waffen konnte man andere Schiffe überfallen und sie um ihre Reichtümer und Fracht erleichtern.

Ulv stützte die Ellbogen auf die Knie und legte die Stirn in die Hände. Früher hätte er sich mit den Waffen der Seeleute ausgerüstet und die Luke aufgebrochen, um gegen die Kanathener zu kämpfen. Aber heute war er anders. Die Zeit hinter dem Wagen der Sklavenhändler und der Krieg im Norden hatten ihn verändert. Er war nicht länger der Wolfsmann, der Wanderer aus dem Barkasfjell. Er war Ulv Branssohn, ein Mann mit Ahnen und einem Volk, zu dem er zurückkehren wollte. Für Siréd vom Cogachklan hatte er sein Volk verlassen und sich auf den Weg nach Süden gemacht, für sie würde er sich in das Land der Kanathener begeben. Aber die Schwarzen waren in der Übermacht. Er konnte nicht gegen alle kämpfen. Also nahm er die Erniedrigung am Strand hin, und er würde weghören, wenn die Seeleute ihn verhöhnten. Er musste seinen Zorn im Zaum halten und darauf achten, was er sagte. War das Glück auf seiner Seite, hielten ihn die Seeleute für einen ausgestoßenen Dieb, einen einsamen Wanderer, den es nach Süden verschlagen hatte. Sie würden vergessen, was er auf der Lichtung gesagt hatte, und ihn mit übers Meer nehmen. Und wenn er erst einmal das Land im Süden erreicht hatte, würden die Geister ihm schon sagen, was er tun sollte.

Im Lager ertönte ein Hornsignal. Ulv wickelte sich fester in die Decke ein. Sie hatten ihn aufgehängt wie einen erlegten Hirsch, Frauen und Kinder hatten sich um ihn geschart und auf seinen nackten Körper gezeigt. Sie hatten die Peitschennarben auf seinem Rücken gesehen, das Zeichen, dass er ein Sklave war. Er hatte nicht verstanden, was sie gesagt hatten, war sich aber sicher, dass sie ihn wegen seiner hellen Hautfarbe verspottet hatten. Von Seon wusste er, dass die Kanathener Menschen mit bleicher Haut verachteten. Selbst die Mansarer, das Brudervolk der Kanathener, mussten sich den dunkelhäutigen Kriegern beugen. Und er als Nordländer war kaum so viel wert wie das Fleckchen Erde, auf dem er stand. Seon selbst war ein Halbblut und in den Augen der Kanathener ein Unreiner. Ulv wusste, dass Seon die schwarze Rasse, der sein Vater abstammte, hasste. Aber der Hass beruhte auf Gegenseitigkeit. Nach der Schlacht in Ber-Mar, als die Bermarer die überlebenden Kanathener mit ihren Frauen und Kindern nach Süden davonsegeln ließen, hatte Seon nur den Kopf geschüttelt. Ulv hatte ihn nie danach gefragt, aber er vermutete, dass Seon sie lieber allesamt erschlagen und ihre Leichen ins Meer geworfen hätte. So groß war sein Hass gegen die schwarzhäutige Rasse.

Hass, dachte Ulv, als er auf die Stimmen im Lager lauschte. Hass ist die Leidenschaft des gequälten Mannes. Und Seon war ein gequälter Mann. Neun Jahre war er von der Frau getrennt gewesen, die er liebte.

Ulv guckte durch ein Astloch nach draußen. Die Wellen schlugen gegen die Bordwand und spülten an den Strand. Die Kanathener hatten ihm alles genommen, was er besaß, nicht einmal seine Kleider hatten sie ihm gelassen. Das Schlimmste war, dass sie ihm die Axt genommen hatten, die seinem Vater gehört hatte. Bran hatte sie von Visikal bekommen, dem Onkel seiner Mutter aus Tirga, und sein Vater hatte viele Schlachten mit dieser Axt geschlagen. Dielan hatte ihm stolz davon erzählt. Aber der alte Mann hatte hinzugefügt, dass der Krieg Bran verändert hatte. Er wurde schwermütig, und die Verletzungen, die er sich zugezogen hatte, plagten ihn für den Rest seines Lebens. Nach dem Tod von Ulvs Mutter verlor er die Kraft, die ihn bis dahin aufrecht gehalten hatte. Er begann zu humpeln und die Erinnerungen ließen ihm keine Ruhe. Nachdem er das Tal verlassen hatte, war die Axt das einzige Erinnerungsstück, das Dielan an seinen Bruder hatte. Ulv hatte Dielan in die Augen gesehen, als der alte Mann ihm die Axt gab und ihn aufforderte, sie zu tragen. Und Ulv hatte gelobt, mit der Axt seines Vaters in der Schlacht um Ber-Mar zu kämpfen. Jetzt war die Axt in die Hände der Kanathener gefallen, und das quälte ihn mehr als alle Schläge und Erniedrigungen. Er erhob sich von der Ruderbank und lief zwischen den Balken hin und her. Sein Vater hätte sich seiner geschämt, wenn er hier wäre. Nur Dummköpfe verplappern sich, so wie er sich verplappert hatte. Statt die Sklavin einfach nur zu bitten, ihn in Ruhe zu lassen, hatte er sich verraten. Ulv hockte sich vor einen Ledersack und schnupperte daran. Es roch nach getrocknetem Fleisch. Er schlug ein paar Stofflagen beiseite, aber da sah er wieder seinen Vater vor sich. Der einohrige Jäger stand zwischen den Balken und sah ihn vorwurfsvoll an. Ulv schob das Leinenbündel zurück in den Sack. Sein Vater würde eher hungern, als die Seeleute herauszufordern, indem er ihnen etwas von ihrem Proviant stahl. Sein Vater war ein kluger Mann, der mehr Schlachten überlebt hatte als irgendwer sonst aus seinem Volk.

Mit der Decke über den Schultern ging Ulv zwischen den Decksbalken hin und her, die im Abstand von einer Armlänge in zwei Reihen vom Bug bis zum Heck des Schiffes standen. Unter den Planken, die zwischen den Balken und den Ruderbänken über dem gewölbten Kiel lagen, konnte er das Wasser schwappen sehen. Jedes Mal, wenn im Lager ein Ruf erscholl, blieb er stehen und lauschte. Aber er hörte weder Schritte am Strand, noch das Getrampel eines Kanatheners an Deck, der kam, um ihn zu holen. Nach einer Weile war er sicher, dass der Schiffer es ehrlich meinte, dass er ihn mit nach Süden nehmen wollte. Er setzte sich mit dem Rücken gegen einen Balken, weil ihm jeder Knochen wehtat und er sich nicht länger auf den Beinen halten konnte. Wenn die Seeleute zurück aufs Schiff kamen, musste er den Schmerz verbergen und Stärke zeigen. Sie sollten ihn nicht am Boden kriechen sehen, nicht einmal, wenn er die ganze Fahrt von Wasser und Trockenfleisch leben müsste. Er schloss die Augen. Die Wellen klatschten gegen die Bordwand. Bald, dachte er, bald werde ich auf dem Meer sein. Und wenn die Geister ihn jetzt sahen, würden sie über die Himmelskuppel fliegen, nach Süden zu Siréd, und ihr zuflüstern, dass er sie nicht vergessen hatte.

Ulv blieb an den Balken gelehnt sitzen, während die Zeit verstrich. Zwischendurch hörte er die Seeleute die Strickleitern rauf- und runterkletterten und schwere Säcke und Fässer an Bord bringen. Aber sie verschwanden auch wieder, und ihre Stimmen wurden vom Wind weggetragen, der um das Schiff strich. Ulv setzte sich auf eine Bank und sah durch die Ruderlöcher nach draußen, aber bei Einbruch der Dämmerung war die Mannschaft noch immer nicht wieder zurück. Als es ganz dunkel war, hörte er aufgeregte Stimmen aus dem Lager. Jemand stritt sich. Ulv erkannte die Stimme des Schiffers. Er warf einen Blick zu den Waffen im Bug. Falls die Kanathener es sich anders überlegten und ihn holten, würde er sich nicht kampflos ergeben.

Als er Schritte am Strand hörte, warf er die Decke ab und lief in den Bug. Er riss einen der Fischspeere aus der Verankerung an der Bordwand und stellte sich mit dem Rücken zum Bugraum. Die Schritte näherten sich dem Schiff, aber er hörte keine Kanathener. Die Mannschaft kehrte zurück. Er lehnte den Speer gegen die Wand und trat zur Seite. Die Männer trampelten über das Deck. Die Luke neben dem Mast wurde geöffnet und ein Mann kletterte die Stiege herunter. Er hielt eine Fackel über den Kopf und leuchtete zwischen die Balken. Als er Ulv entdeckte, ließ er die Fackel sinken und rief den Männern an Deck etwas zu.

Jetzt kamen mehrere Seeleute nach unten. Sie zeigten auf Ulv, rollten mit den Hüften und lachten. Dann gingen sie zu ihren Schlafplätzen, nahmen ihre Fellumhänge und Wollhemden und tranken große Schlucke aus den Wasserschläuchen, die unter den Deckenbalken hingen. Die Männer beachteten Ulv gar nicht. Sie zogen sich etwas an, zündeten Teerfackeln an, die von einem Lichtschild aus Bronze geschützt wurden, und nahmen sie mit an Deck.

Kurz darauf war Ulv wieder allein. Er blickte an die Decke, lauschte und versuchte, an den Geräuschen zu erkennen, was die Seeleute machten. Der Schiffer rief ihnen auf Mansarisch Befehle zu. Die Ankerkette klirrte, und ein Beben ging durch das Schiff, als es sich in Bewegung setzte. Ulv hielt sich an einem Balken fest. Die Männer liefen auf dem Deck hin und her, und plötzlich schlug die Luke auf, die Männer sprangen die Stiege hinunter, eilten zu den Bänken und schoben die Ruder aus den Ruderlöchern. Die Männer bewegten sich im Gleichtakt mit den Rufen des Schiffers. Ihre Oberkörper bewegten sich vor und zurück, und Ulv bemerkte, wie das Schiff sich zu drehen begann. Die Männer machten zwei lange Ruderschläge, zogen die Ruder wieder ein und stürzten zur Luke. Ulv klammerte sich an den Balken, während die Männer an Deck kletterten. Der Mast knarrte. Der Schiffer stampfte dreimal aufs Deck und brüllte Befehle. Gleich darauf entfaltete sich das Segel, flatterte und bauschte sich knatternd im Wind. Das

Schiff nahm Fahrt auf. Ulv kroch zu einer Ruderbank und sah nach draußen. Das Wasser rauschte am Schiff vorbei. Noch sah er den Strand, aber wenig später glitt das Schiff in den Schatten unterhalb der Felsen.

Völlig unvermittelt tauchte direkt vor dem Ruderloch die Felswand auf. Es knarrte, als das Schiff an dem Felsen entlangschrammte, aber im nächsten Moment kam es wieder los und glitt unbehindert weiter. Ulv kroch auf allen vieren in die Mitte des Decksraums und hielt sich fest. Der Mast ächzte. Er hörte Seile gegen Holz schlagen und Wellen, die sich an den Felsen brachen. Plötzlich wurde der Bug von der Dünung emporgehoben. Ulv krallte sich an einem Balken fest, als das Schiff im nächsten Moment abwärts stürzte. Der Schiffer rief den Männern noch immer Befehle zu, aber seine Stimme klang jetzt ruhiger. Als Ulv aufstand, legte sich das Schiff auf die Seite. Sie waren aus der Klamm heraus. Vor ihnen lag das offene Meer.

Das Schiff hielt Kurs auf Ar. Der Schiffer folgte der Route der Versorgungsschiffe aus dem Norden. Er war damals mit getrocknetem Fleisch, Fisch und Getreide an Bord aus Taraman in Mansar aufgebrochen, die für die Lager im Ödland bestimmt waren, wo die Streitmächte der Kanathener neue Kraft schöpften, während sie die Küste überwachten und nach Seeräubern und Schiffen des kelsischen Heeres Ausschau hielten. Bei der Belagerung der Kelsburg hatten es einige der langen, schmalen Kelsschiffe geschafft, den Belagerungsring zu durchbrechen und den kanathenischen Kriegsschiffen davonzusegeln. Es hieß, die entkommenen Kelser würden von einem alten Skerg angeführt, der aus Ar geflohen sei, als Vendhurs Männer das Land eroberten. Die Kelser waren ein Dorn in Vendhurs Fleisch, denn obgleich sie nur wenige waren, wurden sie von einem Anführer geleitet, der sehr viel über Seekriege wusste. Die Gerüchte sagten, dass die Kelser sich vor der Nordküste aufhielten, Grund genug für den Schiffer, immer einen Mann im Ausguck im Mast zu haben, der nach ihnen Ausschau hielt. In diesem Fahrwasser war schon so manches Schiff verloren gegangen, wenn er auch bisher noch keinen der gefürchteten Kelser zu Gesicht bekommen hatte. Wenn er es bis Tirga schaffte, war er in Sicherheit. Dort würde er die Pergamente abliefern, die ihm der Kaan im Lager gegeben hatte. Danach würde er wieder ablegen und der Küste weiter nach Westen folgen. Er wollte Tormans Horn umrunden und entlang der mansarischen Küste nach Taraman segeln. Und dort würde er die Kaane aufsuchen und das Gold einfordern, das sie ihm für die Reise zugesagt hatten.

Der Schiffer war schweigsam, wenn er am Ruder stand und über Dinge wie diese nachdachte. Seine Mannschaft brauchte keine weiteren Befehle, sie kannten das Schiff und wussten, was sie zu tun hatten, wenn die Wellen gegen die Bordwand schlugen. Ein paar Speerwürfe von der Küste entfernt löschten sie die Fackeln. Das Schiff segelte nun mit dem Wind nach Südosten. So lange es diesen Kurs hielt, konnte es den Sturmrand umfahren. Wenn der günstige Wind sich hielt, würden sie Ar in drei Trethas erreichen, in zweimal zehn und einem Tag.

Von all diesen Dingen verstand Ulv nichts. Alles, was er über das Meer und die Länder im Süden wusste, hatte ihm der alte Dielan erzählt. Aber er spürte, dass das Schiff jetzt auf dem offenen Meer war. Die Bordwand knackte manchmal so laut, dass er jedes Mal, wenn das Schiff in eine Welle hineinfuhr, sicher war, es würde auseinander brechen. Aber das Schiff hielt stand. Der Querbaum rieb sich knirschend am Mast und das Segel flatterte wie ein riesiger Flügel über dem Deck. Die Mannschaft verhielt sich ruhig, aber er spürte ihre Anwesenheit über sich und hielt es für das Beste, unter Deck zu bleiben. Sein Magen drehte sich um, und er hatte sich schon ein paar Mal in die Spalten zwischen den Bodenbrettern erbrochen. Wenn das Schiff sich in einem Wellental zur Seite neigte, drang Wasser durch die Ruderlöcher in der Bordwand und das Erbrochene vermischte sich mit dem Wasser. Der saure Gestank stach ihm in die Nase. Er war immer noch nackt, doch jetzt war ihm so schlecht, dass ihm das nichts mehr ausmachte. Er klammerte sich an den Balken, bis seine Arme lahm wurden und seine Beine zu zittern begannen, und erst, als er Tageslicht durch die Ruderlöcher scheinen sah, schwankte er in den hinteren Teil des Schiffes und rollte sich mit dem Rücken an der Bordwand zusammen.

Dort blieb er liegen, bis die Luke geöffnet wurde. Der Schiffer kam die Leiter herunter, gefolgt von neun seiner Männer. Er fasste sich an die Nase und fluchte, als er Ulv entdeckte. Als der Schiffer seinen Umhang über die Schulter zurückklappte, sah Ulv an seinem Oberschenkel eine Axt aufblitzen. Der Schiffer hatte sich die Axt seines Vaters genommen, und Ulv konnte nichts dagegen tun. Er war zu schwach und die Seeleute waren in der Überzahl.

Ulv stemmte sich auf die Ellbogen, um besser sehen zu können, als die Männer ein paar Bodenbretter abhoben. Sie stiegen in den Kiel hinunter und schöpften das Wasser in große, hölzerne Eimer, die sie von Mann zu Mann bis an Deck hoch reichten, wo sie ausgeleert wurden.

Während die Männer Wasser schöpften, öffnete der Schiffer eine Kiste, die in der Mitte des Deckraums zwischen den Balken festgebunden war, legte die Axt hinein und schloss den Deckel darüber. Er warf Ulv einen Strick und ein paar dreckige Kleider hin und schnitt ihm einen Streifen Fleisch von einem der Schinken, die unter der Decke hingen, bevor er wieder an Deck ging. Immer neue leere Eimer wurden nach unten zu den Männern gereicht, die sie füllten und wieder nach oben schickten.

Ulv schlang das salzige Stück Schinken hinunter. Es schmeckte nach Schimmel, aber das störte ihn nicht. Im Barkasfjell hatte er häufig Knochenreste abgenagt, die die Wölfe liegen gelassen hatten. Er zog die Kleider an. Die Lederhose war fleckig und steif vom Salzwasser, und das Hemd war aus Leinensäcken genäht. Sogar einen Wollumhang hatte ihm der Schiffer hingeworfen. Ulv knotete die Bänder vor dem Hals zusammen, stützte sich auf einer Ruderbank ab und richtete sich auf. Er betastete seine Lippen. Sie schmerzten, wenn er die Risse berührte. Als er sich bückte, um den Strick aufzuheben, den der Schiffer ihm hingeworfen hatte, schoss ihm ein stechender Schmerz in den Rücken, und als er das Hemd in die Hose steckte, sah er die blauen Flecken auf seinem Bauch. Mit steifen Bewegungen band er den Strick um die Taille und schwankte auf die Leiter zu. Ulv blinzelte in das grelle Licht und wich erschrocken zurück, als ein Seemann mit einem vollen Eimer in der Hand vor ihm auftauchte. Der magere Mann stellte den Eimer vor die Leiter, warf das Seil nach oben, das an den Henkel geknotet war, und verschwand im Schatten zwischen den Balken. Gleich darauf wurde der Eimer an dem Seil nach oben gezogen.

Ulv beobachtete die Männer bei ihrer Arbeit. Sie bewegten sich ruhig und wortlos, woraus Ulv folgerte, dass keine Gefahr bestand, dass das Schiff sank. Als der nächste Eimer durch die Luke nach unten gelassen wurde, nahm Ulv ihn entgegen. Er stellte ihn auf den Boden und stieg die Leiter nach oben. Das Licht brannte in seinen Augen, als er an Deck kletterte und von der Luke wegtorkelte. Er streckte die Arme nach vorn und sah eine knappe Speerlänge vor sich die Reling. Das Schiff hob sich unter ihm und sein Magen krampfte sich zusammen. Er griff nach dem ausgelaugten Holzgeländer, beugte sich über die Reling und erbrach sich.

Die Männer lachten, doch er schluckte und hustete und sah die Wellen an der Schiffswand vorbeirauschen. Das Schiff kletterte auf die Wellen, fuhr in die Wellentäler hinab und machte sich an den nächsten Anstieg. Als er es schaffte, den Kopf zu heben, bemerkte er die weißen Schaumstreifen. Der Wind heulte über das Meer und ließ die Wellen hoch wie Blockhütten werden.

Stöhnend drehte er sich mit dem Rücken zur Reling. Die Männer saßen in der Nähe des Mastes oder zwischen den festgebundenen Fässern auf dem Deck. Irgendwo hier hatte er sein Bündel abgelegt, als der Schiffer ihn von Bord geschickt hatte. Offenbar hatten die Männer seinen Besitz längst unter sich aufgeteilt. Der glatzköpfige Greis saß im Achterdeck auf seinem Fell, und sein Wasserschlauch hing an einem Haken an der Reling. Ulv schluckte seine Wut hinunter; ihm war klar, dass die Männer ihn provozieren wollten. Er wischte sich über den Mund und trat von der Reling weg. Der Schiffer stand vorne im Bug und spähte aufs Meer hinaus, während der Steuermann, der hinten am Ruder stand, Ulv mit zusammengekniffenen Augen ansah und auf die Dielenbretter spuckte. Er hatte die Brandwunden in seinem Gesicht mit Leinentüchern abgedeckt. Ulv drehte ihm den Rücken zu und torkelte auf unsicheren Beinen zu den Fässern am Mast. Das Segel spannte sich wie der Flügel eines Drachen unter dem Querbaum an der Mastspitze, wo der Junge stand und sich festklammerte. Ulv musste sich auf einem der Wasserfässer abstützen, weil ihm schon beim bloßen Anblick schwindlig wurde. Ein paar Männer zeigten lachend auf ihn, als er wieder zur Reling torkelte. Aber dieses Mal übergab er sich nicht. Er baute sich breitbeinig vor der Reling auf, suchte die Sonne und wandte sich dann nach Norden. Als das Schiff das nächste Mal von einer Welle emporgehoben wurde, streckte er sich und schaute übers Wasser. Weit entfernt im Norden konnte er die bewaldete Küste erahnen. Im Westen verschwamm das Meer mit dem Himmel zu einem einzigen Grau, als hätte die Nacht sich geweigert, der aufgehenden Sonne zu weichen. Im

Osten und Süden erstreckte sich das Meer bis in die Unendlichkeit.

Der Schiffer kam aus dem Bugdeck herunter. Er sprach mit den Männern, die zwischen den Fässern saßen, zeigte zur Luke und klatschte in die Hände. Die Männer erhoben sich widerstrebend und begannen, die Vertäuung um die Fässer und Getreidesäcke zu lösen, und wenig später waren sie dabei, die Lebensmittel unter Deck zu verstauen.

Ulv blieb stehen und blickte aufs Meer hinaus. Die Übelkeit ließ ein wenig nach und die Wellen machten ihm nicht mehr so viel Angst. Das Schiff bebte unter seinen Füßen wie ein riesenhaftes Geschöpf. Es hatte seine Flügel ausgestreckt und brachte ihn Siréd näher. Ulv zweifelte nicht länger daran, dass es die Geister gewesen waren, die ihm dort oben auf der Felsspitze das Schiff gezeigt hatten. Es war sein Schicksal, mit den Mansarern zu segeln. Das jedenfalls hätte Loke gesagt.

Bei dem Gedanken an Loke legte Ulv die Stirn in Falten und sah nach Norden. Loke, der Waldgeist, der weißbärtige Zwerg mit dem Trollspeer. Er hatte Ulv so viel erzählt, als sie zusammen durch den Westwald gewandert waren. Von den beiden Völkern, den Tirganern, dem Volk seiner Mutter, und dem Felsenvolk, aus dem sein Vater stammte. Und er hatte ihm von Ber-Mar erzählt. Der Waldgeist hatte Ulv vorhergesagt, dass ihn in Ber-Mar unfriedliche Zeiten erwarteten, und dieser Unfrieden würde ihn auf den Weg führen, den er gehen musste. Und Unfrieden hatte er wirklich erlebt. Die Schlacht um die Stadt der Schmiede war blutig gewesen und hatte viele Menschenleben gefordert. Aber hatte sie ihm einen Weg gewiesen, dem er folgen konnte? Hatte er die Götter aus dem Himmel herabsteigen und kämpfen sehen, wie Loke es ihm prophezeit hatte? Ulvs Blick weilte auf den Wellen. Er wusste nur, dass er Siréd versprochen hatte, sie niemals zu vergessen. Er wollte den Spuren der schwarzen Späher folgen und sie vor Tarkin und ihrem Schicksal retten, das sie in Kanath erwartete. Aber Loke hatte noch viel mehr gesagt, von Göttern hatte er erzählt. Von Cernunnos. Dem, der Hörner trägt. Und Ulv hatte den Horngott gesehen. Die riesige Gestalt war aus dem Nebel getreten, als die Sklavenhändler in der Nähe eines Steinzirkels ihr Lager aufgeschlagen hatten. Ulv hatte angekettet an den Wagen dagestanden, und Cernunnos hatte zu ihm gesprochen. Von Göttern und den zwei Völkern, die er suchen sollte. Von dem Spiegelbild in einem stillen Bergsee.

Ulv blickte in das Wasser, das am Schiff vorbeirauschte. Im Wasser würde er Cernunnos' Antlitz finden. Aber vielleicht war Der, der Hörner trägt, nichts anderes als ein Geist, geboren aus dem Morgennebel. Vielleicht war er nur ein Traum.

»Jäger!« Der Schiffer kam über das Deck auf ihn zugestapft.

Ulv drehte sich um. Der kräftige Mann hatte sich das Wams ausgezogen und den Umhang abgelegt. Seine Brust war mit kleinen Narben übersät, die sich wie Halbmonde von der braunen Haut abhoben. Sein Bauch hing über den breiten Ledergürtel. Er hielt ein Knäuel mit Wollfetzen und Leinentüchern in der Hand.

»Jäger!«, wiederholte er und stemmte die freie Hand in die Seite. »Glaub ja nicht, dass du hier rumlungern kannst, während die anderen sich abrackern. Du wirst das Deck scheuern, Nordländer!«

Der Schiffer warf ihm die Lappen vor die Füße. »Hol dir einen Eimer und schrubb die Planken, ehe ich den Männern befehle, dich über Bord zu werfen! Wer nicht arbeitet, ist überflüssiger Ballast!«

Ulv ließ den Blick über das Deck schweifen. Die Seeleute hatten Sand vom Strand mit an Bord getragen, und die Reling war verschmiert von der Erde und dem Schlamm aus dem Kanathenerlager. Er hielt die Stofffetzen in der ausgestreckten Hand vor sich. Die Leinenstreifen flatterten im Wind.

»Worauf wartest du?« Der Schiffer packte ihn am Arm, aber Ulv wand sich aus seinem Griff und wich zurück.

»Auf die Knie«, sagte der Schiffer. »Schrubb das Deck!«

Ulv kniete sich vor den Mast und rieb die Stofffetzen über die Bretter, aber der Schiffer gab immer noch keine Ruhe.

»Du musst Wasser nehmen, Nordländer!« Der dicke Mann stützte sich an der Reling ab, als das Schiff in eine Welle fuhr. Dann schwankte er nach hinten und knotete einen der Bottiche los, die dort festgebunden waren. Es war ein großer, hölzerner Eimer mit einem Strick an dem Eisenhenkel. Er rollte ihn zu Ulv. »Meerwasser, Nordländer! Du musst Meerwasser nehmen!«

Ulv ging mit dem Eimer zur Reling, wickelte den Strick um das Handgelenk und warf den Eimer über Bord. Als er ihn wieder an Deck gezogen hatte, kniete er sich auf den Boden und begann zu schrubben.

Ulv schrubbte den Sand von den Decksplanken und arbeitete sich mühsam bis zum Bug vor. Als die Männer mit dem Verstauen der Lebensmittel fertig waren, setzten sie sich in den Windschutz hinter der Reling. Ulv vermied es, sie anzusehen, denn jedes Mal, wenn er aufstand, um frisches Wasser zu holen, steckten sie tuschelnd die Köpfe zusammen. Einer zeigte auf ihn und schüttelte den Kopf, ein paar andere zogen ihre Dolche unter dem Gürtel hervor und rollten die Griffe zwischen den Handflächen. Der Schiffer hatte wieder seinen Platz auf dem Bugdeck bezogen und schaute aufs Meer hinaus.

Während Ulv sich mühsam vorarbeitete, stieg die Sonne immer höher. Am Bugsteven drehte er sich um und arbeitete sich auf der Backbordseite zum Heck vor, bis er auf ein paar Seeleute stieß, die mit ausgestreckten Beinen an der Reling saßen und keine Anstalten machten, ihre Beine wegzunehmen. Ulv beschloss, sich zur Mitte des Decks vorzuarbeiten. Am Mast waren ein paar Männer dabei, die Gei einzuholen, aber als sie Ulv kommen sahen, ließen sie das Tau los und spuckten vor ihm auf die Bretter. Ulv spülte die Lappen im Eimer aus und wischte den Speichel weg, aber die Männer kamen hinter ihm her und spuckten erneut vor ihm auf den Boden.

Ulv ballte die Faust. Seine Arme zitterten vor Wut, aber er beugte den Nacken und goss Wasser über das Deck. Mit kräftigen Bewegungen scheuerte er die Decksplanken sauber, als wieder ein grüner Schleimklumpen vor ihm auf die Bretter klatschte. Die Männer an der Reling hatten sich erhoben und scharten sich um ihn. Sie spuckten auf die Decksplanken und in den Eimer. Ulv stand ganz langsam auf, nahm den Eimer, trat an die Reling und warf ihn über Bord. Er füllte ihn mit Wasser und kniete sich wieder auf die Bretter.

Die Männer begnügten sich jetzt aber nicht mehr damit, aufs Deck zu spucken, sondern spieen ihm ins Haar und auf sein Hemd. Ulv biss die Zähne zusammen. Er musste das ertragen, um über das Meer zu kommen, sonst würde er Siréd nie finden. Er versuchte, an nichts anderes zu denken, aber als ihm die Seeleute das Hemd über den Kopf zogen und auf seine bloße Haut spuckten, konnte er sich kaum noch beherrschen.

In diesem Moment rief der Schiffer den Männer etwas zu, worauf sie sich höhnisch grinsend zurückzogen. Ulv wischte sich den Speichel vom Rücken, während sich der Schiffer wieder dem Meer zuwandte. Als Ulv aufstand, um frisches Wasser zu holen, riss ihm einer der Seeleute den Eimer aus der Hand. Ulv erkannte ihn an dem Bronzering im Ohr. Das war der Mann, dem er am Waldrand begegnet war. Tezmer griff nach dem Strick, warf den Eimer über Bord und lächelte ihn an. Ulv strich sich das Haar aus der Stirn. Die anderen Männer lehnten an der Reling und folgten ihm mit dem Blick. Die bleichen Narben auf ihren bloßen Oberkörpern traten in dem goldenen Licht der Sonne noch deutlicher hervor.

Tezmer zog den Bottich über die Reling. Ulv streckte die Hand aus, als der Mansarer mit dem Eimer auf ihn zukam, doch als Ulv nach dem Henkel greifen wollte, riss Tezmer den Eimer an sich, und als Ulv das Gleichgewicht verlor und vor ihm auf die Knie fiel, schüttete ihm Tezmer das Wasser über den Kopf.

Die Männer lachten. Ulv fasste sich an den Kopf. Er raffte die Stofflappen zusammen und kroch weg, um an einer anderen Stelle weiterzuschrubben. Er scheuerte sich die Knöchel auf, ohne Schmerz zu fühlen. Die Seeleute holten jetzt noch mehr Eimer, füllten sie mit Wasser und leerten sie über ihm aus. Diejenigen, die ein paar Worte Handelssprache konnten, riefen ihm gebrochen Schimpfworte zu. Ein Sklave sei er, ein verlauster Landstreicher ohne Heimat. Er verdiene nichts anderes, als die Arbeit eines Sklaven zu verrichten, und statt zu trinken solle er doch den Speichel von den Decksplanken lecken. Der Schiffer versuchte halbherzig, sie zu beruhigen, aber die Seeleute kamen gerade richtig in Fahrt. Sie scharten sich um Ulv, spuckten ihm ins Haar und schütteten Bottiche mit Salzwasser über seinem Rücken aus.

»Scheuer alles sauber, Nordländer!« Sie beugten sich zu ihm runter und grinsten ihn an. »Scheuer, wie es sich für ein Waschweib aus Ar gehört, Nordländer!«

Ulv krabbelte weg, doch die Männer folgten ihm und gossen Wasser über seinen Kopf.

»Mach alles sauber, Jäger! Brauchst du mehr Wasser, Fremd-targ? Fremd-targ, du putzt wie eine Frau!«

Sie lachten laut. Ulv spannte die Rückenmuskeln an und ließ seine Wut an den Decksplanken aus. Die Lappen waren nur noch blutige Fetzen

»Schade, dass du keine Frau dabei hast, Nordländer«, flüsterte einer der Männer, der sich zu ihm nach unten gebeugt hatte. »Mit der hätten wir gern gespielt, Nordländer. Wir hätten ihr gezeigt, wie gut die Mansarer es ihren Frauen besorgen!«

Ulv hörte auf zu schrubben. Die Seeleute sahen, wie sich seine Finger um die Lappen krampften. Wie kleine Jungen zeigten sie grinsend auf ihn. Ulv wandte den Blick ab, aber als das Lachen nach und nach die ganze Mannschaft erfasste, konnte er seinen Zorn nicht länger beherrschen. Er stand auf und schleuderte die Lappen auf den Boden. Der Schiffer stand wieder vorne im Bug und schien mit den Gedanken ganz beim Fahrwasser im Westen zu sein, und der Steuermann stand hinter dem Ruder und stützte sich mit einem Ellbogen auf die Reling. Er fuhr sich mit dem Daumen über den Hals und nickte den Männern zu, die ihre Dolche zogen.

Als die Männer den Kreis um ihn enger zogen, bückte Ulv sich nach dem Eimer. Die Dolche, die auf ihn gerichtet waren, machten ihm keine Angst. Er fühlte nur unendlichen Zorn. Mit lautem Brüllen schleuderte er Tezmer den Eimer ins Gesicht. Ulv wich einen Schritt zurück, als sich die Seeleute auf ihn stürzten. Er schlug wild um sich und rammte einem der Männer den aufgebogenen Eisenbügel in die Wange, doch die anderen packten ihn im Nacken, zwangen ihn zu Boden und hoben ihre Dolche. Er wand sich unter ihren Griffen und schrie laut.

Plötzlich tat es einen Schlag, und einer der Männer fiel zu Boden. Ulv sah den Mast und das Segel und den Ausguck, der oben vom Querbaum zu ihnen herunterglotzte. Als er sich aufrichtete, sah er, dass der Schiffer die Männer mit einem Stock auseinander trieb. Er schlug auf ihre Rücken und Köpfe ein und jagte sie von Ulv weg, der sich mühsam aufrappelte. Drei Männer krochen über das Deck, zwei von ihnen bluteten im Gesicht, der dritte hielt sich den Bauch. Der Eisenbügel steckte noch immer in der Wange des Mannes. Der Schiffer sagte etwas zu ihm, hockte sich vor ihn und zog ihn mit einem Ruck heraus. Der Seemann schrie auf und fasste sich an die klaffende Wunde.

Die Mannschaft stand in einer Reihe vor der Steuerbordreling, als der Schiffer mit erhobener Faust zu ihnen sprach. Ulv stand vor dem Mast und lauschte den mansarischen Worten, bis der Schiffer sich zu ihm umdrehte. »Bilde dir bloß nicht ein, dass ich dich mag, Nordländer. Aber ich brauche jeden einzelnen Mann auf der Fahrt nach Süden. Wir befinden uns in feindlichem Gewässer. Wenn ihr sterbt, dann im Kampf gegen die Kelser, nicht gegeneinander.« Er wandte sich ab und ging zurück aufs Bugdeck. Dort drehte er sich noch einmal zu Ulv um. »Rechne das nächste Mal nicht damit, dass ich dir helfe. Nimm dich in Acht, Nordländer. Meine Männer sind rachsüchtig. Geh und such dir einen anderen Eimer. Das Deck muss noch vor der Wachablösung sauber sein.«

Ulv ließ die Männern nicht aus den Augen. Sie warfen ihm böse Blicke zu, als sie sich an die Reling oder auf das Achterdeck zum Steuermann setzten. Der Verwundete wurde unter Deck gebracht. Ulv ging in den vorderen Teil des Schiffes. Er nahm sich einen neuen Eimer von der Reling, rollte ein Seil auf, das am Mast lag, und knotete ein Ende an den Bügel. Dann füllte er den Eimer und ging wieder in die Mitte des Decks. Er kniete sich hin und tauchte die Lappen ins Wasser. Die Männer starrten ihn unverwandt an, als er wieder zu schrubben begann.

Erst bei Sonnenuntergang hatte Ulv das Achterdeck, das Bugdeck, die Reling und die untere Mannslänge des Mastes geschrubbt. Der Schiffer hatte die Männer aufgefordert, ihm Platz zu machen, und keiner von ihnen hatte mehr einen Versuch gemacht, ihn zu triezen. Aber Ulv traute ihnen nicht. Sie sahen ihn aus zusammengekniffenen Augen an und strichen mit den Fingern über die weißen Narben auf ihren Brustkörben, als wollten sie dadurch Stärke und Mut beschwören. Der Schiffer hatte den Schnitt in der Wange des Seemanns genäht, und bei Anbruch der Dunkelheit verzog sich fast die ganze Mannschaft unter Deck, um etwas zu essen. Sie hatten in der Feuerschale unter der Heckluke ein Feuer gemacht. Sobald der Rauch aus der Luke stieg, wurde er über die Wellen geblasen, aber trotzdem roch Ulv das Fleisch und fühlte, wie hungrig er war. Der Schiffer hatte das Steuer übernommen, und der junge Bursche war vom Mast heruntergeklettert, um etwas zu essen. Ein Mann stand vorn im Bug auf der Reling, hielt sich am Steven fest und spähte über das Meer. Sonst war niemand mehr an Deck.

Ulv lehnte sich gegen die Reling. Er war erschöpft, nachdem er den ganzen Tag auf den Knien über das Deck gerutscht war. Einmal hatte der Schiffer ihm einen Wasserschlauch gereicht, und Ulv traute sich nicht, ihn um mehr zu bitten. Er schluckte seinen Durst herunter und sah übers Wasser. Das Meer hatte sich im Laufe des Tages etwas beruhigt. Ulv stand an der Backbordreling, und jedes Mal, wenn das Schiff eine Welle erklomm, konnte er unendlich weit nach Norden, Osten und Süden schauen. Der graue Streifen Land war verschwunden, aber die Sonne verwandelte die Wellen in goldene Felsen, die in einem nie endenden Rhythmus aufstiegen und versanken. Ulv stellte sich vor, dass so die Welt ausgesehen hatte, als die ältesten Götter über die Erde wanderten und die Geister die Erde dazu gebracht hatten, die Bergketten aus den Ebenen emporsteigen zu lassen. Die Sonne, geboren aus den Gedanken der Ältesten, wanderte zum ersten Mal über die Himmelskuppel. Das hatte ein alter Barkasjäger ihm erzählt. Derselbe Mann hatte ihm auch die unglaubliche Geschichte der Regentropfen erzählt, die zu Flüssen anschwollen und schließlich in einem See zusammenflossen, der so groß war, dass alle Berge und Ebenen darin versinken konnten. Ulv hatte nie recht daran geglaubt, bis er nach Süden gewandert war und das Meer mit eigenen Augen gesehen hatte.

Das Ruder knarrte, als das Schiff in ein Wellental steuerte. Ulv hörte das gierige Schmatzen und Schlürfen der Männer unter Deck. Ihre Sprache war ihm noch genauso fremd wie am Anfang, sie hatte nur wenig Ähnlichkeit mit der Handelssprache, die von den meisten Völkern im Norden und Osten gesprochen wurde. Auch das hatte Dielan ihm auf dem Weg vom Tal nach Ber-Mar erzählt. Während die anderen Männer ihre Pfeile und Speerspitzen schliffen, hatte der alte Mann ihm am Lagerfeuer all die erstaunlichen Dinge erzählt, die das Felsenvolk bei seiner Fahrt über das Meer erlebt hatte. Das Volk war aus dem Lanzengebirge über das Meer in das Tal nördlich von Ber-Mar gekommen. Und es war das gleiche Meer, das Bran von seinem Volk fortgelockt hatte.

Ulv sah über die Wasserfläche und fragte sich, ob sein Vater wohl noch irgendwo dort draußen segelte, wie Dielan hoffte. Wenn er noch lebte, musste er ein alter Mann sein. Er segelte ein Langschiff, das Tigam hieß, benannt nach der Frau des Skergs von Arborg, die er aus der Gefangenschaft befreit hatte. Aber Ulv fürchtete, dass Dielans Hoffnung, sein Bruder würde eines Tages lebend ins Tal zurückkehren, sinnlos war. Denn Dielan lebte bereits länger als die meisten anderen Männer seines Volkes. Und Bran war noch einige Winter älter als er. Ulv wusste nichts über das Meer, aber als er so an der Reling stand und über die Wellen blickte, konnte er sich nicht vorstellen, dass sein Vater mehrere Jahrzehnte auf dem Wasser überlebt hatte. Die See war zu gewaltig, zu wild und ungastlich. Wenn er noch lebte, dann sicher irgendwo an der Küste. Und wenn die Gerüchte wahr waren, dass Vendhurs Männer alle Siedlungen südlich und östlich von Ber-Mar zerstört hatten, war sein Vater entweder erschlagen worden oder in Gefangenschaft geraten. Denn so viel war sicher: Er würde sich niemals der Herrschaft der Südländer beugen. Dielan hatte erzählt, mit welcher Inbrunst Bran die Mansarer und Vandarer hasste. Er hatte vor mehr als vier Jahrzehnten als einer von Visikals Tiledern in einem Krieg gegen sie gekämpft.

Das Schiff erklomm eine Welle. Ulv machte die Bewegung mit, als es in das Wellental hinabsackte. Die Abendsonne ließ die Wellen wie gehämmerte Bronze aussehen. Das Meer weiß seine Geheimnisse gut zu verbergen, dachte Ulv. Wenn es stimmte, was Dielan erzählte, lebten dort unten sowohl Fischmenschen als auch riesige Seeungeheuer.

Er lehnte sich mit dem Rücken an die Reling. Die Sonne hing eine Handbreit über dem schwarzen Dunstschleier im Westen und tauchte den Sturmrand in einen goldenen Schimmer. Die See verfärbte sich blutrot. Ulv schüttelte den Kopf; er hatte noch nie so ein Farbspiel eines Sonnenuntergangs über dem Meer gesehen. Es sah aus, als nähmen die Wellen im Nordwesten die Form eines Schiffes an, das unter schneeweißen Segeln aus den blutroten Wellen gesegelt kam. Ulv kniff die Augen zusammen, und als er sie wieder öffnete, war das Schiff immer noch dort. Jetzt hatte es die roten Wellen hinter sich gelassen. Ulv konnte den Bugsteven erkennen, der sich mit jeder Welle zum Himmel streckte. Er schaute zum Schiffer. Der bärtige Mann stand mit dem Rücken am Achtersteven, den Blick auf die See vor dem Bug geheftet. Der Mann, der vorn am Bugsteven auf der Reling stand, spähte nach Süden, und der Rest der Mannschaft hielt sich unter Deck auf.

Ulv beobachtete das Schiff. Es hatte denselben Kurs wie sie. Als er den Arm hob, um die Sonne abzuschirmen, sah er, dass das andere Schiff die Ruder ausgefahren hatte. Auf das weiße Segeltuch war etwas gemalt, das wie ein Stierkopf aussah, und an Deck blinkten Schilde und Speerspitzen.

»Nordländer!« Der Schiffer rief nach ihm. »Jäger-targ! Was guckst du so?«

Ulv antwortete nicht. Er drehte sich um und ging in die Mitte des Decks, aber der Schiffer hatte verstanden, dass Ulv etwas gesehen hatte. Der Mann, der vorn auf der Reling gestanden hatte, sprang aufs Deck und kletterte das Mastfall hoch, während der Schiffer das Ruder an der Reling festband und nach Westen spähte.

»Kels-am!«, rief der Schiffer, lief an die Reling und spannte die Backbordschot. Der Querbaum schwang herum und das Schiff legte sich auf die Seite. Der Mann im Ausguck rutschte an einem Tau den Mast herunter und verschwand unter Deck. Die Männer riefen durcheinander. Gleich darauf wurden die Ruder ausgefahren.

»Unter Deck, targ!« Der Schiffer löste die Vertäuung des Steuerruders und wendete das Schiff in den Wind. »Das Schiff trägt Kels' Haupt, und wenn die Kelser uns einholen, werden sie jedem von uns die Kehle durchschneiden! Also sieh zu, dass du unter Deck kommst, Nordländer, und rudere um dein Leben!«

Ulv kletterte die Leiter nach unten. Die Seeleute saßen auf den Ruderbänken und riefen mit jedem Ruderschlag den Takt. An manchen Rudern saßen zwei Männer und Ulv konnte keine freie Bank mehr entdecken. Er ging nach hinten an den Bankreihen entlang, bis er einen freien Platz entdeckte. Der Mansarer rutschte zur Seite, schaffte es aber noch auf die Bank zu spucken, bevor Ulv sich setzen konnte. Ulv umfasste das Ruder und zog es nach hinten. Er hatte von Kelsern gehört. Als Brage, Seon und er aus Krugant geflohen waren, hatte Seon gesagt, dass sie nach Süden wandern und in der Kelsburg Zuflucht suchen könnten. Aber daraus war nichts geworden, denn nicht einmal Kels hatte sich der Macht der Kanathener widersetzen können. Eigenartig, dass sie so weit im Westen auf ein Kelsschiff trafen. Aber das war nicht der passende Zeitpunkt, sich über derartige Dinge zu wundern. Der Schiffer hatte Recht. Wenn die Kelser sie einholten, würden sie keinen von ihnen verschonen. Sie hatten guten Grund, jeden zu hassen, der auf der Seite Tarkins und der Kanathener kämpfte. Unter Vendhurs Führung hatten die Kanathener die Kelsburg erobert und Kels' Volk zu Sklaven Tarkins gemacht.

Er lehnte sich zurück und zog das Ruder durchs Wasser. Dem Seemann an seiner Seite rutschten die Hände ab, aber Ulv nahm keine Rücksicht auf ihn. Niemand – auch nicht die Kelser – würde ihn daran hindern, das Meer zu überqueren. Ihre Rachepläne interessierten ihn nicht – sollten sie doch wie die Seeräuber auf dem Meer leben, wenn das ihr Schicksal war. Er hatte anderes zu tun, als gegen sie zu kämpfen. Denn am Ende dieses Meeres lagen noch ein Land und noch ein Meer vor ihm, ehe er Kanaths Küste erreichen würde. Und dort, in der Heimat der Lanzenkrieger, würde er sie finden. Er beugte sich nach vorn und tauchte das Ruder ins Wasser. Er brüllte im Takt mit den anderen Seeleuten und zog das Ruder mit aller Kraft nach hinten. Das Schiff pflügte durch die Wellen und der Schiffer feuerte sie von oben an. Die Männer stöhnten vor Anstrengung und stemmten sich von den Ruderbänken hoch.

## Die Schlacht auf der Landzunge

Es war eine Nacht der Flammen. Eine Dunkelheit voller Frauenschreie und kanathenischer Hornsignale. Jetzt kämpften sie, erschöpft von der Belagerung. Wahnsinnig vor Durst und Angst stürzten sie sich durch das Feuer und warfen sich gegen die bermarische Schilderwand. Sie brachen zwischen den Speerspitzen hindurch und hämmerten mit ihren Fäusten auf die Schilde ein, doch selbst wenn die Bermarer sie mit ihren Speeren durchbohrten, ließen sie nicht ab zu kämpfen. Doch lange dauerte dieses Aufbäumen nie. Die Bermarer trampelten sie nieder. Sie standen Schulter an Schulter und schoben ihre Schilde zu einer Mauer aus Stahl zusammen. Sie brüllten die brennenden Wände der Festung an. Sie riefen die Namen ihrer Ahnen. Sie siegten.

Seon war auf die Anhöhe oberhalb der Landzunge geritten. Vom Sattel aus konnte er das Schlachtfeld überblicken. Er sah die Flammen, die die Festung umschlossen, eine Wand aus Feuer, und er sah die Bermarer, die die brennenden Kanathener abschlachteten. Die kanathenische Festung war auf der äußersten Spitze der Landzunge errichtet worden, auf einer Kuppe, von der aus man gute Sicht auf das Meer und die Küste hatte. Die Langschiffe lagen nördlich der Festung im Innern der Bucht, doch die Feuerwand, die sich schräg über die Landzunge erstreckte, hinderte die Kanathener daran, diese zu erreichen. Ein Bach floss aus dem Wald hinter der Anhöhe herab bis zur Festung, doch bereits vor vielen Tagen hatte Seon seinen Männer befohlen, den Lauf ins Meer abzuleiten. Die Bermarer bildeten hinter der Feuerwand eine lange Reihe. Sie schützten sich mit ihren Schilden und stachen die Kanathener nieder, die durch das Feuer brachen. Hinter den Bermarern standen die vier mal zehn Männer des Felsenvolkes. Sie hatten ihre Bögen gesenkt, denn die meisten Kanathener waren bereits tot.

Seon strich sich über sein entstelltes Gesicht und schloss die Augen. Die Sterbenden flehten um Gnade, doch weder die Bermarer noch die Männer des Felsenvolkes verstanden ihre Sprache. Und selbst wenn sie sie verstanden hätten, wären ihre Ohren taub für dieses Flehen gewesen.

Die Flammen brüllten, als die Festung in sich zusammenfiel. Die Kanathener ließen ihre Waffen fallen und hasteten zurück. Sie schrien nach all jenen, die drinnen geblieben waren, taumelten ins Feuer, gingen wie Fackeln in Flammen auf und krochen schreiend weiter. Seon umklammerte die Zügel in seinen Fingern. Er verstand die Sprache der Kanathener und hörte, was sie riefen. Die schwarzen Krieger brachen auf dem Platz zwischen der Feuermauer und der Festung zusammen, wandten ihre Handflächen zum Himmel und flehten ihre Feinde an, sie am Leben zu lassen. Seon blickte auf das Horn hinab, das an seinem Sattelknauf hing, ehe er die Verschnürung löste. Noch einmal ließ er seinen Blick über das Schlachtfeld schweifen. Er fuhr sich mit der Hand über das Gesicht, über seine ausgeschlagenen Zähne und die Narbe, die sein rechtes Auge beinahe verschloss. Die Kanathener hatten ihn gezeichnet, und jetzt drückte er ihnen sein Zeichen auf. Unten auf der Landzunge rief Konvai seinen Leuten etwas zu. Die vierzig Krieger des Felsenvolkes spannten ihre Bögen. Konvai wandte sich zur Anhöhe und hob den Arm. Seon wusste, dass er ihn ansah. Er führte das Horn an seine Lippen. Die Kanathener kauerten sich hinter ihren Gefallenen zusammen. Einige der Frauen waren aus der Festung herausgekommen. Die kanathenischen Männer zogen sie zu Boden und schützten sie mit ihren eigenen Körpern.

Er stieß dreimal ins Horn. Die vierzig Krieger senkten ihre Bögen und die Schildwand der Bermarer zog sich wie eine Schlange seitlich von den Flammen zurück. Die Toten und Sterbenden blieben, wo sie waren, und die Schreie mischten sich mit dem Knistern der Flammen.

Seon hängte das Horn wieder an den Sattelknauf und schob die Kapuze seines Umhangs in den Nacken. Er wandte das Pferd zur Böschung und ließ es nach unten schreiten. Die Belagerung war vorüber. Flammen tanzten über die gefallene Festung und sandten Funken in den schwarzen Himmel.

Seon ritt nach unten, hob die Hand und grüßte die Bermarer und das Felsenvolk. Er ritt zur Spitze der Landzunge und führte sein Pferd an der Feuermauer entlang, während ihm die Kanathener ihre blutigen Arme entgegenstreckten und ihn um Gnade anflehten. Vielleicht sahen sie, dass er dunkelhäutig wie sie selbst war, und hofften, er würde ihnen helfen. Doch Seon würdigte sie kaum eines Blickes. Er zog seine Schwert aus der Scheide und streckte es in den Nachthimmel.

»Ber-Mar!« Er schrie den uralten Namen über die Flammen, und die Männer antworteten ihm. Ber-Mar hatte gesiegt. Und obgleich die Festung klein und die Krieger hinter den Palisaden in der Minderheit gewesen waren, hatten die Bermarer allen Grund, stolz zu sein. Sie waren nicht mehr nur Männer, die ihre eigene Heimat verteidigten. Sie waren Eroberer, sie nahmen Tarkin Land ab. Denn nur so konnten sie die Kanathener von der Küste vertreiben.

Dreimal schrie Seon den Namen Ber-Mars, und dreimal antworteten ihm die Männer. Dann drückte er seine Fersen in die Flanken des Pferdes und trabte zum Waldrand. Die Männer wussten, was sie tun sollten, und Brage würde dafür sorgen, dass die Verwundeten von den bermarischen Speeren verschont blieben. Auch das war ein Teil von Seons Plan; die Überlebenden sollten aus der Festung abziehen können, um in den anderen Kanathenersiedlungen zu berichten, was geschehen war. So sollte sich die Furcht nach Osten ausbreiten, und so wollte er Vendhur verleiten, weitere Schiffe an die Nordküste des arenischen Meeres zu beordern.

Seon ritt am Waldrand entlang, während die Bermarer und die Krieger des Felsenvolkes ihre Verwundeten zählten und die überlebenden Kanathener hinunter zum Strand trieben. Linker Hand lag die Landzunge, rechter Hand der Waldrand. Alle Bäume des Kaps waren gefällt worden, so dass es wie eine verbrannte Zunge ins Meer hinausragte. Seon wusste, dass die Kanathener die Bäume gefällt hatten, um Stämme für die Festung zu bekommen. Sie hatten im Umkreis von zwei Pfeilschüssen um die Palisaden das Unterholz niedergebrannt, damit sich niemand heranschleichen konnte. Er kannte ihre Taktik aus seiner Zeit in Mansar und hatte deshalb nie daran gezweifelt, dass es ihm gelingen würde, die Krieger in der Festung zu besiegen. Er leitete das Trinkwasser um und riegelte ihnen den Zugang zu den Langschiffen ab. Fünf Tage lang hatten sie hinter den Palisaden ausgehalten. Dann hatte sie der Durst nach draußen gezwungen.

Am Nordende der Landzunge wandte Seon sein Pferd zum Waldrand. Er ließ es zwischen die grauen Baumstümpfe treten, bis es die Eichen erreichte. Dort duckte er sich unter den Zweigen und ritt langsam weiter nach Osten. Sie hatten ihr Lager etwas weiter im Wald aufgeschlagen, und so führte er das Pferd über die Spur, durch die sie die Stämme für die Feuerwand zur Festung gezogen hatten. Er warf seinen Umhang über die Schultern nach hinten und stützte sich auf den Sattelknauf. Seine Hände zitterten. Er brauchte Met, ehe er mit den Männern sprechen konnte.

Die Zelte waren um eine Lichtung herum aufgeschlagen worden. Seon ließ das Pferd bis an die Feuerstelle in der Mitte der Lichtung laufen und saß ab. Das Lager war leer. Niemand sah, wie er sich über die Augen fuhr und nach Atem rang. Seine Knie gaben unter ihm nach, doch er kroch zur Feuerstelle, sammelte trockene Zweige und Äste zusammen und legte sie in den steinernen Ring. Dann holte er Zunder und Feuerstein aus seiner Tasche, doch als er den Feuerstein gegen seine Schwertklinge schlug, zitterten seine Hände zu sehr. Mit einem Stöhnen rappelte er sich auf. Er schob die Hände unter seine Achselhöhlen und taumelte über den Platz, vorbei an dem Holzstapel und dem Wildschwein, das Virgas Söhne am Tag zuvor erbeutet hatten. Seon stolperte über Zeltschnüre und Reisighaufen, ehe er mit dem Rücken an einen Eichenstamm gelehnt stehen blieb. Sein Pferd stand noch in der Mitte des Platzes. Es schnaubte und trat mit den Hufen in den Boden. Die Koppel war im Norden des Lagers, doch Seon konnte das Tier jetzt nicht dorthin führen. Er kehrte um, stützte sich an einer Zeltwand ab und wischte sich den Speichel vom Mund. Es kam ihm vor, als bewegten die Zelte sich. Sie zerrten an den Sehnen, mit denen sie im Boden verankert waren und schüttelten ihre Planen. Seon schloss die Augen. Als er sie wieder öffnete, standen die Zelte still. Er atmete schwer, während er zwischen den Stämmen hindurchblinzelte. Er sah sich um und taumelte schließlich weiter zwischen die Bäume.

Nach einer Weile fand er das Zelt von Konvai. Es lag am Rand der Lichtung, und Seon dachte, dass er es gleich gefunden hätte, wenn er nicht diesen schrecklichen Durst verspürt hätte. Er stolperte durch die Zeltöffnung und kroch über die Felle, die auf dem Boden ausgebreitet waren, bis in die Ecke, in der er den Metschlauch versteckt hatte. Er krümmte sich zusammen und drückte den Schlauch gegen seine Brust.

Seon trank, bis sich die Furcht legte. Denn was er spürte, war eher Angst als Durst – es fühlte sich an, als hätten die Götter selbst die Wolken beiseite geschoben und blickten ihn mit bösen Augen an. Nur Met und Wein schützten ihn vor diesen Blicken und ließen seine Hände zur Ruhe kommen. Er holte tief Luft und blinzelte ins Tageslicht, das durch die Schlitze der Zeltplane hereinfiel. Dieser Drang zu trinken war ihm nicht neu, er begleitete ihn seit vielen Jahren. Doch das Zittern war neu, und es erschreckte ihn. Seon drückte den Holzzapfen in den Metschlauch. Brage hatte ihn davor gewarnt, doch der Schmied wusste nicht, mit welchen Erinnerungen er leben musste. Wein hatte ihm immer geholfen; er hatte ihn vor den Schlachten gestärkt und Sorgen und Kummer ertränkt. In Ber-Mar hatten noch die Mettonnen gestanden, die sie zurückgelassen hatten, als sie nach der Schlacht in die Berge gezogen waren, und oben in den Häusern der Kanathener waren sie auf Weinschläuche gestoßen. Sie hatten alles auf ihre Packpferde geladen, und seither hatte Seon stets einen Weinschlauch oder etwas Met in Konvais Zelt versteckt. Denn der Häuptling des Felsenvolkes verstand ihn, und gemeinsam hatten sie so manchen Kummer ertränkt. Seon hatte sich Mut angetrunken, ehe er die Männer zur Festung geführt hatte, und er hatte ihnen seinen Mut gezeigt, Kanathenern und Bermarern gleichermaßen. Er hatte sein Pferd über die Landzunge getrieben, bis er nur knapp außerhalb der Reichweite der kanathenischen Bögen gewesen war, an den Zügeln seines Pferdes gezerrt und es sich aufbäumen lassen. So hatte er die Kanathener herausgefordert und seinen eigenen Kriegern Mut eingeflößt, und Bermarer und Felsenvölkler waren ohne zu zögern mit den Stämmen für die Feuerwand vorgerückt.

Erneut führte er den Metschlauch an die Lippen. Er trank, hustete und rang nach Atem. Der Rausch senkte sich über ihn wie eine warme Frau, drückte seine Augenlider zu und ließ ihn die brennenden Körper auf der Landzunge vergessen. Dann fiel der Metschlauch aus seinen Händen. Er rollte sich auf die Seite, zog die Beine unter seinen Umhang und schlief ein.

Mit Einbruch der Schneeschmelze waren sie aus den Bergen herabgeritten. Nach der Beratschlagung hatten sie keine andere Wahl gehabt. Es war beschlossen. Die Ältesten hatten gesprochen. Das Volk von Ber-Mar hatte keinen Platz im Tal des Felsenvolkes. Schon jetzt hatten sie den ganzen Hang im Süden gerodet, weil sie Holz für die Langhäuser brauchten. Axthiebe waren durch das Tal gehallt, während die Männer und Frauen des Felsenvolkes an den Feuern saßen und besorgt die Köpfe zusammensteckten.

Der alte Dielan war von Tür zu Tür gegangen und hatte um Geduld und Barmherzigkeit gebeten, doch wenn die Kinder vor Hunger weinten, fand er weder bei Frauen noch bei Männern Gehör. Die vierzig Krieger, die in der Schlacht um Ber-Mar gekämpft hatten, hatten das Volk der Schmiede mit ins Tal gebracht, doch schon bald war deutlich geworden, dass dies unklug gewesen war. Niemand sagte es laut, bis die Frauen eine Ratssitzung auf Gorms Lichtung verlangten, und als sich die Sippen versammelt hatten, erhoben sich die Ältesten und sprachen die Worte aus, um die die Frauen der Sippen sie gebeten hatten: Das Volk von Ber-Mar war zu groß. Die Kornernten konnten sie nicht alle ernähren. Das Wild hatte sich nach Norden in die Jagdgebiete von Kragg-Nar verzogen. Und mit der drohenden Hungersnot war es nur eine Frage der Zeit, bis sich die zwei Völker zu bekämpfen begannen. Die

Ältesten hatten den Blick nach Süden gewandt und etwas von Rache an den Kriegern Vendhurs gemurmelt. Sie fragten die Bermarer, ob sie bereit seien, die Kanathener von der Küste zu vertreiben. Gortar, Ber-Mars Häuptling, verschränkte die Arme vor der Brust und nickte. Er bat um Schutz und Nahrung für Frauen und Kinder und betete zu den Göttern um Gnade für seine Männer und um Schutz vor den Lanzen der Kanathener. Denn Gortar erkannte, was ihnen bevorstand, und als sich Dielan auf seinen Stock stützte und seinen Arm hob, war niemand überrascht zu hören, dass er den Fehler einräumte, der in Ber-Mar begangen worden war. Sie hätten die überlebenden Kanathener niemals mit Frauen und Kindern in ihren Langschiffen fortsegeln lassen dürfen. Denn sie würden zu den Festungen im Süden segeln und Bericht darüber erstatten, dass Ber-Mar nicht mehr unter der Macht Vendhurs stand. Und Vendhurs Kaane würden Schiffe nach Norden aussenden, um die Stadt der Schmiede wieder in ihre Gewalt zu bringen.

Der Beschluss war noch am selben Abend gefällt worden. Während die Flammen der Lagerfeuer in den Winterhimmel leckten, erhoben sich vierzig Krieger und schworen Treue. Die meisten hatten bereits in Ber-Mar gekämpft, doch unter ihnen waren auch Männer, die während der Schlacht um Ber-Mar im Tal geblieben waren. Denn nicht alle der vierzig Männer, die mit Ulv aufgebrochen waren, waren zurückgekommen. Einer war im Kampf gefallen und ein weiterer später dem Wundfieber erlegen.

Die Metkrüge wurden von Mann zu Mann herumgereicht, und als das Gebräu die Kampfeslust der Bermarer besänftigt hatte, erhob Dielan erneut seine Stimme. Ber-Mar stellte beinahe zweihundert Kämpfer, so dass die vierzig Krieger des Felsenvolkes in der Minderheit waren. Trotzdem sollte keines der beiden Völker über das andere bestimmen, weshalb die beiden Häuptlinge, Konvai und Gortar gleichgestellt sein sollten. Die Krieger brauchten einen Anführer, der weder aus Ber-Mar noch aus dem Tal des Felsenvolkes stammte, denn nur ein solcher Mann würde sie in den Krieg führen können. Der alte Dielan ließ seinen Blick über die Menge schweifen, doch er fand den Mann nicht, nach dem er suchte. Brage, Garrs Sohn, stand trinkend am Feuer, und als Dielan ihn fragte, wo Seon sei, deutete Brage zum Langplatz. Seon hielt sich in dem Haus auf, das man ihm und Mian zugewiesen hatte.

Es dauerte einige Zeit, bis es den Männern gelang, Seon zu überreden, sie anzuführen. Mian hatte ihn bereits einmal verloren und wollte nicht noch einmal erleben, dass er das Tal verließ. Niemand wusste, worüber die zwei sprachen, während sie im Halbdunkel ganz hinten in Hagdars Haus hockten, doch drei Tage nach der Beratschlagung trat Seon zu Dielan und sagte, dass er bereit sei, die Männer auf dem Weg nach Süden anzuführen.

So sattelten sie ihre Pferde und ritten erneut durch den Pass. Über die Hochebene, auf der der Schnee noch immer hart und vereist unter den Hufen der Pferde lag, und durch den Höhlengang, in dem die Bermarer ihre Fackeln zu den Höhlenwänden ausstreckten und flüsternd von Man sprachen, der an den Wurzeln der Gebirge lebte. Sie ritten auf die Ebene hinaus, auf der sich das Gras durch den nassen Schnee streckte, und dann nach Westen, die Sonne im Rücken. Als sie Ber-Mar, die Stadt der Schmiede, erreichten, ritten sie zwischen den Langhäusern hindurch und trieben die Pferde in die Koppeln im Osten des kesselförmigen Tals. Die Bermarer machten Feuer in ihren Häusern, und die Krieger ruhten sich aus, während Seon die Karten und Pergamente studierte, die die Kaane zurückgelassen hatten. Er las von den Festungen entlang der Küste und von den Versorgungsrouten, die das Überleben der kanathenischen Krieger sicherten. Er deutete die Zeichen über das Land im Süden und über den Tempel, in dem Tarkin auf den Tag der Empfängnis wartete. Er erinnerte sich an Ulv, der zu ihm gekommen war, als er Befehlshaber der Festung in Krugant gewesen war, und daran, was der Nordländer über die Frau gesagt hatte, deren Rettung aus den Klauen der Kanathener er versprochen hatte. Seon ging an den schwarzen Kiesstrand Ber-Mars hinunter und kletterte auf den kleinen Hügel im Süden. Als der Morgen graute, führte er sein Volk um die Kuppe im Südosten Ber-Mars herum. Dann folgten sie der Küste und waren bald in unbekanntem Land.

Während Seon schlief, wurde die Nacht zum Morgen. Die Bermarer und die vierzig Krieger des Felsenvolkes trieben die Kanathener auf der Südseite der Landzunge zusammen. Sie rissen eine Öffnung in die Feuerwand und suchten auf dem Schlachtfeld vor der Festung nach weiteren Überlebenden. Gortar bat Ber-Mars Männer, diese zu den anderen Kanathenern nach unten zu tragen. Zwei Festungswände standen noch, doch der Festungsplatz war ein einziger Glutofen und ließ kaum auf weitere Überlebende hoffen. Jetzt ging die Sonne über dem Eichenwald auf, und das Tageslicht erhellte die verbrannte Landzunge. Vereinzelte Baumstümpfe warfen ihre Schatten auf den aschgrauen Boden. Licht glitzerte auf den Wellen, die sich am Ufer brachen, an dem die Kanathener über ihren Gefallenen knieten und die Wunden der Verletzten wuschen.

Es waren vor allem dunkelhäutige Frauen, die sich unter ihre blauen Tücher duckten und die Bermarer anstarrten. Doch Ber-Mars Krieger verstanden die Worte nicht, die ihnen die Frauen voller Verachtung entgegenspuckten. Noch immer wurden Männer vom Schlachtfeld getragen; einige wurden mit Brandwunden aus der Feuerwand gezogen, während andere den Pfeilen des Felsenvolkes erlegen waren. Die meisten Kanathener aber waren bei dem Versuch gefallen, die Schildmauer der Bermarer zu durchbrechen. In dem kurzen Kampf, der darauf gefolgt war, waren die restlichen Krieger mit den Langspeeren niedergestochen worden. Jetzt warteten die Kanathener darauf, den Gefallenen zu folgen, denn sie hatten die Gerüchte über die Gnadenlosigkeit der Männer mit der bleichen Haut gehört. Es hieß, die Nordländer seien Wilde, mehr Tier als Mensch.

Doch weder die Bermarer noch die Krieger des Felsenvolkes kannten die Geschichten der Kanathener. Die Festung war die erste, die sie seit ihrem Aufbruch in Ber-Mar vor einem guten Monat zu Gesicht bekommen hatten, doch Seon hatte ihnen erzählt, dass es weiter im Süden noch mehr solcher Forts gab. Wenn die Verwundeten und Überlebenden von der Landzunge vertrieben waren, würden die Bermarer und die Krieger des Felsenvolkes weiterziehen. Doch noch hatten weder Gortar noch Konvai oder Seon gesagt, wohin ihre weitere Reise ging. Einige Männer des Felsenvolkes wollten nach Hause, denn die Sommer im Norden waren kurz, und schon bei ihrem Aufbruch hatte es nur noch wenig Wild gegeben. Doch die Bermarer waren noch immer voller Rachsucht.

Als die Sonne hoch am Himmel stand, war die Feuermauer niedergebrannt. Die Festung auf der äußersten Spitze der Landzunge glich einem riesigen Gluthaufen. Rauch quoll zwischen den verkohlten Stämmen empor, den der Wind in den Wald blies. Die Bermarer fluchten, denn dieser Rauch konnte die Späher und Kundschafter der Lager im Süden warnen. Ihnen blieb ein Tag, hatte Seon gesagt. Ein Tag, um aus der Gegend des Schlachtfelds zu verschwinden.

Jetzt begannen die Männer, sich in Richtung des Lagers zurückzuziehen. Dreißig Bermarer blieben als Wachen bei den Kanathenern, während die anderen ihre Waffen einsammelten und zum Waldrand emporstiegen. Nun war es Zeit zu essen, zu trinken und die Verwundeten zu versorgen. Noch wusste niemand, wie viele in der Schlacht ihr Leben gelassen hatten, denn Seon hatte den Männern befohlen, sich sofort aus der Schlacht zurückzuziehen, wenn sie verwundet worden waren. Ein verwundeter Mann brachte seine Kampfgefährten in Gefahr, und da sie ohnehin in der Überzahl waren, gab es keinen Grund, Verwundete kämpfen zu lassen. Seon hatte ihnen das vor der Schlacht erklärt, doch nicht alle hatten verstanden, was er meinte. Dennoch hörten sie auf seine Worte, denn sie wussten, dass Seon seit seinem vierzehnten Winter als Krieger gelebt hatte. Und jetzt, da die Kanathener am Strand zusammengetrieben worden waren und die Festung niedergebrannt war, zweifelte niemand mehr an ihm. Die Männer verschwanden unter den Zweigen der Bäume, klopften sich gegenseitig auf die Schultern und wischten sich Tränen und Schweiß vom Gesicht. Auf der Lagerlichtung sammelten sie sich und riefen nach Verwandten und Freunden, die sie während der Schlacht aus den Augen verloren hatten, und Konvai ging zwischen den Männern herum und versuchte, Seon zu finden.

Konvai war ein groß gewachsener Mann mit dunklen Haaren, die er im Nacken zusammengebunden hatte. Wie die anderen Männer trug er eine knielange Ringbrünne und lederne Beinkleider. Er war am ganzen Körper schmutzig und voller grauer Asche. Konvai war kein junger Mann mehr, und sein Gesicht war vom Leben in den Bergen gezeichnet. Er war der Sohn des alten Dielan, der ihm selbst das Amt des Häuptlings übertragen hatte, als er die Schwäche des Alters zu spüren begann. Konvai war ein bodenständiger, ernsthafter Mann, der von Beginn an gegen diesen Kriegszug gewesen war. Er war es, der es Seon gestattet hatte, Met und Wein in seinem Zelt zu verstecken, doch Konvai tat nie etwas ohne Grund. Die Männer tuschelten, dass es Konvai gar nicht gefiel, dass Seon Macht über sie hatte, und dass er hoffte, Met und Wein könnten den dunkelhäutigen Heerführer schwächen.

Konvai ging von Mann zu Mann und fragte nach Seon,

doch niemand hatte ihn gesehen, seit er das Schlachtfeld verlassen hatte. Konvai bat die Männer, sich auszuruhen und nach den Verwundeten zu sehen. Dann nickte er vielsagend in Richtung seines Zeltes und sagte, er könne sich schon denken, wo Seon sei. Er führte den Daumen an den Mund und die Männer lachten.

Seon wurde von Stimmen geweckt. Er richtete sich auf und blinzelte ins Tageslicht. Vor dem Zelt knirschten Leder und Segeltuch. Er erkannte den harten Tonfall der Bermarer und hörte irgendwo auf der Lichtung Brages Lachen. In einem Zelt nebenan schrie ein Mann vor Schmerzen.

Er rieb sich die Augen, suchte zwischen Decken und Fellen nach dem Metschlauch, den er schließlich in einer Ecke des Zeltes fand. Er musste ihn im Schlaf weggestoßen haben. Seon rappelte sich auf, beugte den Rücken unter dem niedrigen Zeltdach und zog eines der Hirschfelle über den schlaffen Metschlauch. Dann strich er sich über die Stirn und kniff das schmerzende Auge zu. Als die Kanathener ihn in Ber-Mar gefangen hielten, hatten sie ihm zu entlocken versucht, von welcher Heereseinheit er sich abgesetzt hatte. Seon verurteilte sie nicht dafür, dass sie ihn für einen der ihren hielten, denn seine Haut war dunkel wie die ihre. Sie hatten ihm die Nägel ausgerissen und ihn an einen Pfahl gebunden, an dem sie auf ihn einschlugen.

Seon fuhr sich über das Gesicht. Niemals würde er die Schmerzen vergessen, als die Haut an seinem Auge aufplatzte, während der Kaan unablässig auf ihn einschlug. Seine Nase war gebrochen, er hatte seine eigenen Schneidezähne ausgespuckt und Blut erbrochen. Schließlich hatte er in seinem eigenen Urin gestanden, der sich mit seinen Tränen mischte. Aber er konnte dem Kaan nicht die Antwort geben, die er hören wollte. Denn er kannte keine Einheit der Kanathener. Er war bloß ein Söldner. Ein Herumstreifer ohne Heimat.

Vor dem Zelt war jetzt Konvais Stimme zu hören. Seon setzte sich mit verschränkten Beinen hin und wischte sich den Speichel vom Mundwinkel. Als die Decke vor dem Zelteingang zur Seite geschoben wurde, drehte er seine rechte Gesichtshälfte vom Licht weg. Nach der Folterung durch die Kanathener war etwas mit seinem Auge geschehen. Es ertrug das Tageslicht nicht mehr wie zuvor.

Konvai setzte sich am Fußende seines Schlafplatzes auf seinen Sattel, löste seinen Pferdeschwanz und ließ die langen Haare über seine Schultern fallen. Danach öffnete er den Schwertgürtel und schob die Waffe unter den Sattel. Er kniete sich hin, beugte sich vor und zog die Ringbrünne über seinen Kopf.

Seon beobachtete ihn, während er das schwere Eisenhemd zusammenlegte. Konvai zog einen ledernen Sack unter einer Decke hervor und verstaute die Brünne darin, ehe er den Wasserschlauch vom Zeltpfosten am Eingang nahm. Er goss sich Wasser auf die Handflächen und wusch Asche und Blut ab. »Es war ein guter Kampf«, sagte er, noch immer auf seine Hände blickend. »Die Männer wollten dir danken. Du hast sie zum Sieg geführt.«

»Leg die Decke vor.« Seon nickte in Richtung des Zelteingangs. »Die Sonne sticht in meinen Augen.«

Konvai drückte den Holzzapfen in die Öffnung des Wasserschlauchs, hängte ihn auf und legte die schmutzige Decke vor den Zelteingang. »Wir haben die Kanathener am Strand zusammengetrieben.« Er setzte sich auf den Sattel, trocknete sich die Hände an seiner Lodenhose ab und sah zu Seon hinüber.

»Ich weiß«, murmelte Seon. »So lautete mein Befehl.«

Konvai blickte auf seine Knöchel hinab. Sie waren rot von Rissen und Wunden. »Du bist ein großer Krieger«, sagte er leise. »Aber ich bin der Häuptling des Felsenvolkes. Vergiss das nie, Seon. Ich bin es, dem sie gehorchen.«

Seon legte sich auf die Seite und stützte sich auf den Ellbogen. »Dann geh zu ihnen hinaus, Häuptling. Bitte sie, unsere Gefallenen zu begraben und die Pfeile aus den toten Körpern auf dem Schlachtfeld zu schneiden. Sag ihnen, dass wir bei Tagesanbruch weiter nach Süden reiten müssen.«

Konvai erhob sich vom Sattel. »Ich werde tun, um was du mich bittest, Seon. Aber wenn die Männer jetzt wieder zurück nach Hause wollen, werde ich mit ihnen reiten.« Er schob die Decke zur Seite, drehte sich aber in der Zeltöffnung noch einmal um und nickte mit dem Kopf in Richtung des Fellbündels in der Ecke hinter Seon. »Ich sehe, dass du den Met gefunden hast. Trink, Heerführer. Du hast es dir verdient.«

Er trat aus dem Zelt und ließ die Decke wieder vor die Öffnung fallen. Seon blieb im Halbdunkel sitzen. Er lauschte den Schritten und Stimmen draußen, dem halb erstickten Stöhnen aus dem Zelt nebenan und dem Gelächter von der Lichtung. Flammen knisterten. Die Männer hatten Feuer gemacht.

Seon kroch zum Fell und zog den Metschlauch hervor. Hinter ihm an der Zeltwand waren ein paar Sättel übereinander gestapelt, und er stützte seinen Kopf gegen einen davon. Wie glücklich war er doch, dachte er, das Zelt nur mit Brage teilen zu müssen und genug Platz zu haben, sich unter den Fellen umzudrehen. Konvai teilte sich das Zelt mit drei seiner Männer. Seon hätte das nie ertragen. Er hatte sein ganzes Leben gebraucht, um zu dem Krieger zu werden, der er jetzt war, ein Mann, über den man mit Furcht und Respekt sprach. Doch das war nicht immer so gewesen. Früher einmal war er auf der untersten Stufe gestanden, die Vandarer hatten ihn angespuckt und ihn draußen im Regen schlafen lassen. Doch es war eine friedlose Zeit gewesen, so dass ein Krieger immer Gold verdienen konnte, wenn sich ein Burgherr um seine Schätze und Töchter ängstigte. Langsam hatte er einen Ruf bekommen, und schließlich war aus ihm Seon der Vielen Reiche geworden, Seon der Schwarze, ein Krieger, der sein Leben für eine Hand voll Gold und einen Weinschlauch aufs Spiel setzte.

Mit einem schiefen Grinsen zog er den Korken aus dem Metschlauch und legte die Lippen um die Tülle. Sie hatten ihn zu belohnen gewusst, die Häuptlinge und Könige, denen er gedient hatte. Sie hatten ihm Frauen gegeben, junge Mädchen, die nie zuvor einem Mann gehört hatten. Und er war nicht abgeneigt gewesen. Sie hatten ein oder zwei Nächte lang das Lager mit ihm geteilt und waren dann wieder aus seinem Leben verschwunden. Er hatte niemals darüber nachgedacht. Für einen Krieger wie ihn waren sie nur ein Teil der Belohnung. Doch das alles hatte sich geändert, als er seine lange Wanderung begonnen hatte.

Er nahm ein paar Schlucke Met und legte den Schlauch in die Armbeuge. Draußen erklangen die gewohnten Lagergeräusche. Die Pferde wieherten in ihrer Koppel und die Bermarer liefen herum und unterhielten sich in ihrem harten Tonfall. Sie sprachen Handelssprache, was aber kaum zu verstehen war, wenn sie sich untereinander unterhielten. Der Mann im Zelt nebenan war verstummt. Doch auch von der Nordseite der Lichtung waren Schreie zu hören. In einem Zelt in der Nähe schliff jemand ein Schwert. Seon schloss die Augen, führte den Schlauch an die Lippen und trank. Das Gebräu ließ die Geräusche leiser werden, und er sank in ein warmes Dunkel, in das ihm die Schmerzen und die Furcht nicht folgen konnten.

Er sank tief, so tief, dass sich der Boden unter ihm zu öffnen schien. Doch er versank nicht in der Erde – er schwebte wie ein Habicht am Nachthimmel. Dann stand er plötzlich auf der Anhöhe und blickte über das Tal der Schmiede. Neben ihm stand Brage. Sie waren jung. Der Sohn des Schmieds streckte den Arm aus und deutete auf Langhäuser, Strand und

Meer. Das war Ber-Mar, seine Heimatstadt. Dann gingen sie ins Tal hinunter, und Frauen und Männer traten aus ihren Schmieden und kletterten aus den Fischerbooten unten am Strand. Sie grüßten Brage und umarmten ihn, denn er war viele Winter fort gewesen. Seon zog die Kapuze tief in die Stirn, als die Kinder auf ihn zeigten. Die Bermarer fragten Brage, wen er da mitgebracht habe. Sie wunderten sich, wo er herkam und warum seine Haut so dunkel geworden war. Doch Brage bat sie, ihn willkommen zu heißen wie einen ihres eigenen Volkes, denn dieser Mann sei sein Blutsbruder. Dann stiegen sie den Hügel nördlich der Stadt empor bis zu der Schmiede, in der Karr über den Amboss gebeugt stand. Als sie auf den Vorplatz traten, hielt er mit dem Hämmern ein und wandte sich ihnen zu. Der grauhaarige Mann ließ den Hammer fallen und rieb sich die Augen. Dann rannte er auf den Platz und drückte Brage an sich. Es war das einzige Mal, dass Seon den Alten hatte weinen sehen. Er selbst stand in der Mitte des Vorplatzes, das Schwert am Gürtel und die Felle in einem schweren Bündel auf seinem Rücken. Er war müde von der Wanderung über die Ebenen. Viele Monde hatte Brage darüber gesprochen, wie gut es sein würde, wieder nach Ber-Mar zu kommen, denn dort würden sie sich endlich ausruhen können. Sie hatten in den Kriegen im Süden gekämpft und Gold verdient, doch das meiste davon war in den Taschen der Händler gelandet. Eine Münze für eine Mahlzeit, eine andere für eine Nacht im Schutz vor dem Regen. Das Gold war aus den Satteltaschen verdunstet wie das Wasser unter der tuurischen Wüstensonne. Jetzt waren sie ebenso arm wie zu dem Zeitpunkt, da sie sich zum ersten Mal in den Schwarzen Bergen begegneten. Doch jetzt sollte dieses Leben ein Ende haben. Brage hatte sie in seine Heimat geführt, und Seon erkannte, dass sich dort gut leben ließ. Vor ihm lag ein lang gestrecktes Blockhaus, unter dessen ausladendem Dach auch die Esse und der Schmiedebalg Platz gefunden hatten. Das

Haus stand auf einem großen Platz, der wiederum von hohen Laubbäumen umgeben war.

Als er sein Gepäck auf den Boden legte, hörte er Schritte zwischen den Bäumen. Er griff zum Schwertschaft. Eine Frau kam zwischen den Stämmen zum Vorschein, eine große, dunkelhaarige Frau. Sie hatte schmale Hüften und die gleichen braunen Augen wie Brage. Ihre Brüste zeichneten sich unter dem groben Wollkleid ab. Sie ließ den Korb fallen, den sie in den Armen hatte, stürzte auf den Platz und umarmte Brage. Seon konnte seine Augen nicht von ihr abwenden. Brage deutete auf ihn und sagte, sie seien Blutsbrüder und hätten gemeinsam im Süden gekämpft. Er bat ihn, sie zu grüßen. Sie hieß Mian und war Brages Schwester.

Die Decke wurde zur Seite geschlagen, und eine breite Gestalt tauchte durch die Zeltöffnung und beugte sich über ihn.

»Hier liegst du also?« Brages grobe Stimme verjagte die Träume. »Stell dir mal vor, die Männer würden dich so sehen! Reiß dich zusammen, Seon! Bei Mans Rache, hab ich nicht gesagt, dass du aufhören sollst zu trinken?«

Seon wälzte sich auf die Seite und umklammerte den Metschlauch. Brage zog ihn am Arm hoch und zerrte ihn zur Zeltöffnung. »Ich habe Konvai gesagt, dass du keinen Met mehr bekommen sollst. Das tut dir nicht gut, Seon. Es macht dich schwach!«

Seon kam auf die Beine, doch der Boden schien sich unter ihm zu bewegen. Als er wieder auf die Knie sackte, packte Brage ihn unter den Armen und zog ihn erneut hoch. Er riss ihm den Metschlauch aus den Händen und schleuderte ihn weg. »Pass auf, Seon, das ist eine Schande. Diese Männer hätten ihr Leben für dich gegeben, aber du denkst nur daran, dich zu betrinken!«

»Nicht für mich …« Seon stützte sich an der Zeltstange ab und versuchte, seinen Blick auf den großen Bermarer zu heften. »Nicht für mich .... kämpfen sie. Sie kämpfen ...« Er streckte seinen Arm aus dem Zelt. »Sie kämpfen ...«

»Sie kämpfen, um die Kanathener zu vertreiben«, sagte Brage. »Ich weiß. Aber jeder hier in diesem Lager folgt dir, Seon. Du bist derjenige, den sie ehren wollen!«

Seon gab darauf keine Antwort, und Brage packte seinen Arm und führte ihn aus dem Zelt. Draußen stießen sie auf Virgar und Tonmach, die Söhne des alten Virga. Die zwei Männer hatten blonde Haare und trugen lange Umhänge. Sie waren stolz auf ihre tirganische Abstammung und meinten, sie würden gleichermaßen für das Felsenvolk und die Heimat ihres Vaters kämpfen. Brage murmelte, dass Seon müde sei und Schlaf bräuchte, ehe er den betrunkenen Mann weiter zwischen den Zelten hindurchschob. Seon blinzelte in die Sonne, die auf die Lichtung schien, während er versuchte, mit Brage Schritt zu halten und nicht über seine eigenen Füße zu stolpern. Der Schmied führte ihn in Richtung des Platzes, auf dem die Männer versammelt waren, bis er an einem Zelt am Rande der Lichtung stehen blieb. Gortar und Konvai standen gemeinsam mit ein paar anderen Männern am Feuer. Brage nickte ihnen zu, während er Seon mit seinem Körper zu verstecken suchte, bis er endlich die Zeltöffnung erreichte und den Betrunkenen hineinschob.

Die zwei Männer setzten sich in dem schmalen Lederzelt auf ihre Felle. Weil sie nur zu zweit im Zelt waren, hatte Brage nicht nur die Sättel, sondern auch den Sack mit den Winterkleidern und seine Waffen an der Längsseite des Zeltes verstaut. Seon rollte sich mit dem Kopf auf einer Deckenrolle zusammen, während der Schmied seinen Schild auf seine Knie legte und mit dem Ärmel darüber zu wischen begann. Erst jetzt gelang es Seon, wirklich etwas zu erkennen. Es war dunkel im Zelt, doch es fiel ein wenig Licht durch einen Spalt zwischen den Lederbahnen auf den Schmied und den Schild in dessen Schoß. Brage war ein Mann mit breiten

Schultern und mächtigem Brustkorb. Er hatte die Ringbrünne abgenommen und trug nur noch ein löchriges Leinenhemd. Ein breiter Ledergürtel spannte sich über seinen Bauch und hielt die lederne Hose fest, die seine Beine eng umschloss. Seine braunen Haare waren lang geworden, seit sie nach Süden aufgebrochen waren. Der Winter hatte ihn an den Schläfen ergrauen lassen, und die Falten auf seiner Stirn traten deutlicher hervor als jemals zuvor. Sein Bart war lang und struppig und umrahmte das breite Gesicht, aus dem ihn zwei braune Augen ansahen. Brage rollte die Schultern, lehnte sich zur Seite und nahm einen Lappen aus dem Säckchen an seinem Sattel. Der Schmied war immer der Erste, der dem Pferd den Sattel abnahm und ihm zu trinken gab, wenn die Männer abends Rast machten, und Seon ärgerte sich, dass er sein eigenes Pferd einfach mit Sattel und Zaumzeug hatte stehen lassen. Die Männer mussten es gesehen haben. Sicher hatten sie sich gefragt, warum er es nicht in die Koppel geführt hatte.

Er fasste sich an den Kopf. Brage saß still da und polierte den Schild. Er war rund und groß genug, um den Unterarm eines Mannes zu schützen. Ein Stahlrand war um die Eisenplatte geschmiedet worden, die von all den Säbelhieben und Pfeilspitzen voller Kratzer und Beulen war. Dieser Schild stammte aus Ber-Mar; sie hatten ihn gefunden, nachdem sie die Kanathener aus der Stadt vertrieben hatten. Jetzt war er von Blut befleckt und Brage rieb hart mit dem Lappen.

»Wie viele …« Seon holte tief Luft und versuchte, seine Gedanken zu ordnen. »Wie viele Verwundete? Und Tote?«

Brage spuckte auf den Schild. »Wir haben fünf Mann verloren. Vier von meinem Volk und einen Krieger von Konvai. Ich weiß nicht, wie viele verwundet sind.«

Seon schloss die Augen und lauschte den Stimmen außerhalb des Zeltes. Noch immer hörte er die Schreie von der anderen Seite der Lichtung. Auch in Richtung der Landzunge jammerte jemand, doch ansonsten hörte er nur das Sprechen und Lachen der Männer am Feuer.

»Viele Verwundete sind es nicht«, sagte er. »Aber die Kanathener …« Er strich sich die Haare aus den Augen. »Ich habe es von der Anhöhe aus beobachtet, Brage. Ihr habt sie abgeschlachtet, sogar die Frauen …«

»Niemand von uns hat Frauen getötet.« Brage wischte hart mit dem Lappen über den Rand des Schildes. »Es war das Feuer. Als die Festung einstürzte, sind einige drinnen geblieben. Wir konnten ja nicht wissen, dass die Wände einstürzen würden. Das war nicht unsere Schuld. Die Kanathener hätten aufgeben sollen, sie hätten ihre Waffen strecken sollen und …«

Seon grinste. Brage spähte zu ihm hinüber und legte den Schild beiseite. »Warum lachst du, Seon? Findest du das etwa lustig?«

»Ich lache nicht.« Seon legte sich auf den Rücken. »Aber es amüsiert mich.«

»Dass sie dort drin verbrannt sind? Was bist du nur für ein Mann geworden, wenn dich so etwas amüsiert? Und wenn deine eigene Frau dort drinnen gewesen wäre? Wenn Mian dort gewesen wäre?«

»Sprich nicht über Mian mit mir, Brage.« Seon schloss die Augen. »Ich bin jetzt müde. Und du hast Recht. Ich hätte nicht trinken sollen. Der Met … er macht mich so schläfrig.«

»Die Männer müssen wissen, was sie tun sollen.« Brage blickte durch den Spalt zwischen den Zeltbahnen. »Du musst hinausgehen und zu ihnen sprechen, Seon.«

»Tu du das.« Seon gähnte. »Sie hören auf dich.«

Brage runzelte die Stirn und blickte auf seine kräftigen Hände hinab. Er tat das immer, wenn ihn Sorgen plagten. »Sie sind bereit, morgen früh weiterzureiten. Aber ich glaube, am liebsten würden sie ins Tal zurückkehren. Und was sollen wir mit den kanathenischen Schiffen machen? Sollen wir sie verbrennen?«

»Ich würde sie in Brand stecken. Aber ich …« Seon leckte sich über seine trockenen Lippen. »Ich bin nicht der Häuptling. Frag Gortar oder Konvai.«

Die zwei Männer verstummten, und Brage betrachtete einen Moment lang das entstellte Gesicht Seons. Erst als Seons Mund sich öffnete und er zu schnarchen begann, wandte sich Brage ab und legte sich die Streitaxt auf die Knie. Er spuckte auf die Blutflecken und wischte den Stahl mit dem Lappen ab. Er konnte Seons zerschundenes Gesicht nicht länger ansehen. Es erinnerte ihn an die Tage, als sie in der Baracke angekettet gewesen waren. Es erinnerte ihn an die Stockschläge und die Demütigung, als sie ihn ausgezogen und an den Armen aufgehängt hatten. Eine Zeit der Schmerzen war das gewesen, doch niemals hatte er sich nach dem Tod gesehnt. Er selbst war nicht wichtig für die Kanathener gewesen, für sie war er nur ein weiterer lästiger Bermarer. Mit Seon war das anders. Als sie ihn aus der Baracke schleppten, war Brage sicher gewesen, dass er ihn niemals wiedersehen würde. Doch Ulvs Volk war aus den Bergen herabgeritten und hatte die kanathenischen Krieger angegriffen. In dieser Nacht schienen die Götter selbst auf ihrer Seite gekämpft zu haben.

Brage blieb im Zelt sitzen, während Seon schlief, und er dachte an die Zeit, die vergangen war, seit sie das Tal des Felsenvolkes verlassen hatten. Er war mit der Hoffnung dorthin gegangen, endlich den Platz zu finden, wo er ein Leben in Frieden und Ruhe leben konnte, denn er war kein junger Mann mehr und hoffte, eine Frau zu finden und sesshaft zu werden. Doch es war anders gekommen. Mehr als einmal hatte er sich gefragt, ob der Schmiedegott Karr, nach dem sein Vater benannt worden war, dafür verantwortlich war, dass die Zeit des Friedens für die Bermarer nun zu Ende war. Jetzt waren sie an der Küste nach Süden geritten und hatten die erste Festung der Kanathener niedergebrannt, doch es sollten noch weitere folgen, ehe sie das Südkap erreichten. Dieses Mal hatten sie nur fünf Männer verloren – beim nächsten Mal würden sie vielleicht weniger Glück haben.

Als die Männer am Feuer zu singen begannen, erhob sich Brage und ging gebückt aus dem Zelt. Die Männer hatten reichlich Holz aufgelegt, und Gortar stand mit einem Krug in der Hand mit dem Rücken zu den Flammen und brüllte ein altes Trinklied. Als er Brage erblickte, winkte er ihn zu sich, doch Brage schüttelte lächelnd den Kopf. Er musste sich jetzt um etwas anderes kümmern.

Brage trat zwischen die Bäume und rief die Männer zu sich, die er sah. Als Meisterschmied hatte er beinahe die gleiche Macht wie der Häuptling, und die Männer hörten immer zu, wenn er sprach. Er scharte Virga und dessen Söhne um sich, Noj und die Söhne von Hagdar sowie etwa zehn andere Männer. Sie teilten ihm mit, dass die Kanathener noch immer unten am Strand gefangen gehalten wurden. Brage bat sie, Wasser und Essen mitzunehmen und ihm zu folgen.

Dann ging Brage den Trampelpfad zwischen den Eichen entlang, bis er den Waldrand und die verbrannte Landzunge erreichte. Er blickte über das Schlachtfeld, doch keiner der Körper bewegte sich. Vielleicht lebten noch einige, doch es war wohl besser für sie und die anderen Kanathener, wenn sie starben. Der Blutverlust würde sie ohnehin töten, und die Kanathener hatten genug damit zu tun, Bahren für die anderen Verwundeten zu machen, um diese auf ihrer langen Wanderung durch das Landesinnere mitzunehmen. Das war die Gnade, die Seons Heer ihnen erweisen wollte, doch Brage wusste, dass es nicht wirklich eine Gnade war. Denn der Wald hinter der Küste würde sie auf die Ebenen im Norden der Schwarzen Berge führen, und das war eine karge, lebensfeindliche Gegend. Brage selbst wäre dort beinahe verdurstet. Vielleicht würden die Kanathener auch ein paar Tage warten, um dann wieder an die Küste zurückzukehren und nach Süden zu wandern. Doch dann würden sie den Spuren des Heeres folgen, und wo dieses entlanggezogen war, würde es kein Wild mehr geben. Und wenn es ihnen gelang, bis zur nächsten Festung zu kommen, würden sie nichts als Asche und ein Schlachtfeld voller verwesender Leichen finden. Denn es war Seons Plan, weiter an der Küste entlangzureiten und alle kanathenischen Siedlungen niederzubrennen.

Brage trat bis an die verkohlten Äste und Stämme heran und kletterte nach oben, um einen besseren Überblick über das Schlachtfeld zu bekommen. Die Landzunge war nur noch eine Fläche voller Asche und Leichen – sie erinnerte ihn an seine Jahre als Söldner. Damals war er jung gewesen und hatte keine Frage über die Gewohnheiten der anderen Völker gestellt. Doch jetzt war das anders. Es gelang ihm nicht, sich über den Sieg zu freuen.

Unten am Strand kauerten die Kanathener hinter den Langspeeren der Bermarer. Die Frauen weinten, doch das laute, krampfartige Heulen war vorüber, als sei ihnen erst jetzt richtig bewusst geworden, was geschehen war. Sie knieten über den verwundeten und sterbenden Männern und versuchten verzweifelt, die Blutungen zu stoppen. Die Bermarer, die sie bewachten, standen reglos mit ihren Langspeeren da. Seon hatte den Befehl gegeben, die Kanathener nicht aus den Augen zu lassen.

Jetzt traten die Söhne von Hagdar aus dem Wald. Sie waren schwer beladen mit Wasserschläuchen und Decken. Brage beobachtete sie, als sie nach unten zum Strand gingen, und dachte, dass sie gute Männer waren. Ihre Seele war nicht vom Hass zerstört, wie bei so vielen bermarischen Kriegern.

Bald darauf traten weitere Männer aus dem Wald und brachten den Kanathenern Essen und Trinken. Brage blieb bei den Stämmen stehen, während die Männer Felle und Proviantbeutel in die Gruppe der Kanathener warfen. Niemand wagte sich dicht an die Verwundeten oder die Frauen heran, und dafür gab es gute Gründe. Selbst von seinem weit entfernten Platz aus konnte Brage erkennen, wie die Kanathener die Männer anspuckten. Sie verhöhnten sie mit Worten des Spottes und verschränkten die Unterarme vor der Brust. Brage konnte kein Kanathenisch, aber er verstand dennoch, was sie meinten, wenn sie das Zeichen Tarkins zeigten. Krieger des rechten Glaubens würden kommen und sie rächen.

Brage wandte den Kanathenern den Rücken zu und sprang von den Stämmen herunter. Hinter der Feuermauer war der Boden von Toten übersät. Seon war es gewesen, der ihnen befohlen hatte, zwei Mannslängen lange Schäfte mit Speerspitzen zu versehen, so dass die Kanathener während der Schlacht mit ihren kurzen Kriegslanzen machtlos gewesen waren. Die Bermarer hatten sie niedergestochen und sie in die Flammen geschoben, in denen sich die dunkelhäutigen Kanathener schreiend in der Glut wälzten. Es war ein grauenvoller Anblick gewesen.

Als Brage die Festung erreichte, blieb er stehen und wischte sich mit dem Wamsärmel den Schweiß von der Stirn. Es glühte noch immer zwischen den eingestürzten Wänden. Die Stämme, die die Palisade gebildet hatten, waren nach innen gestürzt und hatten die Baracken unter sich begraben. Auch das war Seons Order gewesen; er hatte den Männern befohlen, Brandpfeile zu machen, denn er wollte nicht warten, bis die Belagerung die Kanathener zur Aufgabe zwang.

Die Festung war nicht groß, sie maß kaum einen Steinwurf von Wand zu Wand. Brage trat in die Mitte des Festungsplatzes, schob die Daumen hinter seinen Gürtel und sah sich um. Die Kanathener hatten den gleichen Fehler begangen wie die Kruginer in der Festung, in der Seon einmal gedient hatte. Sie hatten die Baracken und Ställe direkt an die Palisadenwände gebaut. Vielleicht glaubten sie, dass die Gebäude dort, im Schutz der Palisaden, sicherer waren. Doch als die Palisade Feuer fing, drang der Rauch zwischen den Stämmen nach innen. Er hatte das Vieh getötet und sicher auch einige der schlafenden Kanathener. Brage drückte sich den Wamsärmel fest auf die Nase. Der Rauch brannte in seinen Augen. Er ging zur Nordwand, an der einige Schweine in einer Ecke des Platzes überlebt hatten. Neben dem Schweinepferch war ein Stall an die Palisadenwand gebaut worden, doch die brennende Wand war eingestürzt und hatte Stall und Ochsen unter sich begraben. Die verbrannten Tiere klemmten mit abgespreizten Beinen unter den verkohlten Stämmen. Brage wandte sich ab, stolperte aber über eine Gestalt, die sich am Boden zusammengekrümmt hatte. Er konnte nicht erkennen, ob es eine Frau oder ein halbwüchsiger Junge war, denn Gesicht und Oberkörper waren verbrannt und von Blasen bedeckt. Brage spürte, wie ihm die Luft wegblieb, und er versuchte, an seinen Vater zu denken, der bei der Eroberung Ber-Mars durch die Kanathener geköpft worden war. Denn dies war ein Rachefeldzug und die Rache war für sein Volk immer wichtig gewesen. Deshalb verstand Brage nicht recht, warum er eine solche Reue über die Geschehnisse verspürte. Er hatte schwarze Krieger niedergestochen, als diese versuchten, die Feuerwand zu durchbrechen. Während der Schlacht hatte er weder Furcht noch Mitleid verspürt. Er hatte mit der Axt auf die schreienden Krieger eingeschlagen und sie zurück ins Feuer gestoßen.

Doch jetzt hatte ihn die Kampfeslust verlassen. Er wandte den Schweinen und den toten Ochsen den Rücken zu. Bald würden die Männer aus dem Lager kommen und die Tiere aus der Asche zerren. Sie würden die Schweine schlachten, um Nahrung für das Heer zu haben. Brage musterte die verbrannten Balken, die verkohlten Baracken und die Reisighütten, doch er sah nichts als Leichen. Einige waren ihren Brandverletzungen erlegen, andere mit Pfeilen in Brust oder Rücken zu Boden gestürzt.

Brage fuhr sich über die Augen; er ertrug den Anblick

nicht mehr. Mit einem Sprung war er oben auf einem Balken am Ostende des Platzes. Er hielt sich den Wamsärmel vor die Nase und kniff die tränenden Augen zu, während er sich durch den Rauch tastete. Dann taumelte er auf den Platz außerhalb der Festung. Dort kniete er sich hin und hustete dunklen Schleim, den er sich mit schmutzigen Händen von den Lippen wischte.

Während er so dahockte, hörte er ein Hornsignal aus dem Wald. Es erklang nur einmal, und Brage wusste, was das bedeutete. Befänden sich Feinde in der Nähe, hätte Konvai zweimal ins Horn gestoßen. Jetzt rief er die Männer zur Beratung.

Als Brage die Lichtung erreichte, beriet man sich bereits. Seon stand mit Konvai und Gortar vor dem Feuer. Der dunkelhäutige Mann hatte seinen Oberkörper entblößt, und Wasser tropfte aus seinen langen, schwarzen Haaren. Er stützte sich auf einen Speer, während Gortar zu den Männern sprach. Konvai hatte seine haarigen Arme vor der Brust verschränkt und blickte zu Boden. Mehr als zweihundert Mann hatten sich um das Feuer und zwischen den Zelten versammelt. Die meisten von ihnen waren Bermarer, und alle wussten, dass sie bestimmten, wie es mit dem Heer weiterging.

»Wir müssen weiter«, rief Gortar. »Vendhurs Männer werden zurückkommen. Sie werden die Toten rächen, und ihr Zorn wird uns im Blut ertränken!«

Seon nickte. Brage hob den Arm und winkte ihm zu, doch Seon sah ihn nicht. Gortar ballte die Fäuste und brüllte etwas von den beschämenden Jahren unter dem Joch der Kanathener. Die Männer auf der Lichtung erwiderten sein Brüllen und forderten Tod für Vendhur und dessen Krieger. Gortar blickte voller Stolz über die Menge. Brage spuckte aus und fluchte leise, denn Gortar war noch nicht einmal ein Jahr Häuptling, verhielt sich aber bereits jetzt wie ein kleiner König. Gortar war ein kräftiger Mann mit breiten Fäusten und braunen Haaren und einem Bart, der sein Gesicht umrahmte. Er hatte die breiten Gesichtszüge, die die Männer aus Ber-Mar kennzeichneten, und trug noch immer die Ringbrünne, die er während des Kampfes getragen hatte.

»Aber was sollen wir mit den Schiffen machen?«, rief jemand von der anderen Seite des Platzes.

Brage kletterte auf einen Holzstapel, doch er konnte nicht erkennen, wer gerufen hatte. Die drei Männer am Feuer sahen sich an. Seon richtete sich auf und trat ein paar Schritte vom Feuer weg. Sein Körper war von vielen Narben gezeichnet und Brage kannte die meisten Geschichten, die sich hinter diesen Narben verbargen. Ein tuurischer Speer hatte die lange Narbe auf seinem Bauch verursacht und die weißliche Narbe auf seiner Schulter stammte von einem Pfeil der Oldamenn. Seon hob seinen Speer über den Kopf, stützte ihn aber sogleich wieder auf dem Boden auf, als er spürte, dass er zu schwanken begann.

»Ich meinte ...« Seon grinste, während er versuchte, seinen Blick auf die Männer am Feuer zu richten. »Ich meinte zuerst ... Zuerst meinte ich, wir sollten sie niederbrennen.«

Seon öffnete den Mund und lachte laut, doch dann riss er sich zusammen und schüttelte den Kopf. Brage, der den betrunkenen Mann betrachtete, wusste, dass Seon die Gabe hatte, den Rausch beiseite zu schieben, wenn es darauf ankam.

»Aber jetzt habe ich Zweifel. Ich habe nachgedacht.« Seon stützte eine Hand an der Hüfte ab. »Und ich glaube ... ich glaube, wir sollte die Schiffe zu unserem Vorteil nutzen. Ihr seid Bermarer ...« Er deutete in Richtung der Menge und kniff die Augen zusammen, als strengte er sich wirklich an, nüchtern zu werden.

»Ihr versteht es, Schiffe zu steuern«, sagte Seon. »Ich will zweimal zehn Männer in jedem Schiff. Ihr sollt nach Süden segeln und nach kanathenischen Festungen Ausschau halten.

Ich will, dass ihr unter dem Zeichen Tarkins, den gekreuzten Lanzen, segelt. Dann glauben die Kanathener, ihr gehört zu ihnen, und lassen euch in Frieden.« Seon öffnete die Augen und riss den Mund auf, als wollte er tief Luft holen, ehe er fortfuhr. »Wenn ihr die Küste im Süden gesehen habt, kommt ihr wieder zurück. Wir werden Späher an der Küste aufstellen. Sie werden euch sehen. Dann könnt ihr uns berichten, was ihr gesehen habt. Wie groß die Festungen sind, wo sie liegen und …«

»Das ist ein guter Plan.« Konvai, der sich bislang still verhalten hatte, legte seine Hand auf Seons Schulter. »So werden wir erfahren, wie groß die Heere sind, die die Kanathener im Süden haben. Die Langschiffe werden unsere Raben sein und uns vor Gefahren warnen, ehe es zu spät ist.«

»Ja, ja …« Seon lehnte seine Hüfte gegen den Speerschaft und leckte sich die Lippen. »Das habe ich ja gesagt.«

Konvai sah zu Gortar hinüber, der sich im Nacken kratzte und dann zu einem der anderen Bermarer hinüberging. Die Männer steckten flüsternd die Köpfe zusammen. Dann wandte er sich wieder an Konvai und Seon. Er ergriff Seons Arm, beugte den Nacken und murmelte ihm etwas zu, ehe er wieder zu dem Bermarer zurückging.

Seon strich sich über den Bart und trat unsicher einen Schritt zur Seite. »Es ist entschieden. Zweimal zehn Männer in jedem Schiff. Die Restlichen reiten mit uns.«

Mehr brauchten die Bermarer nicht zu wissen. Die meisten gingen zu ihren Zelten zurück, nur wenige blieben auf der Lichtung stehen. Brage beobachtete sie vom Holzstapel aus. Jetzt musste es kommen, darauf hatte er gewartet. Vielleicht hatte sich Seon dafür Mut angetrunken.

Der alte Virga trat ein paar Schritte aus der Menge und strich sich seine weißen Haare aus der Stirn. Er war Arer, war aber mit dem Felsenvolk gesegelt, als dieses Tirga verlassen hatte. Das war zu Brans Zeiten geschehen, und inzwischen war Virga das Oberhaupt einer der mächtigsten Sippen im Tal des Felsenvolkes.

»Ich bin gebeten worden, für die Männer zu sprechen.« Virga schob den langen Umhang über die Schultern nach hinten, verschränkte die Arme vor der Brust und heftete seinen Blick auf die drei Männer am Lagerfeuer. »Nicht wenige von uns sind der Ansicht, dass das ein Kampf der Bermarer ist, nicht unser Kampf. Wenn wir nicht bald umkehren, kommen wir nicht mehr vor Einbruch des Winters ins Tal zurück. Dann sind die Hirsche nach Norden gezogen. Das kann zu einer Hungersnot führen. Meine Söhne haben Kinder, die Nahrung brauchen – ich kann sie nicht bitten, noch länger bei uns zu bleiben. Und sie sind nicht die Einzigen.«

Konvai trat zu ihm vor und legte den Arm um die Schultern des Alten. »Dann dürft ihr umkehren und ins Tal zurückreiten. Ich dürfte mich nicht Häuptling nennen, wenn ich euch zwänge, an einem Krieg teilzunehmen, der nicht der eure ist.« Er wandte sich an Virga und die anderen Anwesenden. »Und das gilt für euch alle! Schweigt nicht, wenn ihr diesen Kriegszug hier beenden wollt!«

Da ließ Seon den Speer los. Er beugte sich nach unten und zog einen der Zweige aus dem Feuer, ehe er mit dem brennenden Ast auf die Männer zuschwankte. »So, ihr wollt nach Hause? Ihr wollt ins Tal zurückreiten, wo ihr vor Tarkins Lanzenkriegern sicher seid? Wo euch Vendhurs Männer niemals finden werden?« Seon schwang den Zweig über seinem Kopf. Plötzlich schien der Rausch vollkommen aus ihm gewichen zu sein. »Lauft doch und versteckt euch bei euren Frauen! Fresst Hirschfleisch und füttert eure Jungen! Denn so lange es währt, seid ihr sicher, dort hinter euren Felswänden. Vielleicht wirst du, Virga, noch in Frieden sterben können. Vielleicht kannst du in den Armen deiner Frau einschlafen. Aber glaube nicht, dass deine Söhne das gleiche Glück haben werden. Denn Vendhurs Männer werden wieder nach Norden segeln. Sie werden Ber-Mar einnehmen und die Häuser, die wir niedergebrannt haben, wieder aufbauen. Und sie werden zu den Bergen im Norden aufblicken. Denn jetzt wissen sie es. Sie wissen, dass Männer aus den Bergen gekommen sind und ihre Vorgänger getötet haben. Sie werden Krieger in die Berge entsenden, und früher oder später werden sie den Pass hinter dem Wasserfall entdecken. Und dann werdet ihr nie mehr in Frieden leben.«

Virga blickte zu seinen Söhnen, doch Virgar und Tonmach hatten nichts zu sagen. Sie glotzten Seon an, der den Zweig vor sich hielt und in die Flammen starrte.

»Ich habe selbst eine Frau dort im Norden.« Seon schloss die Augen und senkte die Stimme. »Neun Jahre waren wir voneinander getrennt, und die Götter wissen, dass ich nicht in diesen Krieg ziehen wollte. Aber die Götter hören nicht auf uns. Sie kämpfen selber. Sie kämpfen gegen Tarkin, ihren alten Feind im Süden. Und wir müssen das Gleiche tun. Vielleicht werden wir unterwegs sterben. Vielleicht werden wir unsere Frauen niemals wiedersehen. Aber wir werden immer in ihrer Erinnerung weiterleben. Denn wir waren es, das Heer der zwei Völker, das es als Erstes wagte, nach Süden zu reiten und gegen Tarkins Krieger zu kämpfen.«

Seon warf den Zweig ins Feuer und sank auf die Knie. Konvai schüttelte den Kopf und ging zu seinen Männern. Die Menschenmenge löste sich auf. Bermarer und Felsenvölkler gingen in ihre Zelte zwischen den Baumstämmen und verteilten sich an den kleineren Feuern im Wald. Doch Virga hockte sich neben Seon, packte ihn an der Schulter und blickte ihm in die Augen. »Wir ziehen also nach Süden?« Virga neigte den Kopf zur Seite und sah den jüngeren Mann mit müden Augen an.

»Ja.« Seon legte seine Hand auf Virgas Unterarm. »Wir müssen alle Festungen bis zum Südkap erobern. Wir müssen morgen früh hier aufbrechen. Wir müssen wie ein Steppenbrand sein und die Festungen dem Erdboden gleichmachen, ehe es Vendhur gelingt, seine Kriegsschiffe auf uns zu hetzen. Dann können wir nur hoffen, dass er die Ländereien hier im Westen zu unfruchtbar und unzugänglich findet. Das Geheimnis des Stahls hat er den bermarischen Schmieden schon entlockt, und ansonsten gibt es hier oben im Norden nichts zu holen.«

»Aber wir haben ihn verhöhnt.« Virga nickte in Richtung der Landzunge. »Ich bin selbst ein Krieger, Seon. Ich weiß, wie ein Heerführer denkt. Vendhur kann das nicht übergehen. Er muss nach Ber-Mar segeln und die Gefallenen rächen.«

»Vendhur hat andere Sorgen.« Seon stand auf und Virga folgte ihm. Sie entfernten sich von den Männern am Feuer. »Erinnerst du dich an die Sklavin, von der Ulv gesprochen hat?«

Virga blieb stehen und sah Seon in die Augen. »Ulv nannte sie Siréd. Er wanderte nach Süden, um sie zu finden.«

Seon beugte sich zu dem Alten vor. »Das ist sie«, murmelte er. »Tarkinar Ethem, die Gezeichnete. Tarkin wird sich in der Nacht der Wintersonnenwende, bevor er stirbt, mit ihr vereinen, und die Sklavin wird seinen Sohn empfangen, in dem Tarkin wiedergeboren wird.«

Virga sah ihn an. »Der wiedergeborene Tarkin? Von was redest du, Seon?«

Seon leitete ihn weiter in Richtung Waldrand. »Das ist eine lange Geschichte. Tarkin ist nicht unsterblich, wie wir Nordländer glauben. Jedes zweite Jahrhundert stirbt er bei Sonnenaufgang nach der Nacht der Wintersonnenwende. Und damit sein Geist weiterleben kann, muss er eine Frau schwängern, die sein Zeichen auf der Haut trägt. Und er muss das im Laufe der längsten Nacht des Jahres tun, in der Nacht vor seinem Tod.«

»Wintersonnenwende«, sagte Virga.

»Am Ende des neunten Vollmonds.« Seon stützte sich auf

einen Holzstamm und wischte sich die Stirn mit dem Handrücken ab. »Du begreifst also, dass Vendhur an andere Sachen denken wird als an die Küste hier im Norden. Ich glaube, dass er auf dem Weg nach Süden ist, um bei Tarkin zu sein und zu überwachen, dass die Empfängnis wirklich stattfindet, damit Tarkins Geist weiterleben kann.«

Seon hielt sich die Hand über die Augen. Sie hatten den Waldrand erreicht, und unmittelbar hinter Seon verlief das Seil, dass sie von Baum zu Baum gebunden hatten, um eine Koppel zu bekommen. Die Pferde wieherten und stampften mit den Hufen. Nach mehreren Tagen in der Koppel waren sie unruhig. Seon warf einen Blick auf den Holzstapel auf der anderen Seite der Lichtung, doch Brage war nicht mehr zu sehen.

»Glaubst du, dass Siréd die Frau ist, die Tarkins Kind gebären soll?« Virga blinzelte in die Sonnenstrahlen, die durch das Laubdach fielen. »Hat Ulv uns ihretwegen verlassen?«

»Ja.« Seon lehnte sich mit der Schulter gegen einen Baum und griff sich an die Narbe auf seinem Bauch. Manchmal ging ein Zittern durch die alte Speerwunde, als bewegten sich die Eingeweide unter der Haut.

»Aber warum hast du zuvor nie etwas davon gesagt?« Virga zeigte zu den Männern. »Wir müssen so etwas wissen, Seon. Konvai und Gortar …«

»Konvai und Gortar würden nichts anderes tun, wenn sie es wüssten. Sie kämpfen für die Zukunft ihrer Kinder – die Götter des Südens interessieren sie nicht. Ulv wusste das. Deshalb hat er euch verlassen. Und deshalb wird er nicht zurückkehren, ehe er sie nicht gefunden hat.« Seon schnäuzte sich in die Finger und wischte sich die Hand am Hosenboden ab. »Ich habe ihm geraten zu bleiben, Virga. Denn ich habe die Macht von Vendhurs Zorn gesehen, ich habe gesehen, wie meine Männer von den Lanzen der Kanathener aufgespießt wurden. Und ich glaube nicht, dass Ulv sie jemals finden wird. Die Kanathener werden ihn fangen und hinrichten, ehe wir den ersten Schnee fallen sehen.«

»Als ich ein junger Mann war, habe ich mein eigenes Volk verlassen, um der Frau zu folgen, die ich liebte.« Virga fasste sich an den weißen Bart und senkte den Blick. »Bran, der damalige Häuptling des Felsenvolkes, glaubte, ich würde ihm folgen. Vielleicht war es nicht so verwunderlich, denn ich habe unter seinem Befehl gegen die Vandarer und Mansarer gekämpft. Doch in Wirklichkeit war Kriava, Kais Tochter, der Grund dafür, weshalb ich mit dem Felsenvolk ging.«

»Dann verstehst du auch, warum Ulv gehen musste.« Seon fasste Virgas Schulter und stützte sich auf den Alten. Er drehte der Lichtung den Rücken zu und löste seinen Gürtel. »Frauen … immer sind es die Frauen, die uns unsinnige Dinge tun lassen.«

Virga stand stumm und gedankenverloren da, während Seon sein Wasser ins Moos abschlug. Als er fertig war, trat er, an der Gürtelschnalle herumfingernd, wieder auf die Lichtung. Er war nach all dem Met noch immer nicht sicher auf den Beinen, und so folgte ihm Virga und ergriff seinen Arm.

»Lass das zwischen uns bleiben, Virga.« Seon straffte den Gürtel und hustete. Eine Windböe fuhr vom Meer herüber und ließ die Zweige der Bäume rascheln. »In den Köpfen der Männer geht schon genug vor. Dieses Gerede über die Götter des Volkes im Süden macht ihnen nur Angst.«

»Ich werde nichts sagen.« Virga ließ ihn los und legte sich den Umhang um. Er schritt rasch über den Platz und verschwand zwischen den Zelten.

Seon blieb stehen und sah ihm nach, und mit einem Mal bereute er es, dem Alten von Tarkin und der Sklavin erzählt zu haben. Virga würde es nicht schaffen, eine solche Geschichte für sich zu behalten, und wenn er erst seinen Söhnen erzählt hatte, dass Ulv nach Süden gewandert war, um die Frau zu finden, die für den höchsten Gott der Kanathener bestimmt war, würde sich das Gerücht von Zelt zu Zelt ausbreiten. Seon schlenderte fluchend über seine eigene Dummheit über den Platz. Es war besser für die Männer, so wenig wie möglich zu wissen. Doch wie immer, wenn er getrunken hatte, waren ihm die Worte nur allzu leicht über die Lippen gegangen.

Als er den Holzstapel erreichte, auf dem Brage gesessen hatte, ließ Seon sich auf einen Stamm sinken. Er stützte die Ellbogen auf die Knie und legte die Stirn in seine Hände. Viele Jahre als Krieger hatten ihn gelehrt, den Metrausch zu verbergen, wie er es getan hatte, als er gerade zu den Männern gesprochen hatte. Doch es war anstrengend, dort zu stehen und zu reden, während der Met die Zunge schwer machte. Jetzt war er erschöpft. Er blieb auf dem Holz sitzen, während die Bermarer und die Männer des Felsenvolkes hin und her liefen. Bald spürte er, wie sich der Schlaf wie ein schwerer Umhang über ihn senkte. Er versuchte aufzustehen, doch es gelang ihm nicht. Etwas in ihm sagte ihm, dass er nicht dort auf dem Holz einschlafen durfte. Er würde auf die Seite zwischen die Stämme kippen und wie ein besoffener Kretter schnarchen. Die Männer durften ihn so nicht sehen. Er rieb sich die Augen und sackte auf die Knie. Doch er hatte nicht mehr die Kraft, sich zu erheben.

Seon blieb nicht lange liegen, denn schon bald trat eine breitschultrige Gestalt zwischen den Eichen hervor und zog ihn an den Armen hoch. Brage hatte am Rand der Lichtung gestanden – er war Seon und Virga gefolgt und hatte alles mit angehört. Er hatte Seon versprochen, nichts über die Prophezeiung oder die Frau, die Tarkin wiedergebären würde, zu verraten, doch jetzt hatte der angetrunkene Mann Virga selbst alles erzählt. Brage fluchte, während er Seon zum Zelt schleppte. Nicht einmal Dielan, Ulvs Onkel und der alte Häuptling des Felsenvolkes, hatte etwas davon erfahren. Brage schob Seon ins Zelt und legte die Decke über ihn. Seon schlief schnell ein und Brage verließ das Zelt wieder. Es musste noch viel getan werden, ehe sie aufbrechen konnten. Brage musste dafür sorgen, dass die Bermarer nicht noch mehr Kanathener töteten, denn viele von ihnen waren nach den Jahren der Sklaverei unter dem Joch der Kanathener krank vor Rachlust.

An diesem Abend wurde es früh dunkel. Die Wolken ballten sich am Himmel zusammen und verdeckten die Sonne. Der Wind wehte vom Meer herüber. Wellen peitschten die Landzunge und die Asche wurde in den Wald geblasen. Die Bermarer flochten Tragbahren für die Kanathener und gaben den Frauen jeweils einen Wasserschlauch und einen Beutel mit Fettstreifen und getrocknetem Fleisch. Dann zogen sich die Bermarer wieder zurück und ließen die Kanathener die Verwundeten auf die Bahren legen. Seon, der aus seinem Rausch erwacht war, war auf die Landzunge gerufen worden und deutete jetzt, mit den Kanathenern redend, nach Osten. Sie sollten die ganze Nacht ohne Pause wandern. Bei Sonnenaufgang dürften sie rasten und etwas trinken. Dann wäre das Heer abgezogen, so dass sie nichts mehr zu befürchten hätten. Seon wusste nicht, ob sie ihn verstanden, denn er sprach in seiner eigenen Muttersprache, Mansarisch, zu ihnen. Mansarisch ähnelte Nord-Kanathenisch. Aber er wusste nicht, ob es Hurer, Kazmaner oder Krieger aus Pethar waren, die in der Festung ihren Dienst geleistet hatten. Jedenfalls schienen sie zu verstehen, was er meinte, denn sie riefen ihre Kinder zu sich und begannen, die Bahren in Richtung Waldrand zu ziehen. Kaum zwanzig Männer konnten noch gehen und jeder von ihnen zog eine Bahre. Die Frauen senkten die Köpfe, als sie an den bermarischen Speerträgern vorbeigingen. Sie folgten der Südseite der Landzunge bis zum Wald, wo sie zwischen den Bäumen verschwanden.

Eine Weile blieben die Männer stehen und lauschten dem Kratzen der Bahren auf den Wurzeln, dem Weinen der Kinder und den Schritten auf dem Waldboden. Doch bald hörten sie nichts mehr. Gortar und Konvai befahlen den Männern, die Pfeile aus den Toten zu schneiden und alle brauchbaren Waffen und Brünnen zusammenzutragen. Gortar ging selbst mit fünf Mann zum Schweinepferch. Das Quieken durchdrang die Abendstille, als die Männer die Tiere zu Boden drückten und ihnen die Kehlen durchschnitten.

Als sich die Dämmerung über die Landzunge legte, sammelten die Männer die Pfeile zusammen und wuschen ihre blutigen Hände im Meerwasser. Sie schnitten das Fleisch von den toten Tieren und schleppten die gefallenen Kanathener in die Festung. Die Bermarer warfen Leinen über die zwei Palisadenwände, die noch standen, und rissen sie nieder. Erst als das Schlachtfeld bar von Waffen und Leichen war, holten sie ihre eigenen Gefallenen. Die sechs Männer wurden in der Mitte der Landzunge nebeneinander aufgebahrt. Dann holten Bermarer und Felsenvölkler Steine vom Strand und deckten die Toten zu. Niemand weinte, denn es hieß, die Gefallenen bräuchten Mut, wenn sie zu ihrer Reise in das Reich der Götter aufbrachen. Einige der Bermarer hatten Sackpfeifen mitgenommen und spielten, wie es Brauch war, zur Ehre der Gefallenen. Die Männer richteten ihre Blicke in den Nachthimmel, während der Gesang der Sackpfeifen mit dem Wind davongetragen wurde.

Als die Männer ins Lager zurückkamen, waren sie müde. Sie hatten nach der Schlacht keine Zeit gehabt, sich auszuruhen, und waren jetzt bereits eine Nacht und einen Tag auf den Beinen. Gortar befahl zehn Männern, das Lager zu bewachen. Die anderen krochen in ihre Zelte und schliefen auf der Stelle ein.

Doch auch diese Nacht wich dem nächsten Tag. Und bei Tagesanbruch blies Gortar in sein Jagdhorn und rief die Männer aus den Zelten. Gemeinsam mit Konvai und Seon rief er die Ältesten des Felsenvolkes und der Bermarer zur Beratschlagung. Dort wurde beschlossen, dass Virga und seine

Söhne die zwei Langschiffe nach Süden führen sollten. Virga glaubte, sich noch an den Kurs an der Küste entlang zu erinnern, nachdem er dereinst mit Bran dort gesegelt war, und sowohl Seon als auch die zwei Häuptlinge waren der Meinung, dass niemand so gut geeignet sei, die kanathenischen Langschiffe zu führen, wie er. Er sollte vierzig Mann bekommen, darunter die Hälfte des Felsenvolkes. Denn es war bekannt, dass die bermarischen Männer eigensinnig waren. Wenn es Virga gelingen sollte, sie anzuführen, brauchte er Männer seines Volkes in der Mannschaft.

So nahm Virga seine Söhne mit hinunter zum Strand, wo die Langschiffe, das Heck zur Landzunge, vertäut lagen. Er kletterte die Strickleiter empor und stellte sich ans Steuerruder, und während die vierzig Mann an Bord der Schiffe gingen, bat er sie, unter Deck nach weiteren Kanathenern Ausschau zu halten. Doch es hatte sich niemand auf den Schiffen versteckt, und so befahl Virga den Männern, die Vertäuungen zu lösen und die Ruder auszufahren.

Die anderen sammelten sich am Waldrand, während die Schiffe zur Spitze der Landzunge ruderten. Das Heer bestand noch immer aus zweihundert Mann, doch das waren zu wenige, um eine gut bemannte Festung zu erobern. Seon wusste das, doch er sprach weder mit den Häuptlingen noch mit den Männern darüber. Er stand still da und sah zu, wie die Schiffe die Landzunge umrundeten. Er hörte Virgas Rufen und sah die Rahsegel von den Querbäumen der beiden Schiffe fallen. Die Männer waren jetzt nur noch dunkle Umrisse an Bord der Schiffe, sie strafften die Segel und hielten sich an der Reling fest. Die langen Schiffsrümpfe schossen immer schneller durch die Wellen und segelten vor dem Wind an der Küste entlang. Bald waren sie weit entfernt. Die Männer gingen zurück ins Lager und bauten die Zelte ab. Sie tranken aus ihren Wasserschläuchen und packten Felle, Decken und Bündel zusammen. Dann sattelten sie die Pferde und ritten nach Süden.

# Die Stadt der Sklaven

Einen Mond war es jetzt her, dass sie das Kelsschiff gesehen hatten. Sie waren die ganze Nacht gerudert, und als der Morgen anbrach, hatte der Schiffer die Männer an Deck gerufen. Das Kelsschiff war hinter dem Horizont verschwunden.

Seitdem hatten sie günstigen Wind gehabt. Das mansarische Versorgungsschiff war mit dem Westwind in südöstliche Richtung gesegelt, wurde aber durch die östlichen Meeresströmungen gebremst. Der Schiffer hatte die Götter der Feinde verflucht, die die Fahrt länger dauern ließen als üblich, denn das Trinkwasser wurde allmählich knapp. Die Fässer waren unter Deck im Heck des Schiffes festgebunden, wo es am kühlsten war, und die Mansarer hielten sich die meiste Zeit im Schatten des Segels auf und schimpften auf die Sonne, die über dem Meer brannte.

Jetzt sank das Sonnenschild am Himmel im Westen. Ulv wandte den Blick nach Süden und Osten. Er knotete den Gürtel auf, mit dem er sich am Mast festgebunden hatte, und drehte sich nach Norden. Aber auch dort sah er nichts als Meer. Ein Zittern ging durch den Querbaum unter seinen Füßen, als ein Windstoß übers Wasser fuhr. Er steckte die Füße in die Lederschlaufen, die an das dicke Rundholz genagelt waren, und spannte den Gürtel wieder fest.

Der Schiffer hatte entschieden, dass Ulv den Posten des Ausgucks übernehmen sollte, da er das Kelsschiff als Erster bemerkt hatte. Der dicke Seemann hatte seinen Ausguck zusammengestaucht und ihn zu Doppelschichten auf der Ruderbank verdonnert. An seiner Stelle hatte er Ulv auf den Mast geschickt. Anfangs hatte Ulv sich an die Mastspitze geklammert und sich kaum getraut, zum Deck hinabzuschauen. Er hatte sich gefühlt wie eine Ameise an einem Grashalm. Jedes Mal, wenn das Schiff sich in einem Wellental neigte, schwang der Mast zur Seite, und der Querbaum, auf dem er stand, drehte sich. Wenn der Steuermann die Wellen hinabfuhr, wurde Ulv nach vorn geschleudert, und wenn sie die hohen Wellenkämme erklommen, kippte er nach hinten. Nach ein paar Tagen aber legte sich die Angst, und er stellte fest, dass es nicht das Schlechteste war, Ausguck zu sein. Dort oben auf dem Querbaum blieb er von dem Spott der Männer verschont und musste keine Angst haben, dass sie ihn mit ihren Messern angriffen. Um die Mastspitze war ein breiter Ledergürtel genagelt, und wenn er den um seine Taille gespannt und die Füße in die Schlaufen geschoben hatte, stand er sicher und bequem. Er hatte Armfreiheit, und bei ruhiger See konnte er sich losschnallen und auf den Querbaum setzen. Zweimal am Tag seilte er sich ab, um etwas zu essen und zu trinken, und nachts schlief er unter einer Decke auf dem Bugdeck. Er war nicht mehr unter Deck gewesen, seit die Männer versucht hatten, ihn umzubringen, obgleich er keine Angst mehr vor ihnen hatte. Und nach ein paar Tagen, als der Schiffer sah, dass Ulv weder klagte noch während der Wache einschlief, begann der mansarische Seemann mit ihm zu reden wie mit seinesgleichen. Manchmal rief der Schiffer ihn zu sich, wenn Ulv in der Dämmerung heruntergeklettert kam. Dann zeigte er über das Meer und erzählte von den Fahrten, die er als junger Mann gemacht hatte, als die Völker in den Hafenstädten im Norden noch mit den Mansarern Handel trieben. Der Schiffer erzählte ihm von Kels' mächtiger Burg, von dem krettischen Felsenhafen und Krugants buntem Markttreiben. Ulv nickte nur, wenn der Schiffer von diesen und anderen Dinge erzählte, weil er nicht verraten wollte, dass er selbst schon einmal in Krugant gewesen war und gegen Vendhurs Männer gekämpft hatte. Der Schiffer erzählte von Tirga, der Stadt mit den zwölf Türmen, wo die Frauen hübscher waren als irgendwo sonst und die Männer stolz und streitlustig wie Kampfhähne. Aber das war lange vor dem

Krieg gewesen. Vor Vendhurs Eroberungszug. Jetzt war ganz Ar in der Macht der Kanathener.

Ulv hatte viel darüber nachgedacht, während er im Ausguck stand. Der Schiffer hörte sich nicht so an, als ob er die Arer und Kruginer oder die anderen Stämme hasste, die Feinde der Kanathener waren. Aber der Schiffer war ja auch kein Kanathener. Er gehörte zu den Mansarern, dem Brudervolk der Kanathener. Aber obgleich sie Verbündete und Kampfgefährten waren, waren die Mansarer immer ein unabhängiges Volk geblieben. Wenn es stimmte, was der Schiffer sagte, hatte es früher einen regen Handel gegeben zwischen den Mansarern und Oldamenn, einem der drei Völker Ars. Aber das war vor den Fehden. Vor dem Krieg zwischen Ar und Vandar, in dem sich die Mansarer auf die Seite der Vandarer schlugen.

Die Zeit verging schnell, wenn er den Gedanken freien Lauf ließ, und ehe er sich's versah, war die Sonne schon wieder im Meer versunken. Die Dunkelheit brach auf See nie plötzlich herein – der Himmel im Westen leuchtete noch bis tief in die Nacht mit einem bläulichen Schimmer. Ulv öffnete den Gürtel um seine Taille und schaute aufs Deck hinunter. Der Schiffer stand im Bug und schnitzte eine Kerbe in die Reling. Das tat er jeden Abend. Er hatte mit Karten neben dem Bugsteven gestanden und immer wieder zu ihm hochgerufen, ob er im Süden irgendwelche Inseln sehen könne. Der Schiffer las in den Sternen und zählte die Tage. Er warf ein Seil mit einem Schwimmer aus und maß die Strömung. Die Karten, die er benutzte, waren von Vendhurs besten Kartenzeichnern angefertigt worden, und er prahlte damit, dass er die Versorgungsroute schon oft gefahren und immer an derselben Stelle in den Schären nördlich von Tirga angekommen war. Jetzt schob er den Dolch in die Scheide und schaute zur Mastspitze hoch. Ulv schüttelte den Kopf. Hätte er was gesehen, hätte er sofort Alarm geschlagen.

Der Schiffer verschwand unter Deck, und nur der Steuermann blieb zurück. Der narbige Mann lehnte mit dem Rücken am Achtersteven und stemmte sich mit den Füßen auf beiden Seiten des schmalen Achterdecks ab, wie immer, wenn der Tag sich dem Ende entgegenneigte und es noch lang war bis zum nächsten Wachwechsel.

Ulv blieb noch eine Weile auf dem Querbaum stehen. Er wartete, bis sich die Männer unter Deck schlafen gelegt hatten, und erst, als die Dunkelheit den Schatten des Mastes verschluckte, rutschte er an der Baumgei nach unten. Er kroch im Bugdeck unter seine Decke, wo er ein Bündel mit Trockenfisch und Korntalg versteckt hatte, riss einen Streifen von dem Fisch ab und kaute auf den trockenen, salzigen Fasern herum. Da schmeckte selbst der Korntalg besser. Der Schiffer hatte ihm ein paar mit gesalzenem Talg und Getreide gefüllte Därme gegeben, die übliche mansarische Seemannskost, und Ulv versuchte, so sparsam wie möglich damit zu sein. Die fettige Masse hielt Monde und Jahre, ohne zu verderben. Ulv drückte eine Hand voll Korntalg aus dem Darm und aß. Dann trank er ein paar Schlucke aus dem Wasserschlauch und setzte sich mit dem Rücken gegen die Reling. Er ließ den Blick über das Deck schweifen und schloss die Augen.

Er träumte von den Ländern im Norden, von seiner Wanderung über die Ebenen und von den Schlachten, in denen er gekämpft hatte. Die Erinnerungen waren wie Wirbel aus Schmerz. Er beugte den Nacken und murmelte im Schlaf vor sich hin.

Der Steuermann im Achterdeck spuckte über die Reling und fluchte über die Torheit des Fremden. Er ärgerte sich, dass er ihn nicht gleich getötet hatte, nachdem sie das Lager verlassen hatten. Denn obwohl die Sonne den Jäger-targ fast so braun wie die Mansarer gebrannt hatte, war und blieb er ein Nordländer, und denen war nicht zu trauen. Der Steuermann hasste Ulv für die Narben, die er ihm zugefügt hatte, und als er Ulv so vor sich hin murmeln hörte, war er überzeugt, dass der Schiffer sich einen Verrückten an Bord geholt hatte.

Der Steuermann wusste nichts von den Bergen im Norden, von den Barkasjägern und dem Leben, das Ulv hinter sich gelassen hatte. Denn diese Erinnerungen plagten Ulv, nicht die verwirrten Gedanken eines Verrückten, so dass er sich zusammenkrümmte und nach den Waffen tastete, die nicht mehr an seinem Gürtel hingen. Wenn Dielan jetzt bei ihm wäre, würde er ihm über den Arm streichen und ihn wecken, denn Ulv wurde wie sein Vater von Unfrieden und Sehnsucht heimgesucht. Ulv rollte sich zusammen, wie er es immer gemacht hatte, wenn das Feuer erloschen war und der Wind aus dem Barkasfjell herunterwehte. Aber auf See war es nicht kalt, und es war auch nicht der Hunger, der Ulv quälte. Es waren die Zeit hinter dem Wagen der Sklavenhändler und der Anblick der krepierenden Männer, die von den Lanzen der Kanathener aufgespießt wurden. Jede Nacht träumte Ulv davon, und jeden Morgen erwachte er mit dem gleichen, unruhigen Gefühl. Er setzte sich auf und schaute um sich. Er lauschte auf Schritte und Stimmen und war immer auf der Hut, ob die Seeleute ihm nach dem Leben trachteten.

So auch an diesem Morgen. Ulv schlug die Decke zurück, sein Atem ging schnell, als er sich an Deck umsah und die See um das Schiff herum absuchte. Aber sie war genauso leer wie am Tag zuvor. Das Schiff segelte einsam nach Südosten, und außer dem Schiffer, der kurz vor Morgengrauen die Ruderwache übernommen hatte, war niemand an Deck. Im Osten glühte ein weißer Lichtstreif am Horizont. Bald würden die Männer an Deck kommen.

Ulv trat an die Reling, öffnete den Gürtel und ließ Wasser in die Wellen, die an der Bordwand vorbeistrichen. Dann rieb er sich den Schlaf aus den Augen und trank ein wenig Wasser. Bevor er zum Mast ging, versteckte er den Wasserschlauch und das Proviantbündel unter der Decke.

Er zog sich Armlänge für Armlänge an dem dicken Tau nach oben. Sobald er den Querbaum erreichte, schob er die Füße in die Schlaufen und band sich an der Mastspitze fest. Er blinzelte ins Tageslicht und ließ den Blick von Westen nach Süden und von Süden nach Osten schweifen. Die ganze Welt lag vor ihm, und sie bestand aus Meer, so weit das Auge reichte. Es wunderte ihn, dass sie in diese Richtung segelten, denn das Meer war ruhig, und er glaubte, das Land sehen zu müssen, falls es dort irgendwo Land gab. Am Ende des Meeres war auch die Welt zu Ende. Und von seinem Platz an der Mastspitze konnte er bis an den Rand der Welt schauen, wo sich die Himmelskuppel aus dem Meer erhob. Aber vielleicht verbargen ja irgendwelche Geister die Länder im Süden vor den Augen gewöhnlicher Menschen, damit sie sie erst sahen, wenn sie ganz nahe waren. Vielleicht waren die Länder ja hinter einem dichten Nebel versteckt, der nicht vom Himmel und vom Meer zu unterscheiden war.

Während Ulv weiter über das Meer schaute, ging im Osten die Sonne auf. Es war ihm zur Gewohnheit geworden, so dazustehen. Er atmete im Gleichklang mit den Wellen und ließ sich vom Schiff hin und her wiegen. Die Männer kamen an Deck, husteten und leerten die Bottiche mit Kot und Urin über der Reling aus. Jeden Morgen das gleiche Ritual. Sobald sie aus der Decksluke am Mastfuß geklettert kamen, stieg der Gestank zu ihm hoch, und er hörte sie husten und fluchen, weil noch immer kein Land in Sicht war. Jedenfalls nahm er an, dass sie das meinten, wenn sie nach Süden zeigten. Wenn die Seeleute zu ihm hochschauten, richtete er den Blick aufs Meer und war froh, nicht zu wissen, was sie über ihn sagten.

Unter mansarischen Seefahrern ging die Redensart, dass keine Frau einen Mann so glücklich machen konnte wie der Augenblick, wenn er nach einer langen Zeit auf See wieder Land sah. Und es schien etwas Wahres daran zu sein, denn als Ulv den grauen Schatten entdeckte, der im Süden über dem

Meer schwebte, glaubte er im ersten Moment, Geister hätten ein Trugbild über das Wasser gemalt. Der Mond war gestorben und neu geboren, seit er das letzte Mal etwas anderes als Wasser gesehen hatte. Er starrte nach Süden, bis vor seinen Augen kleine Lichtpünktchen zu wirbeln begannen, aber als er blinzelte und die Hand über die Augen legte, war der graue Schatten immer noch da. Der Schiffer hinter dem Steuer schwieg, und die wenigen Männer, die nicht wieder unter Deck gegangen waren, saßen steuerbord an der Reling und würfelten. Ulv wagte es nicht, etwas zu sagen, denn wenn es Geister waren, die ihn zum Narren hielten, würden die Seeleute ihn für seine unverschämte Lüge über Bord werfen. Aber der Schatten löste sich nicht auf, und nach einer Weile konnte er braune Waldflecken auf grauen Felsen erkennen. Das war eine Insel. Gleich darauf entdeckte er hinter der Insel weitere graue Schatten. So sehr konnte er sich nicht irren. Das mussten die Inseln nördlich von Tirga sein, die Schären, von denen der Schiffer erzählt hatte.

»Land!« Er rief so laut er konnte. »Inseln im Süden!«

Der Schiffer ließ das Steuerruder los und lief in den Bug. Der dicke Mann sprang auf die Reling, hielt sich am Bugsteven fest und legte eine Hand über die Augen.

»Ar!«, brüllte er und stampfte auf die Reling. »Ar, trecha! Ar!«

Die Seeleute drängten durch die Luke an Deck, versammelten sich hinter der Reling und stellten sich auf die Zehenspitzen, um über die Schultern ihrer Vordermänner schauen zu können. Sie zeigten zu den Inseln und fielen sich in die Arme. Ein Mann sank auf die Knie und wendete die Handflächen zum Himmel. Sie hatten Ar erreicht.

Die Männer blieben an Deck, als der Schiffer Kurs auf die Inseln nahm. Sie zeigten übers Wasser und tuschelten. Ulv konnte sie von seinem Platz aus gut hören, und je näher die Inseln kamen, desto eifriger wurden die Männer. Sie stellten sich in den Bug, lehnten sich über die Reling, lachten und rieben sich die Augen. Aber der Schiffer schickte sie bald unter Deck, weil der Wind abflaute und er Leute an den Rudern brauchte.

Die Sonne senkte sich, als sie zwischen den Inseln einfuhren. Ulv war in der Mittagszeit unten gewesen und hatte etwas getrunken, war dann aber schnell wieder auf seinen Platz auf dem Querbaum zurückgekehrt. Die Inseln ragten wie riesige, von Wald bewachsene Steinschilde aus dem Wasser. Die meisten waren kaum länger als das Schiff, aber alle waren sie höher als der Mast. In den windstillen Mulden zwischen den Felsen bohrten Fichten und Wacholderbüsche ihre Wurzeln in den steinigen Untergrund. Wind und Meer hatten die Inseln geformt und jede scharfe Kante weggeschliffen, und während die Sonne im Westen versank, glänzten die Oberflächen der Steine wie geschmiedete Bronze. Der Schiffer lenkte das Schiff in das ruhige Fahrwasser zwischen den Inseln und nahm Kurs nach Süden.

Ulv kam bald vom Mast herunter, weil man in der Dunkelheit der Nacht unmöglich etwas erkennen konnte. Der Schiffer sagte ihm, dass er sich schlafen legen sollte; er kannte die Strecke zwischen den Inseln und brauchte eine ausgeruhte Mannschaft, wenn sie am nächsten Morgen am Kai anlegten. Also setzte sich Ulv mit dem Rücken an die Reling und schloss die Augen, wie an so vielen Abenden zuvor. Er dachte an das Tal und sein Volk, das er verlassen hatte, aber die Erinnerungen brachten ihm keine Ruhe. Es lag ein Geruch in der Luft, den er seit Ewigkeiten nicht mehr gerochen hatte. Der Geruch von Gras und Erde, von Bäumen und Nebel.

Und Nebel bekamen sie. Als Ulv aufwachte, konnte er kaum die Hand vor Augen sehen. Da bemerkte er unmittelbar neben sich die Umrisse eines Mannes. Ulv war mit einem Satz auf den Beinen und lief aus dem Bugdeck.

»Hoi! Tirgar-am!«

Ulv erkannte die Stimme des Schiffers wieder. Er war es gewesen, der vom Nebel verborgen neben ihm auf dem Bugdeck gestanden hatte.

»Hoi trecha!«, antwortete jemand von Steuerbord.

Der Schiffer rief erneut etwas, und als die andere Stimme erneut antwortete, klang sie viel näher. Plötzlich tauchte auf der Steuerbordseite ein dunkler Umriss aus dem Nebel auf. Ulv ging in die Mitte des Decks und stellte sich mit dem Rücken gegen den Mast. Er roch Menschen und sah den matten Lichtschein von Fackeln im Nebel. Ein Schiff löste sich aus dem Dunst. Der Schiffer rief den Männern unter Deck zu, die Ruder einzuziehen. Das fremde Schiff blieb etwa eine Mannslänge vor der Reling des Handelsschiffes liegen. Die Bordwand war schwarz geteert und anderthalb Mannslängen höher als die Bordwand des Versorgungsschiffes. Eine Hand voll Krieger beugte sich über die Reling und sah zu ihnen herunter. Ihre Gesichter waren schwarz und sie trugen rußgeschwärzte Brünnen.

»Hoi trecha!«, rief ein Mann vom Heck des Schiffes. Er trug ein schwarzes Hemd und hatte sich ein Schafsfell über die Schultern gelegt. »Hoi trecha, mansar-am?«

Der Schiffer hinkte vom Bugdeck zum Achterdeck. Er antwortete den Kanathenern in seiner eigenen Sprache und hielt ihnen die offenen Handflächen entgegen. Ulv blieb am Mast stehen und beobachtete die schwarzen Männer. Sie erwiderten seinen Blick, und obgleich sie nicht wissen konnten, dass er nicht wie der Schiffer und der Rest der Mannschaft aus Mansar stammte, kam es ihm so vor, als könnten sie die Furcht in seinen Augen sehen und darin lesen, was er in Ber-Mar getan hatte. Ulv wandte sich ab und suchte Schutz im Nebel auf der abgewandten Deckseite.

Kurz darauf drehte das kanathenische Kriegsschiff ab und verschwand im Nebel. Der Schiffer entzündete eine Fackel und steckte sie in die Halterung am Bugsteven. Dann stellte er sich wieder aufs Bugdeck, beide Hände auf der Reling, den Blick auf das Fahrwasser und die Inseln gerichtet, die wie Schatten im Nebel an ihnen vorbeiglitten.

Der Dunst lichtete sich erst in der zweiten Tageshälfte. Ulv bemerkte es an dem leichten Luftzug über dem Wasser. Er stand auf und erkannte mehrere kleine Inseln und Schären. Der Nebel zog in schweren, grauen Schwaden über den blanken Wasserspiegel. Der Schiffer stieg neben dem Bugsteven auf die Reling, während die Ruder ihren monotonen Rhythmus sangen.

Da begannen die Glocken zu läuten. Ulv lief zum Mast, hockte sich auf den Boden und legte die Arme um den Kopf. So ein Geräusch hatte er noch nie gehört. Es klang wie der Amboss eines Schmiedes, nur viel lauter. Als würden die Götter ihre Schwerter gegen die Schilde schlagen und aus der Himmelskuppel auf die Erde steigen. Ulv blickte an den bewölkten Himmel, als der Schiffer von der Reling sprang.

»Tirga!« Er stampfte mit dem Fuß auf das Deck. »Tirga, trecha!«

Das Schiff glitt aus dem Nebel. Ulv erhob sich und ging in den Bug. Einen Pfeilschuss vom Schiff entfernt ragte ein Berg aus dem Meer auf. Und an dem Hang des Berges lag eine Stadt, ein mächtiges Bauwerk aus Türmen, Treppen, Steinhäusern und Mauern, durchzogen von gepflasterten Straßen, die sich über den Hang schlängelten. Ulv klammerte sich an die Reling, während der Klang der Glocken über die Straßen und Hausdächer schallte. Er bekam nicht mit, dass die Mannschaft um ihn herum im Bug zusammenlief. Vor ihm lag Tirga, die Stadt, von der seine Mutter ihm erzählt hatte. Diesen Hafen hatte Dielan angesteuert, und hier hatte man Ulvs verwundeten Vater zu den Galuenen gebracht, die seine schweren Stichwunden geheilt hatten. Der alte Dielan hatte ihm davon erzählt, aber Ulv hatte ihm die eigenartige Geschichte nicht geglaubt. Jetzt sah er mit eigenen Augen die zwölf Türme, die wie von Götterhand gemeißelte Klippen zwischen den Steinhäusern emporragten. Auf den Straßen wimmelte es von Menschen, aber noch war das Schiff zu weit entfernt, um zu erkennen, ob es Kanathener oder Tirganer waren. Hinter der Steinmole, die ihre Arme ins Meer streckte, sah er die Masten von zahllosen Schiffen. Ulv schluckte, und die Stimme des Alten klang in seinem Kopf wider. Dort, auf dem gepflasterten Hafenplatz, hatten die Tirganer in der Nacht gefeiert, bevor sie zu ihrem Rachezug gegen Aard und Vandar in See stachen. Und in einem der Türme hatten sein Vater und seine Mutter ihre erste Nacht zusammen verbracht. Hier, in Tirga, war er empfangen worden, in der Heimatstadt seiner Mutter.

Die Glocken wurden leiser und verstummten. Der Schiffer schickte die Männer unter Deck, und kurz darauf trieben die Ruder das Schiff wieder schneller voran. Dann löste er den Steuermann ab und lenkte das Schiff durch die Öffnung der breiten Mole.

Ulv rührte sich nicht vom Fleck und war taub für die Rufe des Schiffers. Sein Blick schweifte flackernd über die Türme und Steinhäuser, über die Schiffsmasten und Straßen, die sich den Hang hinaufschlängelten. Ihm fielen Worte ein, die seine Mutter über die Stadt ihres Volkes gesagt hatte. Ein Hügel teilte die Stadt in zwei Hälften. Auf der Westseite des Hügels erstreckten sich lange Reihen von Baracken und Zelten hinter einem endlos langen Strand. Auf dem Sand lagen schwarze, geteerte Schiffe. Aber es war der östliche Teil der Stadt, der ihn am meisten faszinierte. Endlich war er in Tirga, der Stadt, in der alles begonnen hatte. Von hier aus hatte Visikal, Skerg und Heerführer von Tirgas Männern, seine Kriegsflotte in den Krieg geführt. Ulvs Vater hatte unter seinem Befehl gekämpft, Vandarer und Mansarer getötet und feindliche Länder durchwandert. Er hatte es für Ulvs Mutter getan, damit sie seine Frau werden konnte. Denn Bran hatte Visikal, Tirs Onkel und einzigem lebenden Verwandten, einen Tauschhandel vorgeschlagen. Er wollte in dem Krieg mitkämpfen und Tirga und dem ganzen Volk Ars seine Loyalität erweisen und sie dafür bekommen. Auch das hatte Dielan erzählt.

Als das Schiff durch die Moleöffnung glitt, staunte Ulv über die gewaltige Menge Schiffe im Hafen. Die geteerten Langschiffe der Kanathener waren in der Überzahl, aber es gab auch Zweimaster und mit Tang beladene Flöße, sowie Fischerboote, die zwischen den hohen Bordwänden auf dem Wasser dümpelten. Vor der Kaimauer, an der leichtere Boote und kleinere Schiffe an dicken Eisenringen vertäut lagen, holte gerade ein Kriegsschiff seinen Anker ein. Als sie auf die Kaimauer zuglitten, fiel Ulv an der Ost- und Westseite des Hafenbeckens eine Vielzahl kleiner Stege auf, an denen unzählige Fischerboote vertäut lagen. Auf der Kaimauer hinter den Stegen beugten sich graubärtige Fischer über ihre Netze. Es roch nach Fisch und Teer, nach Pferdeäpfeln und Rauch. Der Schiffer suchte sich einen Platz an der Kaimauer. Ulv starrte staunend auf die Gebäude, gepflasterten Straßen und die zwölf Türme. In ihrem Schatten wirkten selbst die Schiffsmasten klein, und die Menschen auf dem Hafenplatz und in den Straßen sahen zwischen den grauen Steinwänden wie Ameisen aus. Die Straßen waren von Verkaufsständen und Buden gesäumt. Auf dem Hafenplatz standen dunkelhäutige Männer hinter Fellstapeln und Krügen und riefen ihre Angebote lauthals und in unzähligen Sprachen über den Platz.

Ulv packte die Decke, den Wasserschlauch und den Proviantbeutel zusammen. Der Schiffer rief ihm zu, dass er die Anlegetaue vorbereiten sollte, aber Ulv stellte sich an den Mast, seinen wenigen Besitz an die Brust gepresst.

Genauso stand er immer noch da, als die Männer von den Ruderbänken nach oben kamen, und genauso blieb er stehen, als sie die Anlegetaue vorbereiteten. Als das Schiff auf einen freien Anlegeplatz glitt, ging Ulv an die Steuerbordreling, die der Kaimauer abgewandt war. Die Seeleute warfen den Kanathenern auf dem Anleger die Taue zu, und die schwarzen Krieger zogen das Schiff an die Mauer. Ulv warf einen Blick zu dem Schiffer am Steuerruder. Er hatte nicht vergessen, dass der dicke Mann seine Axt mit an Bord gebracht hatte. Der Schiffer hatte ihm erzählt, dass er sie als Ausgleich für den Mann bekommen hätte, den er verloren hatte. Aber diese Erklärung konnte Ulv nicht akzeptieren. Der Schiffer hatte die Axt seines Vaters gestohlen.

Während die Seeleute das Schiff vertäuten, gingen die meisten Kanathener weiter. Aber ein Krieger mit einem langen, schwarzen Umhang blieb stehen und unterhielt sich mit dem Schiffer. Der Kaan zeigte zu den Häusern, die den Hafenplatz einrahmten, worauf der Schiffer nickte. Danach verschwand er unter Deck. Ulv blieb an der Reling stehen, während die Seeleute Taue zusammenrollten und leere Wasserschläuche, Fässer und herumliegende Sachen wegräumten. Der Kaan zeigte auf Ulv und sagte etwas zu ihm, aber Ulv verstand nicht, was er von ihm wollte. Er wollte seinen Platz an der Reling verlassen, aber der Kaan rief ihn zurück. Ulv sah sich um, in der Hoffnung, dass einer der Seeleute ihm sagen könnte, was der Kaan von ihm wollte. Aber die Männer waren mit ihren Arbeiten beschäftigt. So blieb Ulv, als der Kaan ihn das dritte Mal anrief, erneut die Antwort schuldig. Er ging rückwärts, bis er mit dem Rücken gegen die Reling stieß. Der Kaan rief, inzwischen rasend vor Wut, einige Krieger zu sich, als der Schiffer mit einem Bündel Pergamente unter dem Arm aus der Decksluke auftauchte. Als er den Kaan auf dem Anleger sah, steckte er die Feder hinter den Gürtel und streckte ihm die Hand in einer entschuldigenden Geste entgegen. Die beiden nahmen ihr Gespräch wieder auf, an dessen Ende der Kaan mit den Schultern zuckte und dem Schiffer ein Zeichen gab, zu ihm auf den Anleger zu kommen.

Der Schiffer ging mit dem Kaan und den Kriegern davon. Ulv blieb an der Reling stehen und ließ die Mannschaft keinen Moment aus den Augen. Erst jetzt wurde ihm klar, wie schwierig es werden würde, sich bis nach Süden durchzuschlagen, da er weder Kanathenisch noch Mansarisch sprach oder verstand. Der Schiffer hatte mit ihm in der Handelssprache gesprochen, aber der Kaan und die kanathenischen Krieger gingen sicher davon aus, dass er ihre Sprache beherrschte. Wenn nicht, gab er sich als Feind zu erkennen. Er ging ins Heck und stellte sich hinter das Steuerruder. Von dem schmalen Achterdeck aus überblickte er den westlichen Teil des Hafens. Das Stimmengewirr der fremden Mannschaften und die Rufe der Händler hinter den Verkaufsständen drangen zu den Schiffen herüber. Ein paar Jungen stakten mit ihren Flößen zwischen den Schiffen herum und boten den Seeleuten rote Trauben feil. Auf der Kaimauer standen Wasserverkäufer mit Krügen und Wasserschläuchen.

Kurze Zeit später kam der Schiffer zurück. Er ging an Bord und sprach mit den Männern, zeigte auf den Hafenplatz und sagte, dass sie gehen könnten. Der Schiffer hatte eines der Pergamente wieder mit zurückgebracht. Er steckte die Rolle hinter den Gürtel, als er sich zu Ulv umdrehte.

»Wir haben einen neuen Auftrag, Jäger-targ.« Der Schiffer trat an die Steuerbordreling und schaute über den Hafen und die Schiffe, die hinter der Mole vor Anker lagen. »Sie wollen, dass wir wieder nach Norden fahren. Dort sind ein paar Lager angegriffen worden. Sie brauchen neue Waffen und Lebensmittel. Ich hatte eigentlich gehofft, zurück nach Mansar zu segeln, aber daraus wird wohl bis auf weiteres nichts werden.«

Ulv stützte sich auf die Reling. »Nach Norden?«

»Hast du mir nicht zugehört?« Der Schiffer verschränkte die Arme vor der Brust und sah ihn an. »Wir fahren nach Norden, und du wirst uns begleiten. Ich brauche jemanden, der die Küste um Ber-Mar kennt.«

Ulv ging an die andere Deckseite. Der Schiffer rief hinter ihm her, aber Ulv beachtete ihn nicht. Er stieg auf die Reling und legte die Unterarme auf die Kaikante. Er wusste, was er zu tun hatte. Das Versorgungsschiff würde ihn nicht nach Süden zu Siréd bringen, darum musste er zusehen, dass er so schnell wie möglich von Bord kam. Er musste aus der Stadt fliehen. Auf den Dächern und den zwölf Türmen wehten Flaggen an hohen Stangen. Alle trugen sie das Zeichen Tarkins. Auf den Straßen hörte er die Sprache der Kanathener, und als er sich zum Meer umdrehte, sah er Dutzende von geteerten Kriegsschiffen. Dies war die Stadt seiner Mutter, aber es war viel geschehen, seit sie mit seinem Vater von hier fortgesegelt war. Er sah nur wenige Menschen mit heller Hautfarbe. Mit Ausnahme der Fischer, die an der Ostseite des Hafens ihre Netze knüpften, schienen die meisten Einwohner von Tirga schwarze Kanathener zu sein.

Der Schiffer rief die Männer zusammen, die auf den Anlegesteg kletterten und sich auf den Weg zum Hafenplatz machten. Nur der Steuermann blieb auf dem Schiff zurück. Der Schiffer legte Ulv die Hand auf die Schulter und forderte ihn auf, ihn zu begleiten. Sie wollten am nächsten Morgen ablegen und mussten das Schiff mit Proviant, Wasser und den Waren für die Lager im Norden beladen.

Ulv folgte den Männern über den Hafenplatz. Der Schiffer führte sie in eine schmale Gasse zwischen zwei Steinhäusern. Ulv starrte die hohen Wände hinauf, die sich mehrere Speerlängen über seinem Kopf einander zuzuneigen schienen. Über Stangen, die unter den Dachfirsten aus der Mauer ragten, hing Tang zum Trocknen, und aus den angelehnten Fensterluken drangen Stimmen nach draußen.

Der Schiffer führte sie eine verwinkelte Treppe hinauf. Die Häuser standen jetzt so eng zusammen, dass die Männer mit ausgestreckten Armen von einer Wand zur anderen reichten. Auf dem Boden lagen Knochen und schimmelige Speckstreifen, und Ulv stach der beißende Geruch von Urin und Kot in die Nase. Die Wände waren von Moos und gelblichen Flechten überzogen, und das Regenwasser hatte dunkle Streifen auf den Steinblöcken hinterlassen.

Als sie auf die nächste Treppe stießen, stellte der Schiffer sich auf die obere Stufe und drehte sich zu seinen Männern um. Er ballte die Faust, während er mit ihnen sprach, und zeigte schließlich auf Ulv.

»Das gilt auch für dich, Jäger-targ! Haltet euch heute von den Frauen fern. Was ihr in der Nacht treibt, geht mich nichts an. Aber wer morgen früh bei Morgengrauen nicht an Deck ist, hat auf meinem Schiff nichts mehr verloren.«

Nach diesen Worten drehte er sich um und lief weiter.

Ulv ging als Letzter. Er atmete den Geruch von Menschen, Pferden und Lebensmitteln ein, von Fellen, Teer und Rauch. Noch nie hatte er so viele verschiedene Gerüche auf einmal gerochen. Als sie eine breitere Straße kreuzten, sah er Krieger vorbeireiten. Und er sah Frauen, die Arm in Arm zwischen den Verkaufsständen herumschlenderten. Hier gab es nicht nur schwarze Kanathener. Ulv vermutete, dass die rothaarigen Frauen wie der Schiffer und seine Mannschaft mansarischer Herkunft waren. Die Frauen drückten ihre Kinder an sich und musterten die Seeleute misstrauisch, als sie vorbeigingen.

Der Schiffer führte sie zu einem der hohen Türme und klopfte viermal an die Tür. Eine Luke wurde geöffnet, und der Schiffer sprach mit der Wache auf der anderen Seite, ehe sich die Tür öffnete. Der Schiffer winkte die Männer herein, doch

Ulv blieb stehen und bestaunte das gewaltige Bauwerk. Es streckte sich geradewegs in den Himmel und war höher als die höchsten Bäume in den Tälern. Der Turm war breit wie ein Langhaus und aus riesigen Steinblöcken gebaut. Nach oben hin verjüngte er sich, und die Spitze wurde von einem Kreis aus Langspeeren gekrönt. Die Flagge trug Tarkins Zeichen.

Als der Schiffer ihn zum zweiten Mal rief, schloss Ulv sich den Männern eilig an. Kaum hatte er den Turm betreten, tauchte aus der Dunkelheit ein Kanathener auf und drückte ihm einen Stapel Leinensäcke in den Arm. Der schwarze Mann sagte etwas zu ihm und zeigte auf einen hohen Kornberg in der Mitte des kreisrunden Raumes. Der Berg war mit Holzbrettern und Planken abgestützt und reichte fast bis unter die Decke des hohen Raums. Der Schiffer sprach mit seinen Männern, warf dem jüngsten Burschen einen Sack zu und verließ den Turm.

Ulv blieb mit den Leinensäcken auf dem Arm stehen. Er wusste nicht, was er machen sollte. Aber als er sah, wie die anderen Männer anfingen, Getreide in ihre Säcke zu schaufeln, suchte auch er sich eine Schaufel. Gegenseitig halfen sich die Männer, die Säcke zu füllen. Einer hielt den Sack auf und der andere füllte ihn. Nur Ulv musste alleine zurechtkommen. Er hielt den Sack in der einen Hand und schaufelte mit der anderen.

Als alle Säcke gefüllt waren, machten sich die Männer daran, sie nach unten zum Schiff zu tragen. Jeder warf sich einen Sack über die Schulter und schwankte vornübergebeugt durch die Gassen und über die Treppen zurück zum Hafen. Ulv folgte ihnen. Als er zum Schiff kam, legte er den Sack aufs Deck und machte sich wie die anderen wieder auf den langen Weg zurück zum Turm. Unterwegs blickte er auf der Suche nach einem Fluchtweg in jede Gasse, aber immer war einer der Seeleute in seiner Nähe. Also folgte er ihnen bis zum Turm, lud sich erneut einen Getreidesack auf die Schulter und folgte ein weiteres Mal den schmalen Gassen zurück zum Schiff.

Als er den zweiten Sack auf Deck ablud, fasste der Schiffer Ulv am Arm und befahl ihm zu bleiben. Er rief die übrige Mannschaft zusammen und forderte sie auf, sich nebeneinander vor der Steuerbordreling aufzustellen. Dann zeigte er auf die breite Straße, die vom Hafenplatz zu einem der größten Türme führte. Eine Gruppe von kanathenischen Kriegern kam in Zweierreihen zum Hafen herunter: Sie folgten einem schwarz gekleideten Mann und trugen Stangen mit langen Wimpeln.

»Das ist er«, flüsterte der Schiffer. »Der Kaan hat gesagt, dass er in der Stadt ist. Mach mir keine Schande, Nordländer. Tu genau, was ich dir sage, und sieh ihm nicht in die Augen. Vielleicht geht er nur vorbei. Aber wenn er stehen bleibt, wirst du vor ihm auf die Knie gehen wie der Rest der Mannschaft.«

Der Schiffer stellte sich vor die anderen Männer und sagte etwas auf Mansarisch zu ihnen. Ulv stand mit dem Rücken zur Reling und folgte den Kanathenern mit dem Blick. Zwölf Krieger gingen hinter dem Mann mit dem schwarzen Umhang; sie alle trugen die rußgeschwärzten Brünnen und hohen Stiefel, die Ulv bereits aus Krugant und Ber-Mar kannte. Das Gefolge erreichte den Hafenplatz, und Seeleute und Kaufleute fielen auf die Knie und neigten die Häupter. Einer der Krieger setzte ein Horn an den Mund und blies ein Signal. Das Stimmengewirr verstummte. Kanathener, Mansarer und Arer wandten sich dem Geräusch zu, und als sie das Gefolge entdeckten, fielen sie ebenfalls eilig auf die Knie.

»Auf die Knie«, befahl der Schiffer leise. »Auf die Knie vor Vendhur!«

Ulv blieb stehen. Seon hatte ihm von Vendhur erzählt. Der schwarze Kriegsherr war der einzige Mann, den Seon fürchtete. Er war der mächtigste Kanathener unter Tarkin.

»Auf die Knie, Jäger-targ!« Der Schiffer rutschte auf Knien

zu Ulv und packte ihn am Handgelenk, aber Ulv schüttelte ihn ab. Dort war Vendhur – er war es, der den Kanathenern befohlen hatte, nach der Gezeichneten zu suchen. Vendhur hatte ihm Siréd weggenommen. Und jetzt schritt er zwischen knienden Handelsmännern, kanathenischen Kriegern und Frauen, die wie Tiere in Todesangst zu Boden starrten, über den Hafenplatz auf die Schiffe zu.

In der Mitte des Platzes blieb das Gefolge stehen. Einer der Krieger, die Vendhur folgten, lief zu ihm und zeigte auf das Schiff. Vendhur strich sich über den pechschwarzen, kurzen Bart und nickte. Ulv sah die Schwerter, die er am Gürtel trug, und das goldene Muster, das in seine Brustplatte eingearbeitet war. Es stellte Tarkins Zeichen dar, die gekreuzten Lanzen.

Vendhur schritt auf die Kaimauer zu. Der Schiffer flehte Ulv erneut an, sich hinzuknien, aber Ulv weigerte sich. Er blieb mit dem Rücken an der Reling stehen, unfähig, den Blick von dem kanathenischen Kriegsherren abzuwenden. Vendhur stellte sich an den Rand der Kaimauer und blickte mit seinem narbigen, wettergegerbten Gesicht auf das Deck herunter. Er hatte ein breites Kinn und eine platte Nase, und das lange Haar wirkte merkwürdig weich neben den harten Gesichtszügen. Vendhur schlug den Umhang über die Schulter zurück und murmelte einem der Krieger aus dem Gefolge etwas zu, der vortrat und etwas zu dem Schiffer sagte. Der dicke Seemann antwortete mit leiser Stimme.

Vendhur verschränkte die Arme vor der Brust und sah Ulv an. Und Ulv hielt Vendhurs Blick stand, der sich in ihn einbrannte. Das schwarze Gesicht war ausdruckslos, aber Ulv spürte die Herausforderung in seinem Blick. Vendhur zeigte auf ihn und fuhr den Schiffer grob an. Der Schiffer winselte eine Antwort, breitete entschuldigend die Arme aus, zeigte auf den gebrochenen Mast und streckte dem Kriegsherrn mit gesenktem Blick die offenen Handflächen entgegen.

Als Vendhur erneut auf Ulv zeigte, hob der Schiffer den

Blick, doch als er sich erneut entschuldigen wollte, fuhr ihn Vendhur ungeduldig an. Der Schiffer krümmte sich wie ein getretener Hund, und Vendhur stemmte die Hände in die Seiten und musterte Ulv aus zusammengekniffenen Augen.

»Jäger-targ«, sagte er. »Der Schiffer sagt, du bist aus dem Norden. Dann sprichst du Nord-Arenisch, nehme ich an?«

Ulv holte Luft. Er wusste nicht, was er antworten sollte, und fragte sich, warum der Schiffer Vendhur verraten hatte, woher er kam. Vielleicht hatte der Schiffer auch schon erzählt, was in dem Kanathenerlager vorgefallen war.

»Nord-Arenisch, die Handelssprache, ist das deine Sprache? Der Schiffer sagt, er hätte dich nördlich vom arenischen Meer an Bord genommen.«

Ulv zog sich ein Stück ins Heck zurück. Die Krieger auf der Kaimauer waren mit Lanzen und Krummsäbeln bewaffnet.

»Verstehst du, was ich sage?« Vendhur legte die Hand an den Schwertgriff. »Stimmt es, was der Schiffer sagt? Bist du auf der Nordseite des Meeres an Bord gekommen?«

»Ja«, sagte Ulv. »Auf der Nordseite des Meeres.«

»Tauben aus den Lagern dort sind über das Meer geflogen.« Vendhur machte eine ausladende Bewegung mit dem Arm. »Mit Neuigkeiten aus den Ländern im Norden. Unsere Festungen werden angegriffen. Weißt du etwas darüber? Weißt du, wer der Feind ist?«

Ulv senkte den Blick. Wenn es stimmte, was Vendhur sagte, bestand kein Zweifel, wer die Angreifer waren. Aber die Bermarer waren nicht so zahlreich, und Konvai, der Häuptling des Felsenvolkes, würde niemals viele seiner Männer mit den Bermarern nach Süden in den Krieg ziehen lassen.

»Na?« Vendhur beugte sich vor und stützte sich mit den Händen auf den Knien ab. »Hast du etwas Auffälliges gesehen? Rauch, der aus den Lagern aufstieg? Fremde Heere?«

»Nein.« Ulv schüttelte den Kopf. »Ich habe nichts gesehen.«

Vendhur sah zu den anderen Männern hinüber. Die Mannschaft starrte auf die Decksplanken, reglos wie Steinsäulen. Vendhur wiederholte seine Frage auf Kanathenisch, und die Männer antworteten ihm mit einem Kopfschütteln. Der Schiffer murmelte etwas und drehte sich halb zur Seite, die Augen auf die Bretter vor seinen Knien geheftet. Er zeigte aufs Meer und wiederholte die mansarischen Worte. Vendhur drehte sich zu dem Mann an seiner Seite um und flüsterte ihm etwas ins Ohr. Dann wandte er sich wieder an Ulv.

»Jäger. Dein Schiffer sagt, du seist ein Landstreicher, ein Mann ohne Heimat, ohne Anführer und ohne Klan. Stimmt das?«

Ulv senkte den Kopf. Er wollte Vendhur nicht in die Augen sehen, wenn er log. »Ich habe niemanden. Keinen Anführer. Keinen Klan. Der Schiffer sagt die Wahrheit.«

»Das wird sich ändern.« Vendhur rief den Männern hinter sich einen Befehl zu. Zwei von ihnen traten aus der Reihe und gingen zu Ulv. Sie packten ihn unter den Armen und hoben ihn auf die Kaimauer.

»Ich brauche Männer wie dich in meinem Heer«, sagte Vendhur. »Sieh mich an, Jäger! Sieh mich an!«

Ulv blickte auf. Vendhur stand breitbeinig auf der Kaimauer, die Hände an den Schwertgriffen. Er grinste. »Folge den Kovmanen. Sie werden dich nach Ar zur fünften Einheit bringen. Dort wirst du mit einer Brünne und einer Lanze ausgerüstet. In zwei Tagen läuft ein Kriegsschiff aus. Du wirst mit ihnen segeln. An Bord wirst du die Späher treffen, mit denen du reiten wirst.«

Ulv versuchte sich loszureißen, aber die Krieger zwangen ihn vorwärts.

»Du hast nichts zu befürchten«, sagte Vendhur. »Die Späher werden dir gehorchen, weil du ein Nordländer bist. Eure Aufgabe ist es, den Feind zu finden, der im Norden erwacht ist, und seine Krieger zu zählen und zu beobachten, wie er vorgeht. Danach werdet ihr euch nach Süden wenden und den Kaanen Meldung machen. Das ist ein ehrenvoller Auftrag. Und sorge dich nicht um den Schiffer und seine Mannschaft. Ich werde ihm einen Ersatz für dich geben.«

Vendhur drehte sich um und ging raschen Schrittes auf die Stadt zu. Seine Krieger folgten ihm, bis auf die zwei, die Ulv zwischen sich festhielten. Sie redeten Kanathenisch mit ihm, und als Ulv sich weigerte, ihnen zu folgen, griff einer der beiden in sein Haar und zog ihn hinter sich her. Ulv schlug nach seinem Arm, aber die Krieger zwangen ihn schließlich mit Schlägen und Drohungen nach Westen über den Hafenplatz.

Ulv gab die Gegenwehr schnell auf. Die Krieger führten ihn an Häuserreihen und Verkaufsständen am Ende des Anlegeplatzes vorbei, bogen in eine schmale Gasse und passierten einen Winkel, aus dem ein paar Bettler hinter einer Regentonne hervorgekrochen kamen. Hier im Westteil der Stadt standen zahlreiche windschiefe Holzbaracken, und die Bretterstufen der Treppen, die den Hang hinaufführten, waren halb verrottetet. Die Krieger schoben Ulv vor sich her durch die Gassen auf eine breite Straße, auf der Krugmacher Weinkelche, Metkrüge und große Amphoren ausgestellt hatten. Händler in langen Tuniken fuchtelten mit den Armen in der Luft und übertönten sich gegenseitig mit ihrem Geschrei. Sie würdigten Ulv kaum eines Blickes, als die Krieger ihn vorbeiführten. Ulv verstand weder ihr Geschrei noch ihre Gebärden, aber umso stärker nahm er die vielen verschiedenen Gerüche wahr. Es roch nach Kräutern und saurem Wein, nach Fleisch, Blut und Leder. Das war der Duft der Waren, die für die Reichen bestimmt waren. Die Gerüche waren intensiv, aber Ulv konnte sie nicht deuten wie den Geruch eines Hirsches oder einer Feuerstelle. Die Stadt, die einst die Heimatstadt seiner Mutter war, war für ihn eine fremde Welt.

Die Krieger führten ihn weiter durch die Straßen und Gassen, bis sie hoch über dem Hafenplatz waren. Sie zogen ihn in einen Durchschlupf zwischen zwei Baracken, wo der Boden mit Knochenresten und verfaulten Früchten bedeckt war. Ulv versuchte, nicht auf die Maden zu treten, die über den Boden krochen, aber die Krieger stapften rücksichtslos durch den stinkenden Brei und zerrten ihn hinter sich her bis ans Ende des Durchschlupfes. Vor ihnen lag ein langgestreckter Bergkamm, der auf der Westseite des Hafens in einem Hügel endete. Die Krieger zeigten zum Kamm des Berges und zogen ihn am Arm. Ulv folgte ihnen. Von der anderen Seite des Berges waren Hammerschläge zu hören. Stimmen riefen und schrien durcheinander. Er hörte Holz knarren und Peitschen knallen.

Als sie den Bergkamm erreichten, blieben die Krieger stehen und zeigten zu dem Strand hinter dem Hügel. Ulvs Blick schweifte über die Baracken und Zelte und die Stapel mit Rundhölzern, Teerfässern und Seilen, die am Strand lagen. An Ketten gefesselte Frauen drehten Seile, und Männer schleppten Rundhölzer am Ufer des Meeres entlang. Nackte Männer mit Halsschellen standen bis zu den Knien im Wasser und strichen Teer auf die Bordwände. Zwischen den Baracken krochen Kinder herum, die mit dicken Ketten aneinander gekettet waren.

Ulv folgte den Kriegern den Pfad zum Strand hinunter. Jetzt hatte er die Antwort, wieso er in der Stadt so wenige Leute mit heller Hautfarbe gesehen hatte. Die Tirganer waren zu Sklaven gemacht worden. Hier waren sie, die stolzen Tirganer, von denen seine Mutter ihm vorgesungen hatte. Nackt und mit roten Striemen auf dem Rücken standen sie im Wasser und teerten die kanathenischen Kriegsschiffe. Sie flickten die Segel und bereiteten das Essen für ihre Peiniger. Zwischen den Baracken waren Peitschenschläge zu hören. Bei dem Geräusch fingen die Narben auf Ulvs Rücken an zu jucken. Jedem Schlag folgte ein Schrei, und gleich darauf sah er einen Jungen, der unten am Wasser an zwei Pfähle gekettet war. Der

Sand unter seinen Füßen war rot, und sein Oberkörper war von tiefen Striemen überzogen.

Die beiden Krieger führten Ulv über einen Plankenweg zwischen den Baracken hindurch. Ulv schaute durch die angelehnten Türen und sah Tirganer um Tische sitzen und Getreidegrütze essen. Er sah Sklaven, die hinter der Türschwelle auf dem Sandboden lagen und schliefen. Zwischen den Baracken saßen Krieger an Langtischen, dunkelhäutige Männer, und tranken Wein aus großen Krügen. Als sie sich zu ihm umdrehten, wandte er den Blick ab. Er hatte Angst, dass seine Augen ihn verrieten und dass die Krieger seine Lüge entdeckten, die ihn über das Meer gebracht hatte. Dieselbe Lüge würde ihn bald nach Norden zurückführen. In zwei Tagen, hatte Vendhur gesagt. In zwei Tagen sollte ein Kriegsschiff mit ihm an Bord nach Norden ablegen. Wenn er es nicht schaffte, vorher zu fliehen, würde er Siréd nie mehr wieder sehen.

Die beiden Krieger blieben vor einer Baracke stehen. Sie klopften an die Tür, traten einen Schritt zurück und hielten Ulv zwischen sich fest. Ein glatzköpfiger Mann mit speckiger Lederweste öffnete die Tür und musterte sie mit zusammengekniffenen Augen. Er war von gedrungener Gestalt und hatte ein runderes Gesicht als die meisten Kanathener, denen Ulv bisher begegnet war. Da sein Gesicht mit Ruß verschmiert war, konnte Ulv nicht sehen, welchem Volk er angehörte. Er sprach in einer Sprache mit den Kriegern, die wie Kanathenisch oder Mansarisch klang. Die beiden Krieger antworteten ihm, zeigten zum Hafen und zogen Ulv am Arm. Erst jetzt sah Ulv die Feuerstelle in der Baracke. Mehrere Tirganer betätigten einen riesigen Blasebalg. Der mannslange Ledersack war an einem Kantholz festgenagelt. Wenn die Tirganer die Stricke losließen, wurde der Balg von einem Steingewicht zusammengepresst, und die Flammen in der Glut loderten auf. Die Hitze schlug ihnen durch die Tür entgegen, aber weder dem Schmied noch den Tirganern schien sie etwas auszumachen. Die Krieger stießen Ulv in den Rücken, schoben ihn in die Baracke und schlossen die Tür hinter ihm.

Ulv blieb hinter der Schwelle stehen und wartete, bis sich seine Augen an die Dunkelheit gewöhnt hatten. Die Baracke war größer, als er von außen gedacht hatte. Außer den Tirganern am Blasebalg waren noch vier weitere Sklaven in dem Raum. Sie standen auf der anderen Seite der Feuerstelle über ein paar Ambosse gebeugt. Der Schweiß glänzte auf ihren nackten Armen. Die Hämmer ruhten auf den Ambossen. Sie starrten Ulv an.

»Nordländer?« Der Schmied sah ihn an. »Kruginer? Sprichst du Nord-Arenisch?«

»Ich spreche die Handelssprache.« Ulv blinzelte und rieb sich die Augen. Die Luft in der Baracke war verraucht. Der Blasebalg atmete aus und brachte die Flammen in der Feuerstelle zum Flackern. Der Schein des Feuers erhellte die Schmiede. Ulv sah Speere an den Wänden lehnen, Felle auf dem Sandboden und den dicken Rauch, der über ihren Köpfen schwebte. Dann sackten die Flammen wieder in sich zusammen, worauf die Tirganer den Holzbalken anhoben, die Stricke losließen und das Steingewicht die Luft aus dem Balg pressen ließen. Das Feuer flackerte über den Kohlestücken. Ulv strich sich den Schweiß aus der Stirn.

»Komm mit.« Der Schmied winkte ihn hinter sich her. »Ich bin aus Kajmen, und die Kovmanen sagen, ich soll dich mit Waffen ausrüsten.«

»Kovmanen?« Ulv taumelte halb blind vom Qualm und von der Hitze hinter ihm her.

»Ja, Vendhurs Leibwächter.« Der Schmied zog einen Vorhang zur Seite, der den Rest der Baracke von der Schmiede abtrennte. »Sie haben mich aufgefordert, dir Waffen und Kleider zu geben. Du wirst bald aufbrechen, haben sie gesagt.«

Ulv rieb sich die Augen und schlüpfte durch den Vorhang. An der Querwand standen Schwerter und Speere, kurze

Kriegslanzen und runde Schilde. An der Wand waren gefüllte Pfeilköcher wie Holzscheite übereinander gestapelt, und auf dem Sandboden lagen Stapel mit Umhängen und Brünnen. Es gab Halbhelme und Ringbrünnen, Kampfäxte und Langbögen. Der Schmied nahm einen Leinensack von der Wand und maß Ulv mit dem Blick.

»Ich soll dir die Kleider und Waffen eines Spähers geben. Du sollst dich bei Ars fünfter Einheit melden. Der Kaan ist nur ein paar Baracken von hier entfernt. Ich werde dir zeigen, wo du hin musst.« Der Schmied packte einen grauen Umhang, eine Lodenhose und eine Lederweste in den Sack. Dann drehte er sich zu Ulv um und sah ihn mit einem schiefen Lächeln an. »Ich rate dir, das Haar lang zu tragen, Nordländer. Du bist jetzt ein Späher, ein Krieger von hohem Rang. Die Frauen erkennen dich an deinen Haaren, und solltest du noch Zeit haben, empfehle ich dir einen Ausflug in die Osthälfte der Stadt. Dort gibt es ein Haus, in dem die tazkanischen Sklavinnen …«

»Bekomme ich auch Waffen?«

»Selbstverständlich.« Der Schmied nahm eine Lanze und reichte sie ihm. »Deine Waffe ist die Reiterlanze. Sie ist einen Fuß kürzer als die der Krieger, aber leichter mit einer Hand zu benutzen.«

Ulv nahm die kurze Kriegslanze. Sie lag gut in der Hand. Er testete das Gewicht der Speerspitze, die schmal und lang wie ein Reißzahn war.

»Ich habe dir Winterkleider eingepackt, weil es gut sein kann, dass du lange im Norden bist.« Der Schmied zeigte zu einer Tonne in der Ecke der Baracke. »Die übrigen Kleider findest du dort. Am besten ziehst du die Fetzen da aus und ziehst dich gleich hier um, damit dich niemand mit einem tirganischen Sklaven verwechselt.«

Ulv ging zu der Tonne und zog einen grauen Umhang heraus. Er konnte keine Hose finden, aber da erinnerte er sich an die schwarzen Späher, die Siréd Kosh abgekauft hatten. Sie hatten nur wenig Kleider getragen. Ulv zog sich aus, fand eine schwarze Stoffbahn und wickelte sie sich um den Oberkörper. Es sah fast aus wie ein Rock aus, aber der Schmied nickte und forderte ihn auf, den Umhang vor dem Hals zu knoten.

»Jetzt noch ein Lendenschurz«, sagte er und zeigte auf die Tonne. »Den brauchst du, glaub es mir. Ein Mann ohne Lendenschutz unter dem Mehd hält es nicht lange im Sattel aus.«

»Mehd?« Ulv sah den Schmied fragend an.

»Das Hüfttuch.« Er schwang die Hüften. »Mehd. Kanathenische Frauen lieben Männer mit Mehd. Ich selbst würde eins tragen, wenn ich Späher wäre.«

Ulv beugte sich über die Tonne. Er fand einen Lendenschurz und zog ihn unter den Mehd. Danach zog er noch ein schwarzes Leinenwams über den Kopf und band einen Ledergürtel um die Taille. Er drehte sich zu dem Schmied um und sammelte das Haar im Nacken. »Gib mir die Waffen«, sagte er, als er den Umhang vor dem Hals zuknotete.

Der Schmied gab ihm den Leinensack. »Deine Winterkleider.« Er nahm einen Bogen von der Wand und reichte ihn Ulv zusammen mit einem Pfeilköcher. »Stiefel haben wir nicht. Das letzte Schiff, das nach Norden gesegelt ist, hat die letzten mitgenommen. Du wirst deine alten Fußwickel nehmen müssen.«

Ulv wickelte sich die Lederstreifen um die Füße und schulterte den Bogen. Der Pfeilköcher hatte einen langen Riemen, den er schräg über den Oberkörper tragen konnte. Dann nahm er die Lanze in die eine und den Leinensack in die andere Hand. Der Schmied nahm einen Wasserschlauch von der Wand.

»Hier«, sagte der Schmied und reichte ihm den Schlauch. »Trink einen Schluck.«

Ulv nahm den Schlauch, zog den Holzzapfen heraus und roch an der Tülle. Es stach in der Nase.

»Das ist was ganz besonders Gutes.« Der Schmied kratzte sich am Bart. »Leuten aus dem Norden biete ich immer einen Schluck davon an. Wir brauchen starke Getränke, um es in der Welt der Kanathener auszuhalten.«

Ulv setzte das Mundstück an die Lippen und nahm ein paar Schlucke. Als er dem Schmied den Schlauch zurückgab, hatte er bereits das Gefühl, dass ein Teil seiner Furcht sich verflüchtigt hatte. Er fühlte sich stark.

»Komm.« Der Schmied winkte ihn hinter sich her. »Ich bringe dich nach draußen.«

Als sie auf den Plankensteg hinaustraten, zeigte der Schmied nach Osten. »Es ist nicht weit«, sagte er. »Der Kaan der fünften Einheit wohnt da drüben. Folge mir, ich weiß, wo er zu finden ist.«

Ulv blieb stehen und blickte zum Bergkamm südlich des Strandes. »Sie haben es mir gezeigt. Ich finde den Weg auch allein.«

»Aber sie haben mir aufgetragen …«

»Ich weiß, wo es ist. Geh zurück in die Schmiede.« Er schob den Schmied mit dem Griff der Lanze zurück zur Baracke. Der Schmied zuckte gleichgültig mit den Schultern und drehte sich um.

Ulv wartete, bis er in der Baracke verschwunden war. Dann drehte er sich um und schaute die Bretterstege entlang. Tirganische Sklaven schleppten große Behälter und Balken hin und her, und zwischen den Baracken liefen Krieger in schwarzen Brünnen herum. Ulv ging ein Stück den Brettersteg entlang, ehe er sich an die Wand der nächsten Baracke drückte. Das Getränk des Schmieds hatte es in sich, denn obgleich er nicht viel getrunken hatte, fühlte sich sein Kopf ganz leicht an und er hatte ein seltsam warmes Gefühl in der Brust. Er blickte zum Strand. Einen Steinwurf unter der Barackenstadt lag ein halb fertiger Schiffsrumpf. Die nackten Balken ragten aus dem Kiel wie die Rippen eines toten Tieres. Die Knechte bearbeiteten die Bordwand mit riesigen Hämmern. Noch ein Kriegsschiff für die kanathenischen Krieger. Noch ein Drache, der nach Norden schwimmen würde, vorangetrieben von Rudern und Vendhurs Ruf nach Rache. Ulv lehnte mit dem Rücken an der Barackenwand, schluckte den bitteren Nachgeschmack des Gebräus herunter und versuchte, seine Gedanken zu sammeln. Der Kampf im Norden war nicht sein Kampf. Die Kanathener hatten ihn mit Waffen ausgerüstet – jetzt würde er über den Berg klettern und ins Landesinnere wandern. Wenn er immer nach Süden ging, würde er irgendwann das Meer erreichen, das ihn von Siréd trennte.

Er überquerte die Bretterstege und suchte sich einen Weg zwischen den Baracken und Zelten auf der anderen Seite. Das Gehen in den ungewohnten Beinkleidern fiel ihm schwer, und die Wirkung des Gebräus machte es nicht leichter. Er fasste die Lanze fester, als er an ein paar Kanathenern vorbeiging, die um ein Feuer im Sand versammelt waren. Sie riefen ihm etwas hinterher, aber er antwortete nicht. Er duckte sich und trat unter ein Segeltuch, das als Sonnendach aufgespannt war, schob einen bleichhäutigen Mann beiseite und stand vor dem Sandhügel, der zum Bergkamm hinaufführte. Nach einem raschen Blick über die Schulter machte er sich an den Anstieg.

Er krabbelte auf Händen und Knien bergauf, während unter ihm der Sand wegrann. Es waren höchstens ein paar Steinwürfe bis zum Kamm des Höhenzuges. Er zog sich an Grasbüscheln nach oben und redete sich ein, dass es nicht allein an dem Gebräu lag, dass er es wagte, ganz offen und vor aller Augen zu fliehen. Da er wie ein Späher Vendhurs gekleidet war, hatten sie keinen Grund, ihn der Flucht zu verdächtigten. Es war doch durchaus möglich, dass er den Auftrag bekommen hatte, auf den Bergkamm zu steigen und Ausschau zu halten.

Auf halber Strecke hörte er laute Rufe. Die Stimmen mischten sich mit den Hammerschlägen vom Strand, aber er blieb nicht stehen. Er rammte die Lanze in den sandigen Boden und zog sich daran nach oben, den Leinensack in der anderen Hand und den Bogen über der Schulter. Sie riefen erneut. Es wurden immer mehr Stimmen. Als er sich umschaute, sah er, dass ein Haufen Krieger am Fuß des Berges zusammengelaufen war. Ein langhaariger Kaan fuchtelte mit den Armen über dem Kopf und brüllte Worte, die Ulv nicht verstand. Hinter ihm standen sechs Krieger, jeder von ihnen mit einem Bogen bewaffnet. Ulv wandte ihnen den Rücken zu und kletterte weiter. Solange er wie ein Späher gekleidet war, war er sicher. Kein Kanathener würde auf einen der Seinen schießen.

Der Pfeil schlug eine Armlänge neben ihm ein. Ulv warf sich flach in den Sand. Wieder rief der Kaan etwas. Ulv hockte sich auf die Knie. Jetzt legte ein Krieger rechts vom Kaan den Bogen an und schoss einen Pfeil ab. Der Pfeil durchschnitt die Luft und Ulv rollte sich auf die Seite. Ein kleines Stück von seinem Kopf entfernt fuhr der Pfeil im Sand. Ulv kam wieder auf die Knie und nahm den Bogen von der Schulter. Zum Umkehren war es zu spät. Die Kanathener hatten offensichtlich erfahren, woher er kam und was er in Ber-Mar gemacht hatte. Sie hatten seine Angst gerochen und kamen, um ihn zu töten.

Ulv zog einen Pfeil aus dem Köcher, als der Sand unter seinen Knien nachgab. Er kippte nach hinten, überschlug sich und rutschte auf die Gruppe der Krieger zu.

Als er schließlich liegen blieb, lag er bäuchlings im Sand. Er spürte eine Stiefelspitze in der Seite. Irgendjemand sagte etwas zu ihm. Ulv wollte nach einem Pfeil greifen, aber sie waren alle aus dem Köcher gerutscht.

Der Stiefel wälzte ihn auf den Rücken. Ulv blinzelte in die Sonne. Er hatte Sand in den Augen. Der Krieger packte ihn an den Armen, schlug ihm auf die Wange und schüttete ihm Wasser ins Gesicht. Ulv rieb sich die Augen und hustete. Als er die Augen wieder öffnete, stand der Kaan vor ihm. Die

Schultern unter seinem Umhang waren breit und schwarz. Seine Hand ruhte auf dem Schwertgriff.

Der Kaan sprach mit ihm. Als Ulv nicht antwortete, beugte er sich über ihn. Ulv schluckte. Das Gebräu des Schmieds brannte in seiner Kehle. Er hustete erneut und spuckte in den Sand.

Da griff der Kaan ihm ins Haar. Während die Krieger Ulv festhielten, beugte er sich vor und schnupperte an Ulvs Mund. Dann richtete er sich auf und schüttelte den Kopf. Er legte den Daumen an die Lippen, neigte den Kopf in den Nacken und gab Glucksläute von sich. Danach zeigte er grinsend an den Berghang, über den der Leinensack, die Lanze und die Pfeile verstreut lagen.

Die Krieger ließen ihn los und Ulv stand auf. Er hatte Sand im Haar und der Umhang war verrutscht. Die Krieger schubsten Ulv in Richtung Sandhügel und er kletterte hoch zu der Lanze, sammelte die Pfeile ein und steckte sie in den Köcher. Danach hängte er sich den Bogen über die Schulter und nahm die Lanze in die Hand. Der Kaan hatte gerochen, dass er getrunken hatte. Wahrscheinlich hielten sie ihn für betrunken. Er hatte keine Ahnung, ob das unter kanathenischen Soldaten ein Vergehen war. Aber es war ihm in jedem Fall lieber, für einen Trunkenbold gehalten zu werden, als als der entlarvt zu werden, der er wirklich war.

Ulv folgte dem Kaan und den Kriegern zu den Plankenstegen. Der Kaan zeigte zu dem Hügel, der die Baracken vom anderen Teil der Stadt trennte. Er sagte etwas zu Ulv, der mit einem Nicken antwortete. Darauf setzte sich das Gefolge in Richtung Barackenstadt in Bewegung. Als der Kaan und die Krieger zwischen den Baracken verschwunden waren, warf Ulv den Sack über die Schulter und ging auf den Hügel zu. Vielleicht gingen sie ja davon aus, dass er sich bei einem Kaan meldete, um freiwillig die Strafe auf sich zu nehmen, dass er getrunken hatte.

Ulv folgte dem Brettersteg, der am Fuß des Hügels endete, und von dort einem schmalen Pfad durch verdorrtes Gras den Hügel hinauf. Oben angekommen sah er den Hafenplatz und die Mole, hinter der die Schiffe vor Anker lagen. An den äußeren Punkten der Molenarme standen ein paar Wachen. Ulvs Blick wanderte die Kaimauer entlang, vorbei an den vertäuten Schiffen und offenen Fischerbooten, bis zu den kleinen Anlegern auf der Ostseite des Hafens, aber das Schiff, mit dem er gekommen war, konnte er nirgends entdecken. Er legte die Hand über die Augen. Die Kanathenerschiffe dümpelten hinter der Mole auf dem Wasser, angekettet wie unruhige Hunde vor der Jagd. Und dort, am äußeren Ende des westlichen Molenarms, sah er das Versorgungsschiff. An Deck stapelten sich Getreidesäcke und Fässer. Die Mannschaft war gerade dabei, den zerbrochenen Querbaum an Bord zu hieven.

Aber Ulv hatte keine Zeit für das Schiff und das Menschengewimmel am Hafen. Er ging eilig zurück zu den Baracken, bog zwischen zwei Schuppen ein und tauchte unter einem Segeltuch hindurch, das zwischen den schmutzigen Wänden aufgespannt war. Zwischen den verfallenen Baracken und Bretterbuden hätte er vielleicht eine Chance, nicht entdeckt zu werden. Er lief geduckt die morschen Treppenstufen hinunter, die hinter einer mannshohen Wassertonne abbogen. Eine Horde Ratten huschte an ihm vorbei. Ulv hob die Lanze, weil ihm durch den Kopf schoss, dass er für die Wanderung ins Landesinnere etwas zu essen brauchte. In den Bergen hatte er sich oft von Mäusen und Lemmingen ernährt. Aber die Ratten waren schneller als er und verschwanden in einem Loch unter einer Bretterwand. Ulv senkte die Lanze und warf den Umhang über die Schulter, ehe er weiter durch das Gewirr von Gassen lief.

Das Armenviertel, das im Laufe des letzten Jahrzehnts gewachsen war, befand sich im Westen der Stadt, wo früher die

Verkaufsstände und Marktbuden der Händler gestanden hatten. Als die Vandarer in die südlichen Steppen der Arer eindrangen und die Oldamenn ihre Frauen und Kinder nordwärts nach Arborg und Tirga in Sicherheit brachten, schoss in kürzester Zeit ein Elendsviertel aus Baracken und Zelten aus dem Boden. Die Oldamenn waren Nomaden und hatten nicht vor, sesshaft zu werden und auf Dauer zu bleiben. Aber der Krieg war endlos, und die Zelte und Schuppen waren stehen geblieben und irgendwann zu dem geworden, was die Tirganer das »Schandquartier« nannten. Denn eine Schande war es, dass die Oldamenn aus den Ebenen vertrieben worden waren.

Schließlich erreichte der Krieg auch die Küste, und Vendhurs Krieger eroberten Tirga. Die drei Skerge, Tirgas Kriegsherren und oberste Machthaber, wurden getötet, und ihre Köpfe wurden auf Stangen gespießt und auf dem Hafenplatz ausgestellt. Alle Bewohner der Stadt, Männer wie Frauen, arbeiteten seitdem für Vendhurs Heer. Und damit die Kaane die Kontrolle über ihre Sklaven behielten, entstand westlich vom Hafen eine neue Barackenstadt. Die Bretterbuden des Schandquartiers blieben leer stehen, weil es die Kaane wegen der unberechenbaren Winde an Ars Küste nicht wagten, sie niederzubrennen.

Ulv wunderte sich jedenfalls, dass er in den engen Gassen keinem Menschen begegnete. Die Fensterläden hingen schief in den Angeln und die offenen Türen schlugen im Wind. Die morschen Treppenstufen waren von einer dicken Moosschicht überzogen, und der Regen hatte tiefe Rillen in die Erde gewaschen. Am Ende einer Gasse schob er eine angelehnte Tür auf und trat in eine der dunklen Hütten. Er machte die Tür hinter sich zu und entdeckte eine Treppe, die zu einem Raum unter dem Dach führte. Dort oben, unter der Schräge, rollte er sich unter einer alten Decke zusammen. Durch die zerbrochenen Dachplanken fiel Tageslicht herein.

Er legte den Kopf auf den Leinensack und schloss die Augen. Später, in der Nacht, würde er sich wieder nach draußen wagen. Hier würde niemand nach ihm suchen und von hier aus konnte er auf den Bergkamm steigen und ins Landesinnere fliehen. Vielleicht musste er mehrere Tage und Nächte laufen, bevor er vor den Kanathenern sicher war. Aber diesmal würde er es schaffen. Die Zeit in den Ketten der Sklaverei hatte ihn gelehrt, die Freiheit zu lieben. Erst, wenn er wieder auf offenem Gelände war, würde er frei sein. Und dann konnte ihn nichts mehr daran hindern, sie zu finden.

Es war dunkel, als Ulv wach wurde. Er schlug die Augen auf. Durch die Ritzen im Dach sah er den schwarzen Himmel und ein paar Sterne. Die Geräusche aus der Stadt waren verstummt. Er hörte Wellen gegen die Mole schlagen und das Knarren von Schiffsrümpfen und Tauen; irgendwo sang eine Frau. Schritte hörte er nicht, und auch keine kanathenischen Stimmen brachen die Stille. Es war Zeit, die Stadt zu verlassen. Die nächtliche Dunkelheit würde ihn verbergen, und wenn die Sonne aufging, wäre er schon weit weg.

Ulv schlug die Decke zur Seite. Er hängte sich den Bogen über die Schulter, nahm den Sack und die Lanze und schlich die Treppe hinunter. Der Boden knarrte unter seinen Füßen, als er aus der Tür trat und die Nase in den kühlen Nachtwind hielt, der von der See her wehte.

Er folgte den schmalen Gassen in südlicher Richtung an dem Höhenzug entlang. Die Ratten kamen im Schutz der Dunkelheit aus ihren Verstecken gekrochen und huschten um seine Füße. Ulv erwog, einige von ihnen mit der Lanze aufzuspießen, weil er nicht wusste, ob es in dem unbekannten Land hinter dem Bergkamm Wild geben würde, das er jagen konnte. Aber irgendetwas ließ ihn zögern. Er atmete die fremden Gerüche ein, die die Nachtluft mit sich trug. Zwischen den Baracken stank es nach Moder und abgestandenem Wasser, und der Wind vom Meer trug den Geruch von Rauch und Teer herüber. Ulv bewegte sich rasch durch das Gassengewirr, musste aber ständig umkehren und einen anderen Weg suchen. Alle Gassen schienen abwärts zum Hafenplatz zu führen, und ehe er sich's versah, fand er sich am Ende eines Plankenstegs wieder und sah die Positionslaternen entlang der Kaimauer. Zwei kanathenische Krieger saßen auf einer Bank auf dem Hafenplatz. Sie stützten sich mit den Ellbogen auf den Knien ab und wärmten sich die Hände über einem kleinen Feuer, das in einer Mulde zwischen den Pflastersteinen brannte.

Ulv warf einen Blick zurück in das Gassengewirr. Umkehren wollte er auf keinen Fall, denn die Gassen führten ihn nur in die Irre. Hoch über dem Wasser stand der Halbmond. Die Nacht war noch lang. Und solange er wie ein kanathenischer Späher gekleidet war, brauchte er nicht zu fürchten, dass die Krieger Verdacht schöpften.

Auf der anderen Seite des Platzes traten zwei Seeleute aus dem Schatten zwischen den Häusern. Arm in Arm torkelten sie zur Kaimauer und urinierten zwischen den Fischerbooten ins Wasser. Ulv drückte sich in den Schatten des nächsten Hauses. Von dort ließ er den Blick über die Westmole gleiten, bis er den Bug des Schiffes entdeckte, das ihn übers Meer hierher gebracht hatte. Der Querbaum hing auf halber Masthöhe. An Deck war niemand zu sehen, und ihm fiel wieder ein, was der Schiffer seiner Mannschaft gesagt hatte: Nachts könnten sie machen, was sie wollten, Hauptsache, sie wären am nächsten Morgen pünktlich an Bord.

Die beiden Seeleute hatten ihr Geschäft verrichtet und schwankten auf die Ostseite des Hafenplatzes zu. Die Wachen erhoben sich und riefen etwas hinter ihnen her, aber die Seeleute verschwanden lachend zwischen den Häusern.

Es schienen nicht viele Wachen in der Stadt postiert zu sein, und in der Dunkelheit würden sie nicht sehen, dass er hellhäutig war. Auf dem mansarischen Versorgungsschiff gab es Lebensmittel und Wasser, alles, was er für seine Wanderung brauchte. Aber es gab noch einen weiteren Grund, weshalb er sich entschloss, die dunkle Gasse zu verlassen und sich auf die Mole hinauszuwagen. Der Schiffer hatte die Axt seines Vaters.

Als die Wachen aufstanden und ihn anriefen, hob Ulv den Arm und streckte ihnen die offene Hand entgegen. Die beiden erwiderten seinen Gruß, setzten sich wieder und beugten sich über ihr Feuer. Ulv würde ein Stück schwimmen müssen, um zu dem Schiff zu gelangen, aber wenn er es erst einmal auf die Mole geschafft hatte, würde er es auch schaffen, ins Wasser zu gleiten, ohne dass die Wachen Verdacht schöpften.

Ulv zog die Kapuze über den Kopf und legte die Lanze über die Schulter, wie er es bei den kanathenischen Kriegern beobachtet hatte. Dann ging er raschen Schrittes auf die Mole zu. Sie war aus großen Steinen gebaut und etwas höher als der Hafenplatz; eine Treppe führte nach oben. Von dort hatte er einen guten Überblick über den Hafen und das Meer. Weit draußen vor der Mole entdeckte er einen weiß gekalkten Zweimaster, vor dem sich der Halbmond im Wasser spiegelte. Das weiße Licht verwandelte die Wellen in glänzende Eisenplatten, die gegen die Mole drückten. Der Wind blies die Kapuze von seinem Kopf. Ulv schob den Bogen höher auf die Schulter und ging weiter.

Am Ende der Mole blieb er stehen und sah zu den Wachen zurück. Vermutlich glaubten sie, er sei auf die Mole hinausgegangen, um nach einem Schiff Ausschau zu halten, weil sie ihm noch einmal freundlich zuwinkten. Ulv winkte zurück. Als die beiden Männer sich wieder über das Feuer beugten, blickte sich Ulv nach dem Versorgungsschiff um. Es lag einen knappen Steinwurf vor der Mole, den Bug ihm zugewandt.

Ulv hob einen der Füllsteine von der Mole auf und warf ihn auf das Deck. Das laute Geräusch hallte über das Hafenbecken, und die Wachen sprangen auf. Ulv blickte sich um, als wäre er von dem Geräusch genauso überrascht wie sie. Eine der Wachen rief ihm etwas zu, und Ulv breitete die Arme aus. Da setzten die Wachen sich wieder.

Niemand kam an Deck. Wäre jemand an Bord gewesen, hätte das Geräusch ihn garantiert geweckt. Aber wie er die Männer kannte, nutzten sie die Gelegenheit, den tazkanischen Frauen, von denen der Schmied gesprochen hatte, einen Besuch abzustatten.

Er blieb noch einen Moment auf der Mole stehen. Der Zweimaster auf dem Meer kam nicht näher. Wahrscheinlich lag er dort draußen vor Anker. Ulv blickte zum Hafenplatz. Aus dem Ostteil der Stadt schallten Stimmen und betrunkenes Gejohle zu ihm herüber. Irgendwo spielte eine Flöte. Eine Frau lachte.

Ulv kletterte an der Außenseite der Mole herunter und legte Lanze und Bogen, Pfeilköcher und Leinensack auf einen Haufen. Dann band er die Fußwickel ab und deckte das Ganze mit seinem Umhang zu. Die Wellen schlugen gegen den Steinwall, und Ulv watete durch die Brandung und schwamm ein paar Züge von der Mole weg, ehe er sich von den Wellen in den Hafen hineintreiben ließ. Er bewegte die Arme und Beine vorsichtig unter Wasser, um sich durch kein Geräusch zu verraten. Mit der Strömung von hinten schob er sich auf das Versorgungsschiff zu.

Auf halber Strecke zwischen Mole und Ankerkette hörte er, dass die Wachen etwas sagten. Sie erhoben sich, aber da befand er sich bereits im Schutz des Schiffsbugs. Er schwamm zur Ankerkette, hielt sich daran fest und lauschte. Die Wachen verhielten sich ruhig. Vielleicht wunderten sie sich, wo er abgeblieben war. Aber er hörte keine Schritte auf dem Hafenplatz. Sie schienen sich wieder gesetzt zu haben.

Ulv zog sich an der Kette hoch. Als er den Bug erreicht hatte, schob er den Oberkörper über die Reling. Die Wachen saßen tatsächlich über ihr Feuer gebeugt; die Lanzen hatten sie neben sich auf den Boden gelegt.

Ulv rollte sich über die Reling und legte sich flach aufs Deck. So robbte er aus dem Bugdeck zu der Luke neben dem Mast. Er legte das Ohr auf die Bretter und lauschte. Er roch Menschen, hörte aber nichts. Der Geruch der Seeleute hing wahrscheinlich auch dann in der Luft, wenn sie gar nicht da waren. Ulv öffnete die Luke.

Es war dunkel im Decksraum. Er kletterte die Stiege hinunter, schloss die Luke hinter sich und tastete sich an den Balken voran. Er folgte seiner Nase zu den Proviantsäcken, öffnete sie und legte ein paar Därme mit Korntalg an den Fuß der Stiege. Das war nahrhaftes Essen für eine lange Wanderung. Ganz vorn im Bug fand er einen Beutel mit Zunder und einen Feuerstein, den er gegen einen der Bolzen in der Bordwand schlug. Als der Zunder anfing zu glimmen, entzündete er damit eine der Fackeln, die in einer Halterung an den Balken steckte. In dem schwachen Licht der Flamme fand er schließlich die Kiste, in die der Schiffer die Axt gelegt hatte. Ulv durchsuchte die Schlafplätze der Seeleute und fand einen Dolch, mit dem er die Beschläge der Eichenkiste aufbog.

Unter einem Haufen Pergamente und Schreibfedern fand Ulv die zweiköpfige Axt. Er legte sie neben sich auf den Boden und nahm einen Wasserschlauch vom Decksbalken. Die Därme mit dem Korntalg stopfte er in einen Lederbeutel. Dann riss er einen Stoffstreifen von einer Decke, die zwischen den Ruderbänken lag, und knotete ihn so an den Wasserschlauch, dass er ihn über den Rücken hängen konnte.

Da tat es einen Schlag gegen die Bordwand. Ulv hielt die Luft an und lauschte. Ruder klatschten in Wasser, jemand kletterte die Strickleiter hinauf und stapfte über das Deck.

Ulv erstickte die Flamme der Fackel mit einer Decke. Die Luke ging auf und der Mann kam die Leiter heruntergeklettert. Ulv konnte nicht erkennen, wer es war, weil der Mann die Luke über sich schloss und von der Dunkelheit verschluckt wurde. Der Dunst von Wein und Schweiß stieg ihm in die Nase stieg. Ein Mitglied der Mannschaft kehrte von seinem nächtlichen Ausflug zurück.

Ein Stein schlug auf Eisen, und Funken blitzten im Dunkeln auf. Ulv hob die Axt auf und machte einen Schritt auf den Mann zu. Ein Unterarm und die Hand, die den Zunderbeutel hielt, wurden von der kärglichen Flamme beleuchtet. Ulv würde ihn mit dem ersten Schlag töten müssen. Er machte noch einen Schritt auf den Seemann zu, der fluchend den Zunder fallen ließ.

Ulv zielte auf die Stelle, aus der die Stimme kam. Die schwere Waffe traf etwas Weiches. Der Seemann schrie auf. Ulv schlug erneut zu, aber diesmal traf er nur Holz. Er zog die Axt aus dem Brett und lauschte. Der Mann kroch zwischen den Balken in den hinteren Teil des Schiffes.

Ulv nahm die Verfolgung auf. Er schwang die Axt durch die Dunkelheit, traf den Seemann aber auch diesmal nicht. Sein Herz hämmerte wie wild. Die Wachen riefen etwas – scheinbar hatten sie den Schrei gehört.

Er tastete sich zur Leiter vor, hängte den Wasserschlauch über den Rücken, klemmte den Lederbeutel unter den Arm und stieg zur Luke hoch. Als er den Lukendeckel aufschlug, fühlte er, wie sich eine Hand um seinen Fußknöchel legte. Er verlor den Halt und rutschte die Leiter hinunter. Ein Faustschlag traf ihn an der Stirn. Der Seemann wälzte sich über Ulv, legte die Hände um seinen Hals und drückte zu. Ulv tastete nach der Axt, konnte sie aber nicht finden. Er drehte sich zur Seite, tastete sich zum Gesicht des Mannes vor und stieß seine Daumen in die Augenhöhlen. Der Seemann heulte auf und ließ von Ulvs Hals ab, um zu einem Schlag auszuholen. Ulv zuckte vor Schmerz zusammen, als die Faust ihn an der Schläfe traf. Der Seemann wälzte sich zur Seite, und ehe Ulv sich aufrichten konnte, war er die Leiter hinaufgeflüchtet.

Ulv rollte sich auf die Knie. Seine Hand berührte etwas Kaltes. Er fühlte das breite Axtblatt unter der Hand. Das Blut rauschte in seinen Ohren, als er aufstand und sich zur Leiter umdrehte. Er musste hier weg, ehe die Wachen mitbekamen, was passiert war. Jetzt blieb ihm nur noch die Flucht. Siréd wartete auf der anderen Seite des Meeres auf ihn. Er bereute den Entschluss, noch einmal in den Hafen hinuntergegangen zu sein. Er könnte längst in Sicherheit sein.

Als Ulv an Deck kam, kletterte der Seemann gerade über die Reling. Der Mansarer rief den Wachen etwas zu, worauf sie in Richtung Mole rannten. Ulv trat an die Reling. Der Steuermann saß jetzt in seinem Boot, und als er die Ruder auslegte, sah Ulv das Blut unter seinem Arm. Die Axt hatte ihn offensichtlich an der Seite getroffen. Ulv stieg auf die Reling. Er musste den Steuermann töten, ehe er den Wachen noch mehr erzählen konnte. Noch trug er die Kleider eines Spähers, und die Wachen würden ihm hoffentlich mehr Glauben schenken als einem betrunkenen Seemann.

Ulv sprang von der Reling. Im Fallen schlug er mit der Axt um sich, aber das Boot glitt unter ihm hinweg, und er landete im Wasser. Als er den Kopf wieder über Wasser hatte, schwang der Steuermann das Ruder gegen seinen Kopf.

Ulv versank in Finsternis. Der Schmerz machte ihn blind. Er blinzelte, ruderte verzweifelt mit den Armen, ließ die Axt los und schwamm nach oben. Als er nach Luft schnappend die Oberfläche durchbrach und mit den Beinen trat, stand der Steuermann mit erhobenem Ruder im Boot. Ulv versuchte, sich mit den Armen zu schützen, aber der Steuermann schwang das Ruder mit beiden Händen und traf ihn ein zweites Mal am Kopf. Ulv versuchte die Arme zu heben, aber der Schlag hatte ihm alle Kraft genommen. Er schluckte Salzwasser und tauchte unter.

Plötzlich packte ihn jemand um den Brustkorb. Er sah einen schwarzen Arm und hörte kanathenische Stimmen. Die

Wachen zogen ihn an Bord ihres Ruderboots. Sie stützten ihn und schlugen ihm auf den Rücken. Er spuckte Wasser. Der Druck auf seinem Brustkorb ließ nach, und er schnappte keuchend nach Luft. Die Krieger lehnten ihn mit dem Rücken gegen die Bordwand und legten die Ruder aus. Sie redeten auf Kanathenisch auf ihn ein, während Ulv das Ruderboot nicht aus den Augen ließ, das sich langsam von ihnen entfernte. Der Steuermann lag vornübergebeugt über der Mittelbank. In seinem Rücken steckten zwei Pfeile. Ulv schloss die Augen. Die Kanathener sagten etwas zu ihm, aber ihre Stimmen waren weit weg. Von seiner Stirn tropfte Blut auf die Augenlider. Ihm war schlecht vor Schmerz. Er beugte sich über die Bordwand und übergab sich. Danach wurde es dunkel.

Das Erste, was er wahrnahm, war Schmerz. Ulv lag auf dem Bauch, den Kopf zur Seite gedreht und die Hände vor der Brust gefesselt. Er schlug die Augen auf und sah nur schwarze Dunkelheit. Es roch nach feuchter Erde und Schimmel. Sein eigener Atem klang nah und schwer, als befände er sich in einer Höhle.

Ulv stützte sich auf die Ellbogen und setzte sich auf. Er erinnerte sich, dass sie ihn durch die Gassen gezerrt hatten, erinnerte sich an den Schmerz in seinem Kopf und an das Blut, das ihm unablässig in die Augen gelaufen war. Die Wachen hatten ihn eine der gepflasterten Straßen entlanggeschleppt, und danach konnte er sich an nichts mehr erinnern.

Er atmete die feuchte Luft ein. Es roch schwach nach nassen Wolldecken und Fellen. Er kniete sich hin. Die Hafenwachen hatten ihm offensichtlich den Mehd abgenommen. Das Leinenhemd war zerrissen, und seine Rippen fühlten sich empfindlich an wie nach Schlägen. Ulv kroch in die Dunkelheit, bis sich die Ketten um seine Handgelenke spannten. Der Boden unter seinen Knien war mit scharfkantigen Steinplatten bedeckt. Er krabbelte an der Kette zurück bis vor eine Steinwand, wo er sich bis zu dem Bolzen vortastete, an dem die Kette verankert war. Er griff mit beiden Händen um die Kette und stemmte sich mit den Füßen gegen die Wand. Dann lehnte er sich mit dem ganzen Körper nach hinten und zog. Die Kette schnitt sich in seine Handflächen. Er ließ los und fiel auf den Rücken. Das Blut pochte hinter seinen Schläfen.

Noch einmal stemmte er die Füße gegen die Wand. Diesmal wickelte er die Kette um den Unterarm, aber sie gab trotzdem nicht nach. Ulv stand auf, drehte sich mit dem Rücken zur Wand und warf sich mit seinem ganzen Gewicht nach vorn. Es riss ihn herum, als die Kette sich spannte. Dann versuchte er, die Handschellen auf die Steinplatten zu schlagen, aber auch das half nichts.

Ulv sackte mit dem Rücken an der Wand zu Boden und atmete die kühle Luft ein. Irgendwo aus der Dunkelheit kam ein schwacher Luftzug, aber da er weder Sterne sehen noch Meeresrauschen oder den Wind hören konnte, nahm er an, dass die Wachen ihn in eins der Steinhäuser gesperrt hatten. Vielleicht hatten sie ihn hier angekettet, damit er verhungerte. Obgleich er nicht verstand, warum er hier war. Die Hafenwachen hatten ihn aus dem Wasser gezogen und den Steuermann getötet. Warum retteten sie ihm das Leben, um ihn dann wie einen Gefangenen in Ketten zu legen? Ulv wand die Hände in den Handschellen. Sie saßen stramm. Er führte sie zum Mund und leckte das Blut von dem kalten Eisen.

»Mansara, äh?«

Die Stimme kam aus der Dunkelheit vor ihm. Ulv zog die Beine an und hörte für einen Moment auf zu atmen.

»Vandar-am, Mansara?«

Ulv erkannte die fremde Sprache wieder. Das war Kanathenisch.

»Nord-Arer? Bist du aus Tirga?«

Ketten klirrten. Der Gestank von Kot und Schweiß schlug

ihm entgegen. Füße schlurften über den Boden und eine Kette rasselte über die Steinplatten. Der andere blieb stehen. Ulv konnte ihn riechen. Er stand direkt vor ihm, unsichtbar in der pechschwarzen Finsternis.

»Ich bin aus dem Norden.« Ulv stand auf und starrte ins Dunkel. »Wer bist du?«

Der Fremde lachte. Es war ein leises, glucksendes Lachen, das gar nicht mehr enden wollte.

»Wer bist du?« Ulv wich zurück an die Wand. Der Mann machte ihm Angst. »Sag mir, wer du bist, Kanathener!«

Die Ketten klirrten, als der Fremde sich vornüberbeugte. Er lachte noch immer. Ulv wich vor ihm zurück, so weit die Kette es zuließ. Das Lachen hallte zwischen den Steinwänden wider. Der Kanathener trampelte auf den Boden und klatschte in die Hände.

»Worüber lachst du?« Ulv hielt sich die Ohren zu. Das Lachen bohrte sich in seinen Kopf und verhexte ihn.

»Wer …« Der Verrückte schnappte nach Luft und japste. »Wer ich bin? Bin? Das hat mich niemand mehr gefragt, seit …«

Er verstummte jäh. Ulv wagte nicht, sich zu rühren. Er wusste nicht, wie weit die Kette des Kanatheners reichte.

»Seit fünfzehn Monden. Das hat mich seit fünfzehn Monden niemand mehr gefragt. Und dann ausgerechnet ein Nordländer! Der Wille der Götter ist unergründlich.« Der Fremde begann wieder zu lachen, aber diesmal ein wenig leiser, und bald verstummte er ganz.

»Wo bin ich?« Ulv hielt die Nase in den kaum spürbaren Luftzug. »Weißt du, wo wir hier sind?«

»Wir sind in einer der Gefängniszellen unter der alten Skergenburg.« Der Kanathener ging schleppend über die Steinplatten. »Ein vornehmer Ort ist das hier, Nordländer. Vendhur persönlich wohnt über unseren Köpfen. Ich bin jetzt schon über ein Jahr hier, Nordländer. Und jedes Mal, wenn die Gefangenenwärter kommen und mich fragen, wie das Leben in der Finsternis ist, antworte ich ihnen, dass ich Tarkin dafür danke. Wem sonst soll ich danken, dass ich hier wohnen darf, dem großen Vendhur so nah? Ein vornehmer Ort, sage ich dir. Ich lebe hier unten wie ein Kaan. Und dann antworte ich ihnen, dass Vendhur meine Lieder offensichtlich über alle Maßen schätzt, denn warum sollte er mich sonst hier unten vor der Welt verstecken? Vielleicht hört er mir sogar zu, wenn ich singe. Bestimmt steht er draußen vor der Tür und hört sich meine Verse an. Vendhur, der große Heerführer. Vendhur, der Mann mit den drei Frauen und den vielen Söhnen. Vendhur, der Halbgott. Vendhur …«

Ulv hockte sich mit dem Rücken an die Wand. Die Worte strömten nur so aus dem Mund des verrückten Kanatheners. Nach einer Weile verfiel er wieder ins Kanathenische und begann laut und schrill zu singen.

Ein metallischer Klang wie von Eisen auf Eisen ertönte. Der Kanathener verstummte. Stiefel trampelten über Steinplatten. Eine Stimme ertönte, eine andere antwortete. Danach war es wieder still.

»Wachablösung«, sagte der Kanathener. »Das war die Wachablösung, Nordländer. Hier oben ist es besser zu hören als dort unten …« Der Kanathener kratzte mit den Nägeln über die Bodenplatten. »Dort unten habe ich es anfangs nicht gehört. Aber ich habe gelernt, meine Ohren zu gebrauchen, Nordländer. Ich höre die Spinnen über die Wände kriechen. Und ich höre die Ratten atmen. Kannst du das auch, Nordländer? Ich glaube nicht. Kannst du etwa die Ratten atmen hören?«

Ulv fasste sich an den Kopf. Er hatte eine Beule an der Schläfe. Das Blut in seinem Haar war getrocknet, und es rauschte in seinen Ohren.

»Sie haben dir einen Schlag auf den Kopf verpasst. Ich sehe das Blut. Ich kann nämlich auch in der Dunkelheit sehen, weißt du. Auch das habe ich gelernt, Nordländer. Es hat seine Zeit gedauert. Viele Monde. Ich zähle die Tage anhand der Wachablösungen, kratze jeden Tag eine Kerbe in die Mauer. Aber gestern haben sie mich von meinen Tagen weggeholt und mich hier angekettet. Es ist so weit, verstehst du. Jetzt wird es geschehen. Die Zeit ist gekommen. Im Morgengrauen werden sie uns holen. Im Morgengrauen, Nordländer. In der Kettenkammer ist niemand länger als eine Nacht. Das ist noch nie vorgekommen. Ich habe das Gejammer der Gefangenen gehört, wenn sie geholt werden, und habe ihnen zugerufen, dass sie ja gar nicht wissen, wie glücklich sie sich schätzen können. Aber sie hören nicht auf mich.«

Ulv lehnte den Kopf gegen die Wand. Das waren zu viele Worte. Der Kanathener sprach zu schnell, und Ulv verstand nicht, wovon er redete.

»Ich verstehe nicht …« Er schloss die Augen, weil sein Kopf vor Schmerzen immer schwerer wurde. »Ich verstehe nicht, wieso ich hier bin. Sie haben mich gerettet. Warum legen sie mich jetzt in Ketten?«

Der verrückte Mann brach in heulendes Gelächter aus. »Das verstehst du nicht?« Er grinste und schlug mit den Handflächen auf die Steinplatten. »Du bist ein Nordländer und verstehst es nicht? Ich werde es dir sagen, Nordländer. Ich werde es dir sagen. Ich bin dazu geboren, Nordländer. Zu erzählen, meine ich. Ich bin Taznaman der Dritte, Geschichtenerzähler, Sänger und Gaukler. Ich spreche Kanathenisch, Mansarisch, Alt-Kelsisch und Nord-Arenisch. Die Frauen in Hur lieben mich, Nordländer. Ich habe Söhne und Töchter im ganzen Reich Kanath. Wenn ich meine Laute spiele und einer Frau in die Augen sehe, vergisst sie den Krieg und den Hunger und ist glücklich. Und wenn ich jongliere und die Zuschauer die Fackeln wie flammende Drachen aus meinen Händen auffliegen sehen, erkennen sie, dass Zauber und Magie etwas sind, womit selbst sterbliche Menschen wie ich spielen können. Sie lieben mich, Nordländer. Verstehst du, wovon ich spreche?«

Ulv wusste nicht genau, was er antworten sollte, und ehe er den Mund aufmachen konnte, rasselte der Kanathener mit seiner Kette und lachte.

»Eine Kette wie diese habe ich herumgeschleudert wie ein Flammenrad, aber nun bin ich daran angekettet und zum Tode verurteilt. Und du, Nordländer, wirst mit mir sterben. Ich habe die Krieger gehört, als sie dich gebracht haben – sie sprachen von deiner Hinrichtung und haben mich aus meinem Kerker hier hochgebracht. Du bist ein Feind, haben sie gesagt. Der Kaan hat mit einem mansarischen Schiffer gesprochen, der sagte, du seist aus dem Norden und für einen Totschlag in einem der kanathenischen Lager dort bestraft worden. Du bist einer der Wilden, die die Festungen im Norden niederbrennen und die Krieger und ihre Frauen töten. Aber das ist mir egal. Ich habe in meinem ganzen Leben keinen Menschen umgebracht. Meine Lieder sind stärker als alle Lanzen und Schwerter der Welt, Nordländer. Ich singe sie so, dass niemand sie jemals wieder vergisst. Das ist wahre Macht, Nordländer. Ich brauche keine starken Arme, solange ich eine Stimme habe. Worte sind stärker als alles andere, Nordländer.«

»Und warum bist du dann hier gefangen?« Ulv nahm die Kette in die Hand und zog daran.

»Ich habe von Vendhur gesungen«, sagte der Kanathener. »Von Vendhur und seinen drei Frauen. Ich dichtete einen Vers über die Nacht, bevor Vendhur in den Krieg zog, als seine Frauen zu ihm kamen und ihn baten, ihnen Kinder zu zeugen. Aber Vendhur wollte lieber seine Karten studieren, weshalb die Frauen ihre Diener zu sich riefen. Das ist keine wahre Geschichte, aber die Leute lachten, als ich sie unten auf dem Hafenplatz zum Besten gab. Alle hatten ihren Spaß, bis Vendhur davon erfuhr. Zehn Mann mit Lanzen kamen, um mich zu holen. Da siehst du, wie groß die Macht des Wortes ist. Zehn Mann, um mich zu holen. Mich, Taznaman den Friedlichen, Taznaman mit der Laute! Ich, der so viel Erfolg bei den Kanathenern hatte, der ihnen in das neue Land gefolgt war, um die Krieger zu unterhalten. Und das ist nun der Dank! Eine Axt im Nacken und der Kopf auf einer Stange!«

Ulv ließ die Kette los. Allmählich begann er zu begreifen. Der Schiffer hatte verraten, woher er kam, und die Kanathener wollten ihn nicht ungestraft davonkommen lassen. Er sollte zusammen mit dem Wahnsinnigen geköpft werden.

»Wann soll es passieren?« Ulvs Hände tasteten die Platten ab, aber er fand keinen Stein, mit dem er die Kette hätte loshämmern können.

»Bei Sonnenaufgang«, flüsterte der Kanathener. »Im Ostteil der Stadt, auf dem Platz, wo die tazkanischen Huren sich abends den Männern anbieten. Dort wird es stattfinden. Unsere Köpfe werden auf Stangen gespießt und auf der Mole ausgestellt. Wir werden einen merkwürdigen Anblick bieten, Nordländer: mein schwarzes Gesicht neben deinem bleichen. Glaubst du, meine Zunge wird heraushängen, nachdem sie meinen Kopf abgeschlagen haben? Ich wette, deine hängt heraus.«

»Wir können hier nicht einfach sitzen und nichts tun.« Ulv ging auf die Stimme des Kanatheners zu, bis die Kette sich vom Boden hob. »Wir müssen fliehen.«

Wieder brach der Kanathener in schallendes Gelächter aus. Er schlug mit den Handflächen auf die Steinfliesen, hustete und schnappte nach Luft. Ulv legte die Kette über die Schulter und stemmte sich von der Wand weg. Er zog so fest er konnte, aber die Kette gab nicht nach.

»Taznaman trägt noch immer die Narben der ersten Tage«, sagte der Kanathener. »Ich habe mir die Kette über die Schulter gelegt und mich mit meinem ganzen Gewicht nach hinten geworfen. Aber die Kette gab nicht nach, Nordländer. Nicht einmal ein kräftiger Mann wie du wird es schaffen, sie zu zerreißen. Und selbst, wenn es dir gelingen sollte, wie willst du fliehen? Wir sind eingesperrt, Nordländer. In den Kellergewölben unter der Burg des alten Visikal.«

»Visikal?« Ulv ließ die Kette los. Den Namen kannte er. Die Axt, die er in der Hafenbucht verloren hatte, hatte Visikal gehört. Sein Vater hatte sie von ihm bekommen, bevor sie gegen die Vandarer in den Krieg gezogen waren. Denn Visikal, der Onkel seiner Mutter, hatte seinen Vater auf den Heerzug gegen die Vandarer und Mansarer geschickt. Gut, dass der alte Skerg tot war, jetzt, wo Vendhur in seiner Burg lebte.

»Visikal war sein Name«, flüsterte der Kanathener. »Aber er hat diese Welt lange vor Ausbruch des Krieges verlassen. Ich weiß alles, Nordländer. Ich lese in den Pergamenten der Seeleute und rede mit den Arern. Las, meine ich. Bevor ich hier angekettet wurde.«

»Weißt du, wann sie uns holen?«

»Bald. Die Wachablösung ist bereits gewesen, und die findet kurz vor Morgengrauen statt. Sie können jeden Augenblick kommen. Es ist eigenartig – ich dachte, ich würde den Tod wie einen lang ersehnten Freund begrüßen, aber jetzt habe ich doch ein wenig Angst.«

»Du musst mir helfen.« Ulv sprach in die Richtung, aus der die Stimme kam. »Wenn sie uns holen, stürzen wir uns auf sie und fliehen.«

»Wozu soll das gut sein? Glaubst du, ich habe sie nicht kämpfen hören, wenn die Gefängniswärter kommen? Aber mit einer Lanze vor dem Bauch muckt keiner auf, Nordländer. Die Wachen lassen niemanden …«

Taznaman verstummte. Schritte näherten sich.

Ulv stellte sich mit dem Rücken an die Wand. Eisen kratzte über Eisen. Die Türangeln kreischten. Ein kalter Luftzug strömte in den Raum, und eine Fackel wurde sichtbar. Ulv konnte drei Krieger sehen, zwei von ihnen mit Lanzen bewaffnet. Sie leuchteten mit der Fackel in das Gewölbe, und nun sah Ulv die Gestalt auf der anderen Seite der gesprungenen Steinplatten. Der magere Mann hockte zusammengekrümmt in einer Ecke. Das schwarze Haar hing über seinen Rücken, und der Bart reichte weit über seine Brust. Er hatte nur noch Stofffetzen am Leib. Die Nägel seiner nackten Füße waren so lang, dass sie wie Krallen aussahen.

Einer der Wärter ging zu dem Kanathener und trat ihm in die Seite. Taznaman heulte auf und legte die Arme schützend um den Kopf. Der Wärter beugte sich über ihn und öffnete die Handschellen, dann fesselte er die Handgelenke auf dem Rücken. Taznaman kroch auf Knien zur Tür, aber der Wächter setzte ihm den Fuß in den Nacken und zwang ihn zu Boden.

Ulv zerrte an seiner Kette, als die beiden anderen Krieger auf ihn zukamen. Als Ulv die Kette um den Unterarm wickelte und sich nach vorne warf, schlugen sie mit ihren Lanzen auf ihn ein. Sie traten ihm in den Bauch, zwangen ihn auf die Steinplatten und richteten ihren Lanzen auf seinen Magen. Ulv lag reglos da, als sie seine Handschellen aufschlossen und seine Hände hinter dem Rücken zusammenbanden. Als sie ihn einen kurzen Augenblick losließen, sprang er auf und rannte zur Tür. Aber der Gefängniswärter trat ihm in die Kniekehle, und als er am Boden lag, legten sie eine Schlinge um seinen Hals. Sie zogen ihn an der Schlinge hoch und stießen ihm die Lanzen an den Rücken.

Die Kanathener führten sie aus der Gefängniskammer. Taznaman schluchzte, als die Tür aufging, die auf den Hofplatz führte. Er kniff die Augen vor dem grellen Tageslicht zusammen und schüttelte den Kopf, aber die Wärter zerrten ihn hinter sich her.

Sie überquerten einen Kiesplatz, der in drei Himmelsrichtungen von schwarz verbrannten Mauern umgeben war. Ulv schaute zur Sonne, aber die Wachen zerrten ihn an dem Strick zur offenen Ostseite des Platzes. Sie bogen um eine Ecke auf einen Pfad, der in ein kleines Wäldchen nördlich der Burg führte. Die Krieger traten zwischen die knorrigen Bäume und folgten dem Pfad am Ufer eines Baches entlang. Das Wäldchen war nicht breiter als ein knapper Steinwurf, und es dauerte nicht lange, bis sie auf der anderen Seite wieder ins Freie kamen.

Ulv kniff die Augen zusammen, als sie aus dem Schatten der Bäume traten. Sie kamen an eine Treppe, die in das Gassengewirr der Stadt hinunterführte. Unter ihnen lag Tirga im Licht der Morgensonne. Die schwarzen Kriegsschiffe drehten sich langsam an ihren Ankerketten, und auf dem Hafenplatz boten die Händler ihre Waren feil. Krieger mit rußgeschwärzten Brünnen marschierten durch die Gassen, und Frauen mit Körben unter dem Arm drückten sich an den Hauswänden entlang. Einer der Wärter zeigte in den Ostteil der Stadt, wo sich eine Menschenmenge um eine Plattform versammelt hatte, auf der ein schwarz gekleideter Krieger stand. Die Sonne spiegelte sich in der Klinge der Axt, die er in seiner Hand hielt.

Taznaman heulte auf und wollte in den Wald fliehen, doch als sich der Strick spannte, fiel er zu Boden und kroch auf Händen und Knien weiter. Der Wärter zog ihn hoch und ging die Treppe hinunter. Der ausgemergelte Mann versuchte aufzustehen, stolperte aber auf den Treppenstufen und kugelte so weit, wie der Strick reichte.

Die Krieger führten sie die Treppen hinunter. Ulv folgte ihnen widerstandslos; er konnte kaum glauben, was mit ihm geschah. Sollte er, der so viele Gefahren überstanden hatte, in der Heimatstadt seiner Mutter hingerichtet werden? Er blickte in die schmalen Gassen, und die Menschen, an denen sie vorbeigingen, starrten ihn mit weit aufgerissenen Augen an.

Die Wärter schubsten ihn vor sich her durch die gepflasterten Straßen. Es dauerte nicht lange, bis sie den Hafenplatz erreichten, wo sie von sechs Kriegern erwartet wurden. Sie gaben den Wärtern ein Zeichen, ihnen zu folgen, und geleiteten sie an die Ostseite des Hafens. Taznaman lief weinend und mit gesenktem Kopf neben Ulv her. Die Krieger führten sie in eine schmale Gasse, in der Kanathener, Mansarer und versklavte Tazkaner zusammenströmten. Die sechs Krieger schoben die Menschenmenge mit ihren Lanzenschäften auseinander. Am Ende der Gasse sah Ulv den Platz mit der Plattform und den großen Mann, der sich mit der Breitaxt auf einem Holzblock abstützte. Die Menschen johlten und lachten. Die Krieger versuchten, sie auf Abstand zu halten, aber die Menge schob sich immer näher und bewarf die Gefangenen mit Erdklumpen und Steinen. Ulv duckte sich an der Seite des mageren Kanatheners, aber die Schaulustigen bohrten Stöcke zwischen die Krieger und schlugen ihm damit auf den Rücken.

»Nordländer!« Taznaman erhob die Stimme, um das Geschrei und den Spott zu übertönen. »Sag mir, was vor sich geht, ich bin blind hier draußen im Tageslicht!«

Ulv drehte den Kopf zur Seite. »Menschen«, rief er, »viele Menschen!«

»Sie sind gekommen, weil ich, Taznaman, hingerichtet werden soll!« Der verrückte Kanathener lachte und stieß ihm den Ellbogen in die Rippen. »Sie sind gekommen, um zu sehen, wie ich mich von hier wegzaubere. Aber dieses Mal werde ich sie enttäuschen müssen, Nordländer!«

Ulv antwortete nicht. Anscheinend hatte die Angst Taznaman vollends in den Wahnsinn getrieben, und auch Ulv konnte seine Verzweiflung nicht länger verbergen. Tränen liefen über seine Wangen. Dieses Mal würde er nicht entkommen. Wenn er versuchte, nach vorn auszubrechen, zog der Wärter die Schlinge um seinen Hals fester. Sie schoben ihn vor sich her, stießen die Leute zur Seite und schrien sie an. Plötzlich trat der Wärter ihm in den Rücken. Sie hatten den Platz erreicht. Hier standen noch mehr Krieger, die die Menschenmenge mit ihren Lanzen zurückdrängten. Ein Steinplattenweg führte zu dem Schafott, wo der Henker bereits auf sie wartete.

Taznaman sackte zusammen, rieb sich die Augen und wimmerte. Die Wärter zogen ihn hoch und zerrten ihn weiter. Ulv wand die Hände in der Fessel. Der Krieger stieß ihm mit der Lanze gegen den Rücken. Die Volksmenge brüllte und schrie. Steine hagelten auf sie herab. Ulvs Herz begann heftiger zu schlagen, er hörte seinen eigenen Atem und wand die Hände, bis seine Handgelenke blutig waren. Die Lanzenspitzen ritzten die Haut auf seinem Rücken auf. Er stolperte die Treppe hoch und kroch auf allen vieren auf die Plattform, wo ihn die Krieger an den auf dem Rücken gefesselten Handgelenken packten. Der Henker wandte sich Ulv zu und stützte die schwere Axt auf dem Holzblock ab. Der große Mann trug eine schwarze Tunika und hatte eine Kapuze über den Kopf gezogen. Sein Gesicht war hinter einem Tuch verborgen.

Ulv rollte sich auf den Rücken und trat nach seinem Wärter, aber der kanathenische Krieger wich mit einem Sprung aus und schlug ihm mit der Lanze ins Gesicht. Ulv kroch an die Kante des Podestes, aber der Wärter zog ihn an dem Strick zurück. Sie zerrten ihn auf die Knie und hielten die Lanzenspitzen an seinen Hals. Die Zuschauer schrien und schüttelten die Fäuste in der Luft. Taznaman war merkwürdig still, und als Ulv zur Seite blickte, sah er, wie der Kanathener hektisch umhertastete und mit blinden Augen vor sich hin starrte.

Die Wärter bogen Ulvs gefesselten Arme nach oben, damit er aufstand. Unten stemmte sich eine Reihe von Kriegern gegen die Menge. Sie hielten die Schaulustigen mit ihren Lanzen auf Abstand. Ein Kaan trat vor den Holzblock und rollte ein Pergament auf.

Während er las, wanderte Ulvs Blick zu den Häusern. Die

Wärter hatten sie an den Stadtrand gebracht, und hier waren die Häuser nicht weniger verfallen als die Baracken am Westhang hinter dem Hafen. Die windschiefen Wände stützten sich gegenseitig und bildeten eine Art Dorfkern um den Hinrichtungsplatz. Einen Steinwurf nördlich der Plattform ragte eine Hügelkuppe über die Hausdächer. Ulv hörte die Wellen gegen die Ufersteine schlagen. Die Tangflöße, die er unten im Hafen gesehen hatte, lagen am Fuß des Hügels. Hellhäutige Seeleute kämpften an den Rudern. Ein paar von ihnen waren auf die hohen Tangstapel geklettert und spähten zum Hinrichtungsplatz herüber.

Taznaman wurde neben ihn geschubst. Sein Kinn zitterte, und er murmelte vor sich hin. Der Kaan rollte das Pergament zusammen und wandte sich ihnen zu. Er hob den Arm über den Kopf, und die Zuschauer verstummten. Da senkte der Kaan den Arm und zeigte auf Ulv.

Ulv brach zur Kante der Plattform aus, aber die Stricke der Wärter hielten ihn zurück. Die Kanathener schleppten ihn an Armen und Beinen über die Bretter. Taznaman folgte ihnen mit zum Himmel gerichteten Blick. Einer der Wärter wedelte mit der Hand vor seinen Augen herum, aber Taznaman schien nichts zu bemerken.

Die Wärter griffen in Ulvs Haar, drückten ihm einen Lanzenschaft in die Kniekehlen und zwangen ihn vor dem Holzblock in die Knie. Ulv hörte das Grölen und Schreien der Volksmenge, als sein Kopf gewaltsam zur Seite gedreht wurde.

Der Henker baute sich neben dem Holzklotz auf, nahm die Axt in beide Hände und hob sie über den Kopf.

Da machte Taznaman einen Satz auf den Henker zu. In dem kurzen Augenblick, ehe sich die Schlinge um den Hals des Kanatheners straffte, zögerte der Henker. Ulv sah die Axt fallen und zog den Kopf weg. Die Schneide bohrte sich in den Block und klemmte sein Haar ein. Ulv riss sich los, kam auf die Beine und stürzte sich auf den Henker. Eine Lanzenspitze schnitt über seinen Rücken, aber Ulv spürte es kaum. Er stieß dem Henker die Fäuste gegen die Brust und der Mann stürzte nach hinten, wobei ihm der Schaft der Axt aus den Händen glitt. Ulv wurde mitgerissen und verbiss sich in der Kehle des Henkers. Er schüttelte den Kopf hin und her und riss Fleischfetzen und Sehnen heraus, ehe er sich zur Seite wälzte. Taznaman warf sich an seinem Strick vor und zurück, er heulte und schrie und trat nach den Wärtern. Ulv duckte sich unter einer Lanze hinweg und stellte sich mit dem Rücken an den Holzklotz. Die Axt steckte tief in dem Holz, zusammen mit einem großen Teil seiner Haare. Er lehnte sich zurück und schabte mit der Fessel an der Axtschneide entlang, als er mehrere Wachen auf sich zustürmen sah. Ulv wich zur Seite aus und rammte dem ersten Kanathener das Knie in den Bauch. Es hagelte Steine auf das Schafott. Die Volksmenge war aufgebracht über die Geschehnisse. Die Wachen hoben die Steine auf, die auf der Plattform gelandet waren, und warfen sie zurück in die Menge, was Ulv die Zeit einräumte, die er brauchte. Der Strick gab nach, Ulv riss die Axt aus dem Holzblock und rannte an den Rand der Plattform. Er schwang die Axt wild um sich. Da riefen die Wachen die Krieger unten auf dem Platz zu Hilfe. Aber Ulv wartete nicht auf sie. Die Kanathener hatten ihn in Ketten gelegt, sie hatten ihn hierher gebracht, um ihn zu töten. Er wich einer Lanze aus und schwang die Axt gegen die Hüfte eines Wärters. Der Kanathener wurde zur Seite geschleudert. Ulv brüllte den schwarzen Männern entgegen. Wahnsinnig vor Schmerz und Angst schlug er mit der Axt auf die Wachen ein, die von der Plattform sprangen und nach Verstärkung schrien.

»Nordländer!« Taznaman hockte vor dem Block und hatte die gefesselten Hände hinter sich auf den Klotz gelegt. »Befrei mich von meinen Fesseln!«

Taznamans Hände waren mit einem dicken Tau zusammengeknotet, und zwischen seinen Handgelenken war ein wenig Platz. Ulv hob die Axt, zielte und schlug zu, so fest er konnte.

Taznaman schrie auf, und Blut spritzte über den Holzklotz. Ulv hob erneut die Axt, aber der verrückte Kanathener kippte zur Seite. Die Axt hatte das Tau zerschlagen, aber als Taznaman sich erhob und die Hände vor sich hielt, sah Ulv, dass ein Daumen fehlte. Taznaman starrte auf die verstümmelte Hand und brach in irres Gelächter aus.

Ulv holte tief Luft. Vom Hafenplatz kamen Bogenschützen angelaufen. Er entdeckte eine Lücke in der Menschenmenge vor der Treppe und sprang die Stufen hinunter. Während er auf den flachen Hügel am Nordende des Platzes zulief, schwang er die ganze Zeit die Axt. Die Schaulustigen sprangen panisch zur Seite und rissen Kinder und Sklavenfrauen zu Boden. Ulv erreichte die ersten Baracken, bog in eine enge Gasse, kletterte über einen Holzstapel und landete auf der anderen Seite in einer Schlammkuhle. Er krabbelte über einen Haufen mit Knochen und Fischabfällen, kämpfte sich eine morsche Treppe hinauf und rannte weiter. Erst als er die Spitze des Hügels erreicht hatte, warf er einen Blick über die Schulter. Taznaman war direkt hinter ihm. Die Krieger suchten unten auf dem Platz zwischen den Zuschauern nach ihnen. Sie stießen Frauen und Männer zur Seite und bedrohten sie mit ihren Lanzen. Plötzlich zeigte einer von ihnen zum Hügel und schlug Alarm.

Ulv schlug den Weg zum Meer ein. Die Flößer glitten einer nach dem anderen von ihren Tanghaufen und ruderten vom Land weg. Auf der Kaimauer warf Ulv die Axt weg und sprang ins Wasser. Er wollte zu den Inseln, die er am Horizont sah. Hinter ihm klatschte es im Wasser und Taznaman schrie vor Lachen.

Die Pfeile schlugen neben ihm ins Wasser. Ulv sah sich beim Schwimmen immer wieder um. Die Krieger standen mit gespannten Bögen auf dem Hügel. Taznaman holte tief Luft und tauchte ab.

Ulv folgte seinem Beispiel. Er hörte die Pfeile die Wasseroberfläche durchbohren, als er den Kanathener an seinem zerrissenen Hemd zu fassen bekam und weiter nach unten zog. Taznaman drehte sich um und grinste ihn an.

Ulv blieb so lange unter Wasser, bis ihm schwarz vor Augen wurde. Erst dann durchstieß er die Oberfläche und schnappte nach Luft, ehe er sich wieder sinken ließ. Als er tief genug war, schwamm er los. Noch immer hörte er, wie die Pfeile das Wasser durchschnitten, aber jetzt war es nur noch ein fernes Wispern. Er wusste nicht, ob der verrückte Kanathener ihm noch folgte oder ob er von einem Pfeil getroffen worden war. Aber er drehte sich nicht um, um nachzusehen. Er schwamm weiter, bis seine Lunge nach Luft schrie. Dann stieß er sich nach oben ab.

Aber dieses Mal erreichte er nicht die Oberfläche. Er stieß mit dem Kopf gegen etwas Hartes und zog sich mit wilder Entschlossenheit, wie nur Todesangst sie in einem Menschen hervorruft, an dem Harten entlang. Instinktiv begriff er, dass er sich unter einem der Flöße befinden musste, die er vom Land aus gesehen hatte. Er tastete sich unter den Rundhölzern voran. Seine Lippen öffneten sich in einer krampfartigen Bewegung, sein Mund füllte sich mit Wasser, aber er würgte es wieder heraus. Da glitten seine Finger über einen Seilknoten. Ulv drückte das Gesicht in den Schlitz zwischen zwei Stämmen und fand einen Spalt. Er holte Luft, klammerte sich an die Knoten und presste die Lippen auf die Ritze. Sein Sehvermögen kehrte zurück: Er hing tatsächlich unter einem Tangfloß. Hier konnten die Krieger ihn nicht sehen.

Ulv holte Luft, tauchte wieder ab und sah sich um. Direkt neben ihm war jemand. Taznaman schob ihn weg und presste sein Gesicht an den Spalt. Ulv klemmte die Finger noch fester um den Knoten und drückte den verrückten Kanathener weg, dem es nicht gelang, Ulv den Platz streitig zu machen. Aber er drückte sein Gesicht neben Ulv an das Holz, und so atmeten sie beide durch den Spalt zwischen den Stämmen.

Eine ganze Weile hingen sie wie leblos unter dem Floß. Ulv wagte es nicht, sich zu bewegen, weil er befürchtete, dass Taznaman dann den ganzen Platz für sich beanspruchen würde. Sie verharrten reglos Kinn an Kinn, und Ulv hörte den ausgemergelten Mann schnaufen. Er spürte die Strömungswirbel der Ruder und hoffte inständig, dass das Tangfloß aus dem Hafen hinausruderte.

Es ging langsam voran, und bald fing er vor Kälte an zu zittern. Taznaman atmete in kurzen Zügen. Ulv rechnete jeden Moment damit, dass er den Halt verlieren würde, aber der schmächtige Kanathener ließ nicht los. Er presste das zitternde Kinn an die Spalte, spuckte Wasser und hustete. Ulv kam der Gedanke, dass er ihn eigentlich ertränken müsste, denn sobald sie Grund unter den Füßen spürten, würden sie versuchen müssen, an Land zu kommen. Wenn der Verrückte dann nicht still war, würden die Krieger sie beide entdecken. Aber Ulv brachte es nicht über sich, ihn wegzuschubsen. Es hatte schon zu viele Tote gegeben, zu viel Schmerz. Er ließ sich von dem Floß mitziehen und lauschte den Ruderschlägen und Taznamans rasselndem Atem. Kurz darauf streifte etwas seine Beine. Er hielt die Luft an und schaute nach unten. Vom Meeresgrund, der jetzt steil anstieg streckten sich Tangarme dem Licht entgegen.

Die Männer auf dem Floß riefen etwas und andere Stimmen antworteten ihnen. Ulv verstand ihre Sprache nicht, was nur bedeuten konnte, dass es Kanathener oder Mansarer sein mussten, jedenfalls keine Tirganer, wie er gehofft hatte. Er drückte das Gesicht wieder zwischen die Stämme.

Das Floß blieb stehen. Ulv hielt sich fest und zog den Kopf ein. Sie lagen im flachen Wasser, unmittelbar neben einem glatt gescheuerten Felsen.

Ulv presste das Gesicht in die Spalte zwischen den Stämmen. Seine Hände und Schultern zitterten. Nicht mehr lange, und die Kälte würde ihn so geschwächt haben, dass er keine Kraft mehr hätte zu schwimmen.

»Nordländer«, flüsterte Taznaman und presste das Kinn gegen die Spalte.

»Ja.« Ulv zog die Finger unter dem Knoten hervor. Das Tau hatte seine Knöchel aufgeschrammt.

»Nordländer, ich friere. Wir müssen an Land.« Taznaman tauchte unter und zog sich ans Ende des Floßes. Als er zurückkam, drückte er den Mund auf die Spalte und holte Luft. »Ich glaube, wir befinden uns in Höhe des Waldstreifens im Osten der Stadt. Wir müssen an Land schleichen. Am besten gleich, Nordländer!«

»Nicht zusammen.« Ulv ließ seine Füße auf den Grund sinken. »Ich gehe als Erster. Du wartest hier. Falls sie dich entdecken, laufe ich den Hügel hoch.«

»Aber ich blute, Nordländer. Ich friere!« Taznaman stöhnte und klammerte sich fester an die Knoten.

Ulv antwortete nicht. Er fror selbst und konnte an nichts anderes mehr denken, als so schnell wie möglich an Land zu kommen. Taznaman versuchte ihn festzuhalten, als er Luft holte und sich auf den Grund sinken ließ, aber Ulv war schneller. Er bewegte sich parallel zum Strand über den Grund. Ein paar Speerlängen vom Floß entfernt war ein großer Felsen. Ulv zog sich dahinter und steckte den Kopf aus dem Wasser. Auf dem Floß stand ein bärtiger Seemann und schaufelte mit einer Heugabel Tang ans Ufer, wo ein paar dunkelhäutige Kanathener ihn zu Bündeln zusammenrafften. Ein Stück vom Ufer entfernt sah Ulv ein Gestell aus Stangen. Dort waren andere Männer damit beschäftigt, den Tang zum Trocknen aufzuhängen. Die Felsen bildeten an dieser Stelle eine Landzunge, hinter der sich zur Stadt hin eine kleine Bucht öffnete. Dort lagen drei weitere Flöße.

Einen guten Steinwurf hinter dem Uferstreifen schirmte eine grüne Mauer aus Eichen die grauen Felsen und das Meer von einem grasbewachsenen Bergrücken ab. Bei Nacht hätte er es vielleicht ungesehen bis zum Waldrand geschafft, nicht aber am helllichten Tag. Die meisten der Flößer trugen ein Bronzehorn am Gürtel, mit denen sie zweifellos Alarm schlagen würden, wenn sie ihn entdeckten.

Ulv ließ sich zurück ins Wasser gleiten, als drüben beim Floß Taznamans Kopf auftauchte. Ulv gab ihm ein Zeichen, dass er wieder untertauchen sollte. Der verrückte Kanathener machte Anstalten, hinter ihm her zu schwimmen. Ulv war klar, dass er rasch handeln musste. Er zog seine Lederstrümpfe aus und stopfte sie hinter den Gürtel. Dann suchte er nach einem faustgroßen Stein und kroch ans Ufer. Die Seeleute waren so mit dem Abladen des Tangs beschäftigt, dass sie ihn nicht bemerkten, als er sich aufrichtete. Ulv warf den Stein so weit auf den Strand, wie er konnte. Er landete auf einem Felsen. Die Seeleute drehten sich nach dem Geräusch um.

Ulv rannte auf den Wald zu. Er lief auf Zehenspitzen wie im Barkasfjell, wenn er sich an ein Hirschrudel angepirscht hatte. Die Seeleute riefen sich etwas zu, doch als er ihre Schritte auf den Felsen hörte, hatte er bereits den Waldrand erreicht, schlüpfte hinter einen Eichenstamm und tauchte in den Schatten der Bäume.

Als er das nächste Mal zum Strand sah, standen die Seeleute noch immer bei dem Floß. Sie hatten ihn nicht bemerkt. Aber nun tauchte Taznaman hinter dem Felsen auf. Sicher würden sich die Männer nicht ein zweites Mal täuschen lassen. Taznaman war so gut wie tot.

Die Männer zeigten in Richtung der Bucht und kratzten sich im Nacken. Der Mansarer auf dem Floß steckte seine Heugabel in den Tanghaufen.

Als Taznaman auf den Felsen robbte, zog Ulv sich weiter zwischen die Bäume zurück. Aber die Männer drehten sich nicht zu dem verrückten Kanathener um, und Taznaman machte nicht das leiseste Geräusch. Als er den Waldrand erreichte, huschte er hinter einen Stamm und grinste Ulv an. Er hielt sich den Mund zu und zeigte auf die Kanathener, als könnte er nicht länger an sich halten.

Ulv drehte sich um und ging tiefer in den Wald hinein. Taznaman machte ihm Angst. Er musste einen Zauber angewandt haben, damit die Seeleute ihn nicht bemerkten. Ulv misstraute solchen Dingen. Die Barkas verbrannten Menschen, die Zauberkräfte hatten. Sie waren überzeugt, dass diese von Geistern besessen waren, und wenn ein Geist einen menschlichen Körper beherrschte, wurde er mächtig und bösartig.

Ulv und Taznaman erreichten den Fuß des Berges und blickten den grasbewachsenen Hang hinauf. Taznaman spuckte in die Hände und grinste.

»So haben die Leute in der Stadt doch noch eine Vorstellung von Taznaman gesehen.« Er griff sich an den abgehackten Daumenstumpf. »Taznaman hat den Blinden gespielt, und die Wachen sind auf das Schauspiel hereingefallen. Sie haben das Seil gelockert, nicht ahnend, dass ich alles sehen konnte, was um uns herum geschah. Das hat dir das Leben gerettet, Nordländer. Und Taznamans ebenfalls.«

Ulv sah ihn an. »Du warst gar nicht blind, als sie uns aus dem Kerker geholt haben?«

»Anfangs schon«, sagte Taznaman. »Aber als sie uns auf die Plattform zum Schafott führten, kehrte meine Sehkraft allmählich zurück. Ich kann immer noch nicht gut sehen, aber so die Götter es wollen, wird es mit der Zeit besser werden. Jetzt sehe ich wie durch einen Nebelschleier. Aber wenn die Nacht anbricht, werde ich besser sehen als du.«

Ulv nickte zum Berghang. »Weißt du, was südlich von uns liegt?«

»Das Binnenland, Nordländer.« Taznaman kniff die Augen

zusammen und blickte zu dem Höhenzug. »Oldamenn und Stämme der Vandarer. Öde Steppen.«

»Kennst du das Land?«

Taznaman drückte die Wunde zusammen. »Ich habe Karten gelesen, bin aber nie selbst dort gewesen. Ich wurde an der Küste geboren. Das Hinterland macht mir Angst.«

»Ich muss nach Süden«, sagte Ulv. »Nach Kanath.«

»Das ist ein weiter Weg, Nordländer. Und warum ausgerechnet nach Kanath? Dort wimmelt es doch nur so von Kanathenern.« Taznaman fuhr sich mit dem Finger über die Kehle. »Die werden dich umbringen, Nordländer. Geh lieber nach Osten. Dort hast du Ruhe vor Vendhurs Männern.«

»Nein.« Ulv setzte sich in Bewegung. »Ich will nach Kanath.«

Taznaman folgte ihm. »Wieso, Nordländer? Sie werden dich töten, und sie werden Taznaman töten. Auf meinen Kopf ist ein Preis ausgesetzt, Nordländer, habe ich das noch nicht erzählt? Ich habe eine kanathenische Frau geschwängert und bin geflohen, nach Norden, über das Meer. Ich kann nicht zurück nach Kanath!«

»Dann bleib hier.« Ulv duckte sich unter einem Ast und setzte sich mit dem Rücken gegen einen Eichenstamm.

Taznaman hockte sich dicht neben ihn. Der magere Mann drückte sich an ihn und legte die Arme um den Oberkörper. »Du wirst dich verirren, Nordländer. Wie willst du das Meer finden, wenn du den Weg nicht kennst?«

»Ich richte mich nach der Sonne.« Ulv schaute zu den Baumkronen. Er konnte die Flößer nicht mehr hören, beschloss aber, bis zum Anbruch der Dunkelheit zu warten, ehe er weiterging. Wenn er Glück hatte, gab es am Rand der Stadt einen Stall oder Pferdehof, wo er ein Pferd stehlen konnte, um darauf nach Süden zu reiten. Gehen war ausgeschlossen, dazu war die Zeit zu knapp. In acht Vollmonden würde Siréd Tarkin vorgeführt werden und die Seine werden.

Ulv hielt das Gesicht in die sanfte Brise. Die Laubkronen der hohen, kräftigen Eichen raschelten. Der Waldboden war mit Farn und Moos bedeckt. Ulv zog die Knie an die Brust. Er konnte den Himmel durch das dichte Laubwerk nicht sehen, roch aber, dass es Regen geben würde. Der Wind kam aus Norden, vom Meer. Er strich sich das Haar aus der Stirn. Es reichte ihm nur noch bis zur Schulter, nachdem die Axt es abgeschnitten hatte. Ulv schaute auf die Hand des Kanatheners. Taznaman hielt sie mit dem anderen Arm hoch, während das Blut aus der Wunde auf seine zerrissene Hose tropfte.

»Gib mir deine Hand.« Ulv griff nach der schwarzen Faust und betrachtete sie. Taznamans Kleiderfetzen stanken nach Kot, also riss er einen Streifen von seinem eigenen Hemd und wickelte es um die Wunde. »So«, sagte Ulv und verknotete den Streifen. »Lass möglichst kein Blut auf den Boden tropfen, sonst können sie dich leichter aufspüren.«

»Warten wir bis zum Anbruch der Nacht?« Taznaman befühlte den Verband. »Fliehen wir, sobald es dunkel wird? Ich werde mit dir gehen, Nordländer. Ich kann dir den Weg zeigen.«

»Aber ich will nach Süden. Nach Kanath.«

»Dann geht Taznaman auch nach Süden. Ich habe Freunde in Hurs Mur, Nordländer. Da können wir uns verstecken, wenn es nötig ist. Außerdem haben sie Kamele, Nordländer. Aber ich verstehe nach wie vor nicht, wieso du ausgerechnet nach Kanath willst. Sag mir den Grund, Nordländer. Ich muss es wissen.«

»Das musst du nicht.« Ulv rückte von ihm weg. »Es waren Männer wie du, die …« Er schluckte die Worte herunter und sah zur Seite. Es waren schwarze Männer gewesen, Männer wie Taznaman, die ihm Siréd weggenommen hatten. Es waren Männer wie er gewesen, die Ber-Mar erobert hatten. Wie sollte er dem Kanathener trauen? Sobald die Nacht anbrach, würden ihre Wege sich trennen.

Ulv setzte sich zwischen ein paar Farnbüschel und lehnte sich gegen einen Eichenstamm. Als ihm die ersten Regentropfen ins Gesicht fielen, rückte er noch näher an den Stamm und rollte sich auf dem Boden zusammen. Er fror noch immer und wusste, dass er eigentlich die nassen Kleider ausziehen müsste. Aber dazu fehlte ihm die Kraft. Jetzt wollte er sich nur noch ausruhen.

Ulv schlief nicht, aber wach war er auch nicht. Er döste, wie er es in den Wintern in den Tälern getan hatte. Dort wäre er erfroren, wenn ihn der Schlaf übermannt hätte und sein Feuer erloschen wäre. Der größte Teil seines Bewusstseins ruhte, aber ein winziger Teil blieb wach und lauschte auf Schritte und Stimmen.

Der Regen tropfte durch das Laubdach, und der Wind rauschte durch die Baumkronen. Ulv fror, aber er war es gewohnt zu frieren. Er döste sich durch den Tag, und erst, als er eine Hand auf seiner Schulter spürte, zuckte er zusammen und setzte sich auf.

Taznaman hockte neben ihm. Es war dunkel, aber er konnte die Zähne und Augen in dem schwarzen Gesicht sehen. Taznaman grinste und zeigte zum Waldrand. »Es ist Zeit aufzubrechen«, flüsterte er. »Die Dunkelheit wird uns schützen. Wir gehen nach Süden, Nordländer. Ich werde dir folgen, denn ich will auch nach Kanath. Es gibt dort eine Frau, die mir gesagt hat, dass sie mich niemals vergisst. Darum begleite ich dich, Nordländer. Ich werde mit dir nach Kanath gehen. Ich habe Karten gelesen. Ich weiß, wie wir gehen müssen.«

»Nach Süden.« Ulv erhob sich und hielt das Gesicht in den kühlen Wind. »Ich werde nach Süden gehen. Die Sonne wird mir den Weg zeigen.«

»Aber du brauchst mich«, erwiderte Taznaman. »Ich kenne das Land. Und wenn wir es bis nach Kanath schaffen, brauchst du jemanden, der Kanathenisch spricht.«

Ulv ging zum Waldrand. Der Mond hing wie eine Sichel über dem grauen Berg. Durch das regennasse Gras am Fuß des Berges schlängelte sich ein Pfad. Aus der Stadt drangen Stimmen herüber. Er hörte das Knarren der Masten. Wellen schlugen an die Mole. Die Baumkronen über ihm rauschten im Wind.

»Nimm mich mit, Nordländer. Solange wir zusammenhalten, werden wir durchkommen. Während der eine schläft, hält der andere Wache. Lass uns nach Süden gehen, Nordländer. Nach Kanath!«

Ulv schüttelte den Kopf. »Ich werde alleine gehen. Ich bin immer allein gewesen.«

»Du vertraust mir nicht.« Taznaman duckte sich unter einem tropfnassen Zweig und kam zu ihm. »Das schmerzt mich Nordländer. Ich bin kein schlechter Mensch. Ich will nur weg von hier, wo alle wissen, wer ich bin. Und ich kenne das Land, Nordländer. Ich kann dir helfen.«

Ulv trat zwischen den Bäumen hervor und lief zu dem Pfad. Er sprang über einen Bach, der vom Berg herunterkam, und rutschte im Schlamm aus. Als er sich wieder aufgerappelt hatte, sah er, dass Taznaman ihm folgte. Ulv drehte sich um und lief weiter.

Sie folgten dem Pfad den Waldrand entlang und kamen bald in offenes Gelände. Auch hier stürzte ein Bach vom Bergrücken über den regennassen Hang herunter und mündete in die Bucht, in der die Tangflöße angelegt hatten.

Ulv duckte sich hinter einer Moosbülte und suchte den breiten Uferstreifen ab, auf dem der Tang an zahlreichen Trockengestellen im Wind flatterte. Die Wellen brachen sich an den Felsen. Er konnte nirgendwo Flöße oder Männer sehen.

Am anderen Ende der Bucht ging der Strand in einen sanften Hügel über. Mit dem Bergrücken auf der Südseite von Tirga bildete der Höhenzug einen einseitig geöffneten Kessel um die Stadt. Ulv sah zwei Türme hinter dem Höhenzug. Um den Richtplatz im Osten der Stadt standen dunkle Bretterbaracken und stützten sich gegenseitig im Wind.

Er streckte sich. Auf der anderen Bachseite gab es keine Bäume, aber sobald er die Stadt erreichte, würden die engen Gassen ihn verbergen.

Taznaman stellte sich neben ihn. Der verrückte Kanathener schnaufte angestrengt und starrte zur Stadt. Seine Augen leuchteten weiß in der Dunkelheit.

»Verschwinde«, sagte Ulv. »Du wirst uns verraten.«

»Taznaman wird ganz still sein«, flüsterte Taznaman. »Und sollte uns doch jemand entdecken, werde ich ihn so verhexen, dass er stumm wird wie ein Stein.«

Ulv lief zum Bach. Es hatte keinen Sinn, Taznaman zu zwingen, seiner Wege zu gehen. Und wenn er ihn niederschlug, bestand die Gefahr, dass der verrückte Kanathener zu schreien anfing. Ulv rutschte ins Bachbett und watete durch die reißende Strömung. Er glitt auf dem steinigen Untergrund aus, fing sich aber schnell wieder und kroch auf der anderen Seite die lehmige Böschung hinauf. Taznaman war die ganze Zeit dicht hinter ihm. Er zog sich an den Grasbüscheln aus dem Wasser und kroch auf allen vieren die Böschung hoch. Als sie das Bachbett hinter sich hatten, nahmen sie Kurs auf die Stadt.

Kurz bevor sie den Kamm des Höhenzugs erreichten, fasste Taznaman Ulv an der Schulter. »Ich weiß, wieso du zurück in die Stadt willst«, flüsterte er grinsend. »Du willst ein Pferd haben. Ich weiß, wo die Krieger ihre Pferde halten, Nordländer. Auf einer großen Koppel oben am Berg.«

Ulv hob den Kopf und schnupperte in Richtung Bergkamm, aber da der Wind vom Meer wehte, konnte er nicht riechen, ob der Kanathener die Wahrheit sagte.

»Begreifst du jetzt, dass ich dir von Nutzen sein kann, Nordländer?« Taznaman verschränkte die dünnen Arme vor der Brust. »Wie ich schon sagte, ich kenne das Land. Reiten wir also zusammen nach Süden?«

»Wir reiten nach Süden.« Ulv wandte sich dem Bergkamm zu und setzte sich in Bewegung.

»Zusammen«, sagte Taznaman. »Wir reiten zusammen nach Süden.«

Ulv nickte. Er traute dem Kanathener zwar genauso wenig wie vorher, aber er wollte sich nicht mit ihm streiten, bevor sie ein paar Pferde organisiert hatten und weit weg im Landesinneren waren.

Sie liefen den Hang hoch, der hier steiler anstieg, als in der Stadt, wo die Gassen sich zwischen Steinhäusern und Türmen aufwärts wanden. Ulv suchte die Häuser und Einfriedungen, die den Ostrand der Stadt bildeten, mit dem Blick ab, konnte aber keine Wachen sehen, nur Dutzende von Fahnen, die an Stangen auf den Hausdächern und Türmen flatterten. Die See vor der Küste hatte weiße Gischtstreifen, und die Wellen brachen sich an der Mole und spülten durch die Öffnung zwischen den Steinarmen. Auf halber Strecke den Hang hinauf drehte Ulv sich um und warf einen Blick zum Hafen, in dem die Schiffe auf der Dünung schaukelten und der Wind an den Masten rüttelte. Die Stadt verschwand hinter einem Schleier aus Regen und Dunkelheit, aber er sah die Fackeln, die auf dem Hafenplatz brannten, und die Wachen, die sich auf ihre Lanzen stützten. Der Richtplatz östlich der Stadt lag verlassen da.

Taznaman rang nach Luft und kämpfte sich den Hang hinauf. Er stemmte sich mit den Füßen an Grasbüscheln ab und kroch über Steinvorsprünge und Schutthalden. Unter dem Gipfel wurde der Hang noch einmal steiler, aber wenigstens mussten sie nun nicht mehr befürchten, von den Wachen entdeckt zu werden. Er drehte der Stadt den Rücken zu und folgte Taznaman zum Bergkamm.

Als die Steigung allmählich geringer wurde, witterte Ulv Pferdedung. Taznaman keuchte und kroch auf allen vieren dem Kamm entgegen, aber als Ulv ihn überholte, zog der verrückte Kanathener ihn am Bein und riet ihm, sich zu ducken.

»Krieger«, flüsterte er. »Sie bewachen die Pferde. Aber du bist stark …« Er klopfte Ulv auf die Schulter, drehte sich auf die Seite und atmete tief ein und aus. »Du bringst sie um, Nordländer. Taznaman wartet so lange hier.«

Ulv packte ihn an seinem zerrissenen Hemd. »Willst du mich den Wachen ausliefern? Versuchst du mich reinzulegen, Kanathener?«

Taznaman schüttelte den Kopf. »Es sind nur ein paar Krieger. Sie rechnen nicht mit einem Angriff aus dem Inland. Die Oldamenn haben sich nach Osten zurückgezogen.«

Ulv ließ ihn los. Er hätte selbst darauf kommen können, dass die Kanathener ihre Pferde nicht unbewacht ließen. Aber er brauchte ein Pferd, am besten zwei. Wenn er von Tagesanbruch bis zum Abend reiten wollte, musste er im Laufe des Tages das Reittier wechseln.

Er schob sich auf allen vieren an den Rand des Bergkamms heran. Das Gras wuchs hoch hier oben. Ulv robbte, der Witterung der Pferde folgend, zwischen den regennassen Halmen über den Boden. Jetzt hörte er das Schnaufen und Stampfen der Tiere. Der Wind und der Regen machten sie unruhig.

Als er sich auf die Ellbogen stützte und den Kopf hob, sah er ein paar Steinwürfe westlich die Koppel, die in einem weiten Bogen nach Süden verlief. Glücklicherweise schienen sich alle Pferde hier auf der Ostseite versammelt zu haben. Am Zaun lehnte ein Krieger mit Lederumhang und hohen Stiefeln. Er hatte Ulv den Rücken zugewandt und sich die Kapuze über den Kopf gezogen. Ulv war sicher, dass er nicht viel hörte, solange der Wind so stark war.

Er kroch weiter durch das hohe Gras und achtete sorgsam darauf, sich nicht auf Zweige oder anderen Dinge zu stützen, die ihn verraten könnten. Sobald eine Bö über die Ebene wehte, schlängelte er sich im Schutz des raschelnden Grases ein Stück weiter vor. So hatte er sich im Barkasfjell an die scheuen Bergziegen herangepirscht. Und so würde er sich hier der Wache nähern. Da er keine eigene Waffe hatte, musste er dem Kanathener die Lanze entreißen und ihn töten, bevor er die anderen Wachen warnen konnte.

Als Ulv so nah herangekommen war, dass er den Kanathener atmen hören konnte, hielt er inne und drückte sich flach auf die Erde. Wenn er ihn nicht mit dem ersten Schlag bewusstlos schlug, war alles umsonst. Ulv holte tief Luft und ballte die Hände zu Fäusten.

Mit einem Satz war er auf den Beinen und stürzte sich auf den Krieger, der nur noch wenige Mannslängen von ihm entfernt stand. Der Kanathener richtete die Lanze auf ihn, aber Ulv ließ sich nicht aufhalten und packte sie mit beiden Händen hinter der Spitze. Als der Mann den Mund aufmachte, zog Ulv an der Lanze und rammte dem Mann das Schaftende ins Gesicht. Der Krieger fiel hintenüber, suchte Halt am Zaun und landete rücklings im Gras. Ulv hob die Lanze und schlug sie ihm über die Kehle. Der Mann wich zurück, wälzte sich auf die Seite und hustete.

Ulv drehte die Lanze um. Er konnte keine weiteren Wachen in der Nähe entdecken, doch die Pferde wurden unruhig und wichen vom Zaun zurück. Der Kanathener griff an seinen Gürtel und machte das Horn los, aber Ulv trat es ihm aus der Hand und rammte dem Mann die Lanze in den Hals. Der Kanathener umklammerte den Schaft und stieß einen gurgelnden Laut aus, ehe er die Lanze losließ und mit starrem Blick auf der Erde liegen blieb.

Ulv nahm das Horn und durchsuchte die Gürteltaschen des Toten. Als er nichts Essbares fand, nahm er die Lanze und ging zum Zaun. Taznaman kam durch das nasse Gras zu ihm gelaufen. Ulv hob eine lange Planke heraus, die zwischen den Zaunpfählen lag. Als er in die Koppel stieg, wichen die Pferde vor ihm zurück. Taznaman steckte zwei Finger in den Mund und stieß einen leisen Pfiff aus. Die Pferde rissen die

Köpfe herum, schnauften und kamen zu ihm getrottet. Der verrückte Kanathener kletterte grinsend über den Zaun in die Koppel.

»Nimm den hier«, sagte er und führte einen braunscheckigen Hengst zu Ulv. Das Pferd hatte Zaumzeug um den Kopf, aber weder Sattel noch Trense. Taznaman nickte in Richtung der toten Wache. »Nimm seinen Gürtel und den Umhang. Wir brauchen etwas, womit wir die Packpferde festbinden können.«

Ulv ging zu der Wache, während Taznaman vier Pferde vor dem Zaun zusammentrieb. Ulv schnallte dem Toten den Gürtel ab und schnitt den Lederumhang mit der Lanzenspitze in Streifen. Danach knotete er die Streifen und den Gürtel zu zwei langen Stricken zusammen. Taznaman band zwei Pferden mit einem Strick an den Halftern zusammen, schwang sich auf eine Stute und trat ihr in die Flanken, worauf das Pferd aus der Koppel schritt.

Taznaman wartete nicht, also sprang Ulv auf den Rücken des Hengstes und knotete den Strick am Halfter des anderen Pferdes fest. Dielan hatte ihn Reiten gelehrt, und er wusste, wie er die Hüfte bewegen musste, um das Pferd anzutreiben. Als das Tier sich in Bewegung setzte, hielt er sich am Halfter fest und warf einen Blick über die Schulter. Einen Pfeilschuss entfernt lehnten die anderen Wachen an der Einzäunung. Er beugte sich nach vorn, um sich so unsichtbar wie nur möglich zu machen. Taznaman war einen guten Steinwurf vor ihm. Er ritt am Bergkamm entlang nach Osten.

Die beiden Männer folgten dem Bergkamm, bis sie Tirga weit hinter sich gelassen hatten. Der Wind und der Regen kamen ihnen in dieser Nacht gelegen, weil die Wachen geduckt unter ihren Lederumhängen standen und das Unwetter verfluchten, statt wirklich Wache zu halten. Die Oldamenn waren endgültig aus Tirga vertrieben, und die Kaane hatten gesagt, dass es sonst keine Stämme mehr in den Ebenen gab. Sie fühlten sich sicher. Kaum ein vandarischer Pferdedieb wagte sich so weit nach Osten vor.

Als Ulv und Taznaman sich schließlich nach Süden wandten, waren sie weit außerhalb der Sichtweite der kanathenischen Krieger. Taznaman schwenkte die Arme über dem Kopf und sang Tirga ein Abschiedslied. Ein Jahr und drei Monde hatte die altehrwürdige tirganische Stadt ihm von seinem Leben gestohlen – er hatte viel nachzuholen. Er griff sich in den Schritt und grinste Ulv an, der über den verrückten Mann den Kopf schüttelte und seinem Pferd in die Flanken trat. Vor ihnen, hinter einem grauen Regenschleier, lagen die unendlichen Ebenen. Der Wind schlug ihnen gegen den Rücken und zerrte an den Mähnen der Pferde. Ulv stellte sich darauf ein, erst am Ende der Nacht Rast zu machen. Er hielt sich mit einer Hand am Halfter fest. Den Lederstrick des anderen Pferdes hatte er um die linke Hand geschlungen, in der er auch die Lanze hielt. Taznaman ritt vor ihm. Das zerfilzte, schwarze Haar hing über seinen knochigen Rücken. Unter dem zerfetzten Hemd konnte Ulv die Narben sehen. Über ein Jahr war er in absoluter Finsternis gefangen gewesen. Wer so etwas überlebte, musste zäh sein. Aber er war und blieb ein Kanathener, und darum legte Ulv die Lanze nicht aus der Hand. Er würde nicht zögern, den Mann zu töten. Denn jetzt war er wieder frei, und niemand würde ihn daran hindern, nach Süden zu reiten und Siréd zu finden.

Ulv und Taznaman ritten bis zur Dämmerung weiter. Um sie herum erstreckte sich die Ebene, so weit das Auge reichte. Taznaman leckte die Regentropfen von den Grashalmen, riss Mooskissen aus dem ausgetrockneten Bachbett und wrang das Wasser aus ihnen heraus. Er riet Ulv, es ihm nachzumachen, weil sie nur so überleben könnten, bis sie die Bäche und Wasserlöcher im Hinterland erreichten.

Als sie wieder aufbrachen, bat Taznaman Ulv voranzureiten, weil seine Augen das helle Tageslicht nicht vertrugen. Er band sich einen Streifen seines zerfetzten Hemdes vor die Augen. Und so machten sie sich auf den Weg über die Ebene. Taznaman, der bisher wie ein Wasserfall geredet hatte, saß jetzt schweigend auf dem Pferderücken, und als Ulv ihn fragte, wie viele Tage sie bis zum Meer im Süden brauchen würden, murmelte er nur, dass sie eine lange Reise vor sich hätten.

Und der Kanathener sprach die Wahrheit. Als der Regen nachließ, tranken sie das Wasser der Sumpflöcher, die die Ebene wie ein Netz grüner Adern durchzogen. Sie ernährten sich von Mäusen und Hasen, die Taznaman aus ihren unterirdischen Bauten ausbuddelte, und überlebten von einem Tag auf den anderen. Und aus Tagen wurden Monde, und die Monde vergingen und wurden neu geboren.

## Tarkin

Der Nachtwind aus der Wüste zog an der Spalte Arak empor und wehte kühl in den Saal. Siréd stand an der breiten Öffnung der Südwand. Sie strich sich über die Stirn, schloss die Augen und ließ die Finger über die hohen Wangenknochen nach unten gleiten. Das dünne Baumwollkleid schmiegte sich im Wind eng um ihren Körper. Der Geruch des Sandes und der Wüstenhitze mischte sich mit dem Duft ihrer Haut, die sie mit dem süßlichen Aroma der Lotusblume umgab. Siréd legte ihre Finger auf die Lippen und öffnete den Mund, um ihren eigenen Atem an der Handfläche zu spüren. Er war warm, beinahe fiebrig heiß.

Sie öffnete die Augen und blickte zum Vollmond empor, der über die Berge westlich der Schlucht strahlte. Es war der siebte seit der Wintersonnenwende. Bald waren es nur noch sechs Monde, bis sie zu Tarkin gebracht werden würde.

Sie trat ganz dicht an die steinerne Wand heran, legte die Arme auf den breiten Sims und beugte sich vor. Bis hinunter zum Platz waren es mehrere Mastlängen. Sie sah die nackten Wachen an den Feuerschalen stehen und über die Schlucht und den Weg spähen, der in Richtung Süden an der Bergkette entlangführte. Die Priester waren zu ihr gekommen und hatten über Tarkin gesprochen. Sie hatten gesagt, er sei zweihundert Jahre alt und leide unter seinem Alter. Doch als sie ihm erzählt hätten, dass die Gezeichnete gefunden sei, habe er sich gefreut und sie gebeten, sie zu ihm in seinen Saal zu rufen, wenn das Jahr zur Hälfte vergangen sei. Die Sommersonnenwende war gerade vergangen, doch Siréd hatte die Priesterinnen flüstern hören, die Priester zögen es vor, bis Vollmond zu warten, da Tarkin dann am stärksten sei. Deshalb schlief Siréd in dieser Nacht nicht. Sie stand mit dem Rücken zum Saal, und die Priesterinnen beobachteten sie aus dem Dunkel zwischen den Säulen. Sie lauschte auf Schritte, sie wartete. Sie wusste, dass die Priester sie in dieser Nacht holen würden. Doch sie würden ihr nichts antun. Noch nicht. Dafür war die Zeit noch nicht gekommen. Sie hatte die Bronzetafeln gelesen, die Sprache und Gewohnheiten der Kanathener gelernt und verstanden, wie wichtig es für sie war, dass die Empfängnis an Wintersonnenwende geschah, wenn es Tarkins Schicksal war, zu sterben und als sein eigener Sohn empfangen zu werden. Geschah dies zu früh, würde seine Seele zum Himmel entschwinden, wo die toten Götter sie sehen und mit ihren Schwertern und Speeren zu Tode stoßen würden. So stand es auf den Bronzetafeln. So lautete die Lehre der Priester.

Die Priesterinnen hatten sich gewundert, warum sie ein solches Interesse an der Geschichte Kanaths hatte, und Siréd hatte ihnen geantwortet, dass sie etwas über das Schicksal lernen wolle, das ihr bevorstand. Die Priesterinnen hatten gelächelt und ihr gezeigt, wie sie die Keilschrift und die alt-kanathenische Priesterschrift zu deuten hatte. Und Siréd hatte sich jedes Wort und jedes Zeichen eingeprägt, das sie ihr erklärten. Rasch erkannte sie, dass es so war, wie ihr Vater es dereinst gesagt hatte, dass nämlich derjenige, der in die Gedanken der Toten hineinzusehen wünscht, erst die Worte und Zeichen der Schriftgelehrten verstehen muss. Deshalb hatte Siréd gelernt. Sie hatte wach dagesessen, während der Mond über den Himmel zog, und sich gezwungen, sich zu erinnern und zu verstehen, und schließlich hatte sie gelernt, die Zeichen zu lesen.

Die schwarzen Frauen sagten, sie hätte Fähigkeiten, die selbst die besten Priesterlehrlinge der Stadt nicht hätten. Doch Siréd scherte sich nicht um diese Belobigungen. Für sie war die Schrift eine letzte Hoffnung. Sie suchte nach Spuren, nach Geheimnissen, die ihr zur Flucht verhelfen konnten. Wonach genau sie suchen musste, wusste sie noch nicht, doch sie erkannte, dass ihre Möglichkeit, einen Ausweg zu finden, ein schwaches Glied in der Kette, die sie festhielt, größer wurde, je mehr sie über Tarkin und Kanath wusste.

Vielleicht waren die Verse über Den Letzten eine solche Spur. Auf der Rückseite einer Bronzetafel hatte sie die seltsamen Zeichen entdeckt, die erst dann einen Sinn ergaben, als sie sie in einer Schale mit Wasser spiegelte. Dort hatte gestanden, dass der Gott, der Hörner trägt, großes Unheil über Kanath bringen konnte, wenn er in einem Mann aus Fleisch und Blut wiedergeboren wurde. Doch er musste zu Tarkin kommen und ihn herausfordern, ehe die Empfängnis an Wintersonnenwende geschah, und Tarkin musste durch seine Hand sterben. Allerdings verrieten die Schrift nichts darüber, welcher Art dieses Unheil sein würde. Sie sprachen von Tarkins Macht und Stärke. Sie sagten, dass es der Wille der Priester sei, dass Tarkin gegen Den Letzten der Krieger der nördlichen Götter antrat; denn wenn Tarkin diesen Zweikampf gewann und Den Letzten tötete, würden die alten Götter im Norden für immer sterben und in Vergessenheit geraten, und der wiedergeborene Tarkin würde zum einzigen Gott werden. Alle Völker unter der Sonne würden ihn anbeten und sich dem Willen der Kanathener unterwerfen.

Auf keiner der Bronzetafeln konnte Siréd aber etwas über Den Letzten finden, und schließlich ließ sie sich von den Schriften in eine Zeit vor Krim führen, in eine längst vergangene Zeit, in der Kanath noch ein fruchtbares Land gewesen war und sich die Weiden der Hurer von der Küste bis zum Fuße des Gebirges Arak erstreckten. Sie las Verse von Oshmaran, Ver Ath und anderen Dichtern, die einmal berühmt waren im Lande Kanath. Sie las über Krims Stärke und den Fall der krimschen Söhne, über die Unterwerfung und die Gärten, Blumen und Honigbäume von Pethar.

Doch Siréd hatte nicht vergessen, wer sie war. Vielleicht stimmte es, was die Priesterinnen sagten, dass das Muttermal auf ihrem Rücken zeigte, dass es ihr Schicksal sei, Tarkins Sohn zu gebären. Dennoch wollte Siréd diesem Schicksal trotzen. Es kümmerte sie nicht, dass ganz Kanath untergehen würde, denn kein Land und kein Volk war so viel wert, dass sie sich ihrer Würde berauben ließe, um es zu retten.

Deshalb beugte sich Siréd über die Brüstung und sah hinunter auf den Platz. Wenn der letzte Vollmond des Jahres verloschen war, würde sie sich hinunterstürzen. Doch noch blieb ihr ein halbes Jahr. Ein halbes Jahr, um die Schriften auf Spuren zu durchforschen, die ihr zur Flucht verhelfen könnten. Ein halbes Jahr, um an die Zeit ihrer Freiheit zu denken und davon zu träumen.

Als Siréd Schritte auf der Treppe hörte, drehte sie sich um. Die Priesterinnen traten aus dem Schatten der Säulen. Sie trugen dunkelblaue Kleider und lange, breite Schals, und ihre blanken Schädel glänzten im Licht der Flammen, die aus der

Feuerschale in der Mitte des Raumes leckten. Die sechs Frauen folgten ihr mit den Blicken, als sie zur Tür auf der anderen Seite des Raumes ging. Die Schritte waren immer deutlicher zu hören, bis sie innehielten. Da hatte Siréd das Bett und den Tisch erreicht, wo sie sich die meiste Zeit des Tages aufhielt. Hinten an der Wand war das breite Wasserbecken, das Bad, in dem die Priesterinnen sie zuvor gewaschen hatten. In den Abendstunden, da sie sonst ins Bett ging, hatten sie ihr ein frisches Kleid angezogen und einen Schal umgelegt, und Siréd hatte verstanden. Etwas würde geschehen.

Die Priesterinnen scharten sich um sie. Die dunkelhäutigen Frauen waren auf die gleiche Weise gezeichnet wie die Priester, die Tempelwachen und alle Diener Tarkins – ihnen fehlte ein Ohr. In der ersten Zeit hatte sie weggesehen, denn der Anblick war nur schwer zu ertragen, doch inzwischen fiel es ihr gar nicht mehr auf. Die Priesterinnen lächelten sie an, wenn sie ihr das Essen brachten, sie taten ihr Möglichstes für sie. Sie verspürte keinen Hass mehr, obgleich auch sie Dienerinnen Tarkins waren.

Die Tür wurde geöffnet. Drei Männer traten in den Saal. Sie trugen schwarze Umhänge, und Siréd wusste, dass es der Brauch der Priester war, sich in den Farben der Nacht zu kleiden, wenn die Sonne hinter den Bergen im Westen untergegangen war. Das war einer der zahlreichen Befehle von Tarkin an sein Volk; sie mussten sich nach dem Lauf des Tages kleiden. Sie hatte das auf einer Bronzetafel gelesen und wusste, dass sich draußen vor der Tür Krieger aufgebaut hatten, die die Priester beschützen würden, wenn sie sie zu töten versuchte.

Jetzt traten die drei Priester in das Licht der Feuerschale. Sie bauten sich vor ihr auf und verbeugten sich. Siréd verschränkte die Arme vor der Brust. Den mittleren der Priester hatte sie schon einmal gesehen. Er war ein alter Mann, auf dessen kahlen Schädel ein Kreuz geritzt war. Als er den Kopf hob und sie ansah, waren seine Augen schwarz, als wären die Pupillen so groß geworden, dass alles Weiß außer einem schmalen Rand im Augenwinkel verdrängt war. Der alte Priester stank süßlich; diesen Geruch hatte sie schon einmal zuvor gerochen, als sie vor die Priester in Pethar geführt worden war. Nach allem, was sie von den Bronzetafeln wusste, war es der Rauch der Lotusblume, in dem die Priester schliefen, der ihre Augen zerstörte. Seine Hände zitterten, als er auf sie deutete, und seine Stimme war schwach. Siréd spuckte auf den Boden, denn sie verachtete den Alten und wollte ihm das zeigen. Ein Mann, der sich freiwillig vergiftete, war ein jämmerlicher Anblick. Sie wusste, dass sie ihn mit einem Schlag töten könnte.

»Tarkin sendet drei Mann, um mich zu holen.« Siréd sprach in ihrer Sprache mit ihnen, obgleich sie bereits genug kanathenisch konnte, um sich verständlich zu machen. »Seid ihr so schwach, dass ihr zu dritt kommen müsst, um eine Frau zu holen?«

»Tarkinar Ethem.« Der alte Priester ging um die Feuerschale herum und streckte ihr den Arm entgegen. »Komm, Tarkinar Ethem. Tarkin schickt nach dir.«

Siréd trat einen Schritt zurück. »Welcher Gott ist so erbärmlich, dass er drei Lotusträumer aussendet, um eine Frau zu holen? Ein Säugling könnte euch zu Boden werfen, Priester! Im Norden würde man solche wie euch töten und den Hunden vorwerfen.«

»Komm mit uns«, sagte der Priester. »Tarkin hat dich gerufen. Du musst ihm deine Achtung erweisen.«

»Ich achte Tarkin nicht. Er ist genauso schwach wie seine Priester.« Siréd drehte dem Priester den Rücken zu und trat von der Feuerschale weg. Sie wusste, dass es nur eine Frage der Zeit war, bis die Priester ihr Verhalten leid waren und die Wachen hereinriefen, doch nur ihr Trotz und ihre Starrköpfigkeit hielten sie aufrecht. So lange sie sich daran erinnerte, dass sie die Tochter eines Häuptlings war und sich niemals der Macht eines fremden Volkes beugen durfte, würde sie mit Ehre sterben. Dann würde sie auf der himmlischen Steppe erwachen, sich zwischen ihren Brüdern erheben und wieder ein Teil des Klans sein. Nur noch sechs Vollmonde, dachte sie. Sie würde durchhalten.

Der alte Priester rief die Wachen. Die zwei Krieger kamen in den Saal. Sie trugen schwarze Lendenschurze und gekreuzte Riemen über der Brust. Auch sie hatten sich die Haare abgeschnitten, wie es für alle Tempeldiener der Brauch war. Der Priester bat sie auf Kanathenisch, dafür zu sorgen, dass die Frau mit ihnen kam. Die Wachen traten an Siréd heran, doch als sie ihre Arme packen wollten, wich sie ihnen aus und folgte den Priestern.

Auf der anderen Seite der Tür führte eine lange Treppe nach unten. Siréd war nur selten vor der Tür gewesen, seit sie in den Tempel gekommen war, doch sie hatte sich immer wieder gezwungen, sich an die Steintreppe mit all ihren Windungen zu erinnern, über die sie in den Saal gelangt war. Jeden Tag schloss sie die Augen und stellte sich vor, aus dem Saal zu fliehen. Sie stürzte die lange Treppe nach unten und dann nach einhundertsechzehn Stufen nach links.

Die Priester wandten sich am Fuß der Treppe nach rechts. Die schwarzen Männer verschmolzen beinahe mit dem Dunkel, obwohl der Gang von Fackeln in bronzenen Halterungen erleuchtet wurde.

Am Ende des Ganges wandten sich die Priester erneut nach rechts und stiegen eine weitere Treppe nach unten. Diese führte leicht nach links und endete vor einer Eichentür. Die drei Wachen drückten die Tür auf.

Sie kamen in einen großen, kreisrunden Saal, der mindestens einen Steinwurf breit war. Die Wänden wölbten sich nach oben und öffneten sich mehrere Mannslängen über ihnen zum Himmel. Die Priester traten einige Schritte in den

Raum, ehe sie niederknieten und die Köpfe senkten. Die Wachen packten Siréd am Arm und zwangen sie, dem Vorbild der Priester zu folgen. Doch Siréd senkte ihr Haupt nicht. Sie sah die Feuerschalen entlang der Wände und die Stühle, die den Platz in der Mitte des Saals kreisförmig einrahmten. Auf jedem dieser Steinstühle saß ein Toter. Die Haut hing in Fetzen von den Knochen herab. Sie waren mit schweren Goldketten und Armringen geschmückt, und die grauen Umhänge waren auf ihren Schultern verwittert. Jeder der Toten hielt mit seinen knochigen Fingern einen Bronzekrug im Schoß.

Siréd spürte, wie es ihr kalt den Rücken herunterlief und ihr die Angst den Hals zuschnürte, denn am Ende des Saales stand ein Steinthron, der jedoch viel zu groß war für einen gewöhnlichen Mann. Die Gestalt, die auf diesem Thron saß, war in einen schwarzen Umhang gehüllt, und eine Kapuze verbarg ihren Kopf. Siréd erblickte die Hände und Füße der Gestalt, doch der Rest des riesenhaften Körpers war durch den Umhang verdeckt.

Die Priester erhoben sich und begannen auf den Thron zuzugehen. In der Mitte des Saals knieten sie nieder. Die Wachen folgten ihrem Vorbild und zwangen Siréd mit sich auf die Knie. Der Riese bewegte sich noch immer nicht.

Dann erhoben sich die Priester wieder und traten erneut einige Schritte vor. Ein paar Speerlängen vor der verhüllten Gestalt knieten sie zum dritten Mal nieder. »Tarkin«, sagte der alte Priester. »Tarkinar Ethem iham.« Er wandte sich, noch immer kniend, um und deutete auf Siréd. »Tarkinar Ethem«, wiederholte er.

Plötzlich beugte sich die dunkle Gestalt vor. Ein tiefes Stöhnen drang aus dem Umhang. Die Hände, die auf den Armlehnen geruht hatten, kamen zum Vorschein, als Tarkin seinen Arm hob und die Kapuze mit zitternden Fingern berührte. Als er sie absetzte, senkten die Priester den Blick, doch Siréd sah ihm ins Gesicht und spürte seinen heißen Atem, als er den Mund öffnete und ihr etwas zuflüsterte. Die langen, glatten Haare fielen über seine Brust, als er sich vorbeugte und sie betrachtete. Seine Augen hatten die Farbe des Morgennebels, sie standen schräg unter der breiten Stirn. Sein rechtes Ohr war abgeschnitten. Die Nase war schmal und sein ganzes Gesicht lief auf das spitze Kinn zu. Der Mund sah aus wie aus schwarzem Stein gehauen, doch als er ihn öffnete und sich an sie wandte, zeichneten sich Falten um seine Lippen ab, die zum Kinn und zur Nase führten. Er schloss die Augen, strich sich über die Stirn und sank zurück. Dort blieb er sitzen, wobei er sie unablässig anstarrte. Ein Arm rutschte von der Lehne des Throns.

Die alten Priester sprachen mit ihm. Sie sagten, sie kämen voller Ehrerbietung und dass die Kriegerhäuptlinge, die von seinem Blut getrunken hätten, um sich nach dem Tod mit ihm zu vereinen, bezeugen könnten, dass dies ein Tag des Glücks und der Hoffnung sei. Denn die Frau, die vor Tarkin kniete, sei Tarkinar Ethem, Tarkins Frau, die Mutter des wiedergeborenen Tarkin. Der Priester sagte, sie stamme aus dem Norden, und sie sei rein. Ihr Name sei Siréd, und sie habe darauf gewartet, ihm begegnen zu dürfen.

Da hob Tarkin seinen zitternden Arm, und der Priester verstummte. Tarkin zog die Lippen zurück und schob sich zum Rand des Throns vor. Er stöhnte, als habe er Schmerzen, als er sich auf den Armlehnen aufstützte und sich erhob. Siréd sank voller Furcht zusammen, als er den Umhang über die Schultern nach hinten warf. Tarkin überragte die Männer im Saal deutlich. Sein riesenhafter Körper war breit und voller kreisförmiger Wunden. Er trug breite Goldreifen um die Oberarme und einen goldenen Gürtel um die Hüften.

Tarkin heftete den Blick auf Siréd und führte seine Hand in seinen Schritt. Dann deutete er auf sie und fasste sich nickend an den Bauch. Etwas, das wie ein Lächeln aussah, zeichnete sich auf seinen Lippen ab, doch dann sah er plötzlich zu der Öffnung in der Deckenwölbung empor. Er rümpfte die Nase, als bliese ihm der Nachtwind Neuigkeiten aus dem Land jenseits des Tempels zu. Tarkin streckte einen Arm zur Öffnung empor, und seine Brust hob und senkte sich unter schweren Atemzügen. Dann taumelte er plötzlich zurück und sackte auf seinem Thron zusammen.

Der alte Priester fragte Tarkin, ob er mit der Frau nicht zufrieden sei, doch Tarkin antwortete, dass sie ihm gefiele. Siréd lauschte ihren Stimmen, doch Tarkin verdrehte die Worte, so dass sie nicht alles verstand, was er sagte. Er sprach von einem Krieg im Norden, aber es entging ihr, wer dort kämpfte. Dann deutete er auf sie und forderte die Priester auf, sie zu bewachen. Der Letzte sei erwacht, sagte Tarkin. Er habe die Gestalt eines Mannes angenommen und sei bereits weit nach Süden gewandert. Als die Priester sagten, alle Völker des Nordens seien bezwungen und unterworfen, fauchte Tarkin ihn an. Er bat die Tempelwache, seine Lanze zu holen und die Spitze zu schleifen. Dann befahl er dem alten Priester, eine Botschaft an Vendhur zu schicken und ihn zu bitten, nach Hause zu kommen.

Als Tarkin die Augen wieder schloss, gingen die Priester zur Tür auf der anderen Seite des Saals zurück. Die Wachen geleiteten Siréd hinaus. In der Tür drehte sie sich noch einmal um, doch da hatte Tarkin bereits wieder den Umhang umgelegt und sein Gesicht verhüllt.

Die Wachen führten sie in ihren Saal hinauf und ließen sie allein. Siréd stand an der Feuerschale und hörte, wie sich ihre Schritte über die Treppe entfernten. Sie sah die Priesterinnen zwischen den Säulen an der Wand stehen und wusste, dass es nur den männlichen Priestern erlaubt war, Tarkin zu sehen. Doch sie würde ihnen nicht erzählen, was sie gesehen hatte. Der Riese im Saal war wie ein Geist aus den Liedern der Alten. Sie hatte kaum ihren eigenen Augen getraut, als er die Kapuze von seinem unmenschlichen Gesicht gezogen hatte. Vielleicht war er wirklich ein Gott. Auf jeden Fall war er kein Mensch.

Als die Priesterinnen zu ihr traten, wagten sie nicht, Siréd anzusehen. Sie senkten die Köpfe, während sie den Schal lösten, den sie über dem Rücken trug, und die Bänder aufknoteten, die ihr langes Kleid zusammenhielten. Siréd wandte sich zur Öffnung in der Südwand und sah in den Sternenhimmel über den Bergen, während die Priesterinnen Wasser herbeitrugen und sie mit weichen Schwämmen wuschen. Das Wasser war kühl und erinnerte sie an den Fluss auf den nördlichen Ebenen. Als Kind hatte sie gemeinsam mit den Fohlen gebadet. Ihre Brüder hatten am Ufer gestanden und sie geneckt und ihr zugerufen, sie sei ein Pferd in Menschengestalt und dass sie sich vor den Donnervögeln in Acht nehmen sollte. Wenn diese sie erblickten, würden sie ihre Krallen in sie schlagen wie in die Fohlen. Doch sie kümmerte sich nicht darum. Sie war die Häuptlingstochter und der Liebling ihres Vaters. Er machte keinen Unterschied zwischen ihr und ihren Brüdern. Sie verstand sich ebenso gut auf Pfeil und Bogen und ritt schneller als die meisten anderen.

Die Priesterinnen zogen ihr ein Leinenkleid an und strichen ihr die Haare aus dem Gesicht. Dann schlugen sie die Decken auf ihrem Lager zurück, doch Siréd trat an die Öffnung in der Südwand. Tarkin hatte etwas von einem Mann gesagt. Der Letzte habe die Gestalt eines Mannes angenommen, hatte er gesagt. Siréd stellte sich dicht an die Brüstung. Auf den Bronzetafeln hatte etwas über Den Letzten gestanden. Und in den ältesten Schriften hatte sie etwas von Cernunnos gelesen, dem letzten Krieger des Gebirgsgottes Karr. Die Schrift berichtete, dass sie Riesen waren, die zu Krims Zeiten lebten, und dass Cernunnos deren mächtigster Krieger war. Doch auch Cernunnos fiel zu guter Letzt durch die Hand der krimschen Lanzenträger. Deshalb verstand sie nicht, wie Tarkin sagen konnte, dass Der Letzte auf dem Weg nach Süden sei. Aber da Tarkin die Krieger gebeten hatte, seine Lanze zu holen, spürte Siréd, dass er verunsichert sein musste. Vielleicht witterte er Gefahr, wie es Hirsche und Rentiere tun, wenn sich ein Wolfsrudel nähert.

Sirèd schloss die Augen und spürte den Nachtwind auf ihrem Gesicht. Sie sah die Wölfe vor sich, wie sie über die Höhenzüge liefen und Rentiere jagten. Tagelang konnten sie ihnen folgen und warten, bis das schwächste Rentier den Anschluss verlor. Erst dann griffen sie an. Sie stürzten sich auf das erschöpfte Tier, zwangen es in den Schnee und bissen ihm die Kehle durch.

Bei diesem Gedanken kamen die bösen Erinnerungen wieder über sie. Sie hatte sich selbst ermahnt, Ulv zu vergessen, doch immer wieder ertappte sie sich dabei, dass sie an ihn dachte. Er war der Wolf aus dem Norden, der Wilde, der gefangen und an den Wagen der Sklavenhändler gekettet nach Süden geschleppt worden war. Er trottete hinter der Kette her, die Hände auf dem Rücken gefesselt und die langen, strähnigen Haare wie eine Mähne auf dem Rücken. Oft kam er in ihren Träumen zu ihr. Doch dann lag er nicht mehr in Ketten. Er kämpfte gegen Kanathener, schwarze Krieger wie die, die sie über das Meer gebracht hatten. Dann lief er wieder über eine grau gefrorene Ebene. Sie konnte seinen Atem hören, schwer und angestrengt, als wäre er tagelang gelaufen. Er folgte einer Beute und jagte wie die Wölfe, die ihm den Namen gegeben hatten. Doch er sagte niemals etwas. Er lief zu ihr, er kam näher und näher, während sie dastand und in seine blauen Augen starrte. Doch wenn er so nah war, dass sie ihren Arm ausstrecken und ihn berühren konnte, wachte sie auf.

Immer war es so. Er war ein Traum, eine Erinnerung aus der Zeit, bevor die Späher sie nach Süden geführt hatten. Und sie tat gut daran, ihn zu vergessen.

# Der Mann vom Meer

Virga stand hinter der Reling und blickte über die Wellen. Mehr als zwei Monde waren vergangen, seit sie von der Festung der Kanathener losgesegelt waren. Seither hatte er die Schiffe an der Küste auf und ab geführt und nach Rauch Ausschau gehalten, der auf weitere Festungen der schwarzen Krieger hindeutete. Zweimal hatte er Seon Informationen über kanathenische Siedlungen bringen können, und zweimal hatte er im Bug seines Schiffes gestanden und zugesehen, wie die Flammen die Festungen vernichteten. Seon hatte das Heer jetzt in drei Schlachten geführt und alle gewonnen. Er hatte die Bäche vergiftet, aus denen die kanathenischen Frauen das Wasser holten. Er hatte die Bermarer weit im Wald verteilt und ihnen befohlen, in ihre Kriegshörner zu blasen, um die Kanathener glauben zu lassen, sie würden von einem großen Heer angegriffen. Er hatte die Kanathener das Fürchten gelehrt. Die beiden letzten Angriffe waren mitten in der Nacht geschehen. Sie hatten die Wachen mit Brandpfeilen erschossen und dann das Tor mit einem Rammbock zertrümmert, wobei sie sich selbst mit den Schilden schützten, die sie den Kanathenern in den nördlicheren Festungen abgenommen hatten. Sie hatten getötet, bis die Kanathener die Waffen streckten und um Gnade winselten. Erst dann sprach Seon zu ihnen über das Heer der zwei Völker, das Heer, das die Krieger Tarkins vernichten würde. Die Überlebenden durften in die Wälder fliehen, obgleich das Felsenvolk meinte, Die Roten würden sie dort töten. Doch Seon scherte sich nicht darum.

Virga hatte unterdessen zwei Schiffe angegriffen. Beide hatten versucht, während der Schlacht zu fliehen, doch Seon hatte den Befehl ausgegeben, dass niemand über das Meer entkommen durfte. Deshalb hatte Virga der Mannschaft das

Zeichen gegeben, die Brandpfeile abzuschießen. Sie hatten hinter der Reling gestanden und gesehen, wie die Schiffe kehrtmachten und wieder zum Land segelten, wo die Bermarer sie erwarteten. Doch Seon ließ die Schiffe nie zu lange brennen, und Virga hatte den Befehl bekommen, nicht auf die Segel zu zielen. Sobald die Krieger an Bord getötet waren, löschten die Bermarer die Flammen. Die Kriegsschiffe waren wertvoll, und jetzt hatte Seon bereits sechs von ihnen. Genug für das ganze Heer.

Virga mochte Seons Kampfhandlungen nicht. Er war in Tirga geboren und aufgewachsen und war im arenischen Heer als Krieger ausgebildet worden. Für ihn war es unehrenhaft, Festungen in Brand zu stecken, in denen sich vor allem Frauen und tazkanische Sklaven befanden. Doch Seon wusste, was er tat, denn nur zwölf seiner eigenen Krieger waren bei den Schlachten gefallen. Sie hatten sich in der festen Absicht, alle kanathenischen Siedlungen zwischen Ber-Mar und dem Meer dem Erdboden gleichzumachen, nach Süden durchgekämpft. Und jetzt war es ihnen gelungen, dachte Virga mit einem Blick auf das Felsenkap. Er konnte die Zelte einen Steinwurf vom Strand entfernt zwischen den Bäumen erkennen und sah die Gestalten in ihren Umhängen über die Felsen klettern. Wie eine riesenhafte, steinerne Klaue ragte das Kap ins Meer. Auf der anderen Seite machte die Küste einen Bogen nach Osten, doch Virga hatte auch diesen Küstenabschnitt ausgekundschaftet. Und da er weder Siedlungen noch den Rauch von Feuern hatte ausmachen können, hatte er die weiße Flagge an der Mastspitze gehisst und Seon so mitgeteilt, dass sie beruhigt ihr Lager aufschlagen konnten.

Jetzt hielt das Schiff südöstlichen Kurs. Virga stand am Ruder, während der Vollmond einen silbernen Pfad auf die Wellen zeichnete. Die fünf anderen Schiffe hatten in einer Bucht östlich des Kaps Schutz gesucht, wo man sie vom Meer aus nicht sehen konnte. Die Männer waren erschöpft und sollten sich unter Deck ausruhen, während Virga mit vollzähliger Mannschaft nach Süden segelte. Er wollte mit dem kanathenischen Kriegsschiff einen Tag lang in die Gewässer östlich des Sturmrands segeln, denn wenn es hier andere Kanathener gab, kreuzten sie vermutlich am Rand der schwarzen Stürme. Noch hatte er keine anderen Schiffe gesehen, doch sollten sie dort im Süden auf etwas stoßen, dann gewiss auf geteerte Kriegsschiffe wie das seine. Er würde kehrtmachen, ehe die Kanathener entdeckten, dass weiße Männer an Bord des Schiffes waren, und mit der kanathenischen Flagge am Mast wieder nach Norden segeln. Mit etwas Glück würden die Kanathener nicht misstrauisch werden. Dann konnte er zurück zu Seon segeln und ihn warnen, damit das Heer in den Wäldern Zuflucht suchen konnte. So lautete der Plan, und Virga hielt diesen Plan für gut. Er war ein alter Mann und wollte sein Leben nicht an der Lanzenspitze eines Kanatheners aushauchen.

Virga lehnte sich mit dem Rücken gegen den Achtersteven und gähnte. Er räumte es nicht gerne ein, aber die kanathenischen Kriegsschiffe waren besser gebaut als die arenischen Langschiffe, auf denen er als junger Mann gesegelt war. Der schwarze Rumpf lag höher im Wasser, und unter Deck gab es mehr Platz. Heck und Bug waren erhöht, so dass man einen besseren Blick über das Meer hatte. Es war größer als die arenischen Langschiffe, der Mast war höher und der Querbaum breiter. Er stand gut geschützt hinter einer hohen Reling, und zu seiner Linken war sogar eine Planke mit Platz für einen Metkrug und eine Hand voll Brot befestigt. Met hatte er keinen mitgenommen, obgleich er wusste, dass das Felsenvolk noch immer ein paar Schläuche hatte. Virga hatte frisches Regenwasser in seinen Krug gefüllt, und das war besser als nichts. Er legte den wollenen Umhang um sich. Tonmach, sein ältester Sohn, stand im Bug. Der Wind zerrte an seinen langen Haaren. Bald hatte Tonmach dreimal zehn Winter erlebt.

Virga war stolz auf ihn, denn Tonmach war ein hübscher, starker Mann. Es hieß, er habe die Augen seines Vaters. Virga hatte ihn oft beobachtet, während sie an der Küste entlang nach Süden gesegelt waren, und bemerkt, dass sein Sohn den wachsamen Blick eines Arers hatte, wenn er hinter der Reling stand und über das Meer schaute. Aber mit Tonmach war es wie mit Virgar: Beide waren hinter den Felsenbergen aufgewachsen und wussten nicht mehr über Ar und Tirga als das, was er selbst ihnen erzählt hatte.

Als sich das Schiff über einen Wellenkamm hob, zog Virga das Steuerruder zu sich. Er hustete und fasste sich an die Brust. Obgleich es Sommer war, hatte ihm die Zeit auf See zugesetzt. Er hoffte, dass Seon die Männer nicht bitten würde, nach Süden zu segeln. Es wäre Wahnsinn, gegen Vendhurs Heer anzutreten, und Virga wünschte sich nichts so sehr, wie nach Hause zurückzukehren. Denn der Herbst kam rasch im Norden. Seine Söhne hatten Frauen und Kinder, die Nahrung brauchten, und er selbst sehnte sich danach, unter den Fellen am Kamin zu liegen.

Als junger Mann hatte er für Visikal gekämpft und seine Pflicht für das Heer von Tirga getan, und als er Brans Volk gefolgt war, hatte er gehofft, den Rest seines Lebens in Frieden leben zu können. Doch so sollte es nicht sein.

Der Bugspriet stieß durch eine Welle. Der Wind drehte langsam nach Westen und frischte auf. Virga schnäuzte sich in die Finger und änderte die Stellung seiner Hand am Ruder. Tonmach sprang vom Bugdeck und ging zur Steuerbordreling. Er hielt sich an den Tauen fest, während er in die Nacht spähte.

Virga steuerte das Schiff rasch nach Südosten, während der Wind über das Meer kam. Er war am Meer aufgewachsen und eine frische Brise beunruhigte ihn nicht. Außerdem krängte das kanathenische Schiff kaum, auch wenn der Wind hart ins Segel fuhr. Vielleicht war es nicht so schnell wie die arenischen

Langschiffe, doch Virga musste anerkennen, dass es gut in den Wellen lag. Er musste kaum mit dem Ruder korrigieren, denn das Schiff steuerte sich selbst durch die Wellen.

»Schiff im Westen!« Tonmach klammerte sich an die Schot und deutete über die Wellen. »Ein Schiff, Vater! Es kommt aus dem Sturm!«

Virga stützte sich auf die Reling. Der graue Schatten eines Segels zeichnete sich direkt im Westen vor dem Nachthimmel ab. An der Reling leuchteten Fackeln.

»Es sind Krieger an Deck!« Tonmach taumelte ins Heck, als das Schiff über einen Wellenkamm nach unten schoss. »Seeräuber! Dreh nach Osten ab, Vater!«

Virga blinzelte in die Gischt. Sogar seine alten Augen erkannten das Blinken der Schulterplatten und Speerspitzen hinter der Reling. Das fremde Langschiff lag tief, kam aber rasch vorwärts. Er sah Männer mit blanken Helmen und Brünnen. Sie ruderten.

»An die Ruder!« Virga stampfte mit dem Absatz auf das Deck, um die Männer zu wecken. »An die Ruder, Männer! Wir werden angegriffen!«

Tonmach hastete zur Decksluke am Mast, verlor aber das Gleichgewicht, als das Schiff in eine Welle tauchte. Virga drehte nach Osten ab, so dass sie vor dem Wind segelten, fixierte das Steuerruder und hastete über das Deck. Während Tonmach zur Luke kroch und die Männer unter Deck rief, lockerte Virga die Backbordschot und straffte sie an steuerbord. Doch als er wieder am Steuerruder war, erkannte er, dass das fremde Schiff bereits mehrere Längen näher gekommen war. Drei Ruder schoben sich an der Steuerbordseite aus dem Rumpf. Tonmach lag an Deck, den Kopf in der Luke, und brüllte die Mannschaft an die Ruder. Die verschlafenen Männer waren zu langsam, dachte Virga mit einem Blick über die Schulter. Der Drachenkopf am Bugsteven kam immer näher. Er sah Bogenschützen hinter der Reling. So tief, wie das Schiff lag, könnte es ein Kelsschiff sein. Doch die Kelser hatten ihre Schiffe oft an die Seeräuber im Süden verloren.

»Rudert, Männer!«, brüllte Virga verzweifelt. Ein paar wenige Ruder wurden an backbord durch die Öffnungen geschoben, doch Virga wusste, dass es bereits zu spät war. Sie würden dem Kelsschiff nicht mehr entkommen können.

»Tonmach!« Virga schnürte das Steuerruder fest und sprang auf das Deck hinunter. »Wir müssen die Seeräuber zurückschlagen! Hol meine Brünne und mein Schwert und bring die Männer herauf.«

Tonmach kletterte durch die Luke nach unten. Virga blieb mitten an Deck stehen. Er stütze sich an den Mast und beobachtete das fremde Langschiff. Vielleicht gelang es ihm zu wenden und wieder zurück an Land zu segeln? Wenn die Seeräuber sein Segel in Brand schossen, würde Seon die Flammen bemerken und ihm die Schiffe zu Hilfe schicken. Doch als Virga an die Schot trat, um das Schiff zu wenden, entdeckte er weitere Segel im Westen. Sie lagen halb versteckt im nächtlichen Dunkel, wie Wölfe, darauf lauernd, sich auf ihre Beute zu stürzen. Virga ließ die Schot los. Noch hatte er Zeit, Richtung Land zu segeln, doch dann würde er das Heer verraten.

Die Männer kamen an Deck. Sie rieben sich die Augen, fluchten und fingerten an ihren Gürteln herum. Sie waren nur zwanzig. Virga bat Tonmach und Virgar, dicht bei ihm zu bleiben. Tonmach half ihm mit der schweren Ringbrünne. Virgar gab ihm sein altes Schwert, und Virga band sich die Scheide um. Niemals zuvor hatte er Männer in einen Kampf geführt, doch jetzt huschten die Blicke seiner Mannschaft unablässig von dem sich nähernden Langschiff zu ihm und wieder zurück. Ein paar der Bermarer holten Speere aus der Deckskammer.

»Wo sind die Bögen?« Virga sah zur Reling, an der die Kanathener ihre Langbögen und Pfeilköcher festbanden. Die Köcher waren leer und die Bögen verschwunden.

»Seon hat uns gebeten, sie dem Heer zu überlassen«, sagte Tonmach. »Erinnerst du dich nicht, Vater?«

Virga biss sich auf die Lippe. Das Langschiff war jetzt kaum mehr einen Steinwurf hinter ihnen. Ein Stierkopf kam auf dem Segel zum Vorschein, als das Schiff nach Osten abdrehte. Die Krieger hinter der Reling legten Pfeile an die Sehnen ihrer Bögen.

»Wir müssen uns in Sicherheit bringen, Vater.« Virgar nahm einen der Speere und trat an die Reling.

Virga nickte. Das Langschiff glitt neben sie. Die Krieger spannten ihre Bögen.

Die Mannschaft kauerte sich hinter der Reling zusammen, als die Pfeile durch die Dunkelheit pfiffen. Virga blickte in den Nachthimmel empor. Plötzlich kam es ihm vor, als wäre er wieder in Aard und suchte Schutz vor dem Pfeilregen der Aarder. Die Pfeile stiegen in den Himmel. Dann machten sie kehrt und fielen nach unten. Er kniff die Augen zusammen.

Die Pfeile schlugen ins Deck. Virga hielt den Atem an, bis das Knallen ein Ende hatte. Er hörte seinen eigenen Atem. Ein Atemzug ohrenbetäubender Stille. Dann ertönten die Schreie.

Virga rappelte sich auf und blickte über die Reling. Das Langschiff schoss auf sie zu. Die Krieger hinter der Reling ließen die Bögen fallen und ergriffen ihre Schwerter. Sie wollten das Schiff entern.

»Vater!« Tonmach zog ihn am Arm. »Virgar ist getroffen!«

Virgar hockte schreiend auf den Knien. Sein Bein war von einem Pfeil an die Decksplanken genagelt worden. Etwas weiter vorne im Bug stand ein Bermarer und erbrach sich. Er hatte einen Pfeil im Arm.

»Ergreift die Speere!« Virga zog sein Schwert und gab den Männern Befehle, während er zu seinem Sohn taumelte. »Ihre Schiffe sind niedriger als unseres, Männer! Wir müssen sie töten, wenn sie uns zu entern versuchen!«

Er kniete neben Virgar nieder. Der Pfeil war seitlich durch sein Bein gedrungen. Er brach ihn unmittelbar über der Wunde ab, schob seinen Sohn nach vorn, packte ihn mit beiden Händen an den Beinen und zog ihn vom Pfeilschaft. Dann schleppte er Virgar an den Armen zu seinem Bruder. »Ihr kämpft zusammen«, sagte er. »Rücken an Rücken, dann seid ihr sicher!«

Die Mannschaft kauerte sich, jeder mit einem Speer in der Hand, hinter die Reling. Virga blickte zu dem Langschiff hinunter. Es war schmal und voll beladen mit Tonnen und Wasserschläuchen. Eine Unzahl Taue und Stagen hing vom Mast herab. Ein Mann mit grauem Bart stand achtern ans Steuerruder gelehnt, während er der Mannschaft Befehle gab, die dicht an dicht auf den Ruderbänken hinter der Reling saß. In der Mitte stand ein gerüsteter Krieger und hielt einen langen Speer mit hakenförmiger Spitze in der Hand. An Deck waren mindestens dreißig Mann in knielangen Ringbrünnen und mit Helmen, die den Kopf und das Gesicht schützten. Sie trugen Schilde auf dem Rücken und Schwerter am Gürtel. Bald, dachte Virga mit einem Blick auf den Vollmond. Bald würde er bei seinen Brüdern an Cernunnos' Seite sitzen.

Das Langschiff stieß krachend gegen den Schiffsrumpf. Eisenhaken flogen über die Reling. Es knirschte, als sich die zwei Schiffe aneinander drückten.

»Nach vorn!« Virga stürzte mit dem Speer an die Reling. »Stecht sie nieder!«

Die Worte waren kaum über seine Lippen gekommen, als ihn ein Speer am Bauch traf. Virga schrie auf und packte den Speerschaft, doch er war nicht verletzt. Es war ein Speer mit hakenförmiger Spitze gewesen. Der Haken legte sich um seinen Speerschaft und riss ihm die Waffe aus den Händen. Er zog sein Schwert und erkannte, dass er nicht der Einzige war, der seinen Speer verloren hatte. Die Seeräuber rissen sie ihnen mit ihren Haken aus den Händen.

»Weg von der Reling! Greift sie an, wenn sie zu uns herüberklettern!« Virga trat einen Schritt zurück, verlor aber das Gleichgewicht und stürzte zu Boden, als das Schiff von einer Welle angehoben wurde. Die Männer taten, was er gesagt hatte. Virga kam auf die Knie, während Tonmach Virgar von der Reling wegzog. Die Mannschaft sammelte sich in der Mitte des Decks. Eine Welle schlug steuerbord über die Reling. Wasser spülte über das Deck. Die Seeräuber brüllten lauthals. Jetzt ging es um Sieg oder Niederlage. Wenn es ihnen gelang bei der schweren See auf das kanathenische Kriegsschiff zu kommen, hatten sie gewonnen. Und Virga wusste das. Seine Mannschaft war nicht stark genug, um dreißig gerüsteten Kriegern zu trotzen. Nur die Hälfte der Männer war noch dazu gekommen, die Brünnen anzulegen. Das Meer spülte über die nackten Rücken der anderen.

Dann kletterten die ersten Seeräuber über die Reling.

»Angriff!« Virga sprang nach vorn und schlug mit seinem Schwert auf eine Hand ein, die sich an die Reling klammerte. »Stecht sie nieder! Kämpft, Männer!« Virga schwang sein Schwert gegen den Kopf eines Seeräubers, der ein Bein über die Reling bekommen hatte. Der Helm flog durch den Schlag vom Kopf, und er verlor den Halt und stürzte zurück auf das Langschiff. Der Steuermann mit dem grauen Bart warf eine Schlinge um den Achtersteven des Kanathenerschiffes. Dann stemmte sich der Seeräuber an der Reling ab, während er das Tau straffte.

Virga blickte zur Seite. Die Männer kämpften tapfer, doch jetzt schlugen die Seeräuber sie mit ihren Enterhaken zurück. Erneut begannen die gerüsteten Krieger an den Tauen emporzuklettern. Virga hieb auf die Schäfte der Enterhaken ein. Vorn im Bug waren mittlerweile drei Seeräuber an Deck gekommen. Einige der Bermarer hoben ihre Streitäxte und stürmten auf sie zu.

»Bei Visikals Rache! Kämpft Männer!« Virga wich von der

Reling zurück. »Steht Rücken an Rücken. Überlasst ihnen nicht das Schiff!«

Da erklang ein Hornsignal. Die drei Seeräuber im Bug hasteten zur Reling und sprangen zurück auf das Langschiff. Die anderen ließen sich von der Reling nach unten herab. Erneut erklang das Hornsignal. Virga trat an die Reling. Der Steuermann stand am Ruder und blies in ein Bronzehorn.

»Sie werden uns erschießen!« Tonmach zog Virgar in den Schutz der Reling, denn die Seeräuber hoben ihre Bögen auf und legten Pfeile an die Sehnen. Sie bauten sich an Deck auf, spannten ihre Bögen aber nicht. Der Steuermann hinkte in die Mitte des Langschiffs und nahm seinen Helm ab. Er stellte sich unter die Fackel, die am Mast befestigt war, und ließ seinen Blick über das kanathenische Kriegsschiff schweifen. Er war ein alter Mann mit einem von Wind und Wetter gegerbten Gesicht. Seine langen grauen Haare waren auf der einen Seite des Kopfes in einem geflochtenen Zopf zusammengebunden.

Der Seeräuber deutete auf Virga. »Ihr sprecht die gleiche Sprache wie ich? Antworte, Fremder! Antworte, bevor ich meinen Kriegern befehle, euch zu töten!«

Virga ließ sein Schwert sinken. »Wir sprechen nord-arenisch. Die Handelssprache.«

Der Seeräuber befestigte das Bronzehorn an seinem Gürtel. »Also seid ihr keine Mansarer?«

»Kein einziger Mansarer ist auf meinem Schiff.« Virga trat einen Schritt von der Reling zurück. Außer Virgar lagen zwei weitere Männer verletzt an Deck. Sie stöhnten vor Schmerzen, doch er erkannte gleich, dass ihre Wunden nicht lebensbedrohlich waren. Einer der Bermarer hatte eine Schnittwunde im Schenkel. Der andere einen Pfeil im Arm.

»Warum segelt ihr dann auf einem Kriegsschiff Vendhurs?« Der Seeräuber schnäuzte sich in seine Hand, ehe er seinen Arm zum Segel ausstreckte. Zwei der Krieger hasteten zum Mastfuß und ließen den Querbaum auf das Deck herunter.

Virga zögerte. Er wusste nicht, was er antworten sollte. Wenn die Seeräuber erfuhren, dass sie das Schiff geraubt hatten, gab es Gold zu verdienen, wenn sie dieses an die Kaane Vendhurs zurückgaben.

»Wir haben es gefunden«, sagte er. »Im Norden. Es hatte sich wohl losgerissen. Die Ankerkette …« Er deutete zum Bug. »Sie war gerissen.«

Der alte Seeräuber schüttelte grinsend den Kopf. »Kanathenische Schiffe reißen sich nicht los. Weißt du denn nicht, dass sie die Schmiede Ber-Mars dazu gebracht haben, für sie zu schmieden? Die Ankerketten sind aus Stahl. Das Metall der Götter, Fremder. Wenn du lügen willst, musst du schon eine bessere Erklärung finden. Ich glaube, du hast die Kanathener getötet und ihnen das Schiff abgenommen. Ich glaube, du bist einer der Seeräuber, die die Meere hier im Südwesten des Sturmrands unsicher machen. Einer von denen, die Vendhur nicht versenken konnte.«

Virga verschränkte die Arme vor der Brust. Er war noch nie ein guter Lügner gewesen, und auch jetzt war er wieder durchschaut worden. »Ich bin kein Seeräuber«, sagte er. »Und es ist wahr, meine Männer haben die Kanathener getötet. Also sag es mir lieber gleich, wenn ihr zu Vendhurs Flotte gehört, denn dann will ich nicht länger hier stehen und mit dir reden. Ich werde mein Schwert nehmen, ein arenisches Schwert, und meine Väter rächen. Vielleicht sterbe ich heute Nacht, die Ehre aber wird mein …«

Der Steuermann legte den Kopf in den Nacken und lachte schallend. Er schlug dem nächsten Krieger auf die Schulter und deutete auf Virga, ehe der Rest der Mannschaft in sein Lachen einfiel. Sie senkten ihre Bögen und nahmen ihre Helme ab. Der alte Graubart strich sich über die Stirn und neigte den Kopf zur Seite.

»Du lachst«, sagte Virga. »Warum lachst du? Verhöhnst du mich, Räuber?«

Der alte Steuermann schüttelte den Kopf, während er zum Steuerruder zurückging, wo er die Taue löste, die die zwei Schiffe miteinander verbanden. »Werft die Haken zu uns rüber«, rief er. »Folge mir nach Norden. Ich kenn hier oben einen guten Hafen, geschützt hinter einer Landzunge. Wir haben Wein aus Kels, Fremder!«

Das Langschiff glitt davon. Die Krieger setzten sich auf die Ruderbänke und begannen das Schiff zu wenden. Der Graubart stellte sich ans Ruder und winkte Virga zu, ihm zu folgen. »Es wird Sturm geben, Mann! Folg uns hinter die Landzunge. Nicht einmal Kelser segeln bei so einem Wetter am Sturmrand.«

Virga steckte sein Schwert in die Scheide und ging zu Virgar. Die Wunde in seinem Bein blutete noch immer. »Kümmere dich um deinen Bruder«, sagte er und ergriff Tonmachs Arm. Dann ging er zurück aufs Achterdeck und stellte sich ans Steuerrunder. »An die Ruder, Männer! Wir segeln wieder nach Norden!«

»Aber werden sie dann nicht das Heer entdecken?« Einer der Bermarer klammerte sich an das Mastfall, während das Schiff über eine Welle kippte. »Was wird Seon sagen, wenn wir verraten, wo das Lager ist?«

»Das sind keine Feinde.« Virga löste den Riemen vom Ruder und wendete das Schiff nach Norden. »Erinnerst du dich daran, was in den Pergamenten, die Seon gefunden hat, über die Kelser stand? Ich glaube, das sind sie.«

Virga blickte über das Meer. Die grauen Schatten waren aus dem Schutz der Nacht herausgesegelt. Er zählte sieben Langschiffe. Sie hatten die Segel herabgelassen und ihre Bugsteven deuteten nach Norden. Die Kelsschiffe nahmen Kurs auf die felsige Landzunge.

Seon ließ die Fackel ins Meer fallen. Die Flammen erloschen zischend am Fuß der Felsen. Er war auf einen der Felsvorsprünge der Landzunge geklettert, und die Wellen klatschten von Westen dagegen und sandten ihre Gischt in die Luft. Seon suchte mit den Augen die Dunkelheit über dem Meer ab. Er zählte neun Schiffe, eines davon größer als die anderen. Es ähnelte dem Kanathenerschiff, mit dem Virga nach Süden gesegelt war. Seon hatte auf der Klippe gestanden und das Kriegsschiff in der Nacht verschwinden sehen, doch kurze Zeit später waren dort draußen Fackeln aufgeblitzt, und dann waren im Südwesten acht Segel aufgetaucht.

Er drehte sich um und schwenkte die Arme über dem Kopf. Brage stand einen Steinwurf weiter von der Küste entfernt. Der Schmied warf die Fackel in eine Felsspalte und begann die Kluft hinunterzuklettern, die zum Waldrand führte.

Die zwei Männer kämpften sich zwischen Klippen und gigantischen Felsbrocken hindurch. Die Schiffe lagen dicht nebeneinander in der Bucht. Das Land bildete hier eine sichelförmige Einkerbung, so dass die Kriegsschiffe weder von Osten noch von Westen aus zu sehen waren. Doch die Masten waren hoch, und die Lagerfeuer am Waldrand leuchteten hell. Wenn die fremden Schiffe die Spitze der Landzunge umrundeten, würden sie sie entdecken.

Seon und Brage schrien den Männern an Land Befehle zu, doch der Wind übertönte sie. Die Krieger hatten sich an den Feuern niedergelassen, und einige der Bermarer waren mit den letzten Metschläuchen herumgegangen. Auf der Reling des äußeren Schiffes brannten ein paar Fackeln, und eine Hand voll Männer feierte mit Tanz und Gesang das Erreichen des Südkaps.

Als Seon und Brage auf den Strand kamen, glitt das erste Schiff an der Spitze der Landzunge vorbei. Seon schrie den Männern zu, die Feuer zu löschen, obgleich er wusste, dass es bereits zu spät war. Die Mannschaft auf dem äußeren Schiff löschte die Fackeln. Die Krieger am Waldrand traten die Lagerfeuer aus und versteckten sich im Wald. Seon fluchte. Nach so vielen Schlachten hätten sie nicht so dumm sein dürfen. Die Männer auf dem vorderen Schiff zündeten die Fackeln an und manövrierten es in den Schutz der Landzunge. Sie hatten sie bereits entdeckt. Es war zu spät zu fliehen.

»Auf die Schiffe! Verteidigt die Schiffe!« Seon rannte zum Waldrand hoch.

Die Männer machten kehrt und kamen zwischen den Bäumen wieder zum Vorschein. Einige hatten Bögen, andere rannten mit Speeren und Schwertern hin und her. Bisher waren immer sie die Angreifer gewesen. Sie hatten Zeit gehabt, sich auf die Schlachten vorzubereiten. Doch jetzt mussten sie sich gegen einen unbekannten Feind verteidigen. Seon wandte sich zur Küste. Ein weiteres Langschiff glitt hinter der Landzunge hervor. Er zog das Kurzschwert aus der Scheide. Die Seeleute auf dem Langschiff schoben die Ruder ins Wasser und bremsten die Fahrt. Sie traten in den Bug und leuchteten in Richtung Felsen und Land. Jetzt kam das dritte Schiff hinter der Südspitze der Landzunge zum Vorschein. Es lag tief im Wasser, und die Männer saßen an Deck und ruderten.

Seon kam eine Erinnerung. Als Söldner in Kels hatte er auf der Burgmauer gestanden und zum Meer hinabgeblickt, auf dem die Seeleute auf den niedrigen Decks ihrer Schiffe Taue knüpften. In der Nähe seines Wachpostens auf dem Südturm hatten die Schiffsbauer die Schiffsrümpfe beplankt. Dann hatten sie die Rümpfe ins Wasser geschoben und mit gewaltigen, steinernen Gewichten gewendet. Er hatte gesehen, wie aus den hohlen Rümpfen stattliche Langschiffe wurden. Und es waren Schiffe wie diese, die sich jetzt im Osten der Landzunge sammelten. Es waren Kelsschiffe.

Seon lief zum Wasser hinunter. Brage war bereits an Deck des innersten Kriegsschiffes. Sie waren Reling an Reling vertäut. Die Männer hasteten über die Decks, um das äußere Schiff zu erreichen, auf dem sich die Krieger mit gespannten Bögen hinter der Reling sammelten.

»Wartet!« Seon watete ins Wasser, stolperte über einen Stein und schwamm hinaus. Als er die Strickleiter erreichte, kletterte er an Deck und hastete weiter. Er sprang von Deck zu Deck, bis er schließlich an der Reling des äußeren Schiffes stand.

Brage stand im Bug, in einer Hand eine Axt, in der anderen eine Fackel. »Wir sind bereit zu schießen«, sagte er mit einem Blick auf die Männer, die sich an der Reling versammelt hatten.

»Wir werden nicht angreifen.« Seon strich sich die nassen Haare aus der Stirn, während er die fremden Schiffe nicht aus den Augen ließ. Nach der zweiten Schlacht an der Küste hatte er zwischen den verbrannten Resten der Festung eine Kiste mit Pergamenten gefunden. In dieser Kiste hatte ein Brief gelegen, in dem die Kaane im eroberten Ar vor einem arenischen Skerg warnten, der aufs Meer geflohen sei. Es hieß, er führe jetzt die Kelser an, denen während Vendhurs Eroberung von Kels die Flucht gelungen war. Es waren nicht viele Kelser, doch unter der Leitung des Skergs hatten sie sich zu einer echten Bedrohung der Versorgungswege entwickelt. Sie hatten dem Skerg den kelsischen Namen Kangir gegeben. In dem Pergament stand weiter, dass Vendhur eine große Belohnung auf Kangirs Kopf ausgesetzt hatte.

»Es könnten Seeräuber sein«, sagte Brage. »Woher willst du wissen, dass sie nicht unsere Schiffe wollen? Vielleicht sind es Kanathener in Kelsschiffen!«

»Sieh doch!« Seon streckte seinen Arm zur Landzunge aus. »Virgas Schiff.«

Die schwarze Kanathenerschute glitt am Felsenkap vorbei. Fackeln kamen an Deck zum Vorschein. Ein Mann kletterte vorn im Bug auf die Reling und rief ihnen etwas zu.

»Das ist Virga.« Seon nickte. »Ich erkenne seine Stimme. Lasst die Bögen sinken, Männer.«

»Hast du verstanden, was er gesagt hat?« Brage legte die Hand hinters Ohr. »Der Wind ist zu stark.«

Seon schüttelte den Kopf. »Nein«, erwiderte er, »man kann nichts hören. Der Wind reißt ihm die Worte aus dem Mund. Aber er ist es.«

Brage hob die Fackel über den Kopf und schwenkte sie hin und her. Das war das Zeichen, dass sie in den Hafen einfahren konnten. Die leichten Kelsschiffe wurden zur Seite gerudert und machten Virgas Kriegsschiff Platz, das in die Bucht glitt und sich längsseits neben die fünf Kanathenerschiffe legte. Virga selbst stand am Steuerruder und grüßte Seon, als die Männer Schlingen um die Steven legten. Als Virga erklärte, dass die Fremden Kelser seien, sagte Seon, dass er die Rümpfe der Kelsschiffe aus einer Tagesreise Entfernung erkennen könne. Brage gab den acht Schiffen ein Zeichen, dass sie kommen konnten. Sie wurden in die Bucht gerudert und gewendet, ehe die Anker am Bug heruntergelassen wurden und sich die Schiffe mit den Hecks zu den Kanathenerschiffen drehten.

Seon, Konvai und Gortar kletterten in Virgas Schiff hinüber und bauten sich nebeneinander am Mast auf. Brage reichte Seon eine Fackel. Er nahm sie an und schob sich seine Kapuze tief in die Stirn. Die Kelser zogen die Ruder ein, blieben aber auf den Bänken sitzen, während der Steuermann durch den Mittelgang über das Deck ging und am Achtersteven auf die Reling kletterte. Nur die Mannschaft des mittleren Schiffes trug Brünnen und Helme. Sie waren es gewesen, die Virgas Schiff angegriffen hatten.

»Ich will mit eurem Häuptling sprechen.« Der Steuermann mit dem grauen Bart hatte das Wort ergriffen. Er sah zu den Bogenschützen auf dem Kanathenerschiff hinüber.

Seon trat einen Schritt vor. »Wir sind ein Heer von zwei Völkern. Gortar, der Häuptling der Bermarer, steht zu meiner Linken, Konvai, der Häuptling des Felsenvolkes, zu meiner Rechten. Ich bin Seon.«

Der alte Seeräuber blieb stehen und starrte ihn an.

Als er nichts sagte, grüßte Konvai ihn und trat neben Seon. »Wo kommt ihr her? Seid ihr wirklich Kelser?«

Der Alte kletterte von der Reling und wandte sich von ihnen ab. »Ja«, murmelte er. »Wir sind Kelser.«

Er ging zurück zum Mast, wo er eine Kiste öffnete, aus der er einen ledernen Umhang zog. Er legte ihn sich um die Schultern und zog die Kapuze über seinen Kopf. Dann trat er wieder an den Achtersteven, wobei er sich an der Reling festhielt. »Es ist kalt«, sagte er. »Der Sommer ist kurz in diesem Jahr.«

»Bist du der Häuptling der Kelser?«, fragte Seon, der bereits einige Gesichter in der Besatzung der Schiffe wiedererkannt hatte. Er hatte gemeinsam mit diesen Männern gedient, ehe er nach Krugant gegangen war.

»Ich bin ihr Häuptling«, sagte der Mann nickend, »aber nicht ihr König.«

»Ich war Krieger im Burgheer von Kels.« Seon trat an die Reling. »Viele deiner Krieger sind mir bekannt, doch dich habe ich noch nie gesehen. Wie heißt du?«

»Sie nennen mich Kangir.«

Seon starrte ihn an. Wenn der Fremde die Wahrheit sagte, stimmten die Worte auf dem Pergament. Vor ihm stand Ars letzter Skerg. Für die Arer war ein Skerg wie ein König, der weit über die Grenzen von Ar hinaus Respekt genoss. Es wunderte ihn nicht, dass die Kelser ihm folgten.

»Nun, hat es dir die Sprache verschlagen?« Kangir spuckte über die Reling. »Oder bist du enttäuscht, weil ich nicht die prächtige Rüstung eines arenischen Heerführers trage?«

»Nein, ich bin nicht enttäuscht …« Seon fasste sich in den Nacken. »Ich freue mich. Es ist eine große Ehre für mich, einen Skerg aus Ar zu treffen.«

»Vieles hat sich verändert, seit Ar gefallen ist.« Kangir streckte seinen Arm zur Mannschaft hinter sich aus. »Ich bin kein Skerg mehr, sondern ein Krieger aus Kels. Das Meer hat uns zusammengebracht. Jetzt sind wir Die Toten. Denn unsere Frauen sind entweder Gefangene von Vendhurs verfluchten Kriegern oder tot. Deshalb wollen auch wir nicht mehr leben. Wir sind die Haie, die die Schwärme von Vendhurs Kriegsschiffen jagen. Wir sind die Wölfe, die alle töten, die sich zu weit vom Rudel entfernen. Wir bringen Furcht über die Krieger Kanaths.«

Jetzt trat auch Konvai an die Reling. Er fasste sich ans Kinn und betrachtete den alten Seemann. »Kangir, sagtest du? Dein Name ist Kangir?«

»Kangir«, wiederholte der Alte nickend und zog sich die Kapuze tiefer in die Stirn.

Konvai kratzte sich im Nacken. »Bist du jemals in Ber-Mar gewesen? Vielleicht sind wir uns dort begegnet. Es kamen Händler dorthin.«

»Ich war niemals in Ber-Mar.« Der Steuermann wandte sich von ihm ab. »Und wenn du klug bist, fragst du mich nicht, wo ich gewesen bin. Ich bin Kangir, der Rabe. An meinen Händen klebt mehr Blut als an all den euren zusammen.«

»Kangir ist das kelsische Wort für Rabe.« Seon legte Konvai die Hand auf die Schulter. »Es ist so, wie es in den Pergamenten steht, die wir gefunden haben. Die Kelser werden von einem arenischen Skerg mit Namen Kangir angeführt.« Er sah zu dem Mann mit dem grauen Bart hinüber. »Wir werden dich nicht fragen, wie dein Name war, als du Skerg von Ar warst. Ich kenne die Bräuche der Arer. Aber eines will ich dir sagen, Kangir: Du hast meinen Männer durch dein Kommen große Ehre erwiesen. Denn jetzt sehen wir, dass wir nicht die Einzigen sind, die gegen Vendhurs Macht ankämpfen.«

Brage, der längst begriffen hatte, dass sich Seon bei Kangir einschmeicheln wollte, nickte und zeigte dem alten Arer seine geöffneten Handflächen. »Es ist uns eine große Ehre«, wiederholte er. »Deine Nähe macht uns Mut.«

Gortar hatte still hinter Seon und Konvai gestanden, doch jetzt trat auch er an die Reling und maß den alten Seemann mit dem Blick. »Es heißt, Kels sei der Macht Vendhurs erlegen«, sagte er. »Warum seid ihr dann hier? Wenn deine Krieger wirklich Kelser sind, solltet ihr doch wohl im Westen sein und für die Befreiung Kels' aus den Klauen Vendhurs kämpfen.«

»All diese Männer haben gekämpft.« Kangir breitete die Arme aus. »Doch als Vendhur heransegelte und Kels belagerte, waren diese Krieger zum Kundschaften im Westen. Ich segelte damals mein eigenes Schiff und folgte den Kelsern, als sie nach Süden fuhren, um das Unrecht zu rächen, das begangen wurde, als Vendhur Kels in Brand steckte. Als wir die Krieger Vendhurs endlich einholten, kämpften die Kelser mit einer Wut, wie ich sie noch niemals zuvor erlebt habe. Und ich kämpfte mit ihnen. Doch die Kanathener waren stärker. Sie nahmen mir mein arenisches Langschiff und steckten es in Brand. Die überlebenden Kelser fischten mich aus dem Meer, und gemeinsam flüchteten wir gen Westen. Wir versteckten uns im Schatten des Sturmrands, denn die Kanathener fürchten die Fahrwasser im Westen.«

Gortar blickte zu Seon, doch nicht einmal dieser hatte Worte für das, was Kangir erzählte. Seon wusste, dass die Arer selten logen, weshalb er nicht an dem alten Seeräuber zweifelte. Doch seine Geschichte war kaum zu glauben. Ein Jahr war vergangen, seit Kels gefallen war, und es bedurfte großer Klugheit und einer erfahrenen Mannschaft, sich so lange auf dem Meer zu verstecken.

»Die Nacht ist schon alt.« Kangir wandte sich von ihnen ab. »Wie ich. Ich möchte jetzt schlafen. Lasst uns an Land zusammenkommen, wenn die Sonne hoch am Himmel steht. Wir haben noch viele Worte zu wechseln.«

Der alte Seemann öffnete die Decksluke beim Mast. Er schob die Kapuze in den Nacken, kletterte die Leiter hinunter und verschwand unter Deck. Die Kelser saßen auf den Ruderbänken und starrten Seon und die anderen Krieger auf den Kanathenerschiffen an.

Seon ging zu Brage, der noch immer mit der Fackel in der Hand an Deck stand. »Sorge dafür, dass die Kelser zu essen und zu trinken bekommen. Wir müssen ihnen Gastfreundschaft erweisen.«

Brage beugte sich zu Seon hinüber. »Wir haben aber jetzt schon kaum noch Proviant.«

»Sind die Jäger zurückgekommen?« Seon warf einen Blick auf die Kelsschiffe. Einige der Kelser hatten sich von den Ruderbänken erhoben. Sie musterten die Bermarer, deuteten auf die Lagerfeuer am Waldrand und sprachen flüsternd miteinander.

»Nein«, sagte Brage. »Wir erwarten sie erst morgen Abend zurück.«

»Dann gebt ihnen den letzten Met.« Seon kletterte auf das dahinter liegende Schiff. »Ich weiß, dass wir noch ein paar Schläuche haben. Das gibt für jeden Kelser einen Schluck. Aber denkt daran, mit ihnen zu trinken, sonst glauben sie, ihr wollt sie vergiften.«

Brage kletterte über die Reling und folgte Seon zum Strand. Sie duckten sich unter Fallseilen und Riemen hindurch, bis sie das letzte Schiff erreichten. Dort stiegen sie in das Ruderboot, das am Heck vertäut war. Brage schob das Boot vom geteerten Schiffsrumpf weg und ließ es die wenigen Speerlängen bis zum Land treiben. Ein paar Männer des Felsenvolkes erwarteten sie bereits am Strand und hielten das Boot fest, so dass Brage und Seon aussteigen konnten.

Sie gingen den sanft geneigten Wiesenhang zum Waldrand hinauf, ehe sie unter die Eichen traten. Als Seon vorbeiging, erhoben sich die Männer an den Feuern und grüßten ihn. Die Bermarer hatten die Dornensträucher zwischen den Bäumen abgehackt, doch noch immer lagen Zweige auf dem Boden. Seon schob sie mit dem Fuß beiseite, fluchte leise und ging an den Zelten vorbei. Der Vollmond stand tief, doch die Nacht war noch immer dunkel. Im Norden erklangen Schreie aus dem Wald; dämonisches Geheul, gefolgt von einem unmenschlichen Gelächter. Als die Männer zum ersten Mal die Landzunge untersucht hatten, war ihnen ein ausgebranntes Lagerfeuer am Waldrand aufgefallen, und Konvais Jäger hatten die Spuren eines Mannes entdeckt, der nach Norden gegangen und an einem Dornenstrauch gestolpert war. Seither waren sie überzeugt davon, dass ein oder mehrere Jäger vor ihnen dort gewesen und von Den Roten angegriffen worden waren. Denn es hieß, es seien Die Roten, die dort im Wald heulten. Auf jeden Fall meinten das Virga und die anderen Alten des Felsenvolkes. Bran und Dielan waren auf ihrem Weg an dieser Küste entlang auf Die Roten gestoßen und hatten gegen sie gekämpft. Doch auch wenn Dielan und Bran diese Begegnung überlebt hatten, normale Menschen würden nicht so glücklich sein. Denn Bran war eine Sagengestalt, ein mächtiger Krieger, der mit der Kraft vieler Männer gekämpft hatte.

Als die Schiffe hinter der Landzunge zum Vorschein kamen, war das gesamte Heer erwacht und in Richtung Waldrand gelaufen. Doch die schlaftrunkenen Bermarer waren sofort wieder zu ihren Decken zurückgekehrt, als sie erkannt hatten, dass die Schiffe keine Feinde brachten. Jetzt hockten die halbnackten Männer da und lauschten den dämonischen Schreien. Das Gerücht hatte sich in Windeseile von Mann zu Mann verbreitet: Die fremden Schiffe stammten aus Kels. Die Völker der Kelser und Bermarer waren befreundet, doch schon seit vielen Jahren hatte kein Bermarer mehr mit einem Kelser gesprochen. In früherer Zeit waren der Fluss, der über die Ebene führt, und der Karrenweg durch den Westwald eine Art Handelsroute gewesen. Jetzt waren viele Winter vergangen, seit die Schmiedezunft in Ber-Mar jeglichen Waffenhandel mit den Völkern südlich von Krugant verboten hatte. Seit dieser Entscheidung waren sich Kelser und Bermarer mit Misstrauen begegnet. Der Karrenweg war zugewachsen, und Ber-Mars Schmiede waren daheim im Tal geblieben. Brage war einer der wenigen, der aufgebrochen war, um Gold zu verdienen, aber weder die Zunft noch sein Vater hatten ihm erlaubt, nach Süden zu wandern, weshalb Brage nach Ulverham im Norden gezogen war.

Doch weder Brage noch Seon hatten jetzt Zeit für solche Gedanken. Kangir hatte sie zu einer Beratung geladen, und Seon musste die Karten und Schriftrollen der Kaane vorbereiten, die sie in Ber-Mar gefunden hatten.

Zurück in seinem Zelt begann Seon deshalb gleich, die Pergamente zu entrollen, die er in seiner Waffenkiste aufbewahrte. Er entzündete ein Talglicht an der Fackel, setzte sich mit verschränkten Beinen hin und führte seinen Zeigefinger über die Schriftzeichen auf den Pergamenten.

»Ich kümmere mich darum, dass die Kelser was zu trinken bekommen«, sagte Brage und zog einen Metschlauch unter einer der Decken hervor. Als Seon keine Antwort gab, kroch Brage aus dem Zelt. Er ging zum nächstgelegenen Zelt, hockte sich hin und fand einen weiteren Metschlauch zwischen den Decken. So ging er von Zelt zu Zelt weiter. Weder die Bermarer noch die Männer des Felsenvolkes wehrten sich dagegen, denn Brage war bei den Männern beliebt, und als er sagte, der Met helfe, das Vertrauen der Kelser zu gewinnen, rückten sie auch noch die letzten versteckten Metschläuche heraus. Schon bald konnte Brage zusammen mit einigen anderen Männern zum Strand hinuntergehen. Jeder der Männer hatte einen Metschlauch über der Schulter. Sie setzten sich in das Ruderboot und fuhren zu den Kelsschiffen hinüber, wo sie an Bord kletterten und den Met in die Helme der Krieger gossen. Die Kelser waren misstrauisch, doch Brage trank mit dem Steuermann jeden Schiffes und gewann auf diese Weise Vertrauen und Freundschaft. Bald hatte er mit jeder der acht Mannschaften auf Glück und Stärke angestoßen. Nur Kangir hielt sich unter Deck, doch das bekümmerte Brage nicht. Als er schließlich wieder in das Ruderboot kletterte, war sein

Kopf leicht und seine Beine waren schwer. Die Männer ruderten ihn an Land, als die Sonne im Osten aufging.

Brage schlief, während der Tag hereinbrach. Obgleich er der Meisterschmied von Ber-Mar war, war er doch nur ein gewöhnlicher Krieger des Heeres der zwei Völker. Alle wussten, dass er gemeinsam mit Seon viele Schlachten geschlagen hatte, und es hieß, er sei der beste Krieger, den die Nordlande seit Jahrzehnten gesehen hatten. Doch Brage ließ sich von derlei Gerüchten nicht schmeicheln. Er schnarchte laut im Zelt, während Seon über die Karten gebeugt dahockte. Als Seon die Pergamente zusammenrollte und das Zelt verließ, drehte Brage sich auf die Seite und murmelte etwas von Met und Frauen, wie es betrunkene Männer oft tun. Seon ließ ihn schlafen und schlenderte langsam zur Bucht.

Die Männer des Felsenvolkes hatten bereits das Ratsfeuer entfacht. Die Bermarer stritten untereinander, denn während einige meinten, die Kelser seien alte Freunde, die mit offenen Armen empfangen werden sollten, waren andere der Ansicht, die Seefahrer könnten sich selbst um das Feuer kümmern. Die Mannschaften der acht Kelsschiffe aber standen hinter den Relings und blickten Richtung Land. Die Bermarer konnten sie reden hören, doch in Kels wurde eine uralte Sprache gesprochen, die dem Nord-Arenisch, der Handelssprache, nur wenig ähnelte. Dennoch, die Tatsache, dass sich die Kelser weigerten, ihre Schiffe zu verlassen, war den meisten Bermarern Zeichen genug. Wenn sich die Kelser zu gut waren, Feuer für die Häuptlinge zu machen, wollten auch die Männer Ber-Mars keinen Finger rühren. So kam es, dass Virga und Konvai ihre gut dreißig Krieger zu sich riefen. Konvai suchte einen ebenen Platz am Waldrand. Das war wichtig für eine Ratssitzung von Häuptlingen, denn niemand durfte höher sitzen als der andere. Die Männer des Felsenvolkes gingen in den Wald und sammelten trockene Zweige, die nicht zu viel

Rauch machen würden. Sie breiteten dicke Felle um die Feuerstelle aus und trugen das wenige frische Fleisch herbei, das sie noch hatten. Als die Sonne hoch über der Landzunge stand, war der Ratsplatz vorbereitet. Das Feuer brannte, und der Wind hatte auf Nord gedreht und blies den Rauch in den Wald. Die zwei Metschläuche, die nach Brages Runde über die Kelsschiffe noch gefüllt waren, lagen auf den Fellen. Konvai bat seine Männer, unter die Bäume zu treten und sich still zu verhalten, solange der Rat andauerte.

Als Seon unter den Eichen hervortrat, waren Konvai und Gortar bereits unten am Ufer. Obgleich der Wind schwächer geworden war, blies es noch immer frisch, und Seon konnte die Brandung an der Westseite des Kaps hören.

Konvai und Gortar kamen zu ihm herauf. Das sanft abfallende Ufer war kaum mehr als einen Steinwurf entfernt, doch Tang und Algen machten die Steine rutschig. Gortar stützte sich auf seinen Oberschenkeln ab und krümmte den Rücken unter seinem Bärenfell. Unter dem Fellumhang trug er eine blaue Lodenweste und am Gürtel ein Kurzschwert. Der Häuptling der Bermarer hatte sich für die Zusammenkunft herausgeputzt, während Konvai noch immer die schmutzige, blutverschmierte Jacke trug. Als Seon die zwei Männer am Feuer traf, schnäutze sich Konvai in die Finger und sah zu den Schiffen hinüber.

»Wir haben sechs Schiffe.« Konvai zählte sie an den Fingern ab. »Und die Kelser haben acht. Vierzehn Schiffe, Seon. Ich weiß, was du denkst, doch das sind nicht genug, um sich der Kriegsflotte Vendhurs entgegenzustellen.«

Seon schob sich die Pergamente unter den Arm und blinzelte in die Sonne. »Ich sehe hier keinen Kelser. Und solange ich keinen Kelser am Feuer sehe, hat der Rat noch nicht begonnen. Behaltet eure Gedanken für euch, Männer. Zuerst wollen wir hören, ob Kangir Neuigkeiten vom Meer mitgebracht hat.«

Seon hatte die Worte kaum ausgesprochen, als der grauhaarige Seemann am Achtersteven des mittleren Kelsschiffes zum Vorschein kam. Sein schwarzer Umhang flatterte über seinem Rücken, als er auf die Reling kletterte. Er strich sich den dicken Zopf über die Schulter, hielt die Hand über die Augen und spähte an Land.

»Er trägt keine Waffen.« Seon hob den Arm zum Gruß. »Das heißt, dass er uns vertraut.«

»Uns vertraut?« Korvai schirmte mit der Hand die Sonne ab und schüttelte den Kopf. Denn Kangir ging nicht allein an Land. Aus jedem der acht Schiffe kletterte ein Mann auf die Reling. Sie stiegen an Bord des äußeren Kanathenerschiffes und folgten Kangir an Land. Virga und seine Söhne wichen zurück, als die acht Männer über das Deck schritten.

Die drei Männer blieben am Feuer stehen, während Kangir und die sieben Kelser über die Decks gingen. Obgleich er eines seiner Beine leicht nachzog, stieg der grauhaarige Seemann mit geübten Bewegungen über die Relings; er tauchte unter Fallseilen hindurch und wich Wassertonnen und Taurollen aus. Die sieben Kelser waren jünger und ließen den Alten zuerst in das Ruderboot hinabsteigen, das am inneren Schiff vertäut war. Sie stießen sich am Schiffsrumpf ab und ließen das Boot die kurze Strecke bis zum Land treiben. Die Kelser hielten das Boot fest, während Kangir auf die Ufersteine kletterte. Er machte ein paar Schritte in Richtung Ratsfeuer, spähte zwischen den Bäumen hindurch und sog prüfend die Luft ein. Als er den Arm hob und die Männer am Feuer grüßte, folgten ihm die sieben aus dem Ruderboot.

»Wir ehren den Kelskönig und seine Macht.« Seon erhob seine Stimme, um den Wind zu übertönen, während sich Kangir und die Kelser näherten. »Wir legen unsere Schwerter vor seinen Thron und bitten um Frieden und Bruderschaft für uns und unsere Söhne. Möge der Wille des Kelskönigs unser Gesetz sein und seine Weisheit …«

»Spar dir diese Rede.« Kangir, der endlich oben am Feuer angekommen war, fasste sich an die Hüfte und rieb sich sein krankes Bein. »Der Kelskönig ist während der Belagerung gefallen und die Kelsburg beheimatet Vendhurs Kaane. Sagt mir lieber, was ihr hier wollt und wo ihr herkommt.«

Seon machte eine Armbewegung in Richtung der Felle. »Wir haben viel zu reden.«

Kangir setzte sich und streckte sich nach einem Metschlauch aus. Er zog den Korken heraus, roch an dem Gebräu und runzelte die Stirn. »Das riecht wie arenischer Honigtrunk. Aber das kann ja wohl kaum sein, oder?«

Gortar setzte sich ihm gegenüber auf der anderen Seite des Feuers hin. »Das ist Met aus Ber-Mar«, erwiderte er lächelnd. »Besseren gibt es nicht. Trink, so viel du willst.«

Kangir schob sich die Tülle in den Mund und ließ sich den Met durch die Kehle rinnen. Während er trank, nahmen auch die sieben anderen Platz. Sie alle trugen lederne, vom Meersalz fleckig gewordene Hosen und verblichene Umhänge, doch im Gegensatz zu Kangir hatten die sieben Kelser kurze Haare. An ihren abgenutzten Gürteln hingen Kurzschwerter, und darüber hinaus trugen die meisten Dolchscheiden an den Lederstiefeln.

»Wie lange bist du schon auf dem Meer?« Seon setzte sich neben Konvai ans Feuer. »In der zweiten Festung, die wir eroberten, bin ich auf ein Schreiben eines Kaans aus dem Süden gestoßen. Darin hieß es, ein arenischer Skerg sei nach Norden geflohen und habe den Namen Kangir angenommen. Doch dort stand nicht, wann das war.«

Kangir setzte den Metschlauch ab und reichte ihn seinem Nebenmann. »Die Jahre waren lang. Denn ich habe kein Volk mehr, das ich das meine nennen kann. Jetzt ist das Meer meine Heimat.«

Konvai beugte sich zum Feuer vor. »Bist du jemals in Ber-Mar gewesen? Ich meine, dich einmal vor langer Zeit gesehen zu haben. Bist du in den Zeiten vor den Kanathenern nie nach Norden gesegelt?«

Kangir sah zu ihm hinüber. »Es ist nicht klug von einem Häuptling, seine Gäste mit Fragen zu quälen. Du hast ein ganzes Volk hinter dir – nicht alle Menschen können sich so glücklich schätzen. Für manche sind der Unfrieden und der Krieg der Pfad, dem sie folgen müssen. So war es für mich.«

»Wir werden nicht mehr darüber sprechen.« Seon streckte ihm in einer entschuldigenden Geste die Handflächen entgegen. »Ars Fall hat uns alle mit großer Trauer erfüllt. Doch da du in Begleitung zu uns gekommen bist, möchten wir deine Krieger bitten, uns ihre Namen zu sagen.«

Kangir blickte zur Seite. »Es sind nicht meine Krieger. Es sind freie Männer. Alle, die wir hier sitzen, sind Schiffer ihres eigenen Schiffes. Doch meine Freunde sprechen kein Nord-Arenisch, deshalb spreche ich für sie.«

»Dann sag uns ihre Namen.« Seon verschränkte die Arme vor der Brust.

Kangir legte die Hand auf die Schulter seines Nebenmanns. »Das ist S'dosdona. Er führt sein Schiff seit zweimal zehn Jahren.« S'dosdona nickte kurz. Er war ein schlanker Mann mit schmalen Schultern und sehnigen Armen. Seine Augen waren grau und kalt.

»Ohankor«, sagte Kangir und deutete auf einen der anderen Kelser. Ohankor war kleinwüchsig und untersetzt, und hatte eine Narbe auf der Wange. Kangir nahm sich viel Zeit, die Fähigkeiten der Seeleute zu preisen und von den Schlachten zu erzählen, die sie geschlagen hatten, und von den vielen Jahren, die sie unter dem Kelskönig gedient hatten, ehe Kels ein Opfer der Flammen wurde. M'dayá, der Rachsüchtige, erhob sich und grüßte Seon, Gortar und Konvai mit einer Hand, die in einen blutigen Lappen gewickelt war, und Wokin leerte den Metschlauch, während Kangir erzählte, wie Wokins Schiff einmal von einem Kretterschiff versenkt wurde. Des Weiteren waren da noch Wicatá und Wacinuni, der Verrückte, und Eyan, der geschworen hatte, den Kaan zu töten, der das Haus in Brand gesteckt hatte, in dem sich seine Frau versteckt hielt. Der siebte Schiffer war Ope, ein alter Mann, der zitternd die Hand zum Gruß hob.

»Das sind ihre Todesnamen«, erklärte Kangir. »An dem Tag, als Kels brannte und sie ihre Frauen, Söhne und Töchter verloren, haben sie diese Namen angenommen. So ist es Brauch in Kels. Ein Mann, der für seine Rache lebt, ist mehr tot als lebendig. Deshalb nennen wir uns Die Toten.«

»Und was ist mit deinem Namen?« Konvai neigte den Kopf zur Seite und sah Kangir an. »Ist Kangir auch ein Totenname? Und wenn es so ist, wie hießest du zuvor?«

Seon ergriff Konvais Arm und warf ihm einen scharfen Blick zu. Eine solche Frage war eine Beleidigung.

Doch Kangir fuhr nicht auf, wie die meisten Kelser es getan hätten. Er streckte die Hände zu den Flammen aus, holte tief Luft und seufzte. »Jetzt ist nicht die Zeit, um in der Vergangenheit zu graben. Wir haben anderes zu tun. Vendhur sammelt eine Flotte bei Cogga. Ich glaube, dass er bald nach Norden segeln wird. Ich habe mich gefragt, warum. Und jetzt weiß ich, weshalb. Die Tauben …« Der alte Mann blickte in den Himmel. »Was immer ihr mit den Kanathenern im Norden getan habt, es ist ihnen gelungen, vor ihrem Tod die Tauben nach Süden zu schicken.«

»Tauben?« Gortar grinste. »Wovon redest du?«

Kangir blickte ihn an. »Habt ihr euch niemals gefragt, wie es Vendhur gelingt, seine vielen Krieger unter Kontrolle zu behalten? Sie sind überall in der uns bekannten Welt verteilt, doch ihre Kuriere reiten auch nicht schneller als die Reiter der Feinde. Die Schiffe der Kanathener sind langsamer als die unseren, aber dennoch hat Vendhur Ar und Krugant, die Küste östlich dieses Kaps und das gesamte Land am Meer erobert. Habt ihr euch niemals gefragt, wie ihm das gelingen konnte?«

»Brieftauben«, sagte Seon. »Du sprichst von Brieftauben.«

»Sie fliegen in wenigen Tagen über das Meer.« Kangir zeigte aufs Wasser. »Nach Vandar und Mansar und von dort weiter nach Kanath. Noch vor wenigen Jahren glaubten wir, es gäbe südlich von Mansar kein Land mehr. Doch die Gefangenen, die wir nahmen, erzählten uns etwas anderes. Kanath ist ein mächtiges Reich. Es ist das Land, in dem Tarkin lebt.«

Gortar spuckte in die Flammen. »So ehre ich Tarkin«, sagte er und schnäuzte sich in die Finger.

»Da sind alle Kelser deiner Meinung.« Kangir zog die Mundwinkel hoch, doch der graue Bart verriet nicht, ob er lächelte. »Deshalb leben wir draußen auf dem Meer. Dort sind wir noch immer frei.«

Gortar blickte zu Seon, der sich nach vorn beugte und ein paar trockene Zweige aufs Feuer legte. Er wusste, dass jedes Wort genau abgewogen werden musste. Wenn er Kangir und den Kelsern Respekt erwies, konnte er sie vielleicht überreden, sich dem Heer anzuschließen.

»Alle unsere Männer kennen den Mut der Kelser.« Seon legte die Hände in den Schoß und sah zu den acht Seeleuten auf der anderen Seite des Feuers hinüber. »Ich selbst habe in Krugant gegen Vendhurs Krieger gekämpft. Nur durch Glück konnte ich entkommen. Ich floh mit zweien meiner Männer durch den Westwald. Wir wollten in Kels Schutz suchen, doch unterwegs fanden wir einen Boten mit einem Brief des Kelskönigs. In diesem Brief stand, dass Kels fallen werde. Deshalb gingen wir nach Norden. Wir zogen Richtung Ber-Mar, doch auch die Stadt der Schmiede war von den Schwarzen eingenommen worden.«

Konvai schob sich etwas dichter an die Kelser heran. »Aber wir haben die Kanathener vertrieben. Ich habe das Tal mit vierzig meiner besten Krieger angegriffen. Gemeinsam mit den Bermarern haben wir die Schwarzen getötet.«

Seon nickte. »Und jetzt ist die Zeit gekommen, nach Süden

zu blicken. Ich will nicht länger warten, und ich will euch sagen, was ich dachte, als ich die acht stolzen Kelsschiffe in die Bucht segeln sah. Ich will euch bitten, mit uns zu segeln. Gemeinsam können wir Cogga angreifen. Ich habe die Pergamente der Kaane gelesen, Kangir. Darin ist immer wieder von der Flotte die Rede, die in Cogga liegt, nördlich von Torman.«

»Ich weiß, wo Cogga ist.« Kangir blickte auf seine Hände. »Doch wer nach Cogga segelt, muss damit rechnen, vandarischen Kriegsschiffen zu begegnen. Von Cogga aus überwachen sie das Meer, und die Tauben brauchen von Cogga nach Torman bloß einen Tag. Wer also Cogga angreift, wird die Schiffe von Torman in seinem Rücken haben. Und dort liegen viele Schiffe.«

»Wir können jetzt nicht mehr zurück.« Seon ließ seinen Blick über die Bucht und die Schiffe schweifen. »Die Kanathener werden zurückkommen und uns angreifen. Wir müssen den Spieß umdrehen und mit ihnen verfahren, wie sie mit uns verfahren sind. Wir müssen nach Süden segeln und ihre Häfen in Brand stecken, solange ihre Ostflotte sich noch in Krugant und Kels aufhält.«

Eine Windbö wehte über das Felsenkap. Kangir legte sich den Umhang um die Schultern. Unten in der Bucht schlugen die Fallseile gegen die Masten. Kangir hustete und fasste sich an die Stirn.

»Kommt mit uns«, bat Seon. »Segelt mit uns nach Süden, Kelser. Die Götter werden unseren Mut sehen und uns zum Sieg verhelfen!«

»Die Götter …« Kangir beugte sich vor und runzelte die Stirn. »Die Götter kümmern sich nicht um uns Menschen.«

»Dann begleite uns als der Krieger, der du bist.« Seon griff nach dem letzten Metschlauch und reichte ihn um das Feuer. Doch als die Kelser ihn an Kangir weitergaben, lehnte dieser ab.

»Wir haben geschworen zu kämpfen«, sagte er. »Doch

wenn wir nach Süden segeln, werden wir niemals mehr nach Hause zurückkehren. Seit drei Jahrzehnten bin ich jetzt da draußen. Ich habe gegen Vandarer und Mansarer, gegen Seeräuber und alle anderen Feinde Ars gekämpft. Ich habe den Sturmrand durchsegelt, wo sich die Seeschlangen in den Wellen wälzen. Ich habe Kanathenerschiffe in Brand gesteckt und zugesehen, wie die Stürme Mansarer, Vanderer und Kanathener verschluckten. Öfter als ich zählen kann, habe ich in die blutige Fratze des Todes geblickt. Doch noch habe ich ein paar Sommer zu leben.«

Seon senkte den Blick. »Sprichst du auch für die sieben Kelser, die hier bei dir setzen, wenn du das sagst?«

Kangir wandte sich auf Kelsisch an die Schiffer neben ihm. Seon brauchte die Sprache nicht zu sprechen, um zu verstehen, warum sie die Köpfe schüttelten. Es war zu gefährlich, nach Süden zu segeln. Und die Kelser waren als starrköpfig bekannt; sie wollten kämpfen, um die Kelsburg zurückzuerobern, obgleich sie tief in ihrem Innersten wussten, dass ihnen das niemals gelingen würde, solange Vendhur die Meere beherrschte.

»Sie sagen Nein.« Kangir nahm einen Schluck aus dem Metschlauch und wischte sich den Mund ab. »Wir haben die schwarzen Kriegsschiffe nach Süden segeln sehen. Wir wissen, dass sie sich rund um Cogga aufhalten. Es wäre Wahnsinn, sie anzugreifen. Gemeinsam haben wir vierzehn Schiffe. Bei Cogga liegen viel mehr, und bei Torman wartet eine ganze Flotte. Doch es gibt noch einen weiteren Grund, warum wir euch nicht folgen wollen.«

Seon blickte auf. »Und der wäre?«

»Du hast schwarze Haut.« Kangir sah ihn aus schmalen Augen an. »Du siehst aus wie ein Kanathener, und ich habe bemerkt, wie du versucht hast, dein Gesicht zu verbergen, als wir in die Bucht ruderten. Wir haben zuvor schon schwarze Männer gesehen und viele von ihnen getötet. Warum sollten wir also dir nach Süden folgen? Unsere Mannschaften würden sich darüber wundern. Vielleicht würden sie glauben, dass du sie in die Fahrwasser deiner Freunde locken willst.«

Seon fasste sich an die Augen. Wieder begegnete ihm das Misstrauen der Kelser.

»Und Ope fragt sich, warum du Kels so plötzlich verlassen hast. Wusstest du, dass die Kanathener kommen würden? Warst du ein flüchtiger Krieger aus Vendhurs Heer? Meine Männer stellen sich viele Fragen, zu viele, um dir nach Süden zu folgen.«

Seon erhob sich, wandte den Kelsern den Rücken zu und ging zum Waldrand. Gortar und Konvai sahen einander an. Konvai stand auf und ging Seon rasch nach, und Gortar blieb allein sitzen; er räusperte sich und legte seine Hände auf die Knie, während die Kelser flüsternd die Köpfe zusammensteckten. Kangir beobachtete Seon und Konvai, bis auch er sich plötzlich erhob und zum Strand ging. Mit rauer Stimme sagte er etwas zu den Kelsern, kletterte ins Ruderboot und wartete dort, bis ihm die sieben Männer folgten und das Boot ins Wasser schoben. Kangir schlug mit der Hand auf den Dollbord und sah zum Lagerfeuer hoch, an dem sich jetzt auch Gortar von den Fellen erhob. Dann kletterte Kangir über die Reling des ersten Schiffes und bahnte sich einen Weg zu den Kelsschiffen.

Es sprach sich schnell herum, dass der Rat misslungen war. Konvai ging von Zelt zu Zelt und erzählte seinen dreißig Kriegern, dass er gute Neuigkeiten habe, denn ohne die Unterstützung der Kelser konnten sie nicht nach Süden segeln, sondern mussten nach Norden zurückkehren. Seon blieb in seinem Zelt, und als Gortar kam und ihn fragte, warum er sich so schnell zurückgezogen hatte, trat Brage heraus und sagte, Seon brauche Ruhe. Die Bermarer saßen vor ihren Zelten und redeten. Niemand wusste, was jetzt geschehen würde, doch Gortar erzählte, dass die Kelser Seon beleidigt und sich geweigert hätten, mit ihm nach Süden zu ziehen.

Als die Sonne im Westen im Meer versank, entzündeten die Bermarer die Lagerfeuer. Die Jäger waren mit zwei Hirschen aus dem Wald zurückgekehrt. Das war zu wenig, um das ganze Heer satt zu bekommen, aber so oder so hätte jetzt niemand mit den Kelsern geteilt. Die fremden Krieger blieben auf ihren Schiffen, wo sie Taue banden und Segel flickten. Einige standen still an der Reling und starrten an Land, was weder den Bermarern noch den Felsenvölklern gefiel. Die Gerüchte verbreiteten sich von Feuer zu Feuer; es hieß, die Kelser nannten sich Die Toten. Konvais Felsenkrieger, die nur allzu gern an so etwas glaubten, flüsterten, dass sie vielleicht wirklich tot waren und dass die Mannschaften der acht Schiffe sich aus den Geistern der Kelser zusammensetzten, die bei der Schlacht um die Kelsburg gefallen waren. Wie hätten sie sonst den Angriff Vendhurs überleben sollen? Der alte Schiffer war auf seinem Schiff unter Deck verschwunden, nachdem er die Mannschaft zurechtgewiesen hatte. Die Kelser machten keine Anzeichen, die Vertäuungen zu lösen, aber weder die Bermarer noch die Felsenvölkler wagten es, sie fortzuschicken.

So kam der Abend. In der Dämmerung glühten die Lagerfeuer zwischen den Bäumen, und die Kelser zündeten draußen auf den Langschiffen die Fackeln an. Die Seeleute befestigten Speere an der Reling und banden Fallseile und Riemen hoch. Sie machten die Schiffe seeklar. Sie kochten eingesalzene Fische und tranken Wein, gemischt mit herbem Süßwasser.

Die Bermarer hockten unter ihren Decken und Fellen an Land und sahen ihnen zu. Metallische Klänge ertönten vom westlichsten Schiff, auf dessen Deck ein Schmied über einen Amboss gebeugt dastand. Die Bermarer und die Männer des Felsenvolkes saßen schweigsam in der Dunkelheit. Das Geheul aus dem Wald hallte durch die Nacht, und die Männer kauerten sich um die Lagerfeuer und umklammerten ihre Speere. Wer sich bereits in den Zelten zur Ruhe gelegt hatte, zog die Decken über den Kopf, denn es hieß, dass die Waldgeister hier im Süden ihre Körper verlassen und zwischen den Baumkronen hindurchschwirren könnten. Sie seien auf der Suche nach den Augen der Männer, und wenn ein Unglücklicher zu ihnen aufsah, konnten sie ihm seine Seele entreißen. Die Jäger hatten Schritte zwischen den Bäumen gehört. Sie waren sicher, dass ihnen jemand bis zum Lager gefolgt war, hatten jedoch keine Spuren finden können. Deshalb fürchteten sie die Geister.

Als die Sonne im Osten aufging, waren die Kelser zum Aufbruch bereit. Kangir stand im Bug seines Langschiffes und wandte sich an die anderen Schiffer. Sie wollten nach Osten segeln und eine Tagesreise vor dem Kanathenerlager anlegen. Dort wollten sie ihre Wasservorräte auffüllen, um wieder länger auf dem offenen Meer bleiben zu können. Die kanathenischen Kriegsschiffe waren nach den langen Liegezeiten in den eroberten Häfen wieder in Bewegung. Kangirs Kelser wollten im Schutz der ewigen Stürme im Westen lauern und die Schiffe überfallen, die sich zu weit von den anderen entfernten. Das war ihr Krieg. Die Rache der Kelser.

Rufe und Befehle hallten von Schiff zu Schiff. Die Männer am Waldrand sahen schweigend zu den Kriegern auf den Langschiffen, die Taue einholten und Riemen strafften. Die Querbäume wurden in den Wind gedreht und die Segel herabgelassen. Die Schiffer blickten zu den flatternden Segeltüchern auf. Nur Virga, seine Söhne und die anderen, die die gestohlenen Kanathenerschiffe an der Küste nach Süden gesegelt hatten, wussten, dass die Seeleute nach Rissen in den Segeln Ausschau hielten. Der Wind, der über das Felsenkap wehte, war noch immer stark, und die Federwolken hoch oben am Himmel zeigten keine Wetteränderung an.

Seon und Brage traten an den Waldrand. Seons Blick war hart, als er sich den Umhang umlegte und zu den Schiffen sah.

»Da fahren sie«, sagte Brage und spuckte auf den Boden.

»Verfluchte Kelser«, murmelte Seon. »Sie halten sich für besser als alle anderen.«

Konvai drängte sich zwischen den Bermarern hindurch, die neben Brage standen. »Mutig sind sie, das muss man ihnen lassen.« Er ging ein Paar Schritte Richtung Wasser. »Es ist wohl am besten, wenn wir nach Hause zurückkehren. Wir werden sie niemals wiedersehen. Früher oder später wird Vendhur sie finden.«

Seon schob die Hände hinter seinen Gürtel. »Sollen die Kanathener sie doch versenken, sie haben es nicht besser verdient.«

Brage sah ihn an. Erneut war es die Farbe seiner Haut gewesen, die seinem Blutsbruder alles verdorben hatte. Brage erinnerte sich an all das, was ihm Seon über die Länder südlich des Meeres gesagt hatte. Er wurde von den Mansarern vertrieben, dem Volk seiner Mutter. Er wurde von Vandarern und Oldamenn gleichermaßen gejagt, und erst im Norden war es ihm gelungen, sich Respekt zu verschaffen. Doch niemand traute ihm. Er zog von den Schutzheeren der Reichen zu den Burgwehren und tötete für Geld und Wein. Brage wusste all das, denn er war mit Seon geritten und hatte sein Leben geteilt. Doch als Seon aus Ber-Mar vertrieben worden war, war Brage in seiner Heimatstadt geblieben. Es war eine lange Geschichte, eine Geschichte, die sie beide geformt hatte.

Die Mannschaft eines weiteren Schiffes zog die Vertäuungsriemen ein. Kangir stand am Steuerruder und schrie seinen Männern Befehle zu. Die Kelser zogen den Querbaum weiter am Mast hoch und strafften die Schoten.

Da ertönten Schreie im Wald. Männer stürzten zwischen den Bäumen hervor, sprangen ins Wasser, warfen sich von den Schären und schwammen in Richtung der Schiffe.

»Walddämonen!« Ein halbnackter Bermarer stürmte aus dem Wald und packte Seon. »Da sind Walddämonen!«

Der Bermarer blickte über die Schultern zurück, ließ Seon los und hastete weiter Richtung Meer. Den Männern, die die Kelsschiffe beobachtet hatten, schwante Böses, so dass auch sie zum Wasser hinuntergingen. Einige legten sich die Hand über die Augen und stolperten in Richtung Wasser, während andere von den Klippen sprangen.

»Kommt zurück!« Seon schrie den Männern nach, doch keiner hörte auf ihn. Gortar schüttelte Seons Arm und versuchte, ihn zu den Schiffen zu ziehen. »Wir müssen hier weg! Es sind die Dämonen!«

Seon packte sein Schwert und verschwand, dicht gefolgt von Brage, zwischen den Bäumen. Sie versuchten, die flüchtenden Männer zurückzuhalten, doch schon bald standen sie allein zwischen den Zelten. Seon lauschte auf Stimmen oder das Geräusch von Schritten auf dem Waldboden, doch er hörte nur das Rauschen der Baumkronen und die Rufe der Männer, die zu den Schiffen schwammen.

»Vielleicht sind es Pferdediebe.« Brage hockte sich vor einem Zelt hin und zog einen Speer aus der Zeltöffnung. »Eine Bande aus den Bergen vielleicht.«

»Niemand hätte auf so eine Entfernung den Rauch sehen können.« Seon stieg auf einen Sattel, der auf dem Boden lag. So hatte er einen guten Blick über die Zelte und die Umzäunung, die Konvais Männer zwischen den Bäumen errichtet hatten. Die Pferde grasten. Sie waren ruhig.

»Ich höre niemanden.« Brage schüttelte den Kopf. »Was ist nur in die Männer gefahren, Seon?«

»Sie brauchen eine Schlacht. Einen Feind, gegen den sie kämpfen können.« Seon stieg wieder vom Sattel. »Aber lass uns jetzt zurückgehen. Wir müssen sie beruhigen, ehe die Kelser uns noch für verrückt halten.«

Brage hängte die Streitaxt an seinen Gürtel. Seon sah zu

den Baumkronen auf, als eine Windbö vom Meer in den Wald wehte. Die dicken Eichenzweige bewegten sich. Laub raschelte, und die Lichtstrahlen stachen wie Speere durch die Äste. Ein Zweig fiel aus dem Laubdach vor Seons Füße. Er drehte sich zum Meer um.

Sie standen am Waldrand. Vier Gestalten, halb versteckt im Schatten eines Eichenstamms. Sie reichten einem erwachsenen Mann kaum bis zur Hüfte, hatten aber breite Schultern und hielten lange Speere in ihren groben Fäusten. Die Geschöpfe trugen Lodenumhänge und graue Wämser. Unter den Kapuzen funkelten dunkle Augen. Sie trugen Säcke auf dem Rücken und starrte Brage und Seon über ihre langen Bärte hinweg an. Ein Dunst von Blut breitete sich zwischen den Bäumen aus.

»Brage. Seon.« Das vordere der vier Wesen trat aus dem Schatten. »Ist das die Begrüßung für alte Freunde?«

Brage griff zu seiner Axt, doch etwas ließ ihn zögern. Der kleinwüchsige Jäger lehnte den Speerschaft gegen seine Schulter und strich sich über seinen langen, geflochtenen Bart. Er hatte das Gesicht eines alten Mannes und einen weißen Bart, der ihm bis auf den Bauch herabhing.

»Loke.« Brage ließ die Axt fallen. »Bist du das wirklich?«

Ein breites Lächeln erschien auf Lokes faltigem Gesicht. Er winkte die drei anderen aus dem Schatten, ehe er sich wieder den Männern zuwandte. »Wir konnten uns nicht lange ausruhen, als wir wieder im Westwald waren. Geht nach Westen, sagten die Bäume. Sucht das Kap, das wie eine Klaue aus Stein aussieht, raunten die Wurzeln. Findet die zwei Völker, sagte der Geist des Gamle. Und wir wussten, wohin wir gehen mussten, denn damals, als Gamle uns ausgesandt hatte, um den Wiedergeborenen zu suchen, sind wir auch durch die Schwarzen Berge gegangen.«

Seon trat zu Brage. Er blieb neben ihm stehen und sah die vier mit einer tiefen Falte zwischen den Augenbrauen an.

Loke blickte zu ihm auf und lächelte. »Du solltest dich freuen, Heerführer. Wir sind gekommen, um mit euch zu kämpfen.«

Seon warf einen Blick auf die drei anderen, die hinter Loke standen. Die graubärtigen Jäger trugen abgenutzte Lodenkleider, die von Wind und Wetter verblichen waren. Der große Waldgeist rechts von Loke war Bile. Er war einen Kopf größer als die anderen und trug vier Zapfen an einer Kette um den Hals. Hinter seinem Weidengürtel steckte ein langes Messer. Vile versteckte sich hinter Lokes Rücken, sein glatter Bart war über die Brust nach unten gekämmt. Er war schmächtiger als die anderen und statt eines Messers hatte er eine Flöte am Gürtel. Doch einer der Waldgeister stand noch immer im Schutz des Schattens. Loke winkte ihn zu sich. Seon und Brage sahen die Narbe auf seiner Brust und den abweisenden Blick und erkannten ihn sofort. Bul war während der ganzen Wanderung durch den Westwald mürrisch und stumm gewesen, und das schien er noch immer zu sein. Seon und Brage erkannten sie alle wieder, denn es waren eben diese Geschöpfe gewesen, die sie nach der Schlacht bei Krugant auf dem Karrenweg durch den Westwald begleitet hatten. Das waren keine Walddämonen, auch wenn Brage das selbst geglaubt hatte, als er sie zum ersten Mal sah. Sie hatten Ulvs Wunden geheilt, die er sich in der Schlacht zugezogen hatte. Es waren die Waldgeister, Trolljäger, Nebelwesen, die den Kruginern solch einen Schrecken eingejagt hatten. Loke, der weißbärtige Anführer der vier, hatte sie alle sicher zur Siedlung des Flussvolkes gebracht. Die vier hatten sich kaum verändert; nur ihre Rindenstiefel und Lodenkleider schienen noch abgenutzter als damals zu sein.

»Wir sind den Spuren des Heeres gefolgt.« Loke kniff die Augen zusammen und deutete nach Norden. »Eure Pferde haben eine deutliche Spur durch den Wald gezogen. Wir haben die Festungen gesehen, die ihr niedergebrannt habt. Seid gewiss, dass die Götter weinen, denn ein großes Unglück sucht dieses Land heim.«

»Bist du gekommen, um für die Sache der Feinde zu sprechen?« Seon legte seine Hand auf Brages Schulter. »Ich dachte, ihr wärt gekommen, um gemeinsam mit uns zu kämpfen.«

»Ja.« Loke wandte sich zum Waldrand. »Denn die Bäume haben mir etwas zugeflüstert. Sie sprachen von einem Mann aus dem Meer. Er ist der Schlüssel zum Sieg, wispert der Wald.«

»Ein Mann ist gekommen.« Brage trat an den Waldrand und blickte zur Bucht hinunter. Vier der Kelsschiffe hatten bereits den Anker gelichtet und den Bug nach Süden gewendet, doch die mittleren Schiffe warteten noch immer auf ausreichend Platz, um sich an der Ankerkette ins freie Wasser zu ziehen. »Dort unten«, sagte Brage. »In dem mittleren Schiff. Er nennt sich Kangir.«

Loke schob das Unterholz zur Seite und trat zwischen den Eichenstämmen hindurch ins Freie. »Sie brechen gerade auf. Aber noch ist es nicht zu spät.«

Der kleine Jäger hastete ans Wasser. Die Männer, denen es gelungen war, an Bord der Kanathenerschiffe zu kommen, erblickten ihn und schrien, dass die Dämonen ihnen folgten. Wer noch im Wasser war, kämpfte mit den anderen um einen Platz an der Strickleiter.

Da hastete Brage hinter Loke her. »Kommt zurück, Männer! Das ist Loke! Er ist ein alter Kampfgefährte von Seon und mir!«

Einige der Männer auf den Schiffen wagten einen vorsichtigen Blick über die Reling. Loke hob den Arm, grüßte sie und wünschte ihnen Frieden. »Ich bin Loke aus dem Westwald! Der Trolljäger Loke! Ich bin gekommen, um gemeinsam mit euch zu kämpfen!«

»Hört, was er sagt, Männer!« Brage lief zum Wasser hinunter und schwang die Arme über dem Kopf. »Loke ist einer von uns! Und jetzt verhaltet euch endlich wieder wie Männer und nicht wie abergläubische Kretterweiber!«

Es wurde still auf den Schiffen. Wer noch im Wasser war, begann wieder ans Ufer zu schwimmen. Doch zu Loke hielten sie trotzdem Abstand. Der Waldgeist grüßte sie alle; er verbeugte sich kurz und lächelte. Seon stand noch immer oben am Waldrand, doch als Bile, Vile und Bul zwischen den Büschen und Eichenstämmen zum Vorschein kamen, wagten es die Männer nicht mehr, zu ihm zu gehen. Seon selbst kümmerte sich nicht um die Krieger, denn jetzt schoben einige Bermarer ein Ruderboot an Land. Die Männer kletterten auf die Uferfelsen, und Loke stieg ins Boot. Als Brage ebenfalls einsteigen wollte, schüttelte Loke den Kopf und stieß sich mit dem Speer ab. Er stellte sich breitbeinig in die Mitte des Bootes und breitete die Arme aus, als eine Windbö das Boot packte.

Seon stand schweigend da und betrachtete den alten Waldgeist. Das Ruderboot stieß an das nächste Kanathenerschiff, und Loke ergriff die Strickleiter. Er hielt den Speer in der einen Hand, während er sich mit der anderen festklammerte und auf die Reling kletterte. Er wälzte sich hinüber, kam wieder auf die Beine und rannte über das Deck, während die Männer vor ihm zurückwichen. Loke erklomm die Reling, die zur Seeseite lag, streckte die Arme über den Kopf und rief etwas. Seon hörte nicht, was er rief, doch gleich darauf kam Kangir auf dem Langschiff zum Vorschein. Er kletterte am Achtersteven hoch und hielt sich die Hand über die Augen. Als er Loke erblickte, stieg er von der Reling nach unten und ging gebeugt zur Luke zurück, während er sein Gesicht in den Händen verbarg. Doch Loke sprang auf das zweite Kanathenerschiff, hastete über das Deck und erklomm die nächste Reling. Erneut rief er Kangir, der sich umdrehte und sich die Kapuze in den Nacken schob. Er rieb sich die Augen, als könne er nicht glauben, was er sah. Loke zeigte mit dem Speer zu den Schiffen, die bereits abgelegt hatten, wedelte mit den Armen und sprang auf das dritte Kanathenerschiff.

Vom Waldrand aus sah Seon Kangir an Deck auf und ab gehen. Wenn er es nicht besser gewusst hätte, hätte er jetzt wirklich geglaubt, Loke sei ein Dämon, der den alten Seemann verhext hatte. Denn nun ergriff der arenische Schiffer das Bronzehorn an seinem Gürtel und blies viermal hinein. Die Schiffe machten kehrt und näherten sich wieder dem Land. Loke rannte über die Decks, kletterte über Relings und erreichte schließlich das letzte Kanathenerschiff. Von dort aus sprang er auf Kangirs Langschiff. Er schleuderte den Speer auf das Deck und ging langsam auf den alten Seemann zu. Kangir hatte sich an den Mast gelehnt, und als Loke ihn erreichte, neigte er den Kopf zur Seite. Er griff sich ans Bein, hinkte zur Luke und kletterte unter Deck. Loke folgte ihm. Die Mannschaft sah ihrem Schiffer nach, doch Kangir kam nicht wieder nach oben.

»Wir haben Wein.« Bile, der untersetzte Waldgeist, zog Seon am Ärmel. »Ich weiß noch, dass dir der im Westwald immer geschmeckt hat. Lass uns einen Schluck trinken, Großer.«

Brage kam gemeinsam mit Konvai, der das Wasser aus seinen langen Haaren wrang, vom Ufer herauf.

»Kommt, setzt euch zu uns und trinkt!« Bile nahm seinen Rucksack ab und kramte einen alten Krug hervor. »Wir haben viel zu erzählen. Und Loke wird lange im Boottier bleiben, glaube ich. Kommt und trinkt!«

Seon trat zwischen die Bäume. Dort stand Bul. Sein Blick war finster, und er hielt den langen Trollspeer quer vor sich, so dass Seon nicht vorbeikam. Der schwarz gekleidete Waldgeist blickte zu ihm auf. »Ulv ist nicht bei euch?«

»Nein«, antwortete Seon. »Er ist nach Süden gewandert.«

Bul lehnte den Speer an seine Schulter. »Dann ist es so, wie Loke es gesagt hat. Der Krieg, die Schiffe, der Mann aus dem Meer. Alles deutet auf den Zweikampf der Götter hin.«

»Ich bin müde«, murmelte Seon. »Gebt mir einen Schluck von eurem Gebräu.«

Bul hatte gerade erst seinen Sack abgesetzt, als Bil und Brage unter die Bäume traten. Konvai und Gortar folgten ihnen, die Hände an den Schwertern. Doch die drei Waldgeister stellten ihre Speere an einen Baumstamm und setzten sich vor eines der vielen Zelte, wo Bil ein Feuer machte. Bald züngelten die Flammen aus den trockenen Zweigen, und die Männer nahmen am Feuer Platz. Der Krug wurde von Mann zu Mann gereicht, und der starke Trunk brannte den Männern ihr Misstrauen aus. Bile erzählte von der langen Wanderung über die Ödlande und die Schwarzen Berge. Sie hatten Die Roten in den Tälern laufen sehen und die Waldteufel in den Baumkronen schnattern hören. Es war ein seltsames Land, in das sich nicht einmal Vendhurs Reiter wagten. Doch als die Männer fragten, warum die Waldgeister diesen Weg genommen hatten und wie sie wissen konnten, dass sich das Heer hier an der Südspitze des Landes befand, sahen sich die Waldgeister nur schweigend an.

Es dauerte nicht lange, bis sich die Nachricht von Zelt zu Zelt verbreitet hatte. Die kleinwüchsigen Jäger waren keine Dämonen, sondern Krieger aus den Bergen im Landesinnern. Einige behaupteten, sie seien den weiten Weg vom Westwald gekommen, und Konvais Männer wussten zu erzählen, dass ihre Väter und Mütter von vier kleinwüchsigen Jägern erzählt hatten, die Bran und das Felsenvolk auf ihrem Weg nach Norden an der Küste entlang begleitet hatten. Doch das lag mehr als viermal zehn Jahre zurück, und bereits damals seien die vier Jäger alt gewesen. Einige meinten, es seien die gleichen Geschöpfe wie damals, doch die Bermarer konnten sich nur schwer vorstellen, dass jemand so lange leben konnte. An allen Feuern und in jedem Zelt wurde geredet, doch niemand wagte es, sich dem Lagerfeuer zu nähern, an dem die drei Waldgeister gemeinsam mit Seon, Konvai und Gortar saßen. Also warteten die Männer. Jetzt, da die Kelser ihre Boote wieder festgemacht hatten, wusste niemand, was geschehen würde. Kangir war unter Deck verschwunden, und die Kelser saßen auf den Ruderbänken ihrer Langschiffe und unterhielten sich in ihrer Sprache. Der Wind fegte über die Eichenkronen, und die Wellen schlugen rhythmisch an die Küste westlich des Waldes. Bald hatte die Sonne ihre Bahn über das Felsenkap gezogen.

Gegen Abend flaute der Wind ab. Die Wellen rollten im goldenen Licht der Abendsonne gegen das Kap, und die Langschiffe rieben sich knirschend aneinander, während die Fallseile an die Masten schlugen. Die Kelser hatten die Feuerschalen entzündet und kochten in ihren eisernen Töpfen Trockenfisch. Unter den Eichen saßen die Männer, tranken aus ihren Wasserschläuchen und ließen das mittlere Kelsschiff nicht aus den Augen. Dort war Kangir. Weder der alte Seemann noch Loke hatten sich an Deck gezeigt, und die Bermarer begannen langsam, den kleinwüchsigen Jäger der Hexerei zu bezichtigen. Vielleicht hatte er Kangir verhext oder getötet und seine Seele gegessen. Jetzt lag Loke unter dem Deck des Kelsschiffes und verdaute die Lebenskraft des toten Seemanns, wie es in den Geschichten über den fernen Westwald hieß. Doch Seon, Brage und Konvai lachten nur über derlei Gerüchte. Jeder Krieger des Felsenvolkes hatte in seiner Kindheit zahllose Geschichten darüber gehört, wie die Waldgeister ihrem Volk geholfen hatten, das Tal in den Bergen zu finden. Bran hatte ihnen vertraut, und das sollte auch das Heer der zwei Völker tun. Doch solche Worte reichten nicht, um das Misstrauen der Bermarer zu zerstreuen. Die bärtigen Kerle spähten zu dem Schiff hinunter, denn sie trauten weder den Kelsern noch den kleinwüchsigen Jägern. Bile, Vile und Bul saßen noch immer mit Seon, Brage und Konvai am Feuer, doch sie hatten sich in ihre Loden gewickelt und dösten mit halb geschlossenen Lidern vor sich hin. Jedes Mal, wenn die Männer sie etwas fragten, bewegten sie sich und antworteten in Rätseln. Als Seon wissen wollte, warum sie gekommen waren, schob Vile seine Hand durch einen Spalt seiner Decke und klopfte auf eine Eichenwurzel, die aus der Erde ragte. »Die Wurzeln meinten, die Zeit sei reif«, war alles, was er antwortete. Brage, der sich gern an die Waldgeister erinnerte, fand es seltsam, dass sie nicht mehr sagen wollten. Es war nicht einmal ein Jahr vergangen, seit sie sich am Fluss getrennt hatten, und er fragte sich, warum sie nicht einfach bei ihnen in Ber-Mar geblieben waren, wenn sie doch ohnehin wussten, dass sie sich hier im Süden wiedersehen würden. Doch Bul murmelte nur, die Schlacht in Ber-Mar sei Ulvs Kampf gewesen, und Loke hätte sich da nicht einmischen wollen. Da beugte sich Konvai über das Feuer und sah die drei Waldgeister an. Er fragte sie, ob sie sich nicht wunderten, dass Ulv nicht bei ihnen sei, doch Vile richtete sich auf und streckte seinen Arm zum Meer aus. »Die blaue Ebene«, sagte er lächelnd. »Ulv musste auf die blaue Ebene hinaus.«

Wenig später gaben es die Männer auf, mit den Waldgeistern zu sprechen. Seon, Konvai und Brage schlenderten zum Waldrand und blinzelten in die Abendsonne. Das Licht warf einen goldenen Schimmer auf die grauen Felsen des Kaps, die Brage nach all dem starken Trunk wie eine große Bärenklaue vorkamen. Ein Zeichen der Götter, dachte er. Das Land streckte seine Klauen gen Süden aus und trotzte Tarkin und den Heeren Vendhurs.

Als er Seon seine Gedanken mitteilen wollte, tauchte Kangir in der Luke des Kelsschiffes auf. Er war mit seinem weiten roten Hemd, der Lederweste, den salzfleckigen Hosen und den hohen Stiefeln gut zu erkennen. Das Bronzehorn hing an seinem breiten Schwertgürtel. Kangir stützte sich auf die Reling und blickte zum Land. Jetzt kletterte auch Loke durch die Luke. Rasch schritt er zwischen den Ruderbänken hindurch über den Mittelgang, ehe er neben Kangir die Reling erklomm und auf das äußere Kanathenerschiff sprang.

Seon, Brage und Konvai blieben am Waldrand stehen, während Loke über die Decks kletterte. Es war ein beschwerlicher Weg Richtung Land, bis er schließlich über die letzte Reling ins Ruderboot klettern und sich mit der Speerspitze vom Schiffsrumpf abstoßen konnte. Dann sprang er für eine derart kleine Gestalt überraschend schwungvoll auf die Ufersteine und ging rasch zu den Männern am Waldrand.

»Seon.« Loke blieb am Ratsplatz stehen und stützte sich auf seinen Speerschaft. »Konvai. Brage. Ich habe gute Neuigkeiten. Kangir und die Kelser werden mit uns segeln.«

»Wirklich?« Brage kratzte sich im Nacken. »Hat der Arer das gesagt?«

Loke blickte über die Schulter zu den Schiffen. »Kangir hat versprochen, die Kelser nach Süden zu führen. Doch wir sollten nicht lange mit dem Aufbruch warten. Schickt ein paar Männer mit den Pferden nach Norden. Rudert die Schiffe aus der Bucht. Kangir sagt, dass sich etwas weiter im Osten ein Kanathenerlager befindet, und wir sollten nach Süden hinter den Horizont kommen, ehe ihre Kundschafter uns entdecken.«

Seon blickte auf den Waldgeist hinab. »Willst *du* mit uns segeln, Loke? Seid wann sind die Waldgeister denn Seeleute?«

»Seit heute«, antwortete Loke und blinzelte in die Sonne. »Denn Kangir will nicht mit euch segeln, wenn ich und die Lehrlinge nicht mitkommen.«

»Hat er das gesagt?« Seon sah zu dem alten Seemann auf dem Kelsschiff. Kangir beugte sich über die Reling und rief seiner Mannschaft und den Schiffern der anderen Schiffe etwas zu.

»Ja«, erwiderte Loke. »Und er will noch heute Nacht aufbrechen, im Schutz der Dunkelheit. Er wird einige Männer in die Wälder schicken, um Wasser zu holen. Wir brauchen viel Wasser, um das Meer in der Nähe des Sturmrands zu überleben.«

»Ein Stückchen weiter im Wald gibt es einen Bach.« Brage blickte mit besorgter Miene über das Meer. »Aber was du über den Sturmrand sagst, gefällt mir ganz und gar nicht. Das sind üble Fahrwasser, Loke.«

Loke legte den Speer über seine Schulter. »Übel oder nicht, Kangir kennt sich dort jedenfalls aus. Er meint, dass uns die starken Winde rasch nach Cogga führen werden.«

»Cogga.« Seon legte seine Hand auf den Schwertgriff und blickte nach Süden. Ein dunkler Nebel lag dort hinten über dem Meer. Der Sturmrand, über den das Felsenvolk mit so viel Angst gesprochen hatte, wartete auf sie. Es hieß, die Wellen am Rande der Stürme seien rot vom Blut der ertrunkenen Seeleute.

Loke verschwand zwischen den Bäumen, doch die Männer blieben noch einen Weile stehen und blickten aufs Meer hinaus. Die Sonne stand eine Handbreit über dem westlichen Horizont. Bald würde es dunkel werden.

»Schickt die Männer los, um Wasser zu holen«, sagte Seon. »Wir legen heute Nacht ab.«

Konvai strich sich mit der Hand über die Augen, ehe er Seon am Arm packte und ihn eindringlich ansah. »Ich kann meine Männer nicht bitten, mit euch über das Meer zu fahren. Der Winter kommt bald, Seon. Zu Hause im Tal …«

»Dann geht nach Hause.« Seon würdigte ihn keines Blickes. »Reitet nach Norden und versteckt euch in eurem Tal. Lasst die Bermarer und Kelser für euch kämpfen.«

»Aber wir haben Frauen und Kinder, die auf uns warten!« Konvai stellte sich vor Seon und breitete die Arme aus. »Ich habe bereits zehn Mann verloren, und zwei weitere liegen verletzt in ihren Zelten. Wenn ich noch mehr verliere, kann ich nicht mehr zurückkehren und meinem Volk in die Augen sehen. Das ist nicht unser Krieg, Seon.«

Da trat Brage vor und schob Konvai von Seon weg. »Lass diejenigen, die wollen, mit ihren Pferden nach Norden reiten.« Der kräftig gebaute Schmied ergriff Konvais Schulter. »Jeder Mann muss in seinem Leben Entscheidungen fällen. Und wenn du dich entscheidest, zu den Deinen zurückzukehren, wird dich niemand dafür verhöhnen. Ich selbst war in der Fremde, als Vater getötet wurde, und es vergeht kein Tag, an dem ich es nicht bereue, nicht zu Hause gewesen zu sein und an seiner Seite gekämpft zu haben. Also wende dich heim, Häuptling. Und schau nicht zurück.«

Konvai nickte, wie um sich selbst zu überzeugen. »Wir trennen uns heute Nacht«, sagte er leise. »Ich werde tun, was du sagst, Brage. Ich reite mit den Pferden nach Norden und nehme die Männer mit, die zurückwollen.«

Brage klopfte ihm lächelnd auf die Schulter. »Komm«, sagte er und trat zwischen die Bäume. »Du und deine Männer können uns helfen, Wasser zu holen, ehe wir aufbrechen.«

Seon blieb am Waldrand zurück. Kangir stand noch immer am Steuerruder, den Rücken dem Ufer zugewandt. Er hatte den dicken Zopf auf den Rücken gelegt, doch der Wind zerrte graue Strähnen los und ließ sie um seinen Kopf wehen. Seon wunderte sich über den alten Arer. Es war kaum zu glauben, dass er so lange auf dem Meer westlich des Sturmrands überlebt hatte, ohne von den Schiffen der Kanathener umzingelt worden zu sein. Es war seltsam, dass die Kaane ihn nicht gefangen genommen und enthauptet hatten, wie sie es mit allen anderen Skergs getan hatten. Kangir musste sein Können als Seemann und Krieger wirklich bewiesen haben, denn die Kelser folgten nur selten Menschen, die nicht in Kels geboren waren. Seon hatte ihren Stolz selbst zu spüren bekommen, als er im Burgheer gedient hatte. Die Kelser gehorchten ihm, wenn sie Wache standen, doch traf er sie im Wirtshaus, behandelten sie ihn wie einen kretterschen Räuber. Dieser Kangir musste etwas haben, das die Kelser dazu brachte, ihm zu folgen. Doch als sich der alte Seemann neben der Reling hinabbeugte und einen Weinschlauch aufhob, sah er kaum wie ein mächtiger Heerführer aus. Er trank rasch und rülpste so laut, dass man es in der ganzen Bucht hören konnte. Danach zog er sich die Kapuze über den Kopf und blickte in Richtung Land. Seon konnte es bis zu seinem Platz am Waldrand spüren. Kangir verbarg etwas.

In der Dämmerung ritt Konvai mit einem Gefolge von gut zwanzig Kriegern nach Norden. Die meisten Männer des Felsenvolkes hatten es vorgezogen, ihm zu folgen. Nur Virga und dessen Söhne, Kharan Ormssohn, Vare Choggssohn und die Söhne von Hagdar blieben zurück. Es hatte Konvai und viele der anderen Männer überrascht, dass Virga weiterziehen wollte, denn früher hatte er sich deutlich dafür ausgesprochen, ins Tal zurückzukehren. Gemeinsam mit den anderen wünschten sie dem Häuptling eine gute Reise, und während die Pferde Richtung Norden zwischen den Eichen verschwanden, beorderte Gortar die Bermarer zum Bach, um Wasser zu holen.

Seon rief Kangir und bat ihn, die leeren Fässer an Land zu flößen. Gemeinsam mit Brage sah er zu, wie die Kelser ins Wasser sprangen und schwimmend die leeren Fässer vor sich her an Land stießen. Die halbnackten Krieger rollten sie bis zwischen die Eichen und nahmen alle zur Verfügung stehenden Wasserschläuche mit. Der Vollmond hing weiß über der Bucht, als die Männer mit den Tonnen im Wald verschwanden.

Seon und Brage gingen zu ihrem Zelt und zogen die Häute von dem dünnen Astgerüst. Die Waldgeister waren nirgends zu sehen, doch niemand hatte Zeit, um nach ihnen zu suchen. Bald kehrten die Männer mit den gefüllten Wasserschläuchen und Tonnen zurück und beluden die Schiffe. Dann gingen auch sie ins Lager, bauten die Zelte ab und packten Waffen, Material und Decken zusammen. Das Ruderboot transportierte das Gepäck zu den Schiffen; die Krieger luden alles an Bord und suchten sich ihren Platz unter Deck.

Als Seon und Brage wieder zur Bucht hinabgingen, entdeckten sie die Waldgeister an Deck des äußeren Kanathenerschiffes. Sie konnten sie im Dunkeln nicht auseinander halten, doch einer der kleinwüchsigen Jäger kletterte am Fallseil empor. Ein anderer war auf den Bugsteven geklettert, während die zwei übrigen an Deck standen und zu ihnen aufsahen.

Seon spuckte auf den Boden. Die Waldgeister sollten sich um sich selbst kümmern. Es wäre nicht seine Schuld, wenn sie ins Meer fielen. Brage rollte seine kräftigen Schultern, nahm das Gepäck unter den Arm und stapfte Richtung Wasser.

Seon blieb am Waldrand stehen, denn nur von hier konnte er die ganze Bucht überblicken. Mit Konvai war der Mann verschwunden, der als Einziger wirklich gegen diesen Krieg war. Der Häuptling des Felsenvolkes hatte nur vierzig seiner Männer reisen lassen und kehrte jetzt nach Hause zurück, ehe der Krieg wirklich begonnen hatte. Seon beneidete ihn, denn obgleich er mit niemandem außer Brage darüber sprach, vermisste er Mian. Sie wartete auf ihn, wie sie es schon so viele Jahre getan hatte. Er hätte bei ihr sein müssen. Doch der Krieg rief ihn nach Süden.

Gortar trat zusammen mit den letzten Bermarern aus dem Wald. Sie trugen Felle unter den Armen und Bündel mit Fleisch über dem Rücken. Gemeinsam gingen sie zum Ufer hinunter, wo Virga sie an Bord des Bootes steigen ließ.

Auf einmal ertönte ein Hornsignal. Kangir war am Achtersteven auf die Reling geklettert. Er setzte das Horn wieder ab. Die Kelser holten die Taue ein, und bald darauf glitten die acht Langschiffe aus der Bucht.

Dann trat auch Seons ans Wasser. Virga stand in dem äußeren Schiff und winkte ihn zu sich, und unter Deck des Kanathenerschiffes fanden er und Brage achtern einen bescheidenen Platz.

Die Mannschaft löste die Vertäuung und verstaute die letzten Gepäckstücke unter Deck, während die Langschiffe der Kelser bereits hinter dem Felsenkap hervorkamen und Fahrt aufnahmen. Als Virga und die anderen Schiffer ihre Männer an die Ruder riefen, waren die Segel auf den Kelsschiffen bereits gehisst. Doch auch die Bermarer waren es gewohnt, ihre Fischerboote bei starkem Wind zu rudern, und als die Kriegsschiffe die Anker gelichtet hatten, blies der Wind in die riesigen Segel. Getrieben von Rudern und Wind gelangten sie in das ruhige Wasser hinter der Landzunge. Dann umrundeten sie die Spitze des Kaps. Die Wellen rollten von Westen heran, und die Männer zogen die Ruder ein und strafften die Segel. Bald darauf hatten sich die Schiffe auf dem Meer verteilt. Sie zogen nach Süden.

## Die Klippen von Cogga

Der fünfte Vollmond des Jahres stand hoch über den Masten wie ein Schild aus frisch geschmiedetem Stahl. Seon lehnte mit dem Rücken an der Reling. Er las den Stand des Nordsterns und lauschte den Wellen, die gegen den Schiffsrumpf klatschten. Es war nicht seine Wache, aber Seon war noch nie sehr seefest gewesen. Die Übelkeit hielt ihn auch in dieser Nacht wach, wie schon so viele Nächte vorher, seit sie das Lager im Norden verlassen hatten. Er wischte sich den Schweiß von der Stirn, legte die Hand an den Bugsteven und spähte zu der Gestalt am Steuerruder hinüber. Der alte Virga lenkte das Schiff durch die Nacht, der Krieger aus Ar. Seon beugte sich über die Reling und würgte, aber sein Magen war leer. Er blieb mit dem Oberkörper auf der Reling liegen. Der Bug pflügte durch die Wellen und schnitt die Wellenkämme in der Mitte durch. Gischt spritzte ihm ins Gesicht. Seon schnappte nach Luft und zog sich aufs Deck zurück. Er sank mit dem Rücken an der Reling auf den Boden und wickelte sich in seinen Umhang.

Sie waren jetzt schon einen Mond und einen Tag unterwegs. Die Kelser segelten ein Stück vor den Kanathenerschiffen und gaben den Kurs nach Süden vor. Sie hatten bisher nicht einen Tag rudern müssen, da die Weststürme die Segel ständig mit Wind füllten. Die Strömung am Rand des blutroten Fahrwassers war günstig, aber Seon wusste, dass die Männer fürchteten, der Wind könnte auffrischen und sie nach Westen abtreiben. Denn obgleich die Sonne über dem Meer schien, war der Horizont im Westen immer grau von Unwettern. Sie hatten eigenartige Türme aus den Wolken ragen sehen, sich drehende Säulen, die wie verletzte Tiere heulten und schrien. Die Männer sagten, das seien die Götter, die einen Pfad in den Himmel freigaben, denn die Mannschaft, die der Sturmwand zu nahe kam, ertrank und stieg zu den Göttern empor. Aber es waren nicht nur die Sturmsäulen, die den Männern Angst machten. Als Seon das Bugdeck verließ und zur Decksluke schwankte, hörte er wieder die fernen Hornsignale. Sie kamen von keinem der anderen Schiffe, sondern aus dem Innern der Stürme und klangen eher wie ein Heulen als wie ein Hornstoß. Seon hatte Kangirs Langschiff angesteuert und gefragt, ob der alte Seemann versuchte, seinen Männern Angst zu machen. Da hatte Kangir zu der Nebelwand im Westen gezeigt und gesagt, das Volk auf der anderen Seite rufe ihn. Mehr war nicht aus ihm herauszubekommen. Das Heulen ertönte meist nachts, und manchmal antwortete Kangir, indem er in sein Bronzehorn blies.

Seon klammerte sich an ein Fallreep, als das Schiff eine Welle hinabstürzte. Die See war rau hier draußen, aber allmählich gewöhnte er sich daran. Das Steuer knarrte, als Virga es von sich wegschob. Der Wind fuhr unter seinen Fellumhang. Der alte Mann fluchte und schloss den Umhang vor der Brust, ehe das Schiff die nächste Welle erklomm.

Erneut schallte der hohle Ton aus dem Westen herüber. Seon starrte über das Meer, doch dort war nichts zu sehen außer weißen Schaumstreifen und den wabernden Nebelschwaden unter dem klaren Sternenhimmel. Virgas Söhne glaubten, das Heulen stamme von Seeungeheuern, aber Virga sagte, ihre Mutter hätte ihnen zu viele Geschichten von Brans Reise erzählt.

Seon ließ sich auf die Knie fallen und kroch zur Luke. Der Dunst von Schweiß und warmen Körpern strömte ihm entgegen. Die Männer lagen zwischen den Balken und Ruderbänken und schnarchten.

Das Schiff neigte sich zur Seite. Seon hielt sich an der Lukenklappe fest, und die Männer unter Deck kugelten fluchend übereinander. Das Segel blähte sich. Im nächsten Moment richtete sich das Schiff wieder auf wie ein torkelnder, betrunkener Mann. Das Segel knallte, als es sich mit Wind füllte. Seon kletterte die Leiter hinunter. Er war überzeugt, dass Virga mehr wusste, als er sagte, aber es war sinnlos, den Alten darauf anzusprechen. Virga stand oft schweigend da und schaute aufs Meer hinaus, und dann war er taub für alle Fragen. Seon hatte beschlossen, den Alten in Frieden zu lassen. Denn bald würden sie Kurs nach Osten nehmen, nach Cogga.

Seon rollte sich unter der Decke im Heck zusammen. Brage hatte sich auf dem Fell breit gemacht, das sie miteinander teilten. Als Seon ihn zur Seite schieben wollte, drehte der große Mann sich auf den Rücken und begann zu schnarchen. Leise fluchend zog Seon die Decken zu sich herüber. Er konnte auf See einfach keinen Schlaf finden, das war schon immer so gewesen. Er schluckte die Übelkeit herunter und schloss die Augen.

Während Seon einzuschlafen versuchte, steuerte Virga das Schiff nach Süden. Er folgte den weißen Rahsegeln der Kelser. Von den sechs Kanathenerschiffen lagen sie am westlichsten. Zwei der schwarzen Kriegsschiffe befanden sich einen guten

Speerwurf backbord von ihnen, die übrigen waren im Laufe der Nacht ein Stück zurückgefallen.

Virga drehte sich um und warf einen Blick zu den drei Schiffen in ihrem Kielwasser. Hoffentlich waren die Steuerleute nicht über dem Ruder eingeschlafen, denn wenn sie nach Westen abtrieben, gerieten sie womöglich in die Stürme.

Virga zurrte den Windriemen am Steuerruder fest und ging über das Deck zur Steuerbordseite, um die Baumschot zu lösen. Das Schiff drehte sich langsam nach Osten und legte sich in den Kurs des mittleren Kelsschiffes, das Kangir steuerte. Virga hoffte, dass der alte Seemann bald die Schoten lockern und auf sie warten würde, denn die wendigeren Kelsschiffe hatten sich, wie gewohnt, im Laufe der Nacht von ihnen abgesetzt.

Virga blieb eine ganze Weile an der Reling stehen und sah den Kelsschiffen hinterher. Sein Umhang bauschte sich im Wind, und die Stagen knarrten, während das Schiff sich durch die Wellen schob. Der Abstand zwischen den Kelsschiffen und den Kanathenerschiffen wurde nicht kleiner. Virga ging zurück ans Ruder und lehnte sich mit dem Rücken gegen den Achtersteven. Er murmelte leise vor sich hin, als seine zerfurchte Hand sich um das Steuerruder legte.

Virga steuerte das Schiff in die Morgendämmerung. Die Tage brachen immer früher an, und er spürte am Wind, dass die Schiffe sich den Südländern näherten, wie die Bermarer und das Felsenvolk sie nannten. Es wurde wärmer, und über dem Horizont im Südosten hingen graue Schwaden. Das war ein Sandsturm, ein kräftiger Südwind, der aus den Wüsten des mansarischen Hinterlandes blies. Aber Virga vertraute darauf, dass die Kelser sich rechtzeitig nach Osten wenden würden, denn kein Schiff würde es schaffen, den südlichen Ausläufer des Sturmrands zu umschiffen. Es war schon gefährlich genug, sich dem Westrand der schwarzen Stürme zu nähern, doch geriet man vor Torman an der Nordspitze Mansars in die Stürme, verschlang die See einen mit Mann und Maus, wenn man den Berichten der alten Seeleute aus Tirga Glauben schenken konnte. Ein Menschenalter war vergangen, seit er seine Heimatstadt verlassen hatte, aber jetzt kamen die Erinnerungen zurück. Virga blickte nach Südosten, zu dem Land seiner Brüder. Wenn sie noch am Leben waren, waren sie jetzt Sklaven der Kanathener.

Bald kamen die ersten Männer an Deck. Brage löste den Gürtel und pinkelte ins Wasser. Tonmach zog einen Bottich Seewasser herauf, den er über sich auskippte. Seon schleppte sich übers Deck. Er wirkte ziemlich blass. Loke, Bile, Vile und Bul kamen aus der Luke geklettert und versammelten sich auf dem Bugdeck. Die vier Waldgeister schnürten ihre Rucksäcke auf, schoben sich graubraune Stückchen getrockneter Pilze in den Mund und kauten darauf herum. Bul spähte misstrauisch zu den Männern hinüber, während er einen Krug aus dem Sack zog. Er nahm einen Schluck und gab den Krug an Loke weiter. Das war der Spezialtrunk der Waldgeister, und sie nahmen jeden Morgen einen Schluck davon. Seon hatte einmal gefragt, ob sie ihm auch etwas geben könnten, aber da hatte Bul den Krug wortlos zurück in seinen Rucksack geschoben und sich unter Deck verzogen.

Als Seon schließlich wieder auf den Beinen war, stützte er sich an der Reling ab und arbeitete sich zu Virga vor. Seon hatte gelernt, dass die Seekrankheit verschwand, wenn er das Schiff steuerte. Er schob Virga zur Seite und lehnte sich mit dem Rücken gegen den Achtersteven. Virga, der das Schiff durch eine lange Nacht gelenkt hatte, ging zu seinen Söhnen unter Deck, wo die Männer gerade das Herdfeuer anfachten. Sie weichten Trockenfisch in Salzwasser ein und kochten ihn so lange, bis sich das Fleisch von den Gräten löste. Virga aß den Fisch, den die Männer ihm auftaten, und schlief wenig später gegen eine Ruderbank gelehnt ein.

In der Mitte des Tages blies Kangir in sein Horn, worauf die Kelsschiffe die Rahsegel drehten und Kurs nach Osten nahmen. Seon, der mit Brage zusammen auf dem Achterdeck stand, rief den Männern an Deck zu, steuerbord die Schoten zu straffen und backbord zu lockern. Das Schiff drehte vom Sturmrand ab und folgte dem Kurs der Kelser.

»Cogga«, sagte Brage und hielt sich die Hand vor die Augen.

Seon nickte. Die Kelser nahmen Kurs auf die Insel Cogga, von der die Pergamente schrieben, dass die Kanathener und Mansarer dort eine mächtige Kriegsflotte hatten. Jetzt, mit dem Wind und den Strömungen im Rücken, dürfte es nicht mehr allzu lange dauern, bis sie die weißen Klippen der Inseln erblickten. Seon hatte die Schriftrollen und Karten gelesen, die die Kaane in Ber-Mar zurückgelassen hatten. Mit günstigem Wind dürften sie nicht mehr als vier Tage vor sich haben.

Die Schiffe segelten nach Osten, während der Tag in den Abend überging. Als die Sonne im Westen versank, ertönte das Heulen aus den Stürmen noch zweimal, doch es verebbte, als es dunkel wurde. In dieser Nacht brannten auf den Schiffen keine Fackeln, und die Männer bekamen den Befehl, unter Deck zu gehen und sich an den Ruderbänken bereitzuhalten, weil sie sich kanathenischen Fahrwassern näherten.

In dieser Nacht übernahm Tonmach die Wache am Steuerruder. Virga saß mit Brage und Seon an der Feuerstelle unter Deck. Die Waldgeister blieben wie üblich unter sich. Brage spähte in das Halbdunkel, um zu überprüfen, ob jemand aus der Mannschaft ihn hören konnte. Aber die Männer lagen zwischen den Ruderbänken unter ihren Decken. Brage holte tief Luft und wandte sich Virga zu.

»Die Männer befürchten, dass Kangir und die Kelser uns in den Tod führen«, flüsterte der Schmied. »Es gefällt ihnen gar nicht, dass wir dem alten Skerg folgen. Du kommst doch aus

Tirga. Ich würde gern wissen, wie du das Ganze beurteilst. Können wir ihm trauen?«

Virga nahm ein Stück Kohle aus der Feuerschale. Die Holzvorräte waren geschrumpft, aber jetzt war es ihnen sowieso untersagt, Feuer zu machen, weil die Kanathener durch den Rauch gewarnt werden könnten. Mittschiffs brannte eine einzige Fackel unter Deck. Das flackernde Licht warf unruhige Schatten zwischen die Balken.

»Warum antwortest du nicht, Virga?« Brage legte seine Hand auf den Unterarm des Alten. »Bist du wie Konvai? Möchtest du lieber umkehren?«

Virga sah ihn an. »Konvai ist ein kluger Häuptling. Seine Männer werden lebend nach Hause zurückkehren. Und das ist gut für ein kleines Volk. Als Bran Häuptling war, waren wir weniger an der Zahl. Aber er hat uns in das Tal geführt, wo wir in Frieden leben konnten. Der Frieden hat unsere Frauen fruchtbar gemacht.«

Brage senkte respektvoll den Kopf vor dem alten Mann. »Das freut mich zu hören«, sagte er. »Und es macht Seon und mich glücklich, zu sehen, wie kinderreich ihr seid. Dein Volk hat uns freundlich aufgenommen, und Seon sehnt sich danach, zu Mian zurückzukehren.«

Als Brage das sagte, richtete Seon sich auf. In der Dunkelheit war sein schwarzes Gesicht unsichtbar, und seine Augen schienen in den dunklen Schatten zu schweben.

»Du bist ein weiser Mann, Virga«, sagte Brage und fasste Seon an der Schulter. »Es ist gut, dass du dich zu uns gesetzt hast, denn es gibt vieles, worüber Seon und ich mit dir sprechen möchten. Aber sag uns zuerst, was du von Kangir hältst. War es der Skerg, der dich umgestimmt hat? Als wir nach Süden ritten, wolltest du umkehren und zurück in die Berge. Aber als Konvai schließlich nach Norden aufbrach, bist du bei uns geblieben. Das war eine mutige Entscheidung, Virga. Aber ich verstehe den Grund nicht.«

»Du fragst viel«, erwiderte Virga. »Jeder Mann muss in seinem Leben Entscheidungen treffen, und das war meine.«

Seon riss einen Streifen Trockenfisch ab und schob ihn sich in den Mund. »Seit wir vom Nordlager losgesegelt sind, hast du dich von allen fern gehalten. Als Tonmach dich fragte, ob Kangir damals Skerg in Tirga war, als du selber jung warst, wolltest du ihm nicht antworten. Ich glaube, du weißt etwas, Virga. Du weißt etwas über Kangir, das du uns nicht erzählen willst. Es ist nicht klug, solches Wissen für sich zu behalten, besonders jetzt nicht, wo wir bald mit ihm in die Schlacht ziehen werden.«

»Wovon redet ihr?« Virga wickelte sich fester in seinen Umhang.

Brage beugte sich vor. »Wie kann es sein, dass Kangir entkam, als die Kanathener Ar angriffen? Als Skerg hätte er die Pflicht gehabt, bei seinen Männern zu bleiben und zu kämpfen. Es heißt, er sei geflohen. Aber Virga, du als Arer weißt, dass ein arischer Skerg niemals vor seinen Feinden flieht. Irgendetwas an Kangirs Geschichte stimmt nicht.«

»Wenn ihr mich fragt, ist er ein Seeräuber«, sagte Seon. »Und ich fürchte, dass er uns für die Schlacht ausnutzt. Er wird uns vorausschicken, und wenn wir den Hafen von Cogga in Brand gesetzt haben und im Pfeilregen sterben, wird er an einer anderen Stelle der Insel anlegen und die Siedlungen plündern. Für die Kelser ist das die Rache, auf die sie gewartet haben, aber Kangir interessiert das nicht. Gold ist ihm wichtiger. Glaub mir, Virga, ich kenne mich aus mit Männern wie ihm.«

Virga spuckte in die Feuerschale. »Und warum folgst du ihm dann?«

Seon lehnte sich zurück in den Schatten; seine Augen waren nur noch schmale Schlitze. »Ich weiß es nicht«, sagte er leise. »Aber wenn es tatsächlich so ist, wie Brage und ich vermuten, dass Kangir uns nämlich ausnutzen will, um Cogga zu plündern, sollten wir seinen Plänen zuvorkommen. Die Kelser sind ihm ergeben wie treue Hunde – ich bin sicher, sie kämpfen bis zum letzten Mann. Vielleicht sollten wir nicht nach Cogga segeln.«

Virga schüttelte den Kopf, als er begriff, was Seon dachte.

Seon stützte sich auf den Knien ab und beugte sich vor. »Ich habe die Karten studiert und die Zeichen auf den Pergamenten gedeutet. Ich kenne Vendhurs Gedanken. Wenn es stimmt, was Kangir sagt, haben die Brieftauben die Kanathener im Süden längst von unseren Verwüstungen unterrichtet. Vendhur hat Schiffe in den Norden geschickt, die uns zermalmen werden. Aber nur, wenn sie uns finden.«

Brage warf einen Blick an die Decke und nickte. »Es gefällt mir gar nicht, die Kelser zu verraten, aber in diesem Fall geht es um sie oder uns.«

»Ja«, sagte Seon. »Und darum sollten wir Cogga nicht angreifen. Wir sollten hinter den Kelsern hersegeln und umkehren, sobald die Schlacht beginnt. Dann segeln wir nach Süden, bis nach Kanath. Dort werden wir eine Stadt angreifen, die Taz-Ka heißt. Das ist eine reine Sklavenstadt, denn alle Tazkaner sind versklavt. Wir werden die Großbauern und ihre Schergen töten und die Sklaven dazu bringen, für ihre Freiheit zu kämpfen. Und das heißt, sie werden auf unserer Seite kämpfen.«

Virga beugte sich vor. Er sah von Seon zu Brage. »Habt ihr den Verstand verloren? Ihr wollt nach Kanath segeln und Vendhur in seinem eigenen Land herausfordern?«

»Ja.« Seon nickte langsam. »Damit rechnet er am allerwenigsten. Aber dafür brauchen wir mehr Krieger, Männer, die einen starken Hass auf Tarkin und sein Volk in sich tragen. Die Tazkaner sind seit vielen Generationen Sklaven. Wenn wir die Großbauern umbringen, werden die Tazkaner auf unserer Seite kämpfen.«

Virga strich sich das Haar aus der Stirn. »Vielleicht haben

sie sich in der Zwischenzeit daran gewöhnt, Sklaven zu sein, weil sie keinen anderen Zustand mehr kennen.«

Seon kratzte sich am Bart. »Nein«, murmelte er. »Daran gewöhnt sich keiner. Wir werden ihnen Waffen geben. Und sie werden für die gleiche Sache kämpfen wie wir. Gemeinsam werden wir die Kanathener schlagen.«

»Das wird niemals funktionieren.« Virga lehnte sich zurück in den Schatten. »Wir werden dort im Süden alle den Tod finden.«

»Möglich, dass alle sterben werden«, sagte Brage. »Aber lieber sterbe ich im Kampf als an Altersschwäche. Du hättest mit Konvai gehen sollen, Virga. Du hättest wissen müssen, dass es keine Umkehr gibt, nachdem wir nach Süden aufgebrochen sind.«

»Noch ist es nicht zu spät.« Virga erhob sich und griff nach dem Messer an seinem Gürtel. »Ich könnte den Männern erzählen, was ihr gesagt habt. Ich könnte das Schiff umkehren lassen.«

Brage und Seon sahen ihn an, aber keiner von ihnen unternahm etwas. Seon lehnte sich gegen einen Balken. Brage kratzte sich im Nacken.

Da trat Loke aus der Dunkelheit hervor. Der Waldgeist strich sich über den weißen Bart und stellte sich in den Lichtkegel. »Ich sehe Worte wahr werden«, flüsterte er. »Die Träume aus euren jungen Tagen werden die Sagen eurer Nachkommen sein. Von euch werden sie singen, wenn sie ums Feuer sitzen.«

Seon lehnte sich nach vorn, nahm ein Kohlestück aus der Feuerschale und schnippte es in Lokes Richtung. Die Waldgeister hatten sich während der ganzen Reise mehr oder weniger abseits gehalten, und jetzt, da Loke zum ersten Mal das Wort ergriff, sprach er in Rätseln.

»Rede so, dass ein normaler Mensch dich verstehen kann«, brummte Seon. »Oder geh zurück an euren Platz, wo ihr euch versteckt. Trinkt euer Gebräu. Esst eure Pilze.«

Loke sah Virga an. »Du wirst nicht umkehren, Virga, Vater mehrerer Generationen. Und du wirst auch Kangir nicht verraten, ebenso wenig, wie er euch verraten wird. Denn du weißt es, Virga. Deine Erinnerung spricht zu dir.«

Virga öffnete den Mund, um etwas zu sagen, überlegte es sich dann aber anders. Loke nickte, und Virga drehte sich rasch um und verschwand in den Schatten. Sie hörten, wie der alte Mann sich zwischen den Balken und Taurollen vorantastete, bis er den Platz neben seinen Söhnen erreicht hatte.

Loke nahm Seon ins Visier, aber Seon schloss die Augen und hielt sich die Ohren zu. »Du wirst meinen Verstand nicht durch deine Zauberkraft binden«, sagte er. »Nicht, wie du es mit Virga getan hast.«

Der alte Waldgeist schnäuzte sich in die Hand. »Ihr habt ein kurzes Gedächtnis. Das ist der Fluch der menschlichen Rasse. Als wir durch den Westwald wanderten, habt ihr mir vertraut. Aber das scheint vollkommen vergessen. Selbst du, Brage, der du den Platz am Feuer mit mir und meinen Lehrlingen geteilt hast, verdächtigst uns der Zauberei.«

Brage, der sich ins Dunkel zwischen den Balken zurückgezogen hatte, antwortete nicht.

Loke wandte ihnen den Rücken zu. »Aber es ist genau so, wie der Gamle es vorausgesagt hat. Das ist das Schicksal.«

Der Waldgeist ging an den Ruderbänken vorbei in den hinteren Teil des Schiffes. Seon lauschte seinen Schritten. Irgendwo dort hinten in der Dunkelheit setzte Loke sich zu seinen drei Lehrlingen. Sie wechselten ein paar Worte. Dann wurde es still. Seon sah zu der offenen Luke. Sobald es hell wurde, wollte er zu den anderen Kanathenerschiffen segeln und die Männer in ihre Pläne einweihen.

Bei Morgengrauen übernahm Seon das Ruder. Die Kelser lagen mindestens zehn Pfeilschüsse vor ihnen, so dass Seon unauffällig die fünf Kanathenerschiffe ansteuern und mit den

Schiffern reden konnte. Gortar befürwortete den Plan, denn wenn sie sich schon in einen Krieg begaben, wollte er die Kanathener wenigstens an ihrer empfindlichsten Stelle treffen. Keiner von ihnen wollte sterben, damit Kangir die Siedlungen auf der Insel plündern konnte. Seon fühlte sich erleichtert, nachdem er mit allen Schiffern gesprochen hatte. Sie würden nicht kämpfen, sondern im letzten Augenblick das Zeichen zum Umkehren geben, nach Westen rudern und die Kelser in den Klauen der Kanathener zurücklassen. Kangir würde sterben, wie es eines Seeräubers würdig war, das Schwert in der Hand und den Blick auf die Reichtümer des fremden Hafens gerichtet. Und die Kelser würden mit ihm fallen. Letzteres war für die Bermarer schwer zu verdauen, aber keiner wollte mit ihnen sterben. Seon hatte die Bermarer in drei Schlachten zum Sieg geführt und dabei nicht mehr als eine Hand voll Männer verloren. Die Bermarer vertrauten ihm.

So segelten die Bermarer also nach Osten zu der Insel hinter dem Horizont. Cogga war für sie kaum mehr als ein Name aus den Liedern der Alten, und nur Seon und Brage kannten die weiße Klippeninsel. Sie standen nebeneinander auf dem Achterdeck, während das Schiff nach Osten glitt, und sprachen leise über Cogga. Es hieß, die Insel sei damals, als die Arer noch das Meer beherrschten, ein Freihafen für Mansarer und Vandarer gewesen, aber in einer Winternacht vor etwa zwei Generationen hatten sich die auf der Insel lebenden Vandarer gegen die mansarische Oberschicht erhoben und alle getötet. Es folgte ein Jahrzehnt unter vandarischer Herrschaft, bevor der Krieg mit den Arern die Vandarer zwang, den inzwischen wieder mit ihnen verbündeten Mansarern die Nutzung des Hafens von Cogga zu gestatten. Seitdem lebten die beiden Völker Seite an Seite auf Cogga, vereint durch ihren gemeinsamen Glauben an Tarkin und ihren Gehorsam gegenüber Vendhur.

Seon war noch nie auf der Insel gewesen, aber er hatte die

weißen Klippen aus der Entfernung gesehen. Seeleute hatten ihm erzählt, dass reinrassige Coggaer mit Kiemen geboren wurden, doch inzwischen lebten die Vandarer schon so lange auf der Insel, dass es nur noch wenige rein coggaische Familien gab. Die tuurischen Seeleute hatten auch behauptet, es gebe ein Volk, das im Meer lebte, ein Volk, das vom Meeresgott Manannan verwandelt worden sei. Seon war nicht sicher, ob diese Geschichten nicht dem übermäßigen Genuss starker Getränke entsprangen und endlosen Jahren auf See, und als er Brage davon erzählte, lachte der Schmied nur. Er spuckte über die Reling, sah zum Sturmrand und sagte, dass es auch so schon genügend Dinge gab, um die sie sich kümmern mussten, und dass niemandem damit gedient sei, auf die Geschichten alter Seefahrer zu hören.

Seon ging nicht weiter darauf ein. Er steuerte das Schiff, während hinter ihnen die Sonne im Meer versank, und lauschte dem Gesang der kelsischen Steuerleute, der bald verstummen würde.

In dieser Nacht schlief Seon unruhig. Die Erinnerungen an all die Kriege, die er erlebt hatte, quälten ihn, und die Gesichter der Getöteten tauchten in seinen Träumen vor ihm auf. Brage scherte es wenig, dass Seon sich auf dem Fell hin und her wälzte; er drehte ihm einfach den Rücken zu und begann zu schnarchen. Aber Seon fand keine Ruhe. Immer wieder schrak er auf, hörte die Stimmen der Mannschaft und das Knirschen des Querbaums am Mast. Virga und seine Söhne waren an Deck und steuerten das Schiff – Seon musste sich also keine Sorge machen, dass sie vom Kurs abkamen. Es war etwas anderes, das ihn quälte. Sobald er einnickte, führten seine Träume ihn auf die Schlachtfelder, auf denen er gekämpft hatte. Männer fielen unter seinem Schwert, sie schrien und krochen von Pfeilen durchbohrt im Schlamm herum. Er verfolgte die Oldamenn in der südlichen Ebene von Ar, schoss

Pfeile auf ihre Pferde ab und stach sie mit der Lanze nieder. Er ritt an den Ufern des Westwaldes entlang und jagte die Räuber, die die Schwester des Königs geraubt hatten. Als sie ihn sahen, brachten sie sie um, aber er brachte dem König ihre Köpfe. Er kämpfte in West-Tuur, wo ihm die Wunde zugefügt wurde, die ihn den Rest seines Lebens quälen sollte. Er hatte seine eigenen Därme unter der Handfläche gespürt und auf den Tod gewartet, als die Kelser kamen und ihn wieder zusammenflickten. Sie legten ihm einen Wasserschlauch an die Seite und ließen ihn auf dem Schlachtfeld liegen. Doch als sie drei Tage später zurückkamen und sahen, dass er noch lebte, nahmen sie ihn mit zu ihrer Burg.

Die Träume jagten ihn nicht zum ersten Mal durch die Nacht. In den letzten Nächten vor einer Schlacht wurde er meistens von diesen Erinnerungen heimgesucht. Aber früher hatte er die dunklen Gedanken mit Wein betäubt. Jetzt gab es kein Entrinnen vor seinen Erinnerungen.

Als er erwachte, war es noch immer dunkel. Seon kletterte die Leiter hinauf und schwankte zur Reling, wo er die kühle Nachtluft einsog. Der Wind hatte sich gelegt, wehte aber immer noch stark genug, um das Rahsegel zu füllen.

»Die Kelser sammeln sich«, sagte Virga. Der alte Mann stand im Bug, stützte sich am Bugsteven ab und spähte nach vorn.

Seon stieg aufs Vordeck und rieb sich die Augen. Die kelsischen Langschiffe waren im Lauf der Nacht näher zusammengerückt und segelten nun in einer Reihe nebeneinander.

»Ich frage mich, wie sie das schaffen«, sagte Virga.

»Was schaffen?« Seon schlang die Arme um den Oberkörper, um sich vor dem kalten Wind zu schützen.

»So dicht nebeneinander zu segeln.« Virga zeigte zu den Kelsschiffen. »Und ich würde gern wissen, warum sie das tun.«

Seon antwortete nicht. Er wandte sich nach Osten, wo das

erste Tageslicht sich grau über dem Meer ausbreitete. Bald würde das Sonnenrad über den Horizont rollen. Seon lehnte sich neben Virga über die Reling und suchte mit dem Blick die diesige Scheidelinie zwischen Meer und Himmel ab. »Sie warten«, sagte er. »Die Kelser warten darauf, dass die Sonne aufgeht.«

»Ich verstehe das nicht.« Virga kratzte sich im Nacken. »Das haben sie noch nie gemacht.«

Seon lächelte, als er den grauen Schatten sah, der im Osten über dem Horizont zu schweben schien. »Sie denken wie Krieger. Kangir will warten, bis es hell ist, ehe er sich Cogga nähert. Er will nach Schiffen Ausschau halten und seinen Männern Zeit geben, sich vorzubereiten.«

»Cogga?« Virga beugte sich neben dem Bugsteven nach vorn. »Kannst du Cogga sehen?«

»Ja.« Seon stieg auf die Reling. Der Lichtstreif über dem Horizont wurde breiter. Der graue Fleck zwischen Meer und Himmel konnte nichts anderes als eine Insel sein.

»Wo? Ich sehe nichts.« Der alte Mann ging zu Tonmach, der am Steuer stand, und auch sein Sohn sah die Insel. Er weckte Virgar, der vor der Reling eingeschlafen war. Die drei Männer spähten über das Meer, während Seon im Bug stehen blieb. Die Sonne stieg über den Horizont. Die Kelser holten die Querbäume an Deck herunter.

Die Kanathenerschiffe hatten die acht langsam mit der Dünung nach Osten treibenden Langschiffe bald eingeholt. Kangir stand am Steuerruder und winkte Virgas Schiff zu sich. Es klatschte im Wasser, als die Kelser die Ruder auslegten und die Schiffe anhielten. Kangir stieg auf die Reling und stellte sich mit einem Bein auf jeder Seite hinter den Bugsteven. Im Osten stieg Cogga aus dem Meer empor.

Virga befahl den schlaftrunkenen Männern, das Segel am Querbaum festzubinden. Danach steuerte er neben Kangirs

Langschiff. Der grauhaarige Seemann würdigte ihn kaum eines Blickes und starrte unverwandt nach Osten, wo Cogga lag. Seon, der neben dem Bugsteven stand und die Kelser beobachtete, lehnte sich über die Reling. Von dort konnte er die Männer auf den Ruderbänken sehen. Jeder Mann hatte Brünne, Schwert und einen Bogen vor den Füßen liegen. Die Kelskrieger sahen zu ihm hoch, steckten die Köpfe zusammen und tuschelten miteinander. Seon wusste, was sie über ihn dachten. Dass er ein Mann ohne Ehre war, ein Krieger, der für Gold kämpfte. Wenn die Kelser wüssten, wie Kangir sie ausnutzte, dachte Seon und ließ seinen Blick zu dem alten Seemann wandern. Der Graubart würde sie in den sicheren Tod führen.

»Im Osten erhebt sich eine Insel aus dem Meer«, rief Seon zu Kangir, der noch immer hinter dem Bugsteven stand.

»Ja«, sagte Kangir, ohne sich zu den Männern umzudrehen. »Die weiße Insel. Das ist Cogga.«

Seon strich sich über das entstellte Gesicht. Die sechs Kanathenerschiffe hatten sich zwischen die Kelsschiffe geschoben, so dass sie zusammen eine lange Kette auf dem Wasser bildeten. Virga zog das Steuer zu sich und versuchte, die Bordwand eine Mannslänge von Kangirs Langschiff entfernt zu halten, während die Dünung von hinten am Schiffskörper vorbeirollte. Seon schaute über die Schulter. Hinter ihm stand Brage mit finsterem Blick. Der Schmied senkte den Kopf. Seon wusste, was das bedeutete. Brage gab sein Einverständnis. Sie würden Kangir verraten.

Kangir streckte den Arm aus und zeigte zu der Insel. »Bei Einbruch der Dämmerung sind wir am Ziel, und im Schutz der Dunkelheit greifen wir an. Die Insel hat zwei Häfen, einen Handelshafen im Nordwesten und einen größeren Kriegshafen auf der Südseite. Die Kriegsschiffe liegen im Südhafen. Dort sollten wir angreifen.«

Seon stützte sich mit den Händen auf der Reling ab. »Wir

segeln zusammen in den Hafen«, sagte er. »Deine und meine Schiffe greifen gleichzeitig an. Das wird die Inselbewohner einschüchtern. Dann setzen wir ihre Schiffe in Brand und töten die Krieger.«

Kangir griff sich in den Nacken, und sein Gesicht legte sich in besorgte Falten. »Nein«, murmelte er. »Nein, das geht nicht. Wir müssen es ausnutzen, dass ihr mit kanathenischen Kriegsschiffen segelt. Du wirst mit deinen sechs Schiffen in den Hafen segeln. Wir halten uns hinter euch bereit. Die Inselbewohner werden euch für Kanathener halten, die von uns verfolgt werden. Sobald ihr im Hafen seid, greift ihr an. Wir folgen euch, sobald wir den ersten Feuerpfeil sehen.«

Seon musterte Kangir, und ein schiefes Lächeln zuckte in seinen Mundwinkeln. »Ein guter Plan«, sagte er. »Ich weiß, dass ich mich auf euch Kelser verlassen kann. Ist es nicht so, Kangir?«

Kangir legte die Hand auf die Brust. »So ist es. Wir greifen an, sobald wir den ersten Feuerpfeil sehen. Meine Männer sind gute Ruderer. Wir werden im Hafen sein, ehe die Mansarer ihre Boote klarmachen können, um uns abzufangen.«

»So sei es.« Seon nickte Virga zu, der das Schiff vom Langschiff der Kelser weglenkte. Das Segel fiel vom Querbaum, und wenig später segelten die Kanathenerschiffe den Kelsschiffen davon.

Sie segelten nach Osten, während die Sonne immer höher stieg. Der Morgen war windstill gewesen, aber jetzt frischte der Wind wieder auf, und jeder Schiffer hatte einen Mann an die Mastspitze geschickt, um Ausschau zu halten. Inzwischen zeichnete sich die Insel Cogga, die im morgendlichen Nebel einem grauen, ungastlichen Felsblock geglichen hatte, mit Klippen vor dem Horizont ab, die so weiß waren wie hurischer Marmor. Es war ein majestätischer Anblick, aber die Männer wussten, dass sie noch näher an die Insel heran mussten, ehe sie beidrehen konnten. Die Nachricht verbreitete sich flüsternd von Mann zu Mann: Seon wollte warten, bis der Feind auf der Insel sie entdeckte. Die Mansarer würden glauben, dass Kanathener an Bord der Kanathenerschiffe waren, ihnen entgegenrudern und die Kelser angreifen. Das würde Seon nutzen, um nach Süden beizudrehen. Er wollte Kangirs listigen Plan gegen ihn selbst wenden und ihn verraten, wie der Seeräuber sie verraten wollte.

Aus Angst, dass die Mansarer auf der Insel erkannten, dass keine dunkelhäutigen Kanathener an Bord der Schiffe waren, schliffen die Bermarer ihre Schwerter und holten ihre Brünnen und Bärenfellumhänge hervor. Sie zählten ihre Pfeile und spannten die Bögen.

Seon hatte mit Brage und Gortar gesprochen, und sie waren sich einig, dass Seon mit seiner Vermutung, dass Kangir sie nur für seine Zwecke ausnutzen wollte, Recht hatte. Der Seeräuber hatte ihnen aufgetragen, zwei Pfeilschüsse vor ihnen zu segeln und vor den Kelsern in den Hafen zu rudern, damit er selbst Gelegenheit hatte zu wenden und in den kleineren Hafen im Nordwesten einzufahren, von wo aus er die Siedlungen plündern konnte, ehe die Kanathener etwas bemerkten. Aber das würde Seon vereiteln. Seon forderte die Schiffer auf, sich bereitzuhalten und auf sein Zeichen hin nach Süden abzudrehen.

Nur die Waldgeister schienen nicht einverstanden zu sein. Sie saßen abseits zwischen den Fässern unter dem Mast und beobachteten die Männer, die an der Reling standen. Seon hatte versucht, mit ihnen zu reden, aber da hatte Loke den Finger gegen ihn erhoben und gesagt, dass er sich in seinem Bild von Kangir täusche.

Seitdem hüllte sich der weißbärtige Waldgeist in Schweigen. Er schnitzte Kerben in seinen Primstab, den er an einer Schnur um den Hals trug, und nahm hin und wieder einen Schluck von dem Spezialgebräu.

Als die Sonne golden am Westhimmel prangte, waren die Schiffe so nah an Cogga herangekommen, dass die Männer die Büsche erkennen konnten, die sich zwischen den weißen Klippen festklammerten. Die ganze Insel sah aus wie ein riesiger Felsblock, der im Meer trieb, umgeben von Schären, an denen sich die Wellen brachen. Aber es gab viele tiefe Rinnen, die zwischen den Klippen hindurchführten. Als die Schiffe noch näher kamen, flogen Seevögel von den Felsen auf und kreisten kreischend über den Schiffen. Noch war keine Spur eines Menschen auf der Insel zu sehen. Sie wirkte wie eine uneinnehmbare Festung aus weißen Klippen, eine Zuflucht für Seevögel. Zwischen den Schären schwammen Seehunde; sie tauchten neben den Schiffen auf und sahen neugierig zu den Männern hoch, die erschrocken ihre Götter anriefen und zu ihren Waffen griffen. Die wenigsten von ihnen hatten je solche Geschöpfe gesehen.

Seon ließ Virga das Schiff in Richtung Süden an der Insel vorbeisteuern. Sie hielten ausreichend Abstand zu den Schären, und auf jedem Schiff stand ein Mann am Bugsteven und hielt nach Untiefen Ausschau. Während im Westen die Sonne im Meer versank, glitten sie weiter nach Süden. Erst als die Dunkelheit sich über das Meer senkte, offenbarten die langen Schatten Felsklüfte und verborgene, natürliche Hafenbuchten in der felsigen Küste. Die Männer hielten ihre Bögen im Anschlag und ließen die Insel keinen Moment aus den Augen. Der Feind konnte überall versteckt sein. Vielleicht hatten sie die Seevögel aufsteigen sehen und ihre Schreie gehört. Vielleicht wussten die Inselbewohner längst, dass sie kamen.

Aber als die Nacht sich über das Meer breitete, hatten sie noch immer kein Zeichen menschlichen Lebens auf der Insel entdeckt. Sie war größer, als die Männer gedacht hatten. Seon befahl ihnen, unter Deck zu gehen und sich an die Ruder zu setzen. Er forderte Virga auf, die anderen Schiffe anzusteuern und den Befehl weiterzugeben, dass die Männer Stofflappen um die Ruder wickeln sollten, damit das Knarren in den Ruderscharten sie nicht verriet. Denn wenn Kangir die Wahrheit gesagt hatte, würden sie im Laufe der Nacht den Südhafen erreichen.

Kangir und die Kelser fuhren mit gerafften Segeln, um den Abstand zu Seons Kanathenerflotte zu halten. Auch das deutete Seon als ein Zeichen. Wenn die Mansarer und Vandarer auf der Insel sie entdeckten, würden sie sehen, dass die Kelser sie gar nicht wirklich verfolgten. Damit würden die Inselbewohner sofort wissen, dass die Kanathenerschiffe gestohlen waren, und angreifen. Und Kangir würde umkehren und den anderen Hafen ansteuern, um die Lager der Handelsleute zu plündern. Aber das würde Seon nicht zulassen.

Der Mond schien silbrig über dem Meer, als der Ausguck auf Virgas Schiff sich langsam am Mast herunterließ. Seon, der vorn im Bug stand, verstand sofort, was das bedeutete. Als Tonmach zu seinem Vater lief, musste Seon nicht einmal hören, was er sagte. Virga übergab seinem Sohn das Steuer und ging zur Decksluke. Er stellte sich auf die Leiter, drehte sich kurz zu Seon um und nickte. Danach verschwand er unter Deck. Seon hörte an dem Rasseln der Brünnen und Waffen, dass er die Männer weckte.

Der felsige Küstenstreifen, dem die Schiffe gefolgt waren, verlor sich in einem südlichen Bogen in der Nacht. Jetzt sah Seon auch, wovor Tonmach seinen Vater gewarnt hatte. An Land brannte eine Fackel. Die Klippen bildeten einen Vorsprung, aber Seon sah gleich dahinter die Steinmole und mehrere Gebäude. Als das Schiff den Vorsprung umrundete, tauchte der Mond die mansarische Hafenstadt in helles Licht. An der Mole waren mehrere Dutzend kanathenischer Kriegsschiffe vertäut. Ein Wald aus Masten, Querbäumen und Stagen verdeckte die Häuser dahinter, aber oben am Hang waren weiß gekalkte Wände zu sehen. In der Mitte des Hafenbeckens lagen ein paar kanathenische Katamarane. Diese Boote hatte er zuletzt als Junge in Taraman gesehen. Auf den Anlegestegen und auf den Schiffen war kein Mensch zu sehen. Seltsam, dachte er. Die acht Kelsschiffe hielten immer noch Abstand, machten aber keine Anstalten, nach Norden abzudrehen. Seon vermutete, dass sie abwarten wollten, bis der Kampf begann. Viel näher konnte er nicht mehr heran, wenn er es schaffen wollte, nach Süden auszubrechen und der Schlacht ohne größere Verluste zu entkommen.

Brage und Virga kamen an Deck. Brage stützte sich auf die Reling und blickte an Land. »Die Inselbewohner schlafen«, sagte er. »Es ist fast eine Schande, einfach davonzusegeln. Wir könnten die Schiffe im Hafen in Brand stecken.«

Seon antwortete nicht. Die Ruder trieben das Schiff auf die Mole zu, und schon bald lagen alle sechs Kanathenerschiffe vor der Hafenöffnung. Am Berghang oberhalb der Siedlung standen lange Zeltreihen. Die weiß gekalkten Häuser lagen weiter unten in einem Tal, das sich zur See hin öffnete. Die Siedlung war größer, als er gedacht hatte, und es kam ihm eigenartig vor, dass auf der Mole keine Wachen standen.

Die Waldgeister kamen an Deck geklettert. Loke betrat mit dem Speer in der Hand das Bugdeck. Seine Lehrlinge blieben in der Nähe des Mastes stehen, als der kleinwüchsige Jäger die Reling erklomm. Von dort spähte er an Land. »Schatten«, sagte er. »Tarkins Volk nutzt die Schatten. Sie verstecken sich. Die Schlacht beginnt – zur Flucht ist es zu spät. Die Götter haben entschieden.«

Seon griff sich an die Stirn. Lokes geheimnisvolle Worte machten ihn aggressiv. »Sieh zu, dass du unter Deck kommst«, sagte er. »Hier oben bist du nur im Weg.«

Loke zeigte zu den Felsen, die hinter der Mole eine Landzunge bildeten. »Dort«, sagte Loke. »Siehst du sie nicht, Mann des Großen Volkes? Riechst du denn nicht den Schweiß und das Metall? Riechst du nicht den Dunst des Erbrochenen der Jungen, die zum ersten Mal in eine Schlacht ziehen?«

Seon merkte, wie es ihm den Brustkorb zuschnürte. Die Spitzen auf der Landzunge waren keine Felsen. Das waren Masten und Querbäume und Wachen mit Helm und Brünne. Erst jetzt hörte er, dass die Dünung nicht gegen Felsen, sondern gegen hohle Schiffskörper schlug. Schoten und Fallseile knarrten, Ruder plätscherten im Wasser, und plötzlich glitten Schiffe an der Landzunge vorbei.

»An die Ruder!« Seon sprang vom Bugdeck. »Dreht bei!«

Er rannte ins Heck und packte das Steuerruder. Die Männer der anderen fünf Kanathenerschiffe riefen und schrien durcheinander. Seon warf einen Blick über die Schulter. Die Ruder bewegten sich zögernd durchs Wasser, und die Schiffe wendeten sich nur langsam nach Süden. Es war zu spät. Die schwarzen Kriegsschiffe glitten aus ihrem Versteck hinter der Landzunge und schnitten ihnen den Weg nach Osten ab, während ihnen die Insel den Fluchtweg nach Norden versperrte.

Seon riss das Steuer herum und wandte das Schiff nach Westen. Als die Wellen gegen den Bug schlugen, schrie er seinen Männern zu, kräftiger zu rudern. Die Ruder stießen ins Wasser, und das Schiff trotzte der Strömung und kämpfte sich nach Westen.

Es war eine merkwürdige Jagd, denn mit der Gegenströmung waren weder die Kanathener noch die Bermarer in der Lage, ihre Schiffe schneller voranzutreiben, als ein Mann hätte schwimmen können. Seon fluchte laut, denn die Kelsschiffe hatten beigedreht, als sie die kanathenischen Kriegsschiffe bemerkt hatten, und entfernten sich nun zügig von ihm und seinen Männern.

Die sechs von den Bermarern gestohlenen Kriegsschiffe wurden von zwölf kanathenischen Zweimastern verfolgt. Die Krieger standen mit Lanzen zum Kampf gerüstet in geschwärzten Lederbrünnen dicht an dicht an Deck. Gerudert wurden die Schiffe von tazkanischen Sklaven, aber obgleich an jedem Ruder zwei Mann saßen und sie den Bermarern zahlenmäßig überlegen waren, holten sie diese nicht ein. Die tazkanischen Sklaven schienen zu ahnen, dass die Sklaventreiber sie nicht von ihren Ketten befreien würden, wenn das Schiff in der Schlacht sank.

Seon steuerte das Schiff nach Westen und sah die Kelser in der Nacht verschwinden. Er ärgerte sich, so unvernünftig gewesen zu sein, die Schiffe beidrehen zu lassen, als er die Kanathener entdeckt hatte, denn hätte er den südlichen Kurs beibehalten, hätte noch eine winzige Chance bestanden, dass die Inselbewohner glaubten, er werde von den Kelsern verfolgt. Indem er sich nach Westen gewandt hatte, hatte er sich verraten. Und nun waren die Kanathener hinter ihnen her, um sich für die niedergebrannten Festungen im Norden zu rächen.

Sie ruderten westwärts durch die Morgendämmerung und hielten trotz ihrer Erschöpfung den Abstand zu ihren Verfolgern. Seon und Brage, die die ganze Nacht am Steuerruder gestanden und nach den Kelsern Ausschau gehalten hatten, fluchten ungehalten, als es hell wurde und die Kelser noch immer verschwunden blieben. Brage musste Seon Recht geben: Kangir war ein Verräter. Aber was nutzte es ihnen, einen Mann zu verfluchen, den sie nie wieder sehen würden.

Die Bermarer würden bald am Ende ihrer Kräfte sein, und Seon wusste nur zu gut, dass die Sklaven der Kanathener so lange rudern würden, bis die Sklaventreiber ihnen die Haut und das Fleisch vom Rücken gepeitscht hatten. In der Mitte des Tages riefen ihm die anderen Schiffer zu, dass sie die Segel hissen und nach Süden umkehren wollten. Aber Seon wusste, dass es nicht lange dauern würde, bis die Kanathener sie einholten.

»Es sieht ganz danach aus, als ob wir kämpfen müssten«,

sagte Brage, der an der Reling lehnte und zu den kanathenischen Zweimastern zurückblickte.

Seon nickte und ließ den Blick über das Deck gleiten. Virga stand im Bug und umklammerte einen Langbogen. Die vier Waldgeister saßen um den Mast, die langen Speere griffbereit zwischen sich. Loke streckte den Zeigefinger in die Luft und redete eindringlich auf seine drei Lehrlinge ein.

»Lasst uns die Schiffe im Kreis vertäuen.« Seon ließ das Steuerruder los und lief übers Deck.

Er stieg in den Decksraum hinunter und holte seine Ringbrünne, den Dolch und den kelsischen Helm. Als er die schwere Brünne über den Kopf zog, hörten die Männer auf zu rudern. Sie begriffen, was bevorstand.

»Bereitet eure Bögen vor«, rief Seon. »Schnallt die Pfeilköcher an eure Gürtel und nehmt eure Schwerter.« Er zog die Dolchscheide über den Gürtel und band ihn um die Taille. Dann ging er wieder an Deck, stellte sich hinter die Reling und setzte den Helm auf. Die eiserne Maske verbarg seine dunkle Hautfarbe.

Die sechs Schiffe wendeten die Bugsteven nach Süden und bildeten einen Kreis. Dann vertäuten sie die Bugsteven mit den Achtersteven des Vorderboots. Solange die Schiffe so zusammenhingen, konnten die Männer von einem Schiff aufs nächste fliehen, wenn die Übermacht an einer Stelle zu groß wurde. Aber die Kanathener hatten nicht vor, eins der gestohlenen Kriegsschiffe zu verschonen. Sie nahmen mit ihrer Flotte die Bermarer in die Zange und postierten Bogenschützen vor den Masten. Es dauerte nicht lange, bis Seons sechs Kriegsschiffe umringt waren. Die kanathenischen Schiffe drehten sich mit dem Bug zur Breitseite von Seons Schiffen und steuerten langsam auf sie zu. Als sie nur noch einen halben Pfeilschuss entfernt waren, schallten die Hörner der Kaane übers Meer, und die Pfeile zischten himmelwärts.

Seon und Brage warfen sich hinter der Reling auf den Boden. Die Männer an Deck blickten an den wolkenlosen Himmel, überwältigt von der Macht der Kanathener. Die Pfeile sammelten sich unter der Himmelskuppel wie Grashalme, die ein ferner Wind übers Meer geweht hatte, ehe sie im nächsten Moment ihre Flugbahn änderten. Die Männer stürzten sich zwischen die Fässer und Tonnen, duckten sich unter ihren Schilden und suchten Schutz, wo immer sie konnten. Aber die Pfeile hagelten auf sie herab, trommelten aufs Schiffsdeck, durchbohrten Schultern und Arme und nagelten sie an die Decksplanken.

Die Schreie der Männer hallten über das Meer. Seon erhob sich hinter der Reling. Er brüllte die Männer an, trat sie und befahl ihnen, auf die Beine zu kommen. Die Bermarer spannten ebenfalls ihre Bögen und schossen auf die Kanathener, aber die schwarzen Krieger gingen einfach hinter der Reling in Deckung, so dass die meisten Pfeile über ihre Köpfe hinwegflogen und hinter den Schiffen im Meer verschwanden. Seon befahl seinen Männern, erneut zu schießen, aber dieses Mal so, wie die Kanathener es getan hatten.

Die Pfeile verließen gleichzeitig die Bögen der Bermarer und Kanathener und begegneten sich hoch über den Schiffen, ehe sie nach unten stürzten und manch einen Mann durchbohrten und vor Schmerz und Furcht aufheulen ließen.

Die kanathenischen Schiffer zogen den Kreis um die Bermarer enger. Diese spähten über die Reling und sahen die hoch aufragenden Bugsteven näher kommen. Sie sahen die Krieger auf den Bugdecks; schwarze Männer in Brünnen, mit Säbeln an den Gürteln und zum Angriff erhobenen Kriegslanzen. Die Kaane standen auf den Achterdecks. Sie riefen den Kriegern etwas zu, worauf diese begannen, mit den Lanzen gegen ihre Schilde zu schlagen.

Ein neuer Pfeilschauer wurde in den Himmel geschossen, aber dieses Mal waren die Bermarer besser vorbereitet und verkrochen sich schneller unter den Schilden. Die Eisenschnäbel schlugen ins Deck, fanden aber auch dieses Mal Lücken in dem Schildpanzer und streckten mehrere Männer nieder. Vor Schmerz brüllende Männer wurden von der Reling weggezogen und unter Deck gebracht. Die Bermarer hatten ihre Speere dicht an den Leib gepresst. Das Dröhnen der kanathenischen Schilde übertönte selbst die Schreie der Verletzten. Als die Kanathener kaum mehr einen Steinwurf von den Bordwänden der bermarischen Schiffe entfernt waren, riefen die Schiffer den Sklaventreibern unter Deck etwas zu, worauf die tazkanischen Sklaven sich stärker in die Ruder legten und die Schiffe nach vorne trieben, während über ihren Köpfen die Peitschen knallten. Die Bermarer kauerten sich hinter der Reling zusammen. Sie hörten, wie die Buge durch die Dünung pflügten, und das rhythmische Schlagen auf die Schilde. Die Männer beteten flüsternd zu ihren Ahnen und baten die Götter, ihren Blick aufs Meer zu wenden. Einige suchten am Himmel nach einem Hinweis für den Pfad, der sie zu ihren Vorvätern führen würde. Andere machten sich vor Angst in die Hose, als die Kanathener plötzlich zu singen begannen. Sie besangen ihren Kriegsgott im Süden, den Lanzenkrieger, den Alten. Tarkins viele Namen wurden über das Meer gerufen, genauso rhythmisch wie die Schläge auf den Schilden und das Schlagen der Wellen an den Bordwänden.

Mit einem ohrenbetäubenden Krachen rammten die Bugsteven die Schiffe der Bermarer. Die Bordwände ächzten, als die schwarzen Krieger über die Köpfe der Bermarer, die hinter der Reling kauerten, an Bord sprangen. Sie liefen über das Deck, warfen Fackeln in den Decksraum und steckten die Segel in Brand. Die Bermarer sprangen auf und stürzten sich auf die fremden Krieger, um gleich darauf von den Bogenschützen niedergeschossen zu werden, die sich in einer Reihe hinter der Reling der kanathenischen Schiffe aufgestellt hatten.

Aber die Bermarer kämpften auch mit Pfeilen im Rücken weiter, rissen ihre Breitschwerter aus der Scheide und drängten sich zwischen die kanathenischen Krieger. Sie töteten und fielen mit Lanzen im Rücken zu Boden. Sie stürzten sich dem Feind entgegen und verfluchten dessen Übermacht. Und sie begriffen, dass die Schlacht nicht lange dauern würde.

Seon und Brage standen Schulter an Schulter auf der Decksluke. Wie früher kämpften sie dort, wo der Feind am mächtigsten war. Brage schützte sie beide mit seinem Schild, während Seon seinen Langspeer in die Reihen der schwarzen Krieger stieß. Auf diese Weise hatten sie bereits fünf Männer getötet, und noch war es den Kanathenern nicht gelungen, Feuer an Bord zu legen. Aber Seon und Brage waren sich bewusst, dass die Kanathener in der Überzahl waren. Die halbe Mannschaft lag tot an Deck, verletzte Männer kletterten über die Reling und ließen sich zwischen den Schiffen ins Wasser fallen, und ständig kam Verstärkung über die zwei Bugsteven, die die Bordwand gerammt hatten. Die Verletzten unter Deck schrien und hämmerten unter Brages Füßen gegen die Klappe. Die Zweimaster hatten ein Leck ins Schiff geschlagen – sie sanken.

»Virga!« Seon schlug mit dem Langspeer um sich und stellte sich Rücken an Rücken mit Brage. »Virga! Wir müssen uns auf die feindlichen Schiffe durchkämpfen!«

Virga antwortete nicht. Seon entdeckte seinen weißen Schopf hinter dem Steuerruder. Virga lehnte mit dem Rücken an der Reling. Seine Brünne war blutbefleckt. Tonmach und Virgar hatten sich vor ihm aufgebaut und hielten sich die Kanathener mit ihren Langspeeren vom Leib.

Brage packte Seon am Arm. Zwei Krieger stürzten auf sie zu. Seon verlagerte das Gewicht auf das hintere Bein und hob den Speer. Als einer der Krieger Brage angriff, stieß Seon ihm die Speerspitze in den Hals. Brage stöhnte, als der andere Krieger sich gegen seinen Schild warf. Der kräftige Schmied torkelte nach hinten, hob die Axt über den Kopf und ließ sie auf den Kanathener niederfahren. Der Schlag traf den Krieger im Rücken und ließ ihn zu Boden gehen.

»Es sind zu viele.« Brage drehte sich im Kreis und Seon folgte der Bewegung. »Das schaffen wir nie, Seon, sie sind zu mächtig.«

Seon warf einen Blick übers Wasser. Die Bermarer versuchten, sich von den brennenden Schiffen zu retten. Sie klammerten sich an Bretter von zerschellten Fässern und fuchtelten verzweifelt mit Armen und Beinen, um sich in den schweren Ringbrünnen über Wasser zu halten. Drei der Schiffe lagen bereits auf der Seite. Flammen leckten an den langen Masten empor.

»Wir müssen fliehen.« Seon stellte sich hinter Brage. »Wir müssen die Männer zusammenrufen und eins der kanathenischen Schiffe entern. Wir müssen weg von hier.«

»Dazu ist es zu spät.« Brage schlug eine Lanze beiseite, worauf der Krieger sich umdrehte und sie einem Bermarer in den Rücken stieß.

»Wo sind die Waldgeister?« Seon sah sich um. »Die Zwerge sind gute Krieger. Wir bräuchten sie jetzt.«

»Ich sehe sie.« Brage bewegte sich rückwärts zum Mast. »Vor der Reling.«

Jetzt sah auch Seon die Waldgeister. Sie hatten die Speere zu Boden gelegt und Loke kniete neben einem verletzten Bermarer. Um sie herum standen bewaffnete Kanathener. Seon fluchte und spuckte aufs Deck. Die Waldgeister hatten sich ergeben. Er verfluchte ihr rätselhaftes Gerede. Und er verfluchte Kangir, der sie verraten und der Gewalt der Kanathener überlassen hatte.

Der Mast knarrte, als sich das Schiff auf die Seite legte.

»Breitseite!« Brage hockte sich hin und öffnete die Decksluke. »An Deck mit euch! Wir sinken!«

Als der große Schmied sich erhob, senkte er des Schild ein

wenig. Ein Kanathener erkannte die Lücke und warf seine Lanze.

Brage schwankte rückwärts und griff sich an den Hals. Seon schrie auf und stürzte zu ihm. Brage, der den Pfeilregen der Reiter aus der Steppe und die Schlachten in der tuurischen Ebene überlebt hatte, brach auf dem Deck zusammen. Zwischen seinen Fingern quoll Blut hervor. Die Lanze hatte seinen Hals gestreift und eine Ader verletzt. Der Schmied blickte zu Seon auf, und Seon las die Bitte in seinen Augen. Sie hatten als junge Männer eine Absprache getroffen: Wenn einer von ihnen im Kampf tödlich verwundet wurde, sollte der andere ihn töten. Das war ein ehrenhafter Tod und allemal besser, als vom Feind zu Tode gefoltert zu werden. Seon richtete seine Schwertspitze auf Brages Hals.

Der Schlag traf ihn an der Seite. Seon ging in die Knie und stürzte zur Seite. Der Helm flog von seinem Kopf. Als der Kanathener, der über ihm stand, seine dunkle Hautfarbe sah, zögerte er.

»Kanath-am«, sagte Seon, als er das Schwert aufhob. »Ich bin von der gleichen Rasse wie du.«

Er traf den Kanathener mit dem Kurzschwert in der Kniekehle. Der Krieger fiel vornüber und griff sich an die Wunde, aus der Blut schoss. Seon wusste, wie man einen Menschen tötete. Und jetzt wollte er so viele Männer töten, wie er konnte, ehe er Brage in den Tod folgte. Er schlug um sich, stieß mit dem Schwert auf die Kanathener ein und versuchte, sie unter den Armen zu treffen, wo die Brünne sich öffnete. Gepackt vom Blutrausch brüllte er vor Todesangst. Er wirbelte herum, während er von immer neuen Kriegern angegriffen wurde. Er hatte sich vor Brage gestellt. Wenn der richtige Zeitpunkt kam, würde er sich umdrehen und ihn töten, bevor die Kanathener sie mit ihren Lanzen aufspießten.

Ein Geräusch riss Seon aus seiner Besessenheit. Brage hatte etwas zu ihm gesagt. Seon versuchte ihn zu verstehen.

»Wirf dein Schwert weg …« Brage griff nach seiner Hand. »Ergib dich, Seon. Für Mian … Leb weiter … Für sie.«

Seons Blick flackerte über das Deck. Virgas Söhne standen noch immer auf dem Achterdeck. Die Kanathener hatten vor der Reling eine Hand voll Bermarer umringt. Er schaute über die Schulter. Der Kampflärm war verebbt. Jetzt schallten die Schreie der Verwundeten über das Meer.

»Kanath-am trecha!« Seon warf sein Schwert aufs Deck. »Wir ergeben uns, Männer aus Kanath!«

Die Kanathener richteten ihre Lanzen auf ihn. Seon wandte ihnen den Rücken zu und kniete sich neben Brage. Der Schmied lächelte ihn an, als wüsste er, dass bald alles vorbei sein würde. Seon schloss die Augen und beugte den Nacken.

Aber keine Lanze durchbohrte seinen Rücken, kein Säbel traf seinen Hals. Stattdessen ertönten die Hornsignale der Kaane. Dreimal stießen sie in ihre Bronzehörner und übertönten selbst die Schreie der Verletzten. Seon legte seinen Kopf auf Brages Schulter, und der Schmied legte ihm den Arm um den Hals. Beide wussten sie, dass die Schlacht verloren war. Jetzt waren die Überlebenden Gefangene. Die Kanathener würden mit den Bermarern verfahren, wie sie es für richtig hielten. Vielleicht zeigte die Kaane Großmut, indem sie sie als Sklaven nach Mansar schickten. Für Seon gab es diese Hoffnung nicht. Er hatte oft mit Brage darüber gesprochen, und wenn er getrunken hatte und sich schwach fühlte, hatte er die Götter angefleht, niemals wieder in die Gefangenschaft der Kanathener zu geraten. Als Halbblut konnte er für die Kanathener nur ein Verräter sein. Ein Mann unreiner Herkunft, der nichts anderes verdiente als einen langsamen Tod.

Brage schob Seons Kopf an die Wunde an seinem Hals und verteilte sein Blut auf dem Gesicht des Freundes. Aber Seon wusste, dass sie sich nicht so leicht täuschen lassen würden. Das Blut konnte seine Hautfarbe nicht verbergen. Er stand auf und drehte sich zu den Kriegern um, die ihn umringt hatten. Das Schiff neigte sich immer weiter zur Seite. Einer der Krieger zeigte mit einem Nicken zu dem kanathenischen Schiff und stieß Seon mit der Lanzenspitze gegen den Arm. Seon schnallte seinen Gürtel ab und wickelte ihn Brage um den Hals, ehe er sich seinen Arm über die Schulter legte und ihm zur Reling half. Brage versuchte aus eigener Kraft zu gehen, aber die Krieger schlugen ihm mit ihren Lanzen auf den Rücken. Seon hob ihn über die Reling auf das Schiff der Kanathener. Der Schmied sackte auf dem Bugdeck zusammen, worauf die Krieger ihm in den Bauch traten. Seon kam hinterher und zog Brage aus dem Bug in die Mitte des Decks. Von dort konnten sie sehen, wie die Schiffsmasten sich zur Seite neigten. Alle sechs Schiffe der Bermarer sanken. Sie hörten, wie die Verwundeten im Wasser ums Überleben kämpften und die Kanathener anflehten, ihnen zu helfen. Aber verletzte Männer taugten nicht als Sklaven – für sie gab es keine Gnade.

Die Kanathener verteilten die überlebenden Bermarer auf ihren eigenen Schiffen und trieben sie in der Mitte des Decks zusammen, während Seons sechs Schiffe sich langsam mit Wasser füllten. Flammen leckten über die Decksplanken und Masten. Die Bermarer sahen schweigend zu, wie die Schiffe untergingen. Hier und da schwamm noch ein Überlebender zwischen den Wrackresten, aber die Kanathener ließen keine Strickleitern herunter, und die Versuche der Männer, sich an den schwarzen Bordwänden hochzuziehen, waren vergebens. Einer nach dem anderen gab erschöpft auf und verschwand mit den sinkenden Schiffen unter Wasser.

Seon stützte Brage. Die Kanathener würden ihn über Bord werfen, wenn er sich nicht auf den Beinen hielt. Die vier Waldgeister waren gefesselt und hatten eine Binde vor den Augen, weil die Kanathener Geschichten von den Zwergen aus dem Norden gehört hatten und fürchteten, dass ihre Blicke tödlich waren. Außer Seon und Brage hatten vierzehn Bermarer die Schlacht überlebt, unter ihnen Virga und seine Söhne. Virga wurde von seinen Söhnen gestützt.

Nach einer Weile verebbten die Schreie der Verwundeten. Die Krieger standen mit erhobenen Lanzen um sie herum. Seon hatte lange genug als Söldner gedient, um zu wissen, was in den Köpfen der Kaane vor sich ging. Sie wollten sehen, wen als Erstes die Kräfte verließen. Denn wenn die Verletzten nicht in der Lage waren, sich auf den Beinen zu halten, waren sie das Trinkwasser nicht wert, das sie für die Überfahrt in den Süden brauchten.

»Setzt euch auf keinen Fall hin«, sagte Seon. »Haltet euch auf den Beinen, dann lassen sie euch am Leben.«

Die Kanathener rückten dichter zusammen. »Häuptling?« Sie zeigten mit ihren Lanzen auf die Männer. »Skerg? Häuptling? König?«

Seon fasste Brage fester um den Rücken. »Antwortet nicht«, sagte er. »Den Anführer töten sie immer zuerst.«

Die Krieger wandten sich an ihn. Einer von ihnen rief etwas über die Schulter. Der langhaarige Kaan, der auf dem Achterdeck am Steuerruder stand, schritt auf die Gefangenen zu. Er blaffte einen der Krieger an, worauf dieser einen Eimer von der Reling ins Wasser ließ. Der Kaan trat kopfschüttelnd vor Seon. Als der Krieger mit dem Eimer zurückkam, zeigte der Kaan auf ihn. Der Krieger ging zu Seon und leerte den Eimer über seinem Kopf aus. Das Salzwasser war rot von Blut.

»Kanath-am theya!« Der Kaan schlug den Umhang über die Schulter zurück.

Seon verstand, was er sagte, denn Kanathenisch ähnelte seiner Muttersprache. In Mansar hatte seine Mutter ihn gelehrt, die kanathenischen Krieger zu fürchten. Sie hatten seinen Vater getötet, denn dieser war ein entflohener Sklave aus Taz-Ka, und als sie ihn aufgespürt hatten, warteten sie nicht lange mit der Strafe. Seon war damals noch ein Junge gewesen, aber er war den Kriegern nachgeschlichen, als sie seinen Vater holten. Er hatte gesehen, was sie unten am Hafen mit ihm machten. Als er tot war, hatten sie seine Leiche in einen Sack gesteckt und an Bord des Schiffes gebracht, mit dem sie gekommen waren. Er hatte niemandem davon erzählt. Nicht einmal seiner Mutter.

»Ich spreche kein Kanathenisch«, log Seon. »Ich verstehe nicht, was du sagst.«

»Dann werde ich so sprechen, dass du mich verstehst«, erwiderte der Kaan und zog seinen Säbel. Er legte Seon die Spitze unter das Kinn. »Du hast Kanath-ams Haut, aber die Gesinnung eines Verräters. Und dafür wirst du leiden.«

Seon wandte den Blick ab und sah zu dem Schiff hinüber, das neben dem ihrem lag. Die Abendsonne spiegelte sich in den Brünnen der Bermarer. Einer von ihnen wurde auf das Bugdeck geführt. Es war Gortar. Er war nackt und wurde von zwei Kanathenern festgehalten. Sie hatten seine Arme hinter dem Rücken gefesselt und seine Füße zusammengebunden. Gortar schrie den Kriegern auf dem Deck ins Gesicht. »Wir werden uns eurer Macht niemals beugen!« Dann blickte er zur Seite und begegnete Seons Blick. »Nach uns werden andere kommen! Sie werden uns rächen!«

Die Bermarer schwiegen, als die Krieger einen Strick um seine Beine knoteten und am Bugsteven festbanden. Fünf Krieger hielten das Baumfall, während ein sechster den Knoten am Mastfuß löste. Er zog das Tau zum Bugsteven und legte Gortar das Tauende um den Hals.

Seons Griff um Brages Rücken wurde fester. »Gortar hat sich verraten. Die Kanathener wissen, dass er der Häuptling ist.« Seon sah die Bermarer an seiner Seite an. »Schließt die Augen.«

»Ich bin Gortar, Häuptling von Ber-Mar!«, schrie Gortar über das Meer, als die Krieger die Schlinge um seinen Hals knoteten. »Erinnert euch an mich! Erinnert euch an Ber-Mar!«

Die Krieger ließen das Tau los. Der Querbaum fiel eine Mannslänge nach unten, und Gortar wurde vom Bugdeck hochgerissen. Der Strick zwischen seinen Beinen und dem Bugsteven spannte sich, und das Baumfall schnitt sich in seine Halsmuskeln. Mit einem Knacken löste sich sein Kopf vom Nacken, und der Querbaum schoss am Mast nach unten und knallte in seine Verankerung. Der enthauptete Körper fiel auf das Bugdeck.

Die Bermarer schrien entsetzt auf. Einer fiel wimmernd auf die Knie, andere pressten sich aneinander und verbargen ihre Gesichter in den Händen.

»Haltet euch auf den Beinen!« Seon ließ Brage los und zog den Krieger neben sich hoch. »Hoch mit euch, Männer! Sonst werdet ihr Gortar folgen!«

Die Männer erhoben sich. Die Nachricht von Gortars Tod verbreitete sich in Windeseile von Schiff zu Schiff. »Das war Gortar ... Gortar ist tot ...« Die Bermarer drängten sich vor den Lanzen der Kanathener dichter zusammen.

Aber die Kanathener richteten sonst niemanden mehr hin. Die Kaane wussten, wie man trotzige Nordländer gefügig machte. Das Blut des Häuptlings hatte den Mut der Bermarer gebrochen. Die Gefangenen wurden unter Deck gebracht und an die Balken gekettet. Man brachte ihnen Salzwasser, mit dem sie die Verletzten waschen konnten. Und dann wendeten die Schiffe und nahmen Kurs auf Cogga.

Am Abend flaute der Wind ab. Die tazkanischen Sklaven mussten sich in die Riemen legen, denn als die Dunkelheit sich übers Meer senkte, gerieten die zwölf Kanathenerschiffe in einen Gürtel aus Treibtang. Die Schiffer, die in der Nähe des Sturmrands lebten, waren Derartiges gewohnt. Der schwarze Nebel lag höchstens eine Tagesreise von der Stelle entfernt, an der die Schlacht stattgefunden hatte. So nah an dem blutroten Fahrwasser änderte die Strömung für gewöhnlich beständig ihre Richtung, aber jetzt war es, als wollten unbekannte, böse Götter die Schiffe daran hindern, nach Cogga zu gelangen, denn die Strömung bewegte sich mit solcher Kraft nach Westen, dass die Sklaven nicht gegen sie anrudern konnten. Die Schiffer warfen Treibanker aus, verfluchten den sternklaren Himmel und hofften, dass der folgende Tag besseres Wetter bringen würde.

Die tazkanischen Sklaven holten die Ruder ein und legten sich zwischen die Ruderbänke. Die an die Balken gefesselten Bermarer schauten zu den abgemagerten Sklaven hinüber, die sich so weit ausstreckten, wie ihre Fußfesseln es zuließen. Das Schiff war lang, und die zwei Masten ragten wie dicke Baumstämme durch das Deck. Es gab vier Decksluken, und jede von ihnen war mit einer breiten Leiter versehen, die aus dem Decksraum nach oben führte. Die Decke wurde von zwei Balkenreihen gestützt, zwischen denen die Sandrinne verlief. Die meisten Krieger waren an Deck; nur ein knappes Dutzend Kanathener hatte sich zum Schlafen zwischen die Balken in der Mitte des Schiffes zurückgezogen. Ein Dunst von Blut und Schweiß lag in der Luft. Die Fackel über dem Schlafplatz der Kanathener warf dunkle Schatten über Krieger, Sklaven und Gefangene.

Die Sklaventreiber gingen mit Wasserschläuchen und Holzbechern mit Getreidegrütze an den Ruderbänken vorbei, und die Sklaven schlangen die Nahrung wie verhungerte Hunde herunter.

Die Tazkaner waren mager, aber breit gebaut. Sie waren noch jung. Niemand überlebte lange auf den Ruderbänken eines kanathenischen Zweimasters. Die Bermarer sahen das Kreuz, das den schwarzen Sklaven in die Wange gebrannt worden war, und fürchteten, dass auch sie so gezeichnet werden würden.

Seon und Brage waren in der Nähe der Feuerstelle im hinteren Teil des Schiffes angekettet. Seon war sicher, dass das nichts Gutes zu bedeuten hatte, da alle anderen in den Bug gebracht worden waren. Der Schiffsschmied hatte die Glut in der Feuerschale geschürt und seine Zangen hineingelegt. Brage hatte das Bewusstsein verloren, aber wenigstens blutete seine Wunde nicht mehr. Der Gürtel saß fest über dem Schnitt. Er war blass und ließ den Kopf hängen. Seon wusste, dass das Blut durch den Körper strömte und dass es, wenn eine Ader verletzt wurde, nicht mehr dorthin gelangte, wo es gebraucht wurde. In Kels hatte Seon weisen Männern dabei zugesehen, wie sie Leichname aufschnitten; damals hatte er gelernt, dass die beiden Schwämme in der Brust eines Menschen sowohl Blut als auch Lebenskraft durch den Körper pumpten. Aber an diesem Abend verfluchte er Kels und die kelsischen Krieger, die ihn verraten und auf einem kanathenischen Schiff dem Tod überlassen hatten. Die Krieger hatten ihm die Ringbrünne ausgezogen, das Leinenwams vom Leib gerissen und seine Hände auf den Rücken gebunden. Und die Zangen, die im Feuer glühten, ließen keine Zweifel. Schon bald würde er die Kanathener anflehen, sterben zu dürfen.

Und Seon sollte Recht behalten. Als der Kaan sich zu ihm setzte und ihm in die Haare griff, wusste Seon, dass diese Nacht lang werden würde. Der Schiffsschmied, ein beleibter Mann mit platter Nase, hockte sich vor das Feuer und rührte in der Glut. Der Kaan fasste Seon am Kinn und drehte seinen Kopf zur Seite. Er sah sich die Narbe an, die das eine Auge fast verschloss, und betastete danach die alte Wunde an seinem Bauch. Schließlich drückte er seine Finger zwischen Seons Kiefer und zwang ihn, den Mund zu öffnen. Als er sah, dass Seons Schneidezähne fehlten, lehnte er sich zurück und schlug ihm mit der Faust auf die Wange. Seon kippte zur Seite, spuckte Blut und schnappte nach Luft. Der zweite Schlag traf ihn im Nacken. Der Kaan griff ihm erneut in die Haare und zog ihn hoch.

»Woher kommt ihr?« Der Kaan sah ihm in die Augen. »Seid ihr Dämonen aus dem Norden? Die Dämonen, die die Festungen niedergebrannt haben? Die Wilden, die Ber-Mar erobert haben?«

»Wir sind Menschen«, nuschelte Seon. »Keine Dämonen. Wir sind Krieger, und Tarkin ist nicht unser Gott.«

Der Schlag traf ihn zwischen die Augen. Seon fiel nach hinten und schlug mit dem Kopf gegen einen Balken.

»Nimm Seinen Namen nicht noch einmal in den Mund, Verräter!« Der Kaan rieb sich die Fingerknöchel. »Du bist weniger wert als eine tazkanische Hure!«

Seon richtete sich auf. Er wusste, dass es besser war, dem Kaan nicht zu trotzen. Tat er das, verlor der kanathenische Krieger das Gesicht, wenn er ihn nicht auf der Stelle hinrichtete.

»Ich werde alles erzählen«, sagte Seon. »Unter der Bedingung, dass ihr meine Männer an die Kaufleute in Mansar verkauft. Kettet sie nicht auf einem Schiff fest, Kaan. Lasst sie leben …«

Der Kaan trat ihm in den Magen. Seon fiel japsend auf die Knie.

»Damit hast du dich verraten, Hurensohn.« Der Kaan zog eine Zange aus der Feuerschale. »Wer sonst als ein Anführer legt sich so für seine Männer ins Zeug? Ich glaube, der Nordländer, den wir in zwei Teile gerissen haben, war nur machtgierig, als er sich Häuptling nannte. Aber hab keine Angst, Halbblut. Bald wirst du dir um das Schicksal deiner Männer keine Sorgen mehr machen.«

Seon legte den Kopf zwischen die Arme. Er konnte keinen Schmerz mehr ertragen. Als sie ihn in Ber-Mar gefoltert hatten, hatte er lange ausgehalten, ehe er zusammengebrochen war. Dieses Mal würde er es nicht so lange ertragen.

»Du schämst dich, wie ich sehe«, flüsterte der Kaan. »Deine Haut verrät, dass durch deine Adern das Blut eines weißen Mannes fließt. Ich glaube, deine Mutter war eine Hure und hat mit Männern einer anderen Rasse geschlafen. Und sieh nur, was für eine Missgeburt dabei herausgekommen ist. Ein zahnloses, jämmerliches Geschöpf!«

Der Schiffsschmied zog Seon vom Boden hoch, und der Kaan hielt ihm die Zange vors Gesicht. Seon wand sich in der Umklammerung des Schmieds, als der Kaan die Zange öffnete und sich seiner Nase näherte. Als die Zange nur noch einen Fingerbreit von Seons Gesicht entfernt war, überlegte der Kaan es sich anders. Er sagte etwas zu dem Schiffsschmied, der Seon auf den Bauch drehte und seine auf dem Rücken gefesselten Hände nach oben zwang.

Die Zange brannte sich durch die Haut seiner Hand. Seon wusste nicht, welcher Finger es war, der Schmerz war zu stark. Ein Knochen knackte, und das Feuer schien sich seinen ganzen Arm hinaufzufressen. Er fiel auf die Knie und bemerkte etwas Warmes, Feuchtes an seinen Oberschenkeln.

Der Kaan ließ ihn liegen. Der Schmied legte die Zange neben die Feuerschale, und dann ließen ihn die beiden Männer allein. Seon wälzte sich auf die Seite. Wahrscheinlich würden sie ihn ein paar Tage in Ruhe lassen, so wie sie es in Ber-Mar gemacht hatten. Das war die Foltertaktik der Kanathener. Sie würden ihn nicht sterben lassen, ehe er Tarkin um Vergebung anflehte.

Seon kroch zu Brage. Er versuchte seine Finger zu bewegen und spürte erst jetzt, welchen Finger sie abgekniffen hatten. Er biss die Zähne zusammen und ruckte an den Fesseln. Die Hand pochte vor Schmerz. Er würde auch ohne den linken kleinen Finger kämpfen können. Und kämpfen würde er, selbst wenn das bedeutete, auf der Lanze eines Kanatheners zu sterben. Aber wenn er sich nicht bald befreite, würde er noch mehr Finger verlieren. Der Kaan würde ihn kastrieren und aufschlitzen wie ein Schlachttier. Vendhurs Kaane waren für so etwas ausgebildet. Sie wussten, wie man einen Mann zerbrach.

Er kam auf die Knie und rutschte zum Feuer. Als die Fußfesseln sich spannten, legte er sich auf den Bauch und streckte den Kopf nach der Zange aus. Sie lag höchstens eine Handbreit vor seinem Mund. Er stemmte sich mit dem freien Fuß zwischen zwei Brettern ab und schob sich näher an die Zange heran. Jetzt war er so nah dran, dass er mit ausgestreckter Zunge den Griff der Zange erreichte, aber die Fußfessel schnitt sich in seinen Knöchel.

Beim nächsten Versuch bekam er die Zange zwischen den Zahnstümpfen zu fassen. Er zog sich eilig in die Schatten zwischen den Balken zurück. Der Kaan sprach leise mit den Kriegern im vorderen Teil des Raums. Seon kroch zu Brage. Der große Mann lehnte mit dem Rücken an einem Balken. Das Blut war über den Hals unter seine Brünne gelaufen, sodass Seon nicht sehen konnte, wie viel Blut der Schmied verloren hatte. Aber als er sein Ohr an Brages Mund legte, hörte er, dass Brage schwach atmete.

»Brage«, flüsterte er. »Du musst aufwachen.«

Seon tippte ihn mit dem Kopf an, worauf Brage auf die Seite kippte und liegen blieb. Seon ergriff die Zange, tastete nach den Stricken, mit denen der Schmied gefesselt war, und kniff sie durch.

Er stieß Brage erneut mit dem Kopf an, aber der Schmied wurde nicht wach.

Seon rutschte von ihm weg und sah zu den Sklaven, die zwischen den hinteren Ruderbänken schliefen. Einer der schwarzen Männer sah ihn an, aber als Seon sich umdrehte und ihm die Zange zeigte, wandte der Sklave sich ab. Seon fluchte innerlich, griff die Zange direkt unterhalb des Kopfes und versuchte, sie so zu drehen, dass er damit den Strick, der seine Hände fesselte, durchkneifen konnte. Aber es war sinnlos.

Er setzte sich auf die Knie. Das Feuer in der Schale brannte noch immer – die Eisenschale musste glühend heiß sein. Sie war wie ein gewölbter Schild geschmiedet, doch so klein, dass das Feuer über die Kante leckte. Nachdem er sich vergewissert hatte, dass kein Krieger in der Nähe war, rutschte er näher an die Feuerschale heran und drehte den Rücken zu den Flammen. Er hob die gebundenen Hände. Die Hitze brannte auf den Handrücken. Als der Strick die Kante berührte, biss er die Zähne zusammen und schloss die Augen. Während das Feuer über seine Unterarme leckte, drehte er die Handgelenke in der Fessel und warf den Kopf hin und her. Übelkeit stieg aus seinem Magen auf, saurer Geschmack breitete sich in seinem Mund aus, und er begann zu zittern.

Da gab der Strick nach. Seon rollte sich zur Seite und streckte die Hände vor sich aus. Die Flammen hatten die Härchen auf seinen Unterarmen versengt, und die Knöchel waren von roten Bläschen übersät. Der kleine Finger seiner linken Hand war direkt unterhalb des Handballens abgetrennt. Aber er war frei.

Seon kroch zurück ins Dunkle. Er nahm die Zange und befreite sich und Brage von den Fußfesseln. Dann zog er Brages Augenlider hoch. Brage starrte mit leerem Blick vor sich hin. Seon öffnete den Gürtel und betastete den Schnitt an seinem Hals. Er hatte schon viele solcher Wunden gesehen. Selbst wenn Brage den Blutverlust überlebte, könnte die Wunde sich entzünden. Brage könnte Fieber bekommen und im Fieberwahn sterben.

Als Seon zwischen den Balken entlangschlich, wünschte er sich einen Gott, zu dem er hätte beten können. Manche Menschen legten ihr Leben in die Hände der Götter, aber er selbst hatte nie an so etwas geglaubt. Ihm hatte sich noch kein Gott gezeigt, und alle Menschen, denen er gedient hatte, hatten ihm gesagt, dass ihr Gott nichts für einen Herumstreifer wie ihn war. Als Seon hinter dem schlafenden Kanathener niederkniete und die Hand nach seinem Gürtel ausstreckte, sprach er kein Gebet zu seinen Ahnen. Er bat keine Geister um Stärke. Er hielt die Luft an und zog dem Jungen vorsichtig den Dolch aus der Scheide. Dann legte er ihm die Hand über den Mund und schnitt ihm die Kehle durch.

Ein Zittern ging durch den Körper des Kanatheners, als Seon ihn in den Schatten zog. Der Junge wollte nach seinem Säbel greifen und um Hilfe rufen, aber Seon erstickte sein Keuchen mit der Hand und schnallte die schwarze Brünne auf. Der Helm lag vor den Füßen des Jungen, aber Seon konnte nicht in den Lichtschein der Fackel kriechen, ohne gesehen zu werden. Er musste versuchen an Deck zu gelangen. Was er danach machen würde, wusste er noch nicht. An der Feuerstelle konnte er jedenfalls nicht bleiben. So wollte er nicht sterben.

Seon legte die Lederbrünne an und warf über die Schulter einen letzten Blick auf Brage. Mit ihm hatte er die Ödlande und die Schwarzen Berge durchwandert. Sie hatten ihre Träume geteilt und waren wie Brüder gewesen. Nie wieder würden sie am Lagerfeuer sitzen und über die Schlachten reden, die sie zusammen geschlagen hatten, oder über die Frauen, die sie geliebt hatten. Seon schob den Säbel in die Scheide und verbarg den Dolch an seinem Unterarm. Er wandte das Gesicht von den schlafenden Kriegern ab, als er einen Schritt aus dem Dunkeln machte und sich nach dem Helm bückte. Dann wankte er zu der Leiter am Mastfuß. Er hörte die Stimmen der Krieger an Deck. Das Schiff lag reglos auf der windstillen See. Seon kletterte die Leiter hinauf. Die Luke über ihm war geschlossen, aber er stieß sie auf. Knallend fiel die Klappe auf die Decksplanken.

»Krech! Har-am!«

Seon erkannte die raue Stimme wieder. Der Kaan rief hinter ihm her. Er war entdeckt. Er stieg nach oben und lief in den Bug. Die schwarzen Krieger, die vor der Bordwand lagen und schliefen, setzten sich auf und griffen nach den Lanzen, die an der Reling lehnten. Der Kaan kletterte aus der Luke und brüllte seine Männer an. Er zeigte auf Seon und drehte den Rücken zum Bugsteven. Die Krieger bildeten eine lange Reihe quer über das Deck, richteten die Lanzenspitzen auf ihn und knieten sich hin. Seon blickte in das dunkle Wasser. Der Sternenhimmel spiegelte sich in der glatten Oberfläche. Er war kein Seemann, und er wollte nicht im Meer ertrinken. Er zog den Säbel und stellte sich an den Rand des Bugdecks. Der Kaan stand mit einem Bogen in der Hand hinter den Lanzenkriegern. Er legte einen Pfeil an die Sehne und zog die Pfeilhand ans Kinn.

Seon sprang auf die Kanathener zu, und als er nur noch eine knappe Mannslänge von den Kriegern entfernt war, traf der Pfeil seinen Kopf. Der Säbel fiel ihm aus der Hand, und die Beine gaben unter ihm nach. Er brach zusammen und legte die Arme um den Kopf. Die Krieger scharten sich um ihn und stachen mit ihren Lanzen auf ihn ein. Er hörte sie flüstern und er fürchtete sie. Das waren die Geister, die ihn in seinen Träumen heimsuchten. Jetzt kehrten die Menschen zurück, die er getötet hatte, um ihn zu holen.

Die kanathenischen Schiffer verfluchten das Meer. Welche nordischen Götter hatten die Strömung dazu gebracht, so nah am Sturmrand noch einmal zu drehen? Die Schiffe trieben langsam in westlicher Richtung durch die Nacht, und als der Kaan des fünften Zweimasters ins Kriegshorn blies und damit signalisierte, dass das Schiff dem Sturmrand gefährlich nahe kam, mussten die Sklaven wieder an die Ruder. Diesmal versuchten die Schiffer gar nicht erst, nach Osten zu rudern, sondern schlugen den direkten Kurs nach Süden ein, in der Hoffnung, aus der Strömung herauszukommen, ehe es zu spät war, denn sie spürten bereits den kalten Sog der Stürme im Westen. Der Sturmrand war ein Schatten in der Nacht, ein schwarzer, Furcht einflößender Todesnebel, der unter den Sternen des Westhimmels schwebte. Die Schiffer stellten sich in den Bug ihrer Schiffe und ritzten die Handflächen mit ihren Dolchen an. Sie ließen das Blut ins Meer tropfen, denn obgleich die Väter ihrer Vorfahren Tarkin die Treue geschworen hatten, lebte der Mythos des Meeresgottes Manannan in ihnen weiter. Und hier draußen, wo die Segel im Westwind flatterten, waren sie weit entfernt von Tarkins Reich.

Aber Manannan schien den Geschmack des Menschenbluts nicht zu würdigen – immer weiter trieben die Schiffe nach Westen, und es nutzte auch nichts, dass die Sklaven noch härter ausgepeitscht wurden. Bald teilten die Schiffer den Kaanen mit, was diese längst wussten: Sie waren dem Feind zu weit nach Westen gefolgt. Bald würde der Sturmrand ihre Schiffe verschlingen.

Die Krieger holten die Querbäume auf das Deck hinunter und verstauten die Segel und Taue hinter der Reling. Nur auf einem Zweimaster blieb am vorderen Mast ein dunkles Bündel hängen. Das war Seon, der an den Armen am Mast hochgezogen worden war. Der Kaan hatte mit einem Pfeil ohne Spitze auf ihn geschossen, weil das Halbblut, der an der Seite der Bermarer gekämpft hatte, ihm vor seinem Tod noch das eine oder andere über die Widerstandskraft der Nordländer erzählen sollte. Und während der Wind auffrischte und die Schiffe auf den Wellen zu schaukeln begannen, erwachte Seon. Er blinzelte in die nächtliche Dunkelheit und stöhnte vor Schmerz. Als ihm klar war, dass er noch lebte, wandte er den Blick nach oben zu der Mastspitze und dem Sternenhimmel. Er versuchte, die Finger zu bewegen, aber er hing schon so lange an dem Seil, dass seine Arme taub waren.

Von einem merkwürdigen Gefühl der Gleichgültigkeit erfüllt, schaute Seon aufs Deck hinunter. Die Krieger zurrten die Taurollen an den Bolzen in der Reling fest. Er hörte das rhythmische Rufen der Sklaventreiber und das Klatschen der Ruderblätter in den Wellen, aber es war wie in einem Traum. Ein grauer Schleier wehte über das Deck, er hörte den Hornstoß des Kaans und die Rufe der Männer, die von Schiff zu Schiff getragen wurden. Nebelbänke schoben sich über das Meer, und mit einem Mal schien der Seegang sich zu beruhigen. Die Wellen schlugen nicht mehr so kräftig gegen die Bordwände, und er pendelte nicht mehr an dem Mast hin und her. Das Schiff war in eine Flaute geraten. Der Nebel trieb in dichten Fetzen über das Deck, so dass die Männer dort unten kaum noch zu erkennen waren.

Plötzlich ertönte ein Schrei. Ein Körper fiel zu Boden. Die kanathenischen Krieger riefen wild durcheinander und griffen nach ihren Lanzen. Der Kaan blies das Horn. Seon versuchte sich zu drehen. Irgendetwas tat sich dort unten. Er sah die Schemen der Krieger im Nebel und hörte Kampfgetümmel. Hornstöße hallten jetzt aus allen Richtungen. Kanathener schrien in Todesangst. Menschen gingen über Bord.

Seon starrte auf das Deck. Ein Windstoß riss den Nebel auf. Ein paar Kanathener krochen auf die Decksluke zu. Ihre Brünnen waren aufgeschlitzt und das Deck war fleckig von Blut. Der Kaan taumelte rückwärts auf den Mast zu. Er griff nach dem Horn an seinem Gürtel, setzte es an den Mund und blies hinein.

Da trat ein Geschöpf aus dem Nebel, das einer riesenhaften Echse glich, aber Arme und Beine hatte wie ein Mensch. Der lange Schwanz schnellte über die Decksplanken, als das Wesen sich krümmte und den Kaan anfauchte. Der Echsenmensch hielt einen weißen Speer in der Hand, den er auf ihn richtete. Als der Kanathener erneut das Horn an die Lippen setzte, machte das Wesen ein Satz nach vorn und rammte ihm den Speer in die Brust. Der Kaan ließ das Horn fallen, warf den Kopf in den Nacken und heulte laut auf, als das schuppige Wesen ihn mit dem Speer durchbohrte.

Seon hielt die Luft an. Der Echsenmensch war anderthalb mal so groß wie der Kaan. Er stieß den Kanathener zu Boden, stemmte den Krallenfuß auf seinen Bauch und zog den Speer heraus. Dann hob er den Kopf. Seon sah, wie das Wesen in den Nebel hineinwitterte. Es hob den Kopf und sah am Mast empor. Seon blickte in zwei gelbe Schlangenaugen.

Ein Pfeil schoss aus dem Nebel. Das Geschöpf fasste sich an den Arm, brach den Pfeil ab und brüllte wie ein weidwund geschossener Hirsch. Dann schwang es sich über die Reling und verschwand mit einem Klatschen im Wasser. Seon wand die Hände in der Fessel. Kampfgetümmel hallte über das Meer, und den Schreien der Verletzten nach zu urteilen verloren die Kanathener den Kampf.

Noch ein Pfeil flog über das Deck. An Steuerbord waren Rufe zu hören, und dann tauchten zwei Masten aus dem Nebel auf. Die Männer auf dem Schiff schrien wild durcheinander. Sie taumelten mit Speeren im Rücken herum und knieten am Boden, während die Echsenwesen sie mit ihren eigenen Lanzen durchbohrten.

Nebel hüllte die Schiffe ein. Aber Seon hörte die schweren Schritte auf den Schiffdecks. Er hörte Säbelklirren, Kriegshörner und vor Schmerz wimmernde Männer. Solange der Nebel so dicht über den Schiffen lag, nutzte den Kanathenern ihr zahlenmäßiger Vorteil nichts.

Nach einer Weile verebbten die Schreie. Von Westen kam ein Windstoß und vertrieb den Nebel so schnell, wie er gekommen war. Seon schwang vor dem Mast hin und her, als das Schiff über die Wellen schaukelte. Die Hörner der Kaane waren verstummt, und jetzt hallten andere Rufe übers Meer. Es waren die gleichen Rufe, die sie aus dem Sturmrand gehört hatten, und plötzlich fiel ihm ein, woran der Laut ihn erinnerte. Als er noch ein Junge war und an Taramans Strand Muscheln und Schneckenhäuser gesammelt hatte, hatte er eines Tages eine große Konchylie gefunden, deren Spitze abgeschlagen war. Er hatte sie an den Mund gesetzt, wie er es die Nachtwachen auf der Hafenmole mit ihren Schiffshörnern hatte tun sehen. Dieser Laut war es, den er jetzt hörte, als der Nebel sich von den Schiffen zurückzog. Das Heulen der Konchylien hallte wie ein Ruf von Schiff zu Schiff.

Und dann sah Seon die Schiffe. Die zwölf Zweimaster waren auseinander getrieben worden, aber dennoch konnte Seon die toten Krieger und die Blutflecken an Deck erkennen. Echsenmenschen huschten über die Decks, drehten die Gefallenen mit ihren Speeren um und erstachen alle, die noch lebten. Auf keinem der Schiffe waren mehr als fünf der schuppigen Geschöpfe, aber gemeinsam hatten sie alle Kaane und Krieger besiegt. Nun knieten die Echsenmenschen neben den Toten und zogen ihnen die Brünnen aus.

Seon hörte Stimmen und drehte sich an dem Strick herum. Am Bug des Zweimasters war ein Langschiff vertäut, das niedriger war als das Kanathenerschiff. Seon erkannte den Drachenkopf wieder, der aus dem Bugsteven geschnitzt war, und den Ochsenkopf auf dem Segel. Das war Kangirs Kelsschiff, aber er sah keine Kelser. Er blickte auf das Deck unter sich. Dort waren vier Echsenmenschen. Sie hatten die ersten Krieger entkleidet und warfen die Leichname über Bord. Die Kleider häuften sie vor dem Mast auf.

Er folgte ihnen mit dem Blick. Ihre Schuppenhaut war wie aus Silber oder geschmiedetem Eisen, und vom Kopf bis zur Schwanzspitze zog sich eine lange Reihe Stacheln. Ihre Köpfe gingen in einen kräftigen Nacken über. Sie hatten keine Ohren und fuhren sich ständig mit einer gespaltenen Zunge um das breite Echsenmaul. Ihre Arme waren lang und kräftig. Sie hatten sich Fischhäute und Stoffstreifen um die Taille gebunden, die von einem mit Schuppen und Gräten verzierten Gürtel an ihrem Platz gehalten wurden. Sie hielten kalkweiße Speere in ihren krummen Klauen, während sie die Gürteltaschen der toten Kanathener durchwühlten. Sie schienen miteinander zu reden, obwohl die Worte eher wie Fauchen und heiseres Gurgeln klangen. Ein paar von ihnen spähten zu ihm hoch, zeigten auf ihn und zuckten mit den Schultern.

Dann tauchte ein Mann aus der Decksluke auf. Seon sah sofort, dass es kein Kanathener war, weil sein langes graues Haar in einem Zopf über der rechten Schulter lag. Kangir wischte sich die blutigen Hände an seinem Umhang ab und zischte den Echsenmännern etwas in ihrer Sprache zu. Sie antworteten mit einem Nicken in Richtung Mast. Kangir legte den Kopf in den Nacken und sah nach oben. Als er Seon entdeckte, hinkte er zum Mastfuß. Die Echsenmänner kamen ihm zu Hilfe und hielten das Tau, als Kangir den Knoten um die Klampe löste.

Während sie Seon langsam auf das Deck herunterließen, kamen immer mehr Männer aus der Decksluke. Tonmach und Virgar zogen ihren Vater an den Armen heraus. Virga war wieder bei Bewusstsein. Der Alte lachte und konnte sich gar nicht wieder beruhigen, als er die Echsenmänner sah. Er rieb sich die Augen, öffnete die Arme und brach in Tränen aus. »Kinlender! Kinlender!« Er wiederholte dieses Wort so oft, bis seine Söhne ihm auf den Rücken klopften und ihn zu beruhigen versuchten.

Als Seons Füße das Deck berührten, verstand er zuerst nicht, was Kangir zu ihm sagte. Der alte Seemann löste die Fesseln an seinen Handgelenken, während Seons Blick suchend über die Toten huschte. Der nächste Säbel lag mindestens vier Schritte entfernt. Seon stöhnte, als das Blut wieder in seine tauben Hände strömte. Der Stumpf des kleinen Fingers blutete nicht mehr, aber aus der klaffenden Wunde ragte ein Knochenteil. Wo der Finger gewesen war, pochte jetzt ein heftiger Schmerz. Seon drückte auf die schmerzende Hand. Die Echsenmenschen musterten ihn misstrauisch mit ihren gelben Schlangenaugen, weil er die gleiche Hautfarbe hatte wie die kanathenischen Krieger. Einer von ihnen ging zu Kangir und fasste ihn an der Schulter. Kangir nickte, als der Echsenmann ihm etwas ins Ohr flüsterte, und antwortete mit ein paar leisen Kehllauten, wobei er Seon nicht aus den Augen ließ.

»Ja«, sagte Kangir und legte seine Hand über die Klauenfinger des Echsenmannes. »Wie immer hast du Recht, Queya. Wir warten besser noch, bis wir die schwarzen Sklaven von den Ketten befreien. Sie sind unter Deck am sichersten.«

Kangir wandte sich an Virga, der von seinen beiden Söhnen gestützt wurde. »Wir müssen uns um die Verwundeten kümmern. Geht jetzt wieder unter Deck und schaut nicht nach Westen.«

Er hatte den Satz noch nicht zu Ende gesprochen, als Virga seine Söhne abschüttelte und an die Backbordreling wankte. »Das blutrote Fahrwasser! Ich habe nicht geglaubt, dass ich es jemals wieder sehen würde.«

Seon vergaß den Schmerz und seine Furcht vor den Echsenmenschen. Während des Kampfes waren die Schiffe immer weiter nach Westen getrieben, und nun sah er, dass das, was die kelsischen Seeleute hinter vorgehaltener Hand geflüstert hatten, wahr war. Es war keine Lüge, was die tuurischen Handelsmänner ihm erzählt hatten. Die Schiffe trieben in Wellen, die so rot waren wie Blut. Seon spürte die Sonne im Rücken und sah, wie sich das Morgenlicht über den Schiffen und dem Meer ausbreitete. Aber im Westen war der Himmel schwarz.

»Der Sturm liegt dieses Jahr recht weit im Osten.« Kangir hinkte in den Bug und kletterte über die Reling auf das Kelsschiff. Er warf die Taue hinüber und stieß sich mit einem Speer von dem Zweimaster ab. »Wir haben Ostwind«, rief er und stellte sich ans Steuerruder. »Ich nehme Kurs auf die Schären, Queya. Folgt mir. Der Sturm wird uns bald eingeholt haben.«

Queya, der größte der vier Echsenmänner, rief den anderen Kriegern Befehle zu. Während die drei Männer Seon, Virga und seine Söhne unter Deck brachten, blies Queya in die

Konchylie, die er an seinem Gürtel trug. Der klagende Gesang tönte über das Meer, und wenig später wandten die Zweimaster sich nach Westen und folgten Kangirs Langschiff in das blutrote Fahrwasser. Kangir war allein auf seinem Schiff, aber es schien ihm keine Schwierigkeiten zu machen, es zu lenken. Er überließ es der Strömung, während er die Sturmfock vor dem Bugsteven hisste. Danach holte er getrocknetes Fleisch und einen Wasserschlauch aus dem Decksraum und richtete sich auf eine lange Wache am Steuerruder ein. Er wickelte sich in den Lederumhang und legte die Hand auf das Steuerruder. Die Strömung und der Wind führten das Langschiff rasch in den Sturm.

Auf den Kanathenerschiffen saßen die Bermarer zusammen mit den tazkanischen Sklaven unter Deck. Die schwarzen Sklaven tuschelten leise miteinander. Sie hatten gehört, was geschehen war, und wussten, dass ihre Herren nicht mehr lebten. Jetzt kümmerten sich dämonische Wesen um die verwundeten Bermarer. Die Tazkaner fürchteten, dass sie das Ende der Welt erreicht hatten. Die Echsenmenschen würden sie über den Rand des Meeres führen, wo Geschöpfe sie erwarteten, vor denen selbst die Götter Angst hatten. Darum nahm auch kein Tazkaner von dem Wasser, das Queyas Krieger ihnen brachten. Sie verkrochen sich zwischen den Ruderbänken und beteten für einen raschen Tod.

Die Bermarer fürchteten sich ebenfalls vor den schuppigen Wesen, auch wenn inzwischen alle gehört hatten, dass es sich um die Kinlender handelte, von denen in der Legende von Bran berichtet wurde. Sie lebten auf der anderen Seite des Sturmrands, dort, wo das Meer ganz still war. Aber um dorthin zu gelangen, mussten die Schiffe den Sturm durchqueren. Sie hörten bereits das wütende Klatschen der Wellen gegen die Bordwand. Die Kinlender hatten die Segel gehisst und steuerten die Schiffe direkt nach Westen. Die Männer hielten sich an den Balken und Ruderbänken fest, und die Verletzten flehten ihre Götter an, ihnen Kraft zu geben.

Aber die Götter hörten sie nicht. Immer wieder starben Männer an den Wunden, die ihnen im Kampf gegen die Kanathener zugefügt worden waren, und noch immer verfluchten die Bermarer die Kelser, die sie im Stich gelassen und der Übermacht der Kanathener ausgeliefert hatten. Die Waldgeister waren die Einzigen, die gut über Kangir sprachen, während die Schiffe immer schneller gen Westen trieben. Sie saßen bei Brage, Seon und Virga und lauschten den Rufen an Deck, wo Queya gegen die Wellen ankämpfte.

Lokes Bart war rot von Blut, als er sich neben Brage kniete und die Wunde an seinem Hals säuberte. Loke sah Seon an und bat ihn, den Bewusstlosen zu halten.

»Kangir hat dich durchschaut«, sagte Loke, während er aus einem Lederbeutel Tropfen in die Wunde träufelte. »Darum hat er beigedreht. Er konnte seine Mannschaft nicht für einen Mann opfern, der ihn verraten wollte. Aber er ist zurückgekehrt, Seon. Die Kanathener sind besiegt, und die Schiffe gehören dir. Ich hoffe, du bist jetzt zufrieden.«

Da Seon nicht antwortete, begann Loke, die Wunde zuzunähen. Mit einer Knochennadel bohrte er Löcher in die Haut, durch die er einen steifen Sehnenfaden zog, mit dem er den Schnitt zuknotete. Der Schmerz weckte Brage, aber Bile, Vile und Bul hielten ihn fest, bis Loke die letzte Sehne verknotet und ein paar Tropfen des Spezialgebräus über die Stiche geträufelt hatte.

»Und ihr, Lehrlinge …« Loke funkelte sie unter seinen buschigen Brauen hervor an. »Ihr haltet den Mund, bis ich sage, dass ihr reden könnt. Das ist nicht der passende Zeitpunkt, altes Wissen zu verbreiten.« Die drei Waldgeister zogen sich ins Halbdunkel zurück und hielten sich an den Balken fest. Das Schiff wälzte sich auf die Seite, knarrte und richtete sich wieder auf.

Loke kroch zu Virga. Er betastete den Kopf des Alten. Das Blut über der Schnittwunde war getrocknet. Er forderte Virga auf, seine Hände nach vorn zu strecken. Als er sah, dass sie nicht zitterten, bat er die Söhne, die Wunde zu reinigen.

»Ihr werdet an euren Wunden nicht sterben«, sagte Loke mit einem Blick zu Brage. »Und du, großer Mann, wirst dich noch einige Tage schwach fühlen wie ein betrunkener Kretter. Aber dein Körper braut bereits frisches Blut, mach dir also keine Sorgen. Es ist keine lebenswichtige Ader getroffen worden, obgleich du eine Menge Blut verloren hast. Aber jetzt muss ich mich um die anderen kümmern, die sich ans Leben klammern, und um die Sterbenden. Legt Messer in die Feuerschale und heizt ordentlich ein, Lehrlinge. Wir haben viele Wunden auszubrennen.« Er verschwand in der Dunkelheit zwischen den Ruderbänken.

Die Männer blieben an der Feuerschale sitzen, während die Waldgeister die Torfstücke zum Brennen brachten. Seon stützte Brage, wenn das Schiff sich auf die Seite legte.

»Wir haben den Kampf verloren«, murmelte Brage. »Die Schwarzen haben viele unserer Männer getötet, Seon. Ich glaube, die Hälfte ist tot. Und was sie mit Gortar gemacht haben …«

»Wir haben es alle gesehen.« Seon rieb sich über den Handrücken. Loke hatte die Knochensplitter herausgezogen und den Fingerstumpf verbunden, aber es schmerzte noch immer.

»Sie waren zu viele«, fuhr Brage fort. »Vielleicht hätten wir es wie Konvai machen sollen, umkehren und nachgeben, ehe wir der Übermacht gegenüberstanden.«

»Zum Umkehren war es zu spät.« Seon sah Brage von der Seite an. »Und wenn du von nichts anderem reden willst als den Toten, solltest du besser den Mund halten.«

Brage riss die Augen auf und hob die Hand. Einen Moment lang sah es so aus, als ob er Seon schlagen wollte. Aber dann nahm er den Arm herunter und schüttelte den Kopf. »Vielleicht hast du Recht. Was weiß ich schon? Du bist der Heerführer, Seon. Ich bin nur ein einfacher Grobschmied.«

Darauf erwiderte Seon nichts. Auch die anderen Männer am Feuer schwiegen, während die Wellen an die Schiffswand hämmerten. Der Wind pfiff um die Masten, und die Decksplanken knarrten.

»Ich weiß, wohin die Fahrt geht«, sagte Virga plötzlich. »Ich bin schon einmal hier gewesen.«

Die Männer drehten sich zu ihm um, und die Waldgeister rückten zusammen und starrten ihn über ihren zottigen, grauen Bärten an.

»Wohin?« Bile klammerte sich an einen Balken. »Sag mir, wohin wir fahren, Großer. Nicht einmal Loke weiß, wohin die Reise geht.«

»Wir sind auf dem Weg nach Kin-Mar.« Virga schloss die Augen, und die alten Erinnerungen legten sich mit einem Lächeln über sein Gesicht. »Als junger Mann bin ich mit Bran und seinem Volk gesegelt. Nachdem wir Tirga verlassen hatten, nahmen wir Kurs nach Westen. Mir ist nie wieder ein Mann mit solchem Mut begegnet. Bran führte sein Schiff direkt in die Stürme hinein. Und als wir die Schären vor uns sahen, kamen die Fischmenschen an Bord und steuerten unser Schiff durch die Brandung.«

Seon drehte sich kopfschüttelnd von ihm weg. Der alte Mann schien einen kräftigen Schlag auf den Kopf bekommen zu haben, der ihn fantasieren ließ. Doch seine Söhne schienen ihm zu glauben. Tonmach und Virgar sprachen leise miteinander und blickten erschrocken nach oben, als die Decksluke zuknallte.

»Der Sturm«, wisperte Virga. »Sie verschalken die Luken. Es wird einen Tag dauern. Und vielleicht noch die Nacht. Dann haben wir es geschafft.«

Seon stemmte sich mit dem Fuß an einer Ruderbank ab. Die tazkanischen Sklaven verbargen jammernd die Gesichter in den Händen. Seon konnte ihre Worte nicht verstehen, denn sie sprachen eine andere Sprache als die Kanathener aus dem Norden. Aber er begriff, dass sie große Angst hatten. Auch er selbst fürchtete sich. Sie näherten sich dem Ende der Welt.

## *Kin-Mar*

Dreizehn Schiffe segelten in die Stürme hinein. Kangir stand allein auf seinem Langschiff, und selbst die Kinlender, die die kanathenischen Zweimaster in seinem Kielwasser steuerten, blickten zu dem grauhaarigen Seemann auf und dachten bei sich, dass er vom Wahnsinn getrieben sein musste. Denn was sonst veranlasste einen Menschen dazu, sein Leben ganz allein auf dem Meer zu verbringen? Die Kinlender kannten ihn gut, denn er war oft im Westen des Sturmrands gesegelt und hatte am Atoll von Kin-Mar festgemacht. Er kam mit Neuigkeiten vom Meer und der Küste im Osten und erzählte von Tarkin und Vendhurs Heerführern. Über den Krieg hatte er berichtet, doch in der letzten Zeit hatte er sich rar gemacht. Früher hatten sie ihn unter einem anderen Namen gekannt, doch Queya hatte allen Frauen und Männern Kin-Mars befohlen, zu vergessen, wer Kangir einmal gewesen war. Denn so lautete Kangirs Wunsch. Ein Mann des Meeres wollte er sein, ein Mann ohne Heimat und Klan. Und wenn es ihn nicht mehr gab, sollte das Meer seinen Körper in eine Tiefe führen, in der ihn nicht einmal die Kinlender finden würden.

Und vielleicht wünschte Kangir sich den Tod. Denn der Sturmrand war im Laufe des Sommers gewaltig gewachsen. Warmer Wind aus dem Süden prallte gegen die kalten, nördlichen Strömungen. Seit Monden ging das schon so, und jetzt brüllte der Sturm wie ein Heer von Göttern. Doch Kangir schien den schwarzen Himmel nicht zu fürchten. Er stand mit dem Rücken am Achtersteven und stemmte sich mit den Füßen an der Bordwand ab, während er das Schiff durch die Wellen steuerte. Die Kinlender kämpften mit den schweren Steuerrudern der Zweimaster und versuchten mit dem Kelsschiff Schritt zu halten. Während der Steuermann das Ruder mit seinen gewaltigen Klauen umklammerte, stand ein anderer im Bug und spähte über das blutrote Meer. Nicht einmal die Kinlender wussten, wie weit sie segeln mussten, bis sie zu den Schären kamen. Die Schiffe wurden von den Wellen hin und her geworfen wie ein Stück Rinde auf einem Bergbach, und immer wieder schlugen Wellen über das Deck. Trotzdem sorgten sich die Kinlender nicht um ihr Leben, denn einige Körperlängen unter der Meeresoberfläche war das Wasser ruhig genug, um ungehindert nach Westen zu schwimmen. Doch Queya hatte ihnen den Befehl gegeben, die Schiffe durch die Stürme zu führen, und die schuppigen Krieger würden lieber sterben, als seine Order zu missachten. Denn Queya war der König von Kin-Mar, der Nachfolger von Kroch, N'Gamas Auserwählter.

Also folgten die Schiffe Kangir in den Sturm. Als sich die Wolken über ihnen schlossen, schienen die Mastspitzen am Himmel zu kratzen. Es hieß, der Sturmrand sei der Boden einer himmlischen Kluft, durch die die Götter aus dem Himmel in die Welt der Menschen hinabstiegen. Doch obgleich die Tazkaner vor Angst weinten und die Bermarer ihre Ahnen um Stärke und Mut anflehten, standen die Kinlender ruhig an Deck und wichen nicht von ihrem Kurs ab. Denn der Sturmrand war nicht das Ende der Welt. Einen Tag würde es dauern oder eine Nacht und den folgenden Tag.

Doch im Sturmrand gab es weder Tag noch Nacht. Alles war ein einziges Dunkel, in dem der Sturm an den Seilen zerrte und die Wellen an die Bordwand donnerten. Die Kinlender hielten sich an der Reling fest, während sie die kanathenischen Zweimaster hinter dem regengrauen Umriss von Kangirs Langschiff her steuerten. Queya selbst schnitt sich in die Handfläche und tropfte dreizehn Tropfen Blut ins Meer – einen für jedes Schiff. Denn Manannans Laune war so wechselhaft wie die Winde, und der Wille des Meeresgottes war nur schwer zu erahnen. Blut konnte ihn beruhigen, doch im Sturmrand war das Meer ohnehin bereits rot von Blut. Hier waren Seeleute ertrunken, seit sich die ersten mansarischen Schiffe auf der Suche nach Fischgründen hierher verirrt hatten, und hier waren die Jäger aus Kin-Mar von den Strömungen erfasst und in die Tiefe gezogen worden, wo die Vielarme regierten. Selbst Die Mächtigen, die seit ihrer Verwandlung eine Plage für die Kinlender waren, fürchteten den Sturmrand.

Allein Kangir schien jegliche Furcht verloren zu haben. Die Wellen spülten über das tief liegende Kelsschiff, und der Wind drohte die Sturmfock in Stücke zu reißen. Doch der alte Seemann stand sicher mit dem Rücken am Achtersteven, die Hände um das Steuerruder gelegt. Er trank aus dem Wasserschlauch, den er hinter sich an der Reling befestigt hatte, und aß Trockenfisch, den er in seiner Gürteltasche verstaut hatte. Sein lederner Umhang hielt den Wind ab, doch er war nass bis auf die Knochen und fror. Wenn er eine Mannschaft an Bord gehabt hätte, wäre er unter Deck gegangen, um sich ablösen zu lassen. Doch die Kelser warteten auf der anderen Seite des Sturmrands. Nachdem Kangir sie durch die Schären gelotst hatte, hatte er sie aufgefordert, weiter nach Westen zu segeln, während er selbst sein Schiff mit den Wellen treiben ließ. Er hatte die Kinlender mit seinem Kriegshorn gerufen und in der Sprache zu ihnen gesprochen, in der sich die Jäger selbst untereinander verständigten, wenn sie in den Wellen lagen und in die Konchylien bliesen. Er ließ das Horn von den Kämpfen im Osten berichten und bat die Kinlender um Hilfe. Und Queyas Krieger waren gekommen. Sie waren mit kräftigen

Schwanzschlägen unter den Wellen geschwommen. Ein gutes Dutzend von Queyas stärksten Männern hatte sich an die Ruder gesetzt und das Schiff wieder nach Osten getrieben. Sie vertrauten darauf, dass er sie sicher durch den Sturm führte. Und Kangir hatte zu den Wolken aufgesehen, aus denen ihn vergessene Götter mit verzerrten Fratzen anschrien. Er hatte ihnen in die Augen geblickt und ihr Schreien erwidert. Als er noch jung war, war er hier hinausgesegelt und hatte sie angefleht, ihm sein Leben zu nehmen. Er hatte das Steuerruder losgelassen und das Schiff dem Meer überlassen. Er hatte sich in die Mitte des Decks gestellt und seine Trauer dem Meer und dem Sturm entgegengebrüllt.

Doch niemand hatte ihn erhört. Die Götter hatten schwarze Wolken vor ihre Augen gezogen und ihn nach Westen treiben lassen. Durch Stürme und Schären. Bis zu Kin-Mars Stadt aus Flößen und Wracks. Wo sie sich an ihn erinnerten, als den Mann, der er einmal gewesen war.

Seither hatte er die Kinlender oft gehört, wenn er östlich des Sturmrands gesegelt war. Wenn er ihre Konchylien hörte, antwortete er ihnen mit seinem arenischen Kriegshorn. Die Kinlender luden ihn zu sich ein, obwohl sie wussten, dass die Stadt im Meer niemals seine Heimat werden würde. Kangir verstand, dass die Kinlender ihn gerne bei sich hatten, denn er erinnerte sie an das Volk, zu dem auch sie vor ihrer Verwandlung durch Manannan gehörten. Sie berührten seine Haut und baten ihn, von den Wäldern und Steppen zu erzählen, von Bäumen und Tieren, die auf der festen Erde wandelten. Und er erzählte. Doch nur selten blieb er länger. Sie weckten böse Erinnerungen.

Vielleicht war ein Tag vergangen. Vielleicht stand er bereits einen Tag und eine Nacht am Steuerruder, als er die Brandung vor sich in der Dunkelheit hörte. Kangir ließ das Steuerruder los und wischte sich das Wasser aus den Augen. Vor ihm im

Nebel prallten die Wellen gegen etwas. Er richtete sich auf und steuerte das Schiff auf eine Welle.

Da sah er die Schären wie graue Zähne aus der aufgewühlten See ragen. Doch Kangir konnte die krallenartige Klippe nirgends erblicken. Er packte das Ruder, ließ das Schiff die Welle hinunterrauschen und schlug hart nach backbord ein. Als das Langschiff drehte, sprang er aufs Deck und straffte die Fock. Dann war er wieder oben am Steuer und zwang das Schiff nach Süden, während die Wellen an der Steuerbordseite nur einen Steinwurf entfernt gegen die Schären schlugen.

Kangir blies in sein Bronzehorn, um den Kinlendern zu signalisieren, dass sie einen südlicheren Kurs einschlagen sollten. Er nutzte jede Bö, so dass sich der Abstand zu den Schären bald vergrößerte. Da er in den Wellentälern kaum Steuerkraft hatte, versuchte er, die größten Wellen zu umschiffen. Doch jedes Mal, wenn das Meer das Schiff anhob, spähte er nach Westen. Für gewöhnlich brachten ihn die Strömungen und Winde in dieser Jahreszeit an den Ort, an dem die klauenartige Klippe die Wellen überragte und eine der südlichsten Fahrrinnen durch die Schären markierte.

Kangir war kein gottesfürchtiger Mann, und die einzige Macht, zu der er jemals betete, war das Meer. Und vielleicht hatte es ihn erhört, denn bald entdeckte er im Süden einen Felsen, eine Klaue, die der Dunkelheit und den roten Wellen trotzte. Er schob die Kapuze in den Nacken, steuerte das Schiff so weit wie möglich gegen den Wind und segelte nach Süden, bis er genau östlich der Klippe war. Dort drehte er nach Westen. Die See brach sich weiß an dem klauenförmigen Felsen. Dahinter erkannte er die Umrisse der Schären wieder, über denen der Tang im flachen Wasser wogte. Das waren die Gipfel einer unterseeischen Gebirgskette, die die Kinlender »Mauer« nannten, denn sie stemmte sich wie eine Wand gegen das Meer im Osten. Wenn er von Nord nach Süd an ihr entlangsegelte, brauchte er bei gutem Wind einen ganzen

Mond. Kangir steuerte mit dem Bug auf das schäumende Wasser im Norden des Felsens zu.

Als er sich umblickte, sah er, dass die Zweimaster ein paar Steinwürfe hinter ihm lagen. Die kanathenischen Kriegsschiffe waren größer, und er hoffte, dass Queyas Krieger nicht nur gute Kämpfer, sondern auch ausgezeichnete Seeleute waren. Wenn sie die Schiffe nicht genau richtig steuerten, würden sie an den Felsen zerschellen.

Kangir hatte einen Gürtel an den breiten Balken der Reling genagelt, den er sich nun um die Hüfte band. Die Wellen schlugen gegen die Schären, klatschten zurück und peitschten das Meer auf. Er zog das Ruder zu sich und wandte das Schiff nach Steuerbord, doch da schlug eine Welle gegen das Schiff. Es kippte nach Backbord, das Steuer hob sich aus dem Wasser und das Deck stemmte sich gegen den Wind, doch Kangir hing sicher im Gürtel.

Das Gewicht des Kielbalkens richtete das Schiff schließlich wieder auf. Kangir drehte das Steuerruder, und als die Wellen das Schiff erneut auf die Seite drücken wollten, drehte sich der Bug in Richtung Schären. Kangir biss die Zähne zusammen. Das Schiff schoss an der Klaue vorbei, doch es hatte noch immer Schlagseite. Eine gewaltige Welle schlug achtern gegen das Langschiff und schob es in die Brandung. Kangir sah das weiße, aufgewühlte Wasser, seine Fahrrinne hinüber auf die andere Seite. Verzweifelt umklammerte er das Steuer, und es gelang ihm tatsächlich, das Schiff von den Schären wegzubringen. Das Steuerruder schabte über den Grund, als das Wasser unter ihm sank. Kangir drehte sich um und erblickte die Welle, die sich hinter dem Schiff auftürmte. Sie zog das Wasser aus der Rinne, bis der Schiffsbug den Grund berührte.

Dann warf sich die Welle mit einem Brüllen nach vorn. Kangir starrte in die Dunkelheit, als das Schiff angehoben wurde. Plötzlich wurde ihm bewusst, dass er vor einer Götterwelle segelte, einer Welle, wie er sie manchmal weit entfernt vom Schiff gesehen hatte. Sie hob ihn hoch über die Schären, und er schwebte, festgezurrt an einem Drachen aus Holz und Eisen, durch den Wind. Die Welle schob das Schiff vor sich her, doch Kangir ließ das Steuer nicht los. Wenn sich das Schiff jetzt auf die Seite legte, würde es von den Wassermassen versenkt werden. Die Schären rechts und links der gigantischen Welle sahen wie glänzende, schwarze Körper mit tangbewachsenen Köpfen aus.

Dann schlug der Bug ins Wasser. Die Welle brach sich über dem Achtersteven, und Kangir klammerte sich fest. Wassermassen brachen über ihm zusammen, doch er weigerte sich, das Steuer loszulassen. Wellen spülten über das Deck, während das Wasser langsam durch die Lenzlöcher ablief. Er hatte die Schären hinter sich gebracht.

Kangir segelte nach Westen, blickte aber immer wieder über die Schulter zurück. Die Kinlender hatten nicht mit Götterwellen zu kämpfen. Sie glitten leicht an der Klippe vorbei und bildeten bald eine Reihe von zwölf Schiffen. Der Sturm heulte über den Masten, doch im Westen brach ein schmaler Streifen Tageslicht durch die Wolkendecke.

Als die dreizehn Schiffe aus dem Sturm heraussegelten, ging die Sonne langsam unter. Einen Tag, eine Nacht und noch einen Tag hatten sie im Sturmrand gekämpft, doch jetzt glitten sie aus den blutroten Fahrwassern in eine Meeresregion, die so still war wie die Bergseen in den Lanzenbergen. Die Kinlender durchsuchten die Kleider der Sklaventreiber und lösten die Ketten der tazkanischen Sklaven. Trotzdem wagte sich kaum ein Schwarzer an Deck.

Nur wenige Pfeilschüsse hinter den Schiffen war der Himmel schwarz vor Wolken, doch über ihnen schien bereits der Mond vom Abendhimmel. Die Sonne ertrank im Westen, ließ aber ihr goldenes Licht noch so lange am Horizont schimmern, dass die Männer den Tang im Wasser sahen und die

Schiffe, die ringsherum verankert waren. Doch an Bord dieser Schiffe waren keine Menschen. Die Segel hingen zerrissen von den Querbäumen.

Obgleich der Wind nur schwach war, kamen die Schiffe gleichmäßig voran. Die Kinlender steuerten die Zweimaster in den Strömungen, die durch die Klüfte in der Mauer entstanden. Sie kannten diese Fahrwasser gut, denn hier jagten sie Haie und Sirlén, und hier fanden sie die Wracks, in die sie Luft bliesen, um sie an die Oberfläche zu heben.

Und diese Wracks säumten das Meer westlich des Sturmrands. Die Männer, die an Deck gekommen waren, blinzelten in den Sonnenuntergang. Virga stand gemeinsam mit seinen Söhnen vorn im Bug. Er deutete auf die Wracks und erzählte, wie es gewesen war, als er als junger Mann gemeinsam mit Bran hier gesegelt war. Denn Virga hatte diese Wracks schon einmal gesehen. Er schaute in Richtung des Sonnenuntergangs und lauschte. Weit entfernt war das Heulen der Konchylien zu hören.

Als die Waldgeister auf das Bugdeck kletterten, sah Virga lächelnd zu ihnen hinab. »Ich hätte niemals gedacht, Kin-Mar noch einmal wiederzusehen«, sagte er. »Wusstet ihr das? Dass wir hierher zurückkommen würden? Seit ihr deshalb zu uns zurückgekommen?«

Loke antwortete nicht, sondern kletterte auf die Reling, wo er an den Bugsteven gestützt stehen blieb. Der Waldgeist strich an dem langen Stevenbalken entlang und fuhr sich über den Bart. »Ich erinnere mich an Brans Langschiff«, sagte er lächelnd. »Er nannte es Tigam. Wenn mich meine Erinnerung nicht täuscht, hatte es einen geschnitzten Tierkopf an der Spitze des Bugstevens. Doch an diesen Zweimastern gibt es weder Drachenköpfe noch sonst irgendetwas, was dem Gamle gefallen würde. Diese Schiffe sind gebaut worden, um Krieger in fremde Länder zu bringen. Sie sind nicht dafür gebaut, in das Reich der Götter zu segeln.«

Virga kratzte sich am Nacken, denn er wurde nicht schlau aus dem, was Loke sagte. Tonmach zuckte mit den Schultern. Virgar blickte auf Bile, Vile und Bul herab, die zu klein waren, um über die Reling zu schauen. Die drei Waldgeister blinzelten in den Abendhimmel.

»Ich hätte auch nicht geglaubt, dass ich euch noch einmal wiedersehen würde«, sagte Virga mit einem kurzen Blick auf Loke. »Es ist ein ganzes Leben vergangen, seit ihr uns verlassen habt. Als Ulv zurückkam, habe ich erfahren, dass ihr ihn durch den Westwald begleitet habt. Das waren gute Neuigkeiten, denn viele glaubten, ihr wäret tot.«

»Wir sind nicht tot«, murmelte Loke und blickte ins Wasser.

»Nein«, erwiderte Virga lächelnd. »Und das ist gut so. Aber wisst ihr, dass Ulv uns wieder verlassen hat? Er ist im Winter in den Süden gewandert. Er wollte die Frau finden ...«

»Siréd.« Loke wandte sich zum Sonnenuntergang. Das goldene Licht am Horizont erlosch. »Sie heißt Siréd.«

»Ich weiß«, sagte Virga leise. »Seon hat mir alles erzählt.«

Loke holte tief Luft und atmete mit einem lauten Seufzen wieder aus. »Sieh die Sterne – es sind die gleichen wie im Osten der Stürme. Das hier ist also doch keine neue Welt.«

Virga und seine Söhne blieben am Bugdeck stehen, während Loke von der Reling nach unten sprang. Die Waldgeister gingen zum Mast zurück, wo sie sich in ihre Decken rollten und sich schlafen legten. Kangir hielt noch immer den Kurs; das Langschiff glitt nicht weit vor den kanathenischen Zweimastern in die Nacht. Virga blieb am Bugdeck stehen und ließ den alten Mann am Steuerruder des Schiffes vor sich nicht aus den Augen, und erst als sich das nächtliche Dunkel vollends über das Meer gesenkt hatte, ging er unter Deck und schob sich unter seine Decken. Als seine Söhne zu ihm kamen und ihren Vater fragen wollten, wie es gewesen war, als das Felsenvolk durch den Sturmrand segelte, drehte Virga ihnen nur schweigend den Rücken zu.

Mitten in der Nacht erreichte die Flotte die Wachtürme. Sie waren aus gebrochenen Masten und Schiffsplanken auf zwei Schären errichtet worden, die eine Art Portal in das Fahrwasser bildeten, das die Kinlender Kin-Mar nannten. Kin-Mar war ihr Reich. Hier hob sich der Meeresboden aus der Tiefsee, so dass das Wasser flach war. Hier weideten die Fische im Tang, und hier konnten die Jäger Kin-Mars jagen, ohne von den Strömungen, die im tiefen Wasser herrschten, erfasst zu werden. Die Wachen oben auf den Türmen beugten sich über die Brüstung und grüßten mit geöffneten Klauenhänden. Sie fassten sich an Brust und Stirn. So erwiesen sie Queya, dem König und mächtigsten Krieger Kin-Mars, Ehre, Demut und Respekt. Er hatte sie in den Kampf gegen Die Mächtigen geführt, und sein Körper war durch mehr Narben gezeichnet als jeder andere. Jetzt kam er mit zwölf Schiffen zurück, ein großer Reichtum für Kin-Mar.

Die Kinlender bliesen nicht in ihre Konchylien, wie sie es sonst taten, wenn sie durch das Portal schwammen. Sie wollten die schlafenden Landmenschen nicht wecken, die noch nichts von dem ahnten, was ihnen das Tageslicht offenbaren würde. Nur einige wenige Bermarer waren an Deck, doch das nächtliche Dunkel verbarg die Meeresstadt, die nicht weit entfernt vor ihnen lag. Dort warteten die Kelser in ihren Langschiffen. Als Kangir Kin-Mars Männer mit seinem Kriegshorn zu Hilfe gerufen hatte, waren die Kelser auf seinen Befehl hin nach Westen gesegelt. Vielleicht glaubten die Kelser, er sei verrückt geworden, als er umkehren und Seon retten wollte, einen Dunkelhäutigen, der in den Augen der Kelser nichts anderes als ein Kanathener war. Doch Kangir verriet nur selten, was er dachte, und so hatte er sein Schiff wieder nach Osten geführt und auf die Stärke der Kinlender vertraut.

Denn Kin-Mars Männer waren mächtige Krieger. Sie waren im Schutz des Nebels ausgeschwärmt und hatten die

Schiffe der Kanathener umzingelt. Die Furcht hatte die Kanathener gelähmt, denn die Kinlender waren wie Geister aus dem Nebel aufgetaucht und hatten sie mit ihren scharfen Klauen zerfleischt und mit ihren Speeren durchbohrt. Sie verschwanden so schnell, wie sie gekommen waren, um doch gleich wieder hinter ihnen aufzutauchen und rücklings anzugreifen. So jagten die Kinlender auch Haie. Sie umzingelten das Tier, stachen ihm in den Rücken und ließen es verbluten.

Doch die Kinlender waren nicht bloß aufs Töten aus. Sie hatten getan, was Queya ihnen befohlen hatte, und Queya hatte seine Pflicht für einen alten Blutsbruder getan. Als Queya am Steuer stand und den kanathenischen Zweimaster von der Strömung zum Atoll im Westen führen ließ, breitete sich so etwas wie ein Lächeln auf seinem echsenhaften Gesicht aus. Obgleich seit der Verwandlung viele Generationen gelebt hatten, waren die Kinlender noch immer mehr Mensch als Tier, und obgleich Queyas schuppiges Gesicht breit war und seine Stirn flach, waren noch immer Falten in den Augenwinkeln zu erkennen, die sich in die silbrige Schuppenhaut fügten. Queya hatte eine Narbe, die seine Unterlippe teilte und zum Kinn hinablief. Auf seiner Brust war eine armbreite Bisswunde, und seine linke Hand zitterte jedes Mal, wenn er sie vom Steuerruder nahm. Die Zacken, die vom Hinterkopf über seinen Rücken bis zur Schwanzflosse hinabführten, waren grau und rissig. Queya war alt, sogar für einen Kinlender.

Die wenigen Bermarer und Tazkaner, die sich noch an Deck aufhielten, warfen verstohlene Blicke auf die Kinlender. Brans Volk hatte ihnen den Namen »Fischmenschen« gegeben, doch die Kinlender waren weder Fische noch Echsen. Unter ihrer Schuppenhaut waren sie Menschen wie alle anderen Völker östlich des Sturmrands. Doch davon wussten die Bermarer nur wenig, sie kannten einzig die Legende von Brans Reise. Waren dies die Kinlender, die Manannan verwandelt hatte?

Für die Schöpfung eines Gottes waren sie hässlich. Mit nur wenigen Lumpen an ihren Körpern und dem langen Schwanz, der über das Deck schleifte, sahen sie eher aus wie die albtraumhaften Hirngespinste eines Verrückten. Sie sprachen nicht in Worten miteinander, sondern fauchten wie Schlangen. Auch wenn Queya, der anderthalbmal so groß war wie die Bermarer und Tazkaner, der größte der Kinlender war, überragten auch die anderen Krieger die gewöhnlichen Menschen deutlich. Sie standen an der Reling, ihre weißen Speere an die Schultern gelehnt und starrten nach Westen in die Nacht. Ihre Schwänze schwangen über das Deck, wenn sie umhergingen, am Mast emporblickten oder mit ihren langen Klauenfingern die Segel überprüften. Und die Schiffe trieben unablässig weiter nach Westen.

Bei Tagesanbruch erwachten die Männer. Die Luken wurden geöffnet, und den Verwundeten wurde an Deck geholfen. Im Laufe der Nacht waren die Schiffe weit nach Kin-Mar hineingesegelt, und hier lagen noch mehr Wracks. Sie hingen, den Bug in der Strömung, an den Ankerketten; tuurische Sklavenschiffe, alte Langschiffe aus Kels und weitere kanathenische Zweimaster, alle verblichen von Alter und Sonne. Sie trieben wie Erinnerungen aus einer Zeit vor dem vendhurischen Kriegszug auf dem windstillen Meer.

Doch die Männer nahmen all das kaum wahr, denn das Atoll im Westen nahm ihre Blicke gefangen. Mitten auf dem Meer waren verwitterte Schiffsrümpfe und Wracks zu einer weiten Palisade zusammengefügt. Die alten Schiffe waren mit Flößen, Brücken und Türmen verbunden, und das Atoll erstreckte sich weit über das Meer. Das war Kin-Mar, und als Queya die Konchylie an den Mund führte und hineinblies, antworteten ihm die Wachen in der Stadt.

Das Meer erwachte. Ein Gewimmel von Kinlendern kam zwischen den Schiffen und Flößen zum Vorschein. Sie sprangen ins Wasser und schwammen mit unglaublicher Schnelligkeit auf die Kanathenerschiffe zu. Die Männer wichen von der Reling zurück, als die Echsenmenschen die Schiffe erreichten. Die Kinlender krallten sich an den Schiffsplanken fest und versuchten, an Bord zu klettern, doch die Krieger an Deck knurrten sie an und schlugen mit den Speerschäften nach ihnen, so dass sie sich wieder ins Wasser fallen ließen. Sie tauchten unter und schwammen mit dem Schwanz schlagend über den Meeresboden. Die Bermarer und Tazkaner glotzten den Geschöpfen im Tangwald mit großen Augen hinterher. Mit ihren langen Schwänzen schwammen sie deutlich schneller als die Schiffe, und schon bald waren sie im Atoll und kletterten in den Spalten zwischen den Flößen und Wracks empor. Als sich die Schiffe näherten, erkannten auch die Bermarer, wie die alten Schiffsrümpfe mit Tauen und Riemen miteinander verzurrt waren. Zusammen bildeten sie eine schwimmende Festung, die in alle Richtungen Schutz bot. Die Spalten zwischen den Wracks waren mit mannsbreiten Muschelkämmen abgedichtet. Es gab Brücken aus Walknochen und Türme, die sich hoch über die morschen Schiffsrümpfe erhoben. Dächer aus Segeltuch waren über die Decks gespannt, und Fische hingen zum Trocknen an den Brücken. Konchylien sangen unter dem klaren Himmel, und die Krieger auf den Türmen schlugen sich mit den Speeren auf die Brüste und schrien wie Raben. Zwischen den Wracks und den Flößen tauchten überall Kinlender auf. Sie kletterten auf die Brücken und deuteten auf die Schiffe. Sie drängelten sich auf den Vorsprüngen der Festung, bis die Vorderen von den Nachschiebenden ins Wasser gedrückt wurden. Dort blieben sie, auf dem Rücken schwimmend und mit den Schwänzen schlagend, während sie die übrigen anfauchten.

Kangir war den anderen im Laufe der Nacht davongesegelt, denn sein Langschiff war in der Strömung schneller vorangekommen. Die Masten und Querbäume der acht Kelsschiffe ragten hinter der Ostwand des Atolls empor, während sich die Kelser selbst auf Wracks und Brücken versammelt hatten und sich hinter den Relings oder den wackligen Fischgrätgeländern drängelten.

Queya steuerte das vordere Schiff auf das Tor in der Ostwand zu. Auf jeder Seite der gewaltigen Türen waren Plattformen errichtet worden, die mit Fischkiefern geschmückt waren, die groß genug waren, um einen ganzen Mann quer zu verschlucken. Die Kinlender versammelten sich auf den Plattformen und hoben ihre Speere über den Kopf. Rostige Scharniere knirschten, und die Türen öffneten sich langsam. Queya steuerte sein Schiff in den weitläufigen Hafen im Innern des Atolls. Er war umringt von einem Wirrwarr aus Wracks, Brücken, Segeltuchdächern und Türmen, und überall waren Kinlender, um die Neuankömmlinge in Augenschein zu nehmen. Jäger tauchten mit Fangnetzen auf den Schultern neben den Schiffen auf, und Tangsucher ruderten mit ihren breiten Flößen von dem Tor weg, durch das die kanathenischen Zweimaster hereinglitten.

Die Kelser hatten einen Steinwurf vom Tor entfernt angelegt. Die acht Langschiffe lagen in zwei Reihen an der Innenseite des Atolls. Da Kangir nach ihnen in den Hafen gesegelt war, hatte er am äußeren Rand der zwei Reihen festgemacht. Als die Kanathenerschiffe in den Hafen glitten, kletterte der grauhaarige Mann auf die Reling. Er grüßte Queya mit offenen Händen, während der Kinlender sein Schiff zu der Palisade südlich der Kelsschiffe steuerte.

Queyas Krieger vertäuten den Zweimaster hinter der Palisade, und die Einwohner Kin-Mars sammelten sich auf den Schiffsdecks und Flößen davor. Einige riefen den Kriegern etwas zu, die ihre schuppigen Nacken beugten und eine Antwort grunzten. Dann schoben die Kinlender Landgänge über die Relings der neu angekommenen Schiffe, doch als sie an Bord sprangen, fauchten Queya und seine Krieger sie an. Es gab keinen Zweifel. Er wollte die Kinlender von den Schiffen fern halten.

Seon und Brage, die gemeinsam mit Virga und dessen Söhnen am Mast standen, hatten ihre Hände an die Griffe ihrer Waffen gelegt und wagten es kaum, die Augen von den Geschöpfen abzuwenden, die sich auf den morschen Schiffen ringsherum sammelten. Queya hatte an einem Schiffsrumpf angelegt. Ein löchriges Deck war über die Rumpfbalken und Ruderbänke gelegt worden, und die Außenseite des Schiffes war mit einer überhöhten Plankenwand verkleidet. Aus dem Bug des Schiffes ragte ein Turm empor, und von diesem Turm führte eine wacklige Hängebrücke über den Rumpf zu einem anderen Turm, der auf einem Floß hinter dem Schiff errichtet worden war. Die Kinlender hingen an der Plankenwand und drängelten sich auf der Hängebrücke. Sie kletterten auf der Reling herum und flüsterten mit fauchenden Stimmen. Doch als Queya auf den Landgang trat, wurde es plötzlich still. Der große Kinlender sprach in ihrer Sprache zu ihnen. Er hob seinen kräftigen Arm und deutete auf die Männer an Deck. Dann zeigte er zu Kangirs Langschiff hinüber. Keiner der Männer auf dem Kanathenerschiff verstand, was er sagte, doch ein Wort erkannten sie wieder. Queya sprach immer wieder von Kangir. Dennoch schien der alte Seemann davon keine Notiz zu nehmen. Er stand mit gebeugten Rücken am Steuerruder und fingerte an der Griffschnürung herum.

Bald darauf verließen die Kinlender die Kanathenerschiffe. Ein Krieger blieb an jedem Schiff stehen, um darauf zu achten, dass die Fischmenschen nicht auf die Landgänge kletterten. Queya selbst sprang ins Wasser und schwamm quer durch das Atoll. Seon, Brage und Virga blieben stehen und sahen ihm nach. Die silbrigen Schuppen glänzten in der Sonne, als sich Queya und sein Gefolge mit an den Körper gedrückten Speeren durchs Wasser schlängelten. Als sie die andere Seite erreichten, kletterten sie auf ein Schiff, das einer alten Handelsschute ähnelte. Im Bug und im Heck waren Türme errichtet worden. Queya und seine Krieger kletterten über die Reling, doch es war nicht zu erkennen, was sie an Deck taten, denn bis hinüber zur anderen Seite des Atolls waren es mindestens zwei Pfeilschüsse.

»Es ist genau wie in meiner Erinnerung«, sagte Virga. »Doch die Meeresstadt war damals nicht so groß. Vielleicht haben sie noch mehr Schiffe geborgen, seit Bran und ich damals hier waren. Und damals gab es nicht so viele Kinder wie jetzt.« Virga sah zu den Hängebrücken und Türmen hinüber. Die meisten Kinlender waren kleiner als Queya und seine Krieger, und manche waren kaum größer als Menschenkinder. »Da drüben sind viele Frauen«, sagte er lächelnd. »Sie passen auf ihre Kinder auf. Sicher haben sie noch niemals Menschen wie uns gesehen.«

Brage trat an die Reling und blickte ins Wasser zu den Kinlendern hinunter. »Wie kannst du wissen, welche davon Frauen sind? Sie sehen nicht aus wie Menschen. Das sind doch mehr Fische als Menschen. Hätten sie uns nicht geholfen, hätte ich sie für die Geschöpfe eines bösen Gottes gehalten.«

»Rede nicht so über die Kinlender!« Virga hob seinen Zeigefinger. »Sie haben Brans Volk im Sturm gerettet und euch aus den Fängen der Kanathener befreit. Manannan hat sie verwandelt – sie waren Menschen wie wir, ehe sie zu Kinlendern wurden. Sie waren auf der Flucht vor Krim, heißt es und dass sie ihre Insel verlassen und eine neue Heimat im Meer gesucht hätten. N'Gama hat mir das erzählt. N'Gama der Alte.«

Virga warf einen Blick auf seine Söhne, deren Blicke zwischen den Kinlendern und ihm hin und her huschten.

»Starrt sie nicht so an.« Der alte Tirganer packte Tonmach im Nacken und zog ihn zu sich herüber. »Wie würdest du es finden, wenn ein Fremder zu uns ins Tal käme und deine Frau derart anstarren würde?«

Seon verschränkte die Arme vor der Brust und machte eine

Kopfbewegung in Richtung des grauen Schiffes auf der anderen Seite des Atolls. »Jetzt sind Queya und die anderen da drüben verschwunden. Weißt du, wo sie sind?«

»Nein.« Virga starrte auf die blanke Wasseroberfläche. Die Sonne war im Osten am Himmel emporgeklettert, und das Meer leuchtete golden wie Bronze. »Nein, ich weiß es nicht«, wiederholte er. »Vielleicht sind sie etwas essen oder schlafen gegangen. Wenn ich mich recht erinnere, sind sie nachts oft auf der Jagd.«

Brage fasste sich an seinen dicken Bart. »Das Ganze ist sehr merkwürdig«, murmelte er. »Sehr merkwürdig. Ich begreife nicht, wie Kangir bis hierher und wieder zurück segeln konnte, während wir gegen Vendhurs Männer kämpften und in Gefangenschaft gerieten. Dieser Nebel, diese Strömung ... Es kommt mir fast so vor, als hätte das Meer selbst uns helfen wollen.«

Virga beugte sich über die Reling und sah ins Wasser hinab. Einige Mannslängen unter der Wasseroberfläche wuchsen Tang und Seegras auf den Steinen. Ein Schwarm kleiner Fische schwamm unter dem Schiffsrumpf hindurch, während ein Kinlender zwischen zwei Felsen auf dem Bauch lag und eine Miesmuschel abtrennte.

»Das Meer«, flüsterte Virga. »Es hat mich immer überrascht, schon als ich jung war. Und es erfüllt mich noch heute mit Fragen. Es gibt so vieles, was wir nicht verstehen. Doch wir sind keine allwissenden Götter. Wir sind bloß Menschen.«

Tonmach und Virgar ließen ihren Vater allein an der Reling stehen und kletterten unter Deck. Seon und Brage traten in den Bug, denn von dort konnten sie besser beobachten, was um sie herum vor sich ging. Die zwei Männer sahen sich um, und ihre Hände ruhten dabei wie gewohnt auf den Griffen ihrer Waffen. Seons Finger berührten den Schaft seines Kurzschwerts, während Brage die Streitaxt umklammerte. Sie hatten Axt und Schwert wiedergefunden, nachdem die Kinlender die toten Kanathener über Bord geworfen hatten.

Eine Weile standen sie einfach nur da und blickten sich um. Doch Seon und Brage waren viele Jahre miteinander gewandert, und wie gewöhnlich, wenn das Schweigen zwischen ihnen lange andauerte, räusperte sich Brage und stieß Seon mit dem Ellbogen an. »Ich habe die Waldgeister lange nicht mehr gesehen. Glaubst du, sie sind noch immer unter Deck?«

»Ich weiß es nicht.« Seon kratzte sich am Kopf. »Es würde mich auch nicht sonderlich kümmern, wenn sie fort wären. Sie tauchen aus dem Nichts auf und verlangen, mit aufs Meer genommen zu werden. Wenn nicht Loke Kangir überredet hätte, hätte ich sie sicher dort zurückgelassen.«

»Ja, Kangir …« Brage ballte seine groben Fäuste. »Was sollen wir sagen, wenn wir ihn treffen? Und was wird er zu uns sagen? Er hat uns im Stich gelassen, Seon. Er ist ein Verräter.«

»Aber er ist mit Verstärkung zurückgekommen.« Seon legte seinen Arm um den Bugsteven. »Er wusste, dass die Kelser gegen die Übermacht der Kanathener verloren hätten, wenn sie mit uns gekämpft hätten. Ein guter Heerführer kann seine Männer nicht einfach so opfern. Kangir hat getan, was auch ich getan hätte.«

»Dann sag ihm das.« Brage deutete zu den Kelsschiffen hinüber. Der alte Seemann kletterte gerade über die Reling auf das benachbarte Schiff. »Er geht an Land. Wenn man hier überhaupt irgendetwas als ›Land‹ bezeichnen kann.«

Seon stellte sich auf die Zehenspitzen. Kangir kletterte zwischen Masten, Querbäumen, Stagen und Fallseilen hindurch. Die Kelser neigten ihre Häupter zum Gruß, doch Kangir schien sich nicht um sie zu kümmern. So schnell es mit seinem lahmen Bein ging, eilte er auf den grauen Schiffsrumpf zu, der vor den Langschiffen lag.

»Ich sehe Loke«, sagte Brage und deutete zu dem alten Schiffsrumpf hinüber, auf dem sich die Kinlender neugierig um die vier kleinwüchsigen Gestalten versammelten. Sie berührten ihre Bärte und Kleider, fassten sich an ihre Münder und breiteten die Arme aus. Doch Loke winkte Bile, Vile und Bul zu, ihm auf den Landgang zu folgen, wo er sich vor Kangir stellte.

»Sie reden miteinander.« Brage legte die Hand über die Augen. »Wenn ich es nicht besser wüsste, würde ich glauben, Loke kennt Kangir. Sieh doch, wie der Alte den Nacken beugt. Er dreht sich von ihnen weg, Seon, und geht wieder auf sein Schiff. Loke folgt ihm, und …«

»Die Kanathener haben mir nicht die Augen ausgestochen«, sagte Seon. »Auch wenn ihnen durchaus der Sinn danach stand. Ich sehe, was dort drüben geschieht.«

»Was meinst du, hat Loke ihm zu sagen?« Brage blickte zu Seon.

»Ich weiß es nicht. Aber ich glaube, sie kennen sich von früher. Deshalb ist es ihnen auch gelungen, Kangir zu überreden, uns nach Süden zu begleiten. Und jetzt ist Loke sicher nicht gerade froh darüber, dass Kangir uns verlassen hat, denke ich.«

Brage grinste, als Kangir eilig über die Reling kletterte und zu seinem Schiff zurückhastete. Loke hing ihm wie ein scharfer Jagdhund an den Fersen. Er trat einen Wasserschlauch zur Seite und winkte seine Schüler hinter sich her. Als Kangir durch die Deckluke im Inneren des Schiffes verschwand, folgte Loke ihm.

»Das war's«, sagte Brage lachend. »Jetzt hocken sie sicher dort unten und streiten sich, bis die Sonne untergeht. Ein störrischer alter Seeräuber, dieser Kangir. Und Loke ist keinen Deut besser.«

»Nein«, sagte Seon. »Loke ist nicht besser. Doch jetzt habe ich an etwas anderes zu denken.«

Seon stemmte die Fäuste in die Seiten und ließ den Blick über die tazkanischen Sklaven schweifen, die an der Reling standen und die Kinlender anstarrten. Die meisten von ihnen waren nackt, und nur einige wenige hatten sich Lumpen um die Hüften gewickelt. Jeder von ihnen hatte Brandmale auf der Wange, zwei gekreuzte Lanzen; dieses Sklavenmal war ihnen eingebrannt worden, kaum dass sie das Mannesalter erreicht hatten. Ihre Körper waren mager, aber sehnig, doch lange Jahre auf den Ruderbänken hatten ihre Rücken breit und ihre Arme kräftig werden lassen.

»Jetzt werden sie uns dienen.« Seon sah zu den anderen Kanathenerschiffen hinüber. Auch dort waren die Tazkaner an Deck geklettert. »Wir werden ihnen die Kleider der Kanathener und Waffen geben. Doch der Erste, der versucht, vor uns zu fliehen, wird am Querbaum aufgehängt. Das ist das Gesetz, das sie einhalten müssen.«

Brage murmelte eine Antwort, ehe er vom Bugdeck nach unten sprang und die Kleider auszuteilen begann, die um den Mast aufgehäuft worden waren. Die dunkelhäutigen Männer nahmen die Kleidungsstücke entgegen, wagten es aber nicht, Brage in die Augen zu sehen. Zögernd zogen sie die Hosen an. Sie fingerten an den Hemden und den schwarzen Westen herum. Seon, der die Bräuche der Kanathener kannte, wusste, dass die Sklaven vermutlich seit ihrer Jugend keine Kleider mehr getragen hatten. Die Schiffssklaven wurden schon im Alter von dreizehn Jahren an die Schiffer verkauft und hockten dann bis zu ihrem Tod angekettet auf der Ruderbank. Ein Leben, das selten länger als zehn Jahre dauerte. Es waren junge Männer, die sich dort vor ihnen die Kleider der Kanathener überstreiften, doch hinter ihren langen, schmutzig grauen Bärten versteckten sich Gesichter, die mindestens vierzig Winter erlebt zu haben schienen.

Als sich die Sklaven angezogen hatten, blieben sie mit gesenkten Köpfen stehen. Seon wusste, dass sie auf Befehle warteten, denn sie hatten immer getan, was ihnen die Sklaventreiber befohlen hatten. Für einen Heerführer wie ihn war das eine hilfreiche Sache. Die Tazkaner würden ihm blind gehorchen, obgleich er sich nicht sicher war, ob sie es wagen würden, gegen die Kanathener zu kämpfen. Er war gezwungen, die Wut in ihnen anzustacheln und von der Rache für die Jahre zu sprechen, die die Kanathener ihnen genommen hatten.

Seon legte die Hände auf den Rücken und umklammerte sein linkes Handgelenk, wie er es vor den Schlachten immer getan hatte, wenn er mit den Bermarern oder den Kriegern des Felsenvolkes gesprochen hatte. An Bord des Schiffes waren beinahe vierzig tazkanische Ruderer, und ähnlich sah es wohl auch auf den anderen Zweimastern aus. Fand er die richtigen Worte, hatte er beinahe fünfhundert neue Krieger hinter sich. Doch Seon wollte nicht sofort zu ihnen sprechen. Er wollte warten, bis die Fischmenschen sich an den Anblick gewöhnt hatten und sie nicht mehr anstarrten. Er wollte warten, bis die Tazkaner erkannt hatten, dass sie sich mitten auf dem Meer befanden und nicht fliehen konnten. Obgleich in Taz-Ka eine andere Sprache gesprochen wurde, hoffte Seon, dass sie in den Jahren an Bord des Schiffes ein wenig kanathenisch gelernt hatten. Er würde sich schon verständlich machen können.

Während Seon die Tazkaner beobachtete, schlenderte Brage zu Virga hinüber, der an der Reling stand und seinen Blick über das Atoll schweifen ließ. Die meisten Kinlender hatten sich jetzt ein Bild von den Neuankömmlingen gemacht und sich wieder ihren Tätigkeiten zugewendet. Die Jäger schwammen mit Speeren und Netzen an der Meeresoberfläche, während andere sich an den Wracks entlangschlängelten und Schorf und Tang von den Rümpfen kratzten. Krieger ruderten mit Muscheln und Fischen beladene Flöße über das ruhige Wasser hinter der Palisade, während wieder andere unter den zahlreichen Segeltuchdächern schliefen. Oben auf dem Turm glitzerte die Sonne auf den Schuppen der Wachen.

»Es ist warm.« Brage zog sein Wams aus und lehnte sich mit

dem Rücken gegen die Reling. Er rollte den Stoff zusammen und kratzte sich an der nackten Brust. Seine kräftigen Arme waren übersät von Narben, die er sich in der Schmiede zugezogen hatte.

Virga antwortete nicht, sondern starrte zur anderen Seite des Atolls hinüber. Als Brage sich umdrehte, erblickte auch er das Floß. Es war keines der zahlreichen Tangflöße, denn auf diesem war ein Segeltuchdach errichtet worden. Drei Krieger standen an jeder Seite des länglichen Balkenfloßes und paddelten direkt auf die kanathenischen Zweimaster zu.

Virga und Brage ließen das Floß nicht aus den Augen. Als es sich den Schiffen näherte, trat auch Seon zu ihnen. Im Schatten des Segeltuches stand ein Stuhl aus Stöcken und Fischknochen, und auf diesem Stuhl saß eine Gestalt, die einen Überwurf aus Fischhäuten trug. Queya stand neben dem Stuhl. Die Männer erkannten ihn dank seiner Größe – er war einen halben Kopf größer als alle anderen Krieger. Die Gestalt auf dem Stuhl hob den Arm und deutete mit zitternder Klauenhand in Richtung der Kelsschiffe. Queya nahm die Hand in die seine und nickte den Kriegern zu, die das Floß nun auf Kangirs Schiff zulenkten.

Das Floß war jetzt so nah, dass Seon, Brage und Virga das Gesicht des Kinlenders erkennen konnten, der auf dem Stuhl saß. Er war kleiner als die anderen Krieger, und die Schuppen auf seinem Gesicht waren eher stumpfgrau als silbern. Queya beugte sich zu ihm hinab und legte seine Hand auf die Stirn des anderen.

»Das kann doch nicht sein …« Virga runzelte die Stirn und schüttelte den Kopf. »Nein, niemand kann so lange leben.«

Seon sah ihn an. »Kennst du ihn? Weißt du, wer das ist?«

Virga biss sich auf die Unterlippe. »Nein, ich dachte, das wäre N'Gama der Weise, der damals hier war, als ich mit Bran hierher kam. Aber N'Gama war bereits damals uralt. Es muss ein anderer sein, ein alter Krieger vielleicht.«

»Dann behalte deine Gedanken für dich.« Seon nickte in Richtung des Kelsschiffes. »Sieh doch, die wollen gar nicht hierher. Vielleicht lassen sie uns in Frieden.«

Die Balken des Floßes stießen an den Rumpf des Kelsschiffes. Die Mannschaft blickte über die Reling. Die Luke wurde geöffnet, und Kangir kletterte an Deck. Er trat an die Reling und grüßte Queya mit offener Hand. Queya legte die Hand auf seine Brust und sprach ihn an. Dann deutete er zum Schiff von Seon, Brage und Virga. Kangir fasste sich an den Bart und sah zu ihnen hinüber. Er beugte sich über die Reling, als wolle er etwas zu Queya sagen, ohne dass es die anderen hörten. Doch da kletterte Loke auf die Reling. Der weißbärtige Waldgeist hatte keinen Speer in der Hand und grüßte Queya und die Gestalt auf dem Stuhl mit offener Hand. Dann sprang er auf das Floß hinunter, dicht gefolgt von Vile, Bile und Bul.

Queya gab ein Brüllen von sich. Als Loke an den Stuhl trat, packte Queya ihn und hob ihn hoch. Vom Schiffsdeck aus konnten Seon, Brage und Virga erkennen, wie Loke ihm einen Finger ins Auge stieß. Queya ließ ihn los, doch die anderen Krieger stürzten herbei.

Da beugte sich die Gestalt auf dem Stuhl vor. Die Krieger hielten abrupt inne. Der alte Kinlender reichte Loke die Hand, und Loke ergriff einen Klauenfinger und verbeugte sich tief. Dann lehnte sich der Alte zurück und deutete auf Kangir, der schließlich eine Strickleiter über die Reling hängte und nach unten auf das Floß kletterte.

»Bei Mans Hammer«, brummte Brage. »Es sieht so aus, als wollten sie hierher, Seon. Die Fischmenschen, die Waldgeister und Kangir!«

»Sie sind auf Versöhnung aus«, sagte Seon. »Aber ich habe diesen Waldgeistern nie vertraut, und ich traue auch diesen Fischmenschen nicht. Trotzdem sollten wir uns anhören, was sie zu sagen haben.«

Die Krieger paddelten das Floß an den Schiffen entlang

und erreichten bald darauf den Zweimaster. Kangir stand schweigend unter dem Segeltuchdach, während die Krieger den Stuhl mitsamt dem alten Kinlender anhoben. Sie trugen ihn zum Rand des Schiffes, und Queya streckte fauchend den Arm zu Seon aus.

»Lass ein Seil herunter«, flüsterte Brage. »Ich glaube, sie wollen an Bord.«

Als sich Seon nicht rührte, holte Virga ein Tau vom Mast und warf ein Ende zu den Kriegern nach unten. Virga befestigte es hinter der Reling, und Queya hangelte sich nach oben. Die Männer wichen vor dem gewaltigen Geschöpf zurück, doch Queya beugte sich sofort wieder über die Reling. Die Krieger hoben den Stuhl erneut an, und Queya packte ihn an der Lehne und hob ihn an Deck.

Während die Waldgeister, Kangir und Queyas Krieger über die Reling kletterten, hockte sich Queya neben den Stuhl. Er hielt die Hand des Alten zwischen seinen Händen und sprach leise auf ihn ein. Der Kinlender auf dem Stuhl neigte den Kopf zur Seite. Sein Gesicht war durch eine lange Narbe entstellt, und die Augenlider lagen schwer über den gelbbraunen Augen. Der Umhang aus Fischhäuten hing locker um seinen mageren Körper, vermochte aber nicht zu verbergen, wie sehr das Alter ihn gezeichnet hatte. Denn das Wesen auf dem Stuhl schien unglaublich betagt zu sein. Mit gebeugtem Rücken lehnte er sich vor und betrachtete die Männer an Deck. Die Zacken an seinem Schwanz waren abgebrochen, und seine Klauenfinger wirkten knotig. Queya legte die Hand auf das verkrüppelte, kaum armdicke Bein des alten Fischmenschen. Der Alte gab ein leises Seufzen von sich, ehe er wieder zurück an die Lehne sackte. So blieb er nach Atem ringend sitzen, während Queya sein Knie tätschelte.

Virga ergriff Seons Arm. »Das *ist* N'Gama«, flüsterte er. »Der Alte. Ich erkenne ihn wieder.«

Seon schüttelte den Kopf. Als Virga einen Schritt auf den

alten Kinlender zu trat, hielt Seon ihn zurück. Doch der Alte auf dem Stuhl hob seinen Kopf und löste die verkrüppelte Hand von der Stuhllehne.

»Erinnerst .... erinnerst du dich ...« Sein breiter Mund kämpfte mit den Worten. »Ich dich sehe ...« N'Gama fasste sich an den Kopf. »Du ... warst jung. Doch jetzt ... ein alternder Mann.«

»Ich bin es, Virga.« Virga riss sich von Seon los und kniete vor dem Kinlender nieder. »Erinnerst du dich? Ich war damals, als ich mit Bran hier war, fast noch ein Junge. Du warst der Einzige, der unsere Sprache sprach.«

N'Gama nickte langsam. »Das ist noch immer so. Ihr kamt hierher. Ich war hier ... Ihr saht uns gegen Die Mächtigen kämpfen. Kroch starb. Und Queya ...« Er legte seine Hand auf die Schulter des großen Kinlenders, der neben dem Stuhl hockte. »Queya wurde der neue König. Seine Söhne und Sohnessöhne sind zahlreich.«

»Viele Winter sind vergangen. Ein Mannesalter.« Virga lächelte ihn an. »Ich selbst habe jetzt Söhne. Sie sind hier, gemeinsam mit mir.« Virga blickte über die Schulter. Fast die ganze Mannschaft hatte die schweren Schritte der Kinlender gehört und war an Deck gekommen, um zu sehen, was vor sich ging. Virgar und Tonmach standen an der anderen Seite des Decks an der Reling, wagten sich aber nicht zu nähern, als Virga sie herbeiwinkte.

»Ich bin N'Gama«, sagte der Alte. »Der Sohn von Dem, Der Niemals Stirbt. Ich lebe, seit wir als Landmenschen auf der anderen Seite des Sturmrands lebten. Als wir Kangirs Ruf nach Hilfe hörten ...« Er streckte seinen Arm zu dem grauhaarigen Seemann aus, der neben den Stuhl trat. »Als er in sein Horn blies und uns von euch erzählte, begann ich zu singen. Ich sang den Strömungen alte Weisen zu, ich bat sie, ihre Richtung zu ändern. Ich ...« N'Gama fuhr sich mit einem knochigen Finger über die Lippen. »Ich bat die Winde, euch in die Stürme zu wehen. Ich rief die Nebel über die Schiffe der schwarzen Landmenschen. Ich ließ eine Bö Kangirs Schiff und meine Krieger zu euch führen. So ...« Der Alte sank auf dem Stuhl zusammen und holte tief Luft. »So geschah alles.«

Seon, Brage und Virga blieben vor dem Stuhl stehen, während der Alte sein Kinn auf der Brust ruhen ließ. Vielleicht waren es die Worte, die ihn erschöpften. Er schloss die Augen und streckte einen Arm zu Queya aus, der sich erneut neben ihn hockte. N'Gama flüsterte ihm etwas zu, und Queya erhob sich wieder und fauchte seinen Kriegern ein paar Worte zu. Die sechs Kinlender nahmen ihre Speere und kletterten über die Reling auf das Floß. Die Waldgeister blieben still und unergründlich wie immer – hinter dem Stuhl stehen.

»Sommer und Winter ...« N'Gama sprach leise. »Monate ohne Regen. Die Mächtigen kommen mit westlichen Strömungen und töten unsere Jäger. Am schlimmsten aber ist die Trockenheit. Der wolkenlose Himmel. Das Weinen der Kinder ...« N'Gama umklammerte die Armlehnen, doch als er versuchte, sich vorzubeugen, sackte er wieder zurück. Queya war sofort zur Stelle und griff ihm unter die Arme. Er half dem Alten vor und stützte seinen Rücken.

N'Gama richtete seinen Blick auf Seon, Brage und Virga. »Die letzten Jahre waren schlimm. Die Winde und die Strömungen sind nicht so, wie wir sie kannten. Nur selten gehorchen sie meinen Worten. Im Süden ...« Er wandte seine gelbbraunen Augen in Richtung des Meeres im Süden des Atolls. »Von dort kommt sie. Die Hitze. Die Riffe sterben. Die Fische verschwinden. Etwas geschieht, Landmenschen. Und es kommt von Süden.«

Seon verschränkte die Arme vor der Brust. »Kanath«, sagte er leise. »Du sprichst vom Lande Tarkins.«

»Wir haben die schwarzen Männer gesehen«, erwiderte N'Gama nickend. »Im letzten Sommer ... Sechs Schiffe kamen über den südlichen Horizont. Queyas Krieger töteten die schwarzen Männer und legten die Schiffe auf den Bänken weit im Westen vor Anker. Niemand wird sie dort finden. Doch jetzt bringt ihr weitere schwarze Männer nach Kin-Mar. Wie viele werden noch folgen? Niemals zuvor hatten wir Menschen mit schwarzer, von der Sonne verbrannter Haut gesehen. Sind sie die Vorboten für Jahre und Generationen der Trockenheit?«

Der Alte fasste sich an die Augen. Queya half ihm zurück auf den Stuhl.

»Ich kenne Kanath«, sagte Seon. »Mein Vater war ein tazkanischer Sklave, wie die schwarzen Männer, die wir von ihrem Joch befreit haben. Nicht alle Menschen im Reiche Tarkins sind Eroberer.« Seon wandte sich zu den Bermarern und Tazkanern um, die sich hinter ihm an Deck versammelt hatten. Die Blicke der Bermarer glitten von den Tazkanern zu den Fischmenschen und zurück.

»Wir werden nach Süden segeln«, fuhr Seon fort. »Nach Taz-Ka, einer Stadt ganz im Süden Kanaths. Dort werden wir die Tazkaner befreien, die unter der Macht der Großbauern leben. Wir werden Aufruhr stiften unter den Sklaventreibern in Hur, Pethar und Kazma. So werden wir die Herrschaft der Priester brechen. Denn ohne Priester ist Tarkin machtlos. Und Vendhur, Tarkins Heerführer, wird umkehren müssen, um das Land zu retten. So werden wir Ar, Ber-Mar, Kels und all die anderen Küstenstädte, die von Kanath unterdrückt werden, befreien. Das ist mein Plan. So wird es geschehen.«

N'Gamas sah ihn lange an. »Du ...«, flüsterte er schließlich. »Du bist ein schwarzer Mann. Schwarz wie die, die wir töteten. Soll Kin-Mar dir vertrauen? Ich glaube nicht, dass du der Häuptling der weißen Menschen bist. Doch mit dem Häuptling müssen wir sprechen, um euren Willen zu erfahren.« Der Alte zeigte mit zittriger Hand auf Brage.

»Ich bin nicht der Häuptling von Ber-Mar.« Brage sah zu

Boden. »Er hieß Gortar. Die Kanathener haben ihn nach der Schlacht hingerichtet.«

Seon streckte dem Alten seine Faust hin und zeigte ihm, dass der kleine Finger fehlte. »Auch mich haben sie gefoltert. Glaube also nicht, dass ich einer von Vendhurs Kriegern bin. Ich habe diese Männer in vier Schlachten geführt. Sie vertrauen mir. Und ich vertraue ihnen.«

»Dann …« N'Gama blinzelte ihn an. »Bist du der Häuptling dieser Landmenschen?«

»Ich bin ihr Heerführer«, antwortete Seon. »Ich habe die Bermarer in die Schlacht geführt, und jetzt werde ich auch die Tazkaner anführen, das Volk meines Vaters. Doch zuerst müssen wir nach Süden gelangen, ohne dass uns die Kanathener bemerken.«

Virga strich sich über den Bart. »Wir müssen über das offene Meer segeln«, sagte er. »Aber wie sieht es mit den Wasservorräten aus, Seon? Wir haben nicht genug Wasser für eine so lange Seereise.«

Seon sah zu N'Gama, der seine Hand zum Himmel ausstreckte. »Wir können euch nichts geben«, sagte der Alte. »Der wolkenlose Himmel … Wir haben kaum genug für die Kinder.«

»Dann müssen wir irgendwo in Mansar anlegen.« Seon kniff die Augen zusammen und blickte zu den benachbarten Schiffen hinüber, von denen aus sie die Bermarer und Tazkaner beobachteten. »Ich habe die Karten gelesen. Ich weiß, wie die Schifffahrtsrouten entlang der Küste verlaufen. Wir können nördlich oder östlich von Taraman anlegen.«

»Und mit viel Glück werdet ihr den Schiffen der schwarzen Männer aus dem Weg gehen.« N'Gama zeigte Seon als Geste der Freundschaft seine Handflächen. »Doch bevor ihr aufbrecht, habt ihr noch wichtigere Sachen zu besprechen. Kangir …« N'Gama streckte seinen Arm zu dem grauhaarigen Seemann aus, der neben dem Stuhl stand. »Kangir ist ein guter Mann. Ein Krieger und Seemann, den wir schon seit vielen Jahrzehnten kennen. Doch jetzt herrscht böses Blut zwischen euch. Meine Augen sehen nicht mehr gut, aber ich bin nicht blind. Und ich sehe, dass du, Seon, Kangir misstraust.«

»Er hat uns verlassen.« Seon legte seine Hände auf die Schultern von Brage und Virga. »Wir wollten Cogga gemeinsam angreifen, aber Kangir und seine Kelser haben kehrtgemacht und uns alleine gegen die Kanathener kämpfen lassen. Ich habe die Hälfte meiner Männer verloren.«

»Und für all jene werde ich heute Abend singen. Ich werde mit den Winden sprechen …« N'Gama lehnte den Kopf gegen die Lehne des Stuhls. »Und ich werde sie bitten, die Seelen deiner Männer ans Ende des Meeres zu bringen, wo sie zum Himmel aufsteigen können, auf dass sie wieder im Kreise ihrer Ahnen sind.«

»Sing, so viel du willst, aber das macht die Toten auch nicht wieder lebendig. Aber Kangir steht ja hier – vielleicht kann er mir erklären, warum er uns verraten hat.«

Der grauhaarige Arer beugte sich neben N'Gama hinunter. Die zwei wechselten ein paar Worte, und dann richtete Kangir sich wieder auf.

»Nun?« Seon schob die Daumen hinter seinen Gürtel. »Hast du uns nichts zu sagen?«

Kangir neigte den Kopf zur Seite und sah Seon an. Dann blickte er zu Virga. Die zwei starrten einander an, bis Virga sich schließlich abwandte. Kangir strich sich über den Bart, schien aber keine Worte zu finden.

Da tauchte Loke zwischen Kangir und dem Knochenstuhl auf. »Kangir bereut es«, sagte der Waldgeist. »Er segelte davon, um hier Hilfe zu holen, denn er glaubte, es würde euch gelingen, die Schwarzen auf Distanz zu halten. Ihr müsst verstehen, dass ihn das alles sehr schmerzt.«

Seon wandte sich halb um und verschränkte die Arme vor der Brust. »Ich verstehe nichts, ehe Kangir es mir nicht selbst erklärt. Und es betrübt mich, dass du, Loke, so viel Macht über ihn auszuüben scheinst. Habt ihr Geister ihn verzaubert, damit er tut, was ihr sagt? Oder ist Kangir vielleicht selbst ein Hexer? In meiner Zeit in Krugant habe ich von solchen Wesen gehört, und ich traue weder ihm noch euch.«

Virga packte Seon am Ärmel. »Rede nicht so«, flüsterte er. »Du verstehst das nicht, Seon. Du kannst das nicht verstehen!«

Seon schlug seine Hand weg. Virga blickte ihn finster an, dann drehte er ihm den Rücken zu und ging langsam zu seinen Söhnen.

»Das war unklug«, sagte Kangir plötzlich. »Du solltest wissen, dass Virga wichtig für dich ist, Seon. Du solltest ihm mit Respekt begegnen, denn er ist der Älteste eines ganzen Klans.«

Seon presste die Kiefer aufeinander und öffnete die Lippen, wie er es immer tat, wenn er wütend war. Doch da ihm die Kanathener in Ber-Mar die Schneidezähne ausgeschlagen hatten, ertönte bei jedem Atemzug ein zischender Laut.

»Du machst mir mit deinem Blick keine Angst, Seon.« Kangir trat einen Schritt auf ihn zu. »Du weißt nicht, wer ich bin. Du weißt nichts.«

Seons Hand zuckte zum Griff seines Schwertes, doch da stellte sich Queya zwischen die beiden. Der große Kinlender packte Seons Handgelenk und zwang die Waffe aus seiner Hand. Dann fauchte er Kangir ein paar Worte zu, der wieder zurück an seinen Platz neben dem Stuhl ging.

»Bei Manannan, versöhnt euch«, flüsterte N'Gama. »Denn als Seeleute solltet ihr wissen, dass ihr weder Zeit noch Kraft habt, gegeneinander zu kämpfen. Der Feind ist im Süden, und wenn ihr in den Kampf ziehen wollt, werden wir für euch singen und zu Manannan beten, euch mit günstigen Winden zu segnen.«

Kangir blickte auf seine geballten Fäuste hinab. Dann kniete er neben dem Stuhl nieder. »Ich bitte um Vergebung für meine Hitzigkeit«, seufzte er. »Es war der Krieger in mir ... Es wird nicht wieder vorkommen.«

N'Gama legte seine knochige Hand auf Kangirs Kopf. »Ich weiß«, sagte er. »Und jetzt wirst du dem schwarzen Landmenschen die Hand reichen. Ihr dürft keinen Hass mehr gegeneinander schüren. Du hast wie ein guter Häuptling für deine Kelser gehandelt, denn es war kein Vertrauen zwischen dir und dem schwarzen Mann. Doch mit diesem Händedruck gebt ihr euch beide das Ehrenwort, dass ihr einander von nun ab vertrauen könnt.«

Kangir erhob sich und streckte Seon die Hand hin, doch dieser zögerte. Brage stieß ihm mit dem Ellbogen in die Seite, doch Seon wollte Kangir noch immer nicht die Hand geben. Als Loke zu ihm trat und ihn bat, Kangirs Vorbild zu folgen, trat Seon einen Schritt zurück. »Die Geister haben euch verhext«, sagte er. »Spürt ihr es nicht? Sie spielen mit unseren Gedanken!«

Brage zog Seon an sich. »Das ist Aberglauben«, flüsterte er. »Und wenn du jetzt nicht Frieden mit Kangir und den Kelsern schließt, kriegst du es mit mir zu tun. Siehst du nicht, wie uns alle anstarren?«

Erst jetzt entdeckte Seon, dass sich sowohl Kelser und Bermarer als auch Tazkaner und Kinlender auf dem Schiff und rundherum versammelt hatten. Die Kelser waren mit Schwertern bewaffnet und wie immer bereit zum Kampf. Die Bermarer sahen die Fremden misstrauisch an, während sie sich auf den anderen Schiffen zusammenrotteten, und auch einige der Tazkaner hatten sich mit den Säbeln der getöteten Kanathener bewaffnet. Auf der Schiffsreling standen die Kinlenderkrieger und spähten über die Menschenmenge. Das ganze Atoll schien vor Spannung zu zittern, und nur der versöhnliche Händedruck konnte noch verhindern, dass die vier Völker einander an die Kehle gingen.

Da reichte Seon Kangir die Hand.

Der alte Seemann ergriff sie lächelnd. »Du bist ein Krieger«, sagte er. »Da sind wir uns ähnlich. Du weißt, dass du das Gleiche getan hättest wie ich.«

»Das hätte ich«, erwiderte Seon nickend. »Doch jetzt müssen wir gegen einen gemeinsamen Feind kämpfen.«

Brage trat vor und legte seine Hand auf die Hände der zwei Krieger. »Das ist gut. Und wenn die Götter es wollen, wird dieses Bündnis stark genug sein, um Vendhurs Macht zu trotzen.«

Beide, Seon und Kangir, sahen ihn an. Der alte Seemann spuckte auf das Deck. »Sprich nicht von den Göttern«, sagte er grimmig. »Die Götter kümmern sich nicht um uns. Vergiss sie, sie haben uns auch vergessen!«

Brage lächelte schief. »In dem Punkt seid ihr Glaubensgefährten. Doch mit so wenig Gottvertrauen weiß ich nicht, wie wir einen Krieg gewinnen sollen.«

Kangir und Seon lösten den Händedruck. Seon stellte sich vor Queya und N'Gama. »Das böse Blut ist durch den Händedruck verschwunden. Jetzt bitte ich euch um eure Hilfe. Begleitet uns nach Süden, Kinlender. Segelt mit uns. Gemeinsam können wir die Kanathener besiegen.«

Queya beugte sich zu N'Gama hinunter. Erneut flüsterten sich die zwei Kinlender etwas zu. Kangir stützte sich lauschend auf die Lehne des Stuhls, während die Waldgeister zu Seon und Brage traten. Die kleinwüchsigen Jäger ließen ihre Blicke über Tazkaner, Kinlender und Bermarer schweifen, die sich noch immer misstrauisch umsahen.

»Wir werden später über die Rolle Kin-Mars sprechen«, sagte N'Gama unvermittelt. »Die Sonne steht hoch, und ich brauche bald den Schutz des Decks über mir.«

Queya steckte die Finger in den Mund und pfiff laut und schrill. Sofort kletterten die Krieger, die auf dem Floß gewartet hatten, mit dem Segeltuch empor, das über den Stuhl gespannt gewesen war. Sie bauten sich um den Stuhl herum auf und hielten das Tuch zwischen sich gespannt. N'Gama blieb im Schatten sitzen, und als Queya neben dem Stuhl niederkniete, tätschelte der Alte seinen Arm.

»So«, murmelte er, »so ist es besser. Die Sonne trocknet mich aus. Aber jetzt …« Er richtete seine gelbbraunen Augen auf Seon, Brage und die Waldgeister. »Jetzt werde ich erzählen. Kangir hier an meiner Seite kennt die Geschichte bereits. Aber er wird mir noch einmal zuhören. Ihr alle werdet mir zuhören.«

Und N'Gama hatte Recht. Denn es war eine seltsame Geschichte, die er zu erzählen hatte. N'Gama nahm sie mit zurück in die Zeit, als er noch ein junger Mann war und auf einer Insel östlich des Sturmrands lebte. Er führte sie zurück in die Zeit von Krim. Dreihundert Jahre waren seither vergangen, doch noch immer erinnerten sich alle Völker nördlich von Kanath an Krims Heerzüge. Krims Männer nahmen alles Land, und später kämpften seine Söhne gegeneinander um die Herrschaft. Das war der Untergang von Krims Reich und der Macht Tarkins. Denn Krim war der Heerführer der Kanathener, wie es jetzt Vendhur war. Doch N'Gama verharrte nicht bei der Tragödie der krimschen Söhne, denn das Schicksal führte sein Volk aufs Meer hinaus. Als sich Krims Flotte der Insel näherte, auf der die Kinlender lebten, beteten sie zu Manannan, denn der Gott des Meeres hatte ihnen immer gute Fischzüge und günstige Winde beschert. Und Manannan verwandelte das Inselvolk. Er gab ihnen Schuppen statt Haut und ließ sie wie die Echsen werden, die draußen auf den Klippen lebten. Und die Kinlender schwammen ins Meer hinaus und retteten sich vor Krims Kriegern.

Mit den Jahren zogen sie immer weiter nach Westen. Sie schwammen unter den Stürmen hindurch und gelangten zu den flachen Fischgründen, wo sie geschützt vor den Strömungen waren. Und dort bauten sie Flöße aus den Wrackresten, die sie fanden, und errichteten sich ein Heim an der Wasseroberfläche. Denn sie hatten noch nicht vergessen, dass sie einmal Menschen gewesen waren, und vermissten das Leben auf festem Grund. Mit der Zeit wuchs das Atoll, und die Kinlender lernten, gesunkene Schiffe mit ihrem eigenen Atem zu füllen. So konnten sie sie heben und schließlich Kin-Mar aufbauen.

Seither lebten sie verborgen vor der Welt und vergessen von allen Völkern. Im Osten hatten Kriege gewütet und Schiffe waren an den Küsten entlanggesegelt, doch Kin-Mar lag im sicheren Schutz des Sturmrands. Nur Die Mächtigen bedrohten die Jäger, und schließlich hatten so viele Frauen ihre Männer verloren, dass es unter den Männern Brauch wurde, auch die Schwestern ihrer Frauen zu versorgen. Doch die letzten Jahrzehnte waren gut, und es hieß, Die Mächtigen hätten sich nach Westen in größere Tiefen verzogen.

N'Gama erzählte von dem Leben auf dem Atoll. Vom Himmel und von den Wolken, die ihnen das lebensnotwendige Regenwasser spendeten. Von dem Tang, den sie am Meeresboden sammelten und der ihnen Nahrung gab, wenn sich die Fischschwärme fernab ihrer Jagdgründe aufhielten. Er sprach über die unterseeischen Grotten im Süden, wohin die Frauen zum Gebären schwammen, und berichtete flüsternd über die Vielarme, die bei Vollmond nach oben kamen und ihr schwarzes Auge an der Oberfläche glänzen ließen, und über die Seeschlangen, lang wie mehrere Schiffe und mit Sternenaugen und einer Haut blank wie Perlmutt.

Seon und Brage setzten sich vor seinem Stuhl neben den Waldgeistern auf das Deck, denn N'Gamas gebrochene Worte zogen sie in ihren Bann. Er erzählte von den Nächten, in denen die Quallen an die Meeresoberfläche kamen, so dass sich das Mondlicht in ihnen spiegelte und sie wie Juwelen leuchteten. Im Winter malten die Blitze über dem Sturmrand Gesichter und glommen wie die Glut in einem Feuer. Und in den Sommern, wenn die Strömungen lange genug aus dem Westen gekommen waren, erschienen die Meereswespen und töteten die Jäger mit ihren Fangfäden. Doch solche Gefahren waren die Kinlender gewohnt, und es gefiel N'Gama besser, über die Wale zu berichten, die auf dem Zug zur bermarischen Küste ihren Gesang anstimmten. Denn von allen Geschöpfen des Meeres fühlten sich die Kinlender mit ihnen am meisten verwandt. Kein Kinlender jagte Wale, doch es kam vor, dass die Bullen in der Brunftzeit das Atoll angriffen, und dann mussten Queya und seine Krieger sie töten.

N'Gama sprach lange. Erst als seine Stimme schwach wurde und er zu husten begann, beugte sich Queya zu ihm nach unten. Die zwei wechselten ein paar Worte, dann nickte N'Gama und sagte, mehr wolle er heute nicht erzählen. Die Krieger hoben seinen Stuhl an, ließen ihn wieder auf das Floß hinunter und ruderten hinüber zur anderen Seite des Atolls.

Seon, Brage und die Waldgeister erhoben sich, als die Bermarer sich um sie scharten. Die Männer wollten wissen, was der Krüppel auf dem Stuhl gesagt hätte, doch weder Seon, Brage noch Loke wollten die Worte N'Gamas wiedergeben. Das Ganze hatte wie ein Traum auf sie gewirkt, und als die Männer über das Meer blickten, kam ihnen dessen blanke Oberfläche nicht mehr wie eine Öde vor. Jetzt wussten sie etwas über die Welt unter den Wellen. Über die Vielarme und Die Mächtigen und all die Geschöpfe, über die N'Gama mit Furcht und Achtung gesprochen hatte.

Noch am selben Tag ging Seon von Schiff zu Schiff, um Männer zu finden, die Kanathenisch sprachen, doch es zeigte sich, dass nur einer der beinahe fünfhundert Männer die Sprache der Sklaventreiber verstand. Der alte Mann war Hausdiener eines Kaans gewesen, doch als dieser verstarb und Spielschulden hinterließ, wurden alle Hausdiener auf dem Markt in Pethar verkauft. In seinem Alter galt er als unbrauchbar für jegliche Hausarbeit und wurde zum Mindestpreis an einen Schiffer verkauft. Er war erst ein knappes Jahr an die Ruderbank gekettet, doch die Peitsche hatte seinen Rücken bereits zerfetzt. Der Tazkaner nannte sich Mozma, und er war ein dünner, kahler Mann ohne Zähne.

Die Sonne senkte sich über das Meer im Westen, als Seon Mozma bat, alle Tazkaner zusammenzurufen. Die schwarzen Männer sammelten sich auf dem Schiff, auf dem Seon wartete, sowie auf den Schiffen davor und dahinter. Brage und Seon rollten zwei leere Wasserfässer auf das Deck und stellten sie hochkant, so dass Seon auf das eine und Mozma auf das andere klettern konnte. Dann sprach Seon zu den Tazkanern. Er sagte, sie sollten ihm gehorchen, wie sie zuvor den Kaanen und Schiffern gehorcht hatten. Sie sollten gemeinsam mit den weißen Männern in ihre Heimat segeln und dort alle zusammen gegen die Großbauern kämpfen, die ihre Brüder und Schwestern knechteten.

Doch die Tazkaner hatten Angst. Als Mozma Seons Worte übersetzte, steckten sie flüsternd die Köpfe zusammen. Sie zuckten mit den Schultern und streckten Seon ihre Handflächen entgegen. Mozma senkte den Blick, als er Seon sagte, dass keiner der Tazkaner es wagen würde, die Hand gegen die Großbauern zu erheben. Für jeden toten Mann und jede tote Frau kanathenischer Herkunft würden sie zehn Menschen versklaven.

Da sprang Seon von der Tonne. Er zog sein Kurzschwert und schritt auf die Tazkaner zu, die zur Reling zurückwichen. Doch Seon packte den Vordersten und schleppte ihn zur Tonne. Dort trat er ihm in die Seite und befahl ihm, sich auf den Bauch zu legen. Der Tazkaner trug eine Kanathenerbrünne und einen Säbel am Gürtel, doch er unternahm keinen Versuch, die Waffe zu ziehen. Seon setzte sich rittlings auf den jammernden Mann und platzierte seine Schwertspitze in dessen Nacken. Er sagte, jeder einzelne Tazkaner würde hingerichtet, wenn er nicht kämpfte. Denn ein Mann, der es nicht einmal wagte, für seine eigene Freiheit zu kämpfen, habe keinen Platz auf einem der Schiffe verdient. Doch wenn sie zu kämpfen bereit seien, sollten alle Völker erfahren, dass sie nicht geringer waren als die anderen Völker. Keine kanathenischen Großbauern würden mehr ihre Frauen schwängern, denn sie wären tot. Tazkanische Mädchen und Jungen würden nicht mehr von den Kaanen versklavt werden, denn die Kaane wären besiegt. Alle Tazkaner wären frei, und niemand würde es mehr wagen, sich ihnen zu widersetzen. Und Tarkin würde sich voller Scham in den Bergen verstecken.

Mit diesen Worten erhob sich Seon von dem Sklaven. Er gab ihm die Hand und half ihm auf, zog ihm den Säbel aus der Scheide und legte ihn dem Sklaven in die Hand. Mozma übersetzte den Tazkanern Seons Worte: Es sei kein Säbel, den er in der Hand hielt, sondern die Freiheit.

Dann kletterte Seon auf den Landgang. Er befahl den Tazkanern auf ihre Schiffe zurückzukehren und über seine Worte nachzudenken. Denn bald schon würden sie nach Süden segeln.

Nach der Rede ging Seon über das lecke Deck der Schute neben dem Kanathenerschiff. Er duckte sich unter der Hängebrücke und stieg über eine Leiter zur Brustwehr der Palisade empor. Dort blieb er stehen, während die Sonne im Westen im Meer versank und sich die Dunkelheit über das Meer breitete.

Die Männer betrachteten ihn von den Schiffen aus. Da Seon auf Mansarisch zu den Tazkanern gesprochen hatte, einer Sprache, die mit dem Kanathenischen eng verwandt war, wussten nur die Tazkaner, was er gesagt hatte. Doch allen war klar, warum Seon auf die Palisade geklettert war und nach Süden spähte. Nach jedem Kampf im Norden hatte er so dagestanden und nach Süden geblickt. Und am folgenden Morgen hatte er sie dann stets zu den Pferden gerufen. Sie mussten weiter. Sie durften nicht ruhen.

Die Waldgeister hatten sich mit dem Rücken an die Reling gesetzt und ihre Wollgrasdecken über sich gebreitet, wie sie es jeden Abend bei Einbruch der Dunkelheit taten. Als Virga und Brage zu ihnen traten, deutete Loke auf Seon und sagte, dieser habe eine rastlose Seele. Da nickte Brage, denn so kannte er Seon seit ihrer ersten Begegnung. Immer musste er etwas tun, und immer mussten sie sich vor irgendetwas schützen. In den Zeiten ihrer gemeinsamen Wanderung hatte es Seon nirgendwo lange ausgehalten. Er musste weiter, immer weiter. Erst als er Mian getroffen hatte, war er ein wenig zur Ruhe gekommen.

Loke wollte mehr wissen. Mian, Brages Schwester und Seons Frau, war im Tal des Felsenvolkes geblieben. Sie, die neun Jahre auf Seon gewartet hatte, durfte nur wenige Monde mit ihm zusammen sein, ehe Seon sie wieder verließ. Loke fragte, ob Seon sie so vermisste, wie die Männer des Volkes der Großen oft ihre Frauen vermissten. Doch Brage sagte, dass Seon nicht gerne darüber sprach. Sein Blutsbruder habe einzig gesagt, dass er es leid sei, davonzulaufen. Und dass er niemals Frieden finden würde, ehe sich die Kanathener nicht nach Kanath zurückgezogen hätten.

Bald lag die Nacht über dem Atoll, und der Mond schien weiß vom sternenklaren Himmel. Es glitzerte auf der schuppigen Haut der Wachen, die auf den Türmen standen und über das Meer spähten. Doch das Wasser war noch immer wie ein Spiegel, und die Stürme im Osten waren nur ein fernes Rauschen.

Nach und nach verschwanden die Tazkaner und Bermarer unter Deck. Die Waldgeister waren an der Reling eingeschlafen, und die Kinlender hatten sich unter den Segeltuchdächern und den Decks der alten Schiffe verkrochen.

Doch Seon war noch immer wach. Er war über die südliche Hängebrücke an der Palisade entlanggegangen, von dort auf ein Floß geklettert und dann wieder zu einem der kleineren Aussichtstürme emporgestiegen. Dort hatte er sich auf die Plattform gesetzt, eine gute Mastlänge über dem Meer. Er hatte die Beine übereinander geschlagen und stützte sich mit den Oberarmen auf den Knien ab, als säße er am Feuer. Doch die Zeit, in der er von Ort zu Ort gewandert war, lag so lange zurück, dass er sich kaum noch an die Stille zu erinnern vermochte, die die Einsamkeit mit sich brachte. Er saß reglos da und lauschte dem Meer, denn das Meer war immer schon eine Befreiung für ihn gewesen. Obgleich er nie wirklich seefest geworden war, hatte ihn das Meer immer aufgenommen. Es hatte ihn fortgeführt von Feinden und Königen, die nicht mehr seine Herren waren, und ihn in neue Länder gebracht, zu neuen Adligen, die sich seine Loyalität mit Gold, Frauen und Wein erkauften.

Seon blickte über das stille, schwarze Wasser. Die Erinnerungen nahmen ihn mit sich, und er träumte von der Zeit, in der er die Freiheit hatte, von Stadt zu Stadt zu ziehen. Damals war das Leben leichter gewesen. Denn obgleich er von Unfrieden und Kriegen gelebt hatte, hatte es doch immer Orte gegeben, an denen er sich für einen Mond oder einen Winter verstecken konnte. Seon schloss die Augen und lauschte seinem eigenen Atem. Wenn er die Luft anhielt, konnte er sein Herz schlagen hören.

Als Virga durch die Luke an Deck kletterte und an die Reling trat, war Seon eingeschlafen. Virga blickte zum Mond und erkannte die zusammengekauerte Gestalt oben auf dem Turm, doch er kannte Seon gut genug, um zu wissen, dass er seinen Frieden brauchte. Der alte Tirganer schüttelte den Kopf über ihn, denn er sah die unglückliche Seele des dunkelhäutigen Kriegers. Doch das Glück und Unglück der Menschen lag in den Händen der Götter, das hatte Virga schon als Kind gelernt. Als er auf die niedrige Tonne kletterte, die an der Reling stand, und ins Wasser urinierte, hörte er ein Knirschen an Bord des Kelsschiffes. Ein Mann ging zwischen den Stagen hindurch, kletterte über die Reling und hinkte über die Schiffsdecks. Bald war er an der Palisade, wo er sich vorsichtig an einem Segeltuchdach vorbeischlich. Er trug einen Wasserschlauch über der Schulter und stahl sich über eine schmale Brücke, die von einem verwitterten Deck auf ein anderes führte.

Virga zog die Hose hoch, befestigte sie mit seinem Gürtel und drehte der Reling den Rücken zu. Kangir humpelte über ein paar Decks, die zwischen alten Schiffsrümpfen befestigt waren, und betrat das löchrige Deck unterhalb des Kanthenerschiffes. Virga stand noch immer still. Kangir hinkte über den Landgang, nahm den Trinkschlauch unter den Arm und sprang auf das Deck.

»Sei gegrüßt«, sagte Virga leise. »Kangir, Häuptling der Kelser. Oder sollte ich dich *Tileder* nennen?«

Kangir kam langsam auf ihn zu. In der Mitte des Decks blieb er stehen und legte sich den Schlauch über die Schulter. »Du kannst mich Kangir nennen. Das ist der Name, auf den ich höre.«

Virga neigte den Kopf zur Seite. Der alte Seemann trug eine kurze Wolljacke über den Schultern und ansonsten nur seine üblichen, abgenutzten Kleider.

»Ich kenne nur einen Mann, der den Weg durch den Sturmrand kennt«, sagte Virga. »Doch der hat sein Volk vor vielen Jahrzehnten verlassen.«

Kangir rieb sich den Nacken. Er senkte den Kopf, ehe er zu Virga trat und ihm die Hand auf die Schulter legte. Tränen schimmerten in den Augen des alten Graubarts.

»Ich erinnere mich.« Virga legte seine Hand auf die Hand Kangirs. »Ich habe keinen Zweifel mehr. Du bist es.«

Kangir hielt die Luft an und starrte ihm in die Augen. »Du musst verstehen, Virga. Als ich plötzlich allein war ...«

»Du warst niemals allein. Wir waren bei dir. Wir haben dich

nicht verlassen. Du warst in Trauer über sie, aber du warst nicht allein in deiner Trauer.«

»Ein Mann ist mit seiner Trauer immer allein.« Kangir wandte sich von ihm ab.

»Sie sagten, du seist aufgebrochen, um ihn zu suchen.« Virga verschränkte die Arme vor der Brust. »Hast du das getan, Häuptling? Bist du nach Süden gegangen und hast nach ihm gesucht?«

»Ich hatte bereits so viele Jahre gesucht.« Kangir rieb sich erneut seinen Nacken. »Der Schmerz hat mich fortgetrieben. Der alte Schmerz. Die Trauer. Nur das Meer konnte ihn lindern. Ich bin mit der Tigam aufs Meer hinausgesegelt, Virga. Ich habe dort draußen ein Leben gefunden. Und mit der Zeit habe ich gelernt, mit dem Schicksal zu leben, das mir die Götter auferlegt haben. Ich hörte die Wellen mit Ulvs Stimme flüstern, und ich begriff, dass er tot sein musste. Aber als Loke an Bord meines Schiffes kam, erfuhr ich, dass Ulv zurückgekommen ist.«

Kangir wandte sich ab, doch Virga folgte ihm. Er packte den Arm des alten Seemanns und drehte ihn mit solcher Kraft um, dass Kangir zu Boden ging. Doch er fuhr nicht wütend auf, wie er es getan hätte, wenn er von einem anderen Mann gestoßen worden wäre. Er fasste sich an den Nacken und kniff die Augen zusammen.

Doch Virga ließ ihn nicht in Frieden. »So, du weißt es? Dann weißt du auch, dass er nach Süden aufgebrochen ist, um die Frau zu finden?«

»Loke hat mir alles erzählt.« Kangir erhob sich langsam. »Und deshalb bat ich die Kelser, die Segel zu hissen und euch ein Stück nach Süden zu folgen. Aus dem gleichen Grund flohen wir, als die Kanathener bei Cogga angriffen. Denn ich bin ein alter Mann, Virga. Ich bin älter als du und leichte Beute für leichtfüßige Burschen mit Säbeln in den Händen. Früher hätte ich mich nicht darum gekümmert – der Tod wäre eine Befreiung für mich gewesen. Doch jetzt will ich nach Süden, Virga. Und wenn es die Götter doch noch gibt, werde ich meinen Sohn vor meinem Tod wiedersehen.«

»Der Wille der Götter ist schwer vorhersagbar«, flüsterte Virga. »Aber ich hoffe, dass sie uns jetzt sehen. Ich hoffe, dass sie uns hören.«

Kangir strich sich die geflochtenen Haare nach hinten über die Schulter. Als er die Hände in seine Haare schob, sah Virga die lange Narbe, die sich von Kangirs Nacken emporzog. Sie endete oberhalb an ein paar Knorpelresten, an deren Stelle sich ein Ohr hätte befinden sollen.

»Wir werden mit niemandem darüber sprechen.« Kangir ließ seine Haare los und legte sie wieder über die Brust. »Die Kelser wissen, wer ich bin, aber die Bermarer müssen es nicht wissen, noch nicht.«

»Nein«, sagte Virga. »Wenn sie es wüssten, würden sie von dir fordern, sie anzuführen. Und das würde Seon nicht gefallen.«

»Seon ...« Kangir richtete seinen Blick auf den Turm. »Das ist der dort oben, nicht wahr? Einsam und ein Opfer böser Erinnerungen. Ein Krieger, der zu viel Tod gesehen hat. Man sieht es ihm an, Virga. Ich sehe meine eigenen Augen in ihm.«

»Seon ist ein tüchtiger Heerführer, aber er kommt mit sich selbst nicht zurecht. Er trinkt ...«

»Alle, die viele Menschen getötet haben, trinken.« Kangir klopfte auf den Trinkschlauch. »Und deshalb werde ich diesen Wein mit zu ihm nach oben nehmen, wir werden auf unser Abkommen trinken und es besiegeln, wie es heißt. Denn morgen werden wir nach Süden segeln, die Kelser, die Bermarer und die schwarzen Sklaven.«

Virga lächelte. »Tazkaner«, sagte er. »Aber du kannst sie nennen, wie du willst, Häuptling.«

Kangir antwortete nicht, sondern ging zum Landgang zurück und hinkte über das löchrige Deck weiter. Virga sah ihm nach, während sich der Alte einen Weg zwischen Segeltuchdächern und Brücken bahnte, bis er schließlich den Turm erreichte und die Leiter emporzuklettern begann. Seon wachte auf und zückte sein Schwert, doch Kangir warf den Weinschlauch auf die Plattform. Bald darauf tranken sie. Sie saßen wie zwei Schatten auf dem Turm vor dem Sternenhimmel. Ihre Stimmen waren leise, fast nur ein Flüstern in der schwachen Nachtbrise. Niemand wusste, worüber sie sprachen. Vielleicht berichteten sie über Schlachten, die sie geschlagen hatten, über Völker, die sie getroffen hatten, und über vergangene Kriege. Vielleicht sprachen sie über die Winde und die südlichen Fahrwasser, über die Gastfreundlichkeit der Kinlender oder die Übermacht der Kanathener. Doch der Mond zog unerbittlich seine Bahn am Himmel, während die zwei tranken, und als der Morgen anbrach, schliefen sie beide oben im Turm.

Queya ließ seine obersten Krieger in die Türme klettern und die weißen Konchylien blasen. So rief er die Landmenschen zur Beratung, denn bereits bei Tagesanbruch hatten diese die Schiffe zum Auslaufen vorbereitet. Sie hatten die Querbäume abgesenkt und die Segel geflickt, die der Sturm zerrissen hatte, und sie hatten die Wassertonnen unter Deck geschafft. Seon hatte dafür gesorgt, dass die Tazkaner ihre eigenen Schlafplätze an der Reling und zwischen den Balken des Decksraums bekamen, und die Schiffer hatten die Männer gebeten, ein Auge auf die Sklaven zu werfen. Die Bermarer konnten sich einfach nicht von dem Gedanken befreien, dass in den Tazkanern plötzlich die Kampfeslust ausbrach und sie alle weißen Männer töteten, um die Schiffe unter ihre Kontrolle zu bringen.

Seon hatte gehofft, die Kinlender würden sie nach Taz-Ka begleiten, doch als die Beratung begann, erkannte er sofort, dass es so nicht sein würde. Die Krieger hatten N'Gamas

Floß in die Mitte des Atolls gerudert, und die Männer mussten die Beiboote zu Wasser lassen, um zu ihm zu gelangen. Kangir ruderte sein eigenes Boot, während Seon und Brage gemeinsam in einem Boot saßen. Sie ruderten zu dem breiten Floß, auf dem N'Gama auf seinem Fischbeinstuhl saß und sie mit offener Klauenhand willkommen hieß.

»Landmenschen«, sagte der Alte, als Seon und Brage auf das Floß traten und ihr Ruderboot an einem Stock vertäuten. »Landmenschen, die Konchylien haben euch zum Rat gerufen.«

Weder Seon noch Brage antworteten ihm, denn Kangir stand bereits an N'Gamas Seite. Der Seemann nahm die Klauenhand des Alten zwischen seine Hände und kniete sich hin.

»Kangir wird euch nach Süden begleiten. Aber Queya …« Der Alte wandte sich an den großen Kinlender, der auf der anderen Seite des Stuhls stand und einen langen Umhang aus Haileder trug. »Queya sagt, dass seine Krieger nicht mit euch gehen werden. Unser Krieg wird im Osten stattfinden. Wir werden Cogga zurückerobern, Landmenschen.«

Seon trat an den Stuhl und kniete nieder. »Nur im Süden treffen wir in Tarkins Herz. Die Kämpfe müssen in der Heimat des Feindes stattfinden. Hier im Norden verstehen es die Völker nicht, sich zu einer Kraft zusammenzufinden. Und jetzt ist es zu spät. Vendhur hat bereits alle Siedlungen nördlich von Mansar eingenommen. Wir müssen nach Süden, N'Gama. Und wir brauchen eure Hilfe.«

N'Gama senkte den Kopf. »Hilfe werdet ihr erhalten, aber nicht im Süden. Ihr müsst verstehen, Landmenschen. Wir brauchen die Krieger auf den Türmen und Mauern, die das Atoll gegen das Meer abschirmen. Die Mächtigen beobachteten uns unablässig. Sind Queyas Männer zu lange fort, wird es kein Kin-Mar mehr geben, wohin sie zurückkehren könnten.«

Seon senkte den Blick. Er erkannte, dass es ihm nicht gelingen würde, den alten Kinlender zu überzeugen.

Doch Brage trat an den Stuhl. Er blickte N'Gama an, und eine tiefe Falte zeichnete sich zwischen seinen Augenbrauen ab. »Ich bin Brage, der Meisterschmied von Ber-Mar. Und ich höre dich ständig von Den Mächtigen reden. Wer sind sie, und warum fürchtet ihr sie so?«

N'Gama blickte zu Queya auf. Der große Krieger legte die Hand auf die Schulter des Alten, und N'Gama umklammerte die Armlehnen mit zitternden Fingern. »Sie werden wieder kommen«, flüsterte der Alte. »Wie sie kamen, als ich noch ein junger Mann war und sie mich zum Krüppel machten. Wie sie Kroch und die meisten anderen Könige Kin-Mars töteten. Sie werden zurückkommen und gegen Queya kämpfen.« Er tätschelte Queyas Handrücken und sah Seon und Brage mit müden Augen an. »Aber Kangir und seine Kelser werden mit euch segeln. Und Kangir ist ein großer Krieger, vielleicht der größte, den die Welt je gesehen hat.«

»Das ist gut«, sagte Seon. »Kangir und ich haben heute Nacht miteinander gesprochen. Wir haben vieles gemeinsam. Das Misstrauen, das unsere Beziehung zu Beginn überschattete, ist ausgeräumt. Wir werden nach Süden segeln und wie ein Mann und ein Heer kämpfen.«

Kangir verschränkte die Arme vor der Brust. »Wie ein Heer«, wiederholte er. »Ich habe mit den Schiffern gesprochen und ihnen mein Wort gegeben, dass Seons Männer rechtschaffene Leute sind. Sie werden nach Süden segeln, obgleich es für alle bedeuten kann, dass sie die Kelsburg nie wieder sehen. Aber so muss es sein.«

»So muss es sein«, wiederholte Seon.

Queya half N'Gama vor, so dass er sich auf den Armlehnen aufstützen konnte. Dann zog der Alte einen hailedernen Sack unter dem Stuhl hervor und reichte ihn Seon.

»Trinkt auf dieses Abkommen«, sagte N'Gama. »Es soll

von heute an für immer gelten. Manannan soll unser Zeuge sein, dass die Landmenschen aus Ber-Mar und aus Kels für immer Brüder sind. Trink darauf, Seon.«

Seon hob den Schlauch auf seinen Arm und führte die Öffnung zum Mund. Das bittere Gebräu schmeckte nach Fischabfällen und Tang, doch er spürte es heiß durch die Kehle rinnen. Seit Kangir ihm am Abend zuvor Kelswein zu trinken gegeben hatte, sehnte er sich nach dem Geschmack eines starken Trunks. Er nahm ein paar kräftige Schlucke, und als er den Schlauch an Brage weiterreichte, spürte er bereits die Wirkung. Sein Atem ging leichter, und sogar die Sorgen über die lange Seereise nach Süden verblassten.

»Wir müssen an Land, um Wasser zu laden«, sagte er, als Brage den Schlauch an Kangir weiterreichte. »Wir brauchen Wasser, um die kanathenische See zu überqueren.«

»Ja, ihr werdet viel Wasser brauchen.« N'Gama blinzelte zum Himmel. »Es wird keinen Regen geben, bis ihr weit im Süden seid, und vielleicht nicht einmal dort.«

»Wir sollten zwischen Torman und Taraman anlegen«, sagte Kangir. »Oder südöstlich von Taraman an Land gehen. Dort sind nicht so viele feindliche Schiffe. Ich kenne den Anführer der Mansarer.«

N'Gama streckte den Arm zu Kangir aus. »Ich vertraue dir, Queya-Bruder, und ich vertraue darauf, dich noch einmal hier in Kin-Mar wiederzusehen.«

Kangir beugte sich zu ihm herunter. Niemand hörte, was der alte Seemann N'Gama erwiderte, doch der alte Kinlender fasste sich an die Augen, als habe Kangir ihn gerührt oder als machte er sich Sorgen. Dann erhob Kangir sich wieder. Er zeigte auf die Schiffe und sagte, dass sie noch viel zu tun hätten, ehe sie ablegen könnten. Segel mussten geflickt und Verschnürungen erneuert werden. Er ergriff Queyas Hand und hinkte zu seinem Boot. Dann löste er die Taue und ruderte in Richtung der Langschiffe davon.

Sie brachen in der Abenddämmerung auf. Der Mond war bereits im Osten aufgegangen, als die Kinlender die Ketten einholten und das Tor öffneten. Scharniere kreischten, und die Wellen aus dem Norden schwappten ins Atoll, als Seon und seine zwölf Schiffe die Vertäuungen lösten. Queya befand sich an Deck von Seons Schiff. Jeweils ein Kinlenderkrieger stand an Bord der zweimal zehn Schiffe. Sie sollten die Flotte einen Tag lang begleiten und an den Untiefen und Strömungen vorbeilotsen. Doch bei Einbruch der nächsten Dämmerung würden sie von Bord springen und zurück zum Atoll schwimmen; dann müssten Seons und Kangirs Schiffe allein zurechtkommen.

Die Kinlender hatten sich für den Abzug der Landmenschen versammelt. Der Abend hatte eine leichte, nördliche Brise gebracht, und als die ersten Zweimaster durch das Tor glitten und die Rahsegel vom Querbaum fallen ließen, jubelten die schuppigen Geschöpfe. Sie waren auf die Palisaden geklettert und hingen an den Hängebrücken und Türmen. Doch N'Gama war nirgends zu sehen.

Seon stand im Bug, während sich Brage und Virga achtern beim Steuer aufhielten und das Schiff mit den Wellen nach Süden führten. Als das Schiff am Atoll entlangglitt, sah er die Wachen oben im Turm, denn der Mond warf einen glitzernden Schimmer auf ihre Schuppenhaut. Er sah die dunklen Umrisse der Schiffswracks und Flöße und fragte sich, ob sein eigenes Schiff auch einmal als Palisade eines Kinlenders enden würde. Er hatte den Männern nichts gesagt, doch er wusste, dass sie verstanden. Einzig ihre Loyalität hinderte sie daran, kehrtzumachen und wieder nach Norden zu rudern. Denn wenn es ihnen wirklich gelingen sollte, unentdeckt an die mansarische Küste zu kommen, lag noch immer ein ganzes Meer vor ihnen. Nur die Tazkaner konnten wissen, wie die Fahrwasser bei Kanath sie in Empfang nehmen würden. Doch als Seon mit Mozma sprach, hatte der schwarze Sklave gemurmelt, dass nie ein Tazkaner das Meer im Süden gesehen habe. Sie seien an die Ruderbänke gekettet gewesen und wären nie nach oben gekommen. Ihr Leben sei ein einziges Dunkel gewesen, ein lebenslanges Leiden über den Riemen. Und eine solche Strafe blühte ihnen allen, meinte der alte Sklave, wenn sie nicht jeden einzelnen Kanathener töteten. Denn solange Vendhur noch Krieger hatte, würde er die Lanze nicht zu Boden legen. Er würde sie bis ans Ende der Welt jagen.

Seon blickte zum Atoll. Der Wind kam genau von achtern, und die beiden Rahsegel lagen straff nebeneinander. Der Bug pflügte durch die Wellen, doch noch waren sie nicht an dem Atoll vorbei. Er lehnte sich mit dem Rücken gegen die Reling und legte sich den Weinschlauch über die Schulter. Obgleich Brages Gesicht im Dunkeln hinter dem Steuerruder verborgen war, wusste er, dass der Schmied es nicht mochte, wenn er trank. Doch Queya, der in der Mitte des Decks stand und zum Atoll blickte, hatte seine Krieger zehn Hailederschläuche an Bord bringen lassen, denn nach dem Rat hatte Seon gesagt, ihm schmecke der Trunk der Kinlender. Und jetzt, dachte Seon und führte die hölzerne Tülle an die Lippen und nahm einen Schluck, hatte er genug zu trinken für die lange Reise und die Kämpfe, die in den nächsten Monden vor ihnen lagen.

Bald darauf glitten die Kelsschiffe durch das Tor. Da sie rascher als die kanathenischen Schoner waren, hissten sie bloß die Fock. Das hatten Seon und Kangir in der Nacht zuvor auf dem Turm besprochen. Seon hatte dem alten Seemann in die Augen gesehen und ihn gefragt, ob er bereit sei, gegen die Kanathener in ihren eigenen Gefilden zu kämpfen, und Kangir hatte geantwortet, dass er niemals Angst habe, solange er Wasser unter dem Kiel habe. Das Meer sei seine Heimat. Außerdem habe er seine eigenen Gründe, nach Süden zu ziehen. Doch als Seon ihn fragte, was das für Gründe seien, führte er nur den Weinschlauch an die Lippen und verstummte. Da wusste Seon, dass es ihm niemals gelingen würde, dem alten Seemann voll und ganz zu vertrauen. Brage war der Einzige, dem er wirklich vertraute. So war es immer gewesen, und so würde es bleiben.

Seon trank, während das Schiff nach Süden segelte. Bald lag das Südende des Atolls hinter ihnen, und vor dem Bug breitete sich das dunkelblaue Meer aus. Seon blickte zum Himmel, doch die Sternbilder schienen sich zu bewegen, was ihn aber nicht kümmerte, wusste er doch, dass sich sowohl die Waldgeister als auch Virga auf die Sternbilder und Himmelsrichtungen verstanden.

Einige Schlucke später machte er sich überhaupt keine Gedanken mehr. Seon setzte sich mit dem Rücken an die Reling und legte den Schlauch in seinen Schoß. Er schloss die Augen und wünschte sich nur noch Ruhe. Denn wenn sie in die feindlichen Gewässer kamen, musste er Mut und Stärke zeigen. Er durfte nicht zweifeln, er musste ohne Gnade töten und die Männer zum Sieg führen. Eine Schlacht hatte er bereits verloren. Das durfte nicht noch einmal geschehen.

Während das Atoll in der Nacht verschwand, bildeten die Schiffe auf dem Meer eine lange Reihe. Brage und Virga wechselten sich am Steuer ab, denn es erforderte Kraft, die kanathenischen Schiffe durch die Wellen zu fahren. Doch Seon spürte nichts von dem Rollen. Er hatte genug getrunken und den Korken in den Schlauch gedrückt. Als er an diesem Morgen auf dem Turm aufgewacht war, war Kangir bereits mit dem Weinschlauch verschwunden gewesen. Seon hatte sich mühsam hingekniet und gesehen, wie seine Hände zitterten. Er spürte die Angst und das quälende Verlangen nach mehr Wein. All dies war verschwunden gewesen, seit sie das Lager am Felsenkap verlassen hatten. Doch jetzt war es zurück und damit all die Gedanken, die er verdrängt hatte. Er hatte Mians Stimme gehört; sie flehte ihn an, zurückzukommen, ehe er getötet wurde. Neun Jahre war er von ihr getrennt gewesen.

Neun Jahre hatte er mit der Sehnsucht und der Angst gelebt. Dann war er zurückgekehrt, um gleich wieder in einen neuen Krieg zu ziehen. Doch was er ihr niemals zu sagen gewagt hatte, zeichnete sich deutlich vor ihm ab: Er hatte ihr nichts zu geben. Und vielleicht hatte er das immer gewusst. Vielleicht war das auch der Grund dafür, dass er in den neun Jahren, die er im Osten verbracht hatte, alles nur Erdenkliche getan hatte, um sie zu vergessen. Überall an der Küste hatte er Frauen gehabt. Und jeden Abend hatte er die Erinnerung an sie im Wein ertränkt. Trotzdem war es ihm nie gelungen, sie ganz zu vergessen. Und jetzt wartete sie auf ihn im Tal des Felsenvolkes. Und er, der niemals Angst vor dem Tod gehabt hatte, saß an der Reling und dachte mit Grauen an das, was dort im Süden auf ihn wartete.

So hockte Seon da, während das Schiff durch die Nacht pflügte. Manchmal nahm er einen Schluck aus dem Schlauch, doch er passte gut auf, nicht alles auf einmal zu trinken. Er saß für sich allein im Schutz der Dunkelheit und ließ die Tränen fließen, während er an Ber-Mar dachte und an die Zeit, in der er und Mian jung waren und noch die Hoffnung hatten, den Rest des Lebens zusammenbleiben zu dürfen. Er erinnerte sich an den Morgen, an dem er seine Satteltaschen packte und aus der Stadt der Schmiede ritt, er erinnerte sich an die Tränen, die ins Gras der Steppe fielen, und an seine wütenden Flüche über die alten Bermarer, die ihn vertrieben hatten. Danach waren Sommer und Winter in fremden Ländern gefolgt. Seon aus vielen Reichen, Seon der Schlächter … Wie viele Namen hatte man ihm gegeben! Jetzt konnten sie ihn Seon den Neunfinger oder Seon den Zahnlosen nennen, denn so hatten ihn die Kanathener gezeichnet.

In der Morgendämmerung war Seon eingeschlafen. Brage, der mit seiner Steuerwache fertig war, trat in den Bug und hob ihn auf seine Arme. Er trug ihn unter Deck und breitete eine Decke über ihn. Zu den Männern sagte er, Seon habe die ganze Zeit über das Meer gespäht und sei erschöpft. Dann legte er sich selbst hin.

Am nächsten Abend sprang Queya von Bord. Ohne Vorwarnung war er plötzlich verschwunden und mit ihm auch die Kinlender auf den anderen Schiffen. Doch die Männer segelten weiter nach Süden. Und der Wind stand günstig und ließ sie rasch vorwärts kommen.

## *Strandräuber*

Ulv robbte auf Ellbogen und Knien über die von Disteln und Brennesseln überwucherte Erde. Obgleich es Nacht war, wagte er nicht, sich aufzurichten. Schon morgens hatte er den Rauch gerochen, und seitdem hatten sie sich wachsam dem Bergrücken im Süden genähert. Jetzt kroch Ulv hinter einer Steinhalde auf dem Kamm des braun versengten Höhenzuges entlang.

Als der Boden unter ihm flacher wurde, hockte er sich hinter einen der vielen Felsblöcke, die auf dem Bergkamm verteilt waren. Er konnte die Wellen hören und das Meer riechen. Dieser Geruch lag schon seit drei Tagen in der Luft. Er zupfte ein paar Dornen aus seinem Unterarm und wagte einen Blick hinter dem Stein hervor.

Das Meer war fast schwarz. Dort, wo die Ebene und das Meer aufeinander stießen, malte die Brandung eine weiße Linie. Es waren gut drei Pfeilschüsse bis zum Fuß des Berges, aber Ulv erkannte die schwarzen Umrisse von Langhäusern, eine Hand voll Gebäude, aus denen graue Rauchwolken in den Himmel stiegen.

Ulv rollte sich auf die Seite. Taznaman stand einen Steinwurf weiter unten am Hang und hielt die Pferde. Sein schwarzes Gesicht verschmolz mit der Dunkelheit. Ulv ließ sich von dem Kamm herunterrutschen und lief geduckt durch die Nesseln. Als er bei den Pferden ankam, fasste Taznaman ihn an der Schulter.

»Hast du was gesehen?« Der Kanathener schüttelte ihn. »Hast du das Meer gesehen? Menschen? Waren dort Boote?«

Ulv schlug seine Hand weg, stützte sich auf den Knien ab und verschnaufte. »Häuser«, sagte er. »Da unten sind Häuser. Am Meer.«

Taznaman stieß einen Freudenschrei aus, schlug sich hastig die Hand vor den Mund und blickte zu dem Bergrücken. »Ist es ein Dorf?«, nuschelte er zwischen den Fingern hindurch. »Oder eine Festung? Hast du Krieger gesehen?«

Ulv ging zu dem Hasenbalg, der an dem Sattelknauf hing, schnitt sich mit der Lanzenspitze einen Streifen Fleisch ab und schob ihn zwischen die Zähne. Sein Hals brannte vor Durst, aber sie hatten kein Wasser mehr.

»Erzähl mir, was du gesehen hast, Ulv!« Taznaman stellte sich hinter ihn, nahm ihm die Lanze aus der Hand und schnitt sich selbst ein Stück Hasenfleisch ab. »Hast du dort unten auch Boote gesehen?«

»Nein«, erwiderte Ulv. »Ich habe kein Boot gesehen. Nur ein paar Häuser.«

»Ein Dorf?« Taznaman schnupperte in den Nachtwind.

»Ein kleines Dorf.« Ulv schluckte den Bissen hinunter und blickte zu dem Bergrücken hoch. »Zehn oder zwölf Langhäuser.«

»Fischer«, sagte Taznaman. »Das müssen Fischer sein. Vielleicht können wir ja die Pferde gegen ein Ruderboot eintauschen.«

Ulv tätschelte dem Hengst das Maul. Drei Vollmonde hatten sie gesehen, seit sie aus Tirga weggeritten waren. Sie hatten eine lange Reise hinter sich, und die Wasserlöcher, die Taznaman gefunden hatte, waren voller Fliegenlarven gewesen.

Das erste Pferd war in der Steppe verendet, das zweite erst vor ein paar Tagen. Sie hatten es nicht gewagt, das Blut der toten Tiere zu trinken. Aber sie hatten die Pferde gehäutet und sich die Felle umgelegt. Die Kadaver hatten sie liegen lassen, weil Taznaman meinte, dass Larven darin wären.

Ulv blickte an den sternklaren Himmel. Die Nacht hatte erst begonnen. Es war der neunte Mond des Jahres. Ulv hatte jeden Abend in den Himmel gesehen, und aus Tagen waren Monde geworden. Jetzt waren es nur noch fünf Mondzeiten, bis Siréd Tarkins Frau werden würde.

»Wir gehen in das Dorf runter«, sagte er, »stehlen ein Boot und segeln im Schutz der Nacht davon.«

Taznaman strich sich über den verdreckten Bart. »Das sind arme Leute, Ulv. Die haben mit dem Krieg nichts zu tun. Stehlen wir ein Boot, verhungern sie womöglich. Aber tauschen wir die Pferde gegen ein Boot ein, können sie im Hinterland jagen.«

»Ich hatte nicht vor, die Pferde mit an Bord zu nehmen.« Ulv zog die Tiere an den Zügeln hinter sich her. Ohne auf Taznaman zu warten, marschierte er auf den Bergkamm zu. Als er die Kuppe erreichte, blickte er erneut übers Meer. Die Reise über die Ebenen hatte länger gedauert, als er gedacht hatte, und obgleich sie weder auf Oldamenn noch vandarische Reiterstämme gestoßen waren, hätte der Hunger sie beinahe umgebracht. Aber je näher sie dem Meer kamen, desto mehr Hasenbauten und Mauselöcher hatten sie gefunden, und Taznaman hatte sie schneller ausgegraben als jeder Fuchs.

Taznaman lief hinter ihm her, als Ulv die Pferde den Hang hinunterführte. »Wir bieten ihnen beide Pferde«, japste er und versuchte, mit Ulv Schritt zu halten. »Das ist ein guter Tausch. Zwei Pferde für ein Boot. Das heißt, wenn wir ein Boot finden. Vielleicht ist das hier auch ein Vorposten von Vendhurs Heer. Ich weiß es nicht, Ulv. Das kann ich ja gar nicht wissen. Woher sollte ich das wohl wissen? Ich bin nur ein Gaukler, Ulv. Ein Sänger. Ein Dichter. Ich will nicht behaupten, irgendetwas zu wissen, ich bin kein Gelehrter. Nur ein Wortschmied. Ein Lautenspieler. Ein Verführer …«

Ulv drehte sich um und legte ihm die Hand auf den Mund. Der lange Weg über die Ebene hatte ihn gelehrt, dass Taznamans endloser Wortstrom nur auf diese Weise zu stoppen war.

»Sagtest du nicht, du hättest eine Frau in Kanath?« Ulv sah ihm in die Augen. »Eine Frau, die auf dich wartet?«

»Viele Frauen«, flüsterte Taznaman. »Sie warten alle auf mich. Kein Mann versteht sie so zufrieden zu stellen wie Taznaman.«

Ulv nahm die Hand von Taznamans Mund und wischte sie an seinem zerfetzten Hemd ab. »Wenn du sie jemals wieder sehen willst, dann halte deine Zunge im Zaum!«

Taznaman kniff die Lippen zusammen und nickte. Er zeigte mit der verstümmelten Hand zu den Langhäusern. Die Wunde an seinem Daumen war verheilt, und seine Augen hatten sich inzwischen an das Tageslicht gewöhnt, aber die Zeit im Kerker hatte ihn gezeichnet. Trotz des Pferdefells um seine Schultern ließ sich nicht verbergen, wie abgemagert er war. Er war bereits dürr gewesen, als sie das Gefängnis verlassen hatten, doch jetzt glich er einem Skelett mit einem Kleid aus schwarzer Haut. Seine Wangenknochen stachen über dem zottigen Bart hervor, und die großen Augen beherrschten das ganze Gesicht.

Ulv führte die Pferde auf die Häuser zu. Taznaman sprang direkt hinter den Tieren von Stein zu Stein. Ulv hatte noch nie einen Mann gesehen, der sich so geschmeidig bewegen konnte wie Taznaman, und abends am Feuer hatte der verrückte Kanathener oft mit kleinen Steinen und Torfstückchen jongliert. Er hatte erzählt, dass er sieben Fackeln gleichzeitig in der Luft halten konnte, aber da Ulv ihm den Daumen abgehackt hatte, musste er nun wieder ganz von vorne anfangen. Zuerst nahm er nur zwei kleine Steine, aber bald schon flogen drei oder vier aus seinen Händen. Singen konnte Taznaman auch, und mit der Zeit gewöhnte Ulv sich an die klagende Stimme. Taznaman sang auf Kanathenisch, Mansarisch, Kelsisch und in der Handelssprache. Die Lieder handelten von Frauen und Liebe, von kanathenischen Helden, die gegen Oldamenn und Vandarer in den Krieg zogen, und von Seeleuten, die nach Westen segelten, um gegen Drachen und Seeungeheuer zu kämpfen. So hatten sie sich ihre Abende am Torffeuer vertrieben und sich ihren Mut bewahrt, wenn der Hunger in den Eingeweiden rumorte und der Durst sie dazu trieb, den Morgentau vom Steppengras zu lecken.

Ulv und Taznaman bewegten sich rasch über den Hang. Hier am Meer wuchsen keine Bäume, aber über den Hang verteilt lagen lange Stapel von Torfsoden. Taznaman hatte ihn einiges über die Mansarer und Kanathener gelehrt, und daher wusste er, dass die meisten Menschen, die abseits der großen Siedlungen lebten, nur selten etwas über Vendhurs Eroberungen im Norden wussten. Das waren einfache Menschen, hatte Taznaman gesagt. Sie lebten ihr Leben, weit weg vom Einfluss der Priester. Denn Taznaman hatte ihm auch von den Priestern und der Prophezeiung erzählt, und Ulv hatte ihm gesagt, dass Siréd das Zeichen Tarkins auf dem Rücken trug. Von der Hungersnot in Kanath hatte Taznaman ihm erzählt. Und von den Müttern, die vor den Priestern auf die Knie fielen und sie anflehten, dem Land Regen zu bringen. Denn südlich von Pethar hatte es Missernten gegeben. Und Nataz-Ka, die Wüste, schickte Sandstürme über das Land und breitete sich immer weiter nach Norden aus. Es lag viele Jahre zurück, dass die Schiffsbauer und Holzhändler den letzten Baum an der Westküste Kanaths gefällt hatten. Wo einst Wälder dem Vieh Schatten und Nahrung schenkten, gab es jetzt nur noch verwitterte Wurzeln in den Sanddünen. Kanath hungerte, aber Taznaman war überzeugt, dass sich alles zum Guten wenden würde, wenn Tarkinar Ethem, die Gezeichnete, Tarkins Sohn gebar. Dann würde der Regen über das Land kommen und die Erde wieder fruchtbar werden. Ulv hatte ins Feuer gespuckt und zu Taznaman gesagt, dass Siréd niemals Tarkins Frau werden würde. Die schwarzen Männer hatten sie nach Süden gebracht und hielten sie gefangen, aber er würde sie befreien. Sollten die Kanathener doch verhungern und verdursten. Genau das hatte er zu Taznaman gesagt, und Taznaman hatte sich von ihm abgewendet und zwei Tage lang geschwiegen.

Aber weder Ulv noch Taznaman dachten an vergangene Meinungsverschiedenheiten, als sie den Fuß des Berges erreichten. Die fruchtbare Erde war von weichem Gras und Moos überzogen und die Wellen übertönten ihre Schritte. Sie hatten einen schmalen Ackerstreifen östlich der Langhäuser erreicht. Ulv roch den sauren Rauch, der aus den Öffnungen in den Strohdächern stieg, und er roch den Tang und das Meer. Es wunderte ihn, dass der Wind hier unten stärker blies als oben auf dem Berg, aber es gab so viel, was ihn in diesem fremden Land verwunderte. Er stützte sich auf eine Lanze und suchte den Strand mit dem Blick ab.

»Da drüben«, flüsterte Taznaman. Der Kanathener sah im Dunkeln besser als er.

Jetzt sah auch Ulv ein Boot vor den Langhäusern. Nach einer Weile entdeckte er noch weitere Ruderboote am Strand, aber ohne Mast würden sie auf dem Meer wenig nutzen. Taznaman reckte den Hals und drehte den Kopf hin und her. Das machte er immer, wenn er Ausschau hielt. Sie waren weniger als einen Speerwurf vom nächsten Haus entfernt. Ulv horchte, ob Stimmen zu hören waren.

»Ein Segelboot«, rief Taznaman plötzlich und zeigte in die Dunkelheit. »Da drüben sehe ich einen Mast. Das können wir nehmen, Nordländer!«

Ulv krümmte sich zusammen. Taznaman blieb stehen, drehte sich zu Ulv um und schlug sich die Hand vor den

Mund. Aber es war bereits zu spät. Im nächsten Haus fing ein Kind an zu schreien, dann war die Stimme eines Mannes zu hören. Taznaman ließ die Zügel los und warf sich der Länge nach auf die Erde, aber Ulv blieb stehen. Es würde wenig nützen, sich zu verstecken, wenn die Pferde dort standen.

Eine Tür knarrte, und eine Gestalt bog um die Hausecke. In dem schwachen Lichtstreif, der durch den Türspalt fiel, konnte Ulv sehen, wie der Mann seinen Bogen spannte. Er rief etwas und Taznaman antwortete ihm. Der verrückte Kanathener kam auf die Knie und hob die Arme über den Kopf.

Der Mann machte einen Schritt nach vorn und zielte mit dem Pfeil auf sie. Er sagte etwas über die Schulter, und im nächsten Moment huschte ein Junge aus der Tür und rannte zum nächsten Langhaus.

Während der Junge die Dorfbewohner weckte, unterhielt sich Taznaman mit dem Bogenschützen.

Als Ulv ihn fragte, was er erzählte, grinste Taznaman ihn verschmitzt an. »Ich habe dem Bauern gesagt, dass wir Gaukler sind und im Dorf eine Vorstellung geben wollen.«

»Gaukler?« Ulv richtete sich auf. »Hättest du dir nicht etwas anderes ausdenken können?«

Taznaman ging langsam auf den Mann zu. Zwischen den Häusern kamen Männer mit Holzäxten und Fischspeeren angelaufen. Taznaman hob die Arme über den Kopf, verneigte sich tief und sprach sie in ihrer Sprache an.

»Und was hast du jetzt gesagt?« Ulv bekam einen Zipfel von Taznamans Pferdefell zu fassen und hielt ihn fest. »Sag ihnen nicht, woher wir kommen, Taznaman! Verrate nicht, wer wir sind!«

»Keine Angst, ich werde deinen Namen nicht preisgeben.« Taznaman hob ein paar Kiesel vom Boden auf und begann zu jonglieren. »Aber heute Nacht sind wir Taznaman und sein Gehilfe und werden diesen mansarischen Fischern und Bauern Träume bringen.«

Ulv zog die Pferde hinter sich her und folgte dem verrückten Kanathener zu den Männern. Etwa ein Dutzend Dorfbewohner hatte sich vor dem Langhaus zusammengefunden und glotzte Taznaman an, der mit Steinen jonglierend auf sie zutänzelte. Ulv schlich mit eingezogenem Kopf hinter ihm her. Die Dorfbewohner waren hellhäutig und hatten rötliches Haar – es waren also keine Kanathener. Die kräftig gebauten Männer trugen dreckige Leinenhemden und Lederhosen und gingen barfuß. Flüsternd zeigten sie auf Taznaman.

Ein paar Schritte vor den Männern blieb Taznaman stehen. Er ließ die Steine fallen, stellte ein Bein vor das andere und verbeugte sich. Danach zeigte er auf Ulv und begann mit einem Sprechgesang. Als Taznaman Ulv am Arm packte und ihn zu sich zog, fingen die Männer zu lachen an.

»Was erzählst du ihnen?« Ulv umfasste die Lanze in seiner Hand fester. »Warum lachen sie?«

»Ich habe erzählt, dass du mein Gehilfe bist«, grinste Taznaman. »Und dass die vielen Zuschauer dich verlegen machen.«

Ulv kratzte sich im Nacken, weil ihm nicht ganz klar war, worauf Taznaman hinauswollte.

»Taznaman wird das schon regeln«, sagte der Kanathener und klopfte ihm auf die Schulter. »Ich werde für Speis und Trank sorgen.«

Die Männer setzten sich in Bewegung und winkten sie hinter sich her. Und Ulv und Taznaman folgten den Fischern, die ihre Waffen gesenkt hatten und sogar lächelten. Frauen in langen Kleidern traten aus den Häusern und riefen ihre Männer, die auf Ulv und Taznaman zeigten und ihre Kinder und Frauen aufforderten, sich ihnen anzuschließen. Wenig später war das ganze Dorf versammelt. Die Männer führten sie in eins der Langhäuser. Ein paar Jungen umringten Ulv, und Taznaman erklärte ihm, dass sie die Pferde in den Stall bringen wollten. Ulv nahm das Horn vom Sattelknauf und überreichte ihnen die Zügel. Die Männer öffneten eine Tür in der Querwand des Langhauses. Ein paar Frauen liefen durch den dunklen Raum und warfen Flechten und Torf auf die Glut. Einer der rothaarigen Fischer zeigte auf ein Fell am Ende der länglichen Feuerstelle. Taznaman und Ulv setzten sich.

Und dort saßen sie, während die Dorfbewohner weitere Torfsoden auf die Feuerstelle legten. Bald brannte das Feuer und warf flackernde Schatten auf die Gesichter der Männer und Frauen. Das Langhaus war voller Leute, sie saßen auf den Tischen, die vor den Langwänden standen, und drängten sich auf den Bänken und Fellen, die im ganzen Raum verteilt waren. Da waren alte Frauen mit Säuglingen auf dem Arm, dünne Jungen, die Ulv und Taznaman mit offenen Mündern anstarrten, und Frauen, die sie neugierig musterten und rote Haarsträhnen um ihre Finger wickelten.

Die Fischer starrten Ulv und Taznaman an, und Ulv und Taznaman starrten zurück. Ulv hatte seine Lanze neben sich gelegt. Er sog den Geruch der Menschen ein, einen Geruch nach Rauch, Tang und Fisch. Die Wände des Langhauses waren nicht aus Holz, sondern aus Torfstücken, und es roch nach feuchter Erde. Ulv legte die Hand auf den Griff der Lanze. Es behagte ihm gar nicht, wie die Fischer ihn beäugten. Taznaman schien sich nicht daran zu stören. Der Kanathener hatte die Hände in den Schoß gelegt und fuhr sich mit der Zunge über die Lippen.

Da flog die Tür auf, und ein rotbärtiger Mann mit einem gewaltigen Bauch und rundem Gesicht trat ein. Über seiner Schulter hing ein Wasserschlauch, und er hielt ein Bündel ausgenommener Fische in der Hand. »Vendhur-am?«, fragte er und zeigte auf Taznaman.

Taznaman nickte. Ein Raunen ging durch den Raum. Die Einwohner begannen zu tuscheln, verstummten aber jäh, als der Rotbärtige sich einen Weg zwischen ihnen hindurchbahnte. Er drückte Taznaman den Wasserschlauch in den Arm und verneigte sich mehrmals, als er sich zurückzog. Danach warf er einer Frau, die sich neben dem Feuer niedergelassen hatte, die Fische zu. Er raunte etwas, zeigte auf Taznaman und dann auf das Feuer. Die Frau war klein und hatte breite Hüften, und als sie sich erhob, nahm der Mann ihren Platz ein.

Danach war es eine Weile still. Die Frau hatte das Langhaus verlassen, und die Blicke der Männer an der Feuerstelle waren auf die Tür gerichtet. Als sie schließlich zurückkam, steckten die fünf Fische auf langen Eisenspießen, die zu den Männern an der Feuerstelle weitergereicht wurden. Der beleibte Rotbart räusperte sich, fasste sich an die Brust und sah Taznaman an, als er das Wort ergriff.

»Er ist der Häuptling des Dorfes, und die Frau, die auf seinem Platz saß, ist seine jüngste Frau«, flüsterte Taznaman Ulv aus dem Mundwinkel zu. »Er bedauert es, dass dies alles ist, was er uns bieten kann, aber sie sind arm. Und er hofft, dass wir Neuigkeiten aus dem Westen zu erzählen haben.«

Ulv schaute zu dem Rotbart und der molligen Frau, die sich hinter ihren Mann gesetzt hatte. Sie sah Taznaman an und fuhr sich mit den Fingern durch das lange Haar.

Der Rotbart lachte, schlug sich auf die Schenkel und machte eine kreisende Bewegung mit der Hand.

Taznaman lächelte. »Der Häuptling sagt, dass dies ein kleines Dorf ist und dass sie gerade genug zum Überleben haben. Bis nach Taraman im Westen sind es mit dem Pferd sieben Tagesritte. Es kommen nur selten Fremde hierher. Er hofft, dass ich sie mit Gesang und Kunststücken unterhalten kann.«

Der Rotbart zeigte mit dem Zeigefinger auf Taznaman, wobei sein Gesicht sich in Falten legte und plötzlich ganz ernst wurde. Er machte eine Faust, sagte ein paar Worte und lachte dann erneut.

Taznaman nickte und beugte sich zu Ulv. »Der Häuptling möchte, dass ich mich an ungefährliche Kunststücke halte. Er will auf keinen Fall, dass ich eine seiner Frauen wegzaubere.«

Ulv sah zu den Mädchen, die sich zwischen die Männer ans Feuer schoben. Mit den Kleidern aus grobem Leinen und den langen Haare erinnerten sie ihn an Siréd. Auch sie hatte ihn anfangs so angestarrt, und er hatte sich seiner Verlegenheit geschämt und nach Worten gesucht. Aber damals war er noch mehr ein Tier gewesen, und die Sprache, die er als Kind gelernt hatte, war nicht mehr als eine ferne Erinnerung.

Taznaman zog den Holzzapfen aus dem Wasserschlauch, und als er feststellte, dass der Inhalt alles andere als Wasser war, legte er ihn auf den Oberarm und ließ sich das Getränk in den Mund laufen. Der schwarze Kanathener trank gierig von dem Wein, wobei die Dorfbewohner ihn nicht aus den Augen ließen. Als er den Weinschlauch absetzte und sich über den Mund wischte, zeigte der Rotbärtige grinsend auf Ulv.

»Nimm«, sagte Taznaman. »Er will, dass du auch etwas trinkst.«

Ulv nahm ein paar große Schlucke. Er war so durstig, dass er die Wirkung erst spürte, als das Brennen in seiner Kehle nachließ. Er legte den Schlauch auf den Schoß und rülpste. Der Boden unter seinen Füßen begann zu schwanken, und der Wein schwappte in seinem Magen hin und her.

»Ein gutes Gebräu«, sagte Taznaman und nahm Ulv den Weinschlauch wieder ab, klemmte sich die Tülle zwischen die Zähne und trank. Die Stirn des Rotbarts legte sich in tiefe Falten, und die Männer an seiner Seite flüsterten ihm etwas zu. Aber der dicke Fischer winkte ab.

Taznaman legte den Weinschlauch auf seinen Oberschenkeln ab und nahm ein paar Kohlestückchen aus der Feuerstelle. Als er zu jonglieren begann, legten die Frauen die Hände an die Wangen und lachten begeistert. Taznaman jonglierte zuerst mit vier Stückchen, aber als er ein fünftes dazu nahm, spielte seine verstümmelte Hand nicht mehr mit. Die Kohlestücke fielen ins Feuer und er fasste sich an den Fingerstumpf.

»Du hättest wirklich besser zielen können«, murmelte er.

»Mit fünf Kohlestückchen in der Luft verführe ich ungebundene Frauen. Bei sechs oder sieben kommen sogar die Häuptlingsfrauen zu mir.«

Ulv rieb sich die Augen. Der Wein machte ihn müde. Er wusste nicht, wovon Taznaman redete. Aber er roch den Fisch, der über den Flammen briet. Als er die Hand nach einem Fischspieß ausstreckte, klatschte der Häuptling in die Hände. Eine der Frauen kam mit einem dicken Lappen, hob einen Spieß vom Feuer und drängte sich zwischen den Männern und Frauen hindurch. Sie kniete sich vor Ulv auf den Boden und drückte ihm den Lappen samt Fischspieß in die Hand.

Die Dorfbewohner sahen zu, wie Ulv und Taznaman die dampfenden Fische herunterschlangen. Aber jetzt kümmerte es Ulv kaum noch, dass sie ihn anstarrten. Er stopfte den gebratenen Fisch in den Mund, spuckte die Gräten aus und riss das nächste Stück von dem Eisenspieß. Taznaman kaute an dem Fischkopf herum und saugte die Augen aus, er leckte das Fett von der Fischhaut und rülpste laut. Als außer den Gräten nichts mehr übrig war, brachten die Männer ihm den nächsten Spieß.

Es dauerte nicht lange, bis Taznaman und Ulv alle Fische verzehrt hatten. Dazu hatten sie noch mehr Wein getrunken, und Ulv kämpfte mit dem Schlaf. Auf Taznaman hatte der Wein nicht die gleiche Wirkung. Der verrückte Kanathener warf das Pferdefell ab und zog das zerrissene Hemd über den Kopf. Und so baute er sich mager und schwarzhäutig zwischen den Fischern auf, hob die Arme über den Kopf und begann aus voller Kehle zu singen. Dabei ließ er drei Steine vor den Augen der Zuschauer kreisen. Er wanderte langsam durch den Raum und entführte die Menschen mit seinem Gesang an ferne Orte, nach Taraman, der Stadt auf dem Berg, nach Torman, in die Burgfeste, die Mansars Reich vor den Vandarern und Arern im Osten schützte. Er nahm sie in seinen Liedern mit übers Meer, nach Pethar, wo der Fluss Othas in die Kanäle mündete und Wasser zu den Maisfeldern brachte. Seine bebende Stimme trug die Fischer ostwärts den Flusslauf entlang, sie erreichten das Gebirge Arak und wanderten zwischen den Füßen der Riesen. Sie kamen zur Spalte Arak und betraten Tarkins Tempel.

Ulv legte sich auf die Seite und stützte sich auf den Ellbogen, während er Taznamans Tanz zwischen den Fischern beobachtete. Die Leute grinsten und lachten laut, als er die Steine und Torfstücke auffing, die die Jungen ihm zuwarfen. Er nahm sie in den wirbelnden Kreis auf, verlor sie aber immer wieder. Dann griff er sich an die verstümmelte Hand, rollte mit den Schultern und warf jammernd den Kopf hin und her. Ulv schoss durch den Kopf, dass er eigentlich nach den Pferden sehen sollte, aber er hatte keine Kraft aufzustehen. Es war warm und gemütlich hier drinnen, und der Wind, der ihnen jede Nacht auf der Ebene ins Ohr gewispert hatte, ließ ihn hier in Frieden. Also blieb er liegen und sah zu, wie Taznaman Steine und Torfstücke auf sich herabregnen ließ. Jetzt begann er zu zaubern; er drehte sich zu einer der jungen Frauen um und zeigte ihr seine leeren Hände. Als er eine Hand unter ihr Haar schob, erhob sich einer der Männer. Aber die anderen zogen ihn wieder herunter, als Taznaman eine weiße Muschel aus ihrem Haar holte und über den Kopf hielt. Die Fischer fassten sich staunend an den Mund. Denn die Muschel hing an einer Lederschnur und gehörte einem der Männer, der auf dem Tisch an der Westwand saß. Taznaman warf dem Mann die Kette zu, tänzelte von der Frau weg und zwitscherte wie ein Vogel. Im nächsten Moment hockte er sich vor einen Jungen, wedelte mit seinen Händen vor dem Gesicht des Kleinen und zauberte einen glatten Stein hinter seinem Ohr hervor. Aber damit begnügte Taznaman sich nicht. Wieder tänzelte er zu einer der jungen Frauen und schob ihr die Hand unters Haar. Er stahl Schmuckstücke aus Perlmutt und Edelsteine und zauberte sie hinter den Köpfen der Jungen, aus dem Nacken einer Fischerfrau und unter dem Kinn eines Mädchens hervor. Er tänzelte zwischen den Dorfbewohnern hin und her, sang und trank von dem Wein, den sie ihm reichten. Als er wieder an die Feuerstelle kam, war Ulv auf dem Fell eingeschlafen.

Ulv träumte vom Schmerz, dem ewigen Schmerz, als er hinter den Wagen der Sklavenhändler gekettet gewesen war. Diesen Traum träumte er immer wieder, seit sie aus Tirga fortgeritten waren. Taznaman hatte ihn oft geweckt und ermahnt, endlich still zu liegen. Auf den Ebenen waren sie gezwungen gewesen, dicht nebeneinander zu liegen, um sich warm zu halten, aber nun wälzte Ulv sich auf dem Fell hin und her, und niemand weckte ihn aus seinen Albträumen. Er war an den Wagen der Sklavenhändler gekettet. Um ihn herum neigten sich die Birken im Wind, und obgleich es damals nicht geregnet hatte, regnete es in seinen Träumen immer. Er zerrte an der Kette, während das Wasser über seine Arme lief. Von der Kette tropfte Blut. Die Haut schälte sich von seinen Fingern, aber es half alles nichts. Die Sklavenhändler holten sie fort vom Wagen und brachten sie zu den kanathenischen Spähern. Sie warfen Goldmünzen auf die Erde und hoben sie gewaltsam in den Sattel. Ulv schrie, er warf sich mit aller Kraft nach hinten und streckte die Arme nach ihr aus. Aber die schwarzen Männer wandten sich unbeeindruckt nach Süden und wurden von der Nacht verschluckt.

Kosh, Kajm und die Brüder kehrten in diesen Nächten zu ihm zurück. Sie fanden ihn und fesselten ihn immer wieder aufs Neue an den Baum am Rand der Lichtung. Obgleich Ulv die Flucht vor ihnen gelungen war, konnte er sich niemals ganz von der Angst befreien, dass sie ihn eines Tages finden würden. Und dann würden sie ihn für den Mord am Sohn des Sklavenhändlers bestrafen, wie sie ihn bestraft hatten, nachdem er Kajm erwürgt hatte. Kosh würde ihm noch einmal mit der Peitsche die Haut vom Rücken abziehen, und dieses Mal würde Mesjer nicht versuchen, ihn zurückzuhalten. Die Peitschenschnur würde ihm das Fleisch in Streifen von den Knochen ziehen, und danach würden die Sklavenhändler ihn hinter dem Wagen herschleifen, bis er tot war.

Davon träumte Ulv. Denn die Zeit hinter dem Wagen der Sklavenhändler hatte nicht nur Narben auf seinem Rücken hinterlassen, sie hatte sich in seine Seele eingebrannt. Die Sklavenhändler hatten ihn gelehrt, was Hass war und zu welchen Grausamkeiten Menschen in der Lage waren. Seitdem hatte Ulv nur ein einziges Ziel vor Augen: Er wollte Siréd finden. Denn Siréd war die Einzige, die ihm jemals ihre Zuneigung gezeigt hatte. Und dafür liebte er sie. Er sprach nur selten mit anderen über sie. Selbst Taznaman, der Ulv in der Zwischenzeit vertraut geworden war, hatte er nur das Nötigste erzählt. Siréd war mit Tarkins Zeichen auf dem Rücken geboren worden, und auch wenn Wort und Schrift sagten, dass sie deswegen als Frau für den Lanzenträger bestimmt war, würde Ulv das nicht zulassen. Er würde bis ans Ende der Welt wandern, wenn es sein musste. Er wollte sich Tarkin und all seinen Kriegern entgegenstellen. Aber dafür musste er sie noch vor der Wintersonnenwende finden.

Vielleicht war es der Gedanke an die lange Reise, die noch vor ihm lag, die Ulv weckte. Jedenfalls verblassten die Traumbilder, und er blinzelte in das diffuse Licht im Raum. Die Tür war angelehnt und ein Streifen Tageslicht fiel über den Boden. Es war Morgen, über dem Hofplatz vor dem Langhaus hing dichter Nebel. Auf den Ebenen hatte der Nebel tiefer über der Erde gelegen, wie eine dicke Decke aus grauer Wolle. Aber die Sonne hatte ihn stets vertrieben.

Ulv war immer noch leicht benommen von dem Wein, und als er das unterdrückte Stöhnen hörte, steckte er sich die Finger in die Ohren und schüttelte den Kopf. Aber das Geräusch ließ nicht nach. Da sah er, dass sich hinter dem Tisch an der Langwand etwas bewegte. Ulv setzte sich auf. Es roch nach Frau. An der Feuerstelle stand ein Holzbottich mit dampfendem Wasser.

Ulv stocherte mit der Lanze in den schwarz verkohlten Torfsoden. Die Glut flammte auf und Ulv legte Torf nach. Als der Lichtschein den Raum erhellte, schlich er zu dem Tisch. Er erkannte Taznamans Stimme. Der verrückte Kanathener sprach leise Worte zu der Frau, die im Takt mit seiner heiseren Stimme nach Luft rang.

Ein paar Schritte vom Tisch entfernt verharrte Ulv. Von dort aus konnte er sehen, was vor sich ging. Taznamans nackter Körper bewegte sich rhythmisch zwischen ihren bleichen Schenkeln auf und ab. Der Lichtschein des Feuers warf Schatten über seinen Rücken, während sich seine Rippen unter der schwarzen Haut abzeichneten. Die Frau hatte eine Hand um seinen Nacken gelegt, in der sie einen Lappen hielt. Auf Taznamans Rücken mischten sich Wasser und Schweiß. Er bewegte sich ruckartig, stieß sich mit den Zehen vom Lehmboden ab und presste seine spitzen Hüftknochen zwischen ihre Schenkel. Er hatte einen Arm um ihre Schulter gelegt und griff ihr ins Haar. Die Frau keuchte. Dann lachte sie.

Plötzlich versteifte sich Taznaman. Die Frau stellte die Füße auf den Boden und presste ihren Unterleib seinem entgegen. Taznamans Rücken zuckte.

Ulv wandte sich ab. Die Frau sagte etwas zu Taznaman. Danach wurden sie beide still.

Taznaman stand auf. Ulv hatte ihnen immer noch den Rücken zugewandt, aber er hörte ihren schweren Atem und roch den süßlichen Duft der Frau.

»Ulv.« Taznamans Stimme war atemlos. »Ulv!«

Ulv drehte sich zu ihm um. Der verrückte Kanathener stand nackt vor dem Tisch. Seine Brust glänzte vor Schweiß und die Knie waren blutig. Er versuchte, mit einer Hand den

Schritt zu bedecken. Die Frau auf dem Boden schob die Beine zusammen. Sie war füllig und hatte üppige Brüste, die zur Seite fielen, als sie sich nach ihrem Kleid unter dem Tisch streckte. Ulv erkannte sie wieder. Es war die Frau des Häuptlings.

»Sie ist zu mir gekommen«, sagte Taznaman. »Ich dachte, du schläfst. Ich wusste ja nicht …«

Die Tür schlug auf. Ein Mann mit Lederumhang und Lodenhose trat ein. Er trug ein Bündel kleiner Fische in der einen und einen Wasserschlauch in der anderen Hand, aber als er Taznaman und die Frau erblickte, ließ er beides fallen, drehte sich um und rannte ins Freie.

Taznaman warf der Frau einen Blick zu, die in Windeseile ihr Kleid über den Kopf zog. Er sagte etwas auf Mansarisch zu ihr, aber die Frau stand auf und lief zur Tür. Vor der Türschwelle blieb sie stehen und begann laut zu schreien.

»Bei Vendhur«, fluchte Taznaman. »Sie behauptet, wir hätten sie vergewaltigt. Wir müssen fliehen Ulv!«

»Wir?« Ulv blieb stehen, während Taznaman sich eilig seine Lumpen überzog. »Ich habe geschlafen, Taznaman! Ich habe von alldem überhaupt nichts mitbekommen!«

»Mach das diesen Bauerntölpeln klar.« Taznaman legte sich das Pferdefell über die Schultern, hob die Fische und den Wasserschlauch vom Boden auf und rollte sie in ein Fell ein. »Sie ist die jüngste Frau des Häuptlings«, erzählte er währenddessen und klemmte die Fellrolle unter den Arm. »Wahrscheinlich hat der Alte ihr nicht genügt. Aber jetzt lass uns zusehen, dass wir Land gewinnen.«

Ulv nahm die Lanze und das Kriegshorn und sammelte die leeren Weinschläuche auf, die um die Feuerstelle lagen. Dann liefen sie durch die offene Tür in den dichten Nebel. Die anderen Langhäuser waren nicht zu sehen, aber Ulv hörte die Brandung und rannte, den Strand auf der rechten Seite, so schnell er konnte. Türen knallten. Männer schrien und riefen durcheinander. Er sah ein paar von ihnen zu dem Langhaus stürzen.

Ulv zog Taznaman mit sich hinter eins der Langhäuser. Sie wateten durch mooriges Gebiet am Fuß des Berges. Kurz darauf wurde es steiler. Sie kämpften sich den Hang hinauf, bis sie über dem Nebel waren. Dort sackten sie auf dem Heidekraut zusammen und schauten zum Strand hinunter und über das im Dunst liegende Meer. So saßen sie da und lauschten den Stimmen im Nebel, bis Ulv sich erhob und an den weiteren Aufstieg machte.

Sobald sie den Gipfel erreicht hatten, versteckten sie sich hinter ein paar großen Felsbrocken. Als die Sonne aufging und den Nebel aufs Meer hinausjagte, sahen sie, dass die Männer sich vor einem lang gestreckten Gebäude am Ostrand des Dorfes versammelt hatten. Ulv vermutete, dass das der Stall war, weil sie gerade Taznamans und sein Pferd unter dem Torfdach hervorführten. Drei Pferde waren bereits gesattelt. Die Männer stiegen auf und ritten in verschiedene Richtungen davon. Zwei Mann galoppierten in westlicher Richtung am Strand entlang, die übrigen drei ritten nach Osten. Die zurückbleibenden Männer wandten sich dem Berg zu.

»Sie kommen hierher«, flüsterte Taznaman. »Wir müssen fliehen.«

Ulv drehte sich zur Seite. Sie befanden sich auf dem Bergrücken, auf dem sie in der letzten Nacht Schutz gesucht hatten. Obgleich er sich hoch über den Strand und das Meer erhob, trennte ihn nur ein niedriger Erdwall von der sich anschließenden Ebene, die mindestens einen Pfeilschuss über dem Meeresspiegel lag.

»Wir können nicht fliehen.« Ulv legte die Hand über die Augen, um sie vor der Sonne zu schützen. Auf den Ebenen gab es keinen einzigen Ort, an dem sie sich verstecken konnten.

Taznaman packte ihn an der Schulter. »Dann musst du sie eben töten. Ich habe gesehen, wie du die Pferdewache in Tirga umgebracht hast. Du bist gut. Töte die Fischer, dann stehlen wir ein Boot und finden deine Frau.«

»Ich will sie aber nicht töten«, flüsterte Ulv. »Sie haben uns bei sich aufgenommen und uns zu essen und zu trinken gegeben. Sie haben uns ihre Gastfreundschaft erwiesen, aber du hast sie missbraucht.«

Taznaman schüttelte den Kopf. »Du hättest genauso gehandelt wie ich. Sie kam mit einem Eimer Wasser und fragte, ob sie mich waschen sollte. Das eine führte zum anderen, und es kam, wie es kommen musste. Ich habe nichts getan, was nicht jeder andere Mann an meiner Stelle auch getan hätte. Du bist nur neidisch, weil sie nicht dich gewählt hat, Ulv. Das ist auch der Grund, warum du …«

Ulv packte Taznaman an seinem zerschlissenen Hemd und fauchte ihn an.

Taznaman versuchte, sich seinem Griff zu entwinden. »Lass mich los, Ulv! Ich kann doch nichts dafür, dass sie lieber einen Kanathener wollte als einen bleichgesichtigen Nordländer wie dich. Du hast doch sicher viele Frauen gehabt dort im Norden. Hab ein bisschen Mitleid mit mir, ich habe seit mehr als einem Jahr keine Frau gehabt!«

Ulv zwang den Kanathener zu Boden und drückte ihm die Hand auf den Mund. Taznaman sollte nicht so mit ihm reden. Was wusste er schon? Noch keine Frau war zu Ulv gekommen. Er war geflüchtet, als die Barkas versucht hatten, ihn betrunken zu machen und mit einer ihrer Frauen zusammenzubringen. Er war immer geflüchtet. Erst als er Siréd traf, war alles anders geworden.

Er drehte den Kopf des schwarzen Mannes zur Seite und hielt ihn fest, während er an dem großen Felsen vorbeischaute. Die drei Männer hatten es schon ein ganzes Stück den Hang hinauf geschafft. Sie nahmen die Bögen von den Schultern. Der Häuptling ging voran. Sein Oberkörper war nackt, und der kräftige Bauch hing über den Gürtel. Ulv sah, wie er ins Heidekraut spuckte und die anderen beiden zu sich winkte, und er wusste instinktiv, dass es ihnen nichts nutzen würde, über die Ebene zu fliehen. Der Häuptling hätte den Bergrücken erreicht, ehe sie außer Schussweite wären.

Ulv zog Taznaman hinter den Felsbrocken, wobei er ihm weiter den Mund zuhielt. Er suchte mit den Augen den Bergrücken ab, aber es gab weder Spalten im Boden noch Schatten, die auf Hohlräume unter den Steinen schließen ließen.

Da fiel sein Blick auf die Steinhalde, die er in der Nacht erklommen hatte, um nachzusehen, was sich hinter dem Berg verbarg. Sie lag nur wenige Speerlängen von ihnen entfernt und war von Diesteln und Brennnesselgestrüpp überwuchert.

Er zog Taznaman hinter sich her dorthin. In einem Brennnesselbusch entdeckte er eine Mulde im Boden, und als er seine Lanze auf den Kanathener richtete, legte der sich widerspruchslos hinein. Taznaman ließ sich von Ulv mit Steinen und Platten von der Steinhalde zudecken, ohne zu protestieren. Ulv ließ seinen Kopf frei, weil der dreckige Bart und sein staubiges Haar fast die gleiche Farbe hatten wie die von der Sonne ausgetrocknete Erde.

Ulv hörte die Männer bereits auf der anderen Seite des Bergrückens. Er lief nach oben, presste sich in den Schatten hinter dem Felsen und wartete.

Kurz darauf tauchten die drei Männer auf der Bergkuppe auf. Ulv schob sich um den Felsen herum, als die Männer an ihm vorbei zu der Steinhalde gingen. Sie legten die Hände über die Augen, um sie vor der Sonne zu beschatten, und ließen den Blick über die Ebene schweifen. Sie standen unmittelbar neben dem Steinhaufen und berieten sich. Ulv fluchte leise vor sich hin. Die Steine waren von Flechten überzogen, aber dort, wo er die Steine weggenommen hatte, um Taznaman zuzudecken, war nun ein grauer Fleck. Der Häuptling kletterte auf die Steinhalde, hockte sich hin und stocherte mit dem Messer zwischen den Steinen herum.

Ulv schob sich noch ein Stück weiter um den Felsen herum. Bald hatte er ihn einmal umrundet. Er hoffte, dass unten im Dorf nicht gerade jemand zum Berg hinaufblickte. Vielleicht wäre es das Beste, wenn sie Taznaman fanden, dachte er und kauerte sich vor den Felsen. Der Kanathener war selbst Schuld. Ulv hatte ihm schon einmal das Leben gerettet, aber diesmal musste Taznaman selbst sehen, wie er zurechtkam. Auf der Reise über die Ebenen hatte der verrückte Kanathener ihm den wahren Grund für seine Flucht aus Kanath verraten: Als herauskam, dass er in Pethar mit der Frau eines Kaans geschlafen hatte, musste er fliehen.

Der Häuptling sagte etwas zu seinen Männern. Ulv spähte vorsichtig hinter dem Felsen hervor. Die Männer liefen mitten durch die Brennnesselsträucher, blieben unmittelbar neben Taznamans Versteck stehen und sahen sich um.

Ulv presste sich flach auf die Erde und wartete, bis keine Schritte mehr zu hören waren. Dann erst stützte er sich auf die Ellbogen und spähte vorsichtig hinter dem Stein hervor. Die drei Männer liefen in westlicher Richtung über den Bergrücken. Aber sie waren noch zu nah, als dass er sich aus seinem Versteck gewagt hätte.

Er wartete, bis die Sonne hoch am Himmel stand. Als er die drei Männer nicht mehr sehen konnte, kroch er aus dem schmalen Schattenstreifen und lief zu der Steinhalde. Taznaman hatte die ganze Zeit nicht den leisesten Ton von sich gegeben, was ungewöhnlich für ihn war. Ulv sprang von Stein zu Stein, bis er den Rand des Steinhaufens erreichte. Dort begann er, die Platten und Steine von dem schwarzen Mann zu heben. Taznaman hatte den Kopf zur Seite gedreht und rührte sich nicht. Ulv konnte nicht sehen, ob er atmete. Als er den letzten Stein beiseite gewälzt hatte, zog er den Kanathener aus der Mulde und legte ihn mit dem Kopf auf einen kleinen Erdhügel. Taznaman öffnete ein Auge. Als er Ulv sah, hob er den Arm und holte aus. Er traf Ulv mit einem schwachen Schlag am Bauch, und Ulv legte seine Hand um Taznamans Unterkiefer und öffnete seinen Mund.

»Kannst du atmen, Taznaman?« Er kniete sich neben ihn.

Taznaman gab ein rasselndes Keuchen von sich und griff sich an die Brust.

»Beklag dich nicht«, sagte Ulv leise. »Du lebst. Hätte der Häuptling dich gefunden, wärst du jetzt ein toter Mann.«

Taznaman antwortete nicht, ließ den Kopf sinken und atmete schwer. Dass er nach wie vor nichts sagte, war Ulv nur recht, redete Taznaman doch sonst viel zu viel. Und nun war es lebenswichtig, dass sie sich still verhielten. Er rollte sich unter den Brennnesseln zusammen. Hier würde sie es hören, falls die Fischer noch einmal zurückkamen. Ansonsten wäre es wohl das Beste, erst einmal den Einbruch der Dunkelheit abzuwarten.

Es wurde ein langer Tag. Die Sonne brannte vom Himmel herunter, und Ulv und Taznaman fanden nirgends Schutz an der Steinhalde. Sie verbrannten sich an den Brennnesseln und die Disteln stachen durch die zerschlissenen Kleider.

Der Häuptling und seine Männer schienen längst weit weg zu sein, denn außer dem Rauschen der Wellen und den entfernten Stimmen aus dem Dorf war nichts zu hören. Irgendwo rumpelte ein Mühlstein. Neun Monde, dachte Ulv und schaute an die blaue Himmelskuppel. Bald würde der neunte Vollmond scheinen. Das Jahr neigte sich dem Herbst entgegen. Es war über ein Jahr her, dass die schwarzen Späher mit Siréd gen Süden geritten waren, und er mochte sich nicht ausmalen, was ihr in dieser Zeit alles zugestoßen sein könnte. Solche Gedanken würden ihm die letzte Hoffnung rauben. Ulv beugte den Nacken und starrte auf seine dreckigen Finger. Er sah die faltigen Handrücken und die Narbe in der linken Handfläche. Sie war schon immer da gewesen, genau wie die Kette um seinen Hals. Er betastete die sieben Haizähne. Sie waren ein Teil von ihm geworden, seit er wusste, woher er sie hatte. Dielan hatte es ihm erzählt. Der Alte hatte ihm Antworten auf all die Fragen gegeben, die in den langen Jahren seiner Wanderung durch den Norden in Ulv herangewachsen waren. Bran, sein Vater, hatte ihm die Haizahnkette geschenkt. An jenem schicksalhaften Tag, als sie auf die Jagd gegangen waren? Ulv kniff die Augen zusammen und versuchte sich zu erinnern, aber die Erinnerung an seine Kindheit war ihm verloren gegangen. Er musste glauben, was der Alte sagte, denn Dielan war der Bruder seines Vaters und erinnerte sich an alles. Am Morgen vor der Jagd hatte sein Vater ihm die Kette gegeben. Die sieben Haizähne aus Kin-Mar, die er vom König des Meeresvolkes bekommen hatte. Von nun an sollte er sie tragen und seinen Vater stolz machen.

Danach hüllte sich alles in dichten Nebel. Er erinnerte sich an Tage und Nächte, in denen die Fallwinde von den Bergen herabgestürzt waren, er erinnerte sich an fernes Wolfsgeheul und hoch aufragende Baumriesen. Viele Monde war er gewandert. Die Bäume warfen ihre Blätter ab, Schnee fiel und die Nächte wurden kälter und länger. Er suchte Schutz unter umgestürzten Fichten, saß zitternd am Feuer und kämpfte ums nackte Überleben. Und bald schon war der Kampf ums Überleben das Einzige, was ihn beschäftigte. Der Mond starb und wurde neu geboren, und das Heulen der Wölfe trieb ihn voran. Und während der Frühling in den Sommer überging, und der Sommer in den Winter und wieder in den Frühling, wurden seine Arme kräftiger und die Einsamkeit sein einziger Begleiter. Das Gesicht, das sich im Wasser spiegelte, wenn er mit dem Speer im Anschlag über dem Bergbach stand und Forellen jagte, veränderte sich und war bald von einem Bart bedeckt. Aus Ulv Branssohn wurde Ulvmanna, der Wolfsmann, der Jäger, von dem die drei Stämme der Barkas an ihren Lagerfeuern sangen. Vier Jahrzehnte waren so vergangen. Er sah Menschen altern und sterben, blieb aber selbst der Gleiche.

Ulv träumte sich zurück zu dem Leben in den Bergen. Das hatte er häufig getan, wenn Taznaman und er abends am Torffeuer gesessen hatten. Und Taznaman hatte gelernt, dass Ulv in diesen Momenten für nichts erreichbar war. Aber der Kanathener wusste nichts von den Wintern im Norden, wenn Ulv, von Barkasjägern verfolgt, durch kniehohen Schnee gestapft war. Er wusste nichts von den Sommern, in denen die Bäche austrockneten und die Funken von Feuern unvorsichtiger Jäger ganze Berghänge und Wälder in Brand setzten. Denn Ulv hatte Taznaman nichts von diesem Teil seiner Vergangenheit erzählt. Damals war Ulv noch mehr Tier als Mensch gewesen, und er war sicher, dass Taznaman ihn auslachen würde, wenn er davon erfuhr.

Mit der Dunkelheit kam auch ein kalter Wind vom Meer. Die Mücken, die die beiden Männer den ganzen Tag umschwärmt hatten, suchten Schutz im Heidekraut. Taznaman streckte die Beine und stand auf, schlug Ulv auf die Schulter und gähnte.

»Meine Mutter hat wirklich gute Arbeit geleistet, als sie mich aufgezogen hat«, sagte der Kanathener und rieb sich die Rippen. »Obwohl die Steine mich fast zerquetscht hätten, ist kein Knochen gebrochen. Und jetzt …«

Ulv schnellte herum und zog Taznaman auf den Boden. Er hörte Hufschläge auf der Ebene.

Sie verkrochen sich wieder in der Mulde. Die Reiter waren nur ein paar Schatten in der Dämmerung, aber Ulv konnte sehen, dass sie näher kamen. Taznaman verbarg den Kopf zwischen den Armen, und Ulv presste sich auf die Erde und folgte den zwei Reitern mit dem Blick. Sie kamen von Norden und ritten nicht auf die Steinhalde zu. Ulv vermutete, dass das die Reiter waren, die am Strand nach Westen geritten waren, ehe sie sich nach Norden gewandt und den restlichen Tag die Ebene nach ihnen abgesucht hatten. Jetzt waren sie sicher hungrig und durstig und wollten nach Hause.

Die Reiter galoppierten bis zu der Böschung, wo sich der Bergrücken aus der Ebene erhob. Von dort aus ließen sie die Pferde im Schritt weiter bis zu den Felsen laufen und machten sich dann an den Abstieg.

Ulv und Taznaman blieben noch eine Weile in ihrer Mulde. Erst als die Nacht schwer über der Ebene lag und die Geräusche im Dorf verstummt waren, wagten sie sich zu den Felsen zurück. Die Langhäuser lagen genauso dunkel da wie in der vergangenen Nacht. Die Wellen schlugen rhythmisch gegen das Ufer, und der Wind trug den Geruch von Torfrauch zu ihnen herauf.

»Wir stehlen das Segelboot«, sagte Taznaman. »Das mit dem Mast. Ich weiß noch, wo es liegt.«

Ulv kratzte an den Mückenstichen auf seiner Stirn. Der Gedanke, noch einmal in das Dorf hinunter zu müssen, behagte ihm gar nicht.

»Lass uns gleich gehen.« Taznaman zog an Ulvs Pferdefell. »Ich verspreche auch, leise zu sein, Ulv. Wir stehlen das Fischerboot und segeln weg von hier.«

»Ich weiß nicht«, murmelte Ulv. »Vielleicht haben sie Wachen aufgestellt.«

»Du hörst dich an wie ein altes Weib!« Taznaman boxte Ulv mit der Faust gegen die Schulter. »Wolltest du nicht unbedingt nach Süden und Tarkins Frau befreien? Hast du es dir anders überlegt? Ist dir etwa aufgegangen, was für ein dummdreister Plan das ist? Nur einem Nordländer kann so etwas einfallen, das habe ich dir gleich gesagt, als du mir zum ersten Mal davon erzählt hast. Aber der dreiste Nordländer, der du warst, gefällt mir besser als der Schwächling, der du jetzt bist! Ich habe dich für einen mutigen Mann gehalten, Ulv! Dafür habe ich dich bewundert! Tarkin die Tarkinar Ethem wegzunehmen, das ist ...«

Ulv richtete die Lanzenspitze auf Taznamans Kehle. »Kein Wort mehr! Halt den Mund, Kanathener!«

Taznaman wich vor ihm zurück. »Kein Wort«, flüsterte er. »Aber wenn ich noch eins sagen darf: Du bist im Moment derjenige, der am meisten Lärm macht, Nordländer.«

Ulv fasste sich an die Stirn. Taznaman brachte das Blut in ihm zum Kochen. Ulv ballte die Hände zu Fäusten, seine Finger zitterten vor Wut. Aber vielleicht war daran nicht allein der Kanathener Schuld. Dielan hatte gesagt, dass der Jähzorn in seiner Familie lag. Sein Vater hatte auch schnell zur Waffe gegriffen, was ihn in viele Streitereien verwickelt und ihn schließlich in den Krieg getrieben hatte. Ulv atmete aus und senkte die Lanze. Dann drehte er sich um und lief den Hang hinunter.

Wie in der Nacht zuvor nahm Ulv den direkten Weg nach unten. Sie erreichten den Strand ein Stück östlich der Langhäuser. Er blieb stehen und lauschte, und als er aus den Häusern nichts hörte, ging er auf das Dorf zu. Taznaman folgte ihm. Das Rauschen der Brandung übertönte ihre Schritte, aber Ulv ließ die Häuser trotzdem nicht aus den Augen. Einige Türen waren nur angelehnt, und das sanfte Licht der Torffeuer schien in die Nacht. Ulv bedauerte, was geschehen war, und am liebsten hätte er Taznaman für seinen Fehltritt erwürgt. Aber was er gesehen hatte, war keine Vergewaltigung gewesen. Die Frau hatte unter dem mageren Kanathener gelegen und ihn mit Armen und Beinen umschlungen, als ob sie mit ihm verschmelzen wollte. So etwas hatte Ulv noch nie gesehen. Nicht einmal die Barkas, deren Frauen nackt herumliefen und deren Männer sich mit Harzwein betranken, hatten sich vor den Augen anderer gepaart. Mit Abscheu hatte er beobachtet, wie Taznaman seine Hüften zwischen die Schenkel der Frau gestoßen hatte, aber tief in ihm hatte es auch noch ein anderes Gefühl gegeben, eine seltsame Hitze, eine Art Zittern in der Magengegend. Er hatte an Siréd denken müssen. An ihre Finger, die ihm über den Rücken gestrichen hatten, und an ihren Mund, der in sein Ohr geflüstert hatte, wenn sie nebeneinander unter dem Wagen der Sklavenhändler gelegen hatten. Er erinnerte sich an ihren warmen Atem an seinem Hals. An ihren Rücken und den weichen Bogen ihrer Hüfte. An all das hatte er denken müssen. Und der Gedanke, dass ein anderer als er sie besitzen würde, machte ihn rasend.

»Nordländer!« Taznaman zupfte an seinem Umhang. »Wo willst du hin?«

Ulv blieb stehen. Die Gedanken hatten ihn blind gemacht. Um ein Haar wäre er geradewegs zwischen die Langhäuser gelaufen.

»Da unten ist es«, flüsterte Taznaman. »Am Strand vor dem Langhaus.«

Ulv folgte Taznaman an den Strand. Die Tür des Langhauses war geschlossen. Das Fischerboot lag wenige Speerlängen von der Querwand des Hauses entfernt an einem Pflock vertäut, der in den Sand geschlagen war.

An der Hausecke blieben sie stehen. Ulv suchte die Langhäuser mit dem Blick ab, weil die Brandung sowohl Schritte als auch Stimmen übertönte. Es wunderte ihn, dass die Fischer nicht damit rechneten, dass sie zurückkamen.

»Worauf warten wir?« Taznaman schnäuzte sich in die Hand und knetete die weiße, narbige Erhebung, wo einmal sein Daumen gewesen war. Er grinste Ulv an. »Wenn wir schon ertrinken, warum dann nicht gleich? Das mag ich so an dir, Ulv. Du fürchtest dich vor nichts. Weder vor Menschen, Tieren, Stürmen, Meeresströmungen noch vor Göttern. Du bist mutig. Aber das ist ein Wachhund auch, ist es nicht so? Ein Wachhund greift Einbrecher an, egal, wie viele es sind. Er kläfft, bis keine Pfeile mehr in sein Fell passen. So bist du, Ulv.

Völlig ohne Verstand, aber mit Mut im Überfluss. Eins will ich dir sagen, Nordländer …«

Ulv presste Taznaman die Hand auf den Mund und drückte ihn gegen die Torfwand. »Halt die Klappe«, fauchte er ihn an. »Ich warne dich zum letzten Mal. Noch ein Wort, und ich sorge dafür, dass du nie wieder den Mund aufmachst!«

Taznaman hielt die Handflächen vor Ulvs Gesicht und nickte. Als Ulv ihn losließ, kniff er die Lippen zusammen und huschte auf Zehenspitzen zu dem Fischerboot. Ulv blieb an der Hausecke stehen. Er hatte ein ungutes Gefühl. Die Brandung schlug geifernd und wie von Sinnen gegen das Ufer. Der Tang, der auf den Sand gespült wurde, bewegte sich im Wind und glänzte schwarz in dem schwachen Widerschein der Sterne. Ihm war, als würde das Meer zu ihm sprechen, als wäre das Rauschen der Brandung ein Flüstern, eine Warnung. War er erst einmal in die Nacht hinausgerudert, gab es kein Zurück mehr. Das Meer würde mit ihm machen, was es wollte.

Der verrückte Kanathener löste den Knoten am Pflock und warf das Tau über die Bordwand. Das Boot war größer als die anderen Boote auf dem Strand, es maß mindestens drei Mannslängen vom Heck bis zum Bug. Aber es war niedriger als die Wellen, und der Mast war nur ein paar Speerlängen hoch. Das Segel war an den Querbaum gebunden, der backbord vor dem Dollbord lag. Zu Beginn würden sie sowieso nichts damit anfangen können, weil der Wind direkt vom Meer wehte.

Als Taznaman zu schieben begann, lief Ulv zu ihm. Er warf einen Blick in das offene Boot und sah, dass die Ruder auf den drei Ruderbänken lagen.

»Wir brauchen Wasser und etwas zu essen.« Ulv warf die Lanze ins Boot und stemmte sich mit seinem ganzen Gewicht gegen den Bug.

»Eine Tagesfahrt östlich von hier werden wir an Land gehen.« Taznaman ächzte und bohrte die Fersen in den Sand. »Dort suchen wir Wasser.«

Ulv wusste, dass Taznaman Recht hatte. Sie hatten jetzt keine Zeit, sich um so etwas zu kümmern. Wenn sie erst einmal das Dorf hinter sich gelassen hatten, würden sie irgendwo an der Küste schon eine Flussmündung oder einen Bach finden. Er drückte die Schulter gegen den Bug. Der grobe Sand knirschte unter dem Kielbalken. Ganz langsam glitt das Boot ins Wasser.

Als Ulv merkte, dass es von den Wellen ergriffen wurde, forderte er Taznaman auf einzusteigen und die Ruder auszulegen. Als der Kanathener über die Bordwand kletterte, hörte er Rufe aus dem Dorf.

»Sie kommen!« Taznaman nahm das erste Ruder und legte es in die Rudergabel. »Beeil dich, Nordländer! Sie haben uns entdeckt!«

Ulv drehte sich um. Die Türen der Langhäuser flogen auf. Die Fischer schrien durcheinander. Diesmal würden sie sie nicht entwischen lassen.

Ulv stemmte sich mit den Fersen in den Sand und schob das Boot tiefer ins Wasser. Als es von einer Welle erfasst wurde, zischte ein Pfeil an seinem Kopf vorbei in die Dunkelheit. Ein zweiter verschwand in einer Welle. Taznaman warf sich hinter der Bordwand auf den Boden.

Als die Dorfbewohner den Strand erreichten, war es Ulv gelungen, das Boot zu drehen. Er duckte sich hinter den Bug und zog das Boot hinter sich her durch die Brandung. Als er Taznaman zurief, dass er sich an die Ruder setzten sollte, schrie der Kanathener, dass er gar nicht daran dächte, sich zu opfern, nur weil ein Nordländer bereit war, sein Leben für eine Frau aufs Spiel zu setzen. Während Ulv das Boot tiefer ins Wasser zog, blieb Taznaman im Schutz der Bordwand liegen.

Einen Steinwurf vom Ufer entfernt verschwand der Boden

unter seinen Füßen. Die Fischer waren ihnen nicht gefolgt, sondern standen mit erhobenen Bögen am Strand. Vielleicht fürchteten sie die Dunkelheit und die Brandung, oder sie warteten darauf, dass Ulv an Bord kletterte. Und richtig, als Ulv keinen Grund mehr unter den Füßen spürte und sich an der Bordwand hochzog, brüllten die Männer am Ufer los. Im nächsten Augenblick pfiffen Pfeile um das Boot. Ulv hievte sich an Bord und brachte sich zwischen den Ruderbänken in Sicherheit. Gleich darauf merkte er, dass die Wellen das Boot wieder aufs Ufer zutrieben.

Er hockte sich auf die Knie und legte die Ruder aus. Pfeile sausten an ihm vorbei und blieben in der Bordwand stecken. Aber Ulv trotzte ihnen, er schrie seinen ganzen Zorn hinaus und kämpfte gegen die Brandung an, die gegen den Bug drückte. Vielleicht rettete ihn sein Zorn, denn kein Pfeil traf sein Ziel, und bald verebbte das Geschrei am Ufer. Fischer und Langhäuser wurden alsbald von der Dunkelheit verschluckt, und das Einzige, was er jenseits der weißen Brandung noch sah, war das Licht, das durch die offenen Türen fiel.

Sie hatten das Dorf weit hinter sich gelassen, als Taznaman aus seinem Versteck unter der hinteren Ruderbank hervorkroch. Ulv ruderte immer noch wie ein Besessener. Taznaman setzte sich neben ihn, übernahm ein Ruder und nickte lachend in Richtung Land. Ulv sagte nichts und legte beide Hände um das Ruder. Er roch das Blut der aufgeplatzten Schwielen und spürte den schmerzenden Rücken. Vielleicht hatten die Götter, die über der Himmelskuppel lebten, ihn gesehen und die Pfeile an seinem Körper vorbeigeleitet. Vielleicht hatte ihn auch nur die Nacht geschützt. Ulv wusste es nicht, und er hatte gelernt, dass es das Beste war, nicht zu viel zu fragen. Endlich hatte er ein Boot, das ihn in das Land bringen würde, in dem Siréd auf ihn wartete. Er hatte die Wälder westlich der Schwarzen Bergen durchquert, das mansarische Handelsschiff hatte ihn über das Meer nach Tirga gebracht, und er war durch die menschenleeren Ebenen der Oldamenn gewandert. Zwei Länder und zwei Meere, hatte Seon gesagt. Jetzt würde er das Meer nördlich von Kanath überqueren. Er stieß das Ruder ins Wasser und legte sich nach hinten. Taznaman beschwerte sich, weil er den Takt nicht halten konnte. Ulv wartete, bis der Kanathener das Boot wieder ausgerichtet hatte, und legte sich erneut in die Riemen. So würde er weiterrudern, bis er Land im Süden sah. Denn jeder Ruderschlag und jede Welle, die gegen den Bug schlug, brachten ihn näher zu ihr.

## Das Opfer der Priesterinnen

Sie waren vor zwölf Tagen gekommen und warteten seither auf den neunten Vollmond des Jahres. Siréd hatte an der Öffnung in der Südwand gestanden und über den Weg geblickt, der der Schlucht folgte, als sie die Staubwolken bemerkte, die zwischen den Hügeln emporquollen und das Gefolge ankündigten, das sich dem Tempel näherte. Die Wagen hielten am Ende des Karrenwegs und die Sklaven schlugen am Fuß der Felsen Zelte auf, während die neu angekommenen Priesterinnen auf dem Platz vor dem Tempel niederknieten. Siréd roch den Gestank, der dem Lager entströmte. Der säuerliche Rauch des Feuers und die Ausdünstungen von Urin und Pferdemist trieben mit dem Wind zu ihr herüber, und nachts hielt das Gemurmel der Priesterinnen sie wach. Mit jedem Morgen tauchten neue Zeltdächer am Rand des Karrenwegs auf. Staubgraue Pferde standen an den Wassertrögen, und der Geruch von gekochtem Mais breitete sich mit dem Rauch der Feuer aus. Der alte Priester mit den schwarzen Lotusaugen hatte sie aufgesucht und ihr gesagt, dass die Priesterinnen gekommen seien, um sich am neunten Vollmond für Tarkin zu opfern, der immer schwächer würde.

Und Siréd hatte gewartet. Sie hatte gesehen, wie sich die kahl geschorenen Frauen ihre Umhänge vom Leib rissen und sich flach auf den gepflasterten Boden vor dem Tempel legten. Die Frauen weinten, sie fassten sich an die Narbe an der Seite ihres Kopfes, die von dem abgetrennten Ohr verblieben war, und sangen Tarkins Namen. Lange konnten sie so daliegen, während die Sonne ihre braune Haut erhitzte.

Jede Nacht hatte sie den Mond voller werden sehen, und an diesem Abend war Vollmond. Sie hatte die Priesterinnen in ihrem Saal von der Opferung flüstern hören, doch als sie sie gefragt hatte, was genau geschehen würde, hatten sie sich schweigend hinter ihren Säulen verborgen.

Deshalb stand sie an der Öffnung in der Südwand und blickte auf den Platz hinab. Die nackten Frauen hatten sich jetzt hingekniet, es waren mehrere Dutzend. Die Wachen bildeten zwei Reihen vom Tor unter ihr bis zur Mitte des Platzes. Die Zelte waren im Laufe des Tages abgebaut worden, und die Sklaven hatten die Wagenlenker nach Süden über den Karrenweg begleitet. Sie hatten alles mitgenommen, sogar die Kleider der Priesterinnen. Lediglich ein Ochsenwagen stand noch immer auf dem Platz. Der Kutscher saß in einen schmutzigen Umhang gehüllt auf dem Bock.

In der Dämmerung hing der Mond wie ein bleicher Schatten über den Bergen. Doch die Zeit der Dämmerung unterschied sich hier im Süden von dem, was sie aus den Steppen im Norden kannte. Kaum, dass die Sonne hinter dem Horizont versunken war, brach hier die Nacht herein.

An diesem Abend war sie froh darüber, dass es so schnell dunkel wurde, denn sie spürte, dass dort unten auf dem Platz etwas Schreckliches geschehen würde. Als die Dunkelheit vollkommen war, zündeten die Wachen die Fackeln an den Säulen und die Öllampen an, die überall auf dem Boden standen. Dann gingen sie zurück zu ihren Plätzen, stellten die Lanzen auf den Boden und blickten starr nach vorn. Siréd beobachtete all dies, und sie hörte den Gesang, der aus dem Innern des Tempels drang. Er kam aus Tarkins Saal.

Sie stützte sich mit den Händen auf den breiten Steinsims und beugte sich vor, um besser sehen zu können. Die Wachen am Tor öffneten die schweren Türflügel, und eine Gruppe schwarz gekleideter Priester trat auf den Platz. Hinter den zehn Männern folgten acht Tempelwachen. Sie trugen eine gewaltige Bahre zwischen sich, und obgleich der Platz weit unter ihr lag, sah sie, dass Tarkin seine Augen geöffnet hatte. Das Licht der Fackeln spiegelte sich in seinen schwarzen Pupillen und auf seinen goldenen Armreifen. Tarkin war bis auf einen schwarzen Lendenschurz nackt.

Die Krieger stellten die Bahre auf dem gepflasterten Platz ab. Während der Gesang durch das geöffnete Tor schallte, wandte sich einer der Priester an die nackten Frauen. Siréd hörte nicht alles, was er sagte, doch einige Worte verstand sie. Der alte Lotusträumer bat die Priesterinnen, sich zu freuen, denn bald würden sie ein Teil Tarkins werden. Dann erhoben sich die Priesterinnen und traten mit gesenkten Häuptern in die Mitte des Platzes. Dort knieten sie am Ende der Reihe der Krieger nieder, die bis zum Tor und zur Bahre Tarkins führte. Jetzt traten weitere Tempelwachen aus dem Tor. Sie trugen einen tiefen Bronzekessel zwischen sich und stellten ihn neben der Bahre ab. Es klirrte, als eine der Wachen ein Messer auf die Pflastersteine fallen ließ. Der Gesang verstummte. Die erste Priesterin trat an die Bahre und den Bronzekessel. Sie kniete sich hin und ergriff das Messer. Dann beugte sie sich über den Bronzekessel. Siréd schloss die Augen, als die Frau das Messer an ihren eigenen Hals legte. Sie hörte ein leises Seufzen, dann war es still auf dem Platz, so still, dass sie das

Blut in den Bronzekessel spritzen hören konnte. Als Siréd wieder nach unten blickte, war die Priesterin mit dem Oberkörper vornüber in den Kessel gekippt, während das Blut noch immer aus ihrer Kehle troff. Die Krieger zogen sie aus dem Kessel zum Ende des Platzes und hievten sie auf den Ochsenkarren.

Eine nach der anderen traten die Priesterinnen an die Bahre. Siréd stand im Saal und sah auf die nackten Frauen hinab, die sich vor dem Kessel hinknieten und sich selbst die Kehle durchschnitten. Sie hielten sich solange es ging aufrecht und ließen ihr Blut in den Kessel rinnen, bis das Leben aus ihnen entwich und sie zur Seite kippten. Dann wurden sie zu dem Ochsenkarren getragen. Als ein gutes Dutzend Frauen auf dem Karren lag, verließ dieser knirschend den Platz. Doch es wurde keine lange Fahrt, denn bereits am Beginn der Schlucht hielt der Kutscher den Karren an. Er zerrte die Frauen über den Rand des Abgrunds, drehte den Wagen um und kutschierte ihn wieder auf den Platz, auf dem die Wachen weitere tote Frauen in den Sand neben dem gepflasterten Platz legten.

Siréd vermochte nicht zu sagen, wie viele Frauen in dieser Nacht den Tod fanden. Doch als die Wachen die letzte Priesterin wegtrugen, stand der Vollmond hoch über der Schlucht. Der Bronzekessel war bis zum Rand mit Blut gefüllt. Und jetzt traten die Priester erneut vor. Sie halfen Tarkin auf die Seite und ließen ihn aus dem Kessel trinken. Sie flößten ihm Krug um Krug ein, und schon bald richtete sich Tarkin von der Bahre auf und beugte sich selbst über den Bronzekessel. Siréd beobachtete den Riesen, als er seinen Kopf in den Kessel tauchte und das Blut der Priesterinnen in sich sog, und sie sah, wie die Stärke in ihn zurückkehrte. Die Arme, die schlaff an seiner Seite gelegen hatten, hoben den gewaltigen Kessel an. Tarkin ließ das Blut in sich rinnen und goss es sich über Kopf und Brust. Doch er trank den Kessel nicht leer, und als er ihn abstellte, war er noch immer halb voll. Tarkin hob seine Arme über den Kopf, wandte sich den Bergen zu und brüllte. Doch was Siréd sah, war nicht bloß ein blutrünstiges Tier. Seine grobe Stimme formte Worte, Worte, die sie wiedererkannte. Die Priester knieten nieder und drückten ihre Stirn auf die Pflastersteine, als Tarkin auf dem Platz herumzulaufen begann. Er spannte seine Arme und streckte die Hände vor sich aus. Seine Finger zitterten vor Stärke. Er stampfte auf den Boden und brüllte erneut den Namen. Er rief Cernunnos. Als einer der Priester den Kopf hob und etwas zu ihm sagte, hastete Tarkin zu ihm. Er hockte sich neben ihm hin und schlug dem Priester in den Nacken, woraufhin dieser zur Seite kippte und leblos liegen blieb. Als Tarkin der am nächsten stehenden Wache die Lanze abnahm, sah diese in seinen Händen fast wie ein Kurzschwert aus. Brüllend schleuderte er sie in die Nacht. Cernunnos wird kommen, der Zweikampf wird stattfinden. Das waren Tarkins Worte, und Siréd hörte, wie er sie hinausschrie. Sie stand im Saal und starrte auf den Platz hinab, und als Tarkin seinen Blick nach oben richtete und sie erblickte, spürte sie eine Furcht, die nichts mit all den Ängsten gemein hatte, die sie bisher in ihrem Leben empfunden hatte.

Doch Tarkin war noch immer schwach. Das Blut der Priesterinnen musste ihn am Leben erhalten und ihm bis zur Nacht der Wintersonnenwende, in der die Empfängnis stattfinden sollte, Kraft geben. So sackte Tarkin schließlich in die Knie und kroch zur Bahre. Das Blut hatte ihn geweckt, doch für mehr reichte es nicht. Die Priester gingen wieder in den Tempel, und die Wachen hoben die Bahre an und folgten ihnen. Dann fiel die Tür ins Schloss.

In den nächsten Tagen herrschte im Tempel eine unruhige Stimmung. Immer wieder kamen die Priester zu ihr nach oben in den Saal und erzählten ihr, dass Tarkin mit jedem Tag frischer würde; das Blut der Priesterinnen gab ihm Lebenskraft. Er würde stark sein, wenn die Zeit für die Empfängnis kam.

Nach der Opferung sprachen die Priesterinnen nur selten mit ihr. Zuvor hatten sie häufig von Kanath und Tarkin und der Weissagung erzählt, doch jetzt verrichteten sie still ihre Aufgaben. Sie badeten sie. Sie kleideten sie an und brachten ihr Essen. Doch wenn sie am Tisch saß und in den Bronzeplatten las, wollten sie ihr nicht helfen, die kanathenischen Worte zu deuten. Es schien so, als hätten sie erst jetzt erkannt, was geschehen würde. Vielleicht hatten sie darüber gelesen, vielleicht hatten sie etwas über Tarkin und die zweihundertjährigen Zyklen Kanaths gelernt, doch vor dieser Nacht auf dem Tempelplatz hatten sie Tarkin noch nie gesehen. Und jetzt waren sie ebenso voller Angst wie Siréd.

Doch nicht nur die Opferung machte den Priesterinnen zu schaffen. Die kahl geschorenen Frauen traten oft an die Öffnung in der Südwand und starrten in die Berge, bis Siréd zu ihnen trat und sie fragte, nach was sie Ausschau hielten. Doch die Priesterinnen gaben ihr keine Antwort, sondern gingen schweigend zurück an ihre Plätze zwischen den Säulen.

Doch sie begriff, dass etwas bevorstand. Auf dem Platz vor dem Tempel wurden die Wachen verdoppelt; die nackten Krieger hielten an der Schlucht Wache und spähten zu den Felswänden hoch, als erwarteten sie einen Angriff. Doch die Berge waren öde und leer wie immer.

In der sechsten Nacht nach der Opferung wurde Siréd von schweren Schritten auf dem Platz geweckt, und als sie sich an die Öffnung in der Südwand schlich, sah sie Tarkin dort unten auf und ab gehen. Der Riese hatte eine goldene Lanze in der Faust, einen dicken Kriegsspeer, der ihm bis weit über den Kopf reichte. Er trat an den Rand des Platzes, wo er stehen blieb und Richtung Schlucht und Karrenweg starrte. Die Wachen an den Säulen wagten nicht, sich zu bewegen.

Lange blieb Tarkin so stehen. Siréd drückte sich an den Rand der breiten Öffnung, denn sie fürchtete, von Tarkin gesehen zu werden. Doch Tarkin rührte sich nicht. Er spähte nach Süden, als erwartete er jemanden. Sie fragte sich, ob er auf weitere Priesterinnen wartete, nackte Frauen, die bereit waren, sich zu opfern, damit er ihr Blut trinken konnte.

Doch niemand kam. Siréd stand an der Wandöffnung und blickte auf ihn hinab, während die Mondsichel über den Himmel glitt. Tarkin sah aus wie eine schwarze Statue in der Nacht. Erst in der Morgendämmerung, als die Sonne grau über die Berggipfel schien, hob er den Kopf und richtete seinen Blick nach Westen. Denn von dort trieb ein gelber Nebel in Richtung Tempel. Ein Rauschen wie von mächtigen Winden erklang, und bald darauf raste ein Sandsturm über die Schlucht und den Tempelplatz. Er hüllte den Tempel in Wirbel aus Sand und sperrte das Tageslicht aus.

Auf diesen Sturm hatten sie gewartet. Die Tempelwachen suchten hinter dem Tor Schutz, und die Priesterinnen klappten die Läden vor die Saalöffnung. Sie erzählten ihr, dass der Sturm den Sand aus den Wüsten im Süden und Osten mit sich führe. Es habe immer Herbststürme gegeben, doch in den letzten Jahren waren die Winde so stark gewesen, dass sie Felsen aus den Bergwänden gerissen hatten.

Siréd erinnerte sich an die Stürme auf ihrer Reise entlang des Flusses Othas. Sie kämen häufig, sagten die Priesterinnen, manchmal mehrmals zwischen den Vollmonden dieser Jahreszeit.

An diesem Tag entschloss sie sich zu fliehen. Wenn der nächste Sandsturm kam, wollte sie in die Berge fliehen. Der Sturm würde sie verbergen und ihre Spuren verwischen. Vielleicht würde sie verdursten, aber das war immer noch besser als das, was sie erwartete, wenn sie im Tempel blieb. Lieber wollte sie in den Bergen sterben.

# Das Wiedersehen

Ulv klammerte sich an die Ruderpinne. Der Fischerkahn bohrte sich in den Wellenkamm, während ihm der Wind die Gischt ins Gesicht peitschte. Das Meer wälzte sich um das Heck des Bootes und schwappte über den Dollbord. Ulv beugte sich vor und nahm das Schöpfgefäß, das zwischen seinen Füßen auf dem Wasser schwappte. Doch erneut kippte der Kahn über eine Welle nach unten und drohte im Wind zu kentern. Als Ulv das kleine Boot in ein Wellental steuerte, überragten die weißen Berge aus Meerwasser ihn auf allen Seiten. Das Meer brüllte. Es warf sich mit Fäusten aus Schaum über ihn. Es heulte. Es hasste ihn, wie er die schwarzen Krieger hasste, doch Ulv wollte nicht aufgeben, noch nicht. Er ließ das Salzwasser auf seinen blutigen Knöcheln brennen und den Hunger an seinen Eingeweiden nagen. Er trat gegen die nackten Füße Taznamans, denn der verrückte Kanathener hatte sich am Boden des Kahns zusammengekauert und hielt sich an der Mittelbank fest. Seit zwei Tagen und drei Nächten ging das schon so. Jetzt dämmerte ein neuer Tag, doch noch hing das Dunkel der Nacht über dem Meer. Der Himmel war schwarz vor Wolken, und irgendwo vor dem Bug donnerte es. Ulv wusste nicht mehr, ob er nach Süden steuerte oder ob der Wind und das Meer ihn vom Kurs abgebracht hatten. Das Unwetter dauerte zu lange, und er hatte kaum geschlafen. Taznaman war noch immer krank. Seit mehr als zwei Tagen saß Ulv bereits an der Ruderpinne, weshalb er Taznaman aufforderte, das Ruder zu übernehmen, doch der Kanathener gab keine Antwort.

Sie waren aufs Meer hinausgerudert, wo sie die Nacht vor den Pfeilen der Fischer schützte, und als der Morgen anbrach, hatte Taznaman das Segel gesetzt und parallel zur Küste einen südlichen Kurs eingeschlagen. Kaum eine Tagesreise vom Dorf entfernt hatten sie eine Flussmündung entdeckt, wo sie angelegt und ihre Wasserschläuche gefüllt hatten. Ulv war ein wenig flussauf gegangen und hatte nach Tierspuren Ausschau gehalten, doch ohne Erfolg. Taznaman meinte, sie müssten weiter nach Osten segeln, bis zu den Wäldern, die am Rand der Steppen wuchsen. Dort würde es sich lohnen zu jagen.

Doch sie kamen niemals zu diesen Wäldern. Sie hatten kaum abgelegt, als der Wind auffrischte. Er packte das Segel und den Rumpf des Kahns und peitschte gewaltige Wellen vor sich her, so dass es unmöglich war, wieder Richtung Land umzukehren. Sie versuchten zu rudern, doch der Seegang war so stark, dass ihnen keine andere Wahl blieb, als sich von Wind und Wellen forttreiben zu lassen. Taznaman sagte, sie müssten warten. Wenn der Wind abflaute, würden sie wieder Richtung Land fahren.

Seither wütete der Sturm. Taznaman hatte alle Hoffnung zu überleben aufgegeben und Ulv gebeten, das Boot zum Kentern zu bringen, damit sie ertranken und ihr Leiden endlich ein Ende fand. Der Hunger ließ sie langsam schwach werden, und die Wasserschläuche wurden immer schlaffer. Doch der Sturm schien sich noch immer nicht legen zu wollen. Blitze zuckten vom grauen Himmel, und das Donnern in den Wolken klang wie das Trampeln eines göttlichen Heeres. Doch Ulv hatte noch nicht aufgegeben. In seiner Zeit in den Bergen hatte er oft mehrere Tage hintereinander ohne Essen auskommen müssen. Er wusste, dass der Hunger verschwand, wenn es ihm gelang, an etwas anderes zu denken. Doch das Wasser machte ihm Sorgen. Es musste ein böser Gott gewesen sein, der Salz ins Meer gekippt und das Wasser für die Menschen ungenießbar gemacht hatte.

Ulv hatte ein paar Schlucke aus dem Schöpfer getrunken, doch das Meerwasser hatte ihn nur noch durstiger gemacht.

Es erschien ihm wie eine Ewigkeit. Jede Welle drohte das Boot umzuwerfen und jede Windbö zerrte am Segel. Ulv kämpfte mit der einzigen Waffe, die er hatte – er steuerte den Kahn mit der Ruderpinne zwischen den Wellenbergen hindurch. Gegen Mittag raffte sich Taznaman auf und blickte über den Bug. Als er sich wieder unter der Mittelbank verkroch, schrie er Ulv zu, dass sie Kurs auf das Auge des Sturms nähmen. Die Blitze im Süden deuteten darauf hin, dass der Nordwind irgendwo auf dem Meer auf eine entgegengesetzte Strömung stieß. Der Sturm würde stärker werden, je näher sie diesem Punkt kamen. Sie seien dem Tod geweiht, meinte der Kanathener. Bald würden die Fische das Fleisch von ihren Knochen nagen.

Als sich der Tag dem Abend zuneigte, spürte Ulv, dass der Wind stärker wurde. Er wusste nicht, ob es bereits Nacht war oder ob die Wolken so dicht waren, doch es wurde immer dunkler, je näher sie den Blitzen kamen. Die Wellen wuchsen, und jedes Mal, wenn der Kahn über einen Wellenkamm kippte, wurde er beinahe vom Wind umgeworfen. Der Sturm zerriss das Meer, er zerfetzte die Wellen und fegte das Wasser ins Dunkel. Ulv hatte Angst, denn so etwas hatte er noch nie gesehen. Dies hier war die Rache der Götter. Tarkin persönlich musste die Wellen aufgepeitscht haben, um ihn zu stoppen. Er schleuderte Speere vom Himmel und brüllte vor Wut.

Ulv war erschöpft, doch jedes Mal, wenn er an Tarkin und die schwarzen Krieger im Süden dachte, schlug er mit den Knöcheln gegen den Dollbord. Die Schmerzen weckten ihn, aber immer nur für kurze Zeit. Bald darauf versank er wieder in den gleichen Gedanken, und Taznamans Vorschlag, den Kahn einfach kentern zu lassen, erschien ihm immer verlockender. Denn war sein Leben jemals etwas anderes als Leiden gewesen? Im Barkasfjell hatte er mehr Winter als die meisten anderen überlebt. Und später, auf seiner Wanderung nach Süden, begegneten die Menschen ihm mit Verachtung und ketteten ihn an den Wagen des Sklavenhändlers. Erst als er Siréd begegnet war, verstand er, dass das Leben mehr sein konnte als ein ewiger Kampf ums Überleben. Wenn sie in der Nähe war, spürte er eine Wärme, die so viel heißer war als jedes Lagerfeuer. Doch sie hatten sie ihm entrissen. Und seither war er auf der Suche nach ihr. Erneut war er ein Wanderer, ein ausgehungerter Herumstreifer ohne Heimat. Über Land und Meer war er gereist, und einzig die Hoffnung, sie zu finden, hatte ihn am Leben erhalten. Doch jetzt war er im Begriff, diese Hoffnung zu verlieren. Er konnte nicht mehr. Lieber sollten die Wellen ihn verschlucken. Sollte der Wind doch siegen.

Als Ulv die Ruderpinne losließ, drehte sich der Kahn abrupt zur Seite. Der Wind packte das Segel. Ulv klammerte sich an den Dollbord und schloss die Augen. Der Kahn legte sich auf die Seite, als der Wind das Segel langsam nach unten drückte. Dann hörte er den Mast brechen. Wasser schoss über den Dollbord.

Taznaman heulte, als eine weitere Welle über ihnen brach. Als Ulv die Augen öffnete, lag der Kahn tief im Wasser. Er wusste, dass die nächste Welle ihn kentern lassen würde. Dann blickte er zur Seite. Vor ihm erhob sich das Meer wie eine dunkle Klippe. Plötzlich packte ihn die Angst, und er streckte sich nach dem Schöpfgefäß aus, das zwischen den Bänken schwamm. Er rutschte aus und fiel auf Taznaman. Der Kanathener jammerte. Ulv klammerte sich an die Mittelbank, während das Fischerboot über einen weiteren Wellenkamm kippte. Dann bekam er das Schöpfgefäß zu fassen.

Als der Kahn das Wellental erreichte, lag der Dollbord kaum eine Handbreit über dem Wasserspiegel. Taznaman weigerte sich zu helfen und kauerte sich unter der Mittelbank zusammen, wobei er die Wasserschläuche an sich drückte.

Ulv schöpfte, während das Boot auf den nächsten Wellenkamm gehoben wurde, und er schöpfte, als es erneut in das Tal zwischen den Wellen hinabschoss. Er stemmte seinen gebeugten Nacken gegen den Wind und tat, was er in den Bergen immer getan hatte; er flüsterte die Geisterworte vor sich hin. Doch was jetzt über seine Lippen kam, war nicht mehr das halb erstickte Murmeln von früher, denn jetzt wusste er, welche Namen die Träume ihm gesungen hatten. Er flüsterte den Namen seiner Mutter. Tir, Bran ... Dielan ... das waren die Namen, an die er sich aus seiner Kindheit erinnerte. Doch jetzt gab es auch noch einen anderen Namen, den er in den Wind schrie. Siréd! Denn er wusste, dass sie irgendwo auf der anderen Seite des Meeres auf ihn wartete.

Er wusste nicht, wie lange er Wasser geschöpft hatte, als seine Knöchel über den Boden des Bootes kratzten. Doch der Wind blies unvermindert stark, und auch die Wellen waren so hoch wie zuvor. Taznaman war in den Bug gekrochen; noch immer presste er die Wasserschläuche gegen die Brust. Erst jetzt verstand Ulv, dass der Kanathener das einzig Richtige getan hatte. Es nutzte nicht viel, dass er sie vor dem Ertrinken rettete, wenn sie anschließend verdursteten. Taznaman zitterte, während er versuchte, den pferdeledernen Umhang um sich zu legen. Das Wasser war nicht mehr so kalt wie oben im Norden, doch sie waren seit Tagen durchnässt. Ulv setzte sich auf die hintere Ruderbank, schlang den Umhang um sich und ergriff die Ruderpinne. Solange der Wind und die Wellen von hinten kamen, konnte er steuern.

Ulv ließ sich vom Meer treiben, wohin es wollte. Als die Blitze den Himmel in Brand steckten und die Winde aufeinander trafen, sah er mit Furcht und Staunen, wie der weiße Schaum in den Himmel geschleudert wurde. Taznaman raufte sich die Haare und schrie, dass sie im Auge des Sturms seien. Erneut forderte er Ulv auf, den Kahn dem Meer zu überlassen, denn der Kanathener fürchtete, von den Windhosen in die Sturmwolken gerissen zu werden. Doch obgleich die Winde stark waren, vermochten sie den Kahn nicht aus dem Wasser zu heben. Als der erste Wirbel über sie hinwegtoste, begann sich das Boot zu drehen. Die Umhänge von Ulv und Taznaman wurde nach oben gerissen, und der Wind zerrte an ihren Haaren und Bärten. Doch Ulv ließ die Ruderpinne nicht los. Denn der Wirbel zog über das Meer davon, so dass er den Kahn bald wieder steuern konnte.

Einen weiteren Tag und eine weitere Nacht steuerte Ulv das Boot durch die Wellen. Als er das Tageslicht durch die Wolken brechen sah, glaubte er zuerst, an der Ruderpinne eingeschlafen zu sein, und dass ihn seine Träume sehen ließen, wonach er sich seit Beginn des Sturms gesehnt hatte. Doch es war kein Traum, der die Wolken aufriss. Ulv blinzelte ins Licht und spürte, wie der Wind abflaute.

Der Sturm legte sich ebenso rasch, wie er hereingebrochen war, und plötzlich waren aus den weißen, zerklüfteten Klippen gewaltige runde Wellen geworden. Ulv ließ die Ruderpinne los, stemmte die Ellbogen auf die Knie und verbarg sein Gesicht in den Händen.

An diesem Tag sprachen Ulv und Taznaman wieder miteinander. Während des Sturms hatte der Wind ihre Stimmen erstickt, und Ulv hatte genug damit zu tun gehabt, den Kahn vor den Wellen zu retten. Jetzt hielt Taznaman die beiden Wasserschläuche vor sich, und obgleich sie nicht einmal halb voll waren, meinte der Kanathener, das Wasser würde sicher ein paar Tage reichen. Doch als Ulv ihn fragte, wie weit es bis Kanath sei, grinste der Kanathener und führte den Daumen über seine Kehle. Mit einem guten Schiff brauchte man mehr als einen Mond bis zu den Stränden Kanaths.

Ulv dachte lange darüber nach. Der Sturm hatte ihnen Mast und Segel genommen, und die Ruder mussten über Bord gespült worden sein, als sie beinahe gesunken wären. Er blickte zum Himmel und sah die Sonne durch die dünnen Wolken scheinen. Es war warm. Er strich sich über die Stirn und sah zu Taznaman, der sich mit den beiden Wasserschläuchen im Schoß auf die vordere Ruderbank gesetzt hatte.

»Sieh mich nicht so an«, sagte der Kanathener grinsend. »An meinen Knochen ist nicht viel Fleisch. Und ich springe über Bord, ehe du dich auf mich werfen kannst. Ich will nicht als Fressen für einen verrückten Nordländer enden.«

Ulv löste den Lederriemen vor seinem Hals und legte den Pferdelederumhang auf den Boden des Bootes. Es konnte doch nicht sein, dass sie sterben sollten, nachdem sie den Sturm überlebt hatten. Doch Taznaman schien seine Gedanken zu erraten.

»Es ist schon verrückt, wirklich.« Er deutete zum Himmel und sah Ulv mit einem Lächeln an. »Erst Sturm, dann Flaute. Was ist gefährlicher, Ulv? Und wie möchtest du sterben? Im Sturm oder in der Flaute? Du hast deine Wahl getroffen, Nordländer. Der Sturm sollte dich nicht holen. Aber das wird die Flaute tun. Es wird so sein, wie ich es dir gesagt habe, Ulv. Die Fische werden das Fleisch von unseren Knochen rupfen.«

»Wir müssen alle sterben«, sagte Ulv. »Aber meine Zeit ist noch nicht gekommen.«

Taznaman beugte sich zu ihm vor und neigte den Kopf zur Seite. »Ist sie das nicht, Nordländer? Glaubst du, du kannst das selbst bestimmen?«

»Ich …« Ulv legte die Hand auf den Dollbord und ließ den Blick auf dem Meer ruhen. Ihm wurde schlecht. Er holte tief Luft und schluckte.

»Glaubst du, du kannst das selbst bestimmen?« Taznaman starrte ihn an. »Gib mir eine Antwort, Nordländer! Glaubst du, wir Menschen können bestimmen, wann und wie wir sterben? Glaubst du, du kannst das Schicksal des Landes beeinflussen? Die Frau, die du holen willst, ist schon längst die Frau Tarkins! Sieh es ein, Nordländer! Gib auf!«

Ulv stürzte sich auf ihn und packte seine Kehle. Taznaman ruderte mit den Armen. Ulv grub seine Daumen in den Hals des Kanatheners. Niemand durfte so etwas zu ihm sagen. Er würde ihn töten. Er würde sie alle töten.

Plötzlich quoll die Übelkeit in seinem Hals empor. Ulv ließ Taznamans Hals los und erbrach sich. Sein Mund brannte. Er würgte, hustete und spuckte. Dann ließ er sich zurück auf die Ruderbank fallen.

Taznaman kroch zurück in den Bug. Er starrte mit weit aufgerissen Augen auf seine Brust. Das gelbliche Erbrochene rann an ihm herab. »Bei Vendhurs Wahnsinn!«, sagte er. »Ich werde dir nie mehr widersprechen, Ulv. Du meinst wirklich, was du sagst.«

Ulv wischte sich den Mund ab. Er fühlte sich jetzt besser.

»Viel Nahrhaftes hattest du aber nicht im Bauch.« Taznaman rieb sich den zähen Schleim vom Hemd.

»Wir haben schließlich seit Tagen nichts gegessen.« Ulv hielt sich die Hand über die Augen und ließ den Blick über die Wellen schweifen. Weit und breit war kein Land zu sehen. Der Sturm hatte sie weit aufs Meer hinausgetragen, und bei dieser Dünung war es nicht gerade ratsam zu wenden.

»Wenn ich zuerst sterbe, darfst du mich als Köder benutzen.« Taznaman strich sich die langen Haare aus dem Gesicht. »Aber ich warne dich, Nordländer. In diesen Gewässern gibt es Haie, und die begnügen sich nicht mit einem mageren Gaukler.«

Ulv blickte auf den Boden des Bootes. Dort lag noch immer die Lanze. Sie hatten sie gemeinsam mit dem Bronzehorn unter die Ruderbänke geschoben. Er zog sie zu sich und fuhr mit den Fingern über die längliche Eisenspitze. Die Barkas hatten ihm erzählt, wie sie Menschenblut nutzten, um die Bären aus ihren Verstecken zu locken.

Mit einem Ruck führte er seine Finger über die Spitze. Ein stechender Schmerz zuckte durch seine Hand.

»Was machst du da?« Taznaman fasste sich an den Kopf. »Bist du jetzt vollkommen verrückt geworden, Ulv?«

Ulv beugte sich über die Reling und schob die Hand ins Wasser. »Das Blut«, flüsterte er. »Es wird die Meerestiere anlocken. Ich werde sie mit der Lanze töten, und dann haben wir etwas zu essen.«

Taznaman kratzte sich am Bart. »Das ist Wahnsinn. Zieh deine Hand zurück, ehe die Haie kommen. Oder willst du deinen Arm als Köder verwenden?«

Ulv richtete sich auf und hielt sich die Hand vor das Gesicht. Es blutete noch immer aus den dünnen Schnitten in seinen Fingerkuppen. Erneut beugte er sich über den Rand des Bootes und ließ das Blut ins Wasser tropfen. Wenn die Haie wie die Bären waren, würden sie das Blut bald riechen.

Lange saß Ulv mit der Hand im Wasser da. Er drückte auf die Schnitte und ließ die Wunden bluten, während Taznaman kopfschüttelnd im Bug saß. Ulv fand es ganz und gar nicht wahnsinnig zu jagen – immerhin hatten sie mehrere Tage nichts gegessen. Er hatte noch nie zuvor einen Hai gesehen, doch die Zähne an der Kette, die um seinen Hals hing, waren Haizähne. Wie oft hatte er am Lagerfeuer die Kette in den Händen gehalten und sich gefragt, von welchem Tier sie stammten. Doch es war ein Rätsel für ihn geblieben, bis er ins Tal gekommen war.

Plötzlich sah er einen grauen Schatten unter der Meeresoberfläche. Ulv zog seine Hand zurück. Der Schatten glitt vorbei und verschwand in der Tiefe. Taznaman klammerte sich an den Dollbord. Ulv nahm die Lanze und stand auf.

»Setzt dich, Nordländer!« Taznaman kauerte sich am Boden des Kahns zusammen. »Oder willst du über Bord fallen?«

Ulv drehte sich um und blickte auf der anderen Seite des Kahns ins Wasser. Das schmale Gefährt schwankte unter seinen Füßen. Die Dünung war nicht mehr so hoch und der

Wind vollständig abgeflaut, so dass die Wasseroberfläche glatt war. Die Sonne stach Speere aus Licht ins Wasser, doch er konnte dort unten keine weiteren Schatten erkennen.

»Vielleicht war es nur der eine.« Taznaman grinste schief. »Er ist gegen die Strömung geschwommen und dem Geruch des Blutes gefolgt. Vielleicht ist er jetzt weg.«

Ulv umklammerte den dicken Lanzenschaft mit beiden Händen. Sein ganzes Leben hatte er gejagt, und wenn er einer Beute auf der Spur war, dachte er nicht. Er spürte. Er fühlte. Und jetzt spürte er mit seinem ganzen Körper, dass das Meereswesen zurückkommen würde. Fast schien das ganze Meer unter dem Kahn zu erzittern.

»Da! Zwei Stück an Steuerbord.« Taznaman deutete über den Dollbord.

Ulv sah die zwei Flossen, die die Wasseroberfläche durchschnitten. Sie steuerten auf den Kahn zu. Er hob die Lanze. Doch die Flossen tauchten ab und die Haie verschwanden. Er sah sie als graue Schemen weit unter sich in der Tiefe. Die Tiere schienen länger als der Kahn zu sein. Er konnte kaum glauben, dass Fische so groß werden konnten.

»Es ist aus mit uns«, jammerte Taznaman. Auf der anderen Seite des Kahns schnitt sich erneut eine Flosse durch das Wasser.

Ulv sagte nichts. Er bereute es, die Haie angelockt zu haben. Nicht einmal in den Träumen der Medizinmänner gab es derart gewaltige Geschöpfe. Ulv starrte in die Tiefe. Die riesigen Leiber kreisten unter dem Boot. Manchmal legten sie sich auf die Seite und blickten mit einem schwarzen Auge zum Kahn hinauf.

»Vielleicht lassen sie uns in Frieden«, sagte Taznaman leise. »Vielleicht erkennen sie nicht, dass Menschen im Boot sind. Setz dich, Ulv, und bleib still sitzen.«

Ulv folgte dem Rat des Kanatheners. Doch kaum hatte er sich auf die mittlere Bank gesetzt, stieß etwas von unten gegen das Boot. Ulv hielt sich am Dollbord fest. Taznaman kniff jammernd die Augen zusammen.

Erneut schlug etwas von unten gegen den Kahn. Dieses Mal härter. Ulv erblickte hinter dem Boot eine Flosse. Einer der Haie versuchte, das Boot auf die Seite zu kippen.

Er stand auf und stellte einen Fuß auf den Dollbord. Der Hai war jetzt unter dem Boot. Er sah die graue Haut und das aufgerissene Maul vor dem Bug. Der gewaltige Fisch wälzte sich herum und schlug mit der Schwanzflosse.

Ulv stieß die Lanze ins Wasser. Die Spitze grub sich ins Fischfleisch, und der Fisch schoss in die Tiefe und riss die Lanze mit. Doch Ulv ließ den Schaft der Lanze nicht los. Niemals zuvor hatte er gegen ein derart schnelles Tier gekämpft, und noch ehe er wusste, was geschehen war, war er kopfüber im Wasser gelandet.

Er sank, er blinzelte, doch alles schien irgendwie im Nebel zu versinken. Es stach in seinen Ohren. Er hielt die Lanze noch immer fest und spürte, dass sie nicht mehr im Fleisch des Tieres steckte. Etwas strich an seinem Bein entlang. Er hatte gegen etwas Hartes getreten, und erst jetzt erblickte er über sich die Wasseroberfläche und den Kahn. Der Rumpf des Bootes lag wie ein schmaler Schatten hoch über ihm.

Ulv strampelte mit den Beinen. Die Angst presste seine Brust zusammen. Die Haie würden ihn in Stücke reißen.

Ulv machte ein paar Schwimmzüge Richtung Oberfläche, doch da spürte er etwas hinter sich. Er drehte sich um und sah gerade noch den Hai, der auf ihn zuschoss. Furcht erfüllte ihn, und er schrie, so dass die Luft aus seinem Mund quoll. Der Hai schoss mit halb geöffnetem Maul an ihm vorbei und riss ihn an der Seite auf. Ulv schluckte Wasser und drehte sich um. Der Hai glitt ins blaue Dunkel und verschwand.

Doch er war nicht der einzige. Wieder hatte Ulv diese böse Ahnung, doch dieses Mal kam es aus der Tiefe unter ihm. Er zog die Beine an, drehte sich um und erblickte das aufgerissene Maul, das sich von unten näherte. Dann verschwamm sein Blick, er konnte nicht mehr richtig sehen, doch seine Arme stießen die Lanze nach unten und er spürte, dass sich die Spitze in etwas bohrte. Dann ließ er den Schaft los und schwamm mit letzter Kraftanstrengung nach oben. Er näherte sich dem Kahn und glaubte zu spüren, wie das Leben aus seinem Körper wich.

Als er endlich die Wasseroberfläche durchbrach, war er zu schwach, um die Arme zu heben und den Dollbord zu packen. Doch Taznaman bekam ihn zu fassen und zog ihn mit einer Kraft, die Ulv ihm niemals zugetraut hätte, ins Boot. Der schwarze Mann riss sich den Pferdelederumhang von den Schultern und warf ihn ins Meer. Dann nahm er Ulvs Umhang und warf ihn auf der anderen Seite des Bootes ins Wasser.

Ulv blieb mit dem Kopf auf den Dollbord gestützt liegen und sah zu, wie die Haie an den ledernen Umhängen zerrten. Die gewaltigen Fische peitschten das Meer auf und rissen die Umhänge in Fetzen, während der Kahn mit der Dünung weitertrieb. Schon bald konnte er die Haie nicht mehr sehen, und es blieb ihm nur die Furcht und die Wunde unter seinem linken Arm. Der Riss war so lang wie die Hand eines ausgewachsenen Mannes, doch er war nicht tief. Ulv presste seine Hand auf die Wunde. Sollte der Tod doch kommen. Alles war besser, als noch einmal über Bord zu gehen.

Die mansarischen Seeleute sagten, dass Windstille der schlimmste Feind der Seefahrer wäre, denn ein spiegelglattes Meer kann selbst den vernünftigsten Mann vor Langeweile wahnsinnig werden lassen. Doch es war nicht die Langeweile, die Ulv und Taznaman in ihrem nach Süden treibendem Kahn quälte. Es war der Durst. Denn als Taznaman Ulv am Abend nach dem Haiangriff den Wasserschlauch gab, waren nur noch wenige Schlucke darin. Der Kanathener hatte im Laufe des Tages daraus getrunken, während Ulv betäubt von Schmerzen und Erschöpfung geschlafen hatte. Er presste die letzten Tropfen aus dem Schlauch, doch noch immer stand die Sonne wie ein brennender Schild über dem Meer am Himmel. Ulv wusste, dass die Nacht weder Wolken noch Regen bringen würde, denn noch immer regte sich kein Lüftchen.

Sie einigten sich darauf, den letzten Wasserschlauch so lange wie möglich aufzusparen. Taznaman schob ihn unter die hintere Ruderbank, auf der er, die Hand an der Ruderpinne, saß.

Die Nacht war kühl und sternenklar, doch die Männer konnten keinen Schlaf finden. Als der Morgen anbrach, nahm Ulv die Hand von der Wunde. Sie blutete nicht mehr. Doch als er versuchte, sich auf die Mittelbank zu setzen, spürte er, wie schwach ihn der Blutverlust gemacht hatte. Ihm war schwindlig, und seine Hände zitterten. Sein Hemd klebte vor Blut, doch als er sich über den Bootsrand beugte, um seine Hände abzuspülen, zog Taznaman ihn zurück. Ulv wusste sofort, warum.

Im Laufe des Tages tranken sie die Hälfte des Wassers. Die Sonne brannte auf das Meer herunter, und an Bord des Kahns gab es keinen Schutz. Die Männer saßen still da, während die sanften Wellen sie forttrugen. Ulv leckte den Schweiß von seinen Armen. Taznaman versuchte sich die Haare vors Gesicht zu binden, denn das Sonnenlicht spiegelte sich im Meer und brannte auf ihren Gesichtern.

Als die Sonne erneut im Westen untergegangen war, ließ Taznaman die Ruderpinne los und setzte sich auf den Boden des Kahns. Er sah Ulv lange an, der noch immer auf der Bank saß und über das Meer starrte.

»Ulv«, flüsterte der Kanathener schließlich. »Ich habe gehört, dass ihr Nordländer wisst, wann ihr sterben müsst. Eure

Mütter sollen mit den Ahnen sprechen und …« Taznaman blickte zum Mond auf, der einen breiten, silbernen Pfad auf das Meer zeichnete. »Sie sagen den Müttern, wann ihre Kinder sterben müssen. Stimmt das, Nordländer? Es ist mir so gesagt worden. Hat dir deine Mutter gesagt, wann es so weit sein wird?«

Ulv strich sich über die Stirn. Seine Haut war glühend heiß und brannte. »Mutter …« Er holte tief Luft. Jeder Atemzug war ein Kampf. »Sie hat mir nichts davon gesagt. Sie starb …«

Taznaman lehnte seinen Kopf an den Dollbord. »Du brauchst nichts zu sagen, Ulv. Spar dir deine Kräfte. Ich werde für uns beide reden, solange ich kann.«

Ulv fasste sich an die Seite. Er fuhr mit den Fingern über die Wunde und leckte das zähe Blut ab.

Taznaman saß lächelnd da, doch in seinen Augen glänzten Tränen. »Die Priester sagen, dass nur Krieger in das Land auf der anderen Seite des Gebirges gelangen. Zu den Steppen, auf denen die Toten wohnen. Ein gutes Land, sagen die Priester. Alle Ahnen Tarkins leben dort. Aber ich …« Taznaman legte die Hand auf seine Brust. »Ich war niemals mutig. Ich konnte keine Lanze tragen. Wo also werde ich enden? Werde ich unter die Arakberge geschafft, gemeinsam mit all den anderen, die Tarkin keinen Nutzen gebracht haben? Werde ich dort hausen? Gemeinsam mit Räubern, Tazkanern und den Schurken aus Hur? Ich will nicht dorthin, Ulv. Ich will auf die Steppen, wo meine Frau auf mich wartet. Ich habe dir das gesagt, bevor wir aufbrachen, Ulv. Ich habe eine Frau in Kanath, das habe ich dir gesagt.«

»Ja …«, flüsterte Ulv, denn er glaubte sich daran zu erinnern, dass Taznaman über eine Frau gesprochen hatte, die ihn aufnehmen und vor den Lanzen der Krieger verstecken würde.

»In gewisser Weise ist das richtig«, sagte Taznaman mit einem Lächeln. »Denn sie ist dort draußen auf den Steppen der Toten. Doch ich muss sterben, ehe ich sie treffen kann. Und ich habe das Gefühl, dass es bald so weit sein wird. Aber ich habe solche Angst, unter den Bergen zu landen, Ulv!«

Ulv sah den Kanathener an. Er hatte Taznaman niemals zuvor weinen sehen. Es musste der Durst sein, der ihn dazu verleitete. Ulv hob den Kopf. Sein Nacken schmerzte. Sein ganzer Körper. Er sah das Sternbild des Jägers am Himmel. Den Wagen, das Horn und all die anderen Zeichen, von denen die Barkas sangen. Die Sterne, sagten sie, sind die Augen der Toten. Jede Nacht blicken sie auf ihre Nachkommen herab und fragen sich, ob sie bald in das Reich der Götter aufsteigen. Doch selbst der mutigste Jäger fürchtete diese Reise.

Und so ging es auch Ulv.

Doch weder Ulv noch Taznaman starben in dieser Nacht. Weitere Tage und Nächte des Leidens lagen vor ihnen, wenn sie nur sparsam mit dem Wasser umgingen. Da Ulv Taznaman nicht traute, nahm er ihm den Wasserschlauch ab und kletterte auf die Bugbank.

Die Erschöpfung machte sie schläfrig. Ulv rutschte von der Bank und wurde nicht einmal wach, als Taznaman ihm den Wasserschlauch abnahm. Während die Sonne ihre Bahn am Himmel einbrannte, trank der Kanathener das restliche Wasser.

Ulv wachte erst bei Einbruch der Dämmerung auf, und als er entdeckte, dass der Wasserschlauch leer war, kroch er zu Taznaman hinüber. Er packte den Kanathener am Hemd und versuchte, ihn über Bord zu hieven, doch keiner der Männer war stark genug für einen Kampf. Sie sanken wie zwei Bündel aus Lumpen, Haaren und Bärten am Boden des Kahns zusammen und verblieben in dieser Stellung, als der Mond wieder sein Silber auf die Wellen warf.

Auch diese Nacht wich dem nächsten Tag und mit ihm der Sonne, die sich erneut über das Meer erhob. Ulv trank Meerwasser, erbrach sich und sackte wieder zusammen. Taznaman hatte begonnen, Selbstgespräche zu führen; er hatte das Kinn auf die Knie gestützt und murmelte vor sich hin. Ulv drehte sich auf den Rücken und blieb mit dem Kopf auf dem Dollbord liegen. Tränen brannten in seinen Augen, und jeder Atemzug schmerzte in seiner Brust.

Irgendwann im Laufe des Tages fiel Ulv vor Erschöpfung in einen Dämmerschlaf. Er entfloh dem Kahn und dem Meer und träumte, auf einem Sandstrand zu stehen. Um ihn herum kreisten Möwen. Die Seevögel fürchteten sich nicht vor ihm. Als er sich in Bewegung setzte, schien er durch sie hindurchzugehen. Er war wie ein Geschöpf aus Nebel, ein Geist aus der Zeit, die die sterblichen Menschen vergessen hatten.

Er ging nach Süden, während die Sonne auf seinen Kopf herunterbrannte. Er wanderte über lang gestreckte Sanddünen und durch Schluchten, deren Grund von Tierskeletten bedeckt war. Er sah Berge im Süden, ein Gebirge, das bis in den Himmel ragte. Und er wusste, dass sein Weg ihn dorthin führen musste.

Er wanderte Tage und Nächte und wurde nie müde. Er spürte keinen Hunger. Er brauchte kein Wasser. Er wanderte durch Abend- und Morgendämmerung und durchquerte karge Sandwüsten. Doch er kümmerte sich nicht um die Knochen, die aus dem Sand ragten. Er hörte nicht die Schreie im Westen, wo Frauen und Kinder verhungerten. Denn er spürte etwas, eine alte Erinnerung, ein Gefühl, das ihn einst gewärmt und ihm Sicherheit gegeben hatte. Und dieses Gespür lockte ihn in die Berge. Ruhelos wanderte er weiter. Ungeduldig. Er lauschte, glitt über die Wüste und ließ alle anderen Eindrücke an sich abprallen. Denn jetzt hörte er sie. Siréd rief nach ihm.

Am Ende der Wüste kletterte er in die Berge. Doch er fand keine Schlucht und keinen Pass, über die er der Stimme näher kommen konnte. Die Felswände führten ihn nur nach oben, immer weiter nach oben. Und er kletterte so weit, bis sich der Himmel öffnete.

Zwischen dunklen Bäumen sah er ein Lagerfeuer brennen, und im Feuerschein erkannte er bekannte Gesichter. Dort saßen Barkasjäger, die er sterben gesehen hatte. Kengber, der Seemann, den er in Krugant getroffen hatte, grüßte ihn von einem Platz zwischen ein paar Baumstümpfen. Gortar, der Häuptling der Bermarer, hatte seine toten Stammesbrüder um sich versammelt. Sie tranken und prosteten ihm zu.

Doch Ulv ging weiter. Er wanderte zwischen den zahllosen Feuern hindurch, die Löcher in die himmlische Ebene brannten und als Sterne auf das Meer und das Land herabschienen. Er wanderte, bis die Nacht hell wurde und der Tag über der bewaldeten Ebene hereinbrach, auf der er sich befand. Dann blieb er stehen, denn er hatte einen See erreicht. Die Wasserfläche war breit und groß, doch er watete ins Wasser, um zur anderen Seite hinüberzuschwimmen.

Er war nicht weit gewatet, als er etwas Seltsames bemerkte. Seine Gestalt spiegelte sich im Wasser, doch was er dort sah, war nicht er. Er war nackt, abgesehen von einem Bärenfell, das er sich mit einem breiten Gürtel um die Hüften gespannt hatte. Sein nackter Oberkörper hatte keine Narben, und auch sein Gesicht war nicht das seine. Er beugte sich vor. Er trug das Geweih eines Hirsches.

Lange stand er einfach nur da und starrte sein eigenes Spiegelbild an. Jetzt verstand er, dass er die Gestalt des Gottes angenommen hatte, der Hörner trägt. Er war Cernunnos, der Gott der Arer. Doch je mehr er auf die blanke Oberfläche starrte, desto mehr schien sein Spiegelbild zu verblassen. Bald sah er nur noch die Hörner, und als diese verschwanden, schienen seine Beine im Eis des Sees festgefroren zu sein. Er sah seinen Atem. Schnee fiel im Dunkeln. Doch durch das Eis konnte er noch immer etwas erkennen. Er sah hinunter auf die Welt, auf die Wüsten und Berge. Er sah einen Mann mit einem von Narben und Schmerzen gezeichneten Körper. Er sah Ulv. Denn jetzt wusste er es. Jetzt verstand er, dass Ulv die Seele Cernunnos' hatte. Und Cernunnos weinte, er hämmerte mit den Fäusten auf das Eis, das ihm den Zugang zu der Welt versperrte, auf der er einst gelebt hatte. Doch Ulv sah ihn nicht. Denn Ulv hastete in Richtung Berge. Tage und Nächte wanderte er durch Täler und über Pässe. Der Hass auf Tarkin und die schwarzen Krieger jagte ihn weiter, und die Sehnsucht nach ihr. Er suchte nach ihr, bis die Sonne seine Augen blendete. Er lief weiter, bis das Leben aus seinem Körper wich.

Doch Ulv durfte nicht im Schlaf sterben. Während er träumte, hatte sich Taznaman aufgerappelt, um sein Gesicht mit Meerwasser zu benetzen, und jetzt saß er wie gelähmt da und starrte auf die grauen Schatten am Horizont. Das waren Segel. Und Taznaman fragte sich nicht, ob ihm sein Durst Trugbilder vorgaukelte oder ob dort draußen wirklich Schiffe waren. Er packte Ulvs Schultern und schüttelte ihn, und als Ulv die Augen öffnete, streckte Taznaman seine Arme über den Kopf und heulte.

»Schiffe!« Der Kanathener stand auf, deutete zum Horizont und warf sich nach hinten ins Boot. Dort blieb er liegen, während Ulv sich hinkniete und zum Horizont blickte.

Auch er sah die Schiffe. Es waren Rahsegel, die sich als Vierecke am Horizont abzeichneten. Doch sie waren weit entfernt. Vielleicht eine ganze Tagesreise.

»Siehst du sie?« Taznaman legte seine Arme über den Dollbord und blieb so hocken, während er sich die aufgesprungenen Lippen leckte.

Ulv versuchte, die Arme zu heben, doch es gelang ihm nicht. »Weit«, flüsterte er. »Weit weg. Die sehen uns nicht …«

Taznaman begann über die Mittelbank zu klettern. »Das Horn …« Er wälzte sich über Ulv und streckte die Hände nach dem Bronzehorn aus, das im Bugkasten lag. »Wir müssen ins Horn blasen.«

Ulv blieb am Boden des Kahns liegen, während Taznaman das Horn aus dem kleinen Verschlag am Bug zog. Der Kanathener kämpfte sich auf die Beine und setzte das Horn an die Lippen.

Der erste Ton klang wie ein jämmerlicher Möwenschrei, doch die Anstrengung ließ Taznaman erneut zu Boden sinken. Der Kanathener stürzte nach vorn und blieb mit dem Oberkörper über dem Dollbord hängen, wobei er das Horn an seine Brust presste. Ulv zog ihn wieder ins Boot und nahm ihm das Horn ab. Dann lehnte er sich mit dem Kopf gegen den Bootsrand und legte das spitze Ende des Horns an die Lippen.

»Blas, so stark du kannst«, sagte Taznaman.

Ulv holte tief Luft und blies hinein. Der Hornstoß hallte über das Meer.

»Noch einmal«, bat Taznaman. »Vielleicht haben sie den ersten nicht gehört.«

Erneut blies Ulv ins Horn. Dieses Mal lauter. Er blies noch zweimal, ehe er das Horn in den Schoß sinken ließ und nach Atem rang. Ihm war schwindlig.

Taznaman stützte sich auf die Mittelbank und hielt sich die Hand über die Augen. »Ich kann nicht erkennen, ob sie den Kurs ändern. Blas noch einmal, Nordländer.«

Doch das Horn ruhte in Ulvs Schoß. Er konnte nicht mehr, und wenn er nachdachte, war es vielleicht auch besser so. Sie waren südlich von Mansar, so dass es sich bei den Schiffen vermutlich um Teile der vendhurschen Flotte handelte. Die Seeleute würden erkennen, dass sie aufs Meer geflohen waren. Sie würden die Narben auf seinem Rücken sehen und ihn als ehemaligen Sklaven entlarven. Und entlaufene Sklaven hatten nicht lange zu leben.

»Blas, Ulv!« Taznaman stand auf und klammerte sich an den Dollbord. »Blas ins Horn!«

Ulv warf das Horn zur Seite, doch Taznaman hob es auf.

»Bist du verrückt, Nordländer?« Der Kanathener setzte das Horn an die Lippen, und ein Stoß hallte über die Wellen. Ulv dachte, dass er sich eigentlich gleich ins Wasser stürzen könnte. Dann würde er wenigstens nicht noch einmal gefangen genommen.

»Die Segel …« Taznaman stand breitbeinig in dem schmalen Kahn und schirmte das Licht jetzt mit den Händen von seinen Augen ab. »Die Segel, Nordländer! Sie drehen! Sie kommen hierher!«

Ulvs Kopf kippte zur Seite, als Taznaman auf die Ruderbank kletterte und mit den Armen über dem Kopf zu wedeln begann. Der verrückte Kanathener schrie heiser über das Meer, er stampfte auf der Mittelbank herum und klatschte in die Hände. »Dank sei den Müttern von Hur! Zünde Lichter für die Söhne Vendhurs an! Sie haben uns gehört, Ulv! Niemals mehr werde ich über Tarkin oder die Priester fluchen! Ich werde die Regeln befolgen und meinem Volk dienen! Das verspreche ich, Ulv! Ich schwöre es.«

Ulv versteckte seinen Kopf zwischen den Armen. Taznaman begann wieder in seiner Sprache zu sprechen, und jetzt quollen die Worte nur so aus seinem Mund. Vielleicht hatte der Kanathener ja Recht, sein eigenes Volk zu preisen, dachte Ulv, denn solange Taznaman nicht sagte, wer er war, würde ihn seine Hautfarbe retten. Niemand würde daran zweifeln, dass er Kanathener war.

Taznaman lehnte sich nach hinten und blies noch einmal ins Horn. Dieses Mal hallte der Laut weit über das Meer, und Ulv warf dem Kanathener einen bösen Blick zu. Hätte Taznaman sie dort am Strand bei den Langhäusern nicht verraten, hätten sie Zeit gehabt, Korn und Wasser zu stehlen. Er hatte mit seiner Lautstärke die Fischer geweckt und es sich nicht einmal verkneifen können, mit der Frau des Häuptlings zu schlafen. Ulv bereute es, Taznaman nicht bereits auf der Flucht aus Tirga getötet zu haben. Allein hätte er die Küste schneller erreicht. Vielleicht wäre es ihm auch gelungen, vor den Stürmen nach Süden zu segeln und nach Kanath zu gelangen.

»Es besteht kein Zweifel, Ulv!« Taznaman wischte sich den Schweiß von der Stirn. »Sie kommen hierher. Zweimaster. Ich kann die Rümpfe erkennen. Es sind viele. Acht oder zehn. Vielleicht mehr.«

Ulv holte tief Luft. Der Durst ließ jeden Atemzug zur Qual werden. »Die Farbe«, flüsterte er. »Die Rümpfe … welche Farbe haben sie?«

Taznaman spähte zu den Schiffen. Ulv hatte noch immer ein Gefühl für die Himmelsrichtungen, denn jeden Morgen war die Sonne an Backbord aufgegangen und jeden Abend an der Steuerbordseite des Kahns im Meer versunken.

»Schwarz«, sagte Taznaman und deutete nach Westen. »Die Rümpfe sind schwarz.«

»Kanathener.« Ulv sagte das mehr zu sich selbst, wie um sich auf das vorzubereiten, was kommen würde. »Das sind Kanathenerschiffe, Taznaman. Sie werden mich nicht am Leben lassen. Sie werden die Narben auf meinem Rücken sehen. Die Wunde unter meinem Arm. Sie werden verstehen, dass wir geflohen sind.«

Taznaman legte das Horn an die Lippen und stieß noch einmal kräftig hinein. Dann blickte er lächelnd zu Ulv hinab. »Hab keine Angst, Ulv. Sie wissen nicht, wer wir sind. Ich werde für sie singen und sie dazu bringen, Krieg und Waffengeklirr zu vergessen. Das kann ich, Nordländer. Ich bin …«

Taznaman ließ sich auf die Ruderbank fallen und starrte nach Westen. Ulv wälzte sich herum und kniete sich hin. Weitere Schiffe waren nun zu erkennen. Sie waren noch immer weit entfernt, doch er bemerkte die hohen Rümpfe der kanathenischen Schoner. Zwischen den großen Kriegschiffen waren aber auch noch niedrigere Masten über den Wellen zu sehen.

»Das verstehe ich nicht«, sagte Taznaman. »Die anderen Schiffe. Sie tragen kein Kreuz im Segel. Alle Schiffe Vendhurs tragen das Zeichen Tarkins im Segel.«

Ulv hielt sich am Bordrand fest. Die blassen Rahsegel zwischen den Zweimastern trugen eine Art Tierkopf.

»Seeräuber.« Taznaman wischte sich den Schweiß von der Stirn. »Das müssen Seeräuber sein. Vielleicht aus Hur. Sie scheinen ein paar Kriegsschiffe Vendhurs erobert haben. Du hattest Recht, Nordländer. Diese Menschen werden uns töten.«

»Aber wir …« Ulv kletterte auf die Ruderbank und stütze sich auf den Dollbord. »Wir haben nichts, was sie interessieren könnte, Taznaman.«

»Wir könnten sie verraten.« Taznaman ließ das Horn sinken. »Deshalb kommen sie. Wir haben ins Horn geblasen. Die Seeräuber fürchten, wir könnten auch noch andere Schiffe herbeigerufen haben.«

Ulv blieb sitzen und starrte nach Westen, während sich die Schoner näherten. Die Schiffe unter den verblichenen Rahsegeln konnte er noch immer nicht erkennen. Wenn es so war, wie Taznaman sagte, würden die Seeräuber heransegeln und sie mit ihren Pfeilen erschießen. Ulv blickte ins Wasser, doch noch immer hielt ihn etwas davor zurück, sich über Bord zu wälzen. Er wollte nicht so sterben.

Der Tag verging, während die Schiffe unablässig näher kamen. Ein schwacher Nordwind blies, und die Schoner hatten die Rahsegel schräg über den Rumpf gespannt. Ulv döste auf der Bugbank, erschöpft von Hunger und Durst, doch es gelang ihm, sich wach genug zu halten, um die Schiffe zu beobachten. Taznaman hatte sich am Boden des Kahns zusammengekauert und den Kopf unter der hinteren Ruderbank versteckt. Er rührte sich nicht, und Ulv fragte sich, ob er bereits tot war. Vielleicht hatte ihn die Anstrengung, ins Horn zu blasen, das Leben gekostet. Ulv sah die Rippen durch das löchrige Hemd, den eingefallenen Bauch und die sehnigen Unterarme des Mannes. Es war ein Wunder, dachte Ulv, dass der Kanathener derart ausgehungert nach der langen Zeit im Verlies den Ritt über die Steppe überlebt hatte. Vielleicht waren die Götter im Himmel der Meinung, er habe genug gelitten. Jetzt führten sie ihn fort von Hunger und Durst, fort von ihrer endlosen Flucht.

Als die Sonne sich dem Horizont im Westen näherte, waren die Zweimaster nur noch wenige Pfeilschüsse entfernt. Ulv umklammerte den Dollbord, während sich der Kahn über einen Wellenberg schob. Es waren viele Schiffe auf dem Wasser. Er sah sowohl schwarze Zweimaster als auch niedrige Langschiffe. Ein Langschiff lag vorn, doch die Besatzung saß über die Ruder gebeugt, und das Rahsegel verdeckte den Steuermann. Jetzt erkannte er, dass es ein Ochsenkopf war, der auf den Segeln der Langschiffe prangte. Doch die Zweimaster trugen das Zeichen Tarkins, und hinter der Reling standen dunkelhäutige Männer mit ledernen Brünnen. Ulv rieb sich die Augen und versuchte sich zu erheben. Er wollte nicht kampflos sterben. Doch was konnte er schon unten in dem Kahn tun, wenn die Kanathener ihn vom Deck aus beschossen? Ulv stürzte auf den Boden des Kahns, wo er neben Tazmanan liegen blieb. Das erste Schiff, das sie erreichte, war eines der flach gebauten Langschiffe. Ulv hörte die Männer an Deck rufen, verstand ihre Sprache aber nicht. Das breite Rahsegel verdeckte die Sonne, als das Langschiff längsseits kam. Ulv schloss die Augen und wartete auf die Pfeile. Er hatte keine Kraft mehr zu kämpfen.

Doch es kamen keine Pfeile. Stattdessen sprang ein rothaariger Seemann in den Kahn. Als er sich über ihn beugte, versuchte Ulv seine Arme schützend vor sich zu halten. Doch der Rotbart packte ihn am Hemd und zog ihn zum Dollbord hoch. Dann legte er seine Hand auf die Wunde unter Ulvs Arm und rief den Männern an Bord des Langschiffes etwas zu.

Sie warfen ein Tau zu ihnen herab. Der Seemann befestigte es unter Ulvs Armen, der daraufhin über die Reling gezogen und zwischen den Ruderbänken auf das Deck gelegt wurde. Ulv blinzelte zu den bärtigen Gesichtern empor, die auf ihn herabblickten. Die Seeleute sprachen murmelnd miteinander. Dann wurde auch Taznaman an Bord gezogen. Die Seeleute brachten sie beide in den Schatten unter dem Rahsegel und schütteten einen Eimer Seewasser über ihnen aus. Das Segel flatterte, als das Langschiff in den Wellen drehte. Die Seeleute scharten sich um Ulv und Taznaman, knieten neben ihnen nieder und führten ihre harten Finger über die Stirn der Männer. Ulv versuchte fortzukriechen, doch die Männer hielten ihn fest. Sie rissen sein Hemd auf und wuschen seine Wunden mit Seewasser. Eine Hand reichte einen Wasserschlauch, eine andere zog den Holzkorken heraus und öffnete Ulvs Mund.

Er trank, bis er nicht mehr schlucken konnte. Dann wälzte er sich auf die Seite und erbrach sich, ehe die Männer ihn erneut auf den Rücken drehten und ihm abermals Wasser einflößten. Sie stopften ihm ein paar vorgekaute Fetzen Trockenfleisch in den Mund, massierten ihm die Kehle und halfen ihm so zu schlucken. Sie stützten seinen Kopf mit einer Taurolle, und als sie ihn auf die Seite drehten, um eine Decke um ihn zu legen, spürte er ihre Finger auf seinen Peitschennarben. Ein Flüstern ging von Mann zu Mann, und obgleich Ulv ihre Sprache nicht verstand, wusste er, was sie sagten.

Ulv und Taznaman blieben im Schatten des Segels liegen, während die Nacht hereinbrach. Als die Sterne zum Vorschein kamen, erkannte Ulv, dass sie südwestlichen Kurs eingeschlagen hatten. Er hörte die anderen Schiffe unweit entfernt, vermochte sich aber nicht zu erheben. Vielleicht waren sie von mansarischen Seeleuten geborgen worden und hielten Kurs auf Kanath. Vielleicht wollten sie nach Pethar, Peth, Hur oder in eine der anderen Küstenstädte, von denen Taznaman gesprochen hatte. Ulv mochte sich nicht ausmalen, was dort geschehen würde. Doch er wusste, dass die Kanathener bei entlaufenen Sklaven keine Gnade kannten. Eine Schlinge um den Hals oder eine Axt im Nacken, das waren seine Aussichten.

Ulv tat in dieser Nacht kein Auge zu. Die Seeleute hatten den Wasserschlauch neben ihm liegen lassen, und Ulv trank viel, während das Schiff durch die Wellen pflügte. Gegen Mitternacht war er stark genug, sich aufzurichten. Taznaman lag noch immer reglos auf dem Rücken, doch als Ulv seine Hand über den Mund des Kanatheners hielt, spürte er, dass dieser atmete. Er ließ ihn liegen, denn solange Taznaman ohne Bewusstsein war, konnte er wenigstens nichts sagen, was sie in Gefahr brachte.

Die meisten Seeleute hatten sich an der Reling zwischen den Ruderbänken ihre Schlafplätze gesucht. Das Langschiff unterschied sich in der Bauweise von allen Schiffen, die Ulv kannte, wo die Ruderbänke immer unter Deck gewesen waren und die Ruder durch schmale Luken im Rumpf geragt hatten. Dieses Schiff lag tiefer im Wasser, es war schmaler und krängte, während das Rahsegel unter dem Sternenhimmel zitterte. Vor dem Achtersteven stand ein kleinwüchsiger, dicker Mann und steuerte das Schiff durch die Wellen. Er hatte beide Hände ans Steuerruder gelegt, das mit dicken Riemen an der Reling festgezurrt war. Zwei Männer standen vorn im Bug. Sie sprachen leise miteinander und blickten nach Süden.

Eine Weile saß Ulv am Mast und lauschte dem Meer und den Stimmen der Männer. Ein Seemann schnarchte laut unter seiner Decke, und ein anderer murmelte im Schlaf. Ulv sah die Schwerter, die sie unter die Ruderbänke gelegt hatten, die

Pfeilköcher, die hinter der Reling festgebunden waren, und die Bögen, die schräg in eisernen Befestigungen zwischen Taurollen und Fellen lagen. Unter Deck schien wenig Platz zu sein, denn nur wenige Männer waren nach unten verschwunden. Es roch nach Harz und Salz.

Später in der Nacht rappelte sich Ulv auf die Knie auf. Er hielt sich an einem der Fallseile am Mast fest und spähte über das Meer. Eine Flotte von Zweimastern schoss dicht hinter dem Langschiff durch die Wellen. Solche Schiffe hatte er in Tirga gesehen; er erkannte die hohen Rümpfe und die schräg gestellten Rahsegel wieder. Es gab keinen Zweifel, das waren kanathenische Kriegsschiffe. Er versuchte, die Schiffe zu zählen, die sich auf dem Meer verteilt hatten. Doch die Nacht verbarg die meisten. Trotzdem konnte er sie dort im Dunkeln hören. Sie schoben sich mit Körpern aus knirschendem Holz durch die Wellen und raschelten mit Flügeln aus Segeltuch.

Bei Tagesanbruch begann Taznaman zu würgen und zu husten, und als sich der Kanathener auf die Ellbogen stützte und die Augen öffnete, zog Ulv ihn an den Mast. Taznaman starrte über das Schiff und das Meer und auf die Seeleute, während er sich die Lippen leckte. Noch sagte er nichts, aber Ulv wusste, dass die Worte bald wieder aus ihm herausquellen würden. Ein paar der Seeleute richteten sich in ihren Decken auf und rieben sich die Augen. Ein anderer hielt sich beim Wasserlassen über die Reling an einem Stag fest. Das Langschiff war noch immer von schwarzen Schonern und weiteren flachen Langschiffen umgeben. Auch auf den anderen Schiffen wachten die Mannschaften auf. Auf dem Zweimaster gleich hinter dem Achtersteven leerte ein schwarzer Mann in einer Brünne einen Eimer über die Reling aus. Der Wind wehte den Gestank von Kot und Urin herüber.

»Bei Vendhur«, flüsterte Taznaman und deutete zu einem Schoner. »Ein Tazkaner in Kriegsmontur! Steht es so schlecht um das Heer, dass Vendhur das Sklavenvolk zum Kampf ruft?«

Ulv nahm einen Schluck aus dem Wasserschlauch. Die Männer richteten sich zwischen den Ruderbänken auf. Sie hatten bemerkt, dass Taznaman aufgewacht war, und jetzt sahen sie verstohlen zu ihm herüber. Taznaman stützte sich an den Mast, während er auf die Schoner und Langschiffe starrte.

»Was ist denn das?«, fragte er. »Weiße Männer an Bord von Vendhurs Kriegsschiffen? Die Kanathener sind doch nie in den gleichen Schiffen gesegelt wie die Mansarer!«

Ulv rappelte sich auf, sackte aber gleich wieder auf die Knie. Seine Wunde brannte. Er fasste sich an die Seite. Die Seeleute hatten ihm sein Hemd ausgezogen und jetzt platzte die Wunde wieder auf. Ulv setzte sich an den Mast. Der rothaarige Seemann, der sie aus dem Kahn geholt hatte, kam mit einem schmutzigen Ledertuch zu ihm herüber. Er presste es auf die Wunde und sagte etwas zu Ulv, doch Ulv verstand auch von seiner Sprache nichts.

»Kelsar?« Taznaman wandte sich dem Seemann zu. »Kelsar … herr-ar?«

Der Seemann nickte lächelnd, ehe er sich erhob und Taznamans Hand drückte. Die zwei wechselten noch ein paar Worte. Taznaman stammelte und zögerte, doch der Seemann klopfte ihm auf die Schulter und machte eine Geste mit dem Arm in Richtung der Mannschaft. Da lächelte Taznaman. »Tarkinar krug«, sagte er und wandte den Daumen nach unten.

»Tarkinar krug«, wiederholte der Seemann und spuckte auf das Deck. Die Mannschaft lachte laut.

Taznaman und der Seemann blieben stehen und unterhielten sich weiter, während Ulv blutend am Mast saß. Er versuchte, den Lederlappen auf die Wunde zu drücken, doch der Lappen war steif von Salzwasser, das in der Wunde brannte.

Als Taznaman sich endlich neben ihn hockte, warf Ulv den Lederlappen weg und spülte die Wunde mit einer Hand voll Trinkwasser.

»Das sind Kelser!« Taznaman packte seine Schulter. »Krieger aus Kels, Ulv. Wir sind gerettet!«

Ulv zeigte zu dem Schoner hinter dem Langschiff. »Aber die Zweimaster ... Da sind schwarze Männer an Bord ...«

»Tazkaner«, sagte Taznaman lächelnd. »Das sind Tazkaner, die die Freiheit bekommen haben. Die Kelser segeln zusammen mit einigen Bermarern und den frei gelassenen Schiffssklaven.«

»Bermarer?« Ulv ließ den Wasserschlauch fallen.

Der rotbärtige Seemann stieß in sein Horn. Dreimal kurz und einmal lang.

»Sie wollen nach Süden, um zu kämpfen«, sagte Taznaman, als der Rotbart das Horn sinken ließ. »Wir sollen an Bord eines der Zweimaster gehen. Dort würden wir besser gepflegt, meinte der Kelser. Er sprach von einem Zwerg, der sich auf die Heilkunst versteht. Der Zwerg wird deine Wunde heilen, meinte der Kelser.«

Ulv hielt sich am Mast fest, als er aufstand. Taznaman nahm ihm den Wasserschlauch ab und trank gierig, doch Ulv taumelte zu den Ruderbänken hinüber und hielt sich an einem Stag fest. Mindestens zehn Schoner umgaben das Langschiff. Und jetzt sah er, dass nicht nur schwarze Krieger an Bord waren. Breitschultrige Männer standen hinter der Reling. Sie strafften die Schoten und standen auf den Achterdecks und steuerten die Schiffe nach Süden. Auf dem Schoner, der hinter dem Langschiff lag, glaubte er einige Gesichter wiederzuerkennen. Die braunäugigen Bermarer hatten mit Konvai und dem Felsenvolk in der Schlacht um Ber-Mar gekämpft. Er hatte Schulter an Schulter mit dem Volk der Schmiede gestanden. Es war nicht verwunderlich, dass sie nicht erkannt hatten, wer dort im Kahn gelegen hatte, denn sein Bart war seit seinem Aufbruch stark gewachsen. Er war dünner geworden, und an seinem Körper hatten nur schmutzige Kleiderfetzen gehangen.

Ulv strich sich die Haare aus den Augen. Er konnte es nicht fassen, dass die Bermarer in den Besitz von kanathenischen Kriegsschiffen gelangt waren, und er begriff nicht, wie sie so weit in den Süden gekommen waren.

Das Steuerruder knirschte. Der Steuermann lenkte das Schiff nach steuerbord, während die Mannschaft die Ruder ins Wasser drückte, um die Geschwindigkeit zu senken. Einer der Schoner, der sich einen Steinwurf entfernt an der Steuerbordseite gehalten hatte, näherte sich dem Langschiff.

Als der Zweimaster längsseits kam, zogen die Kelser die Ruder ein. Ulv und Taznaman standen am Mast und starrten zu dem schwarzen Schiff hinüber. Es war länger als das Langschiff der Kelser, und die Reling lag mindestens eine Mannslänge über den Ruderbänken. Das gesamte Schiff war geteert und der Rumpf von Pfeilspitzen und Kratzern gezeichnet. Der Rotbärtige rief in gebrochener Handelssprache nach oben und berichtete, dass die beiden Schiffbrüchigen verwundet seien. Die Mannschaft des Schoners ließ daraufhin eine Strickleiter herab und löste die Segelschot. Das Schiff wurde langsamer, und der Kelser am Ruder steuerte das Langschiff ganz nah an den Schoner heran.

»Sieht so aus, als müssten wir klettern«, sagte Taznaman, als der Rotbärtige ihn am Arm fasste und ihn zwischen den Ruderbänken hindurchführte. Der Kelser hielt die Strickleiter fest, während Taznaman nach oben kletterte. Die Tazkaner kamen herbeigerannt, als sie sahen, dass er ein Schwarzer war; sie ergriffen Taznamans Arme und zogen ihn über die Reling.

Als Ulv die Strickleiter zu fassen bekam, glitten die Schiffe über einen Wellenkamm. Das Langschiff trieb von dem Schoner weg, und Ulv, der sich an der Strickleiter festhielt, wurde über Bord gezogen. Er hing, das Wasser bis zu den Schultern, an der Strickleiter, während das Schiff in das Wellental hinabschoss. Die Mannschaft des Schoners zog hastig die Strickleiter hoch, und kurz darauf hing auch Ulv über dem Wasser.

Als Ulv über die Reling gehievt wurde, versammelte sich die Mannschaft um ihn herum. Sie führte ihn zur Mitte des breiten Schiffsdecks, wo Taznaman bereits auf ihn wartete.

Der schwarze Mann sprach mit einem alten, grauhaarigen Tazkaner. Taznaman trank aus einem Wasserschlauch, während der Alte nach Norden deutete und sich mit dem Daumen über die Kehle fuhr. Ulv streckte die Hand nach Taznaman aus, weil die Wunde an seiner Seite erneut aufzubrechen und alles Blut aus seinem Körper zu fließen schien. Ihm wurde schwindlig, doch die Mannschaft fing ihn auf, ehe er zu Boden stürzen konnte.

Die Seeleute legten Ulv an Deck und gossen Wasser über die Wunde. Er starrte in ihre Gesichter: Tazkaner mit breiten Nasen und lockigen Haaren und Bermarer mit buschigen Bärten und tiefen Falten auf der Stirn. Die Bermarer fragten ihn, wie er sich diese Wunde zugezogen hätte, doch Ulv vermochte nicht zu antworten. Er blickte zum Segel auf, das sich weiß vor dem blauen Himmel abzeichnete. Unter ihm wogte das Schiffsdeck im Gleichklang mit den Wellen.

»Richtet ihn auf.«

Die Stimme kam ihm bekannt vor. Sie war leise, aber entschieden. Ein paar Bermarer packten Ulv unter den Armen und lehnten ihn mit dem Rücken gegen den dicken Mast.

Die Mannschaft wich zur Seite und machte einem dunkelhäutigen Krieger Platz. Sein schmutziger Lederumhang hing locker um seine nackten Schultern. Eine weiße Narbe unter dem Schlüsselbein verriet etwas von einer Pfeilwunde, und eine lange Narbe zog sich über seinen Bauch. Ihm fehlten die Schneidezähne, doch die Verletzung, die ihm in Ber-Mar das

Auge verschlossen hatte, war verheilt. Ulv erkannte Seon wieder und den kräftigen Schmied an seiner Seite. Brage lächelte ihn an, und da drängelte sich auch Virga an Seon vorbei. Der alte, weißhaarige Krieger kniete neben Ulv nieder und legte ihm die Hand auf die Stirn.

»Ulv«, flüsterte er. »Ich habe nicht erkannt, dass du es bist. Die Kelser haben dich aus dem Kahn geholt. Wenn ich gewusst hätte, dass du es bist, hätte ich mich gleich um dich gekümmert. Wie ist das nur möglich, Ulv? Wie bist du nur so weit in den Süden gekommen? Und wer ist dieser …« Virga blickte zu Taznaman, der neben ihm stand und trank. »… dieser schwarze Mann an deiner Seite? Ist er Tazkaner oder Kanathener? Gehört er zu den Feinden, Ulv?«

Ulv öffnete den Mund, doch er brachte keine Worte über die Lippen.

»Du bist schwach«, sagte Virga. »Lass mich dir helfen, Ulv, Branssohn. Komm, wir tragen dich unter Deck. Du brauchst mehr Wasser. Deine Wunde … Du musst dich ausruhen.«

Ulv spürte, wie die Beine unter ihm nachgaben. Er sackte zusammen, während die Stimmen der Mannschaft mit dem Wind fortgeblasen wurden. Unter seinem Rücken atmete das Schiff im Takt mit den Wellen. Irgendwo weit entfernt grölte Taznaman vor Lachen.

Licht flackerte über seine Augen. Ein schwacher Feuerschein, wie von einem Lagerfeuer oder der Fackel eines Barkasjägers. Doch vor dem Licht bewegte sich ein Schatten hin und her. Ulv blickte durch halb geschlossene Lider und lauschte den Stimmen, die im Dunkeln um das schwache Licht herumzuschwärmen schienen. Der Geruch nach Salz, Teer und Fisch wurde von dem Gestank säuerlicher Felle überlagert.

Ulv hörte ein Knirschen wie von zwei Stämmen, die sich im Sturm aneinander rieben. Als sich seine Augen an das Dunkel gewöhnt hatten, sah er, dass es ein Tauende war, das über ihm hing und vor einer Fackel hin und her schwang. Er erkannte die Decksplanken über sich, die Balken, die sie stützten, und die Seile, die an rostigen Nägeln hingen. Ein schwarzer, halbnackter Mann stützte sich an einen Balken, während er einen Wasserschlauch von einem Haken nahm. Dann verschwand er wieder im Dunkel. Wellen platschten an den Rumpf, und oben an Deck hörte man Männer sprechen.

Als er sich aufrichten wollte, stach es in seiner Seite. Ulv sackte mit dem Kopf auf das Fell und fasste sich an seine Wunde. Sie war mit Sehnen vernäht. Er führte seine Finger über den Bauch und bemerkte, dass er nackt unter einer Decke lag, die ihm bis zur Hüfte reichte. Ulv fasste sich ans Gesicht. Der Bart war gestutzt worden, und jemand hatte ihm die verfilzten Knoten aus den Haaren geschnitten. Er stützte sich auf die Ellbogen. »Taznaman«, flüsterte er. »Taznaman, bist du da?«

»Taznaman ist oben an Deck«, ertönte es aus dem Halbdunkel. Eine kleinwüchsige Gestalt kam zwischen den Balken zum Vorschein. »Der Kanathener konnte hier unten nicht schlafen.«

Ulv fasste sich an die Wunde und richtete sich auf. Er kannte diese Stimme, und er erkannte auch die Gestalt, die da zwischen den Balken stand. Der weiße Bart reichte bis zur Hüfte, und der Lichtschein der Fackeln flackerte über ein faltiges Gesicht. Der kleinwüchsige Mann stand breitbeinig da und stützte sich mit zwei gedrungenen, kräftigen Fäusten an den Balken ab. Als er lächelte, zeichnete sich an seinen Augen ein Netz von Falten ab.

»Loke?« Ulv streckte die Hand nach ihm aus. Er fürchtete, noch immer zu träumen. »Loke, bist du das?«

»Ich bin es.« Loke kletterte über ein Bündel schmutziger Decken, stellte sich neben Ulvs Füße und sah ihn unter seinen buschigen Augenbrauen hinweg an. Loke trug die blaugraue Hose, die Ulv von der Wanderung durch den Westwald kannte, doch er hatte nackte Füße und sowohl Hemd als auch Wams abgelegt. Auch wenn sein Bart das meiste seiner Brust und seines runden Bauches verdeckte, konnte Ulv erkennen, dass er durch viele Jagdnarben gezeichnet war. Eine lange, weißliche Narbe beschrieb einen Winkel auf seinem rechten Oberarm, und eine seiner Schultern schien von der Pranke eines Raubtiers gezeichnet zu sein.

»Wie du mich anstarrst«, sagte Loke lächelnd und tätschelte seinen Bauch. »Aber es ist in der Tat erstaunlich, denn wir Waldgeister ziehen nur selten unser Hemd aus. Doch hier draußen auf See ist es so warm, dass sogar Vile seine Kleider ablegt. Wir müssen sparsam sein mit dem Wasser, verstehst du?«

»Vile ist auch hier?« Ulv holte tief Luft und rieb sich die Augen.

»Die Lehrlinge sind alle hier.« Loke blickte ins Halbdunkel zwischen den Balken. »Wo sollten sie sonst sein? Ohne mich würden sie doch nur durch den Westwald irren. Sie schlafen vorne im Bug. Ich habe ihnen gesagt, dass du noch nicht kräftig genug bist für ihre Dummheiten und dass sie dich bis morgen in Ruhe lassen sollen.«

Loke half Ulv, sich wieder auf den Rücken zu legen, dann zog er eine eisenbeschlagene Holzkiste zwischen den Balken hervor. »Du brauchst Ruhe«, sagte der Waldgeist und setzte sich auf die Kiste. »Die letzten Monate haben an dir gezehrt. Du bist schwach. Nur gut, dass wir noch eine lange Seereise vor uns haben, so dass du wieder zu Kräften kommen kannst.«

Ulv blickte zu dem Waldgeist auf. Der weißbärtige Jäger lächelte ihn an wie damals im Westwald. Auch dort hatte Loke ihn geheilt. Ulv legte die Hand auf die Narbe an seinem Schenkel, wo ihn die Lanze des Kanatheners durchbohrt hatte.

»Ja«, sagte Loke leise, »ich weiß. Du warst damals sehr krank, das Wundfieber hatte dich gepackt. Aber die Wunde, die dir dieses Meerestier zugefügt hat, ist nicht tief. Dieses

Mal brauchen wir das Fieber wohl nicht zu fürchten. Aber du bist noch immer geschwächt von der langen Reise über die Ebenen.«

»Woher weißt du …« Ulv richtete sich auf die Ellbogen auf.

»Taznaman hat uns alles erzählt.« Loke lächelte und strich sich seinen langen geflochtenen Bart am Kinn nach unten. »Aber schon als wir uns das letzte Mal verabschiedet haben, wusste ich, dass es so kommen würde. Deshalb sind wir zum Felsenkap gewandert, dem Südzipfel des Landes im Norden des arenischen Meeres. Wir mussten uns wieder treffen, Ulv. Erinnerst du dich nicht, dass ich dir das gesagt habe?«

Ulv schloss die Augen und ließ sich von seinen Erinnerungen in die Zeit nach der Schlacht bei Krugant führen. Er war völlig entkräftet vom Blutverlust zwischen den Bäumen aufgewacht. Seon hatte ihn an den Waldrand geschleppt, damit er sehen konnte, wie die Flammen aus der Festung leckten. Dann waren Tage und Nächte auf der Bahre gefolgt. Die Bäume hatten sich über ihn gebeugt, und der Wald hatte ihm zugeflüstert und vom Tod gesungen. Doch dann kam Loke, und nachdem er Ulv an der Haizahnkette und der Narbe in seiner Handfläche erkannt hatte, brachten die Waldgeister sie zum Karrenweg und nach Norden bis zur Ebene und zum Fluss. Unterwegs hatte Loke von Ulvs Vater erzählt, dem Häuptling des Felsenvolkes. Er hatte von Tir gesprochen, der Frau aus Tirga, Brans Frau, Ulvs Mutter.

Doch Loke hatte ihm noch mehr gesagt. Worte, über die Ulv gegrübelt hatte, während er am Lagerfeuer saß und die Nacht vom Gelächter Der Roten erfüllt war. Worte, die er nicht verstanden hatte. Loke hatte ihn Adharkach genannt. Das war der Name, den ihm seine Mutter nach altem tirganischen Brauch gegeben hatte, ein Göttername, der geheim gehalten werden sollte. Dieser Name bedeutet: Der, der Hörner trägt.

»Ich sehe es«, sagte Loke. »Deine Gedanken verraten dich. Ich sehe, dass du dich erinnerst.«

»Du hast mir von Vater und Mutter erzählt.« Ulv neigte den Kopf zur Seite. Loke saß breitbeinig auf der Kiste, und die Fackel warf einen goldenen Schimmer auf seine kräftigen Schultern und den blassen, runden Bauch.

»Wir haben viele Worte gewechselt.« Loke stützte sich auf die Knie und beugte sich zu ihm vor. »Du hast mir von den Jägern der Barkas und den Tälern erzählt. Von deinem Leben dort. Und ich habe dir die Geschichte deines Volkes erzählt. Die Legende über deinen Vater.«

»Ich erinnere mich«, sagte Ulv, denn nie hatte er die Gespräche vergessen, die er mit Loke an den Lagerfeuern im Westwald geführt hatte.

»Das ist gut.« Loke legte die Hand auf seinen Arm. »Denn du bist auf dem Weg in den Unfrieden, in ein fremdes Land, und da ist es wichtig, dass Männer wissen, wer sie sind und woher sie kommen. Viele der Krieger an Bord von Seons und Kangirs Schiffen werden das vergessen haben und sich von Rache und Blutdurst leiten lassen.«

»Kangir?« Ulv hatte diesen Namen noch nie gehört.

Loke biss sich auf die Unterlippe. Falten zeichneten sich auf seiner Stirn ab, und seine Brauen senkten sich über die Augen. »Ja, Kangir …«, murmelte er. »Ich hätte ihn noch nicht erwähnen sollen. Aber das ist wohl nicht so schlimm. Du wirst ihm bald begegnen.«

Ulv richtete sich erneut auf den Ellbogen auf, doch Loke drückte ihn in die Felle zurück. »Bleib ruhig liegen, großer Mann.« Loke seufzte laut und zog die Decke über Ulvs Brust. »Du sollst dich jetzt ausruhen und nicht zu viel fragen. Alles wird erzählt werden, wenn es erzählt werden will, pflegte der Gamle zu sagen. Und Gamle wusste, wovon er sprach.«

Ulv legte die Hand auf die genähte Wunde und sah zu den Decksplanken auf. Ein Mann ging dort oben. Die Planken knarrten unter seinen Stiefeln.

»Lass uns mit den Erinnerungen fliegen«, sagte Loke.

»Lass uns zurück in den Westwald fliegen, in das Reich der Turmbäume. Erinnerst du dich an den Abend, an dem wir oben auf der Anhöhe Rast machten?«

Ulv nickte. Die Waldgeister hatten sie auf eine mit Gras bewachsene Anhöhe geführt, wo sie ihr Lager aufschlugen, während der Wind in den Baumkronen rauschte.

»An diesem Abend habe ich dir gesagt, dass wir uns trennen müssten, uns aber bald wieder sehen würden.« Loke strich sich über den Nacken und blickte zwischen seine Füße. »Ich sagte, du würdest dann mehr von dem Schicksal wissen, das die Götter für dich vorgesehen hatten. Du würdest verstehen, dass du nicht bloß ein Mensch bist, sagte ich. Du würdest verstehen, warum Winter und Sommer dich nicht altern lassen.«

Ulv fasste sich an die Wange. Loke hatte Recht. Das Alter zeichnete ihn nicht. Er war jetzt in seinem fünften Jahrzehnt, sah aber noch immer aus wie ein junger Mann.

»Versuch also nicht, dich selbst zu betrügen.« Loke sah ihn mit finsterem Blick an. »Erzähl mir nicht, dass du es noch immer nicht verstehst. Du hast geträumt, Ulv. Der Gott, der Hörner trägt, hat zu dir gesprochen, wie er zu deiner Mutter gesprochen hat, als sie dich geboren hat. Du hast deine eigenen Augen in Cernunnos' Gesicht erkannt.«

»Aber das sind doch nur Träume!« Ulv richtete sich auf und trat die Decke weg. »Gib mir meine Kleider. Ich habe keine Zeit für so etwas.«

»Es stimmt, dass du wenig Zeit hast.« Loke legte die Decke wieder über Ulvs Beine. »Aber solange wir hier auf dem Meer sind, bestimmt der Wind, wann wir wo sein werden. Du musst nicht nachdenken, Ulv. Du musst verstehen.«

»Alles, was ich verstehe, ist, dass die Kanathener Siréd haben.« Ulv fasste sich an die Seite; zwischen den Stichen sickerte wieder Blut hervor.

»Auch Siréd ist ein Teil deines Schicksals«, sagte Loke. »Und du sollst sie suchen, denn wie dich deine Suche nach dem Felsenvolk nach Ber-Mar führte und den ersten Sieg über die Kanathener brachte, wird dich deine Suche nach Siréd zu Tarkin führen.«

»Tarkin?« Ulv starrte Loke an, doch der Waldgeist ging um ihn herum und nahm ein Tuch aus einem Eimer, der zwischen den Balken stand.

»Denk jetzt nicht so viel nach.« Loke legte das Tuch über die Wunde. »Ich habe schon viel zu viele Worte darüber verloren, was passieren wird. Jetzt musst du ruhen, während ich erzähle, was geschehen ist. Leg dich hin, Ulv. Die Nacht ist noch jung.«

Ulv tat, was Loke sagte. Er vermochte nicht mehr über die Worte des weißbärtigen Waldgeistes nachzudenken, und als Loke vom Felsenvolk und von den Bermarern zu erzählen begann und von den Schwierigkeiten berichtete, die sich ihnen im Tal gestellt hatten, lehnte Ulv sich zurück und hörte einfach zu.

Loke sprach von dem Rat, der abgehalten und bei dem deutlich geworden war, dass das Felsental nicht genug Wild für beide Völker hatte. Er sprach über Seon, der ausgewählt wurde, das neue Heer nach Süden zu führen, und von den Kämpfen an der Küste. All das hatte Loke von Brage erfahren, doch er erzählte es so lebendig, als wäre er selbst dabei gewesen. Der alte Waldgeist ließ Ulv alles über die Verluste wissen, die Seons Kriegsführung mit sich gebracht hatte, er sprach über die Dämonen, die in den Wäldern heulten, und von den Nächten, in denen Virga auf den gestohlenen Langschiffen nach kanathenischen Festungen Ausschau hielt.

Lokes Erzählung folgte der Küste nach Süden. Schließlich kam er zum Felsenkap, und dort segelten Kangirs Kelser heran und begegneten Seons Bermarern in Frieden. Er sprach vom Rat und von Konvai, der das Heer verlassen hatte und wieder nach Norden geritten war. Und hier wurden Loke und seine Schüler selbst ein Teil der Geschichte, denn sie waren durch das Land der Schwarzen Berge gewandert und hatten das Felsenkap gerade noch rechtzeitig erreicht, um zu sehen, wie Kangir seine Schiffe klar machte, um die Bermarer zu verlassen, so dass Seon seine Hoffnung auf eine Allianz aufgeben musste.

Doch Loke hatte mit Kangir gesprochen und ihn überredet. Als Ulv wissen wollte, wie Loke das gelungen war, zuckte Loke nur die Achseln und erklärte, Kangir sei nicht immer ein mürrischer, alter Seemann gewesen. Doch mehr wollte Loke nicht über diesen Mann sagen, den die Kelser als ihren Häuptling akzeptierten. Der Waldgeist murmelte, die Zeit dafür sei noch nicht gekommen. Stattdessen begann er über die Schlacht bei Cogga und die Fahrt nach Kin-Mar zu sprechen. Ulv lauschte, während Loke Wracks und Aussichtstürme mit seinen Worten entstehen ließ. Der Waldgeist sprach von Queya, dem König der Kinlender. Und dieser Name war Ulv bekannt. Er zeigte Loke seine Kette, und Loke nickte. Diese Geschichte kannte Ulv bereits. Loke hatte sie damals im Westwald erzählt, doch jetzt gab es andere Dinge zu berichten. Er ließ Wellen, hoch wie Klippen, mit seinen Worten entstehen und berichtete von den Nächten, in denen die Männer auf die Mastspitzen geklettert waren und nach mansarischen Kriegsschiffen Ausschau gehalten hatten. Wie durch ein Wunder war es ihnen gelungen, unentdeckt an Land zu gehen. Sie fanden einen Bach, füllten die Wasservorräte auf und segelten im Schutz der Nacht wieder aufs Meer hinaus. Doch sie hatten weit nach Osten segeln müssen, weitab von dem Kurs, den Seon hatte einschlagen wollen. Trotzdem war es das Schicksal, das sie dorthin geführt hatte, meinte Loke, denn hätten sie sich weiter westlich gehalten, hätten sie niemals die Hornstöße hören und Ulv retten können.

Als das schwache Morgenlicht durch die Decksplanken fiel, war Ulv wieder eingeschlafen. Loke hatte auf der eisenbeschlagenen Kiste gehockt und über ihn gewacht, doch jetzt waren die Lehrlinge des alten Trolljägers erwacht und aus ihren Wollgrasdecken aufgetaucht. Die drei Waldgeister hatten Ulv bereits gesehen, als er an Bord gekommen war, und als die Männer ihn unter Deck trugen, waren Vile, Bile und Bul die Ersten gewesen, die sich um ihn geschart hatten. Loke hatte ihnen von der Weissagung des Gamle und von dem Schicksal erzählt, das Ulv bevorstand. Er hatte von Cernunnos gesprochen, Dem, der Hörner trägt, der in einem Mann wiedergeboren werden sollte, der zweimal geboren wurde. Das erste Mal sollte er von einer Frau geboren werden, doch das zweite Mal würden die Wälder im Norden seine Mutter sein. So lautete die Weissagung des Gamle. Die Waldgeister stellten sich um Ulv herum auf und betrachteten ihn. Sie sahen, dass er dünner geworden war und dass die lange Reise ihn erschöpft hatte. Die drei Waldgeister steckten flüsternd die Köpfe zusammen. Loke forderte sie auf, still zu sein. Dann beugte er sich hinunter und berührte Ulvs Schulter.

Ulv erwachte sofort. Die Träume flimmerten vor seinen Augen, ehe sie wie Schatten in der Sonne verschwanden. Er sah die zwergwüchsigen Trolljäger um sich herum stehen. Bile, der rundlichste von ihnen, hatte seine Daumen unter den Weidengürtel geschoben und grinste ihn breit an. Die Zapfenkette baumelte auf seiner nackten Brust, und sein Bauch hing über den Gürtel. Neben ihm stand Vile. Er war einen Kopf kleiner als sein Bruder, hatte schmale Schultern und einen lockigen, weichen Bart, der über Brust und Bauch hing. Vile führte eine Flöte an die Lippen, doch Bul, der neben ihm stand, packte sein Handgelenk und schüttelte den Kopf. Auch Bul hatte seinen Oberkörper entblößt. Sein Bart war unter dem Kinn schräg abgeschnitten, und eine Narbe verlief quer über seine braune Brust.

»Bul hat Recht«, sagte Loke plötzlich. »Hier unten solltest du nicht spielen. Du weckst bloß die anderen.«

Ulv sah zu Loke, der noch immer auf der Kiste saß. Jetzt erhob sich der Waldgeist und öffnete den Deckel. Er fasste sich ins Kreuz, als er sich vorbeugte und in der Kiste herumzuwühlen begann. Bile, Vile und Bul starrten Ulv schweigend an, während Loke ein paar Kleidungsstücke aus der Kiste zog. Schließlich fand der Waldgeist eine Hose aus Segeltuch und einen dicken Ledergürtel, die er Ulv reichte. Ulv zog die Hose an und spannte sich den Gürtel um die Hüften. Die Waffen könne er ruhig erst noch liegen lassen, meinte Loke, denn die Männer im Ausguck würden rechtzeitig Bescheid geben, wenn sie andere Schiffe am Horizont ausmachten.

Loke gab Ulv ein schmutzig-weißes, weites Hemd und einen Umhang aus gegerbtem Hirschleder. Ulv rollte die Sachen in das Fell, auf dem er gelegen hatte, denn unter Deck war es inzwischen so warm, dass er schwitzte. Loke sagte ihm, so sei es seit dem Sturm. Doch der Waldgeist hielt das für ein gutes Zeichen. Sie näherten sich Kanath, dem Reich Tarkins.

Der Waldgeist reichte Ulv einen Wasserschlauch und nahm ein Stück Trockenfisch von einem Haken am Balken. Während Ulv aß und trank, erzählte Loke von Seons Plan. Sie wollten westlich der Küste von Hur und Kanath segeln, bis die Schiffe die Bucht von Taz-Ka erreichten. Ulv hatte von diesen Orten gehört, denn Taznaman hatte auf dem Weg über die Ebenen häufig von seiner Heimat erzählt. Es war weit bis Taz-Ka, doch Loke meinte, die Strömungen und Winde stünden günstig. In einem Mond könnten sie in Kanath sein, und einen halben Mond später würden sie Taz-Ka erreichen. Ulv zählte an den Fingern nach, während Loke von den Tazkanern berichtete, die als Sklaven auf den Ruderbänken festgekettet gewesen waren, jetzt aber kämpfen und ihre Stammesbrüder in Taz-Ka befreien wollten. Doch Ulv hörte ihm nicht zu. Denn selbst wenn sie Taz-Ka so rasch erreichten, wie Loke hoffte, blieben ihm nur noch zweieinhalb Monde bis zur Wintersonnenwende und Tarkins Empfängnis.

Ulv schob die Fellrolle zwischen zwei Balken und stand auf. Die Waldgeister folgten ihm, als er zwischen den Ruderbänken entlangschritt. Unter Deck war mehr Platz, als Ulv es von dem mansarischen Handelsschiff kannte, aber überall lagen Männer zwischen den Ruderbänken und den in der Mitte verlaufenden Balkenreihen, und der Gestank ihres Schweißes mischte sich mit dem Geruch von Teer, Öl und Schwerteisen. Die zwei Masten ragten als dicke Holzstämme durch das Deck herab. Ulv ging zur vorderen Decksluke, wo die Sonne eine Säule aus Licht ins Halbdunkel zwischen den Balken warf.

Er kletterte am vorderen Mast nach oben. Die Waldgeister folgten ihm, und als Ulv sich an Deck aufrichtete, ergriff Loke seinen Arm und deutete aufs Meer.

»Kelser«, sagte er. »In den Langschiffen sind die Kelser. Dort vorne …« Er deutete zu dem Langschiff, das die Flotte anführte. »Das ist Kangirs Schiff. Du wirst ihn bald treffen. Aber erst muss Virga mit ihm sprechen. Kangir ist alt, Ulv. Du musst verstehen, dass die Jahre ihn verändert haben.«

Ulv sah zu dem kleinwüchsigen Jäger hinab, doch ehe er fragen konnte, warum sich Loke so um den alten Seemann sorgte, wandte dieser sich ab. Er winkte seinen Schülern zu, ihm zu folgen, und kletterte auf das Bugdeck, auf dem Virga an der Reling stand. Während sich Vile, Bile und Bul an der Reling hinsetzten, blieben Loke und Virga stehen und sprachen miteinander. Ulv konnte sehen, wie Loke auf Kangirs Langschiff deutete. Virga blickte den Waldgeist ernst an und nickte langsam.

Doch Ulv blieb nicht lange allein dort stehen. Plötzlich spürte er eine knochige Hand auf der Schulter. Taznaman legte seine Arme um ihn und klopfte ihm auf den Rücken. Als Ulv ihn wegschob, reckte Taznaman seine Arme lachend über den Kopf. Seon, der an der Seite des Kanatheners stand, sah ihn mit besorgter Miene an. Dann wandte er sich an Ulv.

»Der Kanathener hat mir von eurer Flucht aus Tirga erzählt«, sagte Seon. »Er hat von dem langen Weg über die Ebenen gesprochen und berichtet, wie ihr bei den Fischern den Kahn gestohlen habt.«

Ulv verschränkte die Arme vor der Brust. Seon wirkte verändert. Es waren nicht bloß die Narben im Gesicht, die ihn anders wirken ließen. Seon sprach nicht mehr wie ein Freund zu ihm. Der schwarze Mann stand breitbeinig da und hatte die Fäuste in die Hüften gestemmt, während der Wind mit seinem leichten Umhang spielte.

»Vieles von dem, was er erzählt hat, hat unsere Meinung über Vendhurs Kräfte bestätigt.« Seon streckte den Arm aus, um Taznaman festzuhalten, doch der Kanathener schlüpfte weg und tanzte über das Schiffsdeck davon. Taznaman hatte sich einen Lendenschurz um die Hüften gewickelt, war aber ansonsten nackt. Der hagere Mann setzte sich schließlich auf die Reling des Achterdecks und streckte die Arme zum Himmel.

Seon trat einen Schritt zu Ulv vor. »Hat dir Loke von unserem Heerzug berichtet? Hat er von den verbündeten Kelsern gesprochen?«

»Ja, er hat darüber gesprochen«, antwortete Ulv. »Er hat gesagt, dass es weit ist bis Taz-Ka.«

»So sagt man.« Seon strich sich über seinen kurz geschorenen Bart. »Anderthalb bis zwei Monde. Das stimmt mit dem überein, was ich in den Pergamenten der Kaane gelesen habe. Ich weiß, dass du nur wenig Zeit hast, Ulv – bis zur Wintersonnenwende. Ich erinnere mich, Ulv. Ich habe es nicht vergessen.« Seon ergriff Ulvs Schulter. »Nur einer der Tazkaner spricht unsere Sprache. Und das ist gut so, denn ich will nicht, dass sie etwas von der Frau erfahren, die du suchst. Tarkin ist auch ihr Gott, und sie glauben an die Weissagung, dass die Empfängnis dem Land Regen bringen wird.«

»Warum wollen sie dann für dich kämpfen?« Ulv sah zur

Reling hinüber, an der ein paar Schwarze standen und über das Meer spähten.

»Sie wollen kämpfen, um Vendhur und die Herrschaft der Priester zu stürzen, die sie versklavt haben.« Seon schob die Hand hinter den Gürtel und sah zu den Tazkanern an der Reling hinüber. »Sie tragen viel Hass in sich, Ulv. Aber das wird sie zu guten Kriegern machen. Die Tazkaner haben niemals erfahren, was Gnade ist. Sie wissen nur, dass die Peitsche denjenigen straft, der ungehorsam ist. Doch jetzt sind sie es, die die Peitsche in der Hand halten, während die Kanathener auf den Ruderbänken sitzen. Verstehst du, was ich meine, Ulv?«

»Ja.« Ulv fasste sich an den Rücken, über den sich die Peitschenarben schlängelten.

»Das ist gut.« Seon lächelte und entblößte seinen zahnlosen Mund. »Denn der Hass der Tazkaner wird für uns den Krieg gewinnen. Es ist weit bis über das Meer, Ulv. Wenn die Tazkaner auf den Gütern rebellieren, muss Vendhur seine Kräfte nach Süden beordern. Ich glaube nicht, dass er die Häfen im Norden halten kann, wenn es in Kanath einen Bürgerkrieg gibt. Deshalb müssen wir diesen Bürgerkrieg anzetteln. Wir werden Taz-Ka angreifen. Dort erwartet uns Vendhur am wenigsten. Wir werden Kanath von innen zerreißen.«

»Taz-Ka«, sagte Ulv. Taznaman hatte erzählt, dass es die südlichste Stadt war. Im Innern der Bucht von Taz-Ka führte ein Karrenweg durch eine Schlucht in die Berge. Und am Ende der Schlucht lag der Tempel Tarkins. Aber es war weit bis dorthin, und die Bucht von Taz-Ka war riesig, meinte Taznaman.

»Ja, Taz-Ka.« Seon strich sich die Haare aus der Stirn. Sie waren lang geworden, seit Ulv Seon zuletzt gesehen hatte. »Die Heimat der Tazkaner. Wir werden die Großbauern töten und die Sklaven befreien, so dass sie für uns kämpfen können.«

Ulv wandte sich nach Osten, wo sich die Sonne über das Meer erhob. Die Wellen waren an diesem Tag höher. Der Wind hatte aufgefrischt. Im Norden waren Wolken am Himmel, und weiße Schaumkronen zierten die Wellen. Seon sollte seinen Krieg haben – sollten sich seine Pläne doch erfüllen, das alles kümmerte Ulv nicht. Er würde das Heer verlassen, sobald sie Taz-Ka erreichten.

»Hast du noch immer diese Schriften?« Ulv wandte sich an Seon. »Die Pergamente, die wir in Ber-Mar gefunden haben? Hast du sie bei dir?«

Seon runzelte die Stirn und sah ihn aus zusammengekniffenen Augen an. »Ja, ich habe diese Pergamente. Aber du kannst doch nicht lesen, Ulv.«

»Dann lies du für mich.« Ulv trat an die Luke.

Seon folgte ihm. »Ich tue das, weil du Mian aus Ber-Mar weggebracht hast«, sagte der schwarze Mann und kletterte mit ihm unter Deck.

Die zwei Männer tasteten sich zwischen Wasserschläuchen, Seilen und schlafenden Männern hindurch. Im Bug an der vordersten Ruderbank hing eine Decke zwischen zwei Balken und bildete eine Art Zeltwand zum Rest des Decksraums. Dahinter hatte Seon Platz für ein dickes Hirschfell, Kleider, Waffen und einen Schlauch mit kinmarischem Tangwein.

Ulv setzte sich auf das Fell, während Seon eine kleine Bronzekiste unter einer Decke hervorzog.

»In Ber-Mar hast du mir etwas über Tarkinar Ethem vorgelesen«, flüsterte Ulv. »Ich möchte, dass du das noch einmal liest. Dort stand, dass sie zu einem Tempel geführt werden sollte. Dem Tempel Tarkins, nicht wahr?«

Seon öffnete die Kiste und zog zwei Rollen heraus, betrachtete beide und legte dann eine wieder zurück. »Aus diesem Pergament habe ich gelesen.« Seon hielt es ins Licht, das durch das Ruderloch im Schiffsrumpf hereinfiel.

»Du musst nicht alles lesen«, sagte Ulv. »Nur das von der

Empfängnis und wo sie sie hinbringen. Ich muss sicher sein, dass meine Erinnerung stimmt.«

Seon fuhr mit seinem Finger über das Pergament. »*Ich, Vendhur, richte mich mit diesen Worten an dich, Gilach, höchster der Kaane Taramans. Mögen deine Frauen dir viele Kinder schenken und möge deinen Söhnen das Kriegsglück hold sein.* Das sind die üblichen Formeln«, erklärte Seon. »Da steht, das Tarkins Volk nach der Gezeichneten suchen soll, die sie auch Tarkinar Ethem nennen, Mutter Tarkins und Weib Tarkins. Sie ist die Frau des alten Tarkins und wird die Mutter des wiedergeborenen Tarkins sein. Dort steht, dass Tarkin und alle Wiedergeborenen nach ihm immer am Anfang des neuen Jahres sterben.« Seon kratzte sich im Nacken. »Er stirbt nach zweihundert Jahren. Das bringen alle Mütter in Kanath und Mansar ihren Kindern bei. Ganz oben auf dem Pergament steht, dass es im fünften Mond von Tarkins 196. Jahr geschrieben worden ist. Weiter unten heißt es, dass es nicht einmal mehr fünf Jahre bis zum Tode Tarkins sind. Das stimmt mit dem überein, was ich von Kanaths Zeitrechnung weiß. Wir sind jetzt in Tarkins letztem Jahr. Verstehst du, Ulv?«

Ulv rieb sich die Augen. Er wusste nur zu gut, was die Worte bedeuteten. In Ber-Mar hatte Seon ihm das Gleiche vorgelesen und ihm die kanathenische Zeitrechnung erklärt. Und Siréd war die Frau, die den neuen Tarkin und mit ihm eine neue Zeitrechnung gebären sollte.

»Verstehst du, Ulv? Erinnerst du dich, was ich dir in Ber-Mar gesagt habe? Hast du verstanden, was ich dir damals erklärt habe? Die zweihundert Jahre sind bald vorüber, und …«

Ulv fasste ihn am Arm. »Ich habe nichts vergessen. Ich lese die Mondzeiten und zähle die Tage, Seon. Wenn der letzte Vollmond des Jahres verloschen ist, fehlen nur noch wenige Tage bis zur Wintersonnenwende. Ich weiß das. Aber ich musste die Worte auf diesem Pergament noch einmal hören.«

»Gut«, sagte Seon. »Loke sagt, dass die Wintersonnenwende in diesem Jahr auf Neumond fällt. Einen halben Mond nach dem dreizehnten Vollmond.«

»Lies weiter.« Ulv deutete auf das Pergament. »In der Nacht, in der wir im Langhaus in Ber-Mar gesessen haben, hast du noch mehr gelesen. Gib den Zeichen deine Stimme. Ich will es noch einmal hören.«

*»Wer die Gezeichnete findet, soll sie nach Kanath zu den Priestern bringen, und die Priester werden prüfen, ob sie die Richtige ist.«* Seon führte seinen Finger weiter über das Pergament. *»Sie wird zum Tempel Tarkins an der Spalte Arak im Arak-Gebirge gebracht werden …«*

Von allen Worten, die Seon damals in Ber-Mar vorgelesen hatte, waren es diese, an die Ulv sich am besten erinnerte. Immer wieder waren sie während der Wanderung entlang der Küste im Norden durch seinen Kopf geschwirrt. Sie hatten ihn nach Süden getrieben.

»Tarkins Tempel«, sagte Ulv. »Arak-Gebirge. Taznaman hat darüber gesprochen. Die Arakberge und der Tempel liegen östlich von Taz-Ka. Das stimmt doch, oder?«

»Das ist richtig.« Seon glättete das Pergament und las weiter. *»Tarkin wird bis zur letzten, längsten Nacht warten, da sein Geist bereit ist, den sterbenden Körper zu verlassen. Dann wird Tarkin die Gezeichnete befruchten und bei Sonnenaufgang sterben. Kanath wird warten, bis Tarkin wiedergeboren wird, und den Neugeborenen dann im Blut der Frau baden, die für Kanaths Glück und die Fruchtbarkeit der Felder geopfert werden wird.«*

»Das ist genug.« Ulv stand auf. »Lies nicht weiter. Es war so wie in meiner Erinnerung.«

Ulv schlug die Decke zur Seite und trat zwischen die Schiffsbalken. Er wartete nicht auf Seon, sondern kletterte an Deck. Dort stellte er sich vorn im Bug an die Reling und antwortete weder Loke noch Virga, als diese ihn anzusprechen versuchten. Ulv hielt sich die Wunde an seiner Seite und sah das Glitzern der Sonne auf den Wellen. Der brennende Schild am Himmel war sein größter Feind geworden. Denn er rief die Tage aufs Meer, und mit jedem Tag, der verging, war es ein Tag weniger, bis Tarkin Siréd zur Frau nahm. Ulv hatte sich selbst gelobt, dass dies niemals geschehen würde. Doch es war wie ein leeres Versprechen. Das Meer bestimmte, wann die Schiffe Taz-Ka erreichten; und was danach geschehen würde, konnte niemand wissen.

Als sich die Sonne im Westen dem Horizont näherte, blickte Ulv noch immer aufs Meer hinaus. Er hatte sein Hemd nicht angezogen, denn es war warm und sein Rücken war noch immer feucht von Schweiß. Er hoffte, dass es bald kälter würde, wusste aber auch, dass er so weit im Süden keinen kühlen Herbst erwarten durfte. Auch auf den anderen Schiffen liefen die meisten Männer halbnackt herum. Er sah die Kelsschiffe unter ihren breiten Rahsegeln nach Süden gleiten und hörte die Rufe der Mannschaften und ihrer Schiffer. Er zählte die Schiffe an den Fingern ab und kam zu dem Schluss, dass es für jeden Finger zwei Schiffe waren. Das war eine große Flotte. Zwölf Schiffe waren kanathenische Zweimaster, deren Besatzung aus Bermarern und Tazkanern bestand. Brage hatte von den Kämpfen gesprochen, die stattgefunden hatten, und von all den Männern, die sie in der Schlacht westlich von Cogga verloren hatten. Gortar, der Häuptling der Bermarer, war hingerichtet worden, doch das hatte ihren Kampfeswillen nicht gebrochen.

Ulv hatte das Essen gegessen, das ihm die Seeleute an die Reling gebracht hatten, und einen ganzen Wasserschlauch getrunken. Die Waldgeister hatten sich gemeinsam mit Virga den Tag über auf dem Bugdeck aufgehalten, und es war Ulv nicht entgangen, dass sie ihn beobachteten. Doch Ulv wusste, dass Loke verstand, was ihn bedrückte, denn er hatte dem

Waldgeist von Siréd erzählt. Er hatte ihm alles erzählt. Aber nicht einmal Loke konnte ihm sagen, ob er rechtzeitig ankommen würde.

Die Waldgeister waren ein großes Mysterium. Ulv hatte lange darüber nachgegrübelt. Woher kamen sie, und warum folgte Loke ihm? Ebenso wenig konnte er verstehen, warum die Waldgeister mitgekommen waren, um gegen die Kanathener zu kämpfen. Sie waren nicht einmal Menschen. Sie hätten weiter unbehelligt tief drinnen im Westwald leben können, wie sie es immer getan hatten. Dort würden sie es nicht merken, ob Kanathener, Bermarer oder Kruginer das Land beherrschten. Die Kriege der Menschen gingen sie nichts an. Aber dennoch waren sie Monate gewandert, um zu Seons Seeheer zu stoßen. Und Ulv war schleierhaft, wie es Loke gelungen war, den Häuptling der Kelser zu überreden. Die Kelser waren doch wie alle anderen Völker in der Nähe des Westwaldes: Sie fürchteten den Wald und die Geschöpfe, die dort lebten. Für sie waren die Waldgeister seelenfressende Gespenster. Doch der Häuptling der Kelser war kein Kelser, hatte Loke gesagt. Ulv glaubte, dass es sich um einen der Seeräuber handelte, von denen Seon gesprochen hatte. Ein Mann mit Blut an den Händen, ein Seefahrer, der dem Geruch von Gold und Diebesbeute folgte. Ulv kannte diese Sorte Mensch. Und deshalb waren ihm die Kelser nicht geheuer.

Während Ulv dastand und grübelte, bemerkte er plötzlich, dass das Schiff den Kurs änderte. Die Mannschaft straffte die Segelschoten und drehte die Querbäume, so dass das Schiff schräg nach Südosten fuhr. Ulv lehnte sich mit dem Rücken an die Reling. Virga, der vorn im Bug auf einem zusammengerollten Tau gesessen hatte, wurde von seinen Söhnen auf die Beine geholfen. Er humpelte vom Bugdeck und stellte sich auf der Backbordseite an die Reling. Loke ging zu ihm, seinen Blick noch immer auf Ulv gerichtet. Der Waldgeist strich seinen Bart glatt und sprach leise mit Virga.

Der Zweimaster glitt in das Kielwasser eines anderen Kanathenerschiffes, ehe es den Kurs erneut änderte und sich neben eins der Langschiffe legte. Ulv konnte die Mannschaft auf dem tiefer gelegenen Schiffsdeck nicht sehen, doch Virgas Söhne ließen eine Strickleiter hinab und halfen ihrem Vater über die Reling. Als Virga auf dem Langschiff war, zogen sie die Strickleiter wieder hoch, und der tazkanische Steuermann lenkte das Schiff wieder vom Kelsschiff weg.

Die zwei Schiffe schlugen ihren ursprünglichen Kurs ein und fuhren ein paar Mastlängen voneinander entfernt nebeneinander her. Ulv dachte nicht weiter darüber nach, denn es war nicht das erste Mal, dass Männer von einem Schiff auf ein anderes wechselten. Virga war der Schiffer des Zweimasters, und vielleicht musste er sich mit dem Kelser für die Nacht beraten. Als Ulv sich nach Westen wandte, begann die Sonne bereits hinter dem Horizont zu versinken. Bald würde sich das Dunkel der Nacht über dem Meer ausbreiten. Ein weiterer Tag würde vergangen sein.

Ulv ging nach Backbord und sah zu dem Langschiff hinüber. Virga stand mit einem alten Kelser vorne im Bug. Die zwei Männer sprachen miteinander, doch ihre Stimmen ertranken im Rauschen der Wellen. Virga hielt den Kelser bei den Schultern und drehte ihn von seiner Mannschaft weg. Er ballte die Faust, als wollte er die Worte in den alten Seemann einprügeln. Der Kelser schüttelte den Kopf und fasste sich an die Augen. Er trug wie die restliche Mannschaft ein schmutzig-graues Hemd und lederne Hosen. Doch seine Haare waren nicht kurz geschoren wie bei den meisten Kelsern. Er trug sie in einem langen Pferdeschwanz, der an der rechten Seite seines Nackens herabhing.

Auf einmal deutete Virga zum Zweimaster herüber. Der Kelser richtete seinen Blick zum Schiff.

Ulv trat ein paar Schritte von der Reling weg. Der grauhaarige Seemann sah ihn an. Doch gleich darauf senkte er den

Blick und fasste sich in den Nacken. Virga packte ihn an der Schulter und schüttelte ihn, doch der Kelser stieß ihn weg. Da reckte Virga den Arm über den Kopf und rief den Zweimaster.

Der tazkanische Steuermann steuerte in Richtung Kelsschiff. Ulv trat von der Backbordreling weg und ging zur anderen Seite des Decks hinüber. Virgas Söhne ließen die Strickleiter nach unten. Taubündel knirschten, als die zwei Schiffe mit den Rümpfen aneinander glitten.

Virga erschien als Erster hinter der Reling. Seine Söhne halfen ihm an Deck.

Ulv verschränkte die Arme vor der Brust. Sowohl Loke als auch Virga sahen ihn an, doch keiner von ihnen sagte etwas.

Da kletterte der Kelser über die Reling. Er trug einen Umhang und hatte sich die Kapuze über den Kopf gezogen. »Bei Manannan! Das ist doch Unsinn, Virga!« Der alte Seemann hinkte an Deck und blinzelte in die Abendsonne.

Virga folgte ihm. »Sieh dich um, Kangir! Erkennst du ihn nicht?«

Der Kelser neigte den Kopf zur Seite und blickte zum Heck. »Hier sind Schwarze«, murmelte er und wandte sich zur Reling. »Und Bermarer. Aber die sind alle jung. Der, den ich suche, ist älter.«

Ulv lehnte sich mit der Hüfte gegen die Reling. Das also war Kangir, der Häuptling der Kelser. Er war nicht die mächtige Erscheinung, die Ulv erwartet hatte. Der alte Seemann hinkte zurück an die Reling. Er hatte sich nicht einmal umgesehen.

»Sieh noch einmal hin!« Loke sprang vom Bugdeck nach unten. »Und dieses Mal mit offenen Augen! Du musst es wagen zu glauben! Denn die Wahrheit ist zu dir gekommen, Häuptling!«

Kangir blieb stehen. Der weißbärtige Waldgeist trat zu ihm und nahm seinen Unterarm.

Ulv konnte hören, dass Loke ihm etwas zuflüsterte. Kangir fasste sich an den Nacken und begann den Kopf hin und her zu bewegen. Loke breitete in einer verzweifelnden Geste die Arme aus. Kangir verbarg sein Gesicht in den Händen.

Auf einmal ließ ihn Loke stehen. Kangirs Umhang flatterte im Wind. Es frischte auf. Die Wellen wurden spitzer, und der Wind zeichnete weiße Ränder auf die See. Doch Ulv blieb an der Reling stehen. Denn dieses Mal wandte Kangir sich nicht ab. Er richtete sich auf und wandte sich der Mannschaft zu, die auf dem Deck stand.

Als Kangir Ulv erblickte, schob er sich die Kapuze in den Nacken und fasste sich an den Mund.

Ulv vermochte nichts zu sagen. Er umklammerte die Reling mit einer Hand, während Kangir den Arm nach ihm ausstreckte und auf ihn zuhinkte. Eine Speerlänge vor ihm sackte der alte Seemann in die Knie.

»Geh weg!«, sagte Ulv, denn der grauhaarige Mann machte ihm Angst. Er weckte alte Erinnerungen aus einer längst vergangenen Zeit. Einer Zeit vor dem Nebel und den Bergen, vor der langen Wanderung, vor den vier Jahrzehnten im Fjell.

»Ulv?« Kangir streckte den Arm nach ihm aus. »Bist du es wirklich, Ulv?«

Ulv gab keine Antwort. Der Alte sah ihn an. Seine Augen waren blau wie das Meer. Der Wind wehte ihm den Pferdeschwanz über die Schulter nach hinten und entblößte eine Narbe, die am Hals emporlief. Und vielleicht bemerkte der alte Seemann sein Starren, denn er strich sich die Haare erneut über den Rücken und wandte Ulv seine rechte Gesichtshälfte zu. Die Narbe lief dort vorbei, wo sein Ohr hätte sein sollen, und bildete eine Art Schlangenmuster auf seinem Nacken. Ulv schüttelte den Kopf. Er hatte nur von einem einzigen Mann gehört, der eine solche Narbe hatte. Doch das war unmöglich. Er konnte es nicht sein.

Da erhob sich der alte Seemann. Ulv leistete keinen Widerstand, als er die Haizahnkette berührte. Er packte Ulv an den Schultern und Armen und betastete ihn, als habe er niemals zuvor einen Menschen gesehen. Mit dem Finger fuhr er über die Stiche, die die Wunde an Ulvs Seite verschlossen. Doch Ulv wich nicht zurück. Er begann zu verstehen. Der Alte führte seine Finger über die Narbe in seiner Handfläche, ehe er Ulvs Hand gegen seine eigene Stirn drückte und erneut niederkniete. Er weinte. Ulv spürte seine Tränen auf der Hand.

»Ulv …« Der Alte lehnte den Kopf gegen Ulvs Beine. »Vergib mir, Ulv. Ich habe so lange gesucht. Aber du warst verschwunden. Deine Mutter … Als sie starb … bin auch ich gestorben, Ulv. Ich dachte niemals, dass du zurückkommen würdest.« Der alte Mann sah zu ihm auf. »Erinnerst du dich nicht an mich?« Der Seemann öffnete seine Haare und strich sie nach hinten in den Nacken. »Ich bin dein Vater, Ulv.«

»Vater?« Ulv legte seine Hand auf die Wange des Alten. Sein grauer Bart stach in der Handfläche.

»Ja«, sagte der Alte lächelnd. »Das bin ich. Ich habe dir die Kette gegeben, die du um den Hals trägst. Weißt du das nicht mehr? Das war an dem Tag vor der Jagd. Als der Nebel kam. Da bist du verschwunden.«

Ulv schloss die Augen. Er erinnerte sich an den Nebel, und Dielan hatte ihm von der Hirschjagd erzählt, bei der sein Vater ihn verloren hatte. Ulv war dem Wolfsgeheul durch die Schlucht gefolgt. Es hatte ihn in die Berge gerufen, und er war nie wieder umgekehrt.

»Wo warst du, Ulv? Wo warst du in all diesen Jahren?«

»Im Norden«, sagte Ulv. »Ich war im Norden.«

»Im Norden …« Der Alte ließ seine Hand los und blickte aufs Meer. »Ich hätte niemals aufgeben dürfen, dich zu suchen.«

Er sah zu Ulv auf. Der Wind spielte mit seinen langen, grauen Haaren, die sich in seinem Bart verfingen und an seinen nassen Wangen kleben blieben. »Ich bitte dich, mir zu verzeihen. Ich habe aufgegeben, als ich hätte weitersuchen müssen. Ich habe versagt. Und ich hätte es sein sollen, der dich nach dem Sturm an Bord nahm. Aber ich wusste ja nicht, dass du es warst. Ich dachte, ihr wärt schiffbrüchige Mansarer. Kannst du mir verzeihen, Ulv?«

»Verzeihen ...« Ulv drehte das Wort in seinem Mund herum, denn er wusste nicht, was es bedeutete. Niemand hatte jemals von so etwas wie Verzeihen gesprochen.

»Ja, verzeih mir, Ulv.« Der Alte nahm Ulvs Hand zwischen die seinen. »Verzeih mir, dass ich aufgegeben habe, dich zu suchen. Sie sagten, du wärst tot. Ich hörte sie flüstern. Ich konnte nicht mehr, ich musste gehen.«

Ulv nickte. Dielan hatte davon gesprochen. Sein Vater hatte das Tal einige Winter nach dem Tod seiner Mutter verlassen. Im Tal des Felsenvolkes hielten ihn die meisten für tot. Doch jetzt wusste er, dass es nicht so war. Denn es war sein Vater, der dort vor ihm kniete. Ulv erkannte ihn an seiner Narbe. Und obgleich sein Gesicht von vielen Sommern und Wintern gezeichnet war, waren seine Augen noch immer dieselben.

»Vater.« Ulv strich ihm über die grauen Haare. »Bran. Das ist dein Name. Ich erinnere mich ...«

Der Alte schlang seine Arme um Ulvs Beine und schluchzte laut. Ulv sah, dass die Mannschaft näher trat, doch er kümmerte sich nicht darum. Er weinte selbst. Doch es war nicht Trauer, die ihm Tränen in die Augen trieb. Es war, als sähe er die Frühlingssonne über die Horizontlinie kriechen. Er spürte eine unbändige Freude, stärker als alles andere.

»Ich erinnere mich«, wiederholte Ulv. »Ich erinnere mich an alles.«

Da kamen Loke und Virga zu ihnen. Virga half Bran auf die Beine, während Loke seine Fäuste in die Hüften stemmte und zu den beiden aufsah. Bile, Vile und Bul drängelten sich zwischen Bermarern und Tazkanern hindurch.

»Das ist der Wille der Götter«, sagte der Waldgeist. »Und eine große Freude. Ruft es von Schiff zu Schiff: Bran ist zurückgekehrt.«

»Ja«, sagte Virga nickend. »Schon bevor wir aus dem Lager im Norden aufgebrochen sind, habe ich gesehen, dass er es ist. Ich halte es schon viel zu lange geheim. Die Bermarer werden neuen Mut fassen, wenn sie erfahren, dass sie mit Bran, dem Sohne Febals, segeln.«

Einige Bermarer sprangen auf beiden Seiten des Schiffes auf die Reling. Sie wedelten mit den Armen und brüllten die Neuigkeit zu den anderen Schiffen hinüber. Bran Febalssohn, Kangir, Rabe. Viele Namen gingen von Schiff zu Schiff. Als Häuptling der Kelser hatte Kangir den kelsischen Namen für den Vogel gewählt, der als göttlicher Bote galt. Denn auch als er zum Häuptling des Felsenvolkes wurde, war es der Rabe gewesen, der ihm seinen Namen gegeben hatte. Taznaman übersetzte für die Tazkaner, während Brage hinter den Waldgeistern stand und den Alten anstarrte. Ein Raunen ging durch die Mannschaften. Es war wirklich Bran, der da vor Ulv stand. Der Bran, der in Tirga gekämpft hatte und der das Felsenvolk in das Tal hinter den Bergen geführt hatte. Der Bran aus der Legende. Der Mann des Meeres.

Es waren so viele Jahre vergangen, seit Bran das Felsental verlassen hatte, dass nicht einmal Konvai, Brans Freund aus der Kindheit, ihn erkannt hatte. Nur Virga und Loke hatten verstanden, wer er wirklich war. Virga hatte sein Humpeln bemerkt und sich daran erinnert, wie das Felsenvolk Bran mit der Stichwunde im Schenkel nach Tirga gebracht hatte. Er hatte sich erinnert, denn von allen in Seons Heer war es Virga, der am längsten unter Bran gedient hatte. Doch er hatte seinen Verdacht für sich behalten. Und später, als er sich sicher gewesen war, hatte er über seine Gewissheit geschwiegen. Denn wenn Bran seine Vergangenheit geheim halten wollte, musste Virga das akzeptieren. Doch als die Kelser Ulv aus dem Meer fischten, hatten Loke und Virga miteinander gesprochen. Sie wussten, dass jetzt die Zeit gekommen war. Denn Loke hatte all dies in seinen Träumen gesehen. Vater und Sohn würden einander wiedersehen, und Bran würde abermals gegen die Feinde Aars und Cernunnos' kämpfen, ehe sie sich erneut trennen müssten.

Bran trocknete seine Tränen und lächelte Ulv an. »Tir«, flüsterte er. »Tir, deine Mutter, sollte jetzt hier bei uns sein. Aber ich glaube, dass sie es weiß, Ulv.«

»Mutter ist tot«, sagte Ulv. Er hatte ihr Grab im Tal des Felsenvolkes mit eigenen Augen gesehen und sich selbst verflucht, nicht vor ihrem Tod ins Tal zurückgefunden zu haben.

»Nein, Sohn.« Bran legte seine Hand auf Ulvs Schulter und blickte ihm in die Augen. »Deine Mutter ist nicht tot. Sie lebt in unseren Träumen und Erinnerungen. Sie spricht zu uns von den Ebenen über der Himmelskuppel. Dort sitzt sie, Ulv. Am Feuer. Und wartet auf mich, denn ich bin alt und habe nicht mehr viele Winter zu leben.«

Ulv senkte den Blick. Der Wind pfiff um die Masten und Stagen, und er wusste, dass die Schiffe im Laufe der Nacht weit nach Süden getragen würden. Doch jetzt wünschte er sich bloß, mit seinem Vater umkehren zu können.

»Du siehst jung aus«, sagte Bran. »Vielleicht habe ich dich deshalb nicht gleich wiedererkannt. Aber wie kann das sein, Ulv? Du siehst so aus wie ich, als ich deiner Mutter begegnete. Aber du bist bald fünf Jahrzehnte alt. Ich verstehe das nicht …«

»Stell nicht so viele Fragen.« Loke packte ihn am Gürtel und stellte sich zwischen die beiden Männer. »Denn bald kommt die Nacht, und die Mannschaft muss sich um Segel und Schoten kümmern. Doch wir werden unter Deck gehen und während das Schiff die Wellen frisst, werden Vater und Sohn miteinander sprechen können.«

Virga reckte die Arme über den Kopf und beorderte die

Mannschaft an die Segel. Sie drehten die Querbäume in den Wind, der nicht nur stärker geworden war, sondern auch ein wenig auf West gedreht hatte. Virga und seine Söhne gingen zur Decksluke vorn am Bug, doch als Ulv ihnen folgen wollte, hielt Bran ihn zurück. Der alte Mann starrte entsetzt auf seinen Rücken.

»Du bist ausgepeitscht worden«, flüsterte Bran. »Wer hat dir das angetan, Ulv? Waren das Vandarer?«

»Nein.« Ulv drehte sich um. »Das war Kosh. Ein Sklavenhändler.«

Der Alte sah Ulv mit ernster Miene an. »Niemand wird dir jemals wieder so etwas antun, Sohn, niemand. Das verspreche ich dir.«

»Es geschah oben im Norden.« Ulv blickte zu Boden. Es war seltsam, dass jemand so etwas zu ihm sagte. Obgleich es sein Vater war, der zu ihm sprach, war er doch immer noch wie ein Fremder für ihn.

»Vertrau mir, Sohn.« Bran ergriff Ulvs Unterarm. »So etwas wird nie wieder geschehen.«

Als die Sonne im Meer versank, versammelten sich die Männer zwischen Balken und Ruderbänken. Die Waldgeister riefen Brage, Seon und Taznaman zu sich. Die Zeit der Geheimnisse war vorüber, und während Loke Fackeln über dem Kreis der Männer und Waldgeister entzündete, berichtete Bran über das Leben, das er geführt hatte, seit er das Tal des Felsenvolkes verlassen hatte. Er war auf die Tigam zurückgekehrt, das Langschiff, das er von Blutskalle, dem mächtigsten Skerg von Arborg, erhalten hatte. Die Bermarer hatten ihm geholfen, es ins Meer zu schieben, und dann war er nach Süden gesegelt. Er hatte das Schiff alleine gesteuert und war eins mit Himmel und Meer. Und mit der Zeit brachte ihn die Tigam in die südlichen Meere, wo er Tirga besuchte, Tirs Heimat. Die Arer dort erinnerten sich an ihn als Tirs Mann, den Krieger, der zum Skerg von Arborgs Ehren ernannt worden war. Doch Bran blieb nicht in Ar, denn die Trauer ließ ihn nicht zur Ruhe kommen. Er lebte als Händler und Schmuggler und versuchte die Frau und den Sohn, die er verloren hatte, zu vergessen. Aus Jahren wurden Jahrzehnte, seine Haare wurden grau, und das Gesicht, das ihm von Bronzeplatten oder der stillen Meeresoberfläche entgegenstarrte, war bald das Gesicht eines alten Mannes. Doch das berührte ihn nicht. Denn der Tod würde ihn zu Tir bringen.

Bran war alt, als der Krieg begann. Zuerst waren die Kämpfe nur ein Gerücht, doch es dauerte nicht lang, bis sich die Handelsschiffe nach Norden zurückzuziehen begannen. Und bald kam es in Ar zu den ersten Schlachten.

Bran entschied sich zu kämpfen, denn die Schwarzen brachten eine neue Welt – eine Welt, die er weder verstand noch mochte. Wo dereinst Tirgas Langschiffe gelegen und ihn an Visikal und Tir und die Zeit seines Glücks erinnert hatten, lagen nun geteerte Schoner. Mansarer und Kanathener brannten die Städte nieder, und nach der Schlacht um Tirga war er schließlich zur Flucht gezwungen. Er segelte nach Norden und kämpfte mit den Kelsern. Er nannte sich Kangir, das altkelsische Wort für Rabe. Denn wie der Rabe den Tod ankündigte, war auch das Segel Kangirs ein Bote von Blut und Rache. Und als sein Schiff brannte, wurde er Häuptling und Schiffer der Toten, der letzten Krieger von Kels.

Das war Brans Geschichte. Der alte Seemann strich sich die grauen Haare aus den Augen, während das Licht der Fackeln Schatten in die Falten seines Gesichts warf. Die Männer am Feuer waren still. Nur die Wellen schlugen gegen den Schiffsrumpf. Doch Bran hatte nichts mehr hinzuzufügen. Er nahm einen Wasserschlauch und trank lange. Dann reichte er ihn an Ulv weiter, der ihm gegenübersaß. Und Ulv verstand, denn Virga und Brage, Seon, Loke und die Lehrlinge des Waldgeistes betrachteten ihn abwartend. Es war an der Zeit, dass sein

Vater erfuhr, was geschehen war und wo er in diesen vier Jahrzehnten gewesen war.

Und so erzählte Ulv, was er bereits zuvor Männern und Waldgeistern erzählt hatte. Von den Wintern im Barkasfjell. Den Sommern in den Tälern. Von den Hirschen und den Wolfsrudeln. Er berichtete von seiner Wanderung nach Süden, als ihn die Erinnerungen aus den Wäldern auf die südlichen Ebenen gelockt hatten. Er sprach von den Sklavenhändlern, die ihn gefangen nahmen, und davon, wie Siréd ihn gehalten hatte, als sein Rücken von der Sklavenpeitsche zerfetzt war. Bran wischte sich über die Augen, als Ulv von den Schmerzen und der Verzweiflung sprach, als die kanathenischen Späher ihm Siréd nahmen. Ulvs Geschichte war lang, und er hatte viele Gefahren bestanden. Der Mond schien bereits durch die Decksluke, als sich Ulvs Geschichte Krugant näherte. Er erzählte von der Schlacht, von der Lanze, die ihn durchbohrte, und von dem Wundfieber, das ihn heimsuchte. Und dann sprach er von der Reise durch den Westwald, von Ber-Mar und den Traumbildern, die ihn in die Berge führten. Und er fand das Tal seiner Träume, wo ihn Dielan empfing. Bran lächelte bei diesen Worten, denn er hatte befürchtet, sein Bruder könnte bereits gestorben sein. Doch Dielan lebte wie niemals zuvor, als Ulv die vierzig Männer des Felsenvolkes nach Ber-Mar führte, und obgleich er in der Schlacht beinahe das Leben verloren hätte, war der alte Mann dennoch guten Mutes, als das Felsenvolk und die Bermarer ins Tal zurückkehrten.

Ulv wanderte schließlich nach Süden, wie er es Siréd versprochen hatte. Als Ulv das erzählte, beugte sich Seon zu Bran vor und zeigte ihm das Pergament, auf dem etwas über die Weissagung stand. Er erklärte, dass Siréd die Tarkinar Ethem sei, die Frau, die Regen und Fruchtbarkeit nach Kanath bringen sollte. Denn das Land dort im Süden war an das Leben Tarkins gebunden, und alle Völker Kanaths warteten auf die Frau mit dem Zeichen Tarkins auf dem Rücken. Tarkin musste sie an Wintersonnenwende befruchten, in der Nacht seines Todes. So würde sein Geist in seinem Sohn wiedergeboren werden.

Und das war es, was Ulv verhindern wollte. Siréd war seine Frau, und er wollte sie aus den Ketten der Sklaverei befreien und sie wieder nach Norden bringen, wo sie als freier Mensch leben konnte.

Als Ulv das gesagt hatte, wurde es still. Sowohl die Waldgeister als auch Brage, Seon und Virga hatten diese Geschichte bereits gehört. Doch Bran sagte, dass er stolz auf das sei, was Ulv getan habe, und dass er ihm helfen wolle, die Frau zu finden. Als Loke sagte, dass sie ihn bräuchten, um die Kelser gegen Taz-Ka zu führen, antwortete Bran, die Kelser seien gute Krieger, sie würden ohne Führer auskommen. Denn er würde sich nie wieder von Ulv trennen.

Männer und Waldgeister blieben noch eine Weile sitzen und tranken aus den Wasserschläuchen, doch als keiner mehr etwas sagte, erhoben sie sich und gingen zu ihren Schlafplätzen. Nur Ulv und Bran blieben auf den Fellen sitzen. Sie sahen einander noch immer verwundert an. Doch sie hatten nichts mehr zu sagen – sie waren wie zwei fremde Jäger, die sich an einem Lagerfeuer begegneten, um sich über Jagdgründe und Wetter auszutauschen. Jetzt hatten sie berichtet, wohin sie die Spuren geführt hatten, und obgleich sie ein ganzes Leben aufzuarbeiten hatten, waren sie sich noch immer fremd. Erst als sich Ulv schlafen legte, folgte auch Bran seinem Vorbild. Der Vater lächelte und zog den Umhang um sich. So blieben sie liegen, bis die Fackeln erloschen. Als sich die Dunkelheit zwischen den Decksbalken ausbreitete, schloss Ulv die Augen und schlief ein.

Es war noch dunkel, als Bran Ulv weckte. Gemeinsam gingen sie an Deck, wo Bran nach seinem Langschiff rief, das ein paar

Schiffslängen neben dem Schoner segelte. Als die Kelser herangesteuert waren, kletterten Bran und Ulv über die Strickleiter nach unten. Sie sprangen an Deck, und Bran hinkte zum Steuerruder und drehte nach Westen ab.

Bran sprach mit den Kelsern, während sich das Langschiff durch das Kielwasser der anderen Schiffe pflügte. Er bat sie, ihn bei seinem alten Namen zu rufen, denn er gehörte nicht mehr zu den Toten. Er deutete auf Ulv und erzählte der Mannschaft, dass Vater und Sohn wieder vereint seien und sich nie wieder trennen würden.

Ulv setzte sich auf eine Ruderbank, während Bran das Langschiff in die Morgendämmerung steuerte. Als der Horizont im Osten zu glühen begann, waren sie das westlichste von allen Schiffen, und Bran korrigierte den Kurs. Er überließ einem der Kelser das Steuer und hinkte zu Bran hinüber.

»Ich weiß, dass wir einander fremd sind«, sagte er und stützte sich an eine der Wanten, die an die Reling gebunden waren. »Aber du musst wissen, dass ich dich niemals vergessen habe. Auch wenn ich die Berge verlassen habe, ich habe die Suche nie ganz aufgegeben. In jedem Hafen habe ich nach dir Ausschau gehalten, Ulv. Hasse mich also nicht. Das ist alles, um was ich dich bitte.«

»Ich hasse dich nicht.« Ulv erhob sich von der Ruderbank. Er stellte sich breitbeinig hin, denn das Langschiff schwankte in den Wellen.

Bran lächelte und ergriff Ulvs Schulter. Eine Weile stand er einfach nur da und nickte. »Ich bin stolz auf dich«, sagte er schließlich. »Alles, was du erzählt hast … Das ist unglaublich. Du musst sehr stark sein, Ulv. Kaum einer hätte überlebt, was du durchgemacht hast. Es ist, wie deine Mutter sagte. Das Blut der Götter fließt durch deine Adern.«

»Das Blut der Götter?« Ulv hielt sich an den Wanten fest, als der Bug des Schiffes in einer Welle versank. »Hat Mutter das gesagt?«

Bran nickte. »Das Blut der Götter«, wiederholte er. »Sie war eine Galuene. Sie drückte sich oft so aus. Lass uns jetzt aber nicht mehr darüber sprechen. Sieh nach Westen, Ulv. Lass deinen Blick über das Meer schweifen.«

Ulv tat, was Bran sagte, doch die Worte gingen ihm nicht aus dem Kopf. Das Blut der Götter ... Er verstand nicht ganz, wie Mutter das gemeint haben mochte. Doch Ulv erinnerte sich an die Träume, in denen ihm der Horngott erschienen war. Er erinnerte sich an das eine Mal damals im Norden, als er den Riesen im Nebel sah. Der Riese hatte zu ihm gesprochen und ihn gebeten, nach Süden zu gehen.

»Dort!« Bran deutete nach Westen. »Hast du es gesehen, Ulv?«

Ulv heftete seinen Blick auf den grauen Horizont. Er sah nur Wellen.

»Deshalb habe ich dich gebeten, mit auf mein Schiff zu kommen.«

Bran blickte beim Sprechen nach Westen. »Sie haben mich geweckt, verstehst du? Und ich will, dass du sie siehst.«

»Wer hat dich geweckt?« Ulv sah ihn an. Der Wind spielte mit den grauen Haaren seines Vaters, doch die Augen des Alten starrten über das Meer.

»Die Seeschlangen. Manche nennen sie Die Mächtigen, aber das ist nicht richtig. Die Haie sind Die Mächtigen. Doch die Haie schwimmen bei so unruhiger See tiefer. Wir brauchen sie jetzt nicht zu fürchten. Die Seeschlangen haben mich geweckt.«

Ulv kratzte sich im Nacken. Er verstand nicht, was sein Vater meinte. Er schien den Verstand verloren zu haben.

»Da war sie wieder.« Bran lächelte. »Hast du sie gesehen?«

»Ich sehe bloß Wasser.« Ulv spähte über das Meer.

»Weiter draußen«, sagte Bran. Er wandte sich an die Kelser und sagte ein paar Worte auf Kelsisch, ehe er Ulv an der Schulter berührte und zum Horizont deutete. »Dort draußen«, flüsterte er. »Sie kommen näher. Ich habe sie heute Nacht singen hören. Ich habe ihre Worte durch den Rumpf des Schiffes gespürt. Und das ist ein gutes Zeichen, Sohn. Die Kinlender sagen, dass sich die Seeschlangen zeigen, um große Ereignisse anzukündigen.«

Da rief der Steuermann, und die Kelser hasteten an die Reling.

Bran lachte. »Es sind zwei. Sieh, wie sie miteinander spielen!«

Und da entdeckte auch Ulv sie. Zuerst waren sie nur Schatten am Horizont, doch als das Schiff von einer Welle angehoben wurde, sah er die schuppigen Körper aus dem Wasser schnellen. Die Seeschlangen nahmen die Farbe des Meeres an und spiegelten den Schaum der Wellen. Sie waren lang wie zwei Schiffe und näher, als er geglaubt hatte.

»Bei Manannan!« Bran streckte die Arme über den Kopf. »Sie grüßen meinen Sohn! Sie grüßen ihn! Lasst das alle Götter und alle Menschen sehen! Sie grüßen Ulv, meinen Sohn!«

Die zwei Seeschlangen verschwanden in der Tiefe, tauchten aber gleich darauf näher am Schiff auf. Sie sahen aus wie normale Schlangen, mit kleinen Köpfen und schwarzen Augen. Ihre schuppige Haut glitzerte, wenn sie die Köpfe über die Wellen hoben. Ulv hatte das Gefühl, dass die Schlangen ihn ansahen, denn sie nickten mit den Köpfen und wandten ihre Augen zum Schiff.

Dann tauchten sie ab und waren verschwunden. Bran ging zurück ans Steuer und führte das Schiff wieder in den Flottenverband.

Dann stieg die Sonne am Himmel empor und brachte einen neuen Tag.

# Vendhur

Siréd drückte sich gegen die Steinmauer. Weiter hinten im Gang hörte sie die Schritte der Wachen. Der hohle Klang der Bronzetrommeln der Priester hallte zwischen den Wänden wider. Irgendwo weit weg und tief unter ihren Füßen ertönte der Gesang der Priesterinnen.

Sie wickelte den Umhang um die Hand und streckte sich nach der Fackel aus, die in einer Eisenhalterung an der Wand brannte. Sie erstickte die Flamme und wurde von Dunkelheit eingehüllt. Aber Siréd kannte ihren Weg. Sie hatte den Spalt in der Pforte gesehen, durch den der Sand über den gepflasterten Boden hereingeweht wurde. Nur wenige Speerlängen trennten sie noch von der Freiheit.

Siréd schlug den Umhang um sich. Schweiß rann über ihre Stirn und brannte in den Augen. Die Schritte am anderen Ende des Ganges wurden leiser. Die Wachen waren auf dem Weg zu Tarkins Saal. Siréd zog den Gürtel enger. Sie hatte ihn durch den Henkel eines Tonkrugs gezogen, den sie hinter die Hüfte geschoben hatte. Sonst hatte sie nichts mitgenommen. Sie zog die Kapuze über den Kopf und tastete sich an der Steinmauer entlang. Vor der Pforte tobte der Sturm. Er würde sie verbergen und ihre Spuren verwischen. Aber vielleicht würde er sie auch töten.

Sie tastete sich vor, bis sie Sand unter den Füßen spürte. Dann hob sie den Arm, um gegen die Pforte zu klopfen, aber irgendetwas ließ sie zögern. Siréd fuhr sich mit der Hand übers Gesicht. Ihre Hände zitterten, und sie war fast sicher, dass irgendwo in der Dunkelheit jemand stand und sie beobachtete. Sie drehte sich mit dem Rücken zur Tür und hielt den Atem an. Aber das Einzige, was sie hörte, war das Heulen des Windes vor dem Tempel. Doch es war nicht nur der Sturm, der sie mit Angst erfüllte. Da war etwas in der Dunkelheit. Die tote Priesterin verfolgte sie. Sie hatte sich die Treppen hinuntergeschleppt und kam, um sich zu rächen.

Siréd schluckte. Ihr Vater hatte sie gelehrt, dass ein Krieger niemals bereute, wenn er getötet hatte. Die Götter sahen auf die Erde herab und bestimmten, wer sterben und wer töten sollte. So war es seit jeher gewesen. Und Siréd hatte sich an seine Worte erinnert, an die dunklen Augen ihres Vaters, wenn er nach den Schlachten gegen den Treiklan ins Lager geritten kam. In genau die gleichen Augen hatte sie geblickt, als sie sich am Abend im Wasser gespiegelt hatte. Sie war ins Bad gestiegen, und die Priesterin hatte sich hinter sie auf den Steinboden gekniet und begonnen, ihr das Haar zu waschen. Siréd hatte ganz still in dem warmen Wasser gesessen und den Schritten der anderen Priesterinnen gelauscht, die den Raum verließen. Vielleicht waren sie in Tarkins Saal gegangen. Vielleicht hatten sie andere Pflichten. Jedenfalls war es noch niemals vorgekommen, dass sie sie mit nur einer Frau allein gelassen hatten. Vielleicht fingen sie an, ihr zu trauen. Vielleicht glaubten sie, dass Siréd das Schicksal akzeptierte, das ihr vorherbestimmt war.

Siréd hatte nie die Hoffnung aufgegeben, eines Tages fliehen zu können. Und nun wusste sie, dass der Zeitpunkt gekommen war. Sie drehte sich zu der Priesterin um, die einen Lappen ins Wasser tauchte und begann, Siréds Schultern zu waschen. Siréds Blick glitt an den Säulen entlang, wo sonst die anderen Priesterinnen standen, aber tatsächlich hatten alle den Raum verlassen. Die Priesterin lächelte, beugte sich vor und rieb mit dem Lappen über Siréds Arme. Da packte Siréd sie am Hals, zog sie in das Bad und drückte ihren Kopf unter Wasser. Die Frau wehrte sich, sie strampelte mit den Beinen und kratzte Siréd an den Armen. Aber nicht lange.

Es gab keinen Weg zurück. Mit ein wenig Glück würden die anderen erst bei Tagesanbruch merken, dass an ihrer Stelle die tote Priesterin unter der Decke im Bett lag, aber dann wäre sie längst weit fort.

Sie drehte sich um und pochte gegen die Pforte. Ein paar Angeln quietschten, und eine kräftige Windbö schlug ihr entgegen, als sich die schmale Tür in der großen Pforte öffnete. Eine Wache trat ein. Siréd konnte den Mann in der Dunkelheit kaum erkennen. Der Wind hatte die Fackeln auf dem Platz ausgeblasen.

Die Wache sagte etwas zu ihr. Siréd zog die Kapuze tiefer ins Gesicht und ging durch die Tür. Er hielt sie am Arm fest, aber als sie sich umdrehte und ihn ansah, schlug er den Blick nieder. Das hatte sie schon öfter erlebt. Die Tempelwachen wagten nicht, sich den Priesterinnen zu widersetzen. Und nun verbarg die Dunkelheit ihre Hautfarbe, und den Umhang, den sie trug, hatte sie der toten Priesterin abgenommen. Sie sagte auf Kanathenisch zu den zwei Wachen, dass die Fackeln im Gang niedergebrannt seien und dass sie sie besser auswechseln sollten, ehe die Priester entdeckten, dass sie ihre Pflichten vernachlässigten.

Als die Wachen hinter der Tür verschwunden waren, überquerte Siréd den gepflasterten Platz. Mehrere Tage hatte sie an diesen Sätzen geübt, und das Rauschen des Sturms hatte ihr geholfen, die gebrochene Aussprache zu überspielen. Jetzt drohte der Wind sie umzuwehen, und der Sand stach in ihrem Gesicht. Bald war der Tempel nur noch als Schemen hinter ihr zu erkennen, und sobald sie das Ende des Platzes erreicht hatte, begann sie zu rennen. Sie bedeckte Mund und Nase mit den Händen und folgte den Wagenspuren auf dem Karrenweg.

Siréd kam nicht weit, ehe sie stehen bleiben musste, um sich den Sand aus den Augen zu reiben. Sie hustete und spuckte, während sie das Band löste, mit dem sie die Haare hinter dem Kopf zusammengebunden hatte. Jetzt schnürte sie damit die Kapuze unter dem Kinn fest, schnitt mit einem Stein zwei Löcher für die Augen in den Stoff und setzte sich wieder in Bewegung.

Seit dem Ende des letzten Sandsturms hatte sie auf diese Gelegenheit gewartet. Die Priesterinnen hatten gesagt, dass die Stürme manchmal Trethaer und Monde andauerten, doch der Sturm nach dem Opfer der Priesterinnen war bereits nach wenigen Tagen abgeflaut. Da hatte Siréd den Beschluss gefasst zu fliehen. Sie hatte die Tage gezählt, und nachdem nach dem Opferritual eine Mondzeit verstrichen war, passierte es wieder. Der Vollmond schien in den Saal, als sie erwachte und das ferne Rauschen hörte. Sie war aufgestanden und zu der Öffnung in der Südwand gegangen. Und da hatte sie die Sandriesen gesehen, die sich zum Himmel emporreckten. Sie kamen aus den Bergen und wirbelten die Hänge hinab wie tanzende Geister. Zwölf Sandriesen hatte sie gezählt, zwölf gigantische Säulen aus wirbelndem Sand. Die Riesen rasten durch die Schlucht und vereinten sich zu einem einzigen dichten Nebel. Und dieser Nebel breitete sich unter der Himmelskuppel aus, verdeckte den Vollmond und die Sterne und wälzte sich wie eine Mauer aus Sand auf den Tempel zu.

Der Sturm tobte bereits seit drei Tagen. Sie hatte gewartet, dass die Götter ihr ein Zeichen gaben, wie sie aus dem Tempel herauskommen könnte. Und sie hatte dieses Zeichen bekommen. Jetzt war sie ein Krieger. Sie hatte mit ihren eigenen Händen einem anderen Menschen das Leben genommen. Es war nicht das erste Mal, dass sie getötet hatte, aber es war das erste Mal, dass sie das Leben unter den eigenen Händen aus einem Körper hatte fließen spüren. Nicht einmal der glühende Hass, den sie gegen die Kanathener hegte, war stark genug, die eisige Kälte aus ihren Fingern zu vertreiben.

Siréd lief die ganze Nacht, bis zum Anbruch des Morgens. Obgleich der Sturm das Tageslicht abschirmte, fühlte sie die Zeit. Sie war eine Frau der Ebene und brauchte keine Sonne, um die Zeit und die Himmelsrichtung zu bestimmen. Ihre Sinne waren stark, sie waren ererbt aus den Zeiten, als Die Ältesten noch über die Erde wanderten. Siréd wusste also, dass jetzt die Zeit war, da die Priesterinnen kamen, um sie zu wecken. Sie hatten ihre Flucht sicher schon entdeckt. Vielleicht hatten die Priester bereits Krieger hinter ihr her geschickt. Aber noch schützte sie der Sandsturm.

Siréd wandte sich nach Westen, zu den Bergen, die hinter dem Sturm verborgen waren. Sie kämpfte sich eine Sanddüne hinauf und rutschte auf der anderen Seite hinunter. Der Wind hatte den Sand zu riesigen Hügeln zusammengeweht, was Siréd nicht davon abhielt, weiter nach Westen zu gehen. Sie wollte so schnell und so weit wie möglich fort von dem Karrenweg, rauf in die Berge. Wenn der Sturm nachließ, würde sie einen Bogen anfertigen und jagen. Sie musste dringend einen Bach oder ein Wasserloch finden – das Wasser in dem Tonkrug würde nicht lange reichen.

Wenige Steinwürfe von dem Karrenweg entfernt stieß sie auf eine Felswand. Siréd fluchte, weil die Wand zu steil war, um hinaufzuklettern. Sie änderte die Richtung und ging nach Süden weiter, wobei sie stets Gefahr lief, von einer Sturmbö den Hang hinuntergeweht zu werden. Der Sand war längst durch die Sehschlitze ihrer Kapuze gedrungen, hatte sich einen Weg in ihre Nase gesucht und schien ihre Kehle zu verstopfen. Aber Siréd rührte den Wasserkrug nicht an. Sie wollte erst dann trinken, wenn der Durst sie in die Knie zwang.

Bis zum Abend folgte sie der Felswand nach Süden. Sie tastete sich an dem Gestein entlang, während der Sand ihr die Haut von den Knochen zu scheuern schien. Je weiter der Tag sich neigte, desto stärker wurde der Wind. Eine Dunkelheit, die tiefer war als alles, was sie je erlebt hatte, senkte sich über sie. Siréd kniff die Augen zu und taumelte blind weiter. Der Sand gab unter ihren Füßen nach, aber sie folgte der Felswand immer weiter in die Nacht. Sie weinte vor Schmerz und Verzweiflung, aber die Tränen trockneten noch in den Augenwinkeln. Ihre Ahnen konnten sie nicht sehen, solange der Sandsturm blies. Sie war auf sich allein gestellt, und obgleich sie sich den Tod mehr als einmal als Befreiung vorgestellt hatte, graute ihr jetzt davor. Endlich hatte sie die Freiheit, nach der sie sich so lange gesehnt hatte. Aber der Preis war hoch. Einen Tag würde sie noch überleben. Vielleicht auch einen zweiten und eine Nacht in der brüllenden Dunkelheit. Danach würden ihre Kräfte sie verlassen.

Siréd wankte vorwärts. Sie fiel und stand immer wieder auf, während der Sturm unermüdlich an ihrem Umhang zerrte. Sie wusste, dass sie nach Süden ging, aber sie hatte überhaupt keine Vorstellung, wie weit sie vom Tempel entfernt war. Jeder Schritt war eine Qual, weil der Wind sich regelrecht gegen sie warf. Die Schrammen an ihren Knien schmerzten, die dünnen Lederschuhe waren voller Sand und das Atmen fiel ihr zunehmend schwerer. Die Sandkörner brannten ihr in den Augen. Sie stachen in der Haut und nahmen ihr die Luft.

Es mochte Morgen sein, als sie zusammenbrach. Aber vielleicht war es auch noch Nacht. Siréd legte keuchend den Kopf in den Nacken. Der feine Sand hatte ihr den Hals verklebt. Sie öffnete den Gürtel und zog den Korken aus dem Wasserkrug. Die ersten Schlucke hustete sie wieder aus. Sie hatte Sand zwischen den Zähnen, unter der Zunge und bis weit in die Speiseröhre. Als sie endlich ein paar Schlucke hinunterbekam, wurde das Atmen leichter.

Aber sie trank zu viel. Als sie den Krug vom Mund absetzte, war er halb leer. Sie schlug den Korken hinein und zog den Gürtel durch den Henkel, ehe sie ihn sich wieder um die Taille band. Das Wasser gab ihr neue Kraft.

Das Leben in der Ebene hatte sie stark gemacht, und ihr Vater hatte sie gelehrt, Schmerz zu ertragen. Aber das alles nutzte Siréd nur wenig, als sie sich an der Felswand entlanghangelte. Die Sandriesen zerrten an ihr, und Siréd suchte blind nach Felsspalten oder Einschnitten, in denen sie Schutz suchen konnte. Sie merkte nicht einmal, dass die Felswand einen leichten Bogen machte und auf das Tal zulief, das die Kanathener Tham-Za nannten, nach dem Binnensee, den es einst dort gegeben hatte. Dieser See war schon vor langer Zeit ausgetrocknet, zusammen mit den Bächen, die das Wasser aus den Bergen ins Tal geführt hatten. Trotzdem war dies ein geeigneter Ort, um Schutz zu suchen. Die Bäche hatten tiefe Schluchten in den Fels gegraben, und in eine dieser Schluchten stolperte Siréd hinein. Der Wind wehte aus dem Tal herauf, aber der meiste Sand blieb im Eingang liegen. Das war ein gutes Versteck. Sie machte ein paar Schritte in die Schlucht hinein und sank auf die Erde, löste das Band um ihren Kopf und schob die Kapuze in den Nacken.

Die Stille weckte sie. Siréd schob den Umhang von ihrem Gesicht. Sie war halb unter Sand begraben, aber der Wind heulte nicht länger durch die Kluft. Die Sonne stach ihr in den Augen. Der Sturm hatte sich gelegt.

Sie richtete sich auf und rieb sich den Sand aus den Augen. Als sie in die Kluft hineingestolpert war, hatte sie weder die Felsen um sich herum noch den Boden unter sich gesehen. Jetzt blinzelte sie in die Sonne, die ihre Lichtpfeile in die enge Schlucht warf. Der Sand, der sich am Eingang der Schlucht zu einer hohen Wehe aufgetürmt hatte, war genauso gelb wie die Sonne selbst.

Sie stieg auf den Sandhügel. Das Tal vor der Kluft glich einem Meer mit gelben Wellen, das von einem Ring aus Felsen eingerahmt war, der sich nach Südosten hin öffnete. Die Sanddünen erstreckten sich bis zum Horizont und warfen lange Schatten unter der Sonne. Siréd wischte sich den Schweiß aus der Stirn, während ihr Blick den Berghang und die Felsen absuchte. Sie hielt nach Schluchten Ausschau, die sie weiter nach Westen führen könnten. Aber die von der Sonne verdorrten Klippen zeigten keine Öffnung und keinen Pass, die sie aus dem Tal führten.

Siréd blieb eine ganze Weile auf dem Sandhügel stehen und spähte über die Wüste. Denn was sich vor ihr ausbreitete, war eine Wüste, die Wüste Nataz-Ka. Sie hatte auf den Bronzeplatten darüber gelesen, und die Priesterinnen hatten erzählt, dass sie jedes Jahr ein wenig größer wurde. Jetzt hatte der Sturm Nataz-Ka bis in die Berge getragen, und der Sand hatte alles Leben unter sich begraben. Siréd wusste, dass sie nicht durch die Sandwüste wandern konnte, weil sie dort von den Tempelwachen gesehen werden würde. Außerdem würde die Sonne sie dort schnell zu Tode verbrennen.

Also drehte Siréd dem Tal den Rücken zu und begab sich tiefer in die Schlucht hinein. Sie kletterte über riesige Steinbrocken, die aus der Felswand gebrochen waren, und sah immer wieder nach oben, wo die Sonne hoch über ihr einen schmalen Lichtstreif an den Himmel malte. Es war, als hätte ein mächtiger Riese mit seinem Schwert den Berg gespalten. Siréd musste irgendwie zum oberen Rand der Schlucht gelangen, aber die Bergwand war steil. Hier unten am Grund der Schlucht würde sie wenigstens niemand finden. Dafür war sie geflohen, das war die Freiheit, nach der sie sich so sehr gesehnt hatte. Aber sie empfand keine Freude, nur Furcht. Seit sie in Gefangenschaft geraten und zu Kargaths Pforte im Norden gebracht worden war, war sie immer von Menschen umgeben gewesen. Jetzt war sie allein mit sich und ihre eigenen Schritten, die zwischen den Bergwänden widerhallten. Sie hörte ihren Atem. Selbst ihre Gedanken schienen eine Stimme zu haben. Sie war durstig und ihre Füße taten weh. Sie hörte Geräusche, tiefer in der Schlucht, ein halb ersticktes Lachen. Aber vielleicht war es auch nur ihre Angst, die in den Schatten dort drinnen Gefahr witterte.

Siréd begab sich tiefer in die Schlucht hinein, bis es dunkel wurde. Die Felswände rückten immer enger zusammen, und Siréd befürchtete, dass sie bald das Ende erreichen würde. Als an dem schmalen Streifen Himmel die Sterne sichtbar wurden, setzte sie sich mit dem Rücken gegen die Bergwand. Sie band den Gürtel ab und trank drei große Schlucke Wasser. Jetzt waren nur noch wenige Schlucke übrig – sie würde nicht mehr weit kommen, wenn sie nicht bald Wasser fand.

Sie nickte ein, während die Sterne über die Himmelskuppel wanderten. Ein paar Mal wurde sie wach und wickelte sich fester in den Umhang, weil die Nacht ebenso kalt war wie der Tag warm. Sie verfluchte das Land, in das die Späher sie gebracht hatten, und die Priester, die glaubten, über ihr Schicksal bestimmen zu können. Aber jetzt trotzte sie ihnen allen. Sie hatte die einzige Gelegenheit zur Flucht ergriffen, die sich ihr bot, und niemand sollte jemals wieder versuchen, ihr die Freiheit zu nehmen. Sie würde gegen die Sonne und den Sand kämpfen und niemals aufgeben. Wenn aber der Tod trotzdem zu ihr kam, würde sie keine Angst vor ihm haben. Denn sie war die Tochter eines Häuptlings, eine Frau aus Cogachs Klan. Ihr Vater hatte sie ihren Stolz gelehrt und sie vor seinem Tode aufgefordert, immer daran zu denken, wer sie war. Und Siréd erinnerte sich. Sie erinnerte sich an die Fehde, die dem Klan den Lebenssaft ausgesaugt hatte, und an die Kämpfe gegen den Treiklan, bei denen ihre Brüder gefallen waren. Sie erinnerte sich an die Flammen und an die Männer, die durch das Lager geritten waren, und sie erinnerte sich an ihre Flucht und die Sklavenhändler.

Siréd schlief, als die Erinnerungen sie in das Land hinter den zwei Meeren zurückholten. Sie träumte von der Zeit, als sie wirklich frei gewesen und mit ihrem Klan durch die Ebenen im Norden geritten war. Aber mit den Träumen kamen auch die schmerzlichen Erinnerungen, Erinnerungen, die sie weckten. Sie griff sich an den Hals, wo der Eisenbügel eine

Narbe auf ihrer Haut hinterlassen hatte, und erinnerte sich an die Monde, die sie hinter dem Wagen der Sklavenhändler angekettet gewesen war. Wie ein Tier auf dem Weg zum Markt hatte sie vom Boden gegessen und den Morgentau vom Gras geleckt. Im Tempel hatte sie viel Zeit zum Nachdenken gehabt, und sie wusste, dass die Sklavenhändler ihren Willen gebrochen hätten, wenn nicht Ulvmanna neben ihr angekettet gewesen wäre. Als der große Kajmen sie zu Boden geworfen hatte und sich gewaltsam auf sie zwängte, hatte Ulvmanna ihn mit der Kette erwürgt. Damals hatte er sie gerettet und war dafür bestraft worden. Die Peitsche hatte ihm die Haut in Streifen vom Rücken gerissen. Sie hatten ihn an einen Baum gebunden, und die Erde unter seinen Füßen war rot von seinem Blut. Sie hatte geweint und wollte die Schuld auf sich nehmen. Aber die Sklavenhändler hatten nicht auf sie gehört.

Wie immer, wenn die Erinnerung an Ulvmanna zu ihr kam, wurde Siréd ganz warm in der Brust. Wenn die Sklavenhändler sich unter ihre Decken am Feuer gelegt hatten, waren sie und Ulvmanna unter dem Wagen zusammengerückt. Und Ulvmanna hatte sie an sich gedrückt. Er hatte sie mit seinem Körper gewärmt, und wenn sie so zusammenlagen, war die Nacht schon nicht mehr gar so dunkel gewesen.

Siréd hatte Ulvmanna gestützt, als das Wundfieber in ihm wütete und der Wagen weiter nach Süden rollte. Sie hatte das Blut von seinem Rücken gewaschen und ihn angefleht, stark zu sein. Sie hatte mit ihm geredet, wie sie mit den sterbenden Männern gesprochen hatte, die aus den Schlachten gegen den Treiklan zurückkehrten. Ulvmanna war damals auch ein Sterbender gewesen, und alles, was sie für ihn tun konnte, war, die Fliegen von seinen Wunden fern zu halten. Aber die klaffenden Schnitte verheilten rasch, als hätten die Götter selbst ihn geheilt.

Siréd hatte die Knie vor die Brust gezogen und die Hände in die Achselhöhlen gesteckt. Sie zitterte und versuchte, sich aus der Kluft und der Kälte wegzuträumen. Sie flog nach Norden über Meere und Land und überwand selbst die Zeit. Sie war zurück an dem Lagerplatz, an dem Talma und seine beiden Begleiter sie Kosh abgekauft hatten. Sie sah Ulvmanna, der an seiner Kette zerrte. Er rief etwas hinter ihr her. Er versprach, ihr zu folgen. Aber Siréd wusste, dass sie ihn nie wieder sehen würde. Ulvmanna war auf dem Weg zu den Sklavenmärkten im Süden und würde nie mehr ein freier Mann sein.

Doch in ihren Träumen änderte Siréd die Geschichte. In ihren Träumen riss sich Ulvmanna von seiner Kette los und lief über die Ebenen. Rastlos wanderte er nach Süden. Über ihm flog ein Rabe. Sie sah ihn einen Strand entlanglaufen und durch haushohe Wellen rudern. Er lief über Berge. Und plötzlich stand er vor ihr. Aber der Himmel über ihm war schwarz, und die Sterne waren erloschen. Sogar seine Augen waren schwarz wie die Schwingen eines Raben. Er berührte sie mit Händen, die kalt wie Eis waren. Da ertönte ein Donnern am Himmel, und im nächsten Augenblick war er verschwunden.

Siréd fror sich durch die Nacht. Als der Morgen anbrach, war es am Grund der Kluft noch immer dunkel. Sie kam auf die Beine und zog den Korken aus dem Krug, weil sie etwas trinken musste, wenn sie weitergehen wollte.

Aber in dem Krug waren nur noch wenige Schlucke. Sie leckte die letzten Tropfen vom Krugrand und strich mit den Händen an der Felswand entlang, aber so weit unten in der Kluft gab es keinen Morgentau. Sie schaute zu dem Streifen Himmel zwischen den Felswänden empor. Die Sonne schleuderte Feuerfunken in ihre Augen, sie war ihr Feind, aber Siréd würde sich nicht kampflos ergeben. Sie stellte den Krug auf den Boden, hockte sich darüber und fing ihren Urin auf. Auf der Flucht vor den Männern des Treiklans hatten ihre Brüder einmal den Urin ihrer Pferde getrunken. Sie hatten keine Zeit gehabt, nach Wasser zu suchen, und das Lager war zu weit entfernt gewesen. Auf diese Weise hatten sie überlebt.

Sie hängte den Krug an den Gürtel und machte sich auf den Weg. An manchen Stellen war die Schlucht so eng, dass sie mit den Ellbogen die Felswände berühren konnte. Sie kletterte über Steinhaufen und schlüpfte unter Felsbrocken hindurch, von denen mehrere zwischen den Felswänden festklemmten. Sie hielt jedes Mal den Atem an, wenn die Schatten solcher Riesen über sie hinwegglitten, weil sie aussahen, als warteten sie nur darauf, sie unter sich zu begraben.

Aber die Felsbrocken fielen nicht herunter. Als ein Felsen den Weg versperrte, kletterte sie an der Felswand auf den Stein hinauf. Und dann kam, was sie befürchtet hatte. Einen Steinwurf vor ihr war die Schlucht zu Ende. Siréd kletterte von dem Felsen herunter und setzte sich mit dem Rücken gegen die Felswand. Jetzt bereute sie es, in der Schlucht Schutz gesucht zu haben. Da wäre es doch besser gewesen, in der Wüste zu sterben, wo ihre Ahnen sie sehen konnten. Hier in der Kluft schirmten die Felswände sie ab. Wenn sie hier starb, war ihre Seele in den Schatten gefangen, sie würde auf ewig in der Dunkelheit herumirren, und keiner ihrer Ahnen würde sie zu sich rufen, weil keiner sie sah.

Sie streckte die Beine aus. Die Kluft war so schmal, dass sie die andere Felswand mit den Füßen erreichte. In ihrer Verzweiflung stemmte sie sich dagegen, als ob sie die Felswand wegschieben und die Kluft breiter machen wollte. Sie presste die Schultern und den Rücken gegen die Wand hinter sich und stemmte den Körper vom Boden hoch. Aber die Felswand rührte sich nicht. Siréd sank zurück auf den Boden und lachte über ihren Unverstand. Die Erschöpfung und der Durst waren auf dem besten Weg, ihr den Verstand zu rauben.

Siréd blickte zum oberen Rand der Kluft. Es sah aus, als bliebe der Abstand zwischen den Felswänden bis nach oben hin immer gleich. Sie streckte die Füße nach vorn und stemmte sie gegen den Fels, drückte die Hände hinter sich gegen die Wand und setzte einen Fuß über den anderen. Dann schob sie den Oberkörper ein Stück nach oben. Sie stemmte sich mit den Beinen ab und schob sich Stück für Stück weiter.

Bald war sie eine Mastlänge über dem Boden. Sie wagte nicht, nach unten zu sehen. Ihre Schultern schmerzten, und sie merkte, dass ihre Handflächen bluteten. Aber sie spürte den Schmerz kaum, denn sie hatte wieder Hoffnung geschöpft. Stück für Stück kämpfte sie sich nach oben zur Kante der Schlucht. Das Leinenkleid war über ihren Schultern zerrissen, und der Umhang hing in Fetzen an ihr herunter. Sie scheuerte mit den bloßen Schultern über den Stein und dachte, dass ihre Ahnen sie durch den Schmerz prüften. Darum durfte sie den Schmerz nicht siegen lassen. Sie hieß ihn willkommen wie einen alten, lieben Freund. Denn er erinnerte sie daran, dass sie noch lebte.

Die Felswände nahmen kein Ende. Siréd schob sich Schritt für Schritt nach oben, während ihre Füße in den Vorsprüngen und Unebenheiten im Fels Halt suchten. Als sie das nächste Mal das Gesicht nach oben wandte, um nachzusehen, wie weit sie gekommen war, wurde sie von der Sonne geblendet. Sie kämpfte weiter.

Kurz darauf hatte sie das Ende der Kluft erreicht, denn plötzlich war keine Felswand mehr hinter ihrem Rücken. Sie stieß sich mit den Füßen ab, wälzte sich auf den Bauch, zog sich über die Kante und kroch von der Spalte weg. Dann rollte sie sich auf die Seite und legte den Arm über die Augen.

Sie lag eine ganze Weile so da und spürte den Boden unter ihrem Körper. Über ihr brannte die Sonne. Sie stach in den Augen. Am Grund der Kluft war sie von Schatten umgeben gewesen, hier oben jedoch gab es nichts, was sie vor der Sonne schützen konnte.

Siréd richtete sich auf. Sie befand sich auf einem flachen

Hang. Die Kluft wand sich als dunkler Streifen bis zu der Wüste, in der sich die Sanddünen bis an den Horizont erstreckten. Siréd legte die Hand über die Augen und bestimmte anhand des Sonnenstands die Himmelsrichtungen. Das Tal und die Wüste lagen im Osten. Im Norden hinter dem Hang erhob sich eine Festung aus Klippen. Und dort, von der Nordseite der Kluft, war sie gekommen.

Auf der anderen Seite der Kluft bildete der Hang ein sanft geneigtes Plateau, eine Hochebene, die durch einen Abgrund von dem Tal und der Wüste getrennt war. Siréd legte die Hand über die Augen. Die Berge dort drüben waren längst nicht so steil, und sie sah einen schmalen Schatten, der sich in westlicher Richtung in ein Tal zwischen den Bergen schlängelte. Es sah aus wie ein ausgetrocknetes Bachbett. Siréd trat an den Rand der Kluft. Hoch über den Bergspitzen schwebten zwei schwarze Schemen. Es waren Vögel. Vielleicht zeigten die Vögel ihr, dass es am Ende des Bachlaufes Wasser gab.

Sie zog den Umhang aus und strich sich über die wunden Schultern. Dann knotete sie sich den Umhang um die Taille und machte ein paar Schritte von der Kluft weg. Sie drehte sich um und atmete tief ein, strich sich das Haar aus der Stirn und schaute zum Himmel. Ihre Ahnen sahen sie. Sie konnte es fühlen.

Sie rannte auf die Kluft zu, stieß sich ab und sprang über die Spalte. Ihre Füße versanken im sandigen Untergrund auf der anderen Seite, sie fiel nach vorn und fing sich mit den Händen ab. Ein warmes Kribbeln schoss in ihre Arme, aber Siréd stand schnell auf. Sie legte sich den Umhang um die Schulter und zog die Kapuze über den Kopf. Und dann begann sie, auf den Bachlauf zuzugehen.

Es war weiter, als sie gedacht hatte. Als die Sonne sich wie ein Feuerschild über den Horizont senkte, hatte Siréd den Bachlauf noch immer nicht erreicht. Sie hatte es ein ganzes Stück den Hang hinaufgeschafft, aber je länger sie lief, desto größer erschienen ihr die Berge und das Tal. Der Bachlauf war jetzt, wo die Sonne am Westhimmel sank, besser zu erkennen. Jeder Stein und jeder noch so kleine Vorsprung in der Bergwand malten dunkle Schatten in den gelben Sand.

Noch hatte sie nichts aus dem Krug getrunken. Sie leckte sich den Schweiß von den Armen. Der Gedanke, ihren Urin trinken zu müssen, war ihr zuwider. Vielleicht war sie bereits viel zu geschwächt, um zu überleben, aber vielleicht hatte das Leben im Tempel sie auch verweichlicht. Siréd dachte an ihren Kampf gegen die Krieger und die Heiler auf der anderen Seite des Arak-Gebirges, und sie erinnerte sich, dass Talma für sie gestorben war. Diese Erinnerung machte ihr Mut. Und so wanderte sie weiter, während die Dunkelheit sich vom Himmel auf sie herabsenkte. Die Nacht kam schnell, anders als im Norden, wo die Abende lang waren und den Menschen und Tieren Zeit ließen, einen geschützten Platz zu finden, ehe es dunkel wurde. Hier wurden die Schatten von einer pechschwarzen Dunkelheit verschlungen, in der selbst die Berge verschwanden.

Siréd gönnte sich in dieser Nacht keine Ruhe. Als der Durst in ihrem Hals wie Feuer brannte, zog sie den Korken aus dem Krug und trank den Urin. Den ersten Schluck spuckte sie wieder aus, aber den nächsten zwang sie herunter. Dann schwankte sie weiter und kletterte über Steine und Sandhaufen, die an dem Hang zusammengeweht waren. Sie konnte nichts sehen, erinnerte sich aber an die Richtung, in der der Bachlauf und das Tal lagen. Kurz darauf stolperte sie in eine Bodenmulde. Auf allen vieren tastete sie sich voran. Die Vertiefung im Boden war höchstens armbreit.

Den Rest der Nacht folgte sie dem ausgetrockneten Bachbett. Der Boden unter ihren Füßen stieg leicht, aber stetig an. Der Bachlauf führte ins Gebirge hinauf, und wenn sie ihm folgte, musste sie früher oder später an eine Wasserstelle oder eine Quelle gelangen.

Aber als der Morgen anbrach, hatte sie immer noch kein Wasser gefunden. Und da die Sonne sich über das Tal im Osten erhob, hielt Siréd vergeblich nach glatt geschliffenen Steinen, Gräben oder anderen Spuren von Wasser Ausschau, das einst hier geflossen war. Da blitzte ein Stück vor ihr im Sand etwas auf. Sie hob das Eisenstück auf und hielt es vor sich. Es war ein verrostetes Hufeisen. Dann war es also kein ausgetrocknetes Bachbett, in dem sie lief, sondern ein Pfad, der sie ins Gebirge geführt hatte. Siréd schaute zurück. Es hatte keinen Sinn umzukehren. Vor ihr machte das Tal einen sanften Bogen nach Süden. Sie konnte nur hoffen, dass der Pfad sie zu einem Wasserloch führte.

Siréd folgte dem Pfad zwischen den Bergwänden. Als das Tal nach Süden schwenkte, wurde der Pfad steiler und führte höher in den Hang. An einigen Stellen war er zugeweht, aber sie kletterte über die Sandhügel und folgte ihm weiter. Es interessierte sie nicht mehr, wohin der Weg sie führte. Für sie zählte nur noch der Kampf zwischen ihr und der Sonne. So lange noch ein Funke Leben in ihr war, würde sie weitergehen. Vielleicht würde es nicht mehr lange dauern – ihr Hals schnürte sich bereits zusammen und jeder Atemzug brannte in der Kehle. Sie fuhr sich mit der Zunge über die aufgesprungenen Lippen und blickte konzentriert zu Boden. Der Sand und das Sonnenlicht verschmolzen ineinander, die Steine bohrten sich in ihre Fußsohlen, und der Schweiß rann ihr wie geschmolzenes Eisen über den Rücken.

Sie konnte nicht sagen, wie lange sie den Pfad entlangstolperte. Aber irgendwann im Laufe des Tages stellte sie fest, dass sie nicht mehr ging, sondern auf Händen und Knien über die Erde kroch. Siréd streckte sich aus und ließ das Gesicht auf den glühend heißen Sand sinken. Sie schloss die Augen in der Gewissheit, dass es jetzt nicht mehr lange dauern würde, bis ihre Ahnen sie zu sich holten. Sie würden sie auf die Himmelsebenen tragen und ihr Wasser geben. Ihr Vater würde sie an sich drücken, und ihr Leid hätte ein Ende.

Aber als die Sonne im Westen unterging, lag sie noch immer auf dem Pfad. Sie war noch immer durstig, und ihr Gesicht war von der Sonne geschwollen und verbrannt. Als sie sich auf den Rücken drehte und zum Himmel aufblickte, wurde sie von den Sonnenspeeren geblendet. Sie wollte schreien, damit der Geist ihres Vaters sie hörte, aber ihre Stimme hatte sie verlassen. Sie blieb im Sand liegen und lauschte ihrem Herzschlag, der ganz gleichmäßig war, und obwohl sie bereit war zu sterben, würde ihr Herz nicht so schnell aufgeben. Die Pulsschläge hielten sie wach und ließen sie den Schmerz spüren. Sie hörte die Schreie der Bussarde und ein rhythmisches Schlagen in den Bergen, ein Geräusch, das die Stille des Abends störte.

Siréd schleppte sich zu einem Stein und stützte sich daran ab, um auf die Knie zu kommen, als plötzlich Pferde und Reiter aus der Dämmerung auftauchten. Siréd lachte, richtete sich auf und hob die Hände über den Kopf. Endlich erbarmte der Tod sich ihrer – ihr Klan kam, um sie zu den Ebenen über der Himmelskuppel zu geleiten. Sie stieß einen Freudenschrei aus und wankte ein paar Schritte über den Sand. Dann verlor sie die Besinnung.

Kälte durchspülte sie, und sie fühlte eine feste Hand im Nacken. Ein Finger schob sich in ihren Mund, dann wurde sie auf etwas Weiches gelegt. Im nächsten Augenblick rann Wasser ihre Kehle hinunter.

Sie erbrach sich und hustete, aber da waren gleich wieder die Finger da, zwangen ihre Kiefer auseinander und flößten ihr einen weiteren Becher Wasser ein. Dieses Mal gelang es ihr, es bei sich zu behalten. Sie setzte sich auf und blinzelte in die Dunkelheit. Um sie herum schwebten Fackeln. Sie erkannte schwarze, bärtige Gesichter. Die Männer hielten Pferde an den Zügeln und betrachteten sie. Lanzenspitzen und Schwertschneiden blitzten im Schein der Flammen. Da griffen die Hände wieder zu, sie drehten sie herum und rissen ihr den Umhang und das Leinenkleid von den Schultern. Die festen Hände wuschen ihr das Blut vom Rücken und tupften die Wunden mit einem Lappen trocken. Während sie so dalag, ging ihr langsam auf, dass sie nicht tot war. Das waren schwarze Männer, die sie gefunden hatten. Aber sie sahen nicht aus wie Tempelwachen.

Plötzlich spürte sie ein Knie im Rücken. Der, der sie gewaschen hatte, wurde weggestoßen, und eine heisere Stimme bellte die anderen Männer an. Sie fühlte eine Hand im Kreuz, genau dort, wo sie das Muttermal hatte, das wie Tarkins gekreuzte Lanzen aussah.

»Tarkinar Ethem!« Der Mann erhob sich und drehte sie auf die Seite. Er packte sie am Handgelenk und starrte ihr in die Augen. Das Gesicht des schwarzen Kriegers war narbig und mager, und die Augen über den hohen Wangenknochen waren groß und weiß. Das glatte Haar reichte ihm bis zur Brust, die von einer geschwärzten Lederbrünne bedeckt war. Er trug einen schwarzen Umhang und auf beiden Seiten der Hüfte ein Schwert.

Siréd wollte den Arm zurückziehen, aber der Krieger hielt sie fest. Die anderen hatten sich um sie geschart und hielten die Fackeln über sie. Siréd spuckte aus. Sie stemmte die Fersen in den Sand und versuchte aufzustehen, aber der Krieger packte sie an den Schultern und zwang sie zu Boden. Er kniete sich über sie, griff nach dem Wasserschlauch, der im Sand lag, und schüttete Wasser über ihr Gesicht.

»Tarkinar Ethem«, sagte er, während Siréd hustete und sich das Wasser aus den Augen blinzelte. »Ich spreche in deiner

Sprache zu dir. Der Bote hat gesagt, du seist aus dem Norden, wie es die Priester prophezeit haben.«

Siréd starrte in sein Gesicht. Der Kanathener lächelte sie an, aber es war ein höhnisches Lächeln.

»Sag mir, dass du es bist.« Er strich ihr über die Wange. »Sonst lasse ich meine Männer mit dir machen, was sie wollen. Und du solltest wissen, dass wir eine lange Reise hinter uns haben, Frau. Also sei ehrlich zu mir. Bist du Tarkinar Ethem, die Gezeichnete, die Talma von Pethar zu Tarkins Tempel gebracht hat, wo sie auf den Tag der Empfängnis wartet?«

Siréd drehte den Kopf zur Seite. Ein paar Krieger spuckten in den Sand und grinsten sie an.

»Ich wurde im Norden gefangen«, sagte Siréd. »Talma begleitete mich nach Süden, bis er getötet wurde. Man hat mich im Tempel gefangen gehalten. Aber ich bin nicht Tarkinar Ethem. Ich bin Siréd vom Klan der Cogach, Intars Tochter. Lass mich gehen, sonst wird mein Klan mich rächen.«

Der Krieger mit dem narbigen Gesicht ließ sie los, blieb aber über ihr knien.

»Heißt das, du bist aus dem Tempel geflohen? Ist es so, Frau?«

»Ja, ich bin geflohen.« Siréd sah ihm in die Augen. »Und ich werde wieder fliehen.«

Der Krieger erhob sich, aber ehe Siréd auf den Beinen war und in die Dunkelheit flüchten konnte, packten zwei Krieger sie an den Armen. Sie hielten sie zwischen sich, während der narbige Mann sich den Sand vom Umhang schüttelte. Er ging zu einem der Pferde, nahm einen Wasserschlauch vom Sattel und trank ein paar Schlucke. Dann baute er sich vor ihr auf.

»Ich bin Vendhur«, sagte er. »Ich bin der mächtigste Mann nach Tarkin. Er hat mich zu sich gerufen. Die Länder im Norden gehören uns und die Zeit der Empfängnis rückt näher. Ich will bei ihm sein in der Zeit, die ihm noch bleibt. Und ich werde dafür sorgen, dass die Empfängnis in der Nacht der Wintersonnenwende stattfindet, damit ich dem Sohn dienen kann, wie ich dem Vater diente.«

Der schwarze Mann blickte in die nächtliche Dunkelheit. Ein Windstoß fegte aus den Bergen herunter und hüllte sie in eine Sandwolke ein. Als der Sand sich zu Boden gesenkt hatte, ging Vendhur zu seinem Pferd und stieg in den Sattel. Er ritt zu Siréd, nahm die Zügel in eine Hand und schaute auf sie herunter. »Wir werden heute Nacht weiterreiten. Der Himmel ist unruhig, und wir können erst rasten, wenn wir die Schlucht erreicht haben. Du wirst uns begleiten. Wenn wir zum Tempel kommen, werden wir rasch herausfinden, ob Tarkinar Ethem geflohen ist. Und wisse eins, Frau: Solltest du versuchen, uns zu täuschen, wird dein Kopf auf einer Stange am Wegrand verrotten.«

Die Männer hoben Siréd auf ein Pferd, vor den Krieger, der es ritt, und Vendhur führte das Gefolge weiter. Er leuchtete den Pfad mit einer Fackel ab, und Siréd sah, dass er ihren Spuren folgte. Der Krieger im Sattel hinter ihr reichte ihr einen Wasserschlauch und flüsterte ihr Worte von Ehre und Glück ins Ohr. Ehre, flüsterte er immer wieder. Dass es eine große Ehre sei, Tarkinar Ethem, Tarkins Mutter und Frau, auf seinem Pferd zurück in den Tempel zu bringen. Sie trank von dem Wasser, während er erzählte, dass sie kurz vor Sonnenuntergang zwei Bussarde gesehen hätten und dass Vendhur beschlossen hatte, bis zu der Schlucht und dem Karrenweg weiterzureiten, der nach Norden zum Tempel führte. Weil die Sandstürme die Pässe weiter im Süden versperrt hatten, hatte Vendhur sie über den alten Pfad geführt. Was für ein Glück also, dass sie sie gefunden hatten, flüsterte er. Sie war die Zukunft des Landes, mit ihrem Sohn würde Kanath wieder erstarken. Regen würde über das Land kommen, und die Felder würden wieder fruchtbar werden.

Siréd hatte diese Worte schon früher gehört. Sie trank so viel Wasser, wie sie konnte, und versuchte, über die Worte des

Kriegers hinwegzuhören. Sie sah ihre eigenen Fußabdrücke im Schein der Fackeln und verfluchte die Sonne, die gezögert hatte, sie zu töten. Sie verfluchte dieses Land, das sie nicht entkommen ließ. Vielleicht stimmte die Prophezeiung der Priester ja tatsächlich.

## Das Gut

Die Tage vergingen langsam. Die Sonne brannte vom Himmel, und die Schiffer hüteten die Wassertonnen wie das Geheimnis des bermarischen Stahls. Die Mannschaften spannten Häute und alte Segel über die Decks und dösten im Schatten vor sich hin, während die Schiffe nach Süden glitten. Aus Tagen wurden Nächte, und Vollmonde erstarben und wurden neu geboren. Es waren zwei Monde vergangen, seit sie in Mansar Wasser geladen hatten. Die Schiffer hatten die Schiffe westlich der Insel Kazma in die Bucht von Taz-Ka manövriert. Die Männer schliffen ihre Schwerter und zählten die Pfeile.

Die Strömung führte sie rasch auf die Stadt der Sklaven zu. Taznaman hatte für die Tazkaner gesungen, er hatte die Bosheit der Kanathener angeprangert und die Unterdrückung vieler Generationen. Doch die Tazkaner brauchten keine Worte für das, was sie nur zu gut kannten. Sie trugen die Narben, die ihnen die Peitschen der Sklaventreiber zugefügt hatten, und der Hass, der in ihnen geglüht hatte, seit sie mit dem Zeichen Tarkins gebrandmarkt worden waren, war zu einem lodernden Feuersturm geworden. Denn Seon hatte die Zeit gut genutzt. Er hatte zu den Tazkanern gesprochen und Mozma und Taznaman gebeten zu übersetzen. Und er hatte den alten Sagen der Tazkaner gelauscht, in denen von einer Zeit gesungen wurde, in der sie wieder frei wären. Der alte

Mozma hatte an Land gezeigt und gesagt, die Tazkaner warteten seit Jahrhunderten auf Tazka Kora, der sie in die Freiheit führen sollte. Doch die Tazkaner hatten viele Sagen über ferne Befreier und Helden der Zukunft, und dafür hatte Seon kein Verständnis. Stattdessen rüstete er die Tazkaner mit Säbeln und Lanzen aus und lehrte sie, mit den Waffen gegen die Schatten zu kämpfen, die die Seilschoten an Deck warfen. Vor allem aber versprach ihnen Seon, dass sich der Sand vom Blut der Kanathener rot färben würde. Und jetzt, da sich die Wüste im Norden als gelber Rand vom Meer abhob, griffen die dunkelhäutigen Männer zu den Säbeln und gierten nach Rache.

Doch noch waren es einige Tage bis Taz-Ka. Seon und Brage hatten sich entschlossen, mit den Schiffen der Küste nach Osten zu folgen. Jede Mannschaft hatte einen Mann im Ausguck, doch noch waren keine anderen Schiffe gesichtet worden. Es war, wie Seon gehofft hatte: Alle Kanathenerschiffe waren nach Norden abgefahren, nach Pethar, zur Festung Peth im Norden von Kanath, sowie in die Häfen von Mansar, Vandar und der eroberten Küstenstädte.

Ulv war seit dem Abend, an dem Bran sich zu erkennen gegeben hatte, an Bord des Schiffes seines Vaters gesegelt. Er hatte die Kelser kennen gelernt, und obgleich sie nicht viel miteinander reden konnten, hatte Ulv viel von der Mannschaft gelernt. Bran hatte ihm gezeigt, wie sich das Langschiff selbst durch die Wellen steuerte, und ihm beigebracht, wie das Rahsegel am besten im Wind stand. Ulv hatte Ruderwachen übernommen und gespürt, wie das Schiff unter seinen Füßen ein eigenes Leben führte. Nachts hatte Bran zu den Sternen gedeutet und Ulv gezeigt, wie er anhand des Sternbildes des Wagens die Himmelsrichtungen bestimmen konnte. Aber das wusste Ulv ohnehin, denn er hätte niemals in den Bergen überlebt, wenn er es nicht verstanden hätte, die Sterne zu lesen.

Wenn sie abends in ihre Decken gewickelt zusammenhockten, hatte Ulv vom Barkasfjell und von den Tälern erzählt. Davon, wie ihn die Einsamkeit an die Feuer der Barkasjäger gelockt hatte. Doch damals fürchtete er die Menschen und wagte sich nur selten in ihre Lager. Erst später hatte er verstanden, dass er kein Wolf war, sondern ein Mensch, der sich nach denen sehnte, die er dereinst verlassen hatte.

Wieder und wieder hatte Bran ihn gebeten, von dem Weg nach Süden zu berichten und von der Frau, die er getroffen hatte. Und Ulv hatte von der Wanderung erzählt, er hatte die Narbe an seinem Schenkel gezeigt, wo ihn die Lanze des Kanatheners durchbohrt hatte. Und er hatte von Siréd gesprochen, während Bran alles für die Kelser übersetzte, die auf den Ruderbänken saßen und verständnisvoll zuhörten.

Doch auch Bran hatte viel über die Jahre auf See zu erzählen. Er blickte über das Wasser und ließ mit seinen Worten Tuurerschiffe und kanathenische Katamarane lebendig werden. Flüsternd sprach er von gierigen Händlern, die er übers Ohr gehauen hatte, und von Stürmen, die er durchkreuzt hatte. Wenn sich die Kelser schlafen legten, pflegte Bran seinen Arm um Ulvs Schultern zu legen und ihm von seiner ersten Begegnung mit Tir zu erzählen. Er fuhr sich mit der Hand über die Augen, wenn er an ihre gemeinsame Zeit dachte. Er sprach von den Sommern im Tal, den guten Jahren, in denen Ulv herangewachsen war. Jedes Mal, wenn ihn die Kopfschmerzen heimsuchten, dachte er an diese Zeit, denn die Gedanken an Tir linderten seinen Schmerz. Bran ließ Ulv über die alte Narbe in seinem Nacken streichen, wo ihn die Keule des Vokkers getroffen hatte. Die alte Verletzung hatte ihn sein ganzes Leben gequält, und wenn es richtig schlimm war, konnte Bran weder sehen noch hören. Dann musste er unter Deck liegen, manchmal tagelang. Doch Bran sah Ulv an und meinte, dass alte Männer dankbar für solche Schmerzen sein sollten, denn so wussten sie wenigstens, dass sie noch am

Leben waren. Und der Tag würde noch früh genug kommen, an dem alles Leiden und alle Sorgen ein Ende fanden, denn Bran glaubte, dass er nach dem Tode zu Tir zurückkehren würde.

Es gefiel Ulv nicht, wenn Bran so sprach, denn er hatte gelernt, dass der Tod schnell zu den Jägern kommen konnte, die müde von einem langen Leben waren. So versuchte er, mit Bran über Taz-Ka zu sprechen und all das, was vor ihnen lag. Doch Bran hatte nur selten Lust, über die Zukunft zu reden. Was Ulv auch sagte, immer erinnerte Bran etwas an das Leben, als er noch jung war. Der Krieg in Ar, die Seereise, als er das Felsenvolk nach Ber-Mar brachte; es waren ehrenvolle Erinnerungen, über die Bran gerne redete.

Als die Schiffe der Küste fünf Tage gefolgt waren, rief Ulv Virgas Schoner zu sich. Er legte längsseits an, und Ulv kletterte an Bord. Seinem Vater hatte er gesagt, dass er mit Seon die Schlachtpläne bereden wollte, doch das war nur die halbe Wahrheit. Denn Ulv wollte ein wenig allein sein. Die Gefühle, die sein Vater in ihm wachrief, machten ihm Angst. Sie erinnerten ihn an die Zeit, als er noch ein Kind war, und an seine eigene Sterblichkeit. Ulv fürchtete solche Gedanken. Sie machten ihn schwach.

Es war Abend, als er an Bord des Schoners kletterte. Die meisten waren zum Essen unter Deck gegangen. Nur die Waldgeister hockten vorne am Mast unter einem Segeltuch. Die vier Trolljäger hatten ihre Oberkörper entblößt und saßen mit ihren runden Bäuchen in der Abendsonne.

»Ulv Branssohn«, sagte Loke. »Die Tazkaner meinen, wir nähern uns den großen Gütern. Gut, dass du kommst. Ich muss mit dir reden.«

Ulv lehnte sich mit dem Rücken gegen die Reling, während Loke unter dem Segeltuch hervorkroch. Der Waldgeist deutete mit einem Stab auf ihn. »Die Wunde ist gut verheilt«, sagte er mit einem Lächeln. »Aber darüber wollte ich nicht mit dir reden.«

Ulv fasste sich an die Seite. Es war lange her, dass Loke die Fäden gezogen hatte, und seither hatte er die Wunde kaum mehr gespürt.

»Ich kannte deinen Vater als jungen Mann.« Loke blinzelte in die Sonne. »Er hat sich verändert. Aber so ist das wohl mit Männern deiner Rasse, Ulv. Ihr verändert euch immer. Die Winter lassen euch alt werden.«

Ulv blickte auf den kleinwüchsigen Jäger hinab. Loke rieb mit dem Daumen über die Kerben und Mondkreise auf seinem Primstab.

»Aber du bist anders«, sagte der Waldgeist. »Erinnerst du dich, dass wir im Westwald darüber gesprochen haben? Die Winter zeichnen dich nicht so wie andere Menschen. Du bist wie die Wurzeln der Turmbäume tief drinnen im Westwald; die Klinge eines Messers kann dir nichts anhaben.«

»Du sprichst in Rätseln.« Ulv setzte sich an die Reling. Der Waldgeist hatte ihm viel erzählt, als sie durch den Westwald gewandert waren, doch seine Worte waren nicht immer leicht zu deuten gewesen.

»Ich sehe, dass du müde bist.« Loke fasste sich an den Nacken und sah ihn eindringlich an. »Dann werde ich warten mit dem, was ich dir sagen wollte. Wir haben noch immer Zeit, und Worte über das Schicksal der Götter verlangen ausgeruhte Ohren. Ich weiß, dass dein Vater Tag und Nacht mit dir geredet hat. Ist es nicht so, Ulv?«

Ulv strich sich die Haare aus der Stirn. »Er hat mir einiges über das Schiff und das Meer beigebracht.«

Loke schob den Primstab hinter seinen Gürtel. »Das Meer«, sagte er lächelnd und kratzte sich am Bauch. »Es war schon immer das Reich deines Vaters. Nicht einmal ich wusste, dass es so sein würde. Doch jetzt weiß ich, warum die Götter ihn hier draußen haben wollten. Denn ohne das Wissen deines Vaters und seine Liebe zum Meer hätten die Kelser niemals so lange durchgehalten. Und dann hätten sie sich nicht mit Seons Männern verbünden können, und du hättest deinen Vater niemals wiedergesehen.«

Ulv starrte ihn an. Der weißbärtige Waldgeist zählte etwas an den Fingern ab und kaute auf einer Strähne seines Bartes, während er vor sich hin murmelte. Wenn Ulv es nicht besser gewusst hätte, hätte er geglaubt, der Trolljäger habe den Verstand verloren. Doch Loke lehnte sich mit dem Rücken an die Reling und sah nach achtern, wo die Sonne im Meer versank. Er zog den Primstab wieder hervor und führte die Finger über die Tagesmarken.

»Die Tage sind kürzer geworden«, sagte er. »Seltsam, aber ich glaube, dass der Einfluss der Jahreszeiten auf die Tageslänge geringer wird, je weiter wir nach Süden kommen. Im Norden ist es jetzt Herbst und kalt.« Er schob den Primstab hinter seinen Weidengürtel und blickte zu Ulv auf. »Ich werde dich jetzt allein lassen, Ulv Branssohn. Du musst morgen ausgeruht sein.«

Loke ging zu Vile, Bile und Bul unter das Segeltuch. Der Weißbart legte sich eine Decke um die Schultern, setzte sich mit dem Rücken an den Mast und strich sich seinen Bart am Kinn nach unten.

Ulv sah zum Querbaum hinauf. An der Mastspitze war ein Mann im Ausguck festgeschnürt. Der Tazkaner würde Bescheid geben, sobald er Siedlungen an der Küste oder Schiffe auf dem Meer ausmachte. Doch Ulv wollte in diesem Krieg nicht kämpfen. Er hatte Seon davon noch nichts gesagt, doch niemand würde ihn überreden können, bei den Schiffen zu bleiben, wenn sie erst das Land erreicht hatten. Denn Ulv hatte die Vollmonde gezählt. Er wusste, dass nicht mehr die Kanathener seine Feinde waren. Es war die Zeit, gegen die er kämpfen musste. Denn es waren nur noch zwei Monde bis zur Wintersonnenwende.

Ulv schlief an der Reling ein. Als die Sonne im Meer versank, legte er sich auf die Seite und zog seinen Umhang über sich. Er träumte von den Wäldern im Norden und von den Wolfsrudeln, die er beim Namen gekannt hatte: den Stamm von Blauzahn, das Rudel von Schwarzpelz und Revners Jägertöchter. Wie sie folgte er den Hirschfährten. Er kletterte auf die Felsen und heulte, und wie die Wölfe fürchtete auch er die Barkasjäger. Das Leben war einfacher damals. Er lebte von Tag zu Tag. Es gab nur den Wald und ihn. Doch die Erinnerungen hatten ihn nach Süden gelockt, und seither war alles so schwierig geworden.

Die Mondsichel war in dieser Nacht sehr schmal. Ulv schlief, während sich das Schiff, getragen von Strömungen, die weit draußen im Meer entstanden, nach Süden bewegte. Auch wenn die Seeleute die Sterne lasen und sahen, dass sie so schnell vorwärts kamen wie selten, wusste niemand, wie weit östlich sie wirklich waren oder wie weit in den Westen die tazkanischen Siedlungen reichten. Denn die tazkanischen Sklaven waren in Pethar oder Hur geboren, auf Kazma oder im Sklavenlager in Peth, und nur ein Hand voll von ihnen war jemals in Taz-Ka gewesen. Als sich die Sonne im Osten aus dem Meer erhob und die ersten Gebäude ihre Schatten auf die Sanddünen am Strand warfen, waren die Tazkaner voller Furcht. Sie hatten ihre Mütter erzählen hören, dass die Güter der Großbauern riesig waren, doch was sich dort im Norden am Strand abzeichnete, sah eher wie ein Dorf als wie ein Gut aus. Kanäle malten blaue Streifen in die Äcker, auf denen verbrannte braune Maispflanzen in der Morgenbrise wogten. Mauern aus Sandsteinen und gewaltige Segeltücher schützten die Häuser vor Wind und Sand, und schlanke, hölzerne Anleger ragten ins Meer hinaus.

Die Wachen im Ausguck seilten sich ab und rannten nach achtern zu den Steuermännern. Sie wedelten aufgeregt mit den Armen, kletterten unter Deck und weckten die anderen

Tazkaner, und obgleich die Bermarer nicht verstanden, was sie sagten, kamen auch sie rasch an Deck und entdeckten die gelben Steinhäuser.

Ulv wurde jäh geweckt, als Tonmach das Schiff nach Steuerbord lenkte. Er stand auf, erblickte das Dorf an Land und verstand, dass sie Taz-Ka endlich erreicht hatten. Als er unter Deck ging, kam ihm Seon bereits mit einem Pergament unter dem einen und einem Helm unter dem anderen Arm entgegen. Seon forderte ihn auf, sich in dem Raum hinter dem Vorhang Waffen auszusuchen. Er selbst wollte sich mit den anderen Schiffern beraten. Es sei noch Zeit, meinte Seon. Die Menschen auf dem Gut hätten die Schiffe sicher bereits bemerkt, doch da zwölf von ihnen Kanathenerschiffe waren, sei es gut möglich, dass die Bauern freundlich gesonnene Kanathener an Bord vermuteten.

Überall auf dem Schiff klirrten Schwerter und Säbel. Pfeilköcher rasselten, und die Lederbrünnen knirschten, als die Tazkaner sie überstreiften. Ulv hatte keine Kampfmontur, nicht einmal einen Schild, mit dem er sich hätte schützen können. Er tastete sich bis zum Heck des Schiffes vor. Hinter der Decke waren einige Speere und Kurzschwerter an der Bordwand aufgestapelt. Ulv schob einige Pfeilköcher zur Seite und hob ein paar Decken hoch. Er brauchte eine gute Waffe. Noch hatte er es nicht gewagt, seinem Vater zu sagen, dass er Visikals Streitaxt verloren hatte.

Er spannte einen der Bögen, die unter dem Schiffsdeck hingen, zog ihn über die Schulter und band sich einen Pfeilköcher an den Gürtel. Solche Waffen brauchte er, denn wenn er Seons Heer verließ und in die Berge ging, musste er jagen. Er band sich noch einen Schwertgurt um die Hüfte und zog das Kurzschwert aus der Scheide. Seon kämpfte mit solchen Schwertern, und so dachte Ulv, dass es gute Waffen sein mussten. Er steckte das Schwert in die Scheide, nahm einen der Speere und schlug den Vorhang zur Seite.

Als er an Deck kam, war Bran bereits an Bord. Er zog Ulv an sich und umarmte ihn. Sein Vater trug eine knielange Lederbrünne und hatte eine schwere Axt am Gürtel befestigt.

»Wir haben Taz-Ka erreicht«, erklärte er. »Sie sagen, es sei an der Zeit zu kämpfen, also habe ich meine Axt hervorgeholt. Doch ich verspüre keine Kampfeslust. Ich will lieber bei dir sein, Sohn.«

Ulv antwortete nicht. Er sah, dass sich die Schiffe nach Süden gewandt hatten und dicht beieinander segelten. Einer der anderen Zweimaster hatte längsseits festgemacht. Der bermarische Schiffer kletterte in Ringbrünne und Helm über die Reling.

Bran nickte den Männern zu. »Seon hat zur Beratung gerufen. Die Schiffer müssen miteinander sprechen und beschließen, was mit dem Gut geschehen soll.«

Ulv sah Richtung Land. Ein paar schwarze Gestalten standen am Ufer. Vielleicht waren es Sklaven, vielleicht freie Männer oder Frauen.

»Komm an Bord!« Seon trat an die Reling und warf eine Strickleiter zum Langschiff hinunter. Der Schiffer des Kelsschiffes kletterte an Bord, sah zu Bran hinüber und legte seinen Umhang über die Schultern nach hinten. Die meisten Schiffer waren bereits an Bord, und Seon konnte nicht länger warten. Er stellte sich in die Mitte des Decks, kniete nieder und entfaltete eine zusammengelegte Karte.

»Wir haben keine Zeit, zu streiten oder uneins zu sein.« Seon führte beim Sprechen den Finger über die Küstenlinie der Karte. Ulv und Bran traten mit Brage, Virga und den anderen Schiffern näher.

»Das Gut kam überraschend«, sagte Seon. »Doch auch wir kommen überraschend für die Bauern. Ich glaube, dass wir uns ein paar Tagesreisen westlich der eigentlichen Stadt befinden. Das heißt, wir müssen die Bauern hier draußen töten, ehe sie fortlaufen und die anderen warnen können.«

Brage hockte sich neben ihn. »Aber sind wir mit den Schiffen nicht schneller als ein Reiter?« Er deutete auf die Karte, auf der vor ein paar schroffen Bergen eine keilförmige Bucht eingezeichnet war. »Dieses Gut ist nicht wichtig, Seon. Wir sollten weitersegeln und unsere Kräfte für Taz-Ka sparen.«

»Du hast Recht, dieses Gut ist nicht wichtig.« Seon blickte zu den anderen Schiffern auf, die um ihn herumstanden. »Aber wir brauchen Proviant, und so viele Krieger kann es dort nicht geben. Wir schicken zwei Schiffe an Land. Zwei Langschiffe«, sagte er und sah zu Bran hinüber. »Die Langschiffe haben nicht so viel Tiefgang. Ihr könnt damit bis zu den Anlegern rudern.«

Bran legte seine Faust auf Ulvs Schulter. »Mein Sohn und ich würden gerne wissen, was die Tazkaner dazu sagen. Es ist ihr Land, und die Menschen dort sind Sklaven wie sie.«

Er wandte sich an Taznaman, der neben Brage stand. Der magere Kanathener trat an die Backbordreling, an der sich die Tazkaner versammelt hatten. Sie trugen Brünnen und waren bewaffnet. Die Schiffer beobachteten Taznaman, während dieser wild gestikulierend und mit eindringlicher Stimme zu den gebrandmarkten Männern sprach. Doch die Antwort, die er erhielt, war kurz. Die Tazkaner deuteten an Land und führten den Daumen über die Kehle.

Taznaman kam mit einem breiten Grinsen auf den Lippen zu den Schiffern zurück. »Sie wollen Rache«, sagte er. »Und es ist ihnen egal, ob das dort Sklaven oder Sklaventreiber sind.«

Brage hockte sich hin und ergriff Seons Arm. »Wir können sie nicht einfach auf das Gut loslassen. Sie werden Frauen und Kinder töten.«

Seon rollte die Karte zusammen und erhob sich. »Hört mich an«, rief er. »Hört, welches Recht ich allen Männern zugestehe, die unter Bran und mir kämpfen. Keine Frau soll ihr Leben verlieren, und keiner unserer Männer wird sie entehren. Alle gebrandmarkten Männer, denen wir begegnen, sollen die Möglichkeit bekommen, sich gegen ihre Herren zu wenden und mit den freigelassenen Tazkanern zu kämpfen. Doch alle anderen müssen sterben. Steckt ihre Köpfe auf lange Stangen. Schlachtet das Vieh, aber nicht die Pferde. Die nehmt ihr mit so viel Proviant und Wasser wie möglich mit an Bord. Und steckt die Gebäude nicht in Brand. Taz-Ka ist zu nah – sie könnten den Rauch bemerken.«

Brage legte seinen Arm um Seons Schulter. »Das gefällt mir nicht«, murmelte er. »Hier herrscht zu viel Hass. Sollen wir uns so aufführen, wie sich die Kanathener uns gegenüber aufgeführt haben? Glaubst du, so wird es jemals Frieden geben, Seon?«

Seon packte das Handgelenk des Schmieds und schob dessen Arm weg. »Lasst das alle wissen«, rief er laut. »Wir sind nicht hierher gekommen, um Frieden zu stiften. Wir sind gekommen, um das Land Vendhurs bluten zu lassen. Ich habe euch früher bereits gesagt, wie wir die Macht der kanathenischen Priester brechen können, und ich will es noch einmal sagen: Wir müssen nach Taz-Ka und die Tazkaner von ihrem Joch befreien. Dann werden wir nach Norden segeln und mit Hilfe der Tazkaner Hur angreifen. Denn wenn wir die Furcht der Tazkaner erst in Hass umgewandelt haben, werden sie gegen ihre Sklaventreiber rebellieren. Und wenn die Sklaven ihren kanathenischen Herren nicht mehr dienen wollen, wird der Adel in Hur und Pethar und den anderen mächtigen Städten im Norden verlangen, dass Vendhur seine Kräfte zurückruft, um die Rebellion zu stoppen. So werden die Länder und Meere nördlich von Mansars wieder ihre Freiheit bekommen.«

Die Männer an Deck nickten. Doch Taznaman hob die Hand und drängte sich zwischen den Schiffern hindurch. »Ich sehe Pferde«, sagte er und zeigte an Land. »Pferde, Seon. Pferde am Strand. Sie sind gekommen, um zu sehen, was für ein Volk wir sind.«

»Wir werden diesen Rat später beenden.« Seon setzte sich den Helm auf den Kopf und wandte sich wieder an Bran und Ulv. »Lass uns gemeinsam kämpfen, Bran. Was in Cogga geschah, darf sich nicht wiederholen. Deshalb müssen wir jetzt Seite an Seite kämpfen, auf dass weder Kelser, Bermarer noch Tazkaner an unserer Allianz zweifeln.«

»Du machst viele große Worte.« Bran strich sich die grauen Haare aus den Augen. »Warum sagst du nicht einfach, dass du das Meer leid bist und der Erste sein willst, der den Großbauern die Weinkrüge stiehlt?«

Seon lächelte. »Es heißt, du seist eine Legende. Dass du damals im Krieg gegen die Vandarer gefürchtet warst. Deshalb will ich Schulter an Schulter mit dir stehen. Doch wenn es mir gelingen sollte, ein paar Weinkrüge in Sicherheit zu bringen, würde mich das nicht stören.«

»All das Gerede über Vandar – das sind Lügen und Übertreibungen.« Bran schnäuzte sich in die Finger. »Ich bin keine Legende, und ich habe eigentlich nicht vor, hier zu kämpfen. Ich will meine Kräfte lieber sparen, bis wir nach Taz-Ka kommen.«

Ulv sah an Land. Sechs Reiter standen am Strand. Damals, als er nach Krugant gekommen war, hatte er nach Pferden gesucht. Hätte er welche gefunden, wäre es ihm vielleicht gelungen, die kanathenischen Kundschafter einzuholen, die ihm Siréd geraubt hatten. Und jetzt, da die Reiter ihre Pferde an der Brandung auf und ab laufen ließen, wusste er, dass dies seine einzige Möglichkeit war. Er musste noch heute in die Berge reiten.

»Ich will an Land.« Ulv legte den Speer auf seine Schulter.

Bran neigte den Kopf zur Seite. »Aber das brauchst du nicht, Ulv. Meine Männer können dieses Gut einnehmen.«

Ulv wandte sich an Seon. »Du weißt, dass ich kämpfen kann. Lass mich an Bord eines der Schiffe, die hier an Land sollen.«

»Wie du willst«, erwiderte Seon. »Aber es ist an deinem Vater zu entscheiden, welche Schiffe zum Gut segeln.«

»Keines meiner Langschiffe wird dich an Land bringen, Ulv.« Bran fasste sich an den Nacken. »Es ist zu gefährlich, Sohn. Ich will dich nicht verlieren.«

Ulv drehte den Speer in seinen Händen. So hatte noch nie jemand zu ihm gesprochen. Er hatte immer kämpfen, jagen oder töten müssen, wenn er etwas hatte haben wollen, und nun wurde er zum ersten Mal gebeten, sich nicht zu beteiligen. Aber obgleich er nicht kämpfen wollte, konnte er es nicht lassen. Er musste sich eines der Pferde dieses Gutes sichern. Und nicht einmal sein Vater würde ihn daran hindern.

»Ich komme mit an Land«, sagte er. »Sag mir, in welchem Schiff du mich haben willst, Seon.«

Bran stellte sich vor Seon und packte Ulvs Arm. »Hör auf mich, Ulv. Du kannst mir das nicht antun. Wir waren ein ganzes Leben getrennt, und mir bleiben nicht mehr viele Winter, bis mich der Tod holt. Also gib den Göttern nicht die Möglichkeit, dich mir zu entreißen. Denn die Götter sind böse, Sohn.«

Ulv entzog ihm seinen Arm. »Ich brauche ein Pferd. Und sie haben Pferde da drüben. Deshalb will ich kämpfen.«

»Hör auf mich!«, wiederholte Bran. »Die Männer auf dem Gut werden sich nicht kampflos ergeben. Sie wissen, dass es um ihr Leben geht. Es wird eine fürchterliche Schlacht geben. Viele werden sterben, Ulv. Und ich will nicht, dass du einer von ihnen bist.«

Ulv trat ein paar Schritte zurück. Er trug noch immer den Bogen über der Schulter und das Kurzschwert an seinem Gürtel. Sein Vater hatte Recht, doch Ulv wusste, dass es die einzige Gelegenheit sein würde, in den Besitz eines Pferdes zu gelangen. Wenn sie sich Taz-Ka näherten, würden die Großbauern ihre Krieger zusammentrommeln und gegen Seons Heer und die freigelassenen Tazkaner kämpfen. Diese

Schlacht könnte viele Tage dauern, und wenn sie vorüber war, würden Pferde und Männer tot auf dem Schlachtfeld liegen. Dann wäre es zu spät.

»Ich muss auf das Gut.« Ulv verschränkte die Arme vor der Brust. »Ich folge deinen Befehlen, Seon. Sag mir, was ich tun soll.«

Seon kratzte sich im Nacken. »Wir brauchen zwei Langschiffe. Aber es ist Sache deines Vaters, zu entscheiden, welche Schiffe es sein sollen. Ich kann den Kelsern keine Befehle erteilen – sie müssen sich also selbst überlegen, wie das Gut eingenommen werden soll. Aber keiner darf davonkommen. Die Sklaven sollen befreit werden, und alles Fleisch und Korn muss an Bord der Langschiffe, ehe wir abziehen.«

Seon richtete seinen Blick auf Bran, der sich an die Stirn fasste und tief seufzte. Dann trat er zu Ulv und legte ihm die Hand auf die Schulter. »Bei Manannan, ihr Jungen seid schwer zu steuern. Aber wenn du so gerne willst, werde ich selbst dich an Land segeln. Versprich mir aber, dass du immer in meiner Nähe bleibst, wenn wir an Land gehen.«

Bran wartete die Antwort nicht ab, sondern hinkte zur Reling und rief sein Schiff zu sich. Ohankor, einer der kelsischen Schiffer, trat an die andere Seite des Kanathenerschiffes, an der noch ein Langschiff festgemacht hatte. Bran rief ihm etwas zu, und Ohankor schlug sich mit der Faust auf die Brust, ehe er über die Reling kletterte. Ulv verstand. Ohankor würde das andere Schiff an Land führen.

Ulv sprang auf Brans Langschiff, dicht gefolgt von Seon und Brage. An Bord des Schiffes ging er nach achtern zu seinem Vater, der sich bereits ans Steuerruder gestellt hatte. Die Mannschaft stieß sich von dem kanathenischen Schoner ab, und Bran drehte das Langschiff nach Norden. Taznaman stand oben auf dem Zweimaster und winkte ihnen johlend und lachend hinterher. Er fuhr sich mit dem Daumen über die Kehle, wie es die Tazkaner getan hatten. Doch Ulv wandte sich von ihm ab. Die Ausgelassenheit des verrückten Kanatheners beunruhigte ihn.

Die Kelser stellten den Querbaum schräg, zogen das Segel hoch und legten die Ruder aus. Als die Mannschaft zu rudern begann, traten Seon und Brage in den Bug. Ulv sah ihnen nach, und es kam ihm so vor, als bewege Seon sich irgendwie steif und anders als sonst. Der dunkelhäutige Mann stützte sich auf die Reling, beugte seinen Nacken und zitterte.

»Ich sehe es«, sagte Bran plötzlich. »Und ich weiß, was ihm fehlt. Es sind zu viele Schlachten, zu viele Tote. Ich hab das schon einmal gesehen, Sohn, und am eigenen Leib gespürt.«

Ulv blickte seinen Vater an, der sich mit dem Rücken an den Achtersteven stützte. Bran lächelte ihn an. »Mach dir keine Gedanken, Ulv. Solange wir zusammenhalten, kann uns nichts passieren.«

Ulv setzte sich auf die Ruderbank und legte den Speer auf seine Beine. Ohankors Langschiff lag nur wenige Mastlängen steuerbord. Die Schiffe hatten sich bereits einen Steinwurf von den anderen entfernt. Es war noch immer ein gutes Stück bis an Land, doch er konnte spüren, wie das Blut in seinen Adern rauschte. Sein letzter Kampf lag lange zurück. Ihm graute davor. Doch er wusste, dass er sich ein Pferd sichern musste. Er flüsterte ihren Namen. Dann schloss er die Augen und sah sie vor sich. Das helle Haar, das ihren Rücken überflutete, die schmalen Schultern und die Augen, die in ihrem schmalen, schmutzigen Gesicht vor Leben glühten. Er wusste, dass sie ihn nicht vergessen hatte. Sie wartete auf ihn. Und er würde zu ihr kommen, wie er es versprochen hatte.

Einen Steinwurf vom Land entfernt zogen die Kelser die Ruder ein und holten die Schilde unter den Ruderbänken hervor. Die Langschiffe trieben weiter, während sich die Männer die runden Eisenplatten an die Unterarme schnürten und den

Bogen in die Hand nahmen. Ulv stand noch immer gemeinsam mit Bran beim Steuerruder. Während sie Richtung Land gerudert waren, hatte er versucht, die Gebäude am Strand zu zählen. Doch es waren viel mehr, als er Finger hatte. Die gelben Steinhäuser schienen aus dem Sand zu sprießen, und auf jedem Dach war eine niedrige Brustwehr errichtet worden, hinter der sich ein Mann verstecken konnte. Die Hausdächer boten überdies Platz für Gestelle, auf denen schmutzige Schals und zerlumpte Hosen zum Trocknen in der Sonne hingen.

Als sich die Langschiffe vom Rest der Flotte getrennt hatten, war auf den Hausdächern des Guts eine weiße Flagge mit rotem Kreuz gehisst worden. Als weder Bran noch Ohankor eine Flaggenantwort gaben, waren die Männer von den Dächern gesprungen und in den schmalen Durchgängen zwischen den Häusern verschwunden. Ein hohler Laut wie von einem Kriegshorn hallte durch das Dorf. Die Sklaven kamen aus den Maisplantagen gerannt, und die Reiter am Strand gaben den Pferden die Sporen. Innerhalb kürzester Zeit waren alle zwischen den Häusern verschwunden. Und seither hatte Ulv niemanden mehr gesehen oder gehört.

Die Häuser bildeten zum Strand hin eine durchlässige Mauer. Die Durchgänge waren schmal, doch die Bauern hatten keinen Versuch unternommen, sie zu verbarrikadieren. Ulv nahm den Bogen ab, als er den sandigen Grund unter den Schiffen erkennen konnte. Bran steuerte das Schiff zwischen die langen, hölzernen Anleger. Ulv sah zu Ohankor hinüber. Auch er hatte keine Tazkaner an Bord, nur Kelser. Alle hatten ein Schild am linken Arm befestigt. Ulv hockte sich hin und sah unter den Ruderbänken nach, doch es gab keine weiteren Schilde.

»Hab keine Angst«, sagte Bran. »Solange du dich an mich hältst, wird dich niemand verletzen.«

Bran sagte dies, als das Schiff knirschend an den Anleger

stieß. Die Kelser stimmten ein lautes Gebrüll an und stürmten über die Reling. Sie rannten über den Anleger und verteilten sich am Strand.

Bran warf eine Schlinge über einen der Pfähle des Anlegers und vertäute den Achtersteven.

»Komm, Sohn.« Er kletterte über die Reling und hinkte über den Anleger.

Ulv folgte ihm und ließ dabei die Häuserfront nicht aus den Augen. Als sie den Strand erreichten, schien der Boden unter seinen Füßen zu schwanken, doch er wusste, dass es sich nur so anfühlte, weil er so lange auf See gewesen war. Die Kelser hoben ihre Bögen und zielten auf die Häuser. Seon und Brage waren die Einzigen, die sich gegenseitig Deckung gaben. Der Schmied stand gebückt hinter seinem Schild am Strand, und Seon hielt sich mit gespanntem Bogen hinter ihm. Er zielte auf die Häuser, doch es gab nichts, worauf er hätte schießen können. Nicht einmal Stimmen drangen aus dem Dorf. Nur der Wind warf einen Schleier aus Sand über die Hauswände, und die Wellen spülten über den Strand. Ansonsten war es vollkommen still.

»Kangir!«, rief Ohankor. Der klein gewachsene Kelser tat so, als werfe er einen Stein in Richtung Häuser.

Als Bran den Kopf schüttelte, zeigte Ohankor seinen Handrücken und stampfte mit dem Fuß auf den Boden.

»Nein, wir gehen nicht zwischen die Häuser.« Bran wandte sich an Ulv. »Darauf warten die Bauern nur. Deshalb haben sie nicht auf uns geschossen. Wir müssen auf die andere Seite kommen und von Westen oder Norden angreifen.«

Ulv blinzelte. Die Sonne brannte in seinen Augen. Er konnte die Menschen zwischen den Häusern riechen. Die Bauern warteten auf sie, und er wusste, dass sie sich nicht kampflos ergeben würden. Auf einem Dach gleich rechts von Seon und Brage, die sich fast bis an die Häuser herangeschlichen hatten, blitzte Eisen auf.

»Sie warten«, sagte Ulv. »Sie liegen auf den Hausdächern.«

Bran blickte zu den Häusern. »Kannst du sie sehen, Sohn?«

»Ich habe gesehen, wie sich die Sonne auf Eisen gespiegelt hat.« Ulv nickte in Richtung Hausdach. »Eine Pfeilspitze.«

»Aber sie schießen nicht auf uns.« Bran strich sich über den Bart. »Wir hätten die Tazkaner mitnehmen sollen. Sie hätten mit diesen Bauern reden können. Doch Seon wollte sie wohl noch nicht in den Kampf schicken. Sollten sie hier hohe Verluste erleiden, würde das ihre Kampfmoral schwächen.«

Ulv legte einen Pfeil an die Sehne des Bogens. Es blinkte jetzt nicht mehr, aber er wusste, dass die Bauern dort oben lagen. Er verstand nicht, warum sie nicht schossen. Es wäre leicht, die Kelser am Strand zu treffen.

Seon und Brage gingen rückwärts zum Strand, und noch immer schützte sie Brage mit dem Schild. Die zwei Männer näherten sich Bran und Ulv. Als sie sie erreichten, knieten sie sich hin, so dass der Schild sie vollends schützte.

»Sie sind da drin«, sagte Seon. »Wenn sie in die Wüste geflohen wären, hätten wir sie gehört.«

»Sie liegen auf den Hausdächern.« Ulv legte sich die Hand über die Augen. »Ich habe sie gesehen.«

Seon blinzelte zu den Häusern. »Auf den Dächern?«

Ulv antwortete nicht, denn jetzt bemerkte er ein Blinken auf einem der Hausdächer weiter im Osten. Es gab keinen Zweifel, die Bauern lauerten ihnen auf.

Bran blickte über den Rand des Schildes. »Vielleicht hoffen sie, dass wir wieder verschwinden. Es sind schließlich Bauern, keine Krieger.«

»Das können wir nur hoffen«, sagte Seon. »Aber wir können nicht länger warten.« Er sah zu Bran auf. »Ich kann deinen Männern nichts befehlen. Sie hören nicht auf mich, und ich spreche ihre Sprache nicht gut genug. Du musst ihnen die Befehle geben. Wir ziehen uns am Strand Richtung Westen zurück. Die Bauern haben sich bestimmt auf eine Verteidigung von der Seeseite her eingestellt. Also müssen wir von Westen oder Norden angreifen.«

Bran nickte und winkte den Kelsern zu, ihnen nach Westen zu folgen. Ulv folgte seinem Vater, der durch die Wellen hinkte, die über den Strand spülten.

Die Kelser gingen am Strand in Richtung Westen. Die Mannschaft der beiden Schiffe zählte gut fünfzig Krieger, und es wäre ein Leichtes gewesen, sie von den Hausdächern aus zu treffen. Doch niemand schoss auf sie, und schon bald erreichten sie die Felder. Die Männer drängten sich zwischen die verdorrten Stängel, die ihnen bis weit über den Kopf reichten.

Nach ein paar Speerlängen stießen sie auf einen Kanal. Ulv sprang in den flachen Wasserlauf, in den sich die Wellen aus dem Meer schoben. Die Rinne war aus vierkantigen Steinen gemauert, und Seon erklärte ihnen, dass durch diesen Kanal das Meerwasser zu den Äckern des Guts geleitet wurde.

Ulv half seinem Vater in den Kanal hinunter. Sie folgten dem Wasserlauf, und Seon zeigte auf die gelben Maiskolben an den vertrockneten Pflanzen. Er sagte, sie seien vermutlich auf eines der Güter gestoßen, die Taz-Ka mit Mehl versorgten. Mais sei für die Kanathener wie das Korn für die Völker des Nordens; er selbst habe in seiner Jugend in Taraman Mais gegessen. Doch Seon sprach für taube Ohren, denn die Kelser hörten nur auf Kangir und warteten auf seine Befehle.

Und Kangir hinkte mühsam durch den Kanal. Ulv ging an seiner Seite, doch jedes Mal, wenn er seinem Vater helfend den Arm reichte, schüttelte dieser bloß den Kopf. Er watete breitbeinig durch die Mitte des Wasserlaufs, während Ohankor sich immer wieder nach hinten umblickte.

Sie folgten dem Kanal, bis dieser sich teilte. Dort gingen die Kelser nach rechts in Richtung des Dorfes, und als Ulv den Geruch von Menschen und Rauch wahrnahm, wusste er, dass sie sich den Häusern näherten. Er betrachtete seinen Vater, der hinter ihm her hinkte und sich das rechte Bein hielt. Dielan hatte ihm erzählt, dass sein Vater damals in dem Zweikampf um seine Mutter von einem vergifteten Messer verletzt worden war, doch er hatte sich nicht vorstellen können, dass diese Verletzung so schlimm war. Sein Vater war erschöpft, und dabei hatten sie noch nicht einmal das Dorf erreicht.

Ulv wartete, bis sein Vater zu ihm aufschloss, doch Bran wollte noch immer keine Hilfe. Er richtete sich auf, spuckte ins Wasser und tätschelte den Kopf seiner Streitaxt. »Halt dich an mich«, keuchte er. »Bei mir bist du sicher, Sohn.«

Bran hinkte, nach Atem ringend, weiter. Brage und Seon winkten die Kelser hinter sich her. Die zwei Kampfgefährten hatten eine weitere Verzweigung des Kanals erreicht. Der eine Lauf führte nach Norden, der andere schwang zurück in Richtung Nordwesten.

Seon und Brage wählten den nördlichen Arm. Die Kelser drehten sich zu Bran um und folgten den beiden, nachdem Bran zustimmend genickt hatte.

Sie waren noch nicht weit gekommen, als Seon den Arm hob und stehen blieb. Am Rande des Wasserlaufs stand ein Mann zwischen den Maispflanzen. Er hatte ihnen den Rücken zugewandt. Ulv sah die Peitschennarben auf seinem nackten, schwarzen Rücken. Neben seinen Füßen stand ein mit Maiskolben gefüllter Korb. Der Mann streckte sich nach einem Kolben hoch oben zwischen den Blättern.

Bran deutete auf einen Kelser vorn im Gefolge, der sein Kurzschwert zückte und zu dem Sklaven watete. Als er ihn mit der Schwertspitze am Rücken berührte, drehte sich der Schwarze um und starrte ihn erschrocken an. Seon streckte ihm die Handfläche entgegen und sprach leise auf ihn ein, doch der Sklave schien nichts zu verstehen. Er stieß einen unterdrückten Schrei aus und floh durch die Maispflanzen.

Pfeile bohrten sich in seinen Rücken. Die Kelser legten

neue Pfeile an die Sehnen, doch es waren keine weiteren Sklaven zwischen den Pflanzen auszumachen.

Ulv drängte sich zwischen den Kelsern hindurch. Er kletterte aus dem Kanal und zog den Mann aus den Maispflanzen.

»Lass ihn«, sagte Seon. »Wir haben nicht die Zeit, die Pfeile herauszuschneiden.«

Ulv drehte den Sklaven auf die Seite. Das blasse Brandzeichen auf seiner Wange zeichnete ein Sklavenkreuz, Tarkins gekreuzte Lanzen, und wo sein Ohr hätte sein sollen, fanden sich bloß ein paar Knorpelreste unter den schwarzen, gelockten Haaren. Ulv tastete nach dem anderen Ohr, doch auch dieses fehlte. Seine Gehörgänge waren verwachsen, und als Ulv den Mund des Sklaven öffnete, sah er, dass man ihm die Zunge herausgeschnitten hatte. Der Sklave hatte weder hören noch sprechen können. Er hatte nicht mitbekommen, dass die anderen geflohen waren, und das Auftauchen der Kelser nicht bemerkt.

Ulv sprang wieder zurück in den Kanal. Die Kelser beobachteten ihn, als er zu Bran trat. Der Vater nahm seinen Arm, doch Ulv zog ihn wieder weg.

»Sie hätten das nicht tun müssen«, flüsterte er. »Es war ein Sklave. Sind wir nicht hierher gekommen, um sie zu befreien?«

»Er hätte die anderen gewarnt«, sagte Bran. »Du musst verstehen, Ulv. Er …«

Ulv ergriff das Handgelenk seines Vaters. Zum ersten Mal war er wütend auf den alten Mann. Doch Seon winkte die Männer weiter, und Bran sah weg und watete vorwärts.

Widerwillig folgte Ulv den Kelsern. Er ging jetzt gemeinsam mit dem dicken Ohankor ganz hinten. Ohankor flüsterte ihm etwas zu und zeigte auf Bran, doch Ulv wollte nicht gemeinsam mit seinem Vater gehen. Denn wenn dieser wie all die anderen Männer war, wollte Ulv nichts mehr mit ihm zu tun haben. Ulv erinnerte sich an die Zeit, als er selbst ein Sklave gewesen war, und fragte sich, ob sein Vater ihn auch von den Kelsern hätte erschießen lassen, wenn die Sklavenhändler ihn hierher gebracht hätten. Er umklammerte seinen Speer und verfluchte Seon, die Kelser und ihre Blutrünstigkeit. Doch bald würde auch er kämpfen müssen, und er wusste, dass jetzt nicht die Zeit für Reue war; es ging darum zu töten, wenn man nicht selbst sterben wollte. Deshalb versuchte Ulv, den taubstummen Sklaven zu vergessen. Er blickte nach vorn über das Wasser und sah, wie sich die Maispflanzen über den Kanal beugten. Ganz vorne vor den Kelsern sah er Brages breite Schultern, und er roch den Pferdemist im Dorf. An Siréd musste er denken. An niemanden sonst.

Als der Kanal nach Westen bog, führte Seon die Männer wieder in das Maisfeld. Sie schlichen zwischen den Pflanzen vorwärts, bis das Feld endete. Dort hockten sich die Kelser hin, denn die gelben Steinhäuser lagen nur knapp einen Speerwurf hinter dem Feldrand. Die Häuser standen genauso dicht wie am Strand, doch die Bogenschützen auf den Dächern versuchten nicht, wie auf der anderen Seite, sich zu verstecken. Die Männer standen in ihren Tuniken auf der Brustwehr und spähten in Richtung Felder und Meer.

Seon kroch zurück zu Bran. »Befiehl deinen Männern, die Wachen zu erschießen«, sagte er. »Einen Pfeilschuss, und dann stürmen wir die Stadt. Dort drinnen können nicht viele Krieger sein.«

Bran flüsterte Ohankor etwas zu, der zum nächsten Kelser kroch und zu den Häusern deutete. Bald darauf krochen die Kelser in einer Reihe zum Rand des Feldes vor. Sie knieten sich hin und hoben ihre Bögen. Bran forderte sie auf, gut zu zielen und dann zu schießen.

Die Pfeile flogen in einem lautlosen Bogen durch die Luft und trafen ihr Ziel. Die Schreie der schwarzen Männer durchbrachen die Stille.

Seon und Brage zückten ihre Schwerter und sprangen aus dem Feld. Die Kelser stürmten über den Sand, und Bran hinkte hinter ihnen her. Ulv hastete aus dem Maisfeld, rannte an seinem Vater vorbei und warf sich auf die Knie. Als Bran ihn erreichte, hatte Ulv bereits zwei Pfeile auf die Hausdächer abgeschossen. Doch die Sonne stand hoch und blendete ihn, so dass er niemanden traf. Er kam wieder hoch, hastete weiter und hörte dicht hinter sich ein Stöhnen. Doch es war nicht Bran, der getroffen worden war. Es war Ohankor.

Bran legte sich den Kelser über die Schultern und schwankte weiter. Doch sein krankes Bein gab unter ihm nach, und er brach mit Ohankor auf den Schultern zusammen. Als Ulv seinem Vater zu Hilfe eilte, bohrte sich ein weiterer Pfeil in Ohankors Körper. Ulv schob den Kelser weg und zog seinen Vater hoch. Dann hasteten sie zu den Häusern.

Gemeinsam mit einem der Kelser suchten sie zwischen den Häusern Schutz und zielten mit ihren Bögen auf die Dächer. Doch als sich keine Bogenschützen zeigten, schlichen sie sich zur Hausecke weiter, die auf den Hofplatz mündete. Die gelben Steinhäuser standen in einem weiten Kreis um ein Langhaus herum, und auf dem ganzen Platz waren weder Tiere noch Menschen zu sehen. Das Langhaus war von einem Gang umgeben, der von löchrigen Strohmatten beschattet wurde. Zwischen diesem Gang und der Ecke, hinter der Ulv sich versteckte, stand ein Ochsenkarren, voll beladen mit Fellen und Getreidesäcken. An der Ecke des Langhauses befand sich überdies ein Brunnen, aber auch dort konnte Ulv niemanden entdecken.

»Der Großbauer«, sagte Bran und deutete auf das Langhaus. »Manannan soll mich einen Vandarer schimpfen, wenn er sich nicht dort drinnen versteckt.«

Ulv drückte sich an die Steinwand. Jetzt begann er zu verstehen, warum die Bauern sie nicht unten am Strand beschossen hatten. Der Ochsenkarren auf dem Hofplatz war eine Falle. Sie wollten die Kelser auf den Platz locken, wo sie zwischen den Häusern eingepfercht wären.

»Ehar totan?«, flüsterte der Kelser.

Bran antwortete ihm und wandte sich an Ulv. »Er fragt sich, wo die Bauern sind. Ich habe ihm gesagt, dass sie sicher in ihren Häusern Schutz gesucht haben. Und ich glaube, dass sie uns mit spitzen Pfeilen erwarten.«

Ulv hängte sich den Bogen über die Schulter und nahm das Schwert in die andere Hand. Er wusste, dass sein Vater Recht hatte und hoffte, dass auch die anderen so dachten. Denn wenn sie auf den Hofplatz traten, würden sie beschossen werden.

»Wir greifen jetzt an«, flüsterte Bran. »Dieses Haus. Wir treten die Tür ein und schlagen alle nieder. Das ist die einzige Möglichkeit.«

Ulv sah zu dem Langhaus. Von der anderen Seite des Hofplatzes drangen die Gerüche von Tieren herüber. Vielleicht gab es dort drüben einen Stall und ein Pferd, das er stehlen konnte.

Bran schlich zur Ecke des Hauses. Er hob seine schwere Streitaxt, blickte um die Ecke und gab Ulv und dem Kelser ein Zeichen, ihm zu folgen. Bran nickte dem Kelser zu, der um die Ecke sprang und die Tür eintrat. Ulv und Bran rannten hinter ihm her. Drinnen im Haus schrien Frauen und Kinder, und als die Männer durch die Tür stürmten, sahen sie, dass das Haus voller schwarzer Sklaven war. Die halb nackten Frauen kauerten sich in den Ecken zusammen und drückten ihre Kinder fest an sich. Der Kelser kniete über einem mit einer Tunika bekleideten Bogenschützen. Er zog sein Schwert aus der Brust des Mannes. Ulv richtete seinen Speer auf die Sklaven, doch niemand wagte es, sich zu erheben. Sie kauerten sich jammernd und weinend am Boden zusammen. Auf der Feuerstelle lag ein umgestürzter Topf. An den Wänden standen ein paar Stühle, und daneben lagen Felle, aber ansonsten war das Haus leer.

Der Kelser deutete auf die Fensteröffnung in der Wand und sprach mit Bran, der sich daraufhin an Ulv wandte. »Er sagt, der Bogenschütze habe schussbereit dagestanden. Deshalb hat Trehk ihn getötet.«

Ulv sah aus dem Fenster. Die Kelser rannten von Tür zu Tür. In den Häusern, die um den Platz herum standen, waren Schreie zu hören. Seon und Brage kämpften mit drei Bauern in dem Gang, der um das Langhaus herumführte. Die schwarzen Männer gingen mit großen Heugabeln auf sie los, doch Brage wehrte die Schläge mit seinem Schild ab. Frauen mit Säuglingen auf dem Arm hasteten über den Platz. Ein Bogenschütze mit Pfeilen im Bauch kroch an einer Hauswand entlang, während sich andere in den Durchgängen zwischen den Häusern zu verstecken versuchten. Doch die Kelser machten keinen Unterschied zwischen Sklaven und Kanathenern. Sie zerrten die Bewohner aus den Häusern und Gängen, drückten sie in den Sand und fesselten ihnen die Hände auf den Rücken.

»Wir müssen den Großbauern finden.« Bran gab den Kelsern einen kurzen Befehl und hinkte wieder zur Tür. »Komm Ulv, lass uns den Großbauern ausräuchern.«

Ulv warf einen Blick auf die Sklaven, die sich am Ende des Raumes an die Wand drückten. Ihre weit aufgerissenen Augen leuchteten weiß in ihren breiten Gesichtern.

Es waren gut zehn Männer und Frauen im Haus, und alle trugen das Zeichen Tarkins. Nur die Kinder waren noch nicht gebrandmarkt. Die Frauen pressten sie an sich und wischten ihnen die Tränen von den Wangen.

Doch Ulv rannte aus dem Haus. Er musste ein Pferd finden, nur daran durfte er denken. Und wenn dafür Sklaven sterben mussten, sollte es eben so sein. Er tat es für Siréd.

Ulv holte seinen Vater ein und rannte an ihm vorbei zum Langhaus, während ihm Bran, so schnell er nur konnte, folgte. Seon und Brage hatten bereits zwei Bauern getötet, und

Ulv spannte den Bogen und erschoss den dritten im Laufen. Als Bran hinkend den Rundgang erreichte, trat Brage die Tür auf und warf sich zur Seite. Pfeile schossen aus dem Halbdunkel. Seon stürmte hinein, ehe die Schützen neue Pfeile an die Sehnen legen konnten. Schwerter und Säbel klirrten. Männer schrien, und als Ulv und Bran folgten, hatte Seon sich bereits zwischen den Bogenschützen hindurchgekämpft.

Ulv hob seinen Speer. Sie waren in einem großen Raum. Der Steinboden war mit gemusterten Teppichen belegt, und an den Wänden hingen Bronzeschilde und Lanzen. Sechs Krieger befanden sich in dem Raum. Alle trugen sie schmutzig-weiße Tuniken und breite Ledergürtel um die Hüften. Sie hatten die Bögen fallen lassen und hoben jetzt ihre Säbel und stürzten sich auf Ulv und Bran. Ulv richtete seinen Speer auf sie, machte einen Ausfallschritt und stach den Ersten nieder. Dann stemmte er seinen Fuß auf die Hüfte des Verletzten, riss seinen Speer aus dem Körper und schwang ihn gegen den Nacken des Kriegers neben ihm. Als dieser zu Boden ging, stach Ulv ihm in den Rücken.

»Ulv!« Bran rief nach ihm. Sein Vater hatte das Ende des Raumes erreicht, wo ein Vorhang den Raum vom Rest des Hauses abtrennte. Ulv rannte zu ihm, während Seon und Brage den letzten der Krieger niederstachen. Bran schlug den Vorhang zur Seite, hinter dem sich ein kleinerer Raum befand. Auch hier war der Boden mit Teppichen belegt. Und mitten im Raum stand ein alter Mann, umgeben von jungen Mädchen. Die Sonne fiel durch ein paar schmale Spalten oben unter dem Dach und warf ein Netz von Lichtstreifen auf den Boden. Ulv suchte mit den Augen den schattigen Rand des Raumes ab, doch es war sonst niemand zu sehen.

Der Alte hatte einen grauen Bart, und auch sein schwarzes Gesicht war von grauen Haaren umkränzt, doch er trug kein Brandzeichen. Mit zitternden Händen schob er eines der Mädchen zu Bran und Ulv. Mit gesenktem Kopf kam sie auf die beiden Männer zu, ehe sie eine Speerlänge vor ihnen niederkniete und den Umhang öffnete und zu Boden fallen ließ. Der alte Mann sagte etwas zu ihnen, zeigte auf das Mädchen, verbeugte sich kurz und trat an einen Tisch hinten im Raum. Dort goss er Wein in zwei Bronzekrüge, ehe er zu den Mädchen zurückkehrte. Er legte seine Hände auf ihre Schultern, lächelte und streckte Ulv und Bran die Hand entgegen.

Da traten Seon und Brage in den Raum. Seon lachte, als er den alten Mann sah. »Ich glaube, wir haben den mutigen Großbauern gefunden«, sagte er grinsend.

Der Alte hastete zurück zum Tisch, wo er noch zwei weitere Krüge füllte. Ulv hatte plötzlich den Geruch von Teer in der Nase.

Der Großbauer zischte den Mädchen ein paar Worte zu, woraufhin diese zu den Männern traten und sich entblößten.

Seon ging an ihnen vorbei, drehte das Schwert in seiner Hand um und schlug den Bauern mit dem Schaft nieder. Der alte Kanathener brach vor seinen Füßen zusammen.

»Wir nehmen ihn mit nach draußen«, sagte Seon.

Brage schleifte den Alten aus dem Raum, während Seon die Mädchen nach draußen scheuchte.

Ulv und Bran blieben im Raum zurück, doch als Bran an den Tisch trat und einen der Krüge in die Hand nahm, stürzte Ulv zu ihm hinüber. Er schlug den Krug aus der Hand seines Vaters.

Mühsam bückte sich Bran und hob den Krug auf. Er rieb mit dem Finger über den Boden des Kruges und schnupperte an dem schwarzen Belag auf seiner Fingerkuppe.

»Lilienteer«, sagte er. »Geruchlos und tödlich. Gut aufgepasst, Sohn. Aber ich hatte vor, den Bauern zuerst trinken zu lassen.«

Als sie auf den Hofplatz kamen, war der Kampf bereits vorüber. Die meisten Türen waren eingetreten worden, und die

Bogenschützen lagen tot im Sand. Brage hatte den Großbauern auf den Platz gezerrt, wo er von zwei Kelsern festgehalten wurde. Seon ging zwischen den toten Leibern umher und rief den Männern Befehle zu. Doch die Kelser hörten nicht auf ihn. Sie rannten von Haus zu Haus, die Arme voller Krüge, Teppiche, bronzener Pokale und verschiedener anderer Sachen, die sie in den Häusern gefunden hatten.

Da ergriff Bran das Bronzehorn, das an seinem Gürtel hing. Er blies dreimal hinein, und die Kelser sahen ihn an und ließen das Diebesgut fallen. Bran trat einen Schritt vor und forderte sie auf, sich in Zweiergruppen aufzustellen und die Häuser zu durchsuchen. Es könnten sich noch immer bewaffnete Männer verstecken und auf eine Fluchtmöglichkeit warten.

Bran übersetzte Ulv, was er den Männern gesagt hatte, doch Ulv hörte ihm nicht zu. Denn wenn noch immer Krieger am Leben waren, würden sich diese nicht in den Häusern verstecken. Er ging zurück in das Haus, in dem sie auf die Sklaven gestoßen waren. Vor der Wand lag eine Leiter im Sand, die sie an das Dach lehnten.

Als er über die Brustwehr stieg, wäre er beinahe auf einen halb nackten Jungen getreten. Er hatte sich hinter der Brustwehr versteckt und trug einen vollen Pfeilköcher am Gürtel. Ulv zog ihm den Bogen aus der Hand, doch der Junge unternahm keinen Versuch, sich zu wehren. Er trug ein Brandzeichen auf der Wange und sein Lendenschurz war nass und stank. Ulv warf den Bogen über die Brustwehr und zog den dünnen Jungen am Arm hoch, doch jählings riss er sich los und rammte Ulv die Faust in den Bauch. Ulv stürzte sich auf ihn und schlug ihm gegen den Kiefer. Der Junge sackte, aus dem Mund blutend, zusammen.

Ulv hatte kein gutes Gefühl, als er von ihm wegtrat. Es waren Tazkaner, die sie von den Dächern aus beschossen hatten, und auch die Toten, die die Kelser aus den Häusern schleppten, waren Sklaven. Sie konnten nicht wissen, dass sie gekommen waren, um sie zu befreien. Und welche Freiheit konnte ihnen Seons Heer schon bieten? Ulv blickte auf den Hofplatz hinab. Die Kelser waren dabei, Kornsäcke und Bündel mit Trockenfisch aus dem Langhaus des Großbauern zu tragen. Sie hatten Krieg nach Taz-Ka gebracht, und Krieg war die einzige Freiheit, die die Sklaven kennen lernen sollten.

Die Häuser standen so dicht zusammen, dass Ulv von der Brustwehr auf das nächste Hausdach springen konnte. Auch dort lag ein Sklave, doch der Sand unter seinem Körper war rot von Blut, und als Ulv ihn mit dem Fuß umdrehte, sah er den Pfeil, der in seiner Brust steckte. Er sprang aufs nächste Dach, wo er einige Pfeile und einen weiteren Blutfleck fand. Doch er blieb nicht stehen, um zu sehen, wo der Bogenschütze vom Dach gefallen war. Er hörte das Lachen der Kelser und die Stimme von Seon, der mit seinem Vater sprach. Auf der anderen Seite des Platzes war Brage auf die Hausdächer geklettert. Er folgte Ulvs Beispiel. Der große Schmied rollte einen Toten in den Sand zwischen den Häusern, ehe er auf das nächste Dach sprang.

Ulv eilte von Dach zu Dach, während die Sonne vom Himmel brannte. Er trug weder einen Umhang noch ein Hemd, und seine Haut begann zu stechen. Auf dem Schiff hatte er im Schatten des Segels gestanden, doch hier war er der Sonne schutzlos ausgeliefert. Es war nicht erstaunlich, dachte er, dass die Menschen hier im Süden schwarz waren. Er kniete neben einem weiteren toten Bogenschützen nieder, hob ihn über die Brustwehr und ließ ihn auf den Platz fallen. Er schämte sich für das, was er tat. Die Kelser trieben die Sklaven am Brunnen zusammen. Es waren vor allem Frauen und Kinder.

Ulv blieb stehen und ließ seinen Blick über den Platz schweifen. Wenn er die Sonne mit der Hand abschirmte, konnte er hinter dem Haupthaus das Ende eines lang gestreckten Gebäudes erkennen. Ein paar Kelser führten Pferde aus dem Tor. Ulv setzte sich auf die Brustwehr und wischte sich den Schweiß von der Stirn. Die Kelser brachten die Tiere zum Brunnen, wo ein Fell im Sand lag. Ulv betrachtete die Tiere, während die Kelser einen Eimer Wasser aus dem Brunnen hochzogen. Die Pferde waren größer als im Norden, und ihr Fell war so kurz, dass er sehen konnte, wie die Muskeln unter der Haut der Tiere zuckten. Die Kelser kippten das Wasser auf das Fell, und die sechs Pferde tranken gierig.

Ulv konnte einfach nicht auf den Gutsplatz hinuntersteigen. Das Jammern der Sklaven und all das Blut hielten ihn zurück. Bran rief ein paar Mal zu ihm hoch, doch Ulv blieb auf der Brustwehr sitzen.

Die Kelser hatten die Häuser durchsucht. Auch sie waren auf die Dächer geklettert und hatten die toten und verwundeten Bogenschützen nach unten gerollt. Dann hatten sie Löcher in die Säcke gestochen, die sie im Lager fanden, das an den Saal des Großbauern anschloss, und die Maisvorräte entdeckt, die jetzt auf Brans Befehl hin auf die Schiffe gebracht wurden.

Doch Ulv kletterte nicht nach unten, um den Kelsern zu helfen. Ein schwacher Westwind wehte über die Maisäcker und kühlte seinen Rücken. Ulv blieb auf dem Hausdach sitzen, stützte sich mit den Ellbogen auf den Knien ab und legte seine Hände vors Gesicht, während der Sand zwischen den Häusern hindurch wehte und sich über die Blutflecke legte.

Als die Sonne die Felder im Westen in goldenes Licht tauchte, saß Ulv noch immer dort. Sein Vater war auf dem Platz auf und ab gegangen und hatte zu ihm hinaufgerufen, doch jedes Mal hatte Ulv geantwortet, er sei unverletzt und würde bald nach unten kommen. Ulv hatte zugesehen, wie die Kelser die Sklaven in einer Reihe zum Strand hinuntertrieben, wo sie sie gemeinsam mit den Kornsäcken und Weinkrügen an Bord der Schiffe brachten. Sie hatten sie zu den kanathenischen Zweimastern gerudert, die wie schwarze Raben vor dem abendblauen Himmel auf dem Meer schwebten. Dann hatten weitere Kelsschiffe am Anleger festgemacht, und schwarze Tazkaner waren mit leeren Fässern auf den Strand gelaufen. Sie füllten sie mit Brunnenwasser, nagelten die Tonnen zu und rollten sie wieder zurück zu den Schiffen. Während die Männer Säcke, Tonnen und Felle auf die Schiffe luden, hatte der Großbauer vor dem Langhaus im Sand gesessen. Er streckte den schwarzen Männern seine Hände entgegen, und obgleich Ulv nicht verstand, was er sagte, begriff er doch, dass er sie um Gnade anflehte. Seon hatte ihn in Ruhe gelassen, doch der Bauer hatte nicht einmal den Versuch unternommen zu fliehen. Vielleicht wusste er, dass er zu alt und schwach war, um in der Wüste zu überleben. Dabei hätte er vielleicht besser in die Sanddünen fliehen sollen, denn die Tazkaner von den Schiffen hatten im Langhaus Brenneisen gefunden und am Brunnen ein Feuer entzündet.

Die Kelser waren zu den Schiffen gegangen, als Bran wieder auf den Platz gehinkt kam. Er bat Ulv, ihm mit den Pferden zu helfen. Die Mannschaft hatte die Tiere zum Strand getrieben, und jetzt fragten sich die Männer, ob sie sie schlachten oder lebend an Bord bringen sollten, damit sie sie später nutzen konnten. Ulv kletterte die Leiter nach unten und eilte zu seinem Vater. Bran legte den Arm um seine Schulter und führte ihn zwischen die Häuser, doch dort blieb Ulv stehen und drehte sich noch einmal um. Ein paar Tazkaner kamen aus einem Langhaus. Sie trugen Tuniken, die sie aus den Kisten des Großbauern gestohlen hatten. Ulv erkannte die beiden Männer wieder, denn sie waren an Bord von Virgas Schiff gewesen. Der eine von ihnen nahm ein Brenneisen aus dem Feuer, während der andere zu dem Bauern ging und ihn mit dem Bauch auf den Boden drückte.

»Da können wir nichts tun«, sagte Bran und zog Ulv mit sich zwischen die Häuser.

Ulv folgte seinem Vater zum Strand. Er ging bis zum Wasser, wo die Wellen seine Beine umspülten. Die Pferde waren bereits an Bord gebracht worden. Ulv kletterte über die Reling, ging zu einem gelbfleckigen Hengst und löste die Zügel von der Ruderbank.

Bran legte eine Hand auf seinen Arm. »Nicht jetzt«, wisperte er. »Nicht hier.«

Ulv riss sich von ihm los, während die Kelser die Vertäuung lösten und das Schiff abstießen.

»Wenn du von hier aus reitest, musst du vorbei an Taz-Ka und durch die Wüste.« Bran stellte sich ans Ruder und steuerte in Richtung der vor Anker liegenden Kanathenerschiffe. »Vertrau mir, Sohn. Und wenn du mir nicht vertraust, vertrau wenigstens dem Meer.«

Da hörte er die Schreie. Sie kamen vom Gut. Ulv wandte dem Strand den Rücken zu. Er presste die Hände auf die Ohren und schloss die Augen. Der Großbauer schrie seine sinnlosen Schmerzen heraus.

Die Toten wurden in Sackleinen gehüllt und im Meer versenkt. Bran sorgte dafür, dass die Verwundeten behandelt wurden und auf die Kanathenerschiffe kamen, denn dort war unter Deck mehr Platz. Dann ließ er die Kelser einen Nachfolger für Ohankor wählen. Während das Langschiff an Virgas Zweimaster vertäut war und die Männer die Maissäcke und Tonnen zwischen den Schiffen aufteilten, kletterte Ulv über die Reling an Deck. Seon stand auf dem Achterdeck und sprach mit Virga. Ulv hatte sich einen Umhang umgelegt, denn der Wind frischte auf. Die Wellen klatschten gegen den Bug, und das Schiff ruckte ungeduldig an der Ankerkette.

»Ulv«, sagte Seon, als Ulv sich über das Achterdeck näherte. »Du hast gut gekämpft. Ich danke dir dafür. Wir brauchten diesen Proviantnachschub.«

»Ulv ist nicht gekommen, um mit uns über den Proviant zu

sprechen.« Virga trat zu Ulv und klopfte ihm auf die Schulter. »Wir wissen alle, an was Ulv denkt. Er meint, wir verstünden das nicht, doch das tun wir. Ist es nicht so, Seon?«

Seon blickte zu Boden. Sein schwarzes Gesicht verschwamm mit dem Dunkel. »Doch«, sagte er leise. »Wir kennen deine Gedanken, Ulv. Und ich weiß, warum du gekommen bist. Du willst das Heer verlassen.«

»Ich habe keine andere Wahl.« Ulv trat einen Schritt vor und verschränkte die Arme vor der Brust. Er wusste, dass Seon sich verraten fühlte.

»Dann mach dich auf die Suche nach ihr.« Seon schob seine Hände hinter den Gürtel. »Aber lass dir sagen, dass ich glaube, dass du dort nur den Tod finden wirst, Ulv. Ich habe das schon einmal gesagt – die Lanzen der Kanathener werden dich finden.«

Ulv nahm die Witterung des Windes auf. Er kam vom Meer. Und das Meer hatte ihn nach Süden gebracht, in das Land Tarkins. Es war so wie in seinen Träumen. Doch jetzt konnte er nicht mehr warten. Er musste in die Berge und sie finden.

»Ich will nicht mehr reden«, sagte er. »Ich werde die Männer meines Vaters bitten, mich an Land zu rudern. Ich reite von hier aus.«

Seon trat an die Reling und spuckte ins Wasser. »Geh, solange die Männer nach dem Sieg noch guten Mutes sind. Ich werde sagen, dass du als Kundschafter nach Osten geritten bist.«

Virga nahm Ulvs Hände. »Ich werde zu den Göttern beten und Hilfe für dich erbitten. Der Himmelsvogel soll seine Schwingen über dich breiten. Denn in dir fließt das Blut des mächtigen Geschlechts deiner Mutter. Visikal und seine Ahnen werden dir Kraft geben. Hab also keine Angst, Ulv.«

Ulv drückte den alten Mann an sich. »Ich werde keine Angst haben«, flüsterte er. »Und ich werde nicht vergessen.«

Dann wandte sich Ulv von Virga und Seon ab. Er sprang

vom Bugdeck und kletterte über die Reling auf das Langschiff. Dort ging er zu Bran, der am Steuer stand und ein Tau spleißte. Ulv sagte ihm, dass Seon ihn aus dem Heer entließ und dass er zwei Pferde brauchte und an Land musste. Er wollte Tag und Nacht reiten, bis er die Berge erreichte.

Doch Bran schüttelte über Ulvs Pläne nur den Kopf. Er wiederholte, was er Ulv über Taz-Ka gesagt hatte, dass es von Großgütern umgeben sei, die von kanathenischen Kriegern bewacht würden. Bran verstand nicht, wie Ulv diesen Tempel in den Bergen finden wollte und wie es ihm gelingen sollte, Siréd aus den Fängen von Tarkin zu befreien. Bran erinnerte sich, was Ulv über die Weissagung gesagt hatte, nach der Tarkinar Ethem Tarkins Frau werden und Fruchtbarkeit übers Land bringen sollte. Er selbst hatte den Gang des Mondes beobachtet und wusste, dass es nur noch knapp zwei Mondzeiten bis zur Wintersonnenwende waren. Deshalb war es umso wichtiger, Vernunft zu bewahren. Bran sagte, dass er viel darüber nachgedacht habe. Er deutete auf die Mannschaft, die dabei war, Tonnen und Säcke unter Deck zu verstauen, und er fragte Ulv, ob er sich nicht denken könne, warum die Mannschaft das Schiff bereits jetzt, mitten in der Nacht, klarmachte. Bran wartete die Antwort nicht ab, sondern hinkte über das Deck zu den Pferden, die an der Ruderbank festgebunden waren. Er sagte, es sei kein Zufall, dass er so viele Tiere an Bord genommen hätte.

Als Ulv wissen wollte, an was er dachte, verwehrte ihm Bran die Antwort. Stattdessen kletterte er über die Strickleiter auf das Kanathenerschiff. Ulv hörte ihn über das Deck hinken. Dann knirschte eine Luke, ehe es oben auf dem Zweimaster wieder still war.

Ulv wartete am Steuerruder. Die Pferde schnaubten und stampften mit den Hufen auf das schmale Mitteldeck zwischen den Ruderbänken. Die Kelser tranken Wasser und aßen

Trockenfisch. Sie sahen zu Ulv hinüber und steckten flüsternd die Köpfe zusammen. Ulv dachte, dass sie ebenso gut laut hätten schreien können, denn er verstand nichts von ihrer Sprache. Er zählte dreißig Kelser an Bord des Langschiffes. Alle hatten ihre Waffen, Pfeilköcher und Bögen unter den Ruderbänken verstaut und wollene Umhänge um sich geschlagen, denn wie üblich brachte die Nacht kühle Winde. Ulv legte die Hände auf das Steuerruder und spähte nach Osten, wo die Wellen im Dunkel verschwanden. Er fragte sich, warum sein Vater auf dem Schoner verschwunden war. Das Warten gefiel ihm gar nicht. Wären die Kelser nicht an Bord gewesen, hätte er die Vertäuung gelöst, mit der das Langschiff am Schoner festgebunden war, das Segel vom Querbaum herabgelassen und das Schiff an den Strand gesteuert, um nach Osten zu reiten. Denn obgleich er die Kanathener fürchtete, musste er weiter, solange noch Zeit war.

Wenig später legten sich die Kelser unter ihren Decken und Fellen zur Ruhe. Ulv blieb sitzen, lauschte den Wellen und sah den weißen Streifen, den die Brandung auf den Strand zeichnete. Dahinter erkannte er schemenhaft die Gebäude. Er war müde. Die Schreie des Bauern hallten noch immer in seinem Kopf. Ulv beugte sich über die Reling und wusch sich die Hände im Meer. Er hatte Blut unter den Nägeln.

Da hörte er die tiefe Stimme seines Vaters oben auf dem Kanathenerschiff. Bran lehnte sich über die Reling, schlug mit der Faust gegen die Bordwand und weckte die Kelser. Er hatte ein zusammengerolltes Pergament unter dem Arm und einen Krug Wein in der Hand. Loke und Bul kletterten neben ihm auf die Reling. Sie trugen ihre Gewänder, hatten die Kapuzen aufgesetzt und hielten Speere in den Händen. Bran reichte den Weinkrug einem hastig aufspringenden und über die Ruderbänke herbeieilenden Kelser. Dann kletterte er über die Strickleiter nach unten, sprang an Bord, warf das Pergament durch die Luke nach unten und hinkte zu Ulv.

»Wir brechen auf«, sagte er. »Wir schlagen östlichen Kurs ein und segeln, bis wir außer Sichtweite von Taz-Ka sind.«

Bran schob Ulv zur Seite und löste die Riemen am Achtersteven. Dann knotete er den Riemen am Steuerruder los und gab den Kelsern weitere Befehle. Der Querbaum wurde bis an die Mastspitze hochgezogen und das Segel herabgelassen. Einige Kelser hielten das Schiff fest, bis Loke, Bile und Bul über die Strickleiter herabgestiegen waren. Vile blieb in der Strickleiter hängen, doch Seon und Virga lösten sie oben von der Reling des Kanathenerschiffes und ließen sie zu den Kelsern herunter.

»Dieses Schiff ist das schnellste, das jemals in Kels gebaut wurde«, sagte Bran lächelnd. »Ehe du dich versiehst, sind wir an Taz-Ka vorbei.«

Der Wind packte das Rahsegel, und das Langschiff nahm Fahrt auf. Oben auf dem Kanathenerschiff kletterte Brage auf die Reling. Er hielt sich an einer Want fest, hob den Arm und grüßte Ulv mit geöffneter Hand. »Gute Reise, Nordländer! Denk daran, dass du überall dort, wo Bermarer wohnen, eine Heimat haben wirst – immer!«

Seon und Virga standen gemeinsam mit einigen Männern hinter der Reling. Virga winkte ihm zu, während sich Seon abwandte und wieder an Deck verschwand.

Bran sah zur Mastspitze hoch, an der der Querbaum im Wind zitterte. »Der Schmied spricht weise Worte«, sagte er. »Der Wind frischt auf. Und solange er aus Westen bläst, kann uns der Himmel Stürme und Unwetter bringen. Wir segeln vor den Stürmen, Ulv. Manannan ist mit uns – er führt uns so rasch die Winde blasen ans Ende des Fjords.«

Ulv warf einen Blick zurück auf die Kanathenerschiffe. Ein schwarzer, halbnackter Mann war auf den Bugspriet geklettert. »Und all das für eine Frau!«, schrie er. »Ich habe es doch immer gesagt! Die Frauen rauben uns das Leben, Nordländer! Denk an meine Worte, wir werden uns nicht wiedersehen!«

Ulv reckte die Arme über den Kopf und erwiderte Taznamans Abschiedsgruß. Der verrückte Kanathener hielt sich fest und schrie ihm nach.

»Dein Freund ist verrückt«, sagte Bran. »Aber in seinen Worten liegt viel Wahrheit.«

Statt zu antworten ging Ulv zu den Pferden. Die Tiere standen breitbeinig auf dem Mitteldeck. Ihre Mähnen und Schweife flatterten im Wind. Die Waldgeister schlichen um die Pferde herum und sprachen leise mit ihnen. Loke blickte zu Ulv auf, zog seinen Primstab hervor und führte den Daumen über die Mondkreise.

Bran steuerte das Langschiff zu einem der anderen Kelsschiffe hinüber, rief die Mannschaft und deutete nach Westen. Dann war das Langschiff vorbei. Die Wellen führten es rasch von den anderen Schiffen der Flotte fort.

Bran lehnte sich mit dem Rücken an den Achtersteven, und Ulv setzte sich auf eine Ruderbank, während das Kielwasser einen weißen Streifen in die Nacht zeichnete.

## Die Bucht von Taz-Ka

In den folgenden Tagen brachte das Langschiff die Männer weit nach Osten. Bran stand vom Morgengrauen bis zur Abenddämmerung am Steuerruder und ließ der Mannschaft kaum Zeit, sich auszuruhen. Sie strafften die Seile, und drehten den Querbaum, um jeden Windstoß einzufangen, und erreichten nach zwei Tagen die Landzunge, die Taz-Kas' Bucht teilte. Bran schlug jetzt nördlichen Kurs ein, weil auf der Karte der nördliche Fjord bis an den Fuß des Gebirges führte.

Das Langschiff pflügte durch die Wellen, und die Männer hatten alle Mühe, sich festzuhalten. Der Mast bebte und knackte bei jeder Bewegung. Seit sie sich vom Rest der Flotte getrennt hatten, war der Wind stark und gleichmäßig gewesen, und Bran meinte, er würde noch länger anhalten. Die Waldgeister hatten alle Hände voll zu tun, die Pferde zu beruhigen. Die kleinwüchsigen Jäger strichen den Tieren über die Beine und sangen ihnen etwas vor, was allerdings wenig nutzte. Die Tiere trampelten unruhig mit den Hufen und zerrten an den Halftern.

Ulv verbrachte die meiste Zeit an Deck und stieg nur selten in das Halbdunkel des Decksraums hinunter. Er musste sich bücken, um sich nicht den Kopf anzuschlagen, und da die Wellen unablässig gegen den Schiffsrumpf brandeten, verstand er nur zu gut, warum auch die Mannschaft es vorzog, an Deck zu schlafen. Nur sein Vater und einige ältere Kelser zogen sich zum Schlafen unter Deck zurück. Ulv hatte die Schlafstelle seines Vaters zwischen den Balken in der Mitte des Schiffes gefunden. Dort zwischen den Fellen lag Brans Schleifstein. Ulv verbrachte lange Zeit unter Deck, um seine Speerspitze und das Kurzschwert zu schleifen, bis sie im Schein der Fackel glänzten. Den Bogenstrang hatte er mit dem Fett eines Talglichts eingerieben. Sein Vater sagte, dass sie bald das Ende des Fjords erreicht hätten.

Wie weit es noch bis zu den Bergen war, wusste Bran allerdings auch nicht. Die Karte war mit groben Kohlestrichen gezeichnet, und die Küstenlinie war zerklüftet und mit kanathenischen Schriftzeichen bedeckt. Also segelte Bran so, wie er es immer getan hatte: Er deutete den Stand der Sonne und des Mondes und beobachtete die Küste im Nordwesten. Er trieb das Langschiff durch die Wellen und überließ nur Itankan, seinem erfahrensten Steuermann, das Ruder, wenn er selbst schlafen musste. Sie mussten das Ende des Fjords so schnell wie möglich erreichen, denn Bran wusste, dass für Ulv jeder Tag zählte. Auf der Karte war neben einer Schlucht ein Pfad eingezeichnet, und der Abstand vom Ende des Fjords an der Schlucht entlang bis zum Tempel war genauso lang wie der

Abstand von Tirga nach Torman. Wenn es tatsächlich so weit dorthin war, würde Ulv niemals vor der Wintersonnenwende am Ziel sein. Aber das behielt Bran für sich und hoffte im Stillen, dass die Kartenzeichner das Gebirge so groß und gewaltig gemalt hatten, um Tarkin zu ehren.

Ulv blieb während der Fahrt viel für sich. Sein Vater hatte genug damit zu tun, das Schiff zu steuern und seine Mannschaft in Schach zu halten, und die Waldgeister standen meist an der Reling und starrten auf die Wellen. Ulv zog sich in den Bug zurück, wo er Ruhe vor den Kelsern hatte, die zwischen den Schoten und Stagen hin und her liefen. Er lehnte sich gegen den geschwungenen Bugsteven, dessen Drachenkopf den Wellen und der Gischt die Zähne zeigte. Sein Blick wanderte nordwärts an der Küste entlang, bis zu dem grauen Streifen, wo Land und Meer gegen den Himmel stießen. Noch hatte er keinen Berg zu Gesicht bekommen, und allmählich begann er zu zweifeln, ob sein Vater die richtige Wahl getroffen hatte, als er sich dort, wo der Fjord sich teilte, nach Norden gewandt hatte. Ein Teil von ihm bereute es, nicht direkt von dem Gut nach Osten geritten zu sein, obgleich er wusste, dass das Langschiff ihn um vieles schneller an der Küste entlanggeführt hatte. Seons Männer hatten inzwischen sicher Taz-Ka erreicht, und die Schlacht um die Stadt hatte begonnen. Wenn Ulv die Augen schloss, sah er die schwarzen Tazkaner vor sich. Sie liefen in geschwärzten Lederbrünnen und mit Lanzen und Säbeln in der Hand über den Strand. Seon schickte sie in die Stadt, wo sie gegen ihre eigenen Brüder kämpfen sollten. Ulv hatte genügend über den Krieg gelernt, um zu wissen, dass sich die Großbauern selbst wohl kaum dem Feind entgegenstellen würden. Es waren die Krieger und Sklaven, die für sie kämpfen mussten. Vielleicht würden die Sklaven ja die Brandzeichen auf den Wangen der Feinde erkennen und verstehen, dass es Tazkaner waren wie sie selbst, die sie angriffen. Vielleicht würden sie sich tatsächlich gegen ihre Herren wenden. Aber genauso gut war es möglich, dass sie kämpften und für ihre Herren starben. Ulv wusste es nicht, und er wollte es auch nicht wissen. Für ihn war der Krieg vorbei. Der taubstumme Sklave in dem Maisfeld und der Junge auf dem Dach waren nur noch böse Erinnerungen. Er bereute, was geschehen war, so wie er jede Schlacht bereute, in der er gekämpft hatte, seit er die Berge im Norden verlassen hatte. Denn immer waren die Schwachen, die Alten und Wehrlosen die ersten Opfer. Aber er konnte nichts mehr daran ändern, was geschehen war. Er war aus dem nördlichsten Teil der bekannten Welt gekommen, und überall, wo er hinkam, war es das Gleiche gewesen. Er wandte den Blick aufs Meer und versuchte zu vergessen.

Fünf Tage, nachdem sie vor der Landzunge Kurs nach Norden genommen hatten, verengte sich der Fjord. Der Ausguck an der Mastspitze meldete, dass er im Osten und im Westen Land sah, und je weiter das Langschiff nach Norden kam, desto dichter waren die Sandstrände von Klippen und Felsbrocken bedeckt. Noch hatte keiner von ihnen irgendwelche Berge gesichtet, obgleich die Kelser immer wieder zu dem Ausguck hochriefen, ob er am Horizont etwas sehen könne. Das Land war anders als alles, was sie kannten. Seit sie in die Bucht von Taz-Ka hineingefahren waren, hatten flache Sandstrände sie unablässig nach Osten geführt. Inzwischen sah es so aus, als würde der Sand den letzten Rest eines ehemals fruchtbaren Landes unter sich begraben. In den Spalten zwischen den Klippen standen graue Baumskelette, und im Schutz der Felsblöcke waren eingefallene Zweigdächer zu erkennen. Hier hatten Menschen gelebt, aber alle Spuren von Leben waren unter dem Sand begraben.

Aber nicht nur die Küste veränderte sich. Auch der Geruch des Landes war ungewohnt. Der Westwind, der vom Land heranwehte, führte eine trockene Hitze mit sich, die durch alle Kleider drang. Die Männer legten ihre Hemden ab, machten ihre Umhänge nass und zogen die Kapuzen über die Köpfe. Es war keine Wolke am Himmel, und das Seewasser, das sie über sich ausgossen, war warm wie Blut. Nur in den Nächten wurden sie von der Hitze verschont.

Am zehnten Tag hinter der Landzunge brauchten sie keinen Ausguck mehr, um die Küste auf beiden Seiten des Schiffes zu sehen. Der Fjord wurde immer enger. Bran beugte sich über die Karte und verkündete, dass sie sich dem Ende des Fjords näherten. Die Männer spähten an Land, aber Bran war sicher, dass sie hier auf keine Siedlung stoßen würden. Drei Jahrzehnte lebte er nun schon auf dem Meer, aber noch nie hatte er eine derart unfruchtbare und trockene Küste gesehen. Es gab weder Flussmündungen noch Bäche oder Quellen. Die Küste war tot, von der Sonne verbrannt.

Während Bran zum Land schaute, unterbrach ein Ausruf des Ausgucks die Stille. Männer und Waldgeister krochen aus dem Schatten unter den Ruderbänken hervor und liefen in den Bug, wo Ulv bereits auf die Reling gestiegen war. Hinter der Felsenküste erhob sich ein grauer Schatten. Sie hatten das Gebirge Arak erreicht.

Sie segelten die zwölfte Nacht, als sich die Kälte über das Meer senkte. Der Wind blies Sandkörner von der Küste herüber, die durch die Leinenhemden in jede Hautpore drangen. Ulv tat in dieser Nacht kein Auge zu; er stand im Bug und versuchte, in der nächtlichen Dunkelheit das Gebirge zu erkennen. Er hoffte, dass Siréd irgendwo dort oben war und dass er den Tempel finden würde, wie es in dem Pergament geschrieben stand. Aber mit jeder Welle und jedem Windstoß wuchsen seine Zweifel, ob er das Richtige getan hatte. Vielleicht waren die Worte, die Seon ihm vorgelesen hatte, nur niedergeschrieben worden, um ihn in die Irre zu führen. Vielleicht wurde Siréd gar nicht in dem Tempel, sondern in einer der Städte gefangen gehalten.

Ulv verschränkte die Arme vor der Brust. Ihm war kalt, weil er nur den Umhang umgelegt hatte. Im Laufe des Tages hatte sich der Sand mit dem Schweiß verklebt, und nun war sein Körper von einer feinen Schicht stechender Sandkörner bedeckt. Er kratzte sich im Nacken, setzte sich mit dem Rücken gegen die Bordwand und versuchte sich ein wenig auszuruhen, als jemand seinen Arm berührte. Ulv öffnete die Augen. Vor ihm stand Loke. Der weißbärtige Waldgeist strich die Zöpfe seines Bartes über dem Kinn glatt und lächelte ihn an.

»Bist du erschöpft?« Loke schob die klobigen Hände hinter den Gürtel. Auch der Waldgeist hatte sich seiner Oberbekleidung entledigt, aber sein Bart bedeckte den kugeligen Bauch. »Versuch zu schlafen, Ulv. So wie alle anderen. Selbst meine Jägerlehrlinge haben sich zur Ruhe begeben.«

»Ich kann nicht schlafen«, sagte Ulv.

»Ich weiß.« Loke nickte. »Dir gehen zu viele Fragen durch den Kopf. Und du zweifelst.«

Ulv blickte zu den Ruderbänken. Die Kelser lagen unter ihren Decken. Sein Vater hatte sich unter Deck zurückgezogen, und Itankan stand am Steuer.

»Erinnerst du dich an den Abend, als du auf Virgas Schiff kamst?«, fragte Loke. »Ich wollte dir etwas erzählen, aber du warst zu erschöpft, um mir zuzuhören. Also habe ich mich geduldet und geschwiegen. Aber jetzt kann ich nicht länger schweigen, denn bald haben wir das Ende des Fjords erreicht.«

Loke setzte sich auf eine Taurolle und schaute zum Mond. Nur noch wenige Klingenbreiten fehlten bis zum nächsten Vollmond. Loke zog den Primstab unter dem Wams hervor und das Messer aus der Gürtelscheide.

»Dein Vater hat dir viel von der Zeit erzählt, als deine Mutter Tir noch lebte.« Der Waldgeist ritzte eine Kerbe in den Primstab, schob das Messer zurück in die Scheide und den Primstab unter das Wams. »Aber ich glaube nicht, dass er dir alles erzählt hat. Hat er dir von dem Traum berichtet, den er in dem Schneesturm hatte? Oder hat er dir gesagt, warum deine Mutter dich Adharkach nannte?«

»Adharkach«, wiederholte Ulv. »Mein gottgegebener Name. Das hat Vater mir erzählt. Daran erinnere ich mich. Er bedeutet *Der, der Hörner trägt*, so wie du es mir damals im Westwald erzählt hast.«

»Das ist richtig.« Loke blickte über das Deck, um sich zu vergewissern, dass die Kelser schliefen. »Adharkach ist dein gottgegebener Name. Und niemand sonst, außer deinen nächsten Verwandten, darf davon wissen. Dein Vater weiß, warum Tir dich so genannt hat. Er weiß von der Vision, die sie bei der Empfängnis hatte. Traumbilder haben deine Mutter und deinen Vater bereits gewarnt, bevor du geboren wurdest, Ulv. Ich werde dir keine halben Wahrheiten mehr erzählen. Es ist an der Zeit, dass du die ganze Wahrheit erfährst.«

Ulv lehnte sich zurück und musterte den kleinwüchsigen Jäger. Loke atmete tief ein, biss sich auf die Unterlippe und seufzte. »Es ist eine lange Geschichte«, murmelte er. »Sie hat ihre Wurzeln in der Zeit, als die Götter noch Riesen waren und auf der Erde wandelten. Aber wir haben keine Zeit, uns mit den verlorenen Zeiten zu befassen. Ich werde dir nicht von Den Ältesten erzählen, wie viele Die Namenlosen nennen. Dazu haben wir keine Zeit.«

»Was willst du mir dann erzählen?« Ulv strich sich das Haar aus den Augen. Loke benahm sich wirklich wunderlich. Er saß da wie ein störrisches Kind, mit geballten Fäusten und den Blick starr auf die Decksplanken geheftet.

»Was ich dir erzählen möchte ...« Loke schüttelte den Kopf, als fände er nicht die rechten Worte. »Hast du schon einmal von Cernunnos gehört? Von dem, der Hörner trägt? Dem Horngott, dem Gott der Arer? Deine Mutter war eine Galuene, Cernunnos' Priesterin. Hat dein Vater dir das erzählt?«

»Ja«, sagte Ulv. »Das hat er. Und ich habe den Horngott selber gesehen. Im Norden. Er hat sich mir im Nebel gezeigt. Ich habe von ihm geträumt. Und ich weiß auch, warum. Mutter hat mir vom Horngott erzählt, als ich klein war. Er lebt in meiner Erinnerung weiter. Meine Erinnerungen nahmen Gestalt an und bekamen eine Stimme. Aber sie existieren nur in meinen Träumen.«

Loke beugte sich zu Ulv, fasste ihn am linken Arm und drehte seine Handfläche nach oben. Dann fuhr er mit dem Finger über die Narbe. »Wir taten, was der Gamle uns aufgetragen hatte«, flüsterte er. »Wir brachten dir den Golddolch, als du ein Säugling warst. Und du hast ihn in zwei Teile zerbrochen, wie es vorhergesagt worden war. Das war das Zeichen, dass du Tarkin trotzen würdest, dem Gott, der sich in Gold kleidet. Seit diesem Tag wussten wir es. Es gab keine Zweifel mehr.«

»Was wusstet ihr?« Ulv zog die Hand zurück. »Ich verstehe nicht, wovon du sprichst, Loke. Hast du zu viel von eurem Gebräu getrunken?«

Loke zeigte mit zittrigem Finger auf ihn. »Diesen höhnischen Ton hast du von deinem Vater geerbt. Er war auch immer so. Aber verhöhne mich nicht, Ulv Branssohn! Selbst Götter sterben, und dein Schicksal ist nicht leicht zu tragen. Darum hör mir zu. Und vergiss niemals, was ich dir jetzt sage.« Loke starrte ihn mit seinen dunklen Augen an und zeigte auf seine Brust. »Tief hier drinnen weißt du es längst. Du fühlst es, Ulv. Du kennst den Grund, warum du noch immer wie ein junger Mann aussiehst, obgleich du über vierzig Winter erlebt hast.«

Ulv wandte den Blick ab. Es behagte ihm gar nicht, dass der Waldgeist ihn daran erinnerte. Niemand konnte erklären, wieso das Alter ihn nicht zeichnete, und Ulv hatte gelernt, nicht zu viel zu fragen.

Aber Loke ließ nicht locker. »Habe ich dir von Cernunnos erzählt, als wir durch den Westwald wanderten? Habe ich dir von der Prophezeiung erzählt?«

Ulv schüttelte den Kopf. Wenn der Waldgeist ihm von irgendeiner Prophezeiung erzählt hatte, hatte er es wieder vergessen.

»Cernunnos war ein Krieger Ekserks«, sagte Loke. »Damals, zu Krims Zeiten, dreihundert Jahre vor deiner Geburt, lebten noch Die Hörnertragenden. Sie waren Ekserks Krieger im Kampf gegen den zehnten Tarkin. Krim war für den zehnten Tarkin, was Vendhur für den jetzigen Tarkin ist. Ein Heerführer. Ein Menschenschlächter. Begreifst du, was ich damit sagen will, Ulv?«

Ulv wickelte sich in den Umhang. Lokes Rede war lang, aber er meinte sich zu erinnern, diese Geschichte schon einmal gehört zu haben.

»Es kam zum Kampf zwischen Krim und Ekserks Streitmacht. Krims Männer hatten die Stadt belagert, die wir heute Arborg nennen. Die letzten Überlebenden hatten innerhalb der Stadtmauern Zuflucht gesucht, zwischen ihren niedergebrannten Häusern, und ihre Hörner warfen Schatten über den gepflasterten Ratsplatz. Denn die Riesen hatten Geweihe wie Hirschbullen.« Loke fasste sich an den Kopf und zeichnete mit den Händen ein riesiges Geweih nach. »Geweihe, wie Hirsche«, wiederholte er.

Ulv sagte nichts, weil er allmählich zu verstehen begann, warum Loke ihm das alles erzählte. Er hatte es gespürt, seit ihm der Riese mit dem Hirschgeweih das erste Mal in einem Traum erschienen war. Er hatte einen Geist gesehen. Einen der Riesen. Einen von Ekserks Kriegern.

»Die Legende sagt, dass Cernunnos, der Häuptling der Riesen, seinen Kriegern befahl, die Tore zu öffnen. Und Die

Hörnertragenden öffneten die Tore und stürmten Krims Männern entgegen. Es war eine blutige Schlacht. Krims Lanzenträger waren Cernunnos und seinen Kriegern zahlenmäßig überlegen, und bald stand Cernunnos ganz allein inmitten der Feinde. Er war verwundet, und Krim erkannte, dass dieser nicht mehr lange zu leben hatte. Er schickte den tödlich verwundeten Cernunnos in die Ebenen. Und dort starb Cernunnos, der letzte von Ekserks Riesen.«

Ulv beugte sich vor, um sich zu erheben, aber der Waldgeist hielt ihn am Arm fest. »Später wurde prophezeit, dass Cernunnos zurückkehren würde. Die Galuenen träumten, dass er als ein Sterblicher wiedergeboren würde, und dieser Mann sollte zweimal geboren werden. Beim ersten Mal würde eine Frau ihm das Leben schenken. Beim zweiten Mal, nachdem vier mal zehn Jahre vergangen waren, würden die Wälder im Norden ihn ans Licht bringen. Er würde aus der Vergessenheit zurückkehren und gegen Tarkins Krieger kämpfen. Ein Mann aus dem Wald sollte es sein. Ein Jäger, ein Riese unter den Menschen.«

Ulv kam auf die Beine und heftete den Blick auf die Klippen an der Küste. »Das geht mich nichts an. Ich bin hier, um Siréd zu finden. Du hättest Seon davon erzählen sollen. Er mag Geschichten von Macht und Krieg.«

Loke schob die Taurolle an die Bordwand, stellte sich darauf und stützte sich mit den Unterarmen auf der Reling ab. »Da sagst du etwas Wahres. Aber Seons Schicksal ist ein anderes. Es ist nicht von den Göttern vorherbestimmt. Du bist es, über den wir reden müssen, Ulv. Ich habe bereits viel zu lange damit gewartet.«

Ulv sah ihn an. Der Waldgeist fuhr sich mit dem Handrücken unter der Nase entlang. »Tarkin ist dein Feind«, sagte er. »Und Tarkins größte Sehnsucht ist es, dass die alten Götter endlich vergessen sind. Denn Götter besitzen nur dann Macht, wenn die Menschen an sie glauben. Aber Ekserk,

Man, Manannan und all die anderen, die einstmals sehr mächtig waren, sind keine Götter mehr, zu denen die Menschen beten. Die Männer und Frauen des Großen Volkes richten sich mit ihren Gebeten lieber an vergreiste Helden, an ihre Vorväter und Kriegerkönige, die sie einst regierten. Und von all denen ist Tarkin der Mächtigste. Alle Völker südlich von Mansar und Vandar beten ihn an, und wie ich gehört habe, formen die Bewohner von Alvar ihre Götzenbilder nach dem schwarzen Gott im Süden. Das ist gefährlich, Ulv. Tarkin bedeutet ein neues Zeitalter.«

»Das verstehe ich nicht«, sagte Ulv. »Was soll das für ein neues Zeitalter sein, von dem du da sprichst? Ist die Welt nicht, wie sie immer war?«

»Nein.« Loke zeigte an Land. »Sieh dir die Klippen an. Die Wüste. Habgier und Verachtung für die Erde unter unseren Füßen, das ist das neue Zeitalter. Das Große Volk, dein Volk, wird die Felder und Wälder niederbrennen und die Asche vom Boden lecken. Sie werden in den Bergen nach Reichtümern graben und ihre Vorväter und alles, wofür sie gekämpft haben, verachten. Flammen, Trockenheit, Blut und Tod, das ist die neue Zeit. Tarkins Zeit. Die Kanathener glauben, das Land leide, weil Tarkin alt ist, aber das ist Unsinn. Es ist die Verachtung der Kanathener für ihr Land, aus der die Trockenheit entspringt. Und das Land spürt ihre Gier, Ulv, es stirbt vor Trauer.«

Ulv blickte auf seine Hände. Seine Finger klammerten sich an der Reling fest, und als er einatmete, ging ein Zittern durch seinen Rücken.

»Du spürst es tief in dir drin.« Loke klopfte ihm auf den Arm. »Denn du bist die alte Zeit. Du bist die Erinnerung daran, wie es einmal war. Und du wirst kämpfen, Ulv. Du wirst in Tarkins Land wandern und gegen den schwarzen Gott kämpfen. Dein Vorgänger wurde von Krim getötet, aber du wirst gegen Tarkin selbst kämpfen.«

»Mein Vorgänger?« Ulv schüttelte den Kopf. Er wollte und konnte nicht verstehen, was Loke ihm sagte.

»Ja, Cernunnos war dein Vorgänger.« Loke blickte zum Sternenhimmel. »Und wenn der Gamle Recht hatte mit seiner Prophezeiung, teilt ihr dieselbe Seele.«

Ulv drehte ihm den Rücken zu und ging zum Mast. Er glaubte nicht, was Loke sagte. Aber die Worte des Waldgeistes weckten ein sonderbares Gefühl in ihm. Er schnappte nach Luft und fasste sich an die Stirn. Ihm war kalt und heiß zugleich.

»Du kannst nicht fliehen.« Loke legte ihm die Hand auf den Arm. »Das Schicksal hat dich nach Süden geführt. Du weißt, dass ich die Wahrheit sage, Ulv. Es ist vorhergesagt worden, dass Cernunnos in einem Mann wiedergeboren wird, den das Alter nicht zeichnet, und dass dieser Mann gegen Tarkin kämpfen wird. Und ist es nicht genau das, was du vorhast? Du bist der Wiedergeborene, Ulv.«

Ulv schob ihn beiseite und ging zurück in den Bug, aber Loke folgte ihm.

»Du bist der Krieger der alten Zeit. Du wirst mit Cernunnos' Geist in dir kämpfen. Du bist der Einzige, der verhindern kann, dass uns die neue Zeit unter sich begräbt. Tötest du Tarkin, gibt es noch Hoffnung für die alten Götter. Sie werden aus den Schatten treten, und die Volksstämme werden sich daran erinnern, für was diese Götter einst standen. Aber wenn Tarkin dich tötet, wird er der einzige Gott sein, und seine Alleinherrschaft wird die neue Zeit zu allen Völkern und in alle Länder bringen. Und das, was einmal war, wird für alle Zeit vergessen sein.«

Ulv drehte sich zu dem Waldgeist um. Er ballte die Fäuste und wollte den weißbärtigen Zwerg am liebsten bewusstlos schlagen. Aber Loke blickte ihn einfach weiter unverwandt an. »Ich sehe, wie schwer es dir fällt, zu akzeptieren, was ich sage, und ich mache dir keinen Vorwurf. Aber dein Schicksal war bereits lange vor deiner Geburt bestimmt. Die Götter haben dich auserwählt, weil du einem starken Geschlecht entstammst. Und du weißt genau, dass du vor dem, was dich erwartet, nicht fliehen kannst. Wenn du Siréd zurückhaben willst, musst du gegen Tarkin kämpfen. So wirst du dein Schicksal erfüllen.«

Ulv rutschte mit dem Rücken an der Reling herunter. Lokes Worte ließen ihn verzweifeln. Der Waldgeist sollte ihn endlich in Ruhe lassen.

Loke stellte sich neben ihn und strich ihm über den Kopf. »Ich würde dir gerne erzählen, dass die Prophezeiung deinen Sieg über Tarkin vorhersagt. Aber das wäre eine Lüge. Niemand weiß, wer als Sieger hervorgehen wird.«

»Ich werde also sterben.« Ulv legte den Kopf auf eine Taurolle. »Denn ich bin nur ein Mensch, aber Tarkin ist ein Gott.«

»Du bist ein Mensch, aber darüber hinaus noch etwas anderes. Du trägst Cernunnos' Geist in dir, und seine Kraft wird dir helfen. Aber jetzt zerbrich dir nicht länger den Kopf darüber. Du wirst alle Kraft für das brauchen, was dir bevorsteht, und finstere Gedanken erschöpfen dich nur unnötig.«

Loke ging zurück zu den anderen Waldgeistern hinter dem Mast, aber Ulv blieb an der Reling sitzen. Er nahm das Schaukeln des Schiffes und das Rauschen der Wellen kaum noch wahr. Er war in seiner eigenen Gedankenwelt versunken, kniff die Augen zusammen und versuchte zu verdrängen, was Loke gesagt hatte. Denn wie sollte er mit einer solchen Gewissheit weiterleben? Wenn er wirklich der wiedergeborene Cernunnos war, würde nichts mehr sein wie vorher. Ulv kannte die Prophezeiung von Cernunnos. Sein Vater hatte ihm von den Galuenen in Ar erzählt, die das Abbild des Horngottes anbeteten und sehnsüchtig auf den Tag warteten, an dem er zurückkehren und die Arer in einen Krieg gegen Tarkin und seine Krieger führen würde. Das Schicksal erwartete den Wiedergeborenen, und es war unfassbar, dass die Götter ausgerechnet ihn auserwählt haben sollten. Er war kein Heerführer und den größten Teil seines Lebens hatte er wie ein Tier in den Bergen gelebt. Es gab so viele andere, die viel besser geeignet wären, den Kampf gegen Tarkin und seine Männer aufzunehmen. Die Götter hätten Seon oder Brage wählen können, das waren erfahrene Kämpfer. Sie hätten seinen Vater wählen können, denn als arenischer Skerg hätte er Ars gesamte Kriegsmacht hinter sich. Selbst Taznaman, der verrückte Kanathener, wäre eine bessere Wahl gewesen, weil er mit Tazkanern, Arern und Kelsern gleichermaßen sprechen konnte und verstand, wie die Kaane Kanaths dachten.

Vergebens versuchte Ulv zu verdrängen, was Loke gesagt hatte. Weshalb waren die Waldgeister zu ihm gekommen, als er noch ein Säugling war, und hatten ihm den Golddolch in die Hände gelegt? Ulv massierte die Narbe in der Handfläche. Sie hatten ihn gezeichnet, und vier Jahrzehnte später tauchten sie wieder auf, im Wald bei Krugant. Sie hatten auf ihn gewartet, auf Brans Sohn. Und Loke hatte ihn Adharkach genannt, Den, der Hörner trägt.

Aber es waren nicht Lokes Worte, die ihm Angst machten. Ulv erinnerte sich an den Riesen, der sich ihm im Nebel gezeigt hatte, der Riese, der mit verschleierten Worten zu ihm gesprochen hatte. »Sieh dein Spiegelbild«, hatte er gesagt. »Geh nach Süden, Adharkach. Finde deine zwei Völker.« Ulv war unter dem Wagen der Sklavenhändler hervorgekrochen und hatte den Riesen gesehen, zwischen den Bautasteinen an dem Waldsee, eingehüllt in dichte Nebelschleier. Weder die Sklavenhändler noch der stumme Sklave hatten etwas bemerkt. Es war, als hätte der Riese in einem Traum zu ihm gesprochen. Dennoch hatte Ulv gewusst, dass es mehr als nur die verzweifelte Erschöpfung war, die ihm diese Traumbilder eingab. Der Riese war nämlich noch ein zweites Mal zu ihm gekommen, als Ulv auf dem Floß Wache hielt und es an ein paar Ästen im flachen Wasser hängen geblieben war. Als er in das eisig kalte Wasser sprang, um es loszumachen, trieben plötzlich dichte Nebelschwaden über den Fluss. Und der Riese erschien ihm wieder, wie aus dem Nebel geboren, und sein Geweih verdeckte die Sterne. »Sieh her«, hatte er geflüstert. »Ich bin das Antlitz im Wasser.« Ulv erinnerte sich, wie der Riese die Handfläche nach oben gedreht und die Finger geschlossen hatte. »Führe sie«, hatte er gesagt. »Führe sie, Adharkach. Die Götter sind aus dem Himmel herabgestiegen.« Er hatte die Hand geöffnet, und etwas Dunkles war in den Fluss getropft. Und plötzlich hatte Ulv gesehen, dass das Floß nicht mehr von Wasser umgeben war, sondern von Blut.

Ulv saß an der Reling, während das Schiff weiter durch die Nacht glitt. Er sah den Lauf der Sterne am Himmel und die Klippen am Ufer, die wie Geister in der nächtlichen Dunkelheit vorbeischwebten. Als es dämmerte, war er der Erste, der sich erhob und zu dem Gebirge hinüberspähte. Die Nacht hatte das Schiff weiter in den Fjord hineingeführt. Die Berge waren gewachsen und schienen nun bis an die Himmelskuppel zu reichen. Die Berghänge waren grau und kahl. Tiefe Rinnen zogen sich wie Schatten über die Hänge, als ob dort einmal Bäche geflossen wären. Ulv stieg auf die Reling. Jetzt war es quer über den Fjord nicht mehr als ein Pfeilschuss. Und während er so dastand und sich am Bugsteven festhielt, sah er plötzlich, dass der Fjord nicht weit vor dem Bug vor einem schmalen Sandstrand endete, der sich zwischen den Klippen verlor.

Die Mannschaft ruderte das Schiff bis kurz vors Ufer. Ulv sprang als Erster von Bord, und als er den Strand betrat, schlug ihm glühende Hitze entgegen. Er bückte sich und legte die Hand auf den Sand. Er brannte unter den Fingern. Der Strand war von Klippen eingeschlossen, und der Wind vom Meer reichte nicht bis hierher.

Die Kelser hielten die Pferde an den Halftern und zwangen sie, von Bord zu gehen. Die Waldgeister hangelten sich am Ankertau nach unten. Bran blieb an Deck, um die Schoten und Taue zusammenzubinden. Als die Kelser die Pferde an den Strand führten, zog Ulv die Kapuze über den Kopf und blickte zu den Bergen. Sie waren mindestens noch einen, wenn nicht zwei Tagesritte entfernt. Und sie waren höher, als er vermutet hatte. Selbst der Barkasfjell war ein sanfter Hügel im Vergleich mit diesem gigantischen Bergmassiv, das sich der Sonne entgegenreckte. Ulv beschattete die Augen mit der Hand. Der Strand stieg landeinwärts gleichmäßig an.

Ulv ging zurück zum Schiff. Jetzt war der Zeitpunkt gekommen, sich von seinem Vater zu trennen. Er hatte bis zuletzt damit gewartet, es ihm zu sagen. Er würde ihn um zwei Pferde bitten und in die Berge reiten. Er kletterte über die Reling und ging zu Bran, der auf einer Ruderbank saß und Wasser aus einer Tonne in einen Wasserschlauch füllte.

»Mach dich fertig«, sagte sein Vater. »Wir brechen am besten so schnell wie möglich auf.«

Ulv öffnete den Mund, aber er fand keine Worte. Der alte Graubart klopfte den Korken in den Wasserschlauch und reichte ihn über die Reling, wo Itankan ihn entgegennahm.

»Das schaffst du nicht allein, Sohn.« Bran erhob sich und kratzte sich am Bauch. »Also habe ich beschlossen, ein paar meiner besten Männer mitzunehmen und dich zu begleiten. Loke meinte zwar, ich solle lieber hier bleiben und auf das Schiff aufpassen, aber das schafft die Mannschaft auch gut ohne mich.«

Bran klopfte Ulv auf die Schulter, hinkte zur Decksluke und kletterte die Leiter hinunter. Bald darauf warf Bran ein paar Kleidungsstücke an Deck, bevor er mit der Kartenrolle in der einen und der Axt in der anderen Hand wieder auftauchte. Er strich sich das schweißnasse Haar aus der Stirn, kletterte an Deck und legte den Umhang ab. »Wir brauchen leichtere Kleider«, murmelte er und hielt ein weißes Leinenhemd vor sich. »Die Wärme bringt uns noch um.«

Als Ulv zu seinem Vater ging, reichte der ihm ein Leinenhemd und eine weite Leinenhose. Ulv entledigte sich der verdreckten Kleidung, die er getragen hatte, seit Taznaman und er von den Kelsern aufgegriffen worden waren, und zog die Sachen über, die sein Vater ihm gegeben hatte. Den Wollumhang rollte er zusammen und klemmte ihn sich unter den Arm. Bran hatte ein Leinenhemd und eine zerrissene Hirschlederhose angezogen.

»Ich habe Keymar und Ormar gebeten, uns zu begleiten.« Bran schnallte den Waffengürtel um die Taille. »Die beiden Brüder sind die besten Krieger an Bord. Ich habe ihnen von Siréd erzählt, sie wissen also, um was es geht.«

Ulv sah an den Strand, wo die beiden Kelser damit beschäftigt waren, die Pferde mit Wasser zu übergießen. Keymar und Ormar waren groß und schlank und hatten schwarzes, dichtes Haar, buschige Bärte und zusammengewachsene Augenbrauen. Sie gehörten zu den Männern aus der Mannschaft, mit denen Bran am häufigsten redete.

»Und die Waldgeister wollen auch mit.« Bran schwang sich einen Wasserschlauch auf die Schulter. »Loke muss sich den Sattel mit einem seiner Lehrlinge teilen. Die beiden anderen dürfen auslosen, mit wem sie reiten wollen. Wir haben nur fünf Pferde, und die Tiere müssen sich zwischendurch ausruhen.« Bran blickte übers Wasser. »Der Rest der Mannschaft wird auf die andere Seite des Fjords segeln und dort nach Wasser suchen, damit wir den größten Teil auf den Pferden mitnehmen können.«

Bran wartete Ulvs Antwort nicht ab, sondern hinkte an ihm vorbei und kletterte über die Bugreling. Ulv blieb am Steuer stehen und überlegte, wie er seinem Vater klarmachen sollte, dass er nicht mitkommen konnte. Er war alt, und in der Schlacht bei dem Gutshof hatte er gesehen, wie sehr der

Kampf ihn erschöpft hatte. Die Hitze brachte ihn womöglich um, ehe sie die Berge erreichten. Ulv ging in den Bug, sprang von Bord und watete an den Strand, wo Loke ihn abfing.

»Ich habe versucht, mit ihm zu reden«, sagte der Waldgeist. »Aber dein Vater will nicht auf mich hören. Er war schon immer so. Wenn er sich für etwas entschieden hat, kann nichts ihn davon abbringen. Und jetzt will er mit dir reiten und Siréd suchen. Und so wird es sein.«

Loke klemmte die Daumen hinter den Weidenrindengürtel. Bile, Vile und Bul standen am Ufersaum, wo sie einen toten Seestern gefunden hatten.

»Ich selbst werde auch mitkommen, Adharkach.« Loke lächelte, als Bile den Seestern zurück ins Wasser warf. »Ich will dir helfen, die Frau zu finden. Meine Jägerlehrlinge werden unterdessen hier warten, weil es nicht genug Pferde für alle gibt. Es ist das erste Mal, dass ich mich von ihnen trenne, Ulv. Aber ich glaube, dass es gut gehen wird. Bul muss lernen, Bile und Vile zu lenken, wenn ich mal nicht mehr bin.«

Die gelbe Stute wieherte, als Bran ihr die Trense ins Maul schob. Ulv betrachtete seinen Vater, der das graue Haar in einem Zopf zusammengebunden hatte. Die Narbe in seinem Nacken leuchtete in der Sonne. Bran befestigte das Zaumzeug am Kopf des Pferdes und legte die Zügel über den Sattel. Das Tier war schwer beladen mit Wasserschläuchen, Maiskolben und getrocknetem Fisch. Bran rief der Mannschaft zu, dass sie noch mehr Wasserschläuche und Maissäcke an den Strand bringen sollten.

Als die Sonne im Westen versank, brach die kleine Gruppe auf. Bran hatte seiner Mannschaft die Order erteilt, Tag und Nacht auf dem Schiff Wache zu halten, denn wenn das Land auch ausgestorben war, konnten dennoch jederzeit feindliche Schiffe aus dem südlichen Teil des Fjords kommen. Die Kelser wollten noch einen Tag warten, bis sie aufbrachen und an der Ostküste des Fjords nach frischem Wasser suchten. Spätestens beim nächsten Vollmond sollten sie wieder zurück an diesem Strand sein. Dann würden Bran und Ulv wieder zu ihnen stoßen, und sie würden mit Ulvs Frau aufs Meer hinaussegeln.

Aber nicht einmal Bran glaubte, dass sie so schnell zurückkehren würden, und als er in den Sattel stieg, verabschiedeten sich die Kelser mit der Hand auf der Brust von ihm. Das war der Todesgruß der Kelser, mit dem sie sich grüßten, ehe sie in die Schlacht zogen. Keymar und Ormar hatten ihnen nämlich hinter vorgehaltener Hand anvertraut, dass Ulv und Bran in die Berge ritten, um gegen Tarkin zu kämpfen. Die Kelser wussten, dass kein Mensch den Kampf gegen den Gott der Kanathener überleben konnte.

Loke hatte sich von seinen Lehrlingen verabschiedet. Er hatte Bul gebeten, an all das zu denken, was er ihm beigebracht hatte, und ihnen aufgetragen, den Kelsern zu folgen und zu tun, was sie von ihnen verlangten. Loke wischte Vile die Tränen von der Wange und rückte die Zapfenkette auf Biles Brust zurecht, ehe die drei Lehrlinge ihrem Meister in den Sattel halfen. Loke klammerte sich mit einer Hand an den Sattelknauf und mit der anderen an seinen Speer, als Keymar die Zügel nahm und ihn hinter Ulv her führte.

Denn Ulv war bereits bis zur Ebene vorgeritten und wartete dort auf den Rest der Gruppe. Das Land hinter der Felsenküste war kahl und felsig, und der Boden war von Spalten und tiefen Rissen durchzogen. Nachdem Bran sich von den Kelsern verabschiedet hatte und Loke die Zügel zu fassen bekam, wendete Ulv sein Pferd und trieb es zum Galopp an. Und während die Sonne hinter dem Horizont versank und im Osten der Vollmond aufstieg, ritten sie in die Nacht hinein.

# Tarkins Aufbruch

Siréd lag im Bett und starrte an die Decke. Viele Nächte waren vergangen, seit sie wieder im Tempel war, doch an die Wachen hatte sie sich noch immer nicht gewöhnt. Die Männer standen Schulter an Schulter um ihr Bett herum und ließen sie nicht mehr aus den Augen. Siréd schlug die Decke um sich und richtete sich auf. Die Wachen hoben die Speere, doch Siréd wusste, dass sie sie nicht verletzen würden. Für diese Männer war sie Tarkinar Ethem, die Gezeichnete, Tarkins Frau. Als sie sich auf den Rand des Bettes setzte, wichen sie zurück. Siréd ging über den kalten Steinboden und sah zu den Priesterinnen hinüber, die zwischen den Säulen standen. Die schwarzen Frauen lächelten nicht mehr. Sie brachten ihr Essen und frische Kleider, wuschen sie und verrichteten schweigend ihre Aufgaben. So war es gewesen, seit Vendhur sie zurück in den Tempel gebracht hatte.

Sie trat an die Öffnung in der Südwand. Die Wachen blieben an ihrer Seite und umringten sie, als sie die breite Steinbrüstung erreichte. Die sechs Männer folgten jeder ihrer Bewegungen, und wenn sie sich der Tür auf der anderen Seite des Raumes näherte, fassten sie sie an den Armen und führten sie zurück zum Bett. Vendhur hatte ihnen den Befehl gegeben, sie zu bewachen, und Vendhur war es auch gewesen, der den alten Priester auf den Platz vor dem Tempel getrieben hatte. Sie hatte an der breiten Öffnung des Raumes gestanden, als Vendhur den Alten zu Tode prügelte, und hatte gehört, mit welcher Wut der langhaarige Krieger die Wachen anbrüllte. Sie hatten die Frau Tarkins fliehen lassen, und dafür mussten sie bestraft werden. Doch Vendhur beließ es bei dem einen Priester.

Siréd legte ihre Hände auf die Steinbrüstung. Der Vollmond stand hoch über den Bergen und der Schlucht. Es war der zwölfte Vollmond des Jahres, und sie wusste, dass es bis zur Wintersonnenwende nur mehr anderthalb Mondzyklen waren.

Sie hatte bereits versucht, sich von der Brüstung zu stürzen, doch die Wachen hatten sie gepackt, ehe es ihr gelungen war, hinaufzuklettern. So betete Siréd zu ihren Ahnen, denn nur sie konnten ihr jetzt noch das Leben nehmen. Doch auch die Ahnen erhörten sie nicht. Vielleicht war sie zu weit im Süden, oder die Mauern des Tempels verbargen sie vor den Klans oben auf der himmlischen Steppe.

Sie warf einen Blick zu den Bergen westlich der Schlucht, die grau im Schutz des nächtlichen Dunkels lagen, und sie hörte den Schrei eines Raben. Es war ein einzelner Vogel, den sie schon mehrmals bemerkt hatte. Er flog immer nur in der Nacht – vielleicht hielt er sich im Dunkel für unsichtbar. Doch in dieser Nacht warf der Vollmond ein kaltes Licht auf die Berge und die Schlucht. Der Rabe schwebte tief über dem Abgrund, schlug mit den Schwingen und verschwand hinter einem Felsvorsprung. Dann schrie er erneut, doch dieses Mal weit entfernt.

Das war ein Zeichen, dachte Siréd, als sie wieder in den Raum trat. Der Rabe kündigte den Tod an. Tarkin würde aus dem Leben scheiden, sobald er sie befruchtet hatte, und sie selbst sollte gleich nach der Geburt geopfert und in die Schlucht geworfen werden. Doch so weit durfte es nicht kommen. Sie trat von der Südwand weg zum Bett und ging dann weiter, vorbei am Tisch, an dem sie aß, bis zum Bad in der Ecke, doch als sie ins Wasser gehen wollte, zogen die Wachen sie zurück. Sie würden es nicht zulassen, dass sie sich ertränkte.

Die Männer geleiteten sie zum Bett zurück, wo Siréd sich unter der Decke zusammenkauerte. Sie hasste Vendhur, der sie gefangen hatte, als der Tod so nah gewesen war. Vendhur, der Heerführer der Kanathener und mächtigster Mann nach

Tarkin, hatte sie zum Tempel zurückgebracht und an den Haaren in Tarkins Saal geschleift. Er hatte ihr die Kleider vom Leib gerissen und sie wie eine Jagdbeute vor den Thron geworfen. Er hatte sie gezwungen niederzuknien und sie eigenhändig zu Boden gedrückt, als sie sich weigerte. Tarkin hatte sich auf dem Thron vorgebeugt und mit gewaltigen Fäusten die Armlehnen umklammert, doch Vendhur hatte seinen Kopf respektvoll gesenkt und gesagt, er bringe ihm Tarkinar Ethem zurück. Und sie hatte am Boden gekauert, nackt und gedemütigt und auf jedes Wort lauschend, den Kopf zwischen den Armen verborgen. Vendhur zog die zwei Schwerter, die er gekreuzt vor der Brust trug, und warf sie auf den Boden. Zuerst wandte er sich in einer Sprache an Tarkin, die sie nicht verstand, doch dann begann er auf Kanathenisch zu sprechen. Siréd erfasste, was er sagte, denn Vendhur sprach langsam und laut zu Tarkin, als sei der Riese auf dem Thron ein schwerhöriger Greis. Vendhur sagte, er sei zurückgekommen, wie Tarkin es befohlen habe, denn er habe die Botschaften gelesen, die an die Füße der Brieftauben gebunden gewesen waren, und erkannt, dass ihn Tarkin selbst zum Tempel gerufen hatte. Vendhur berichtete von den Heerzügen im Norden, durch die die Feinde von der Küste des Meeres vertrieben worden seien. Die Ländereien nördlich und östlich Mansars seien erobert und die Völker in die Knie gezwungen, doch die Kaane berichteten von einem Aufruhr in Ber-Mar und entlang der Küste der Schwarzen Berge. Des Weiteren widersetzten sich ein paar Reiterstämme in Tuur und nordöstlich von Krugant, doch das seien zu wenige, um wirklich eine Gefahr darzustellen. Sowohl im Nordwesten als auch im Nordosten würden die Kaane die Räuberbanden bald finden und sie vernichten.

Tarkin gab darauf keine Antwort. Siréd sah, wie Vendhur an seinen Gürtel fasste und die Schultern rollte. Er war nicht sehr groß, doch seine Hände waren muskulös und seine Schultern breit und kräftig. Sein schwarzes Haar hing ihm wie die Mähne eines Pferdes über den Rücken, und die braunen Augen waren schmal wie Messerschneiden. Er wollte wissen, ob Tarkin bereit war für das, was an Wintersonnenwende geschehen sollte, und als Tarkin keine Antwort gab, ging er zu Siréd und wälzte sie mit dem Fuß auf den Rücken. Siréd blieb so liegen, bis Tarkin sich vorbeugte und sie ansah. Die langen, strähnigen Haare hingen über seine nackte Brust herab, und sein steinernes Gesicht spiegelte das Licht der Fackeln wider. Falten zeichneten sich auf seiner blanken Haut ab, als er den Mund öffnete und den Arm nach ihr ausstreckte. Siréd spürte seine Finger auf ihrer Stirn. Sie waren kalt wie Schnee. Tarkin flüsterte ihr zu, dass es bald vorbei sei. Aus ihr und ihm würde ein neuer Gott und eine neue Zeit erwachsen. Sie selbst seien nur Sand unter den Füßen ihrer noch ungeborenen Nachfahren.

Dann hatte Tarkin sich wieder zurückgelehnt und zu Vendhur über die Angst gesprochen, die er spürte. Der Letzte sei erwacht, und Tarkin könne fühlen, dass er sich näherte. Tarkin hatte nach der goldenen Lanze gegriffen, die neben dem Thron stand, und Vendhur gebeten, die Priester darauf vorzubereiten, den Tempel zu verlassen. Vendhur bat ihn, seine Entscheidung zu überdenken, denn die Berge seien nicht mehr so wie in den Zeiten, als Tarkin jung und oft auf Wanderung gewesen war. Die Wüsten hätten die Hochebenen und Felder erobert, und die Hitze tötete alles Leben.

Doch Tarkins Entschluss stand fest. Er könne die Schritte des Letzten im Sand hören und wisse, dass er nicht im Tempel bleiben dürfe. Vendhur sollte ihn in die Berge führen. Dort sollte die Empfängnis stattfinden. So sollte der Letzte ihn finden. Der Zweikampf, den die Seher prophezeit hatten, als der letzte Tarkin lebte, sollte im Arak-Gebirge stattfinden. Alles sollte so vor sich gehen, wie es auf den vergessenen Bronzetafeln stand, die unter dem Thron versteckt waren und die die Priester nicht sehen durften.

Erneut versuchte Vendhur, Tarkin zum Bleiben zu überreden. Seine Krieger würden den Letzten töten, ehe er den Saal erreichte. Doch Tarkin erhob sich von seinem Thron, stieg über Siréd hinweg und beugte sich zu Vendhur herunter. Er blickte auf seinen Heerführer herab und fasste sich an die Brust. Dann sprach er mit einer Stimme, die wie eine Windbö durch den Raum fegte. Er sagte, dass kein sterblicher Krieger den Letzten besiegen könne. Es sei ein Entschluss aus einer Zeit, in der die Menschen nur ein Gedanke in den Köpfen ehrgeiziger Götter waren, dass Tarkin den Krieger seiner Brüder am Ende der alten Zeit töten müsse. Und auch wenn Tarkin vom Alter geschwächt war, klopfte noch immer das Herz eines Gottes in seiner Brust. Wenn die Zeit gekommen war, würde er seine Lanze durch den Letzten bohren und sein Blut im Sand vergießen.

Er stieg erneut über Siréd hinweg und sackte auf dem Thron zusammen. Vendhur kniete nieder, eher er Siréd am Arm packte und aus dem Saal führte.

Seither hatte Siréd weder Vendhur noch Tarkin zu Gesicht bekommen. Sie war in ihrem Raum eingesperrt gewesen, und die Wachen hatten sie Tag und Nacht bewacht. Sie aß das Essen, das die Priesterinnen ihr brachten, trank Wasser und versuchte zu schlafen. Viele Tage waren vergangen, seit Tarkin Vendhur gebeten hatte, ein Gefolge zusammenzustellen, doch noch hatte sie weder Pferde noch Menschen unten auf dem Platz gehört. Sie zweifelte daran, dass Vendhur es wagte, sich Tarkins Worten zu widersetzen. Dennoch machte es wenig Unterschied, ob sie blieben oder aufbrachen. Wo immer sie auch wären, die Krieger würden sie bewachen. Sie war kein Mensch mehr, sondern ein wertvoller Schatz, ein Gegenstand aus dem Besitze Tarkins.

Wie gewöhnlich, wenn die Wachen um sie herumstanden, schlief sie erst in der Morgendämmerung ein. Sie wälzte sich unruhig unter ihren Laken, während sich die Sonne über den Bergen vor dem Tempel erhob, und als die Hitze den Saal erreichte, wachte sie verschwitzt und erschöpft auf. Sie trat an den Tisch, trank das Wasser, das die Priesterinnen ihr eingossen, und aß Datteln und Maisküchlein. So verlief jeder Morgen. Die Priesterinnen gossen Wasser in eine Bronzeschale, wuschen ihr den Schweiß ab und hüllten sie in ein Leinenkleid und saubere Tücher. Dann setzte sich Siréd an den Tisch, an dem sie früher die Bronzetafeln über Kanaths Geschichte gelesen hatte und über die Kriege, die das Land geformt hatten. Doch die Priester ließen sie nicht mehr lesen, und die Priesterinnen näherten sich nicht mehr, um ihre Haare zu kämmen. Nach dem Mord an der Priesterin fürchteten sie die Gezeichnete. Siréd konnte eigentlich genug Kanathenisch, um ihnen zu erklären, dass sie keine andere Wahl gehabt hatte und die Priesterin töten musste, um fliehen zu können. Doch Siréd zog es vor zu schweigen, denn die schwarzen Frauen würden sie doch nicht verstehen. Sie alle würden sich voller Freude für Tarkin opfern, das hatte sie selbst gesehen, als die Priesterinnen auf dem Tempelplatz verblutet waren. Deshalb behielt sie ihre Gedanken für sich. Sie blieb am Tisch sitzen, bis die Abenddämmerung die Wärme vertrieb. Dann trat sie an die Südwand, legte erneut ihre Hände auf den steinernen Sims und ließ den Blick über Berge und Schlucht schweifen.

Wieder hörte sie den Schrei des Raben, doch jetzt erklang er weit entfernt aus dem Süden.

So vergingen die Tage. Siréd aß und schlief, so gut sie konnte, und saß am Tisch, während ihr mit jedem Tag und jeder Nacht das Leben davonlief. Die Türen öffneten sich bloß zum Wachwechsel und wenn ihr die Priesterinnen Essen oder Wasser brachten. In der übrigen Zeit war das, was sie durch die breite Fensteröffnung sah, das Einzige, was sie vom Leben draußen mitbekam. Nachts sah sie den Mond immer schmaler werden; aus dem zwölften Vollmond war bald Neumond geworden, und das bedeutete, dass sie bald schon ein ganzes Jahr im Tempel gefangen war.

Doch nicht einmal Vendhur konnte sich Tarkins Worten widersetzen, und als vierzehn Tage vergangen waren, seit sich der zwölfte Vollmond über das Arak-Gebirge erhoben hatte, wurde Siréd von lauten Stimmen und dem Klappern von Hufen auf den Pflastersteinen des Tempelplatzes geweckt. Sie war am Tisch eingeschlafen, und als sie sich erhob und zur Öffnung an der Südwand trat, bemerkte sie, dass es draußen bereits dunkel war. Die Wachen hielten sie an den Armen fest, als sie sich über die Brüstung lehnte, doch ehe sie sie zurückziehen konnte, sah sie die Pferde und Reiter, die sich auf dem Hof versammelt hatten. Sie hörte Vendhurs Stimme. Sie klang heiser und rau, als er die Männer zusammenrief. Er befahl ihnen, den Wagen zu holen und sich zu beeilen.

Dann erklangen Schritte im Flur vor dem Saal. Siréd trat an den Tisch, denn dort hatte sie ihren Schal abgelegt. Sie legte ihn sich um die Schultern und verschränkte die Arme vor der Brust.

Die Tür wurde geöffnet und drei Kanathenerkrieger traten ein. Sie sah, dass es keine Tempelwachen waren, denn sie trugen schwarze Lederbrünnen und Säbel an den Gürteln. Sie ergriffen Siréds Arme und führten sie aus dem Saal. Siréd stolperte auf der obersten Treppenstufe, doch die Männer zerrten sie hinter sich her. Sie eilten die Treppe hinab, tauchten unter den Fackeln des Flures hindurch und zwangen sie mit sich durch das Tor.

Dort wartete Vendhur auf sie. Er stand breitbeinig auf den Steinplatten des Platzes und hielt einen Hammer in der Hand. Hinter ihm luden Krieger, Priester und Priesterinnen Wasserschläuche und Säcke auf die Pferde. Es mussten einige Dutzend Tiere sein.

Die Krieger schoben sie zu ihm vor, und Vendhur packte Siréd an den Haaren und zog sie zum Ochsenkarren. Er sprang in den Wagen, zerrte sie hinter sich her und drückte sie auf dem Bauch zu Boden.

Siréd rang nach Atem, als ihr Vendhur das Knie ins Kreuz drückte und ihr einen eisernen Bügel um den Hals legte. Siréd schrie, als er den Bügel um ihren Hals schloss und den Bolzen mit dem Hammer hineinschlug. Wieder war sie angekettet. Wieder lag sie als Sklavin in eisernen Ketten. Als Vendhur sich erhob, rollte sie sich von ihm weg. Sie rappelte sich auf, ergriff den Eisenkragen mit beiden Händen und versuchte, ihn herunterzureißen. Doch Vendhur zog an der Kette und achtete darauf, dass sie gut festgemacht wurde. Dann sprang er vom Wagen.

Sie gab es rasch auf, an der Kette zu zerren. Die Zeit hinter dem Karren der Sklavenhändler hatte sie gelehrt, dass das alles nichts nutzte. Sie sank auf die Knie. Und jetzt erinnerte sich Siréd, was Vendhur und Tarkin besprochen hatten und was die spiegelverkehrten Zeichen auf den Bronzetafeln zu bedeuten hatten. Wenn es dem Letzten gelang, in der Nacht der Wintersonnenwende zu Tarkin vorzudringen, würden die zwei einen Zweikampf ausfechten. Doch sie verstand nicht, was Tarkin zu befürchten hatte, denn auf den Bronzetafeln stand auch, dass der Gott, der Hörner trägt, als Mensch aus Fleisch und Blut wiedergeboren würde. Und kein sterbliches Wesen konnte einen Gott töten.

Trotzdem wollte Tarkin seinen Tempel verlassen. Vielleicht wollte er, dass die Empfängnis in den Bergen stattfand. Vielleicht wollte er die Sterne am Morgenhimmel verblassen sehen, während er selbst in den ewigen Schlaf fiel.

Die Krieger saßen auf und ritten zu Vendhur. Sie erkannte die bärtigen Männer wieder. Es waren die Krieger, die sie aus den Bergen zurückgebracht hatten. Vendhur sprach mit ihnen. Sie sollten nicht auf die Worte der Priester hören, sagte er. Denn jetzt seien sie außerhalb des Tempels, und hier gelte sein Wort. Er befahl ihnen, die kahlköpfigen Alten unter Kontrolle zu behalten und dafür zu sorgen, dass die Priesterinnen das Vorwärtskommen nicht verzögerten. Vendhur deutete ins Dunkel. Er sagte, er würde das Gefolge zwei Tagesmärsche nach Süden an der Schlucht entlangführen. Danach müssten sie sich nach Westen wenden und in die Berge hineinwandern. Er bat sie, zu berücksichtigen, dass Tarkin alt war und sich nicht als der junge Krieger erweisen würde, von dem in den Sagen erzählt wurde. Deshalb sollte das Gefolge nur in der Nacht wandern, wenn es nicht so warm war. Tagsüber sollten sie Zeltplanen aufspannen, um die Sonne abzuschirmen, und dafür sorgen, dass Tarkin genug zu trinken bekam. Denn er sei wie ein alternder König, ein Kriegerhäuptling, der zu lange gelebt hatte. Nur die Empfängnis stünde noch aus. Dann wäre sein Leben vollendet.

Ein Hornstoß erklang aus dem Tempel. Die Wachen am Eingang knieten nieder, und die Krieger auf den Pferden senkten den Blick. Die Priester und Priesterinnen legten sich flach auf den Boden. Das Tor stand offen, und aus dem Halbdunkel dahinter erklang ein hohles Klopfen.

Dann erschien Tarkin im Tor. Er trug einen ledernen Lendenschurz und hatte sich einen goldenen Gürtel um die Hüften geschlungen. Seine langen, schwarzen Haare hingen über seine nackten Schultern. Er trug dicke Goldreifen an den Oberarmen und hielt die goldene Lanze in der Hand. Tarkin trat drei Schritte auf den Platz hinaus. Er atmete schwer und langsam und musste sich auf die Lanze stützen. Als Siréd an der Kette zerrte, beugte er den Kopf vor. Die Haare fielen ihm ins Gesicht, und auf einmal schien Tarkin unter seinem eigenen Gewicht zusammenzubrechen. Seine Arme sackten herab, und die Lanze fiel ihm aus den Händen. Seine Knie beugten sich.

Doch Tarkin stürzte nicht. Er kniete auf den Steinplatten

nieder, nahm die Lanze wieder auf und erhob sich. Dann hob er den Kopf, streckte seinen Arm in Richtung Schlucht und Karrenweg aus und setzte sich in Bewegung. Schritt folgte auf Schritt, und Tarkin, krank vom Alter und sich nach Tod und Wiedergeburt sehnend, kämpfte sich über die Steinplatten vorwärts. Sein Weg führte vorbei an Priestern und Priesterinnen und an Fackeln und Säulen, die ihm zu Ehren errichtet worden waren. Als er das Ende des Platzes erreichte und in den Sand trat, sprang Vendhur in den Sattel und führte das Gefolge hinter ihm her. Krieger, Priester und Priesterinnen ritten ins Dunkel, und Tarkins schwarze Gestalt verschwand bald in der Nacht.

Siréd kniete sich hin, als der Ochsenkarren vom gepflasterten Platz auf den Karrenweg holperte. Sie blickte sich um. Die Tempelwachen standen noch immer nackt und still unter den Fackeln am Tor.

Doch bald waren auch sie im Dunkel verschwunden. Der Karren fuhr knirschend in die Nacht, und die Pferde folgten Tarkin in gemächlichem Tempo. Siréd zerrte ein letztes Mal an der Kette, ehe sie sich hinsetzte und sich den Schal um die Schultern legte. Es war kalt. Sie schloss die Augen. Der Wind zog durch das Tal, und aus der Schlucht hörte sie ein leises Wispern.

## In Tarkins Tempel

Ulv zog an den Zügeln, worauf sein Pferd in Schritt verfiel. Er war ohne Rücksicht auf seine Begleiter in die Dämmerung und Nacht hineingeritten, legte den Speer über den Sattel und zog das Tuch vor dem Gesicht unters Kinn. Sein Vater und die Kelser waren dicht hinter ihm. Sie lehnten sich im Sattel zurück und brachten die Pferde zum Stehen. Nur

Loke lag weit zurück. Ulv sah zuerst nur das Pferd, da der kleinwüchsige Waldgeist nicht über den Kopf des Tieres hinausragte.

Bran lenkte sein Pferd zu Ulv und rieb sich Sand und Staub aus den Augen. Er schaute zum Vollmond hoch, der über den Bergspitzen auf der anderen Seite der Schlucht stand. Dann sah er Ulv an. »Der dreizehnte Vollmond«, sagte er. »Der letzte des Jahres.«

Ulv hakte den Wasserschlauch vom Sattel und trank ein paar Schlucke. Er wusste selbst, dass es nur noch wenige Tage bis zur Wintersonnenwende waren. Seit sie das Langschiff verlassen hatten, beobachtete er den Mond. Jeden Abend hatte er ihn aufsteigen sehen und verfolgt, wie er sich von einem Silberschild in eine Sichel verwandelte, bis die Sichel ganz verschwand und wieder sichtbar wurde. Danach hatte der Mond wieder zugenommen. Nacht für Nacht war er größer geworden. Ulv wusste, dass ihm die Zeit davonlief, und obgleich sie der Karte nach auf dem richtigen Weg waren, konnte sein Vater ihm nicht sagen, wie weit es noch bis zum Tempel war. Sie waren dem Karrenweg jetzt beinahe einen Mond lang gefolgt. Nur wenige Tagesritte von der Küste entfernt hatte sein Vater die Wagenspuren im Sand entdeckt, und seitdem folgten sie dem Weg durch das Gebirge. So waren sie zwischen hoch aufragenden Felsen zu ihrer Linken und dem steil abfallenden Abgrund rechts geritten. Jeden Abend, nachdem sie ihr Lager aufgeschlagen hatten, war er an den Rand der Schlucht getreten, aber bisher hatte er noch nie bis auf den Grund sehen können. Es war, als wäre die Erdkruste aufgeplatzt, als wollten die Berge auseinander driften und die Erde in Stücke reißen. Die letzten Nächte hatten sie nur kurz geschlafen, bevor sie wieder in ihre Sättel stiegen und weiterritten. Die Pferde waren erschöpft. Sie hatten bereits mehr als die Hälfte des Wasservorrats verbraucht.

Nun kam auch Loke. Der Waldgeist zog an den Zügeln und

lenkte das Pferd zu den Männern. Er war von einer grauen Staubschicht bedeckt, und sein Bart war eine einzige verfilzte Masse. Er hielt den Speer in der einen und die Zügel in der anderen Hand.

Seine dunklen Augen funkelten, als er vor Ulv zum Stehen kam. Loke zeigte mit dem Speer zum Mond. »Es ist bereits Vollmond. Wir haben keine Zeit zum Rasten.«

Ulv griff nach den Zügeln. »Wir reiten weiter.«

Keymar führte sein Pferd zu Bran. Der magere Kelser beugte sich im Sattel vor. Der Sand hatte sich in die Falten in seinem Gesicht gelegt. »Wir reiten jetzt schon einen ganzen Mond«, sagte er leise. »Wir müssen ausruhen, Kangir. Ormar und ich sind Seeleute und keine Reiter. Wir können nicht mehr.«

Bran schnalzte mit der Zunge, ritt in einem Bogen um die beiden Brüder herum, folgte dem Karrenweg ein paar Speerlängen und wendete das Pferd. »Du hast mich bei meinem Todesnamen genannt, Keymar. Und wenn ich mich recht erinnere, ist Keymar der Name, den du annahmst, als du schworst, dich an dem Volk zu rächen, das deine Frau und deine Familie getötet hat.«

»Das ist wahr«, sagte Keymar. »Aber dies ist kein ehrenvoller Tod. Wir werden im Gebirge verdursten, wenn wir nicht bald umkehren.«

Ulv hängte den Wasserschlauch an seinen Sattel. »Wer will, kann zur Küste zurückkehren. Ich werde weiterreiten.«

Er wendete das Pferd und trabte los. Loke ritt an seine Seite. Der Waldgeist hüpfte in seinem Sattel auf und ab. Immerhin hatte er in der Zwischenzeit gelernt, das Pferd mit Hilfe der Zügel und seiner Füße zu lenken und sich während des Galopps im Sattel zu halten.

Als Ulv über die Schulter schaute, waren Bran und die beiden Kelser dicht hinter ihm. Keymar und Ormar hatten sich in den letzten Tagen schon häufiger beklagt, aber Bran hatte sie jedes Mal zurechtgewiesen und ihnen befohlen weiterzureiten. Ulv mischte sich nicht in den Streit zwischen seinem Vater und den Seeleuten ein. Sollten Keymar und Ormar doch umkehren. Aber sein Vater wollte davon nichts hören. Er sagte, er sei immer noch Schiffer, auch wenn sein Schiff weit weg war, und seine Mannschaft hatte ihm zu gehorchen.

Ulv drückte die Fersen in die Seiten des Pferdes. Er ritt den schwarz gescheckten Hengst, das schnellste der fünf Pferde. In dieser Nacht war es nicht so dunkel wie sonst, weil der Mond die Hänge beleuchtete und den Sand in metallenes Licht tauchte. Ulv hatte beschlossen, das Licht des Vollmonds zu nutzen und weiterzureiten.

Er trieb das Pferd durch die Nacht, sah den Lauf des Mondes unter den Sternen und bereute es, Loke zugehört zu haben. Denn obgleich Loke, seit sie an Land gegangen waren, kaum ein Wort mit ihm gesprochen hatte, konnte Ulv nicht vergessen, was der Waldgeist auf dem Schiff zu ihm gesagt hatte. Er versuchte sich einzureden, dass Loke alt geworden war und die Prophezeiung nur einem Traum nach zu üppigem Borkenweingenuss entsprang. Aber es gelang Ulv nicht, das Ganze einfach beiseite zu schieben. Die Träume, die er im Norden gehabt hatte, und der Name, den seine Mutter ihm gab – es gab zu viele Übereinstimmungen mit dem, was Loke erzählt hatte.

Die Prophezeiung, wahr oder nicht, war zu einem Fluch geworden, der ihn Tag und Nacht quälte, denn selbst in den wenigen Stunden, die er schlief, wirbelten Traumbilder durch seinen Kopf. Er sah sich selbst in Cernunnos' Gestalt, und sein Schädel schmerzte an den Stellen, wo das Hirschgeweih wuchs. Er wanderte über eine Ebene, auf der das Gras von der Sonne schwarz verbrannt war. Aber er selbst erlebte nie etwas anderes als Nacht. Manchmal löste sich eine Gestalt aus dem Dunkel, ein schwarzer Riese mit einer Lanze aus Gold. Ulv schrie, als der Riese ihn mit der Lanze durchbohrte. Wenn er aufwachte, dröhnte sein Kopf, und sein Rücken war nass vor Schweiß. Bran hatte ihn gefragt, was für Albträume ihn plagten, aber Ulv wollte ihm darauf nicht antworten. Die Träume forderten ihn heraus, und fast war er geneigt, Loke zu glauben. Aber die Zweifel blieben. Sie zwangen ihn, sich zu erinnern, wer er war und wieso er nach Süden gegangen war. Er hatte es für Siréd getan. Und die Erinnerung an sie war stärker als alle Prophezeiungen Lokes zusammen.

Sie ritten, bis der Mond am Westhimmel zu sinken begann. Da zog Ulv die Zügel des Hengstes an und ritt im Schritttempo weiter, bis die anderen aufgeschlossen hatten. Der Hengst hatte ihn zu einem Quertal geführt.

Plötzlich hörte Ulv den Schrei eines Raben. Er schaute zum Mond und erkannte den Vogel an der Spannbreite und dem stämmigen Körper. Der Rabe schlug mit den Flügeln und stürzte sich auf den Karrenweg herunter, glitt darüber hinweg und flog an den Berghängen vorbei in das enge Seitental. Dort verschwand er wieder, aber Ulv entdeckte ein paar dunkle Flecken im Sand, wo der Rabe über den Karrenweg geflogen war. Sie sahen aus wie Fußabdrücke, die vom Weg ins Seitental führten. Und es waren tatsächlich Spuren, viele Spuren. Ulv sprang aus dem Sattel. Der Karrenweg war in seiner vollen Breite von den Abdrücken aufgewühlt. Hier musste ein großes Gefolge vorbeigekommen sein. Und sie waren in das Tal hinabgestiegen. Ulv legte den Kopf auf die Erde und spähte über den Sand. Die Spuren waren verweht, aber er erkannte eindeutig die Abdrücke von Pferdehufen. Zwei tiefe Rillen liefen bis zum Rand der Schlucht. Das waren Wagenspuren. Und sie waren frischer als die, die sie auf dem Karrenweg gesehen hatten.

Loke kletterte aus dem Sattel und ging zu Ulv. »Spuren«, sagte er und bohrte seinen Speer in einen der Fußabdrücke. »Aber der Sand weht schon seit vielen Tagen darüber.«

Ulv stand auf und folgte den Wagenspuren bis zum Abgrund. In der Dunkelheit dort unten war nichts zu erkennen, aber die Fußabdrücke zwischen den Wagenspuren verrieten ihm, dass der Wagen über den Rand gerollt worden war.

Jetzt kamen auch Bran und die beiden Kelser. Bran hielt sein Pferd an und ließ es zu Loke schreiten, der stumm ins Tal zeigte.

Ulv sprang in den Sattel und griff die Zügel. Er witterte in die Nacht, aber es war windstill, und er roch nichts anderes als Sand und Trockenheit. Das Tal verengte sich ein paar Pfeilschüsse von dem Karrenweg entfernt, machte eine Biegung nach Süden und verschwand hinter den Bergen. Ulv folgte den Spuren mit dem Blick. Aus den Hufabdrücken schloss er, dass das Gefolge an der Schlucht entlang ins Tal hineingeritten war. Er konnte nicht sagen, ob sie vom Tempel gekommen waren. Und wenn sie vom Tempel gekommen waren, war nicht sicher, ob sie Siréd dabeigehabt hatten. Ulv schritt mit seinem Pferd neben der Wagenspur her, machte nach wenigen Speerlängen kehrt und ritt zurück Richtung Tal.

»Ich weiß, was du denkst.« Loke stützte sich auf den Speer und schaute über das Tal. »Sollen wir den Spuren folgen oder der Schlucht?«

Ulv legte die Zügel über den Sattelknauf, löste den Wasserschlauch und trank. Er wischte sich das Wasser aus den Mundwinkeln und leckte die Tropfen ab. Kein Geist sprach zu ihm. Kein Wind blies am Nachthimmel und trug Gerüche aus den Bergen zu ihm. Er schloss die Augen und versuchte, ihr Bild heraufzubeschwören, aber der Durst, der in seiner Kehle brannte, verdrängte alles andere. Es war sinnlos. Wenn das nächste Mal der Neumond den abnehmenden Mond ablöste, war Wintersonnenwende. Er würde nicht rechtzeitig dort sein.

»Ich denke, wir sollten hier rasten.« Ormar stieg aus dem Sattel und führte das Pferd vor die Bergwand. »Die Tiere müssen sich ausruhen.«

Bran streckte sich und fasste sich ins Kreuz. »Ormar hat

Recht. Nicht nur die Pferde, auch die Reiter brauchen Schlaf. Morgen werden wir ausgeruht sein. Dann können wir entscheiden, ob wir ins Tal reiten oder der Schlucht folgen.«

Ulv blieb im Sattel sitzen, als die Männer die Tiere zu der Felswand führten. Sie nahmen die Sättel ab und legten ihnen ein paar Maiskolben auf eine flache Steinplatte. Ormar und Keymar scharrten mit den Füßen eine Grube in den Sand, legten ein gegerbtes Fell hinein und gossen Wasser darauf. Die Pferde scharten sich um die Mulde und tranken.

Als Loke sich auf die Erde hockte und die Kapuze über den Kopf zog, begriff Ulv, dass es keinen Sinn hätte, die Männer weiterzuscheuchen. Bran massierte sein schmerzendes Bein, und Ormar und Keymar lagen bereits im Sand und schliefen. Da stieg auch Ulv aus dem Sattel und ließ den Hengst zu den anderen Tieren gehen. Er steckte den Speer in den Sand und setzte sich neben seinen Vater, der gierig aus dem Wasserschlauch trank. Ulv sah den Vollmond an. Sie waren der Schlucht schon viel zu lange gefolgt. Es waren nur noch zehn und vier Tage, bis die Empfängnis stattfinden und Siréd Tarkins Frau werden würde. In ihrem Leib würde der neue Tarkin heranwachsen. Ulv verfluchte den glänzenden Silberschild am Nachthimmel. Er hatte ihm die Zeit geraubt.

»Es ist eine schöne Nacht.« Bran sah zu Keymar und Ormar, die sich eine Decke teilten. Bald wäre die Wärme aus dem Sand verschwunden. Die Nächte waren kalt in den Bergen.

Bran fasste Ulv am Arm, als er nicht antwortete. »Bei Vollmond denke ich immer an deine Mutter. Dann ist es, als säße sie neben mir. Auf See flüstert sie mir durch das Rauschen der Wellen etwas zu. Ich höre sie im Wind. Und in letzter Zeit höre ich sie immer öfter. Sie scheint mich zu rufen, Ulv. Sie scheint mir sagen zu wollen, dass die Zeit gekommen ist.«

Der alte, grauhaarige Mann lächelte seinen Sohn an, aber in seinen Augen lag Trauer. Ulv schüttelte den Kopf. »Niemand ruft dich«, sagte er.

Bran wischte sich über das Gesicht. »Vielleicht hast du Recht. Vielleicht liegt es am Alter, dass ich mich häufiger an ihre Stimme erinnere. Und alt bin ich, mein Sohn. Wir werden nicht mehr viel Zeit zusammen haben.«

Ulv knotete den Gürtel auf und wickelte ihn um die Klinge des Kurzschwertes. Er mochte es nicht, wenn sein Vater so redete. Wäre Loke jetzt bei ihnen, hätte er seinen Vater sicher auf andere Gedanken gebracht. Aber Loke schlief tief und fest. Den Bart und das Haar voll Sand, war der Waldgeist nicht vom Boden zu unterscheiden, auf dem er lag. Ulv hörte ihn nicht einmal atmen.

»Du hast mich nie gefragt, warum ich das Tal verlassen habe.« Bran hielt ihn immer noch am Arm fest.

Ulv drehte sich zur Seite und legte seine Hand auf die Hand seines Vaters. Dielan hatte ihm erzählt, dass sein Vater ein zutiefst unglücklicher Mensch gewesen war, als er seinen Stamm verließ. Er hatte Trost im Wein gesucht, war dick und träge geworden, und nichts schien ihm mehr Freude zu machen.

»Ich werde dir sagen, warum, Sohn.« Bran ließ Ulvs Arm los. »Ich habe mich bei meinem eigenen Volk nicht mehr heimisch gefühlt. Nach dem Tod deiner Mutter verschwand die Sonne vom Himmel. Ich konnte das Lachen der Kinder auf den Hofplätzen nicht mehr hören. Ich war innerlich gestorben, Ulv. Verwittert. Am Ende war nur noch meine Hülle übrig. Meine Gedanken waren draußen auf See, sie waren in Tirga, zusammen mit deiner Mutter. Wir waren beide wieder jung und wanderten durch die Straßen und über die Anlegestege. Aber das war nur ein Traum. Ich lebte in meinen Erinnerungen, Ulv. Verstehst du, was ich meine?«

Ulv nickte langsam. Er wusste, was es hieß, jemanden zu vermissen, so wie er Siréd vermisste.

»Eines Abends erhob ich mich also von meinem Fell.« Bran richtete sich auf und schaute in die Nacht. »Ich hielt es für das

Beste, das Tal und das Volk zu verlassen. Ich nahm das Bronzehorn, das ich von Visikal, dem Onkel deiner Mutter, bekommen hatte.« Bran zeigte auf das Horn, das an seinem Sattel hing. »Ich nahm meinen alten Jagdspeer und wanderte einfach durch die südliche Klamm. Ich wollte so lange gehen, bis mein sorgenschwerer Leib zusammenbrach. Aber dann geschah etwas Eigenartiges, Ulv. Während ich so wanderte, war es, als würde der Himmel heller. Ich hörte den Wind durch die Bergpässe pfeifen, und als ich die Ebene südlich des Felsengebirges erreichte, war ich wieder voller Kraft. Also setzte ich meine Wanderung fort. Ich ging nach Ber-Mar, wo sie mir halfen, die Tigam seeklar zu machen. Danach segelte ich mit der Tigam an der Küste entlang nach Süden, bis ich schließlich Tirga erreichte. Und dort fand ich wieder ein wenig zu mir selbst. Ich begriff, dass ich weiterleben konnte, obwohl Tir tot war. Also lebte ich weiter. Ich segelte von Meer zu Meer und hielt mich niemals lange an einem Ort auf. So vergingen Sommer und Winter. Und obgleich die Sehnsucht mich nie verließ, hatte ich wenigstens das Meer, dem ich zuhören und meine Gedanken anvertrauen konnte.« Bran wischte sich über die Augen und lächelte. »Vielleicht war es ja vorherbestimmt, dass ich aufs Meer fliehen würde – immerhin hat das Meer dich zu mir zurückgebracht. Als Virga an Bord meines Schiffes kam und sagte, dass einer der Schiffbrüchigen meinem Sohn Ulv ähnele, wollte ich ihm nicht glauben. Aber als ich dich dann sah, wusste ich, dass die Götter mich erhört hatten. Du bist zurückgekommen, Ulv.«

»Ja.« Ulv kniff die Augen zusammen und schaut zum Mond. »Ich bin zurückgekommen.«

»Damit hast du mich sehr glücklich gemacht«, sagte Bran. »Sollte ich heute Nacht sterben, dann als glücklicher Mensch.«

»Aber du wirst nicht sterben.« Ulv schüttelte den Kopf. »Du bist wie ich, Vater. Du bist zäh.«

»Niemand ist wie du.« Bran lächelte. »Ich weiß nicht, wieso du noch immer wie ein junger Mann aussiehst, obwohl du doch über vierzig Winter alt bist. Aber ich habe beschlossen, mich nicht darüber zu wundern, sondern froh zu sein, dass die Götter mir ein langes Leben geschenkt haben.«

Ulv sagte nichts, streckte sich im Sand aus und breitete den Umhang über sich. Es gefiel ihm nicht, wenn sein Vater so redete. Er wollte jetzt schlafen, damit er ausgeruht war, wenn die Sonne aufging. Sein Vater klopfte ihm auf die Schulter, ehe er sich ebenfalls hinlegte. Ulv lauschte auf seinen Atem, der allmählich ruhiger wurde. Wenig später war sein Vater eingeschlafen.

Ulv wachte in der ersten Dämmerung auf. Er erhob sich und ging zu den Pferden, die immer noch neben der Steinplatte standen, auf die Keymar ihnen am Abend den Mais gelegt hatte. Ulv streichelte den Tieren übers Maul und blickte zur anderen Seite der Schlucht. Es war nicht weiter als einen Steinwurf bis dorthin, aber der Abgrund war so tief, wie die Berge hoch waren.

Er ging zum Karrenweg. Eigentlich hatten die schwachen Vertiefungen im Sand kaum diese Bezeichnung verdient. Möglicherweise waren Handelsleute und Seefahrer aus Taz-Kas Bucht hier heraufgeritten, als das Land noch fruchtbar und grün war. Aber nun war der Karrenweg nur noch eine schwache Erinnerung an diese Zeit.

Vorsichtig trat Ulv an den Rand des Abgrunds. Er verharrte an der Stelle, wo die Wagenspuren sich verloren, und blickte in die Tiefe. Die Sonne hatte es noch nicht bis über die Bergspitzen geschafft, daher verschwand die Schlucht in einer endlosen Dunkelheit. Seon hatte erzählt, dass die Kanathener die Schlucht »Die Spalte Arak« oder auch »Tarkins Spalte« nannten, weil an ihrem Ende Tarkins Tempel lag. Ulv folgte der finsteren Kluft mit dem Blick. Die Schlucht wand sich zwischen den Bergen hindurch und verschwand hinter einem Abhang weiter im Norden.

»Du bist früh auf den Beinen.«

Ulv fuhr herum. Loke strich über die geflochtenen Zöpfe in seinem Bart und griff nach dem Speer, der neben ihm lag. Indem er sich darauf stützte, kam er auf die Beine.

»Aber ich kann mir schon denken, warum.« Loke schnäuzte sich in die Finger und schüttelte sich den Sand vom Umhang. »Tal oder Karrenweg, Ulv Branssohn?«

Ulv schaute in das schmale Tal. Die Spuren führten eindeutig dorthin, aber wenn die Karte richtig war, führte der Karrenweg sie zum Tempel.

»Wir haben nicht viel Zeit«, sagte Loke und hinkte zum Karrenweg. »Wir wissen nicht, ob diese Spuren vom Tempel kommen. Und wenn es so ist, war sie dabei? Ich wünschte, Gamle hätte irgendetwas darüber gesagt. Ich wünschte, der Westwald hätte es mir zugeraunt und mir einen Rat gegeben. Aber der Westwald ist weit weg, Ulv. Du wirst selbst entscheiden müssen, in welche Richtung wir reiten sollen.«

»Ich weiß es nicht.« Ulv trat von der Schlucht zurück.

»Aber du musst eine Entscheidung fällen.« Loke blickte mit zusammengekniffenen Augen auf die andere Seite der Schlucht. Die Sonne blinkte über den Bergspitzen.

Ulv ging zu den Pferden und löste die Stricke, die um die Steinplatte geknotet waren. Die Kelser hatten ihnen die Trensen abgenommen. Ulv wischte den Sand vom Kummet und bereitete die Tiere auf einen neuen Tagesritt vor. Keymar und Ormar wurden wach und wischten sich den Sand aus den Augen. Bran rieb sich das schmerzende Bein und schlug Wasser vor dem Berghang ab. Loke stand noch immer am Karrenweg, und als die Männer etwas Wasser getrunken hatten und Ulv die Trensen angelegt hatte, streckte der Waldgeist den Speer über den Kopf und rief sie zu sich.

»Tal oder Karrenweg?« Loke stieß den Speer in den Boden

und stemmte die Fäuste in die Seiten. »Wir müssen eine Entscheidung treffen. Und die Entscheidung sollte gut überlegt sein, weil wir keine Zeit zum Umkehren haben, falls wir feststellen, dass wir in die falsche Richtung reiten.«

Bran sah Ulv an. »Ich habe heute Nacht wach gelegen und darüber nachgedacht, Sohn. Wir wissen nicht, wohin die Spuren führen. Aber wenn wir dem Karrenweg folgen, kommen wir irgendwann zu Tarkins Tempel. Dort lebt er, der Gott der Kanathener. Und dort ist auch Siréd.«

Ulv kniete sich neben den Wasserschlauch. Die Sonne war jetzt über die Bergspitzen gestiegen und warf erste Lichtstrahlen in das Tal, von dem die Sanddünen sich die Berghänge hinaufschoben. Dort war kein Schatten, nicht ein Felsblock, der Schutz vor der sengenden Sonne bieten könnte. Die Spuren verloren sich an der Stelle, wo das Tal eine Biegung nach Süden machte, aber es machte keinen Sinn, dorthin zu reiten, um nachzusehen, wie es hinter der Kurve weiterging, denn es gab immer einen Bergrücken oder einen Vorsprung, um den man herumreiten konnte. Dieses Mal hatte er keine Zeit, das Unbekannte zu untersuchen. Er musste hier und jetzt eine Entscheidung treffen und sich daran halten.

Keymar hievte den Sattel auf den Pferderücken. »Ormar und ich kommen nicht mit in das Tal. Die Sonne wird uns dort umbringen. Hier zwischen den Bergwänden gibt es wenigstens ab und zu ein wenig Schatten.«

»Die Brüder haben Recht«, sagte Bran. »Ich denke auch, dass wir uns für die Schlucht entscheiden sollten. Solange wir ihr folgen, wissen wir zumindest, wo wir ankommen. Vielleicht stammen die Spuren von einem Stamm der Hurer. Seon hat erzählt, dass es hier in den Bergen viele von ihnen gibt. Wir können von Glück sagen, dass wir bisher noch keinem begegnet sind. Wenn wir ins Tal reiten, stoßen wir womöglich direkt auf eins ihrer Lager!«

»Kangir hat Recht.« Ormar nickte zustimmend. »Wir können uns glücklich schätzen, so weit gekommen zu sein, ohne auf die Hurer zustoßen! Lasst uns umkehren, bevor es zu spät ist!«

Bran hinkte zu dem mageren Mann und packte ihn mit beiden Händen am Leinenhemd. Ormar wagte es nicht, Widerstand zu leisten, und als Bran ihn von sich stieß, rollte er sich im Sand zusammen.

»Feige bist du wie ein Kretter! Es ist eine Schande, dass ich dich so lange auf meinem Schiff habe mitsegeln lassen!« Bran drehte sich abrupt um und holte seinen Sattel. Er trug ihn zu den Pferden und legte ihn auf den Rücken der gelben Stute.

Ulv klopfte den Holzzapfen in den Wasserschlauch. Keymar reichte seinem Bruder die Hand und half ihm auf die Beine. Bran erhob die Faust gegen die beiden Kelser. Ulv war klar, dass er sie nicht zwingen konnte, weiter mitzukommen. Ormar und Keymar vertrugen die Sonne nicht, ihre Haut war rot und schälte sich. Ihre Leinenhosen waren zwischen den Schenkeln durchgescheuert. Haare und Bärte waren zerzaust und grau vom Sand. Aber nicht nur die beiden Kelser waren von der langen Reise gezeichnet. Brans Leinenhemd war über der Brust zerrissen und sein Gesicht war grau vor Staub. Ulv fuhr sich über den Bart. Um den Mund und am Kinn hatten sich Sandkrusten gebildet.

»Die Sonne steigt.« Loke zeigte mit dem Speer auf die glühende Kugel, die sich auf der Ostseite der Schlucht über die Bergspitzen erhob. »Tal oder Karrenweg, Ulv?«

Ulv legte den Schwertgürtel um. Danach hob er seinen Sattel auf und ging zu dem schwarz gescheckten Hengst. »Wir folgen dem Karrenweg. Seon hat gesagt, Siréd ist im Tempel. Das stand auf dem Pergament.«

Er sattelte das Pferd und überprüfte den Knoten, mit dem er den Bogen und den Pfeilköcher festgebunden hatte. Schließlich zog er den Sattelgurt unter dem Pferdebauch hindurch und schob seinen Fuß in den Steigbügel.

»Karrenweg«, sagte Bran und nickte zustimmend. »Ich denke, das ist eine gute Wahl, Sohn.«

Keymar und Ormar stiegen auf, während Bran Loke aufs Pferd half. Als der Waldgeist die Zügel in der Hand hatte, ritt Ulv zum Karrenweg. Er schnürte den Lederbeutel auf, in dem er das getrocknete Fleisch verwahrte. Sie aßen morgens nie etwas, sondern erst, wenn sie ritten. Ulvs Vater stieg in den Sattel und schnalzte mit der Zunge.

Sie folgten dem Karrenweg in nordöstlicher Richtung an der Schlucht entlang.

Wenn die Sonne im Osten aufging oder im Westen versank, hatten sie Schatten zwischen den Felswänden, aber die längste Zeit des Tages brannte das Feuerschild direkt über ihnen. Sie banden sich Tücher vor die Nase und kniffen die Augen zusammen, weil die Pferdehufe unablässig Sand aufwirbelten.

Wie üblich ritt Ulv voraus. Durch den schmalen Schlitz zwischen Kapuze und Tuch sah er die Landschaft an sich vorbeiziehen. Die Hänge waren von Felsbrocken übersät und erinnerten ihn an den Barkasfjell, weil der Sand zwischen den Steinen zu genau solchen Haufen zusammengeweht war wie der Schnee im Norden. Aber dort oben gab es selbst dann noch Leben, wenn die Bäume vor Kälte barsten. Hasen mit weißem Fell rannten über den Schnee, und Lemminge und Mäuse gruben Höhlen und versteckten sich vor den Falken, die am Winterhimmel kreisten. Aber hier, wo die Sonne über einer verdorrten Steinwüste brannte, war alles tot. Nur die Sanddünen, die sich langsam mit dem Wind vorwärts schoben, schienen zu leben. Ulv hatte Staubriesen gesehen, gigantische Wirbelstürme, die sich bis in den Himmel streckten. Aber sie waren immer auf der anderen Seite der Schlucht gewesen, weiter oben in den Bergen.

Ulv drückte die Fersen in die Flanken des Pferdes und trieb es an. Er wollte nicht rasten, bevor es dunkel wurde. Keymar und Ormar konnten jederzeit umkehren. Aber er hatte nicht einmal die Zeit, sich nach ihnen umzudrehen. Nur noch dreizehn Tage bis zur Wintersonnenwende.

Als die Sonnenkugel die Bergspitzen auf der Westseite der Schlucht berührte, wurde der Hang, an dem er entlangritt, steiler und ragte wie eine uneinnehmbare Burgmauer neben dem Karrenweg auf.

Ulv blickte über die Schulter nach hinten. Sein Vater, Keymar und Ormar waren dicht hinter ihm, aber Loke lag wie immer weit zurück. Ulv trieb sein Pferd an, weil nur einen Steinwurf vor ihm die Schlucht und der Karrenweg hinter einem Felsvorsprung verschwanden. Er nahm einen Schluck Wasser und rieb sich den Sand aus den Augen.

Plötzlich zuckte seine linke Hand, in der er den Speer hielt, und sein Arm begann zu kribbeln. Ulv zog an den Zügeln, und der Hengst verfiel in Schritttempo. Er spürte etwas. In der Luft lag ein schwacher Duft von Asche und trockenem Pferdedung.

Er hob den Speer über den Kopf. Die Männer hinter ihm hielten an. Es war still. Ulv hörte nur den Hufschlag von Lokes Pferd.

»Was ist los?« Bran ritt an Ulvs Seite. »Hast du etwas gehört, Sohn?«

Ulv antwortete nicht. Er schaute an der Bergwand hoch und dann hinüber zur anderen Seite der Schlucht. Er hatte das Gefühl, schon einmal hier gewesen zu sein. Er hatte diese Berge in seinen Träumen gesehen.

»Wir reiten weiter.« Er trieb sein Pferd an und trabte auf den Felsvorsprung zu.

Sie folgten den Wagenspuren am Rand der Schlucht. Loke hatte sie bald eingeholt, aber Ulv ließ ihm keine Zeit zu verschnaufen. Er ritt über einen Sandhügel, nahm den Speer in die rechte Hand und lenkte den Hengst mit den Knien. Das Tier wieherte und stampfte mit den Hufen, aber Ulv schlug ihm mit dem Speerschaft aufs Hinterteil und trieb es weiter. Als er den Vorsprung umrundete, öffnete sich vor ihm ein Tal zwischen den Bergen. Und mitten in dem Tal, am Ende der Schlucht, stand der Tempel.

Ulv zog an den Zügeln und brachte das Pferd zum Stehen. Das gigantische Bauwerk thronte zwischen den Bergen, als wäre es selbst ein Berg, eine Pyramide aus gelben Steinblöcken, die so gleichmäßig gehauen und so dicht gestapelt waren, dass nirgendwo eine Ritze oder Öffnung zu sehen war. Alle Wände strebten auf die Spitze zu, bis auf die Südwand, die sich wie ein gewaltiger Felsblock von der Pyramide abhob und über den gepflasterten Platz am Ende der Schlucht ragte.

Die Männer führten ihre Pferde an Ulvs Seite. Der Platz vor dem Tempel maß mindestens einen Speerwurf in der Breite. Zwei Säulenreihen liefen auf das große Tor in der Südwand zu. Auf den Bodenplatten standen Steinpfeiler und Statuen, die mit Lanzen bewaffnete Männer darstellten. Dazwischen verstreut lagen rußige Fackeln im Sand. Zwischen den Wagenspuren, die von dem Platz wegführten, lagen Pferdeäpfel.

Bran löste den Bogen vom Sattel. »Das Gefolge ist tatsächlich von hier aufgebrochen. Die Wagenspuren führen von dem Tor herüber, Ulv.«

Ulv schnupperte. Es roch nach Sand und kalter Asche. »Ich habe die falsche Entscheidung getroffen«, sagte er. »Hier ist niemand. Wir hätten den Spuren ins Tal folgen sollen.«

Statt zu antworten, blickte Bran zur Sonne. Sie hatte sich hinter die Gipfel westlich des Tempels geschoben. »Es wird bald dunkel. Wir können jetzt nicht umkehren, Ulv. Lass uns das verbleibende Tageslicht nutzen, um den Tempel zu untersuchen.«

»Eine Schießscharte.« Ormar zeigte zu einem dunklen Flecken im oberen Teil der Südwand. »Was ist, wenn die Kanathener uns haben kommen sehen? Vielleicht erwarten sie uns ja bereits dort drinnen?«

Ulv ritt an den Rand des gepflasterten Platzes, wobei er die Öffnung in der Südwand nicht aus dem Auge ließ. Es schien sich um eine Brustwehr zu handeln, hinter der die Bogenschützen stehen und auf Eindringlinge schießen konnten. Aber es blinkten keine Pfeilspitzen in der Abendsonne.

Er drehte sich im Sattel nach hinten. Loke war ihm gefolgt.

»Dein Vater hat Recht«, sagte der Waldgeist. »Wir sollten den Tempel durchsuchen. Vielleicht ist sie noch hier.«

Ulv schüttelte den Kopf. »Wenn hier jemand wäre, hätten sie längst auf uns geschossen.«

Loke ließ sich aus dem Sattel auf die Erde gleiten. »Die Prophezeiung spricht von diesem Tempel. Dies ist der Ort, an dem Tarkin lebt. Du musst hineingehen, Ulv. Das ist dein Schicksal.«

Ulv trat seinem Pferd in die Flanken, damit es auf die Steinplatten stieg, und ließ es im Schritt durch den Säulengang gehen. Auf halbem Weg zu der Pforte zog er an den Zügeln und sah sich noch einmal um. Sein Vater, Ormar und Keymar folgten ihm, und auch Loke führte das Pferd am Zügel hinter sich her auf den Steinplatz.

Ulv stieg aus dem Sattel. Er wusste, dass Loke Recht hatte. Sie konnten den Tempel nicht verlassen, ehe sie nicht sicher waren, dass Siréd sich nicht mehr hier befand. Er bückte sich, um eine der verkohlten Fackeln aufzuheben. Das Ende war mit Hanfseil umwunden, an dem Reste von Fett und Rinde klebten. Ulv reichte Loke die Fackel, der den Flintstein aus dem Beutel an seinem Gürtel zog.

Während Loke damit beschäftigt war, die Fackel zum Brennen zu bringen, sammelten Ormar und Keymar so viele mit Hanf umwickelte Stöcke, wie sie finden konnten. Bran bat sie, als Letzte zu gehen, legte einen Pfeil an die Bogensehne und sah zur Sonne. Es würde nicht mehr lange dauern, bis sie hinter den Bergen versunken war.

Ulv nahm Lokes Fackel und ging zu dem Tor. Die Torflügel waren ungefähr drei Mannslängen hoch. Er stemmte sich mit seinem ganzen Gewicht dagegen. Bran und Keymar stellten sich neben ihn und halfen ihm, zu schieben. Die Scharniere begannen zu quietschen, und das Tor öffnete sich.

Vor ihnen lag ein dunkler Gang. In den rostigen Eisenhaltern an den Steinwänden hingen ausgebrannte Fackeln. Ulv machte ein paar Schritte in den Gang hinein, blieb stehen und lauschte. Aber er hörte nur seinen eigenen Herzschlag und den Atem der Männer. Er hielt die Fackel über den Kopf und ging weiter. Die Decke war hoch, aber der Gang war gerade so breit, dass zwei Männer nebeneinander Platz hatten. Ulv machte einen Schritt nach dem anderen in das kühle Dunkel hinein. Das Licht der Fackeln flackerte über die Steinwände. Seine Hände zitterten. Die Angst, die er spürte, war anders als das, was er sonst vor einer Schlacht oder einem Zweikampf gefühlt hatte. Hier fürchtete er sich vor dem, was sich in der Dunkelheit verbarg, vor dem, was er in seinen Träumen gesehen hatte und was ihn, die Hand am Schwertschaft, schweißgebadet aus dem Schlaf riss. Er fürchtete sich vor Tarkin.

Ulv blieb abrupt stehen. Er war an eine Ecke gekommen. Der Gang führte weiter ins Innere des Tempels, doch rechts von ihm bog eine Steintreppe ab. Er entschied sich für den Gang. Wenn die Kanathener Siréd noch immer im Tempel gefangen hielten, dann vermutlich in einem Kerker tief im Innern der Pyramide.

Loke trat neben ihn. »Es ist vorherbestimmt, dass du hierher kommst«, flüsterte er. »Erinnerst du dich, was ich dir erzählt habe? Du bist Er, Ulv. Du bist der Wiedergeborene.«

Ulv nahm die Fackel in die linke Hand und den Speer in die rechte. Er wollte nicht antworten. Konnte nicht. Zu viel von dem, was Loke gesagt hatte, stimmte. Und hatte er sich nicht schon öfter gefragt, wieso das Alter so spurlos an ihm vorüberging? Er war nie wie andere gewesen, und solange er zurückdenken konnte, hatte er nach einer Erklärung gesucht, weshalb das so war. Jetzt wollte er die Antwort nicht mehr wissen, weil die Gewissheit ihm Angst machte.

Loke zeigte mit seinem Speer ins Dunkel. »Geh weiter, Adharkach. Lass dich von deinen Sinnen leiten.«

Ulv blickte über die Schulter. Sein Vater, Keymar und Ormar waren hinter ihm stehen geblieben und warteten. Keymar und Ormar hielten Pfeile im Mund. In der einen Hand hatten sie die Fackel, in der anderen den Bogen. Sein Vater trug die schwere Kampfaxt. Er lehnte sich an die Wand und schaute die Treppe hinauf.

Ulv richtete die Speerspitze in die Dunkelheit und setzte sich in Bewegung. Die Steinfliesen führten nach unten, und wenig später endete der Gang vor einem Tor, das ebenso breit und hoch war wie das erste Tor. Ulv legte das Ohr auf den Spalt zwischen den Torflügeln und lauschte.

»Hörst du etwas, Sohn?« Bran nahm Ormars Fackel, hielt sie vor den Spalt und versuchte, dahinter etwas zu erkennen.

Ulv schüttelte den Kopf. Er stieß sich mit den Füßen von den Steinplatten ab und stemmte sich mit der Schulter gegen das Tor.

Die Torflügel öffneten sich langsam. Ulv schlüpfte durch den Spalt und fand sich auf dem oberen Absatz einer breiten Steintreppe wieder. Er leuchtete über die Stufen und sah nur wenige Speerlängen weiter unten den Fuß der Treppe. Es roch nach Flammen und Asche. Vom Fuß der Treppe zog ein schwacher Luftzug herauf. Und wieder überkam ihn diese Angst. Sein Atem ging schneller, sein Hals schnürte sich zusammen.

Loke tätschelte ihm den Arm. »Fürchte dich nicht. Du bist nicht alleine, Ulv.«

Ulv senkte die Fackel. Die Flamme flackerte in dem Luftzug.

Bran ging ein paar Schritte die Treppe hinunter. »Hier riecht es nach Feuer«, flüsterte er.

Ormar und Keymar legten ihre Fackeln auf den Absatz und spannten die Pfeile auf die Bogensehne. Bran schob die Hand in die Schlaufe am Axtgriff und drehte sich zu Ulv um. »Vielleicht warten die Kanathener dort unten, um uns mit ihren Pfeilen zu begrüßen. Lass mich vorgehen, Sohn.«

»Nein.« Ulv hielt ihn zurück. »Ich gehe als Erster, Vater.«

Er ging bis zum Fuß der Treppe und stand wieder vor einem drei Mannslängen hohen Tor. Er schnupperte durch den Spalt zwischen den Torflügeln und erkannte den Geruch von Rauch und Flammen. Dort drinnen warteten die Kanathener. Das spürte er. Wenn sie den Tempel verlassen hätten, würden keine Fackeln brennen. Aber Ulv konnte nicht mehr umkehren. Die Sehnsucht nach ihr war zu groß. Vielleicht hielten sie sie auf der anderen Seite des Tors gefangen.

Die Türangeln kreischten, als Bran und Ulv die Flügel aufschoben. Vor ihnen öffnete sich ein großer, kreisrunder Saal. Die Wände verschwanden in der Dunkelheit und schienen unendlich hoch zu sein. Feuerschalen und Fackeln warfen schwarze Schatten über den Steinboden. Vor den Wänden stand ein Kreis hoher Steinstühle, aber die Männer, die darauf saßen, waren schon lange tot. Die Kleider hingen in Fetzen von ihren verblichenen Knochen, und die Haare hatten sich von den kahlen Schädeln gelöst. Aber die Skelette trugen noch immer glänzende Armreifen und Ketten aus Gold und Bronze. Hinter den Stühlen führten mehrere Türen aus dem Saal heraus.

Ulv legte die Fackel aus der Hand. Links von ihm stand ein riesiger Steinthron. Neben den Armlehnen brannten zwei Feuerschalen, aber es saß niemand auf dem Thron. Ulv ging über die Steinfliesen in die Mitte des Saals und betrachtete den Steinthron mit einer Mischung aus Furcht und Ohnmacht. Tarkin hatte auf diesem Thron gesessen. Sein Geruch hing noch immer in der Luft.

»Ich sehe niemanden«, sagte Keymar, während er auf die Schatten hinter den Stühlen zielte. »Sie haben den Tempel verlassen. Vielleicht haben sie uns von den Bergen aus gesehen, Kangir.«

Bran ging zu Ulv. »Vielleicht hat Keymar Recht. Die Feuerschalen können schon seit ein paar Tagen brennen. Lass uns gehen.«

Ulv hob den Kopf. Es roch noch immer nach Menschen in dem Saal. Aber nicht nach Keymar, Ormar oder seinem Vater. Es war ein anderer Geruch, wie nach Schwertfett und Haut. Er drehte sich zu dem Tor um. Etwas schlurfte über die Fliesen.

Loke hob den Speer. »Ich höre Schritte. Verschwinden wir.«

Keymar stürzte auf das Tor zu. Bran schrie hinter ihm her, aber es war zu spät. Der magere Mann fiel mit einem Pfeil in der Brust auf den Rücken.

Von der Treppe ertönte ein Ruf. Und der Ruf wurde von allen Seiten des Saales beantwortet. Tempelwachen in schmutzigem Lendenschurz traten aus den Schatten am Rande des Saals. Die Türen dahinter öffneten sich, und bewaffnete Männer stürmten in den Saal.

»Hinter den Thron!«, rief Bran und legte sich Keymar über die Schulter. Ulv blieb stehen, als die schwarzen Krieger den Saal stürmten. Er hätte es wissen müssen, als er feststellte, dass das Außentor offen war. Sie waren in eine Falle getappt. Die Krieger richteten ihre Lanzen auf ihn und begannen zu schreien. Sein Vater rief ihm zu, dass er sich vor den Bogenschützen in Sicherheit bringen sollte. Aber Ulv rührte sich nicht. Loke stand direkt hinter ihm, und Ulv fragte sich, ob der Waldgeist es schon die ganze Zeit gewusst hatte. Mindestens dreißig schwarze Tempelwachen umringten sie. Die halb nackten Männer schlugen sich mit den Lanzen gegen die Brust und brüllten laut. Ulv bewegte sich rückwärts auf den Thron zu. Durch die Rufe und den Lärm hindurch hörte er sein eigenes Herz schlagen. Hinter seiner Stirn pochte ein hämmernder Schmerz, und seine Hände klammerten sich um den Speer. Loke zog ihn am Ärmel und forderte ihn auf, mit hinter den Thron zu kommen, damit sie Rücken an Rücken mit den anderen kämpfen konnten.

Wie auf Befehl blieben die Tempelwachen stehen. Sie waren nur noch wenige Speerlängen von Ulv und den Männern hinter dem Thron entfernt. Ihre Lanzenspitzen blitzten im Licht der Feuerschalen. Die Haut der schwarzen Krieger glänzte ölig, und Ulv sah, dass jedem von ihnen ein Ohr fehlte. Daran erkannte man Tarkins Diener.

Ulv kniete sich hin und legte den Speer auf den Boden. Er konnte keinen klaren Gedanken mehr fassen. Der bohrende Schmerz hinter seiner Stirn machte ihn fast blind. Die schwarzen Männer verwandelten sich in Schatten, und die Lanzenspitzen waren Funken, die durch die Dunkelheit wirbelten. Er rieb sich die Augen. Seine Arme zitterten. Er schnappte nach Luft. Die Stimmen der Tempelwachen schwebten über ihm wie ein Schleier des Leidens.

Ulv erhob sich. Er brüllte den schwarzen Männern entgegen, er brüllte vor Wut und bodenloser Angst. Der Schmerz bohrte sich in seine Augenhöhlen. Als er sich über die Feuerschale beugte und sie über den Kopf hob, stürzten die Tempelwachen auf ihn zu.

Er schleuderte ihnen die Feuerschale entgegen. Die Krieger wurden mit dem heißen Öl bespritzt, und Flammenzungen leckten über den Steinboden. Sie begannen wild durcheinander zu schreien, als das Feuer sich rasch ausbreitete. Die Flammen umarmten die nackten Männer und zwangen sie zu Boden. Ulv hatte bereits die nächste Feuerschale gepackt und schüttete den Kriegern das Öl entgegen. Dann umklammerte er den Speer und stürzte sich in die Flammen. Er stach die Lanze in die brennenden Leiber, stieß die Wachen um und trampelte sie nieder. Er stach nach allem, was sich bewegte, und trat und schlug mit dem Speerschaft um sich. Die Schreie drangen wie aus weiter Ferne zu ihm, und die Gesichter waren nur noch verschwommene Schemen. Er hörte seinen eigenen Atem und sah seine Hände, rot von Blut und mit aufgescheuerten Knöcheln. Von irgendwoher rief sein Vater nach ihm, aber Ulv war nicht in der Lage, sich umzudrehen. Die Lanzenspitzen blitzten vor seinen Augen. Die Schwarzen waren zu nah. Ulv nahm den Speer in die eine und das Schwert in die andere Hand. Er drehte sich zur Seite und kämpfte sich zwischen den blutüberströmten Leibern bis zum Thron durch, vor dem Loke, sein Vater und Ormar Rücken an Rücken standen. Um sie herum lagen Tote und Verletzte. Bran und Ormar hatten nun alle Hände voll zu tun, sich die Tempelwachen vom Leib zu halten.

Loke rief nach ihm. Ulv fuhr herum, schlug mit dem Schwert nach einem Arm und stürzte zum Thron. Der Waldgeist reichte ihm Bogen und Pfeilköcher. Ulv warf beides auf den Thron und kletterte hinterher. Er stellte sich hinter die Armlehne, spannte den Bogen und schoss einen Pfeil in das Getümmel vor dem Thron. Einer der Krieger ging zu Boden, aber die Tempelwachen waren so zahlreich, dass es keinen Unterschied machte. Ulv nahm zwei Pfeile in den Mund, legte einen dritten an die Sehne und schoss sie schnell nacheinander auf die schwarzen Krieger ab. Jetzt wurden die Tempelwachen auf ihn aufmerksam. Ein paar warfen ihre Lanzen nach ihm, aber Ulv sprang vom Thron herunter und war schon wieder auf dem Weg zu Loke.

Der Waldgeist hatte Blut im Gesicht. »Wir müssen uns den Weg nach draußen freikämpfen«, rief er.

Loke ging vor einer Lanze in Deckung und stieß seinen

Speer nach vorn. »Bran! Ormar! Wir müssen uns zum Tor durchkämpfen!«

Ulv warf einen Blick zur Seite. Sein Vater schwang eine Lanze gegen eine Tempelwache und hob die Kampfaxt vom Boden auf. Ormar zog das Schwert. Keymar lag hinter ihm. Er rührte sich nicht.

Loke stieg über die toten Tempelwachen. Er stieß einem Krieger den Speer in den Bauch, zog ihn wieder heraus und rammte ihn dem nächsten in den Hals. Ulv lief hinter ihm her. Loke stolperte über einen Leib, kam schnell wieder auf die Beine und wehrte einen Lanzenhieb mit seinem Speerschaft ab.

Ulv hielt den Speer vor sich und hob das Kurzschwert. Da tauchte sein Vater neben ihm auf, Schulter an Schulter mit Ormar. »Bleib hinter mir, Ulv. Ormar und ich werden sie auf Distanz halten.«

Bran und Ormar liefen hinter Loke her, der zwischen den Tempelwachen schon nicht mehr zu sehen war.

Ulv rief hinter seinem Vater her, aber Bran humpelte bereits zwischen die halb nackten Männer und schlug mit der Axt nach den Kriegern, die zu Boden fielen und nach seinen Beinen griffen. Ulv lief hinter ihm her, aber als er ihn erreichte, stürzte Ormar. Ein Tempelwächter stieß eine Lanze in seine Brust und zog ihn von Bran und Ulv weg. Ormar heulte laut auf, als die Tempelwachen ihn an der Lanze hochhoben, die zwischen seinen Schulterblättern herausragte.

»Manannan!« Bran schwang die Axt in einem weiten Bogen vor sich durch die Luft. »Lass die beiden Brüder nicht vergebens gestorben sein! Sie waren tüchtige Seeleute und gute Männer!«

Ulv drehte seinem Vater den Rücken zu, weil die Tempelwachen jetzt von allen Seiten angriffen. Er wehrte einen Lanzenhieb mit dem Schwert ab, sprang nach vorn und stach dem Krieger die Klinge in den Bauch. Dann wich er wieder zurück, bis er den Rücken seines Vaters an dem seinen spürte. Verfolgt von den Kriegern, schob er sich rückwärts durch den Saal. Erst jetzt sah er, dass nur noch wenige Tempelwachen am Leben waren. Die verbrannten Männer wanden sich noch immer in den Flammen vor dem Thron, aber die meisten lagen tot am Boden.

Ulv packte eine Lanze hinter der Spitze, duckte sich und schlug dem Krieger das Schwert ins Bein, worauf der seine Waffe fallen ließ und vornüberfiel.

Plötzlich traten die letzten zwei Tempelwachen den Rückzug an. Ulv schleuderte die Lanze hinter ihnen her, als er Loke drüben beim Thron entdeckte. Er spannte gerade einen Bogen und schoss einem Krieger einen Pfeil zwischen die Rippen. Jetzt waren nur noch die zwei Tempelwachen übrig. Ulv bückte sich, um eine Lanze unter einem der Toten hervorzuziehen, aber die schwarzen Krieger waren schneller. Die Lanzen schossen aus ihren Händen.

Ulv sah sie kommen, und wusste, dass die Zeit nicht reichen würde, um auszuweichen. Er wollte Siréds Namen rufen, wollte nicht wahrhaben, dass es ihm wieder nicht gelungen war, sein Versprechen, sie zu befreien, zu halten. Aber die Zeit reichte nicht. Es gelang ihm bloß noch, die Augen zu schließen.

Da warf Bran sich vor ihn. Die eine Lanze durchbohrte seinen Oberschenkel, die andere schlitzte seine Hüfte auf. Bran fiel über einen Leichnam, wälzte sich auf den Rücken und umfasste schreiend den Lanzenschaft in seinem Bein.

Ulv starrte seinen Vater an. Dann drehte er sich zu den Tempelwachen um. Unbändiger Zorn brach aus ihm heraus. Er schluckte Blut und stürmte auf sie zu. Die Wachen stürzten auf die Türen zu, aber Ulv war schneller. Er schlug dem einen das Schwert in den Nacken und bekam den Lendenschurz des anderen zu fassen. Als der Tempelwächter fiel, wälzte Ulv sich auf ihn und nahm seinen Kopf zwischen die Hände. Er packte den schreienden Mann am Kinn und am Hinterkopf und drückte zu, bis der Hals mit einem Knacken nachgab.

Ulv kroch von dem Toten weg und kam auf die Beine. Seine Augen brannten und sein Kinn bebte, als er zu seinem Vater taumelte. Bran lag auf dem Rücken zwischen den toten Tempelwachen. Seine Finger hielten den Lanzenschaft umklammert, der direkt unter der Leiste aus dem Schenkel ragte. Auf der anderen Seite war die Lederhose über der Hüfte zerrissen, und darunter klaffte ein tiefer Schnitt. Aus dem zerfetzten Hosenbein tropfte Blut und sammelte sich neben seinen Füßen in einer Lache.

Ulv kniete sich neben seinen Vater, der den Kopf zur Seite drehte und zu dem Steinthron schaute. »Ormar und Keymar sind tot«, sagte er. »Sie sind einen ehrenvollen Tod gestorben. Wie sie es sich gewünscht haben.«

»Ich …« Ulv rieb sich die Augen und schob seinem Vater einen Arm unter den Nacken. »Ich werde dich hier rausbringen.«

Als er den Oberkörper aufrichtete, schrie Bran auf. Er wälzte sich zur Seite und rutschte so weit nach hinten, dass er den Kopf gegen den Rücken eines Toten lehnen konnte.

»Du musst sie rausziehen«, sagte er mit schwacher Stimme. »Jetzt gleich, Ulv.«

Da kniete Loke sich neben ihn. Er riss die Hose um die Lanze auf, wischte das Blut weg und legte seine Hand auf Brans Stirn. Danach untersuchte er die Schnittwunde an der Hüfte. »Du verlierst viel Blut«, sagte er. »Wir müssen dich zu den Pferden bringen. Dort habe ich saubere Leinentücher und Heilkräuter.«

Der Waldgeist legte eine Hand über Brans Augen und fasste Ulv am Arm.

»Mach es schnell«, flüsterte er und legte Ulvs Hand an den Griff der Lanze.

Ulv stand auf und stellte einen Fuß über das Knie seines Vaters. Er zitterte, als er den Lanzenschaft umfasste. Als sein Vater den Kopf in den Nacken legte und zu schreien begann, griff Ulv sich an die Ohren. Er konnte das nicht. Es war, als hätte sein Vater bereits gewusst, was geschehen würde, lange bevor sie den Tempel betreten hatten. Sein Vater würde ihn verlassen und die Reise zu der Ebene über der Himmelskuppel antreten.

»Reiß dich zusammen, Ulv!« Loke stemmte das Knie auf Brans Schulter, um ihn am Boden zu halten.

Ulv legte beide Hände um den Lanzenschaft, bevor er es wagte, seinen Vater anzusehen. Bran biss die Zähne aufeinander. Er wusste, was jetzt kommen würde.

Mit einem Ruck zog Ulv die Lanze aus seinem Oberschenkel. Bran brüllte, Blut quoll aus der Wunde. Loke drehte ihn auf die Seite, bevor Bran sich krümmte und erbrach. Dann löste Loke seinen Gürtel, wickelte ihn zweimal um den Schenkel und zog ihn über der Wunde zusammen.

»Trag ihn nach draußen, Ulv.« Loke hob seinen langen Speer auf. »Leg ihn neben die Pferde. Ich komme gleich nach.«

Ulv schob seinem Vater die Arme unter die Knie und Schultern und hob ihn hoch. Brocken von Erbrochenem klebten in Brans grauem Bart, und sein langes Haar war von Blut und Schweiß verklebt. Ulv trug ihn an den Toten vorbei. Bran blickte nach oben. »Die Sterne«, murmelte er. »Ich sehe die Sterne, Sohn.«

»Hier drinnen gibt es keine Sterne«, sagte Ulv leise.

Bran versuchte, den Arm zu heben. »Aber ich sehe sie«, flüsterte er. »Sie zeigen mir den Weg. Tir … Sie wartet …«

Ulv blickte nach oben und sah nun auch den Sternenhimmel über dem Saal. Weit über ihnen öffnete sich das Dach. Es war Nacht.

»Du sollst nirgends hingehen. Du musst bei mir bleiben.« Ulv fasste seinen Vater ein wenig fester.

Während Loke zwischen den Gefallenen herumlief, trug

Ulv seinen Vater zum Ausgang. Er hörte das Stöhnen und die halb erstickten Schreie, aber er drehte sich nicht um. Loke wusste, dass sie erst sicher waren, wenn keine der Tempelwachen mehr lebte, darum ging er jetzt durch den Saal und stieß seinen Speer in alle Verletzten. Ulv trug seinen Vater die Treppe hinauf und lief durch den dunklen Gang. Bran war schwer, und Ulv musste immer wieder in die Hocke gehen und den Griff um seinen Rücken erneuern. Bald sah er am Ende des Ganges das schwache Licht des Mondes. Er taumelte auf das angelehnte Tor zu und trat auf den Platz vor dem Tempel. Die Pferde standen zwischen den Säulen, wo sie sie zurückgelassen hatten.

Ulv trug seinen Vater zu den Tieren und legte ihn auf die Steinfliesen. Er nahm den Umhang von den Schultern, rollte ihn zusammen und schob ihn unter Brans Kopf. Brans Atem ging leise und langsam. Ulv rieb seine eiskalten Hände. Er drückte den Handballen auf die Schnittwunde an der Hüfte und sah zum Tor. Loke würde seinen Vater heilen. Der weißbärtige Zwerg würde den Tod aus seinem Körper vertreiben.

»Loke!« Ulv rief so laut, wie er konnte. »Vater blutet, Loke!«

Er hielt die Luft an und lauschte, aber es kam keine Antwort. Es konnte doch nicht so lange dauern, die Verwundeten zu töten, dachte Ulv. Vielleicht hatten sich einige Tempelwachen aus dem Kampfgetümmel hinter die Steinsitze gerettet und nutzten jetzt die Gelegenheit, um Loke anzugreifen. Ulv griff an die Schwertscheide. Sie war leer. Er hatte seine Waffen im Saal liegen lassen.

Ulv ging zu dem schwarz gescheckten Hengst und zog den Wasserschlauch vom Sattel. Er nahm eine Decke, rollte sie auf und breitete sie über seinen Vater. Dann träufelte er ihm eine Hand voll Wasser zwischen die Lippen. Sein Vater hustete und schluckte, ohne wach zu werden. Ulv rief noch einmal Lokes Namen. Er würde nicht viel länger warten können.

Wenn die Tempelwachen den Waldgeist getötet hatten, musste er seinen Vater auf eins der Pferde binden und vom Tempel wegreiten, ehe sie nach draußen kamen. Ohne Waffen hätte er keine Chance.

Er schnäuzte sich in die Finger. Seine Lippen waren aufgeplatzt. Irgendwann im Laufe des Kampfes hatte er einen Lanzenschaft über den Mund bekommen. Die Nasenlöcher waren von Blutklumpen verklebt, aber sonst hatte er keine Verletzungen. Er hatte Glück gehabt, aber das war nur ein schwacher Trost, wenn sein Vater starb.

Die Pferde wieherten und scharrten mit den Hufen. Ulv sah zu den Bergwänden, die ihn umgaben. Misstrauisch blickte er zu dem Tor und den vielen Statuen auf dem Platz. Vielleicht versteckten sie sich dort, dachte er. Vielleicht zielten sie längst mit ihren Pfeilen auf ihn. Ulv ging zu der gelben Stute. Er konnte nicht länger warten. Er musste seinen Vater von hier wegbringen.

Ulv nahm die Wasserschläuche von Ormars und Keymars Pferden und hängte sie über seinen eigenen Sattel. Der Mond stand über den Berggipfeln auf der Ostseite der Schlucht. Das Licht würde reichen, damit Ulv die Pferde über den Karrenweg zurückführen konnte, ohne Gefahr zu laufen, in den Abgrund zu stürzen. Er legte die Zügel über den Sattelknauf.

Da tauchte Loke vor dem Tor auf. Der Waldgeist hatte Lanzen und Bögen unter die Arme geklemmt, in der einen Hand hielt er Ulvs Kurzschwert und in der anderen Brans Streitaxt.

Ulv ließ die Zügel los und lief zu seinem Vater. »Beeil dich, Loke!«

Loke machte zwei Schritte auf den Platz hinaus und ließ die Waffen fallen. Er fasste sich an die Stirn und beugte sich nach vorn.

Ulv hockte sich neben seinen Vater. Als Loke bei ihnen ankam, fiel er auf die Knie. Er fasste sich in den Nacken und stöhnte leise.

»Bist du verletzt?« Ulv streckte die Hand nach ihm aus. Der Waldgeist hob den Kopf. Sein Gesicht war blutverschmiert, aber Ulv konnte keine Wunde sehen.

»Einer von denen hat mir seine Lanze über den Nacken gezogen«, murmelte Loke. »Nichts von Bedeutung.«

Ulv sah ihn an. Lokes Hände zitterten, als er Brans Hand nahm.

»Du zitterst«, sagte Ulv. »Du bist verletzt, Loke. Lass mich …«

»Beim Unverstand der Waldteufel!« Loke drohte Ulv mit der geballten Faust. »Siehst du nicht, dass dein Vater verblutet?«

Ulv neigte den Kopf und wandte den Blick ab. So hatte er Loke noch nie erlebt. Der Waldgeist schüttelte den Kopf, griff sich an die Stirn und strich über Brans Wange, wobei er die ganze Zeit vor sich hin murmelte. Er bat Ulv, seinem Vater die Hose auszuziehen, damit sie sahen, wie tief die Wunden waren.

Unter der zerrissenen Lederhose waren Brans Beine dunkelrot von Blut. Loke löste den Gürtel, mit dem er Brans Schenkel abgebunden hatte, und bat Ulv, die Wunden mit Wasser auszuspülen und die drei Leinenbeutel zu holen, die an seinem Sattel hingen. Ulv tat alles, was Loke von ihm verlangte. Als er ihm die Leinenbeutel gab, forderte der Waldgeist ihn auf, ein paar abgebrannte Fackeln zu suchen und ein Feuer zu machen.

Während Loke Brans Wunden mit zerriebenen Kräutern und Wasser reinigte, lief Ulv zwischen den Säulen auf dem Platz hin und her und sammelte die schwarz verkohlten Fackeln vom Boden auf. Dabei fiel ihm auf, dass ein Teil der Säulen zwei Kreise bildete, von denen der größere den kleineren umschloss. Ulv kannte solche Steinkreise aus dem Barkasfjell. Ein alter Barkasjäger hatte ihm erklärt, dass die Weisen von den Schatten, die die Bautasteine warfen, Tage und Jahreszeiten ablasen. Bald feiern die Jägerstämme im Norden die Sonnenwende, dachte Ulv mit einem Blick zum Sternenhimmel. Sie würden Feuer entzünden und dem Frühling den Weg zeigen. Sie würden tanzen und trinken, über die Flammen des Feuers springen und wie Wölfe heulen, bis der Morgen anbrach und die längste Nacht des Jahres vorbei war.

Ulv schichtete die Fackeln neben Loke und Bran übereinander. Loke schälte mit einem kleinen Messer Späne von den Stäben und brachte sie mit einer Hand voll glühendem Zunder zum Brennen. Dann legte er die Messerklinge ins Feuer.

Als das Metall glühte, nahm Loke das Messer aus dem Feuer. Er bat Ulv, Bran festzuhalten, und Ulv legte sich mit seinem Oberkörper über den Brustkorb seines Vaters. Er erinnerte sich noch lebhaft daran, wie Seon und Brage seinen Lanzenstich verödet hatten, und wusste, dass der Schmerz seinen Vater aus der Bewusstlosigkeit reißen würde. Der Schmerz hatte seinen Schenkel noch einmal durchbohrt, und das Feuer hatte in seinen Adern gebrannt und ihm Wundfieber gebracht. Aber sie hatten keine andere Wahl. Wenn Loke die Wunden nicht schloss, würden sie sich entzünden.

Loke hockte sich rittlings über Brans Bein. Der Schnitt klaffte eine Handbreit auseinander. Er gab Ulv ein Zeichen, worauf dieser seinen Vater an den Handgelenken packte. Im nächsten Augenblick drückte Loke die Klinge auf die Wunde.

Bran zuckte zusammen. Er wollte sich auf die Seite wälzen, aber Ulv zwang ihn wieder auf den Rücken. Loke stieg über Bran hinweg und stemmte sich mit dem Arm auf das andere Bein, bevor er das Messer auf den Schnitt an der Hüfte presste. Bran heulte laut auf. Er stemmte die Hüfte und den Rücken von den Steinplatten hoch und schlug mit solcher Kraft um sich, dass Ulv zur Seite geschleudert wurde. Danach schleppte Bran sich vom Feuer weg. Sein Blick war wild, er warf den Kopf hin und her und erhob sich auf unsicheren Beinen. Das verletzte Bein gab unter ihm nach, und er fiel nach hinten.

Ulv trug ihn zum Feuer, wo Loke Wasser über die Brandwunden goss. Danach schob er Bran ein rötliches Blatt in den Mund und forderte ihn auf zu kauen. Als Nächstes ließ Loke etwas Wasser in die hohlen Hand tröpfeln und vermengte es mit zerstampften Kräuterstängeln zu einem zähen Brei, mit dem er die Wunden einrieb. Er nahm ein paar breite Rindenstücke aus der Satteltasche, drückte sie auf den breiigen Umschlag und band das Ganze mit Stoffstreifen fest, die er von Ulvs Umhang schnitt.

Als er fertig war, hatte Bran schon wieder das Bewusstsein verloren. Ulv hielt sein Ohr über den offen stehenden Mund. Sein Vater atmete. Er sah Loke an, der die Leinenbeutel wieder zuschnürte und das Messer zurück in die Rindenscheide steckte.

»Dein Vater hat einen gebrochenen Knochen«, sagte Loke. »Der Schnitt an der Hüfte ist eine reine Fleischwunde, aber die Lanze hat den Oberschenkelknochen zertrümmert. Ich habe ihm ein Blatt vom Knolligen Hahnenfuß gegen die Schmerzen gegeben.«

»Mach ihn wieder gesund, Loke, bitte.« Ulv strich seinem Vater über die Stirn und fuhr mit dem Finger über die Blutstriemen in seinem faltigen Gesicht.

Der weißbärtige Waldgeist rieb sich den Nacken, kniff die Augen zu und holte tief Luft, aber er antwortete nicht. Ulv nahm den Wasserschlauch, goss Wasser in die Hand und befeuchtete die Lippen seines Vaters damit. Dann strich er ihm das graue Haar aus den Augen. Aber Bran wachte nicht auf.

»Sei sparsam mit dem Wasser.« Loke fasste Ulv am Arm. »Und jetzt hör zu, Ulv. Hör genau zu, was ich dir sage.«

Ulv schlug den Holzzapfen in den Wasserschlauch. Loke sah ihn unter buschigen Augenbrauen an wie schon so oft. Der Waldgeist wirkte erschöpft. Er zeigte zum Tempel, sein

Atem ging schwer und stoßweise. »Du musst noch einmal dort hinein. Ich habe hier draußen nirgendwo einen Bach gesehen, irgendwo dort drinnen muss also ein Brunnen sein. Füll die Wasserschläuche. Und bring Ormar und Keymar nach draußen.«

Ulv legte seinem Vater die Hand auf die Stirn. Er wollte ihn nicht allein lassen.

»Tu, was ich dir sage, Ulv.« Loke fuhr sich mit der Hand über die Augen. »Nimm so viele leere Wasserschläuche mit, wie du tragen kannst, und such nach einem Brunnen. Und trag die beiden Kelser aus dem Saal. Bei Tagesanbruch werde ich sie hier draußen im Sand begraben.«

Ulv nahm ein paar brennende Holzstäbe aus dem Feuer und erhob sich.

»Beeil dich«, sagte Loke. »Ich passe solange auf Bran auf.«

Ulv lief zu der Pforte. Er nahm die Fackeln in die eine Hand und hob mit der anderen den Speer auf, den Loke fallen gelassen hatte. Danach trat er erneut durch das Tor.

Ulv lief eilig den Gang entlang, die Treppe hinunter und durch den Saal. Er fand Keymar und Ormar zwischen den toten Tempelwachen. Er zog die Lanze aus Ormars Leib und schleppte ihn hinter sich her auf den Platz. Danach ging er ein zweites Mal in den Saal, um Keymar zu holen. Er zog die Brüder ans Feuer, holte die leeren Wasserschläuche und nahm so viele Fackeln aus dem Feuer, wie er tragen konnte.

Zuerst ging er wieder in den Saal und stieg über die Gefallenen hinweg. Er öffnete eine der Türen. Dahinter führte eine Treppe nach oben. Er drehte sich um und ging in den Saal zurück. Wenn es einen Brunnen gab, musste er am tiefsten Punkt des Tempels liegen. Ulv öffnete die nächste Tür und lauschte auf Schritte. Aber er hörte nichts. Also schlüpfte er hinein.

Der Gang dahinter führte ihn um eine Ecke und endete vor einer Treppe mit ausgetretenen Steinstufen. Die Wände waren von Schimmel überzogen. Ulv richtete den Speer auf die undurchdringliche Dunkelheit vor sich und ging langsam weiter.

Nach einem leichten Rechtsbogen endete die Treppe auf einem Absatz, dem sich eine weitere Treppe anschloss, die so schmal war, das er seitwärts gehen musste, und sie drehte sich wie ein Schneckenhaus. Als Ulv schon glaubte, dass sie niemals enden würde, kam er in einen kleinen Raum. Ulv hielt die Fackeln über den Kopf. Der Raum maß von Wand zu Wand eine knappe Speerlänge. Er hatte gefunden, wonach er gesucht hatte. Er kniete sich neben das Wasserloch, schöpfte eine Hand voll Wasser und probierte es. Es war frisches Quellwasser.

Ulv füllte die Wasserschläuche und legte sich so viele, wie er tragen konnte, über die Schultern. Danach ging er den weiten Weg zurück zum Tempelplatz. Loke lächelte ihn an, als Ulv die Wasserschläuche neben die Pferde legte. Der Waldgeist entschuldigte sich, weil er so ungehalten gewesen war und den Unverstand der Waldteufel heraufbeschworen hatte, aber Ulv war einzig und allein um seinen Vater besorgt, der noch immer bewusstlos neben dem Feuer lag. Er lief zurück in den Tempel und hinunter in den Brunnenraum, wo er sich die nächsten Wasserschläuche auf die Schultern lud.

Fünfmal musste er gehen, ehe er den letzten Schlauch aus dem Brunnenraum holen konnte. Aber als er das letzte Mal aus dem Saal heraufkam, zögerte er und legte die Wasserschläuche auf die Erde. Er stand vor der Treppe in der Nähe des Tores, das auf den Platz führte. Diese Treppe führte nach oben, und er hatte das Gefühl, als ob dort oben etwas oder jemand wäre. Es war weniger ein Geruch, mehr ein Empfinden. Vielleicht rief die Sehnsucht nach Siréd dieses seltsame Gefühl hervor. Ulv richtete den Speer gegen die Dunkelheit und hielt die Fackel über den Kopf. Die Flammen flackerten und würden bald verlöschen.

Ulv folgte der Treppe nach oben. Wenige Speerlängen vom Gang entfernt kam er auf einen Absatz, an dem sich die Treppe teilte. Nach rechts verschwanden die Stufen in der Dunkelheit. Geradeaus führte eine weitere Treppe wieder nach unten. Er wählte die rechte Treppe.

Sie endete vor einer Tür, neben der zwei halb heruntergebrannte Fackeln in Eisenhalterungen an der Wand steckten. Ulv riss sie heraus und entzündete sie an seiner Flamme. Die Tür gab nach, als er sich dagegen lehnte. Er nahm eine Fackel in die eine und den Speer in die andere Hand und trat in die Dunkelheit.

Er fand sich in einem steinernen Saal wieder. Ein Hauch von Dürre und Sand zog an ihm vorbei, aber Ulv roch noch etwas anderes. Er ging weiter und beleuchtete die Wände und die Decke. Am Ende des Saales war eine Öffnung in der Wand, durch die er den Nachthimmel sehen konnte. Vor den Längswänden standen Säulen, und zu seiner Rechten spiegelte sich die Fackel in einem Wasserbecken. Ulv ging an einem Tisch vorbei zu einem großen Bett, das in der Mitte des Saals stand. Es war mit Stoffbahnen verhängt, die sich in dem Luftzug leicht bauschten. Er schob den Stoff beiseite und kniete sich vor das Bett. Hier war der Duft stärker. Er zog den Überwurf an sein Gesicht und roch daran. Siréd hatte in diesem Bett gelegen. Ihr Duft haftete noch immer an der Decke.

Ulv warf sich den Überwurf über die Schultern und verließ den Saal. Nun wusste er, dass sie sie mitgenommen hatten. Er hatte keine Zeit mehr zu verlieren. Sie mussten noch heute Nacht weiterziehen. In dem Saal, in dem der Kampf stattgefunden hatte, würde er genügend Lanzen finden, um einen Tragbahre für seinen Vater zu bauen.

Ulv kam mit dem Arm voller Lanzen zu Loke und Bran zurück. Loke hatte Bran einen Sattel unter den Kopf gelegt, und als Ulv sah, dass sein Vater aufgewacht war, ließ er die Lanzen fallen und lief zu ihm. Er befühlte seine Stirn und hob einen Wasserschlauch an seinen Mund.

Aber Bran lächelte nur und bat ihn, den Wasserschlauch wegzulegen. »Loke hat mir schon zu trinken gegeben«, flüsterte er. »Mach dir keine Sorgen um mich, mein Sohn.«

Ulv sah auf den Oberschenkel. Loke hatte Asche auf den Verband gestreut und massierte Brans Bein unterhalb des Knies.

»Er weiß, was er tut«, sagte Bran. »Hab keine Angst, Ulv. Das Bein, auf dem ich sowieso schon hinke, ist verletzt worden. Aber noch habe ich ein gesundes Bein, und das reicht für einen Seemann.«

Ulv ergriff die Hand seines Vaters. »Ich werde eine Tragbahre für dich binden. Die Wasserschläuche sind gefüllt. Wir müssen Siréd finden und …«

Bran legte die Hand auf Ulvs Mund. »*Du* wirst dich auf den Weg machen. Ich kann dich nicht begleiten. Nimm Loke mit. Folgt den Spuren. Ihr werdet sie finden, Ulv.«

»Ich werde dich nicht verlassen.« Ulv sah ihm in die Augen. »Du hast selbst gesagt, wir würden zusammenbleiben.«

Da erhob Loke sich. Er ging um Bran herum und legte Ulv die Hand auf die Schulter. »Begreif doch, Ulv, dein Vater kann dich nicht begleiten. Er ist zu schwach. Aber du musst gehen.«

Ulv holte die Lanzen und legte sie nebeneinander. »Ich werde eine Tragbahre bauen. Mein Vater muss mitkommen. Ich werde ihn niemals hier zurücklassen.«

»Ich werde bei ihm bleiben«, sagte Loke. »Du musst allein weiterreiten, Ulv.«

Ulv ließ die Lanzen los und sah Loke an, der neben Bran kniete. Der Waldgeist zeigte in die Berge auf der anderen Seite der Schlucht. »Wenn die Sonne aufgeht, wirst du weit weg von hier sein«, sagte er mit leiser Stimme. »Es muss so sein. Du musst Tarkin allein gegenübertreten.«

Ulv ging zum Feuer. Er setzte sich zu seinem Vater und strich ihm das Haar aus der Stirn. Die Narbe glänzte im Lichtschein der Flammen. Ulv hatte noch nie darüber nachgedacht, aber die alte Verletzung zeichnete seinen Vater genauso, wie Tarkins Diener gezeichnet waren. Vielleicht hatten die Götter damit ein Zeichen geben wollen, was passieren würde. Sein Vater war als junger Mann verletzt worden. Seine Feinde hatten ihm das Ohr abgerissen, wie ein schicksalhaftes Omen, dass er eines Tages von Tarkins Kriegern gefällt würde.

Bran legte die Hand auf seinen Arm und lächelte. »Du musst aufbrechen. Nimm zwei Pferde und so viele Wasserschläuche, wie du brauchst. Reite weg von hier, Ulv. Mach dir keine Sorgen um mich. Ich werde es schon schaffen.«

Ulv legte die Stirn auf die Brust seines Vaters. »Ich will dich nicht verlassen. Ich will nicht, dass du stirbst. Nicht jetzt, nach all den Jahren. Ich kann nicht …«

Bran packte ihn an der Schulter und schob ihn von sich. »Du musst weiter, Ulv. Ein alter Mann wie ich darf dich nicht daran hindern. Wisch deine Tränen weg, Junge. Sieh zu, dass du in den Sattel kommst!«

Ulv verbarg das Gesicht in den Händen, als sein Vater sich ans Bein griff und die Kiefer zusammenpresste. Loke stand auf und blickte zu den Bergen. Der graue Schimmer der Morgendämmerung breitete sich zwischen den Gipfeln aus.

»Hilf mir, deinen Vater in den Tempel zu tragen«, sagte Loke. »Dort wird es nicht so heiß.«

Ulv wischte sich über die Augen, kniete sich neben seinen Vater und hob ihn vom Boden hoch. Loke nahm seinen Speer und zog drei der Pferde an den Zügeln hinter sich her zum Tempel. Ulv betrat nach ihm den Gang. Wenige Speerlängen hinter der Pforte entdeckte Loke einen Eisenring in der Wand. Er knotete die Zügel daran fest und ließ die Pferde dort stehen. Der Waldgeist wollte weiter in den Tempel hinein, und so brachte Ulv ihn die Treppe hinauf, die in den oberen Saal führte. Er legte Bran auf das Bett, in dem Siréd geschlafen hatte, und breitete eine der dünnen Stoffbahnen über ihn. Dann zeigte er Loke den Weg in den Brunnenraum. An Wasser würde es ihnen wenigstens nicht mangeln.

Zurück in dem oberen Saal setzte Ulv sich auf die Bettkante. Bran legte eine Hand auf seinen Arm. »Du musst los«, sagte er, ehe er sich zu Loke umdrehte, der auf der anderen Seite des Bettes stand. »Und du, Loke, wirst ihn begleiten. Sorg dafür, dass er diese Frau findet.«

Loke rieb sich den Nacken. »Nein«, antwortete er. »Ulv muss allein weiterziehen. Das ist sein Schicksal.«

»Du störrischer Zwerg! Du wirst ihn begleiten, sage ich!« Bran wälzte sich auf die Seite und streckte den Arm nach dem Waldgeist aus, aber Ulv drehte ihn zurück.

»Loke wird bei dir bleiben.« Ulv befühlte die Stirn seines Vaters. Sie war heiß und voller Schweißperlen. »Jemand muss schließlich dafür sorgen, dass du wieder gesund wirst.«

Bran antwortete mit einem unverständlichen Murmeln. Seine Augenlider waren schwer, und sein Kinn zitterte. Als Ulv ihm das graue Haar aus dem Gesicht strich, nahm Bran seine Hand und legte sie sich über die Augen. Ulv blieb still sitzen, bis Loke ums Bett herumkam und seine Hand wegnahm. Brans Augen waren geschlossen.

Ulv stand auf. Es sah aus, als schliefe sein Vater.

»Jetzt geh«, flüsterte Loke. »Nimm die Pferde, die draußen auf dem Platz stehen. Nimm so viele Wasserschläuche mit, wie die Tiere tragen können, und verlass diesen Ort. Folge den Spuren. Sie werden dich zu Siréd führen.«

Ulv warf einen Blick auf seinen Vater. Sein Brustkorb hob und senkte sich in schweren Atemzügen.

»Ich werde über ihn wachen.« Loke schaut zu Ulv hoch. »Sobald sein Zustand es erlaubt, reiten wir zurück zur Küste. Wenn die Kelser noch dort sind, segeln wir nach Westen, raus aus dem Fahrwasser der Kanathener.«

Ulv machte einen Schritt auf das Bett zu, weil sein Vater den Mund öffnete und die Stirn vor Schmerzen in Falten legte. Aber Loke hielt ihn am Arm fest.

»Er schläft«, sagte der Waldgeist. »Die Kräuter, die ich ihm gegeben habe, beginnen zu wirken. Geh jetzt, Ulv. Dir bleiben noch zwölf Tage bis zur Wintersonnenwende.«

Ulv holt tief Luft und drehte seinem Vater den Rücken zu. Er wusste, dass Loke Recht hatte. Er musste aufbrechen, solange ihm noch Zeit blieb. Siréd wartete auf ihn. Und er würde zu ihr kommen, wie er es ihr versprochen hatte.

Loke begleitete ihn bis an die Tür. Dort ging Ulv vor ihm in die Hocke und drückte seine Hand. »Ich werde dich niemals vergessen.«

»Zwölf Tage.« Loke sah ihn eindringlich an. »Zwölf Tage, Adharkach.« Er stieß die Tür auf.

Ulv trat auf den Treppenabsatz. Als er sich nach ein paar Stufen noch einmal umdrehte, schlug die Tür zu. Ulv folgte der Treppe bis in den Gang und trat auf den gepflasterten Platz hinaus. Der schwarz gescheckte Hengst und die graue Stute, die Keymar geritten hatte, standen neben der Feuerstelle. Er schnürte sechs Wasserschläuche und einen Leinensack mit Maiskolben auf den Sattel der Stute. Den Überwurf, den er auf dem Bett gefunden hatte, knotete er sich wie einen Umhang um den Hals. Der Bogen und der Pfeilköcher hingen noch an seinem Sattel, und es waren sogar noch ein paar Bündel Trockenfleisch übrig. Er hob den Speer vom Boden auf und führte die Pferde ans Ende des Platzes. Von dort ritt er zurück zum Karrenweg. Er trieb die Pferde zum Trab an und sah sich nicht mehr um.

Als er den Vorsprung in der Bergwand umrundete, hörte er den Schrei eines Raben auf der anderen Seite des Berges. Ulv brachte die Pferde zum Stehen. Der schwarze Vogel glitt über die Schlucht, schlug mit den Flügeln und flog weiter nach Süden. Bald war er in den Schatten des Berghangs verschwunden. Ulv drückte die Fersen in die Flanken des Pferdes und ritt weiter.

## Der Zweikampf

Ulv folgte dem Karrenweg bis ins Tal und von dort aus in südwestlicher Richtung in die Berge. Drei Tage ritt er durch den schmalen Bergeinschnitt, bis er am vierten Tag das Ende des Tales erreichte. Die Spuren führten zu einem in den Fels gehauenen Weg.

Auf dem steinigen Boden waren keine Spuren zu erkennen, doch Ulv zog die Pferde hinter sich her und folgte dem Weg bis auf die Hochebene oberhalb des Tals, wo er im kargen Boden erneut auf die Abdrücke der Hufe stieß. Kurz danach sah er die erste Feuerstelle. Bis zu diesem Punkt hatte Ulv weder Asche noch Pferdemist gefunden, doch vielleicht glaubten sich Tarkin und sein Gefolge hier oben zwischen den Bergen in Sicherheit vor Verfolgern.

Ulv hatte den Blick beim Reiten auf den Boden geheftet, aber dennoch musste er immer wieder absitzen und den Boden untersuchen, um die Fährte zu finden. Er deutete jedes Zeichen am Boden. Er spähte nach Pferdemist, Asche und allem, was ihm den Weg weisen könnte, und richtete seinen Blick auch immer wieder zur Sonne, um zu sehen, in welche Himmelsrichtung ihn die Spuren führten. An manchen Stellen hatte der Wind Sand aus dem Tiefland heraufgeweht und in breiten Dünen aufgehäuft, in denen die Spuren deutlich zu erkennen waren. Unten im Tal hatte Ulv Fußabdrücke bemerkt, die zweimal so groß wie gewöhnliche Stiefelabdrücke waren, und er erinnerte sich daran, dass Seon gesagt hatte, Tarkin sei ein Riese, der eigenhändig ganze Heere vernichten konnte. Doch

Ulv fürchtete unter der brennenden Sonne eher die Hitze und den Durst. Er hatte Angst, die Kanathener nicht mehr bis zur Wintersonnenwende einzuholen.

Häufig richtete er sich im Sattel auf und ließ den Blick über die Berge schweifen, die die Hochebene überragten. Es war eine öde Landschaft. Die Falken, die hoch oben unter dem blauen Himmelszelt kreisten, waren die einzigen sichtbaren Lebewesen.

Die Spuren führten ihn zwischen die gelblichen Felsen, die wie riesige Haufen aus Sand und Steinen überall auf der Hochebene lagen. Wo die Durchgänge schmal waren, galoppierte Ulv, bis sich die Landschaft wieder weitete und er sich erneut auf die Spuren konzentrieren musste, die ihn immer weiter nach Westen in die Berge führten. Er kniete über den Feuerstellen und rieb die Sandkörner im verbrannten Pferdemist, den die Kanathener als Brennstoff nutzten. Doch die Spuren waren noch immer alt, und nichts deutete darauf hin, dass er Tarkin und seinem Gefolge näher kam.

Ulv ritt von der Morgendämmerung bis zum Sonnenuntergang und blieb nur stehen, um die Pferde zu tränken und mit Maiskolben zu füttern. Er selbst trank nur, um seinen schlimmsten Durst zu löschen, denn er wusste, dass die Tiere das Wasser brauchten, um weiterlaufen zu können.

Nachts versuchte er zu schlafen, blieb aber oft wach sitzen und starrte nach Westen ins Dunkel der Nacht. Er lauschte, schnupperte in den Wind und blickte zum Mond auf, der mit jeder Nacht schmaler wurde. Wenn das Dunkel der Nacht die Kälte über die Hochebene brachte, schlug er Siréds Decke um sich. Ihr Geruch war schwächer geworden, doch wenn er die Augen schloss, konnte er sie noch immer spüren.

Ulv wechselte regelmäßig die Pferde. Er würde Siréd niemals erreichen, wenn die Tiere stürzten, doch als der Halbmond zu einer Sichel wurde, erkannte er, dass ihm die Zeit durch die Finger rann. Am liebsten wäre er Tag und Nacht geritten, doch er fürchtete, die Spur im Dunkeln zu verlieren.

Deshalb wartete Ulv auf den Morgen. Er hockte unter seiner Decke und sah den Mond im Westen herabsinken, und als die Sonne ihr erstes graues Licht über die Berge warf, saß er bereits wieder im Sattel. Doch die Tage vergingen. Und die Hoffnung, dass er sie jemals wiedersehen würde, schmolz wie Schnee in der Frühlingssonne.

Am elften Abend nach seinem Aufbruch vom Tempel schlug er erneut in der Dämmerung sein Lager auf. Er gab den Pferden Wasser und Mais, ehe er sich auf einen Stein setzte und seinen Blick über die Felswände schweifen ließ. Der nächste Tag war der letzte vor der Wintersonnenwende. Die Feuerstellen und der Pferdemist, den er gefunden hatte, verrieten ihm nicht, ob er näher gekommen war, denn die Hitze trocknete den Kot aus, und der Wind blies Sand über die Asche.

Ulv legte sich die Decke über die Schultern und begann auf einem Fetzen Trockenfleisch herumzukauen. Seine Lippen brannten, denn die Haut war ebenso rissig und trocken wie der Boden, über den er ritt. Seine Haare waren voller Sand, und er war dünn und schwach geworden und begann einzusehen, dass er den Kampf gegen Tarkin und dessen Gefolge niemals überleben würde. Doch er fürchtete sich nicht mehr vor dem Tod, wenn er sie nur noch ein letztes Mal sehen durfte. Denn Siréd war die einzige Frau, die ihn je an sich gedrückt hatte. Sie hatte wie ein Mensch zu ihm gesprochen, als die Sklavenhändler ihn wie ein wildes Tier behandelten. Sie hatte ihn gestützt, als sein Rücken von der Peitsche zerfetzt war. Siréd war die Frau, die in seinen Träumen zu ihm gekommen war, und ihre Augen waren so blau wie die seinen. Sie war der Frühling nach einem langen Winter, die Hoffnung, die ihn in den Zeiten von Krieg und Wanderung am Leben erhalten hatte.

Als die Berge im nächtlichen Dunkel verschwammen, legte Ulv sich in den Sand. Er bereute es, nicht gleich, nachdem sie die Spuren entdeckt hatten, ins Tal geritten zu sein. Jetzt war es vielleicht zu spät. Er schlug die Decke um sich und legte sie sich übers Gesicht. Ihr Geruch war verschwunden.

Ulv träumte von Wäldern und schneebedeckten Bergen, von Wintern und dem Geheul der Wölfe. Er war wieder im Barkasfjell. Er ging über einen zugefrorenen Teich, auf dem ihm der Schnee bis zu den Knien reichte. Es war dunkel wie in der Nacht, und er wanderte schon seit vielen Tagen durch diese Dunkelheit.

Er überquerte den See und ging zwischen schneebedeckten Fichten hindurch. Die Kälte trieb ihn weiter. Er musste nach Süden, fort von den Bergen. Der Wind säuselte in den Wipfeln der Fichten und sang von den Ebenen, über die er wandern musste, und von den Kämpfen, die er auszutragen haben würde. Er sang von dem Volk, das er verlassen hatte. Doch er würde sie finden. Und sie würden ihn aufnehmen und erkennen, wer er war.

Viele Tage wanderte er. Bald wurde die Nacht zum Tag und der Tag zur Dämmerung, bis es erneut Nacht wurde. Er schirmte die Sonne mit der Hand ab, denn das Licht machte ihm Angst. Doch es lockte ihn auch weiter.

So wanderte er von den Bergen hinab und durchquerte die Täler. Er wanderte auf die Steppe hinaus, auf der das Wetter milder war. Mit mächtigen Schritten durchquerte er die offene Landschaft und kam schließlich zu dem großen See. Dort kniete er am Strand nieder, denn er war erschöpft und fürchtete sich vor den Wellen, die seine Knie umspülten.

Wieder sah er einen Tag zur Nacht werden. Der Wind, der das Wasser des Sees aufgepeitscht hatte, legte sich, als der Mond aufging. Doch Ulv saß noch immer am Strand und fürchtete noch immer das Wasser. Er rührte sich nicht. Der

Wind blies über seinen nackten Körper. Er senkte den Kopf und ließ den Tag kommen.

Doch am zweiten Abend erhob sich Ulv. Er sah den Vollmond, der sich über der Schulter des Jägers erhob, und watete ins Wasser, in dem sich der Mond spiegelte.

Er strich sich die Haare aus dem Gesicht und betrachtete sein Spiegelbild. Da sah er das zwölfendige Geweih, das aus seinem Schädel ragte, und die Mähne, die ihm über die breite Brust hing. Das Gehörn streckte zwei Wurzeln in Richtung Augenhöhle und Wangenknochen nach unten. Er hatte keinen Bart mehr, aber seine Augen waren noch die gleichen. Ulv blickte auf seine Hände hinab. Aus der rechten Hand rann Blut, aus der linken Wasser. Er probierte es. Das Wasser war salzig.

»Adharkach ...«

Ulv drehte sich zum Strand um, konnte aber niemanden entdecken.

»Adharkach ...«

Wieder hörte er die Stimme. Sie kam nicht vom Strand, sondern drang aus dem Wasser zu ihm empor. Er blickte auf die schwarze Oberfläche und bemerkte, dass es sein eigenes Spiegelbild war, das zu ihm sprach.

»Siehe«, flüsterte das Spiegelbild. »Siehe dein Antlitz, Adharkach. Siehe die Hörner. Das Blut und das Salz, das aus deinen Händen rinnt.«

Ulv blickte wieder auf seine Hände. Noch immer tropften Blut und Salz aus seinen Handflächen. Die Flüssigkeit sickerte wie Schweiß aus seiner Haut.

»Ich habe schon früher zu dir gesprochen, Adharkach. Ich komme in deinen Träumen zu dir, Hornträger. Doch du erinnerst dich nur selten an mich. Das Volk, das aus Erde und Bäumen geboren wird, hat dir von deinem Schicksal erzählt. Trotzdem vermagst du nicht zu glauben. Du zweifelst, Bruder.«

Ulv trat einen Schritt zurück, doch das Spiegelbild folgte ihm.

»Wunderst du dich nicht?« Die dunklen Augen ließen ihn nicht los. »Hast du keine Angst?«

»Ich fürchte mich«, sagte Ulv. »Ich habe Angst vor Tarkin.«

Ein Windhauch blies über den See, und sein Spiegelbild wurde unklar. »Du musst gegen ihn kämpfen, Ulv. Du musst ihn überwinden, Adharkach.«

»Ich will Siréd retten«, flüsterte Ulv. »Das ist alles. Ich will nicht gegen die Schwarzen kämpfen. Ich will gemeinsam mit ihr nach Norden fliehen.«

»Das sind die Gedanken eines Mannes.« Die Augen unter den Hörnern öffneten sich und strahlten wie Sterne auf der Wasseroberfläche. »Denn du bist von anderer Art als ich, Bruder. Ein Mensch bist du, ein jämmerlicher Mensch. Du zweifelst, wie alle Menschen. Aber fragst du dich nicht, warum dir dein Spiegelbild einen Krieger aus Ekserks alter Rasse zeigt?«

Ulv fasste sich an die Stirn, doch er konnte keine Hörner fühlen. Er berührte sein Spiegelbild. Das Wasser lag kalt unter seiner Handfläche.

»Vielleicht solltest du tatsächlich zweifeln.« Die Gestalt auf der Oberfläche drehte sich zur Seite. Der Umriss des Riesen verschwamm erneut. »Vielleicht hast du Recht, wenn du Angst hast, Bruder. Denn Tarkins Geist lebt, seit Ekserk und Manannan als Sterbliche mit meiner Rasse wanderten. Und auch wenn der Lanzenträger inzwischen alt ist, so ist er doch noch immer stark. Er wird im Kampf alles geben, Bruder. Denn in einem Tag muss die Gezeichnete seinen Samen empfangen, und in ihr soll der zwölfte Tarkin heranwachsen, unter dessen Macht alle Völker versklavt werden. Die alten Götter, die die Welt geformt haben, werden vergessen sein, und die Erinnerungen an alles, was gewesen ist, werden vergehen. Und die neue Zeit, in der alle Völker unter der Sonne ohne Erinnerungen sind und ohne Träume schlafen, wird siegen.«

Ulv beugte sich über sein Spiegelbild. »Cernunnos …« Er steckte die Hand ins Wasser, doch der Umriss wurde immer schwächer. »Hilf mir, Cernunnos!«

Er fiel auf die Knie, doch das Spiegelbild war verschwunden. Der Wind wehte von den Steppen herüber und peitschte das Wasser auf. Ulv watete zurück an den Strand. Der Wind wurde immer stärker. Wolken trieben über den Himmel und verbargen den Vollmond. Ulv legte sich in den Sand und schloss die Augen. Gewaltige Schmerzen brannten hinter seiner Stirn.

Ulv wachte mit der Morgendämmerung auf. Er taumelte zu den Pferden und sattelte die Tiere. Sie ließen die Köpfe hängen, als er die Sattelgurte festzurrte. Er konnte die Rippen unter ihrer Haut spüren. Die Pferde brauchten Ruhe, doch Ulv stieg in den Sattel des Hengstes und zog die graue Stute an den Zügeln hinter sich her. Im Osten wurde der Himmel langsam hell. Er nahm einen Schluck aus dem Wasserschlauch und sah blinzelnd auf die Spuren im Sand. Sie führten zu den Bergen am Westende des Tals.

Während die Sonne am Himmel emporkletterte, galoppierte Ulv über die Sanddünen und die weiten Schotterflächen. Er führte den Hengst an straffen Zügeln, hatte aber dennoch kaum mehr die Kraft, sich im Sattel zu halten. Jedes Mal, wenn die Spuren verschwanden, ließ er die Pferde traben und suchte vom Sattel aus den Boden ab, bis er die Abdrücke wieder entdeckte. Dann ging es weiter nach Westen über die Hochebene. Denn die Spuren führten auf das Gebirge am Ende der Ebene zu. Ulv vermutete, dass die Gruppe in eines der schmalen Täler geritten war, die in die Berge hineinführten, und als die Sonne den höchsten Punkt am Himmel erreicht hatte, blickte er vom Boden auf und jagte die Pferde weiter. Ihm blieb keine Zeit mehr, nach Spuren im Sand zu suchen. Er konnte nur hoffen, dass er sich am Ende der Hochebene für das richtige Tal entschied.

Ulv kümmerte sich nicht mehr darum, das Gesicht zu bedecken. Er ließ die Sonne seine Haut verbrennen und starrte nach Westen, während die Hufe auf den Boden einhämmerten. Den Speer hielt er noch immer in der Hand, und die Zügel der Stute hatte er sich um den Arm gewickelt, damit er sie nicht verlor. Die Hitze blendete seine Augen, und ihm wurde schwindlig. Doch Ulv durfte sich nicht ausruhen. Er würde reiten, bis die Pferde unter ihm zusammenbrachen, um dann kriechend seinen Weg fortzusetzen. Vielleicht war das das Schicksal, von dem Loke gesprochen hatte. Er sollte in der Wüste sterben. Die Sonne sollte ihn schwarz brennen wie die Kanathener und der Sand ihn verschlucken. Der Wind würde Sandstürme über seine Knochen wehen und seinen Körper zermalmen, bis er schließlich selbst zu einem Teil der Wüste wurde.

Seine Augen begannen zu brennen, als er an seinen Vater im Tempel dachte. Wenn ihn das gebrochene Bein nicht umbrachte, würde es bald das Alter tun. Nicht einmal Loke konnte ihn vor dem Tod bewahren. Der weißbärtige Gnom hatte vom Schicksal und vom Willen der Götter gesprochen, doch wenn es das war, was die Götter wollten, verfluchte Ulv sie alle. Geister hatten ihm zugeflüstert, sie hatten ihn aus dem Barkasfjell auf die Steppen gelockt, in den Süden, wo Krieg und Unfrieden herrschten. Sie hatten ihm die Bosheit gezeigt und ihm Schmerzen gebracht.

Ulv hob seinen Blick und sah in Richtung der Berge, die sich immer höher in den blauen Himmel zu recken schienen. Er versuchte sie zu rufen, doch das Trommeln der Hufe übertönte seine Stimme. Deshalb flüsterte er ihren Namen. Wieder und wieder, denn dieses kurze Wort beinhaltete alles, was sie für ihn war. Und Ulv dachte, dass die Geister vielleicht doch nicht so böse waren, denn wenn sie ihn in jenem Frühling nicht nach Süden gelockt hätten, wäre er ihr niemals begegnet. Siréd hatte ihn diese seltsame Wärme in der Brust spüren lassen. Er wusste nun, dass die Menschen das Liebe nannten, und war dankbar dafür, es erlebt zu haben. So durfte er wenigstens mit der Erinnerung an sie sterben. Er kniff die Augen zusammen, während die Sonne auf sein Gesicht herabbrannte.

Als er das Ende der Hochebene erreichte, stand die Sonne noch immer eine Handbreit über den Berggipfeln. Ulv ließ die Pferde an den sanft geneigten Hängen entlangschreiten und suchte den Boden ab. Als er die Spuren fand, zog er das Packpferd zu sich und nahm einen Schluck aus dem Wasserschlauch. Dann stieg er aus dem Sattel und trat eine Grube in die Erde. Er schnitt den Wasserschlauch auf und legte ihn in die Grube, so dass die Pferde trinken konnten. Erneut rief er ihren Namen, doch die Berge warfen seine Stimme zurück. Er leckte sich die Tränen weg, die über seine aufgesprungenen Lippen rannen, und lehnte sich an den schwarz gefleckten Hengst, denn er wusste nicht, ob er in der Lage sein würde aufzustehen, wenn er erst zu Boden gegangen war. Er ließ die Pferde das Wasser austrinken. Dann kletterte er in den Sattel und galoppierte weiter.

Die Sonne senkte sich dem Horizont entgegen, als er zwischen den Bergen hindurchritt. Er hatte gehofft, dass sich dahinter eine weitere Hochebene oder ein Tal verbarg, damit er sich einen Überblick über die Landschaft verschaffen konnte, ehe es dunkel wurde, doch hinter dem ersten Berg ragte ein zweiter über den Sand, der aussah wie ein riesenhafter Schutt- und Steinhaufen.

Ulv hing vornüber im Sattel und klammerte sich an die Zügel. Hunger und Durst raubten ihm fast die Besinnung, während er versuchte, die Spuren nicht aus den Augen zu lassen, doch es gelang ihm nicht, seinen Blick auf dem Boden zu halten. Das Pferd lief zwischen ein paar Felsen, und als die Schatten über den Sand und die Schotterberge fielen, wusste er, dass der Tag bald vorüber sein würde. Rasch würde sich die längste Nacht des Jahres über die Berge und die Wüste senken, und dann würde Tarkin Siréd zu seiner Frau machen. Ulv erinnerte sich, was Loke ihm gesagt hatte. Der Waldgeist hatte ihm in die Augen gesehen und ihn den Wiedergeborenen genannt. Loke hatte gesagt, er habe die gleiche Seele wie Cernunnos, der Gott mit dem Hirschgeweih. Er dachte an den Traum, den er in der vergangenen Nacht gehabt hatte. Er hatte sich im Wasser gespiegelt und Den, der Hörner trägt, gesehen. Doch Lokes Worte über das Schicksal und die Wiedergeburt waren Lügen. Denn hatte Loke jemals gesagt, dass es so enden würde? Ulv hielt den Atem an und stöhnte vor Schmerz. Es stach hinter seiner Stirn, und der Durst brannte tief in seiner Brust. Er konnte spüren, wie der Tod an ihm zerrte. Er lockte ihn mit Versprechungen, dass das Leiden ein Ende haben und er endlich Ruhe finden würde. Und Ulv verstand – er spürte in seinem ganzen schmerzenden Körper, dass er bloß ein Mensch war. Und die Träume, die er geträumt hatte, waren nichts weiter als die Hirngespinste der Erschöpfung und der verzweifelten Hoffnung. Wenn er die Kraft gehabt hätte, dann hätte er sich im Sattel aufgerichtet und Loke verflucht, denn eine Zeit lang hatte ihn der Waldgeist wirklich glauben lassen, dass er stark genug sei, es mit Tarkin aufzunehmen, dem Gott der Kanathener. Doch jetzt würde ihn die Wüste bald zu sich nehmen und mit ihren Wellen aus Sand das Leben aus ihm waschen.

Ulv legte sich über den Nacken des Pferdes und schloss die Augen. Das Tier galoppierte noch immer, und er hielt nach wie vor den Speer und die Zügel des Packpferdes in der Hand. Ulv dachte, dass er so lange im Sattel sitzen bleiben wollte, bis er zu Boden stürzte. Es konnte nicht mehr lange dauern.

Die Sonne versank hinter den Bergen, doch die Pferde liefen weiter. Es wurde immer enger zwischen den Berghängen, und aus den sanft geneigten Hängen waren steile Bergrücken geworden. Ulv döste vor Erschöpfung und Durst, und es gelang ihm nicht, die Augen zu öffnen, um zu sehen, wohin ihn das Tier trug. Er sah nicht, dass ihn der Hengst aus der engen Kluft herausführte, und bemerkte auch das Tal nicht, das sich vor ihm auftat. Erst als das Pferd stehen blieb und mit den Hufen stampfte, erwachte Ulv aus seinem Dämmerschlaf und hob den Kopf.

Das Tal erstreckte sich von Nord nach Süd, so weit das Auge reichte, doch bis zur anderen Seite waren es nur einige Pfeilschüsse. Die Sonne begann unterzugehen und warf einen glühenden Schimmer auf die Berge auf der gegenüberliegenden Talseite. Sie waren nicht so steil und zerklüftet wie der Rest der Landschaft, sondern erhoben sich gleichmäßig aus dem Tal und endeten auf einem flachen Plateau, das im Süden senkrecht bis in die Tiefe des Talbodens abbrach.

Ulv rieb sich die Augen, weil er glaubte, am Rand des Abgrunds eine Bewegung auszumachen. Er hielt sich die Hand über die Augen. Eine Gestalt zeichnete sich vor dem Abendhimmel ab.

Er richtete sich im Sattel auf. Oben auf dem Felsplateau waren Pferde und Männer, und in ihrer Mitte stand eine riesige Gestalt. Ulv hielt den Atem an und lauschte. Er konnte Stimmen hören. Er roch Menschen und Pferdemist. Was er sah, war Tarkins Gefolge. Und der Riese, der die Menschen überragte, war Tarkin selbst.

Ulv jagte die Pferde in das Tal hinunter. Diese Nacht war die Nacht der Wintersonnenwende. Siréd war dort oben bei Tarkin. Sie hatten sie hierher in die Berge gebracht, und bald würde die Empfängnis stattfinden. Ulv schlug dem Pferd mit dem Schaft des Speeres auf die Schenkel und trieb die Tiere den sandigen Hang hinunter, der zum Talboden führte. Schaum stand vor dem Maul des Hengstes, doch Ulv ließ ihn nicht ausruhen. Endlich hatte er Siréd gefunden. Er würde sie mit sich nehmen, und gemeinsam würden sie Tarkin und diese Wüste hinter sich lassen. Ulv blickte hinüber zum Felsplateau. Der Himmel wurde langsam dunkel.

Als die Sterne am Himmel zum Vorschein kamen, überquerte Ulv den Talboden. Es war weiter zu der gegenüberliegenden Bergflanke, als er geglaubt hatte. Er wollte sie rufen und die Geschehnisse anhalten, doch er wusste, dass die Kanathener ihn mit gespannten Bögen empfangen würden, wenn sie ihn kommen hörten. Er konnte nur hoffen, dass es noch nicht zu spät war.

Als er die Bergflanke erreichte, jagte er die Pferde den steilen Hang direkt nach oben. Er trat mit den Hacken in die Flanken des Hengstes und zwang ihn die Schotterhalde empor, vorbei an den vereinzelten größeren Felsen. Ein schwacher Wind wehte vom Gebirgsplateau herunter. Er roch Rauch. Die Kanathener hatten Fackeln entzündet oder Feuer gemacht. Er trieb den Hengst weiter und zog die Stute hinter sich her.

Ein Stück weiter oben begann er den Gesang auf dem Plateau zu hören. Wieder verspürte er dieses seltsame Gefühl, schon einmal an diesem Ort gewesen zu sein. Er blickte zum Himmel auf, doch der Mond war nur ein bleicher Schatten im Osten. Zwei Länder und zwei Meere hatte er durchquert. Die ganze Welt hatte er hinter sich gelegt, um hierher zu kommen. Jetzt würde er sie endlich wiedersehen. Er wusste, dass er den Kampf gegen die Krieger, die ihn oben auf dem Plateau erwarteten, kaum überleben würde, doch wenn es ihm gelang, Siréd vor seinem Tod zu befreien, wäre es die Sache wert. Sie konnte sein Pferd nehmen und nach Norden reiten, und er würde immer bei ihr sein. Wenn der Wind über die Steppen im Norden wehte, würde er ihr zuflüstern, und wenn sich die Bäume in den Herbststürmen schüttelten, würde er sie umarmen. Er würde das Gras sein, das sie verbarg, wenn sie sich schlafen legte.

Ulv löste einen Wasserschlauch und goss im Reiten Wasser über die Köpfe der beiden Pferde. Die letzten Tropfen versuchte er den Tieren einzuflößen, ehe er den leeren Wasserschlauch fallen ließ. Dann löste er einen weiteren Schlauch vom Packpferd und schnürte ihn hinter dem Sattel des Hengstes fest. Falls das eine Pferd erschossen wurde, sollte Siréd auf jeden Fall genug Wasser haben, um weit genug von Tarkin und seinem Gefolge fortzukommen.

Er löste den Bogen vom Sattel. Jetzt waren es nur noch wenige Steinwürfe bis hinauf zum Plateau, und er wusste, dass er nicht zögern durfte. Sobald er die Krieger dort oben sah, musste er so viele wie möglich erschießen. Er hatte das Kurzschwert am Gürtel und den Speer in der Hand, und er wusste, dass er viele von ihnen töten konnte, ehe sie ihn aus dem Sattel holten. In der Zwischenzeit musste Siréd fliehen. Er zog sein zerlumptes Leinenhemd aus und hängte sich den Bogen über die Schulter. Tränen brannten in seinen Augen. Er hatte Angst. Schweiß rann von seiner nackten Haut, aber dennoch fror er.

Als der Hang flacher wurde, trieb Ulv die Pferde nicht mehr so hart an. Er ließ sie in Schritt fallen und legte die Hand auf die Pfeile in seinem Köcher. Der Gesang war jetzt laut zu hören, und der Wind frischte auf. Wenn er Glück hatte, würden die Kanathener die Hufschläge erst hören, wenn er in Schussweite war.

Ulv leitete das Pferd mit den Knien, als er den Bogen von der Schulter nahm. Er schnürte den Speer am Sattelknauf fest, legte einen Pfeil an die Sehne und nahm einen zweiten zwischen die Zähne. Jetzt konnte er die ersten Fackeln erkennen. Er ließ die Zügel der Stute los und beugte sich über den Pferdenacken. Die schwarzen Krieger am Rand des Lagers hatten ihm den Rücken zugewandt. Die Fackeln flackerten im Wind und warfen Schatten auf ihre verrußten Lederbrünnen und ihre Lanzen. Jetzt erreichte der Hengst das Hochplateau, und

Ulv erblickte die mächtige Gestalt, die in der Mitte des Lagers kniete. Tarkin trug bloß einen Lendenschurz, doch er hatte dicke Goldringe an den Oberarmen und eine goldene Kette um den Hals. Seine schwarzen Haare hingen über die Schultern herab, doch sein Gesicht lag im Schatten.

Ulv hielt das Pferd an und hob den Bogen. Die Kanathener hatten ihr Lager direkt am Rand des Abgrunds aufgeschlagen. Mehrere Dutzend Menschen waren hier versammelt. Die Männer und Frauen in den Kutten waren Priester und Priesterinnen; sie hatten sich, wie Seon es beschrieben hatte, die Köpfe rasiert und ein Ohr abgetrennt. Sie standen in einem weiten Kreis um den Platz herum, der durch in den Boden gesteckte Lanzen markiert war. Hinter den Priestern standen Krieger mit Lanzen und Säbeln im Schein der Fackeln, und am Rand des Lagers waren die Pferde an Felsen angebunden. An jeder der in den Boden gesteckten Lanzen brannte eine Fackel, und in der Mitte des Lichtkreises kniete Tarkin an einem Lager aus Fellen. Eine goldene Lanze, lang wie drei Männer, lag neben seinen Knien. Auf der anderen Seite des Kreises stand ein langhaariger Krieger, der Ulv den Rücken zugewandt hatte. Er hielt eine Lanze in der einen und eine eiserne Kette in der anderen Hand. Die Frau am Ende der Kette trug ein weißes Gewand. Zwei Krieger pressten sie auf die Felle. Sie packten sie an ihren blonden Haaren und an den Armen, doch sie wehrte sich und zerrte an der Kette.

»Siréd!« Ulv schoss einen Pfeil auf die Wache am Rand des Lagers ab und drückte die Hacken in die Flanken des Pferdes.

Die Kanathener drehten sich um. Der langhaarige Mann im Fackelkreis zeigte auf ihn und rief seinen Kriegern etwas zu, die zu ihren Pferden hasteten und die Bögen von den Sätteln lösten. Siréd kam auf die Beine und zerrte an der Kette. Tarkin stand auf und blickte über den Platz.

»Siréd!« Ulv schoss einen weiteren Pfeil in die Gruppe der Krieger, ehe er den Bogen fallen ließ und seinen Speer vom

Sattelknauf löste. Er stemmte das Ende des Schafts gegen seinen Oberarm und richtete die Spitze auf die Krieger, als er mit dem Pferd ins Lager galoppierte.

»Ulvmanna!« Siréd stürzte ihm entgegen, doch der Kanathener hielt sie an der Kette zurück.

Ulv zog an den Zügeln und schwang den Speer gegen die Krieger. Sie hatten ihn bereits umzingelt, doch er legte die Hacken an die Vorderbeine des Pferdes, so dass sich dieses aufbäumte, und schlug ihm dann mit dem Speerschaft auf die Schenkel. Der Hengst sprang nach vorne, und die Krieger wichen zurück. Das gab Ulv die Zeit, die er brauchte. Er hob seinen Speer und zielte auf den Krieger mit der Lederbrünne, der die Kette festhielt.

Als Ulv den Speer schleuderte, ließ der Krieger die Kette los. Er trat einen Schritt zur Seite, nahm seine Kriegslanze und schleuderte sie auf Ulv.

Lanze und Speer schwirrten über die Krieger hinweg. Ulv tastete nach unten und ergriff sein Kurzschwert. Sein Speer bohrte sich direkt vor Tarkin in das Fell. Ulv ließ die Zügel los und versuchte sich mit den Armen zu schützen, denn die Lanze schoss auf ihn herab.

Der Hengst bäumte sich auf und warf den Kopf mit einem Wiehern zur Seite. Er trat mit den Vorderbeinen aus, und als das schwere Tier zur Seite kippte, sah Ulv die Lanze in der Kehle des Pferdes stecken.

Dann stürzte er mitsamt dem Pferd zu Boden. Das Pferd wieherte und warf den Kopf hin und her. Ulv zog sein Schwert und versuchte wegzukriechen, doch sein Bein war unter dem Pferdekörper eingeklemmt. Krieger scharten sich um ihn und hoben ihre Lanzen, doch sie erstachen ihn nicht. Ulv schwang das Schwert in Richtung ihrer Beine, und die Krieger wichen zurück, doch noch immer zielten sie mit ihren Lanzen auf ihn. Ulv bekam das freie Bein über den Pferderücken, stemmte den Fuß gegen den Sattel und versuchte, das Pferd wegzuschieben. Das Tier hatte den Kopf auf den Boden gelegt und wurde von Krämpfen geschüttelt. Ulv stützte sich auf die Ellbogen und schob das Schwert unter den Pferdekörper. Er legte beide Hände um den Schaft und versuchte, das schwere Tier anzuheben, doch die Klinge des Schwertes brach, so dass ihm schließlich nur noch die Möglichkeit blieb, nach der Lanze im Hals des Pferdes zu greifen.

Doch plötzlich stand der langhaarige Kanathener neben ihm. Er packte die Lanze und riss sie aus dem Pferd. Blut troff von der Lanzenspitze, als der Krieger über den Kopf des Pferdes stieg. Seine schwarzen Haare hingen ihm in sein von vielen Narben gezeichnetes Gesicht. Ulv erkannte ihn an der gebrochenen Nase und dem breiten Kiefer wieder. Er hatte ihn schon einmal gesehen, damals, als er mit dem Handelsschiff der Mansarer nach Tirga gekommen war. Es war Vendhur, der seine Lanze über ihn hielt.

Ulv hieb mit seinem gebrochenen Schwert auf ihn ein, doch Vendhur fing den Schlag mit dem Schaft seiner Lanze ab und schlug ihm über das Handgelenk. Als Ulv das Schwert fallen ließ, sprang einer der anderen Krieger vor und nahm es an sich. Dann stellte Vendhur seinen Stiefel auf Ulvs Brust und richtete die Lanzenspitze auf seine Kehle.

Ulv tastete über den Boden und bekam einen faustgroßen Stein zu fassen, doch als er ihn anhob, um ihn gegen das Knie des Kanatheners zu schlagen, spürte er die Lanzenspitze an seinem Hals.

Vendhur blickte auf Ulv hinab. Er trug einen schwarzen Umhang über seinen mit Platten bewehrten Schultern und hatte ein Kurzschwert am Gürtel. Er zischte Ulv in seiner eigenen Sprache etwas zu und drehte die Lanze, als Ulv keine Antwort gab.

Ulv biss die Zähne zusammen, als die Spitze durch seine Haut drang, doch plötzlich nahm Vendhur die Lanze wieder hoch und schob die Spitze unter Ulvs Kinn.

»Trecha Ar«, fauchte er. »Ich erkenne dich wieder. Du bist der Nordländer, der mit dem mansarischen Schiff nach Ar gekommen ist. Erzähl mir, was du hier willst, Nordländer!«

Ulv packte die Lanze hinter der länglichen Eisenspitze und drückte sie von sich weg, doch Vendhur riss sie ihm aus den Händen. Ulv schrie auf, als sie Spitze seine Handfläche aufriss.

»Sag mir, wer du bist, du, der du es wagst, Tarkin zu stören!« Vendhur trat Ulv gegen den Kopf und drückte die Lanzenspitze zwischen seine Lippen. »Rede, Nordländer! Dann werde ich dir einen raschen Tod gewähren.«

Wieder packte Ulv die Lanze hinter der Spitze. Als Vendhur die Lanze in seinen Hals drückte, hielt Ulv dagegen. Der schwarze Krieger legte sein ganzes Gewicht auf den Schaft. Ulv spürte, wie der Schaft durch seine Hand zu gleiten begann. Dann schloss er die Augen.

Da ertönte ein Ruf vom Lagerplatz. Doch es war nicht die Stimme eines Menschen, die die fremden Worte brüllte. Die Krieger um Ulv herum knieten nieder, und Vendhur nahm die Lanze aus Ulvs Mund.

Tarkin trat aus dem Kreis der Fackeln. Die Priester legten sich flach auf den Boden, als er zu den Kriegern ging. Er stellte sich neben Ulvs Pferd und richtete sich an Vendhur.

Ulv schluckte Blut und kniff die Augen zusammen. Der schwarze Riese überragte ihn; in der Hand hielt er die goldene Lanze. Sein Körper war grob gebaut, und seine Schultern waren breit. Er sah auf Vendhur hinab, der seinen Blick nach oben richtete und ein paar Worte sagte, die Ulv nicht verstand. Da stieß Tarkin die Lanze in den Boden. Er deutete auf Ulv und wandte sich erneut an Vendhur. Seine Stimme war tief und sein Atem wie ein kalter Windhauch. Tarkin roch nach Blut und Leder, und sein Gesicht sah aus wie aus Stein gemeißelt. Die Augen, die er auf Ulv richtete, waren blass und silbrig wie der Vollmond. Erneut sagte er ein paar Worte, ehe er sich über Ulv beugte und seine riesige Faust auf Ulvs Brust legte.

»Tarkin bittet mich, seine Worte in deiner Sprache zu wiederholen«, sagte Vendhur. »Verstehst du, was ich sage, Nordländer?«

Ulv starrte nach oben in das schwarze Gesicht. Tarkins Faust lag schwer und kalt auf seiner Brust. Ulv nickte kurz.

Vendhur richtete ein paar Worte an Tarkin, der eine Antwort zischte.

»Tarkin will wissen, ob du der Letzte bist.« Vendhur warf sich den Umhang nach hinten über die Schultern. »Er will wissen, ob du derjenige bist, der kommen soll, so wie es geschrieben steht.«

Ulv zögerte. Er verstand nicht, was der Kanathener meinte.

»Bist du der Wanderer? Der letzte von Ekserks Kriegern?« Vendhur richtete die Lanze auf ihn, doch Tarkin schob sie weg und redete auf ihn ein. Vendhur blickte auf Ulv hinunter. »Tarkin will wissen, ob du zweimal geboren wurdest. Bist du das, Nordländer?«

Ulv hielt den Atem an. Er erinnerte sich an Lokes Worte. Das erste Mal hatte ihn eine Frau geboren, das zweite Mal die Wälder im Norden.

»Ja«, sagte er leise. »Zweimal. Das hat der Waldgeist gesagt.«

Vendhur sagte etwas zu Tarkin, der sich aufrichtete und sein Gesicht zum Nachthimmel wandte. Als Vendhur wieder schwieg, hob Tarkin die Arme über den Kopf, ballte die Fäuste und brüllte.

Ulv starrte zu ihm hoch. Der kräftige Körper war von kreisförmigen Narben übersät, und die Goldringe an seinem Oberarm glitzerten im Schein der Fackeln. Tarkin senkte die Arme und sprach mit geschlossenen Augen mit Vendhur, der den Kopf schüttelte und viele Worte machte. Ulv verstand ihn nicht, hörte aber, dass Tarkin wiederholte, was er gesagt hatte. Da trat Vendhur von ihm weg.

Tarkin beugte sich über Ulv, packte das Pferd am Nacken und an einem Vorderbein und zog das tote Tier von ihm herunter.

Ulv kroch weg, als Tarkin ihm den Arm reichte. Ulv kam auf die Beine und hinkte in Richtung des Fackelkreises am Abgrund, wo Siréd noch immer von zwei Kriegern festgehalten wurde.

»Siréd!« Ulv streckte seine Arme zu ihr aus, als sein Bein unter ihm nachgab. Er schlug mit dem Knie auf einen Stein, rappelte sich aber wieder auf. Sein Speer steckte noch immer dicht vor ihr im Boden. Wenn er ihn nur zu fassen bekam, würde er die Kanathener töten und sie befreien.

»Flieh, Ulvmanna!« Siréd wand sich aus der Umklammerung der Krieger, wurde aber an der Kette zurückgezogen. »Du musst hier weg! Tarkin will gegen dich kämpfen!«

Ulv wandte sich Tarkin zu. Der schwarze Riese stand noch immer still und reglos wie eine steinerne Statue bei dem Pferd.

»Dreh dich um, Ulvmanna!« Siréd packte ihre Kette, als die Krieger sie in die Knie zwangen. »Es ist das, was er will. Ich habe die Bronzetafeln gelesen, Ulv! Wenn du derjenige bist, werden die alten Götter mit dir sterben!«

Ulv blieb stehen. Er war nur ein paar Speerlängen vom Fackelkreis entfernt und musste zusehen, wie einer der Krieger Siréd an der Kette festhielt, während ein anderer ihre Haare packte und ihren Kopf nach hinten zog.

»Ich habe versprochen, dir zu folgen«, sagte Ulv. »Jetzt werde ich dich aus den Ketten befreien.«

Er hinkte, das verletzte Bein hinter sich her ziehend, in den Fackelkreis. Als er seinen Speer erreichte, zog er ihn aus dem Boden und richtete die Speerspitze auf die Krieger.

Da dröhnte ein Brüllen über den Lagerplatz. Ulv drehte sich zu Tarkin um, der auf den Fackelkreis zugelaufen kam. Er hielt die goldene Lanze in der Faust. Ulv stürzte zu Siréd, doch die Krieger zogen sie in die Menschenmenge zurück. Er hob seinen Speer und stach ihn in den Bauch eines Priesters. Sie durften sie ihm nicht nehmen. Nicht noch einmal.

Der Schlag traf ihn an der Schulter. Ulv sackte in die Knie, während der Schmerz durch seinen Nacken nach oben schoss. Er stützte sich auf seinen Speer, drehte sich um und blickte zu dem Riesen empor. Tarkin stand inmitten des von Fackeln erleuchteten Kreises. Eine Windbö ließ die Flammen aufflackern. Die Haare wurden ihm aus dem Gesicht geweht, und Ulv sah die blasse Narbe, wo das rechte Ohr hätte sein sollen. Tarkin öffnete seinen schmalen Mund. Seine Zähne waren von dem gleichen Grau wie seine Augen. Flüsternd beugte er sich über Ulv; seine Stimme schien eins zu sein mit dem Wind. Ulv rappelte sich auf und hielt den Speer vor sich. In ihm waren Worte, sie drängten in seinen Kopf, und erneut spürte Ulv diese pochenden Schmerzen hinter seiner Stirn.

»Einmal ...« Tarkins Worte wurden mit dem Wind über das Plateau getragen. »Einmal waren wir Brüder. Erinnere dich an mich, Bruder. Vergiss mich nicht, Cernunnos. Denn wir sind eins.«

Ulv versuchte sich umzudrehen. Er wollte sich in die Menschenmenge kämpfen und Siréd den Kriegern entreißen. Doch es gelang ihm nicht, den Blick von Tarkin abzuwenden.

»Krim hat dich das letzte Mal getötet, doch seine Macht war nicht groß genug, um deine Seele auszulöschen.« Tarkin richtete sich auf und trat einen Schritt zurück. »Jetzt aber ist die Zeit gekommen. Die Zeit für den letzten Kampf, durch den meine Brüder und Schwestern im Norden in Vergessenheit geraten werden.«

Ulv senkte den Kopf. Die Schmerzen hinter seiner Stirn waren schier unerträglich. Die Fingerknöchel, die den Speer umklammerten, wurden weiß. Seine Arme zitterten.

»Ich habe gewartet, Hornträger.« Tarkin trat einen weiteren Schritt zurück. »Denn auch deine Seele wird sterben, wenn *ich* dich töte, Bruder.«

Da begann Ulv zu sprechen. Es war, als rissen ihm die Schmerzen den Mund auf – er glaubte, sich erbrechen zu müssen, als er den Nebel sah, der ihm aus Mund und Nase drang. Und mit dem Nebel kamen die Worte. Er sprach eine Sprache, die er nicht kannte, verstand aber dennoch jedes Wort.

»Ich bin gekommen, um dich zu ehren.« Die Worte strömten aus seinem Mund, und obgleich der Wind die Fackeln auszublasen drohte, vermochte er den Nebel nicht fortzuwehen. »Dein Leben war lang, Bruder. Du bist müde. Ich bin gekommen, um dir Ruhe zu bringen.«

Tarkin fauchte Ulv an. Er stellte sich breitbeinig auf die Felle und richtete die Lanze auf ihn.

»Komm, Bruder.« Ulv nahm die eine Hand vom Speer und reichte sie Tarkin. »Lass uns gemeinsam die Ruhe suchen.«

Da stieß Tarkin die Lanze nach vorn. Ulv sprang zur Seite und packte den goldenen Schaft. Doch Tarkin hob die Lanze hoch über die Köpfe der Krieger und Priester, ehe er sie wieder auf den Boden stieß. Ulv landete auf dem Rücken vor Tarkin, der seinen Fuß auf Ulvs Brust stellte.

Er schrie auf, als Tarkin die Ferse auf seine Brust presste. Doch Ulv hatte noch immer den Speer in der Hand und stieß ihn nun in Tarkins Knie.

Tarkin heulte auf und taumelte zurück. Ulv sprang, nach Atem ringend, auf. Er konnte Siréd in der Mitte der Krieger erkennen. Er hörte ihre Stimme. Doch erneut stürzte sich Tarkin auf ihn, und dieses Mal ließ er die Lanze wie eine Keule auf Ulv herabsausen.

Ulv wehrte den Schaft der Lanze mit der Faust ab. Schmerzen schossen durch seinen Arm, doch Tarkin zog die Lanze zurück. Ulv legte die gebrochene Hand auf den Speer, doch er konnte den Schaft nicht umfassen. Tarkin beugte sich brüllend vor und schleuderte die Lanze auf sein Bein. Ulv sprang hoch, doch der Schaft der Lanze schlug gegen seine Knie. Er ließ den Speer los und stürzte auf den Rücken. Aus den Augenwinkeln sah er die goldene Lanzenspitze vor dem Nachthimmel, ehe ihn der Schmerz durchzuckte. Ulv umklammerte die breite Spitze. Die Lanze hatte ihn dicht unter der letzten Rippe an der Seite getroffen, doch die Wunde war nicht tief.

Tarkin zog die Lanze heraus, und Ulv wand sich vor Schmerzen. Dann baute sich Tarkin breitbeinig über ihm auf und holte mit der Lanze zu einem neuen Stoß aus. Ulv sah zu der Gestalt auf, die sich über ihm erhob. Als die Spitze nach unten schnellte, rollte er sich zur Seite. Die Lanze drang in den Boden. Ulv kroch zu seinem Speer. Er kam auf die Beine, drehte sich zu Tarkin um und schleuderte seine Waffe.

Tarkin taumelte nach hinten, als der Speer sich in seine Schulter bohrte. Ulv stürzte erneut zu Boden und kroch in Richtung der Kanathener.

»Siréd!« Ulv schleppte sich blutend über den Boden. Er wusste, dass ihm der Blutverlust bald die Besinnung rauben würde, doch er wollte sie noch ein letztes Mal sehen, bevor er starb.

Da spürte er eine Hand an seinem Bein. Tarkin zerrte ihn wieder in den Kreis der Fackeln und drehte ihn herum. Er stemmte sein Knie auf Ulvs Brust und drückte ihn zu Boden, während er nach dem Speer griff. Tarkin hob den Kopf brüllend zum Himmel, als er den Speer aus seiner Schulter zog. Ulv rang nach Atem und trat mit den Beinen, um sich zu befreien, doch Tarkin richtete sich auf und hob Ulv am Hals hoch.

»Bruder«, fauchte er. »Du hättest auf meiner Seite kämpfen sollen, doch du hast mich verraten.«

Ulv bekam Tarkins Finger zu fassen, doch er konnte die Umklammerung nicht lösen.

»Du kommst in der Gestalt eines Sklaven zu mir.« Tarkin

hielt ihn vor sich. »Dann sollst du auch sterben wie ein Sklave.«

Tarkin schleuderte Ulv aus dem Fackelkreis. Er landete zwischen den Kanathenern, die vor ihm zurückwichen. Mit letzter Kraft schleppte sich Ulv über den Boden zu einem Felsen. Er presste seine gebrochene Hand auf die Brust, drückte sich mit dem Rücken gegen den Felsen und kam wieder auf die Knie. Tarkin hatte ihn an den Rand des Abgrunds geschleudert und kam jetzt, die goldene Lanze in den Händen, erneut auf ihn zu. Ulv kroch von ihm weg. Er konnte Siréd nicht mehr sehen und hörte auch ihre Stimme nicht mehr, denn die Priester und Priesterinnen hatten wieder ihren Gesang angestimmt. Sie wandten sich zum Abgrund, während der Wind über das Plateau wehte. Ulv war nur ein paar Körperlängen von der Kante entfernt, als Tarkin ihn erreichte. Tarkin packte seine Haare und presste seinen Kopf auf die Seite. Dann drückte er die Spitze der Lanze auf seine Wange.

»Die gekreuzten Lanzen«, flüsterte Tarkin. »Sie werden dich zeichnen, wie sie alle Sklaven zeichnen.«

Ulv heulte auf, als Tarkin zwei lange Schnitte in seine Wange machte. Dann baute er sich mit flatternden Haaren über ihm auf. Ulv sah zu der mächtigen Gestalt hoch.

»Dies ist die Nacht der Wintersonnenwende«, sagte Tarkin. »Bald wird die Empfängnis stattfinden. Meine Seele wird weiterleben, doch du wirst sterben.«

Als Tarkin die Lanze auf ihn herabstieß, rollte Ulv sich zur Seite. Die Lanze drang erneut in den Boden, und Ulv bekam einen Stein zu fassen. Er schleuderte ihn Tarkin ins Gesicht, der sich schreiend ans Auge fasste.

Ulv kämpfte sich auf die Beine und redete erneut mit Worten, die nur seine Gedanken verstanden. »Wir gehören der alten Zeit an, Bruder. Du weißt, dass ich hier bin, um dich zu holen. Die Zeit zu sterben ist für uns beide gekommen. Komm Bruder, nimm meine Hand.«

Ulv streckte ihm die Hand entgegen, doch da schlug Tarkin mit der Lanze auf die Wunde in Ulvs Bauch. Ulv fing den Schlag mit seinem Körper ab, klemmte den Lanzenschaft unter dem Oberarm fest und ließ sich nach hinten fallen. Auch Tarkin stürzte zu Boden, und als die Lanze aus seinen Händen rutschte, rollte Ulv sich weg.

Ulv erhob sich, die goldene Lanze in den Händen. Er stand mit dem Rücken zum Abgrund, und seine Beine hielten seinen Körper nur mit Mühe aufrecht. Doch sein Mund öffnete sich, und noch einmal sprach er mit der Stimme aus seinem Innern. »Komm Bruder. Den letzten Schritt machen wir gemeinsam.«

Tarkin rappelte sich wieder auf. Er blutete aus der Schulter und aus einem Auge. Als Ulv die Lanze auf ihn richtete, stürzte er ihm entgegen.

Ulv stieß die Spitze der goldenen Lanze in Tarkins Bauch, stemmte das Ende des Schafts auf den Boden und ließ ihn nach vorne fallen. Tarkin brüllte, als ihn die Lanze durchbohrte. Er umklammerte den Schaft und kippte auf die Seite.

»Bruder …« Tarkin streckte seinen Arm nach Ulv aus. »Hilf mir, Bruder.«

Ulv kroch von ihm weg und drückte sich nah am Abgrund an die Felsen. Tarkin richtete sich noch einmal auf die Knie auf, doch als er versuchte, sich zu erheben, gaben die Beine unter ihm nach. Er kippte nach hinten und stürzte in das Dunkel des Abgrunds. Tarkin fiel, ohne einen Laut von sich zu geben, und auch das Geräusch des Aufschlags wurde vom Wind davongetragen.

Ulv kroch vom Abgrund weg. Er hustete Blut und zitterte vor Schmerzen. Die Kraft, die er während des Kampfes gespürt hatte, war erloschen. Er schleppte sich an den Felsen vorbei zu der Gruppe der Priester, Priesterinnen und Kanathenerkrieger. Niemand erhob die Waffe gegen ihn. Sie wichen zurück, als er in den Kreis der Fackeln kroch. Dort legte Ulv sich hin und rief nach Siréd.

Aber Siréd kam nicht. Stattdessen trat Vendhur aus der Gruppe der Krieger. Er hielt einen Säbel in der Hand und trat Ulv in die Wunde. Ulv versuchte, von ihm wegzukriechen, doch Vendhur legte die krumme Klinge an seine Kehle.

Da hörte Ulv Schritte. Er sah die Priester in ihren Kutten in den Fackelkreis stürmen und Vendhur den Säbel abnehmen. Die kahlen Männer redeten auf ihn ein und deuteten auf Ulv. Sie wichen vor ihm zurück und zogen Vendhur mit sich zu den Pferden. Ulv wusste nicht, warum. Vielleicht war er, da er Tarkin getötet hatte, in den Augen der Priester heilig. Vielleicht gehörte es sich nicht für einen Krieger, jemanden zu berühren, gegen den Tarkin gekämpft hatte. Wie auch immer, es hatte nicht viel zu bedeuten, denn Ulv spürte, wie das Leben mit seinem Blut aus ihm herausrann. Er legte sich auf die Seite, während Priester und Krieger Wasserschläuche und Waffen auf die Pferde luden. Er sah, dass sie sich zum Aufbruch bereitmachten. Siréd wurde zu Vendhur geführt, der ihre Kette nahm. Sie wurde vor ihm auf den Sattel gehoben, und Vendhur leitete sein Pferd zum Rand des Felsplateaus. Ein paar der anderen Krieger nahmen Ulvs Packpferd. Vendhur löste ein Kriegshorn vom Sattel und blies dreimal hinein. Dann nahmen die Krieger die Priester und Priesterinnen in ihre Mitte.

Als Vendhur vom Lager fortritt, schrie Siréd nach Ulv. Sie wand sich in der Umklammerung des Kanatheners und versuchte sich zu befreien, doch Vendhur wickelte die Kette um seinen Unterarm und hielt sie fest.

»Ulvmanna!« Siréd rief seinen Namen, als Vendhur den Hang erreichte, der vom Plateau nach unten führte, und im Dunkel verschwand.

Ulv streckte sich nach ihr aus. Die Hufschläge wurden schwächer, und schließlich übertönte der Wind ihre Stimme.

Ulv schleppte sich zu den Fackeln, die den Kampfplatz umgaben. Die Wunde brannte, als er sich zu einer der Lanzen rollte. Er zog sie aus dem Boden und drehte sie herum. Die Fackel war an das Ende des dicken Schafts gebunden. Ulv hielt die Luft an und drückte die Fackel in die tiefe Wunde. Er heulte auf, schluckte sein eigenes Erbrochenes und führte den brennenden Schaft an der Wunde entlang.

Dann kroch er zum Plateaurand. Ulv hatte genug Menschen sterben sehen, um zu wissen, dass er nicht mehr lange zu leben hatte, doch lieber wollte er in Siréds Spuren sterben, als oben auf dem Plateau in seinem eigenen Blut verenden. Er kroch zum Hengst und löste den Wasserschlauch vom Sattel. Dann schleppte er sich weiter.

Ulv folgte den Spuren der Pferde und zog den Wasserschlauch hinter sich her den Hang hinunter. Die Nacht war dunkel. Er sah keine Sterne mehr am Himmel und musste sich über den Boden vorantasten. Noch immer roch er die Asche der Fackeln, die die Krieger zu Boden geworfen hatten. Er versuchte sich zu erheben, doch die Schmerzen hatten ihn zu sehr geschwächt. Als er die Hand auf die Wunde in seiner Seite legte, spürte er, dass sie noch immer blutete. Auch seine gebrochene Hand schmerzte, und seine Knie und Ellbogen waren von den Steinen aufgescheuert. Ulv kroch weiter den Hang hinunter. Er wollte den Wasserschlauch nicht zurücklassen, obgleich er kaum genug Kraft hatte, ihn hinter sich her zu ziehen. Der Durst brannte in seinem Hals, aber er wagte nicht, den Schlauch zu öffnen. Zu groß war seine Angst, das Wasser im Dunkeln zu verschütten.

Ulv war nicht weit vom Rand des Plateaus entfernt, als er erkannte, dass die Verletzung der Grund für seinen Durst war. Und so rollte er sich auf die Seite und drückte seine Faust in die Wunde. Schließlich ließ er den Wasserschlauch liegen, stützte sich auf einen der Felsen und kämpfte sich auf die Beine. Dann taumelte er weiter. Er streckte die Arme nach vorn und tastete sich, ins Dunkel starrend, an den großen Felsbrocken entlang. Sogar die Sterne verschwanden aus seinem Blickfeld. Der Wind zerrte an seinen Kleidern und Haaren. Ulv bückte sich aus Angst vor den Schmerzen, denn es fühlte sich so an, als rissen die Windböen die Seele aus seinem Körper.

Etwas unterhalb eines großen Felsens fand er Schutz. Er kauerte sich auf die Erde, lauschte dem Wind, der über das Felsplateau pfiff, und sah den Sand durch das Dunkel fegen. Dann schloss er die Augen.

Lange lag er so da. Er hoffte, dass der Tod bald kommen und ihm die Schmerzen nehmen möge, und als er den Wind nicht mehr hörte, glaubte er, auf die himmlischen Ebenen gelangt zu sein, wo die Ahnen und Götter an den Lagerfeuern auf ihn warteten. Doch noch immer spürte er diesen brennenden Schmerz in seiner Seite. Er fasste sich an die Wange. Die Schnitte waren blutig und geschwollen, und als er die Augen öffnete, sah er, dass er noch immer am Fuß des Felsens kauerte. Nur der Talboden lag nicht mehr im Dunkel. Es dämmerte, und die Felsen warfen Schatten an den steilen Hängen. Er erkannte die Spuren von Pferden und Menschen. Sie führten durch das Tal nach Süden.

Ulv kroch aus der Grube, in der er gelegen hatte, kam aber nicht weit, ehe er erneut zusammenbrach. Dann drehte er sich auf den Rücken und bemerkte die dunklen Wolken am Himmel. Der Wind war abgeflaut, kam aber immer noch aus dem Norden. Ulv sah den Wolken nach. Eine Rabe schwebte weit dort oben.

Plötzlich wurde die Stille von einem Donner zerrissen. Der Rabe schoss über dem Tal nach unten, machte ein paar Flügelschläge und verschwand zwischen den Bergen im Süden. Ein schwaches Rauschen kam mit dem Wind. Ulv streckte den Arm zum Himmel. Es begann zu regnen.